印迹

——馆藏苏州红色档案选编

苏州市档案馆 编
祁立春 主编

古吴轩出版社

图书在版编目（CIP）数据

印迹：馆藏苏州红色档案选编 / 苏州市档案馆编；祁立春主编. -- 苏州：古吴轩出版社, 2021.10
ISBN 978-7-5546-1828-8

Ⅰ. ①印… Ⅱ. ①苏… ②祁… Ⅲ. ①革命故事－作品集－中国－当代 Ⅳ. ①I247.81

中国版本图书馆CIP数据核字（2021）第201658号

责任编辑：胡敏韬
装帧设计：韩桂丽
责任校对：李　倩
责任照排：青　裳　晴　天

书　　名：印迹——馆藏苏州红色档案选编
编　　者：苏州市档案馆
主　　编：祁立春
出版发行：古吴轩出版社
地址：苏州市八达街118号苏州新闻大厦30F　邮编：215123
电话：0512-65233679　传真：0512-65220750
出 版 人：尹剑峰
印　　刷：苏州恒久印务有限公司
开　　本：787×1092　1/16
印　　张：24.5
字　　数：156千字
版　　次：2021年10月第1版　第1次印刷
书　　号：ISBN 978-7-5546-1828-8
定　　价：168.00元

《印迹——馆藏苏州红色档案选编》编委会名单

前　言

1921年7月，中国共产党正式成立，这是中国历史上开天辟地的大事件，从根本上改变了中华民族的前途和命运。党从诞生起就将为中国人民谋幸福、为中华民族谋复兴作为自己的初心和使命。一百年来，在中国共产党的领导下，中国人民不怕牺牲、团结奋斗、践行初心、担当使命，实现了中华民族的伟大复兴。

回首这一百年的风雨历程，中国共产党团结带领全国人民，浴血奋战、百折不挠，创造了新民主主义革命的伟大成就，彻底结束了旧中国半殖民地半封建社会的历史，建立了人民当家作主的中华人民共和国；新中国建立后，中国共产党又带领全国人民自力更生、发愤图强、开拓进取、不断创新，先后取得了社会主义革命和建设、改革开放和社会主义现代化建设、新时代中国特色社会主义建设的伟大成就。苏州人民在党的领导下，亦以敢为人先的勇气、积极进取的锐气、兼容并蓄的大气、求真务实的底气，继往开来，砥砺前行，经济文化快速发展，人民生活安稳富裕，城市面貌日新月异，千年古城焕发盎然生机。

为了赓续红色血脉，将建党的初心继承下去、发扬光大，我们深入挖掘馆藏红色档案资源，选录自中国共产党成立前夕至今在苏州党组织建设和发展过程中具有较大影响的事件、举措、活动，以新民主主义革命时期、社会主义革命和建设时期、改革开放和社会主义现代化建设新时期、中国特色社会主义建设新时代时期为限，分为“初心如磐（1919—1949）”“向阳而生（1949—1978）”“砥砺前行（1978—2012）”“走向辉煌（2012—2021）”四个篇章。全书以档案为本、以历史为纲，用图文并茂的形式描述中国共产党在苏州的革命斗争、社会主义建设历程。从苏州独立支部成立、铁机工人大罢工、太湖游击队到苏州解放、新政权建立；从抗美援朝、公司合营、知识青年支边下乡到乡镇企业兴起、“四大名旦”树立；从苏州历史文化名城的保护、“三大法宝”形成到自贸区设立、扶贫攻坚、全面建成小康社会等，苏州百年风云、辉煌成果尽在一件件档案中熠熠生辉。用档案讲好苏州故事，使红色档案更好地发挥存史、资政、育人的作用。

回眸百年，在中国共产党的领导下，中华民族经历了从站起来、富起来到强起来的伟大飞跃，谱写了“为有牺牲多壮志，敢教日月换新天”的伟大诗篇！出版《印迹——馆藏苏州红色档案选编》，旨在书写百年来中国共产党在苏州开辟的道路、走过的征程、留下的印迹，载入史册、彪炳千秋，启迪未来。

2021年7月

目　录

砥砺前行（1978—2012）

走向辉煌（2012—2021）

初心如磐

一九一九—一九四九

1919年爆发的五四运动是一场中国人民彻底的反帝国主义、反封建主义的爱国运动，揭开了新民主主义革命的帷幕，并直接影响了中国共产党的诞生和发展。1921年7月，中国共产党正式成立，领导工人、农民、学生、知识分子等各阶层人民进行大革命运动。1925年9月，中共苏州独立支部成立，从此苏州踏上了革命斗争的新征程。土地革命时期，苏州的工农运动此起彼伏。抗日战争时期，苏州地方党组织配合新四军东进抗日，开辟抗日根据地，开展反“清乡”斗争，为保卫祖国、保卫中华民族作出牺牲，最终取得了抗战胜利。解放战争时期，苏州地方党组织除了在农村开展反“清剿”斗争，还领导各阶层人民进行“反饥饿、反内战、反迫害”的爱国民主运动，并为迎接解放做好了准备。

1949年4月27日，苏州解放，翻开了新的历史篇章。

舆论先导——新思想的传播

1919年五四运动以后，新文化运动和爱国运动的发展如火如荼。中共早期革命活动家相继到苏州活动，传播马克思主义。1923年，柳亚子等人发起成立文化团体——新南社，以文会友，传播新思想，提倡新文化。同时，新南社成员还创办了《新黎里》《新周庄》《新盛泽》等十多种“新”字头小报，提倡民族气节，引纳世界潮流，宣传民主思想，提倡社会改革。

五四运动期间，苏州学生在公共体育场集会游行。

五四运动中，东吴二中学生会宣传画，号召推倒卖国政府。

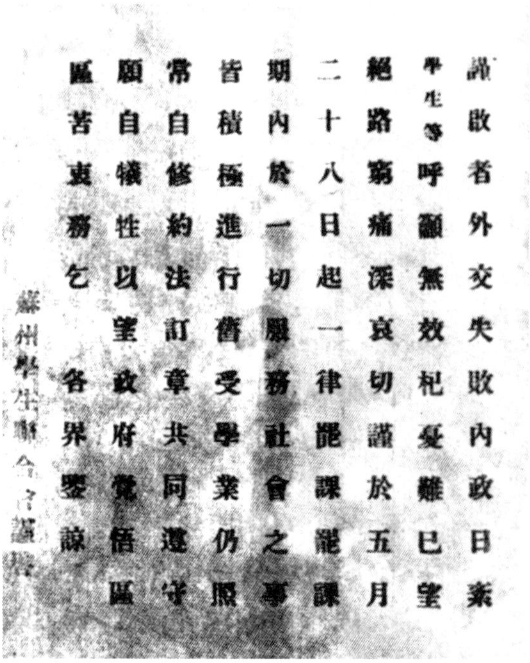

謹啟者外交失敗內政日紊
學生等呼籲無效杞憂難已望
絕路窮痛深哀切謹於五月
二十八日起一律罷課罷課
期內於一切服務社會之事
皆積極進行舊受學業仍照
常自修約法訂章共同遵守
願自犧牲以望政府覺悟匯
區苦衷務乞各界鑒諒
蘇州學生聯合會謹啟

北京五四运动爆发的消息传到苏州，苏州立即成立了学生联合会。图为苏州学生联合会的罢课启事。

1921年7月，少年中国学会会员合影。前排右四为恽代英、右三为刘仁静，第三排右一为张闻天。少年中国学会是五四时期最大的群众性进步团体，李大钊、毛泽东、邓中夏等人均是会员。

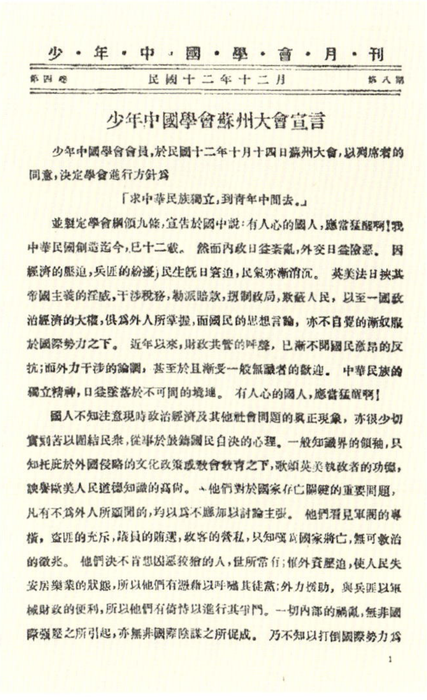

少·年·中·國·學·會·月·刊

第四卷　民國十二年十二月　第八期

少年中國學會蘇州大會宣言

少年中國學會會員，於民國十二年十月十四日蘇州大會，以列席者的同意，決定學會進行方針爲

「求中華民族獨立，到青年中間去。」

並製定學會綱領九條，宣告於國中說：有人心的國人，應當猛醒啊！我中華民國創造迄今，已十二載。然而內政日益紊亂，外交日益險惡。因經濟的壓迫，兵匪的紛擾，民生既日窘迫，民氣亦漸消沉。英美法日挾其帝國主義的淫威，干涉稅務，勒派賠款，挾制政局，欺蔽人民，以至一國政治經濟的大權，俱爲外人所掌握，而國民的思想言論，亦不自覺的漸奴服於國際勢力之下。近年以來，財政共管的呼聲，已漸不聞國民激昂的反抗；而外力干涉的論調，甚至於且漸受一般無識者的歡迎。中華民族的獨立精神，日益墜落於不可問的境地。有人心的國人，應當猛醒啊！

國人不知注意現時政治經濟及其他社會問題的眞正現象，亦很少切實刻苦以團結民衆，從事於鼓鑄國民自決的心理。一般知識界的領袖，只知托庇於外國侵略的文化政策或教會教育之下，歌頌英美執政者的功德，諛譽歐美人民道德知識的高尙。他們對於國家存亡關鍵的重要問題，凡有不爲外人所顧問的，均以爲不應加以討論主張。他們看見軍閥的專橫，盜匪的充斥，議員的賄選，政客的營私，只知嘆息國家將亡，無可救治的徵兆。他們決不肯想因惡狡猾的人，但所恃者；惟外資壓迫，使人民失安居樂業的狀態，所以他們有憑藉以呼嘯其徒黨；外力援助，與兵匪以軍械財政的便利，所以他們有倚恃以進行其爭鬥。一切內部的禍亂，無非國際强壓之所引起，亦無非國際陰謀之所促成。乃不知以打倒國際勢力爲

1

《少年中国学会苏州大会宣言》一文。

1923年10月14日，少年中国学会第四次年会在苏州留园召开，恽代英、刘仁静等17人参加此次会议。会上提出了“求中华民族独立，到青年中间去”的方针，并发表《少年中国学会苏州大会宣言》。与会的共产主义者驳斥了国家主义分子的“反共、反马列主义、反对与资产阶级斗争”等谬论。

叶圣陶在吴县甪直第五高等小学任职，与同事一起开展教育改革，提倡白话文，组织学生演出新剧。（前排左二为叶圣陶）

1920年5月，叶圣陶等人在苏州编辑出版《妇女评论》，这是国内最早研究和论述妇女运动的进步刊物。

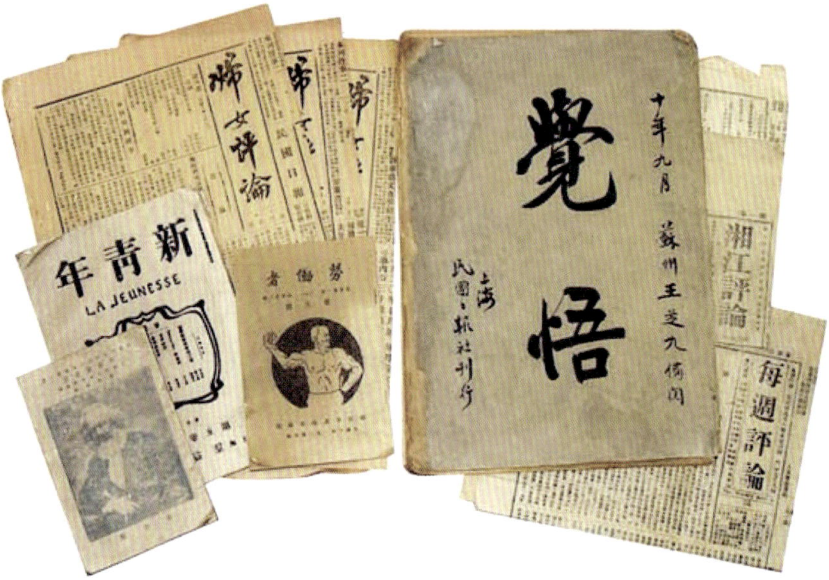

陈独秀向苏州进步青年提供马克思主义进步书刊。图为当时江苏省立第一师范学校（今苏州中学）书报贩卖部中的部分书刊。

柳亚子（1887—1958），江苏吴江人。南社发起人与领导人之一，新中国成立后曾任中央人民政府委员、华东行政委员会副主席等职。

新周莊

中華民國十三年二月一日

夏曆癸亥十二月念七星期五

第二十七號

不收報費一律送閱

本報月刊兩次陽歷每月之一日十六日出版

社址蘇州周庄中市大街沿河新屋

1921年底，《蚬江声》改名为《新周庄》，突出其“革新”之意。明确提出“提倡新思潮，研究新文化，打倒旧势力”的办报方针。

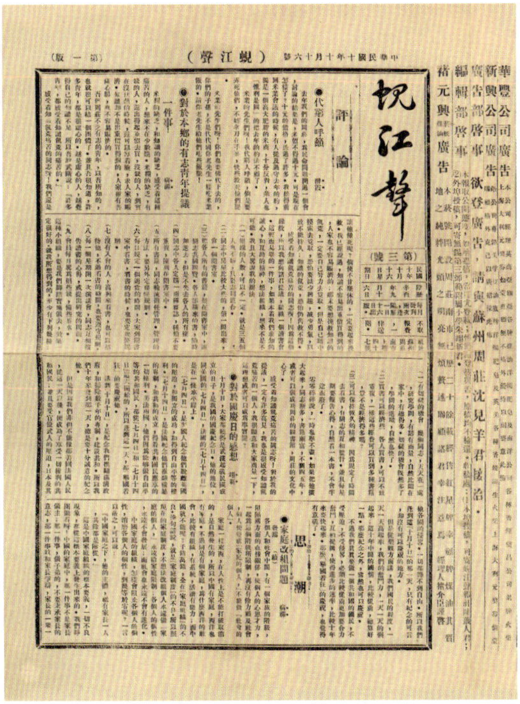

中華民國十年十月十六號 （蚬江聲） 第一版

蚬江聲

第三號

評論

代窮人呼籲

對於本鄉的有志青年提議

對於國慶日的感想

思潮

家庭改組問題

華豐公司廣告

新興公司廣告

廣告部啓事

欲登廣告，請與蘇州周莊沈兒羊君接洽

編輯部啓事

裕元興廣告

《蚬江声》创刊于1921年9月，由周庄南社成员创办，柳亚子题名。图为第三期评论文章《代穷人呼吁》，体现该报“以言为民”的宗旨。

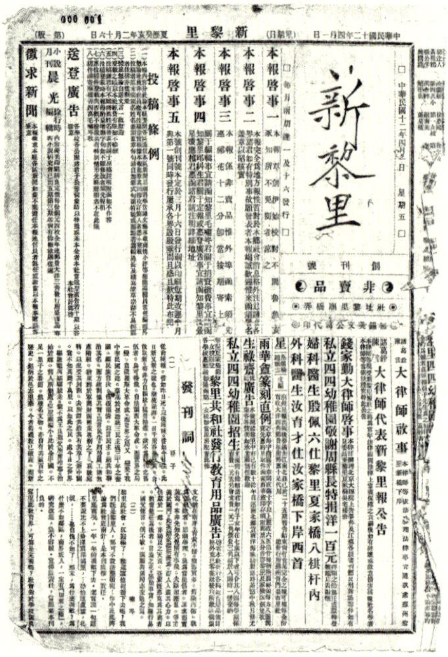
新黎里
創刊號
本報啓事一
本報啓事二
本報啓事三
本報啓事四
本報啓事五
投稿條例
徵求新聞
送登廣告
大律師代表新黎里報公告
發刊詞

1923年4月1日，由吴江进步知识分子发起创办，旨在宣传新思想、新文化的《新黎里》创刊号正式发布，柳亚子为总编辑。

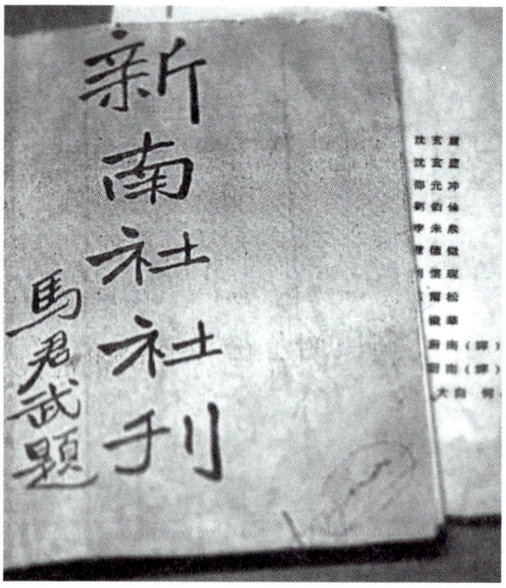

1923年10月，柳亚子等人发起成立新南社，出版社刊《新南社》。刊有介绍苏联情况的文章。

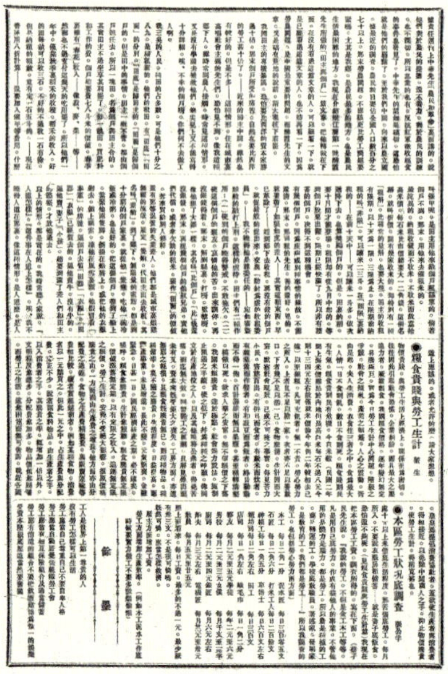
糧食貴與勞工生計
本縣勞工狀況調查

新黎里報
勞動紀念特刊
中華民國十二年五月一日星期二
勞動紀念特刊宣言
勞動問題和中國
勞工與農勞

1923年5月1日，《新黎里》出版劳动纪念特刊。柳亚子发表《劳动纪念特刊宣言》《劳动问题和中国》《劳工与农劳》评论文章。

独立支部的建立

1921年7月，中国共产党召开第一次全国代表大会，宣告中国共产党成立。之后，中共上海地委派员到苏州地区开展建党工作。1925年5月，中共苏州支部被批准成立。9月，中共苏州独立支部在苏州乐益女中建立。1926年，常熟、昆山等地也相继成立党组织。从此，苏州地区燃起了革命斗争的星星之火。

1925年8月，中共党员侯绍裘和张闻天应苏州乐益女中校主张冀牖聘请到苏州工作。9月，侯绍裘、张闻天与早在乐益女中任教的中共党员叶天底等建立了中共苏州独立支部，叶天底任独立支部书记。至年底，独立支部发展汪伯乐、王芝九、许金元等人加入共产党，还发展了一批学生参加中国社会主义青年团。在中共苏州独立支部的领导下，乐益女中学生联合苏州多所女子学校学生，成立苏州妇女联合会。许金元、汪伯乐先后担任独立支部书记。

中共苏州独立支部旧址——乐益女子中学校（即乐益女中）。

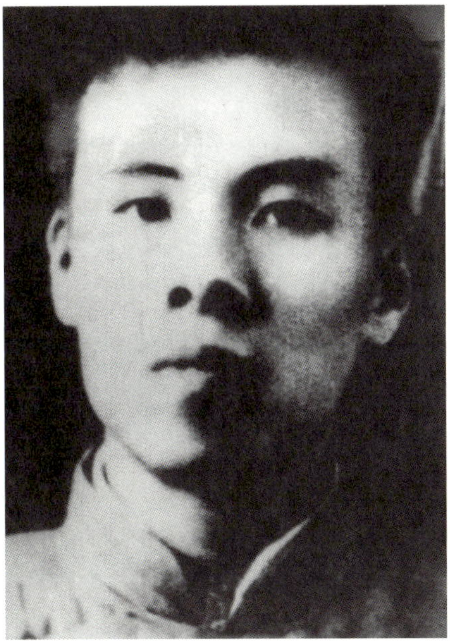

侯绍裘（1896—1927），江苏松江人（今上海市）。1923年7月加入中国共产党。1927年4月10日在南京被国民党右派逮捕杀害。

张闻天（1900—1976），江苏南汇人（今上海市），中共重要领导人之一。中共苏州独立支部宣传委员。

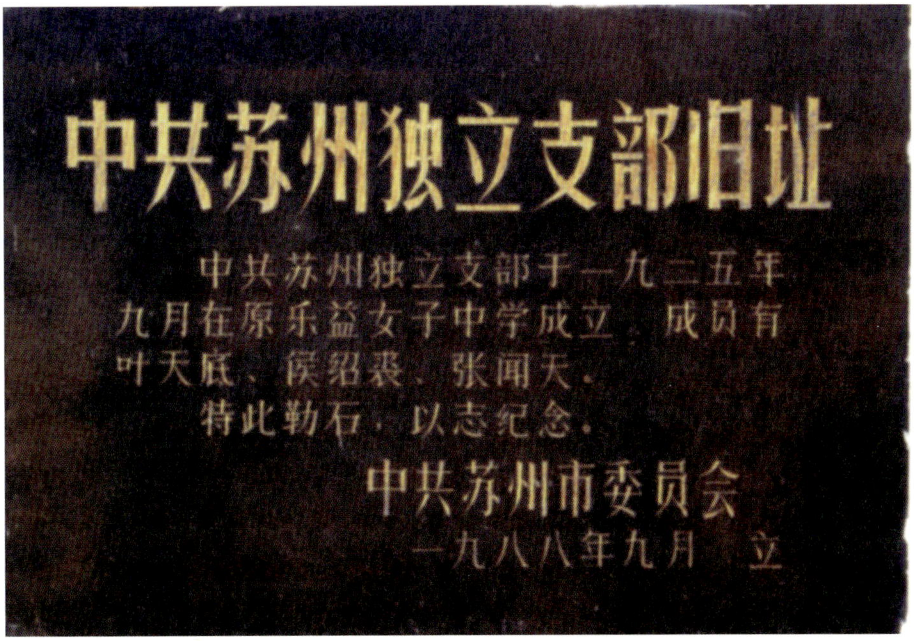

中共苏州独立支部旧址纪念碑。

叶天底(1898—1928),浙江上虞人,中共苏州独立支部首任书记兼组织委员。1927年底组织浙东秋收大暴动时被捕,1928年2月英勇就义。

许金元(1906—1927),江苏苏州人。第二任中共苏州独立支部书记。与侯绍裘等人一同被害。

學潮

▲博文學潮正在相恃中

▲樂益校昨有罷課潮

蘇垣莘莘學子、頗多好好先生、故所謂學潮者、獨蘇地絕鮮發見、乃如近月來、則工專之驅長風潮、甫告段落、而博文校則又因停辦之故、師生間發生反動情感、日來徐(問禮)王(亦三)兩方、固依然在相恃中、雖然、此係海上流行之野鷄式學校、其潮之來、大都發生於錢的問題、所謂錢可通神者、抑且可使鬼推磨、我於此、故亦不屑述、惟樂益女校、創辦人既係資產中人、求學者亦多名門淑女、乃不圖亦捲入學潮之漩渦中、其殆新文化感化之力歟、

該校風潮之起因、有主因、有動因、主因者、曰新舊之爭、動因者、我亦無須再述、姑言夫主因、新派學生、都屬諸於松江派、舊派學生、都屬諸於宜興派、自今歲聘侯兆裘主任教務後、新派方面、似已佔優勝、舊派方面、在初時因亦無可如何者、會滬上金剛鑽報有樂哉女校一文、是否諷刺該校、固不得而知、第該校之舊派學生、乃藉此以爲攻擊新派之利器、於前晚開一度祕密集議後、即於昨晨鼓吹其他之中立派、實行罷課、新派方面、勢力上雖佔優勝、情形上寡不敵衆、故亦無可如何、教務主任侯紹裘目覩斯情、不忍該校因此而被人訕笑、即於昨日午後、開教職員聯席會議、大約將向校長提出辭職云、

1925年12月25日,《苏州明报》报道博文、乐益等校学潮。

□樂益紀念九七國恥誌

吾國自義和團反抗帝國主義運動失敗、亡國辱種之辛丑條約成立、直至現在、已二十四週年矣、國人近因五卅案後、因痛思痛、認辛丑條約爲中國人民之最大恥辱、滬上及各地、均紛紛講演遊行、本城樂益女子中學、亦于前日懸半旗、上午舉行演講會、講題爲(一)九七國恥之經過(王芝九講)、(二)帝國主義與辛丑條約、(張聞天講)、(三)反帝國主義運動(徐誠美講)、(四)九七與五卅(葉天底講)、到會者除該校學生外、尚有本城新辦之平林中學校全體學生云云、

1925年9月9日,《苏州明报》刊登《乐益纪念九七国耻志》。

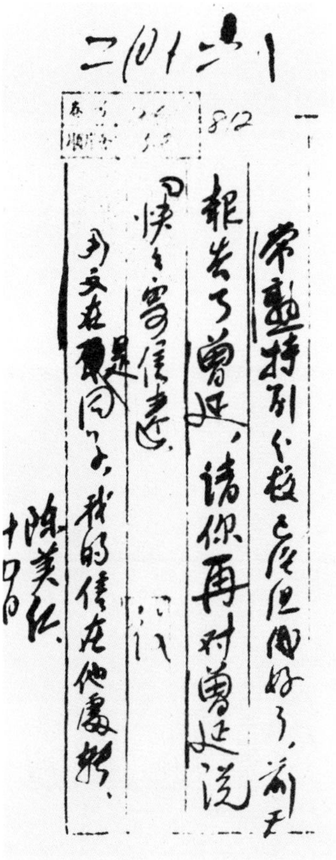
二〇一二六一

常熟特别分校已经成立好了，前天
报告了曾廷，请你再对曾廷说
叫快点写信来。
刘文在那里，同了去，我的信在他处转。
陈美红
十一月

李强化名“陈美红”向上级报告常熟特别支部（特别分校）成立的信。

1926年2月11日，中共党员周文在与时任共青团上海闸北书记的李强建立了中共常熟特别支部，李强任书记。图为中共常熟特别支部旧址亦爱庐，即李强侄子曾雍孙家的书斋。

李强（1905—1996），原名曾培洪，江苏常熟人。无产阶级革命家，中国科学院院士，原外贸部部长。

周文在（1906—1994），江苏常熟人。1927年参加南昌起义，之后回江南开展党的秘密工作。叶飞率“江抗”东进后，周文在所在抗日武装被改编为“江抗”三支队，周文在被任命为副司令员。抗战胜利后，周文在参加了淮海战役和渡江战役。1955年被授予少将军衔。

王芝九（1901—1978），江苏苏州人。在乐益女中任教时，经侯绍裘介绍加入中国共产党。与叶圣陶等人创办《苏州评论》。1926年8月，被派至昆山县立中学任教，组建中共昆山独立支部，任书记。

1926年8月，中国共产党昆山独立支部在昆山县立中学（今昆山市第一中学）秘密成立。这是昆山历史上最早建立的共产党组织。图为昆山县立中学旧影。

1927年9月，共青团江苏省立第四中学（今太仓市第一中学）支部成立。图为省四中口字楼原貌。

苏州工人运动

随着马克思主义的传播，苏州工人的革命热情不断高涨。1923年，苏州第一所工人俱乐部成立，为中国共产党向进步知识青年宣传革命思想提供场所，并通过工人俱乐部领导工人罢工；次年8月，苏州丝织业铁机、木机工人举行罢工，斗争持续一个多月后，资方同意增加部分工资；1925年至1926年，苏州丝织、茶叶等近40个行业持续掀起斗争高潮，工人运动力量得到壮大。1927年10月至11月，在中共党组织领导下，苏州36家丝织厂3000多名工人联合罢工，声援三星丝织厂工人反对资本家“卖机关厂”的决定，这场震惊全国的苏州铁机丝织工人大罢工持续了53天，最终取得了胜利。

1923年，毛吟槎等人在苏州濂溪坊白蚬桥租赁房屋，创立苏州第一所工人俱乐部，开办夜校，为顾容川、费青等进步知识青年宣传革命思想提供场所。中共党员恽代英也曾到俱乐部和夜校讲演。图为苏州第一所工人俱乐部旧址。

顾容川（1897—1931），江苏苏州人。1923年参与筹办工人俱乐部，在草桥中学创办工人夜校。1925年冬加入中国共产党，1927年初任中共苏州独立支部书记。1931年在国民党监狱病故。

特别要闻

口鐵路工會成立

滬甯滬杭甬各路職工人等、爲要求加薪事、前日在南翔公學開會、推定委員一節、已誌昨報、茲據續聞、是日各站到者、共二百八十餘人、均攜有意見書、推定華鎮林爲主席、報告開會宗旨、各將意見書遞出、經衆討論、主張取消站長之等級分別、旋卽推定委員十八人、議定名稱爲鐵路工會、至五時、尙有他案未議妥、故各委員卽聚在一室、祕密會議、經各人簽字、並以各站人員、集合不易、以後進行運動、如本人不在、亦祇默認、經全體委員同意後、卽同乘末班專車赴滬、至鐵路同人會、繼續開委員會、公議鐵路工會簡章等項、所有工會之經費、由各站全體職工、各提出一日之薪金以充之、直議至深晚三時、始各分散、至其簡章及詳細議案、容待續誌、

1925年9月1日，《苏州明报》刊登《铁路工会成立》。

本城要聞

口金箔工人同盟罷工紀

▲事爲要求增加工資不遂

本城金箔業工人、因生活維難、曾由小行(打切者)與中行(自做或代派者)磋商、要求大行(開店者)方面、增加工資四成、前日由中行司年等、邀請大行假都亭橋德仙樓作一度之集議、大行方面、以値此營業蕭條之際、實無加資之力、當卽婉辭拒却、並謂蘇滬同業、本屬一家、旣要加資、亦須商承滬上同業、不能獨斷獨行、故一場茶敍、未得要領而散、中小行同業、因此復於前晚(初六)以司年名義、通知各大中小行、假蒲林巷金箔公所開會、到者除中小行甚衆外、大行方面、僅到一二人、未足法定人數、時小行以大行旣不來會商議、是無異置諸不理、卽有人倡議罷工、以爲抵制

1925年11月23日，《苏州明报》刊登《金箔工人同盟罢工纪》。

論壇

口工潮

（翔羊）

自五卅案後。工人之勢力。趨入擴大一途。雖軍閥恃武力壓迫。而前撲後起。不但未能退縮。且益形進步。一工團被當局非法之干涉。全國工團。卽起而聲援之。今日工人。已非昔日被迫資本家壓力之下之工人可比。豈能再以資本家之勢力。與軍閥之武力壓迫乎。要之今日之工人。已知團結力。滬案罷工工人。而能堅持如是之久。卽可見矣。且壓力愈甚。則反動力亦愈甚。彼軍閥家與資本家。設再不知覺悟。必有釀起全國工潮之一日。至是軍閥雖有武力。其能殺盡工人乎。資本家恃有財產。其能買盡工人乎。工潮擴大。影響及於全國業商。殊非地方之幸也。惟欲消除此患。祇有政府從速頒布工會條例。庶旣範之以法。工人可無越軌之舉動。而資本家與大軍閥。亦不能再恃勢力與武力壓迫矣。奈何政府迭據人民之請求。而工會條例。始終遲不頒布乎。

1925年9月9日，《苏州明报》刊登《工潮》，宣扬工人运动。

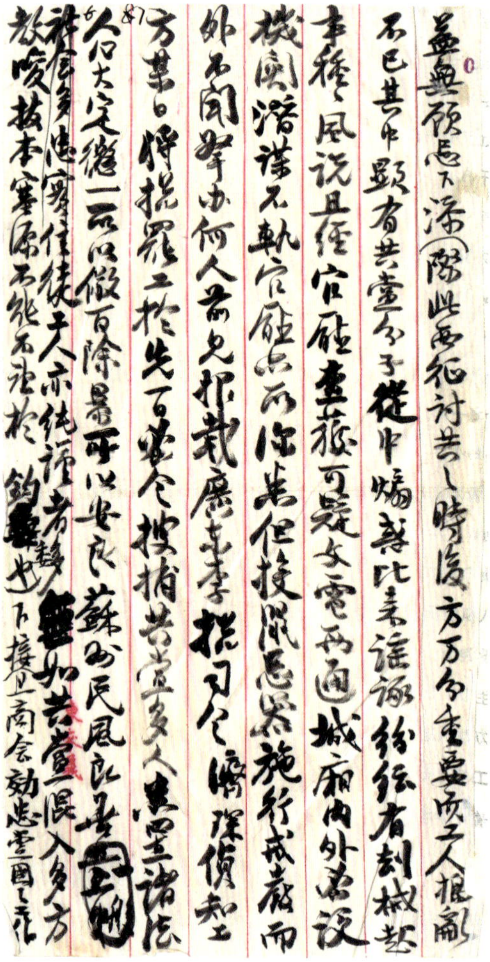

苏州商会呈文中提到共产党在铁机工人罢工事件中的作用。

张春山（1890—1946），苏州振亚丝织厂工人，1925年任丝织厂工人俱乐部执委，翌年加入中国共产党。1927年领导苏州铁机工人大罢工，次年任铁机工人联合会主任。

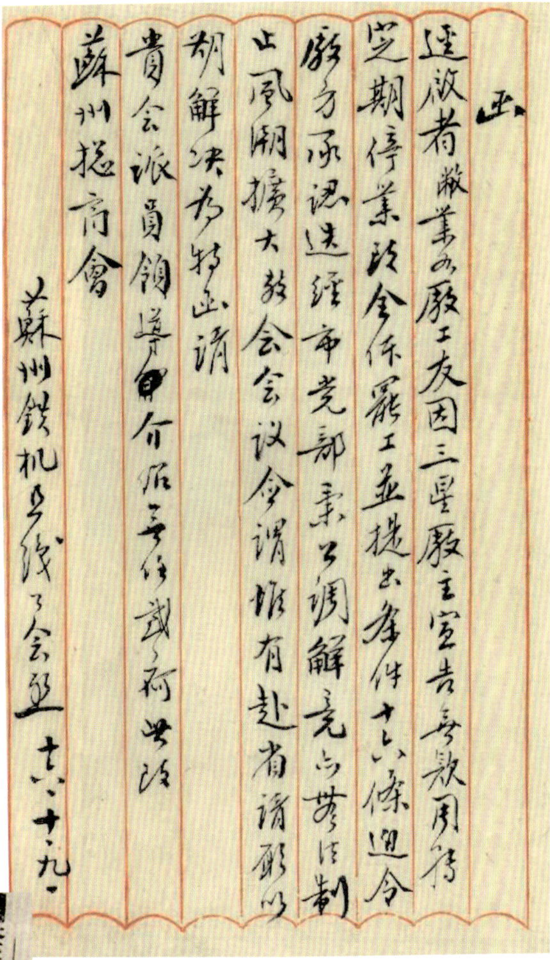

函
逕啟者敝業公廠工友因三星廠主宣告無款開停
定期停業致令停工並提出条件十六條迫令
廠方承認送經市党部秉公調解竟少勞資制
止風潮據大致會会议令謂准有赴省請願以
期解决為特函請
貴会派員領導由介紹查核施行為荷此致
蘇州總商會
蘇州鐵机絲織公会啟 十六、十、十九

1927年，苏州铁机丝织公会致苏州总商会的函，提到铁机工人罢工事件的原由。

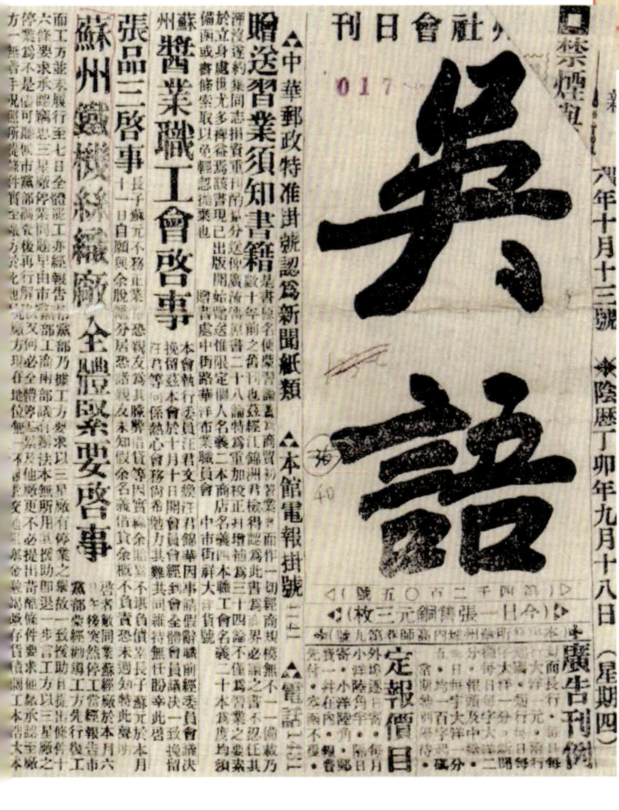

社會日刊
吳語
十六年十月十三號
陰曆丁卯年九月十八日
（星期四）
中華郵政特准掛號認為新聞紙類
本館電報掛號
電話
贈送習業須知書籍
蘇醬業職工會啟事
張品三啟事
蘇州鐵機絲織廠全體緊要啟事
定報價目
廣告刊例

1927年10月13日，《吴语》刊登《苏州铁机丝织厂全体紧要启事》。

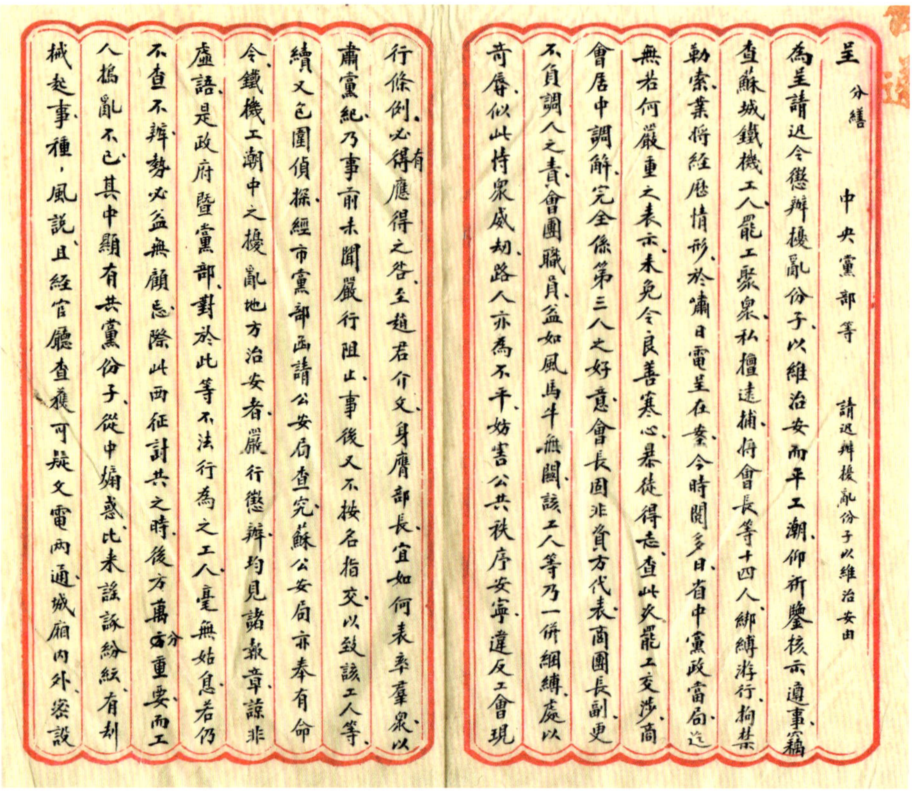

呈 分繕 中央黨部等 請迅辦擾亂份子以維治安由

為呈請迅令懲辦擾亂份子以維治安而平工潮仰祈鑒核示遵事竊查蘇城鐵機工人罷工聚衆私擅逮捕倂會長等十四人綁縛游行拘禁勒索業將經歷情形於慵日電呈在案今時閱多日省中黨政當局迄無若何嚴重之表示未免令良善寒心暴徒得志查此次罷工交涉商會居中調解完全係第三人之好意會長因非負方代表商團長副更不負調人之責會團職員益如風馬牛無關該工人等乃一併綑縛處以奇辱似此恃衆威劫路人亦為不平妨害公共秩序安寧違反工會現行條例必得（有）應得之咎至趙君介文身膺部長宜如何表率羣衆以肅黨紀乃事前未聞嚴行阻止事後又不按名指交以致該工人等續又包圍偵探經市黨部函請公安局查究蘇公安局亦奉有命令鐵機工潮中之擾亂地方治安者嚴行懲辦均見諸報章諒非虛語是政府暨黨部對於此等不法行為之工人毫無姑息若仍不查不辦勢必益無顧忌際此西征討共之時後方萬分重要而工人搗亂不已其中顯有共黨份子從中煽惑比來謠詠紛紜有刦械起事種種風說且經官廳查獲可疑文電兩通城廂內外密設

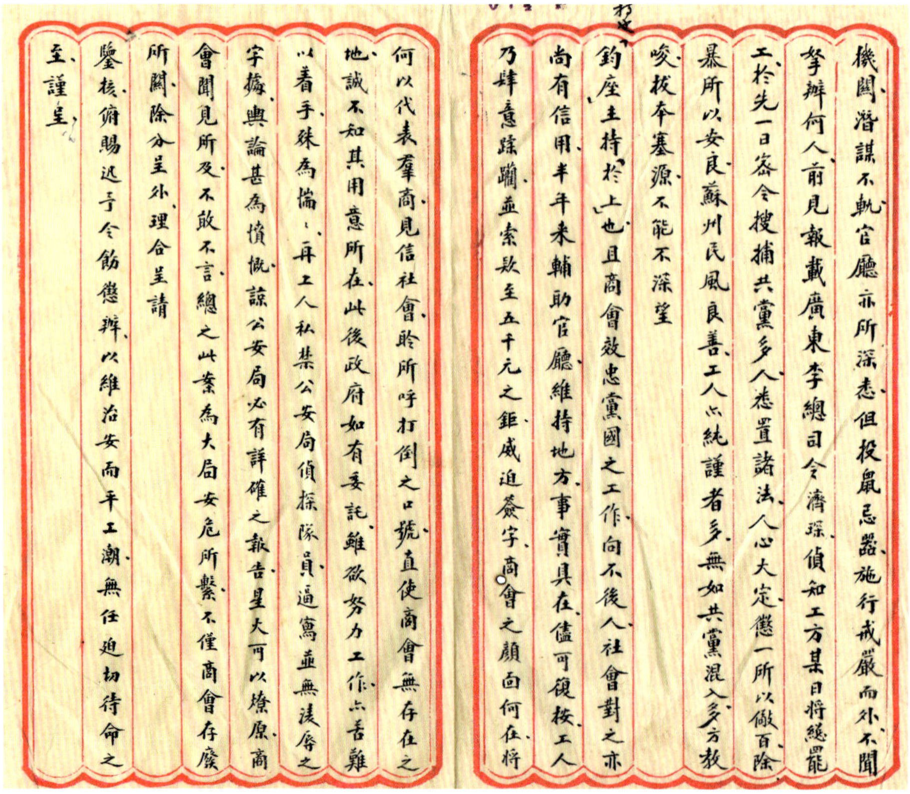

機關潛謀不軌官廳亦所深悉但投鼠忌器施行戒嚴而外不聞拏辦何人前見報載廣東李總司令濟深偵知工方某日將總罷工於先一日密令搜捕共黨多人悉置諸法人心大定懲一所以儆百除暴所以安良蘇州民風良善工人亦純謹者多無如共黨混入多方教唆拔本塞源不能不深望

鈞座主持於上也且商會效忠黨國之工作向不後人社會對之亦尚有信用半年來輔助官廳維持地方事實具在儘可覆按工人乃肆意蹂躪並索款至五千元之鉅威迫簽字商會之顏面何在將何以代表羣商見信社會聆所呼打倒之口號直使商會無存在之地誠不知其用意所在此後政府如有委託雖欲努力工作亦苦難以着手殊為惴惴再工人私禁公安局偵探隊員逼寫並無淩辱之字據輿論甚為憤慨諒公安局必有詳確之報告星火可以燎原商會聞見所及不敢不言總之此案為大局安危所繫不僅商會存廢所關除分呈外理合呈請

鑒核俯賜迅予令飭懲辦以維治安而平工潮無任迫切待命之至謹呈

苏州商会关于铁机工人罢工事件的呈文。

五卅运动在苏州

1925年5月30日，上海学生和工人2000余人在租界内进行反帝游行，英国巡捕开枪镇压、逮捕学生，制造了震惊中外的五卅惨案。消息传至苏州，各界群众纷纷上街集会抗议、宣传演讲，并发表通电，声援上海同胞。五卅运动在上海爆发，并很快席卷全国。这场运动是中国共产党直接领导的以工人阶级为主力军的中国人民反帝革命运动。

1925年5月，上海日商内外棉纱厂无理开除工人，引发工潮。带领工人抗争的共产党员顾正红被日商杀害，10多位工人受伤。5月30日，上海各界群众上街游行，遭英国巡捕开枪镇压，打死工人10多人，伤者不计其数，酿成五卅惨案。31日，苏州学联召开紧急会议，学生近800人到会，决定罢课示威。6月初，苏州各界在公共体育场集会，声援上海人民的爱国斗争。

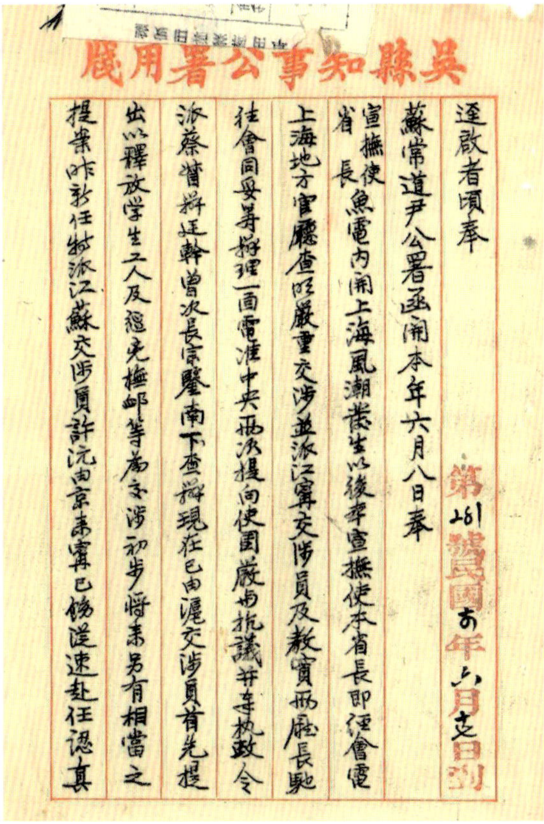
吳縣知事公署用箋

逕啟者頃奉
蘇常道尹公署函開本年六月八日奉
宣撫使
省長 魚電內開上海風潮發生以後本宣撫使本省長即經會電
上海地方官廳查明嚴重交涉並派江寧交涉員及教實兩廳長馳
往會同妥善辦理一面電達中央兩次提向使團嚴重抗議并奉執政令
派蔡督辦廷幹曾次長宗鑒南下查辦現在已由滬交涉員首先提
出以釋放學生工人及恤先撫卹等為交涉初步將來另有相當之
提案昨新任特派江蘇交涉員許沅由京來寧已飭從速赴任認真

第181號 民國十四年六月十五日到

吴县知事公署转知五卅案交涉情况。

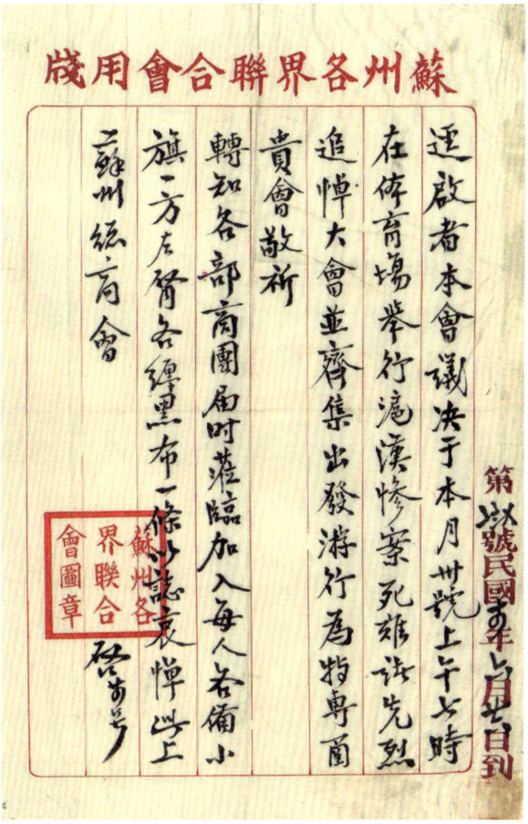
蘇州各界聯合會用箋

逕啟者本會議決于本月廿號上午七時
在體育場舉行滬漢慘案死難諸先烈
追悼大會並齊集出發游行為特專函
貴會敬祈
轉知各部商團屆時蒞臨加入每人各備小
旗一方左臂各纏黑布一條以誌哀悼此上
蘇州總商會
蘇州各界聯合會圖章
啟 十九日

第 號 民國十四年六月廿日到

苏州各界联合会为举行“沪汉惨案死难诸先烈追悼大会”事致苏州总商会函。

沈振公主編
民氣
常熟外交會刊物
第六號
大流血慘案專號

常熟外交会的刊物《民气》出版五卅惨案专刊。

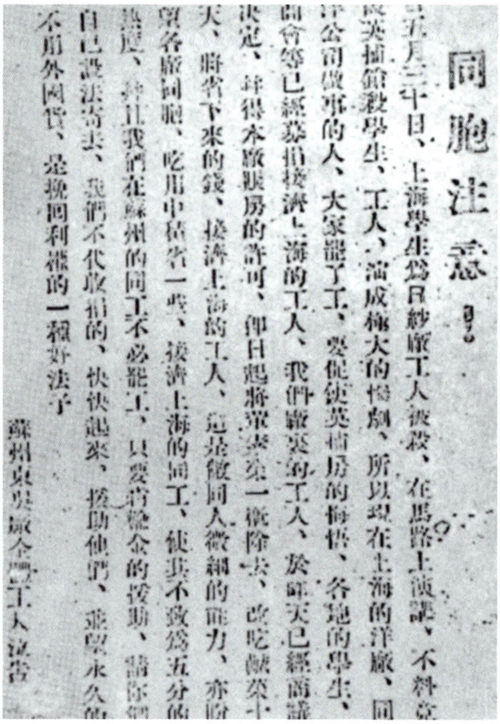
同胞注意！！

五月三十日、上海學生為日紗廠工人被殺、在馬路上演講、不料竟被英捕開槍殺學生、工人、造成極大的慘劇、所以現在上海的洋廠、同洋公司做事的人、大家罷了工、要促使英捕房的悔悟、各地的學生、商會等已經募捐接濟上海的工人、我們廠裏的工人、於昨天已經商議決定、並得本廠賬房的許可、即日起將常葷菜一概除去、改吃蔬菜十天、將省下來的錢、接濟上海的工人、這是做同人微細的能力、亦盼望各廠同胞、吃用中儉省一些、接濟上海的同工、使其不致為五分鐘的熱度、並且我們在蘇州的同工不必罷工、只要籌捐金錢的援助、請你們自己設法寄去、我們不代收捐的、快快起來、援助他們、並望永久的不用外國貨、是挽回利權的一種好法子

蘇州東吳廠全體工人泣告

苏州东吴厂全体工人为声援上海五卅运动发布的宣传单。

解放日报 1964.5.31 第5版
中国人民大学附属剪报资料图书卡片社复印

G3 中国近代史、现代史
64-75 共2頁(1)

紀念「五卅」运动与当前历史研究

沈以行

今年是“五卅”运动三十九周年。上海的一部分史学工作者正在整理“五卅”运动的資料，着手研究“五卅”运动的历史經驗，这是学术界的一种新气象。

“五卅”运动是中国人民的一次伟大的反帝革命斗爭。当年，面对着十分凶暴的帝国主义，上海人民在中国共产党領导下，首先举起了反帝的旗帜，开展了罢工罢課和罢市运动。接着，全国将近三百个城市紛起响应，先后共有一千二百万人參加了反帝的集会和游行，掀起了空前規模的反帝大风暴，給帝国主义以重大的打击。“五卅”运动中广大人民坚决反帝的精神是我国革命斗爭的宝貴传統。中国人民在以后的斗爭中发揚了这个传統，在长期伟大的革命实践中，历經种种艰难困苦，增长了反对帝国主义及其走狗的經驗，丰富了革命的战略和策略思想，从胜利走向胜利。

今天，中国人民正在胜利地进行社会主义革命和社会主义建設，但国内外的阶級斗爭并未熄灭。重溫“五卅”运动的历史，可以使我們获得不少阶級斗爭規律的知識；发揚当年的革命精神，吸取当年的經驗教訓，更好地投入当前的斗爭。

“五卅”运动的历史是中国近百年史的一部分。二十三年前，毛澤东同志就向我們提出了研究中国近百年史的任务。毛澤东同志在《改造我們的学习》一文中批評了当时革命陣营中的一些坏作风，这就是：不注重研究现状，不注重研究历史，不注重馬克思列宁主义的应用。毛澤东同志在批評不注重研究历史的情形时說：“对于自己的历史一点不懂，或懂得甚少，不以为耻，反以为荣。特别重要的是中国共产党的历史和鴉片战争以来的中国近百年史，真正懂得的很少。近百年的經济史、近百年的政治史、近百年的軍事史、近百年的文化史，簡直还沒有人认真动手去研究。”

今天当我們重讀毛澤东同志这篇著作时，我們受到了更大的教益。时隔二十三年，我們在历史研究工作方面，对于毛澤东同志指出的现象，积极地加以改变了沒有呢？改变了多少呢？固然，二十多年来，特别是全国解放以后的十多年来，我們的学术研究，包括史学的研究，有了显著的进展，我們已有一支不小的队伍，开展了不少的研究项目；但是，认真地研究中国近百年史的空气，还不是那么浓厚。“五卅”运动是近百年政治史中的重大事件之一，我們对它的研究，开始也还不久，而在进行这一项目的研究时，在有些研究人員中，目的性也还不够明确。类似“五卅”运动那样的专題項目，在中国近百年史中为数不少，而我們还沒有有計划地去占領陣地。有些研究工作者，甚至还不願意研究近百年的中国史，只願意在古代世界中去追求所謂“高深的学問”，似乎离开现实斗爭愈远的課題，“学术价值”就愈高。当然，古代史也是需要研究的，但是，如果嗜古成风，脫离现实斗爭，那么，我們的史学队伍就会变得毫无战斗力。

当前，研究“五卅”运动历史，研究中国近百年史的任务摆在我們的面前。我們要勇于把它承担起来。这方面的研究应該像毛澤东同志所指出的那样，系統地周密地收集材料，加以研究，力戒粗枝大叶、夸夸其談、满足于一知半解。在这里，收集和整理材料的工作是不容忽视的。在材料問題上，我們反对那种片面强調材料的重要性、认为观点不过起临时的作用、材料才是“传世之作”的观点。但是，材料却不是可有可无的。我們必须詳細地占有材料，然后在馬克思主义一般原理的指导下，从这些材料中引出正确的結論。馬克思說：“研究必须詳細地占有材料，分析它的不同的发展形态，并探寻出这各种形态的内部联系。只有在完成这种工作之后，实际的运动方向才能够适当地叙述出来。”（《第二版的跋》《資本論》第一卷，人民出版社一九六三年版）这也就是說，离开了材料，研究工作将成为空談。

这方面的研究，还应該有一个明确的目的性，就是要以馬克思主义的“矢”，来射中国革命和世界革命之“的”。我們应該把对“五卅”运动的研究、中国近百年史的研究，同世界上反帝革命的现实斗爭联系起来；跟上时代的步伐，不是为历史而研究历史。今天，亚洲、非洲、拉丁美洲許多国家的人民正在进行民族民主革命，同新老殖民主义进行英勇不屈的斗爭。我們总結我国丰富的革命的历史經驗，闡明斗爭的規律性，就有利于共同的

工人运动史研究专家沈以行在《解放日报》上发表五卅运动研究文章。

秦邦宪（1907—1946），又名博古，江苏无锡人。中国共产党早期领导人之一、中国共产党新闻事业卓越的开拓者和奠基人之一。他是无产阶级革命家、理论家、宣传家和社会活动家。领导创办了《解放日报》。

秦邦宪（博古）在《血泪潮》上发表的《病榻琐记》，介绍他参加苏州声援五卅运动的情况。

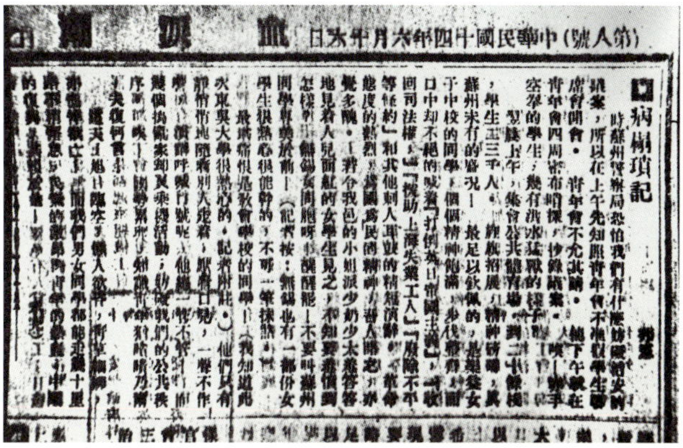

血淚潮　中華民國十四年六月十六日（第八號）

病榻瑣記

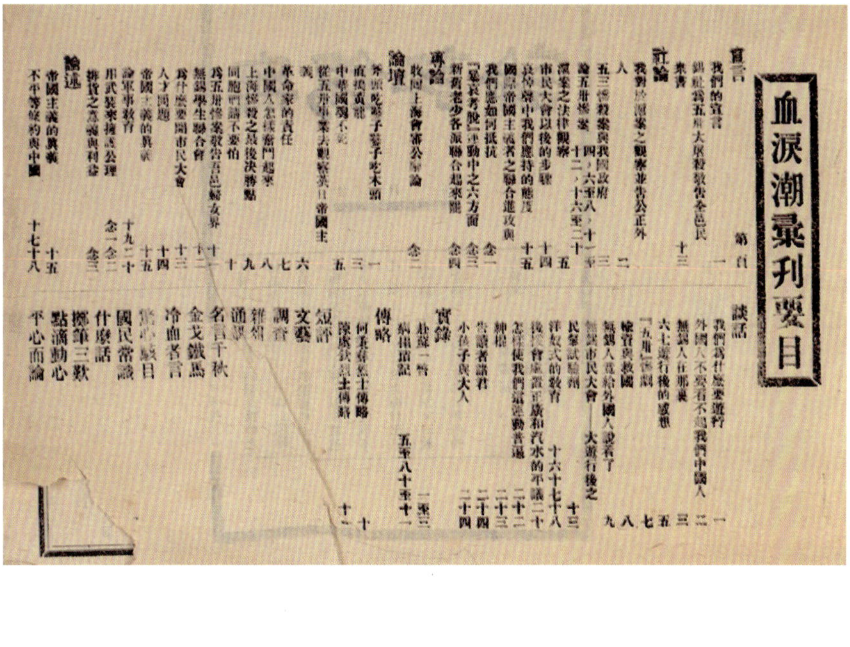

血淚潮彙刊要目

宣言　第頁
我們的宣言　一
錫社爲五卅大屠殺敬告全邑民衆書　十三
社論
我對於滬案之觀察並告公正外人　二
五三慘殺案與我國政府　三
論五卅慘案　四，六至八，十一至十二，十六至二十
滬案之法律觀察　五
市民大會以後的步驟　十四
哀悼聲中我們應持的態度　十五
國際帝國主義者之聯合進攻與我們應如何抵抗　念一
「暴哀考脫」運動中之六方面　念三
新舊老少各派聯合起來罷　念四
專論
收回上海會審公廨論　念二
論壇
莽原吃菓子藝子吃木頭　一
直撲責罷　三
中華國魂不死　五
從五卅事業去觀察英日帝國主義　六
革命家的責任　七
中國人怎樣奮鬥起來　八
上海慘殺之最後決勝點　九
同胞們請不要怕　十
爲五卅慘案敬告吾邑婦女界　十一
無錫學生聯合會　十二
爲什麽要開市民大會　十三
人才問題　十四
帝國主義的真象　十五
論軍事教育　十九二十
用武裝來擁護公理　念一念二
排貨之意義與利益　念三
論述
帝國主義的真義　十五
不平等條約與中國　十七十八

談話
我們爲什麽要遊行　一
外國人不要看不起我們中國人　二
無錫人在那裏　三
六七遊行後的感想　五
「五卅」悲劇　七
懺悔與救國　八
無錫人竟給外國人說着了　九
無錫市民大會——大遊行後之民衆試驗期　十三
洋奴式的教育　十六十七十八
幾段會底鐘正廣和汽水的不議　二十
怎樣使我們這運動普遍　二十二
紳權　二十三
告讀者諸君　二十四
小孩子與大人　二十四
實錄
赴蘇一瞥　一至三
病榻瑣記　五至八十至十一
傳略
何秉彝烈士傳略　十
陳虞欽烈士傳略　十一
短評
文藝
調查
雜組
通訊
名言千秋
金戈鐵馬
冷血者言
觸心驚目
國民常識
什麽話
擲筆三歎
點滴動心
平心而論

五卅路纪念碑。

因五卅运动后援会结束，上海退回了苏州民众支援沪地工人的部分捐款6000元，这笔捐款用于建路并定名“五卅路”。图为五卅路旧影。

大革命运动

1924年1月至1927年7月进行的第一次国内革命战争，是中国人民在中国共产党和中国国民党合作领导下进行反对帝国主义、北洋军阀的斗争。1924年1月，中共党员参与的中国国民党第一次全国代表大会在广州召开，标志着国共合作正式形成。中共帮助国民党进行改组，建立了以国共合作为基础的统一战线，之后发动了规模空前的北伐战争，大革命风暴迅速席卷全国。

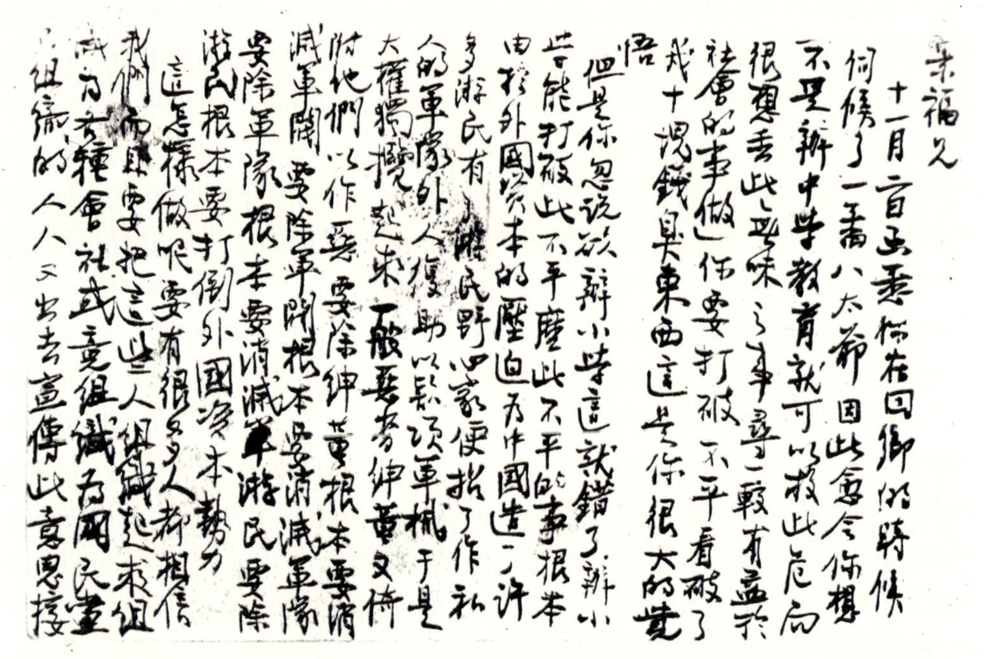

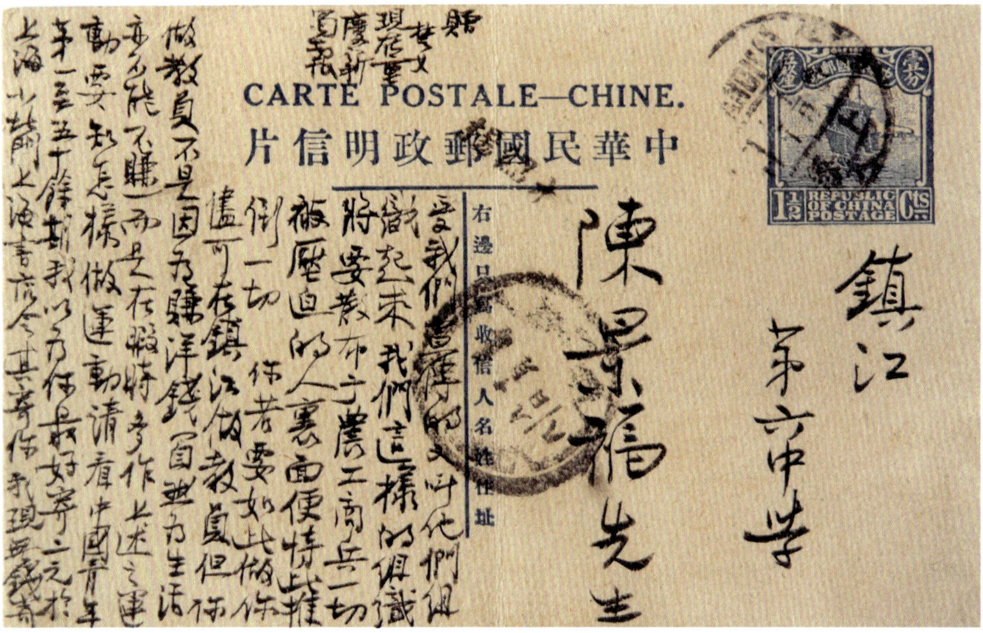

1924年，萧楚女致陈景福明信片，提出要将革命组织散布到农工商兵中去。陈景福深受鼓舞，抱定“一息尚存，吾决不愿为革命之落后者”的信念，先后参加了北伐战争等革命活动。1937年抗战全面爆发，陈景福在家乡常熟组织武装队伍，开展抗日斗争。1941年秋，日伪对苏常太抗日游击根据地进行大规模“清乡”，陈景福不幸牺牲。

萧楚女（1891—1927），湖北汉阳人，中国共产党早期青年运动领导人。曾与恽代英一起主编《中国青年》，协助毛泽东编辑《政治周报》，曾任广州农民运动讲习所专职教员、黄埔军校政治教官等。参加过武昌起义、五四运动。1927年4月22日，在南京石头城监狱被杀害。

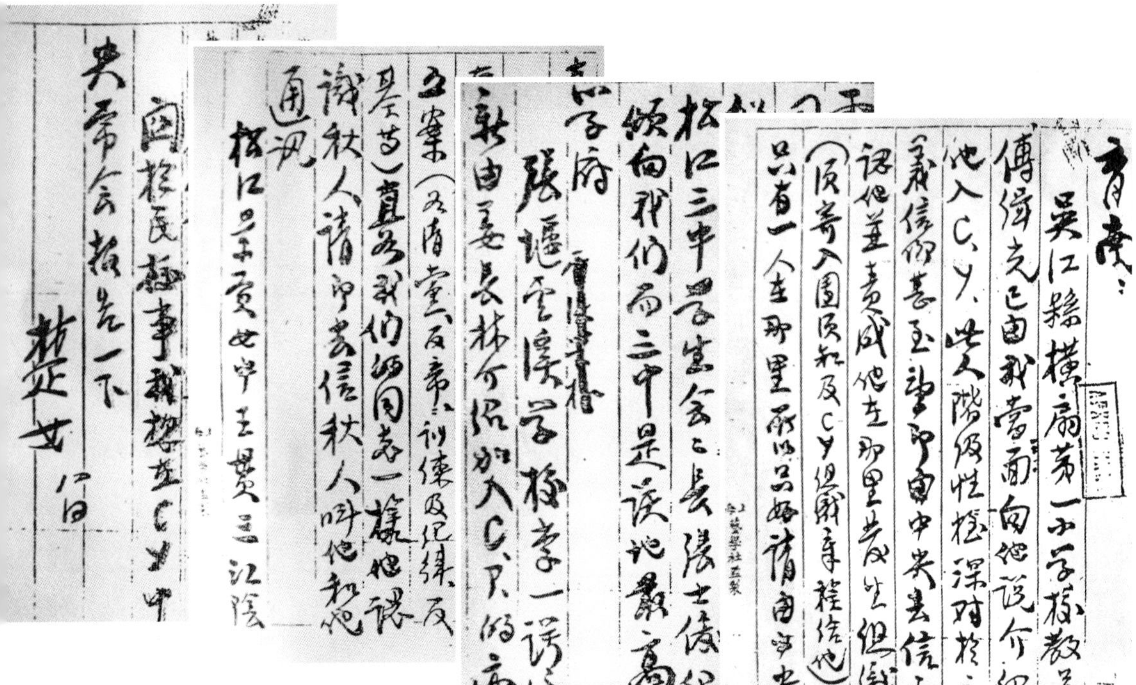

育南：
吴江县横扇第一小学校教员
傅缉光已由我当面向他说介绍
他入C.Y.，此人聪俐性格深对於主
义信仰甚至，望即由中央去信承
认他并委成他在那里发生组织
（须寄入团须知及C.Y.组织章程给他）他
只有一人在那里，所以只好请由中央

1926年1月，萧楚女在参加国民党吴江县第四次代表大会时，结识了吴江进步青年傅缉光，他写信给时任共青团中央组织部部长的林育南，介绍傅缉光加入共青团。翌年，傅缉光加入中国共产党；10月，中共苏州县委建立，傅缉光任中共苏州平江区委书记。

在中国共产党帮助下，国民党苏州市党部于1925年8月成立，省党部设于上海，主要负责人有侯绍裘、柳亚子、张应春等。图为国民党江苏省党部成立大会留影。

张应春（1901—1927），江苏吴江人。1925年加入中国共产党。在柳亚子、侯绍裘的协助下，创办《吴江妇女》，积极推动妇女解放运动。第一次国共合作时期任国民党江苏省党部执行委员兼妇女部长。曾起草《江苏省党部妇女部为反对段祺瑞惨杀北京市民宣言》，并组织上海群众反段祺瑞政府的示威游行。1927年4月10日被秘密杀害于南京雨花台。

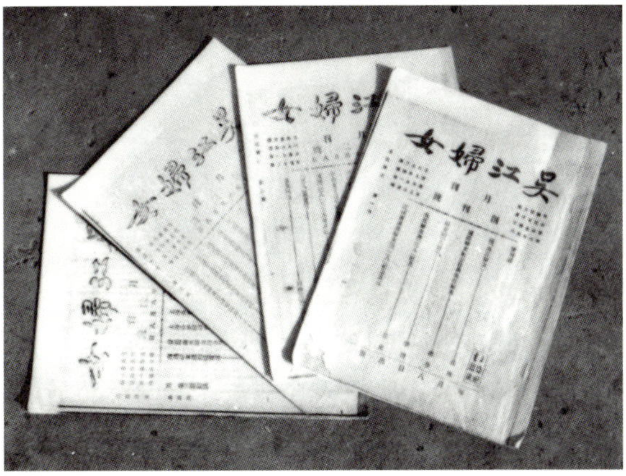

1926年3月8日，张应春创办《吴江妇女》，除担任编辑、发行工作外，还积极写稿，宣传妇女革命。

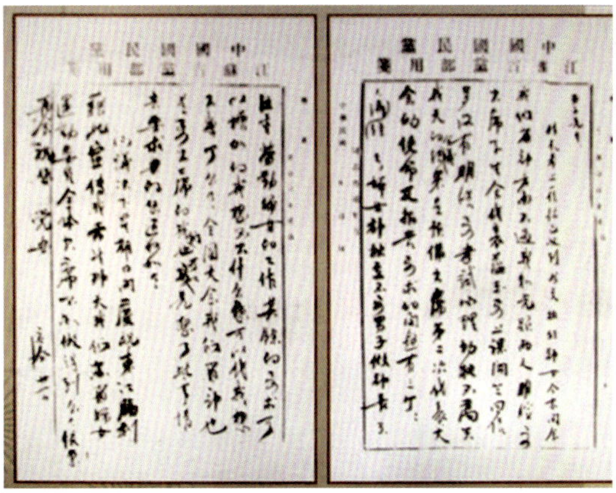

张应春为征求妇女工作意见致柳亚子函。

1955年，毛泽东主席签署的张应春烈士光荣纪念证。

1926年12月，汪伯乐、柳伯英、唐觉民三人在南京被孙传芳杀害。1927年6月22日，各界代表在雨中迎候由宁运苏的烈士灵柩。

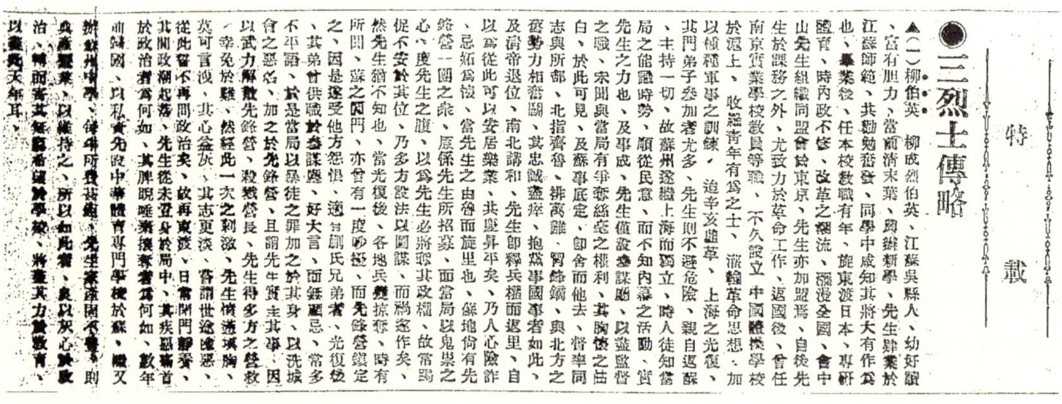

特載

●三烈士傳略

▲(一)柳伯英 柳成烈伯英、江蘇吳縣人、幼好讀、富有胆力、當前清末葉、興辦新學、先生肄業於江蘇師範、共勤勉奮發、同學中咸知其將大有作爲也、畢業後、任本校教職有年、旋東渡日本、專研體育、時內政不修、改革之潮流、瀰漫全國、會中山先生組織同盟會於東京、先生亦加盟焉、自後先生於課務之外、尤致力於革命工作、返國後、曾任南京實業學校教員等職、不久設立中國體操學校於滬上、收羅青年有爲之士、灌輸革命思想、加以種種軍事之訓練、迨辛亥起革、上海之光復、其門弟子參加者尤多、先生則不避危險、親自返蘇、主持一切、故蘇州遂繼上海而獨立、時人徒知當局之能識時勢、順從民意、而不知內幕之活動、實先生之力也、及事成、先生僅設參謀廳、以盡監督之職、宋聞與當局有爭奪總辦之權利、其胸懷之坦白、於此可見、及蘇事底定、即舍而他去、督率同志與所部、北指齊魯、排萬難、冒鋒鏑、與北方之舊勢力相搏鬪、其忠誠盡瘁、抱熱事國事者如此、及清帝退位、南北講和、先生即釋兵權而返里、自以爲從此可以安居樂業、共慶昇平矣、乃人心險詐、忌妬爲懷、當先生之由魯而旋里也、縣地倘有先鋒營一團之衆、原係先生所招募、而當局以鬼祟之心、度先生之腹、以爲先生必將奪其政權、故常蹈促不安於其位、乃多方設法以圖謀、而禍遂作矣、然先生猶不知也、當光復後、各地兵變擄掠、時有所聞、蘇之閶門、亦曾有一度劫掠、而先鋒營鎮定之、因是遂受他方怨恨、適有劉氏兄弟者、光復後、其弟曾供職於參謀廳、好大言、而無顧忌、常多不平語、於是當局以暴徒之罪加之於其身、以洗城會之惡名、加之於先鋒營、且謂先生實主其事、因以武力解散先鋒營、殺戮營長、先生得多方之營救、幸免於難、然經此一次之刺激、先生憤懣填胸、莫可言喻、其心益灰、其志更淡、嘗謂世途險惡、從此當不再問政治矣、故再東渡、日常閉門靜養、其間政潮起落、先生從未置身於局中、其疾惡禍首於政治者爲何如、其睥睨擾擾者爲何如、數年而歸國、以私資先設中華體育專門學校於蘇、繼又辦蘇州中學、學所費甚鉅、先生家產爲之蕩盡、則典產鬻業、以維持之、所以如此者、良以灰心於政治、轉而寄其無窮希望於學校、將盡其力於教育、以盡其天年耳、

1927年6月22日，《苏州明报》刊登《三烈士传略》。

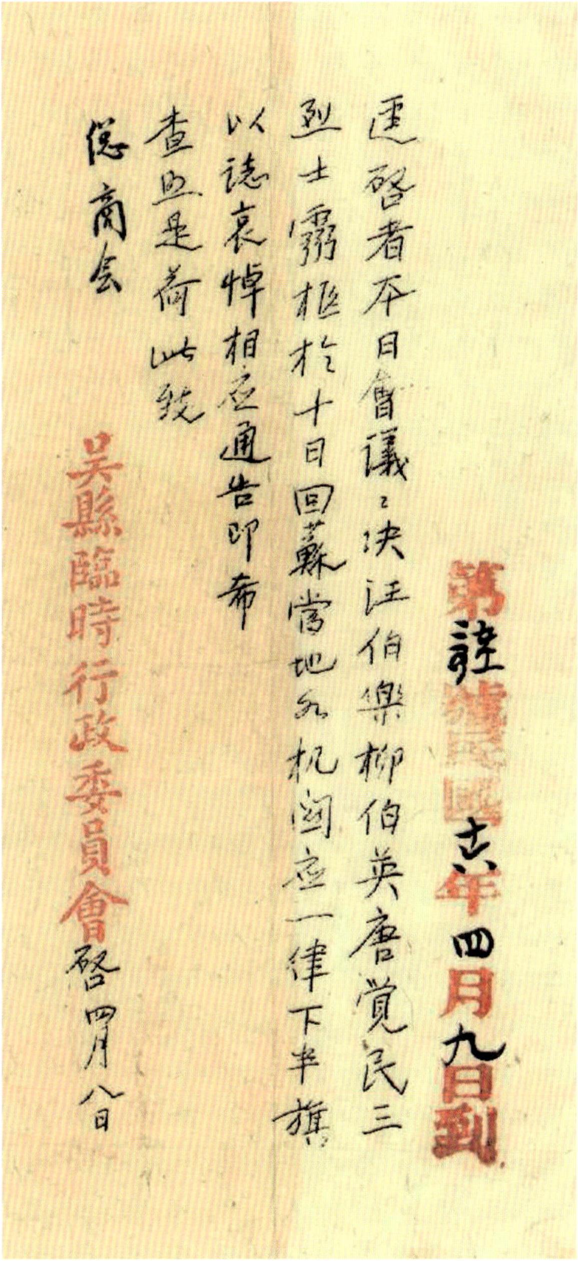

第註號 民國十六年四月九日到

逕啓者本日會議議决汪伯樂柳伯英唐觉民三
烈士靈柩於十日回蘇當地各机関應一律下半旗
以誌哀悼相應通告即希
查照是荷此致
總商会
吴縣臨時行政委員會啓 四月八日

吴县临时行政委员会为汪伯乐等三烈士下半旗以志哀悼等事致苏州总商会函。

汪伯乐（1900—1926），江苏苏州人。省立一师毕业后任教员。1926年8月接任中共苏州独立支部书记，与柳伯英等筹划策应北伐军。

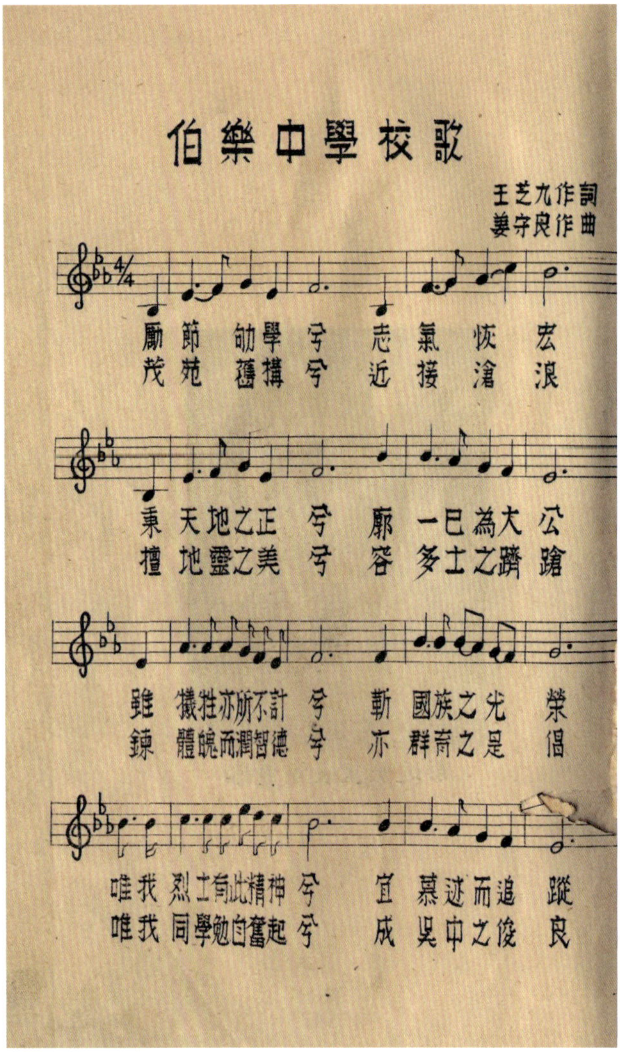

由王芝九作词、姜守良作曲的《伯乐中学校歌》。

伯乐中学校徽。

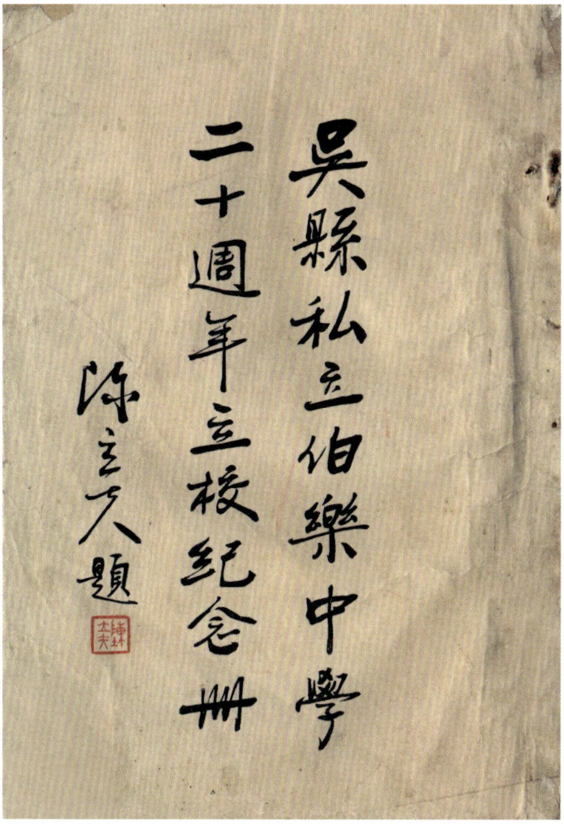

伯乐中学成立二十周年纪念册。

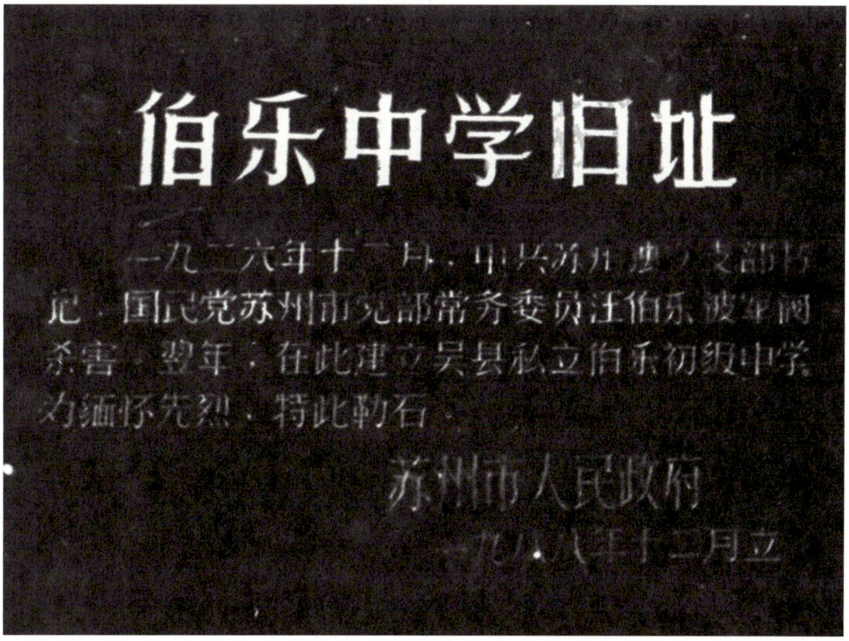

1927年8月，苏州人民为纪念汪伯乐，以旧长洲县衙为校址，建立伯乐中学。图为1988年12月，苏州市人民政府建立的伯乐中学旧址纪念碑。

1927年3月20日，北伐军与军阀孙传芳部在尹山一带展开激战，北伐军击退孙传芳部。次日，北伐军由盘门进入苏州。图为苏州民众集会欢迎北伐军。

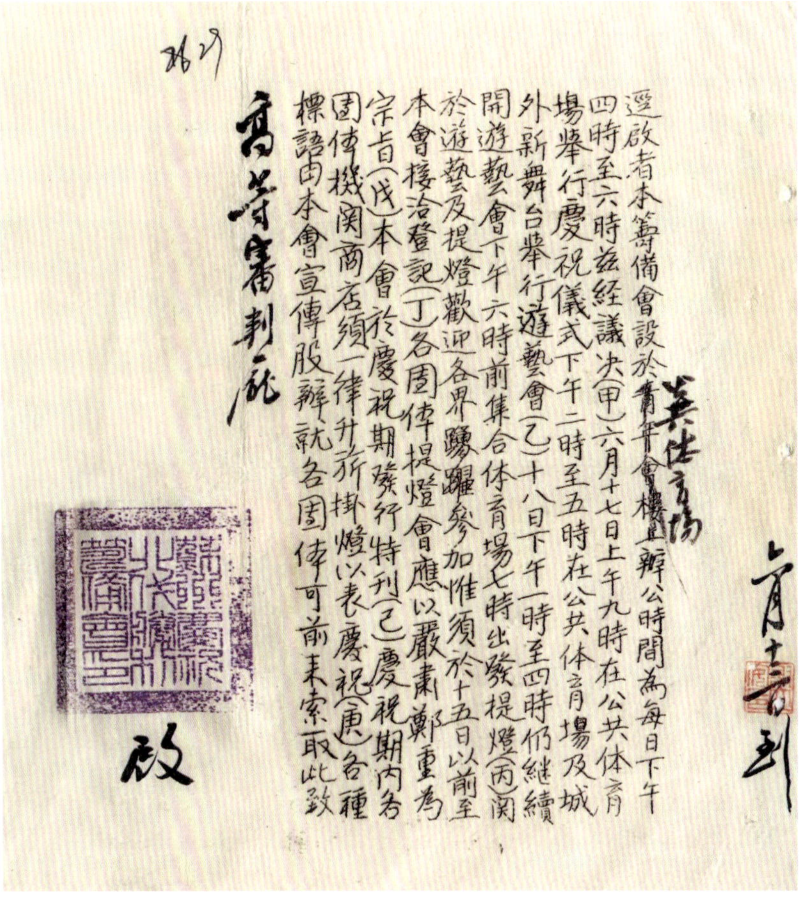

逕啟者本籌備會設於青年會樓上（共体育場）辦公時間為每日下午四時至六時茲經議決(甲)六月十七日上午九時在公共体育場舉行慶祝儀式下午二時至五時在公共体育場及城外新舞台舉行遊藝會(乙)十八日下午一時至四時仍繼續開遊藝會下午六時前集合体育場七時出發提燈(丙)関於遊藝及提燈歡迎各界踴躍參加惟須於十五日以前至本會接洽登記(丁)各團体提燈會應以嚴肅鄭重為宗旨(戊)本會於慶祝期發行特刊(己)慶祝期內各團体機関商店須一律升旂掛燈以表慶祝(庚)各種標語由本會宣傳股辦就各團体可前來索取此致

高等審判庭

啟

六月十二日到

苏州商会关于举办庆祝北伐胜利活动的函。

土地革命战争时期的斗争

1927年“四一二”反革命政变后，国共合作宣告破裂，大革命从胜利走向失败。此后，中国共产党领导中国人民深入开展土地革命，反对国民党白色恐怖统治，遭到以蒋介石为首的国民党的残酷镇压，党组织遭到破坏，党的活动被迫转入地下，许多共产党员不屈不挠，英勇斗争，为革命事业作出牺牲。

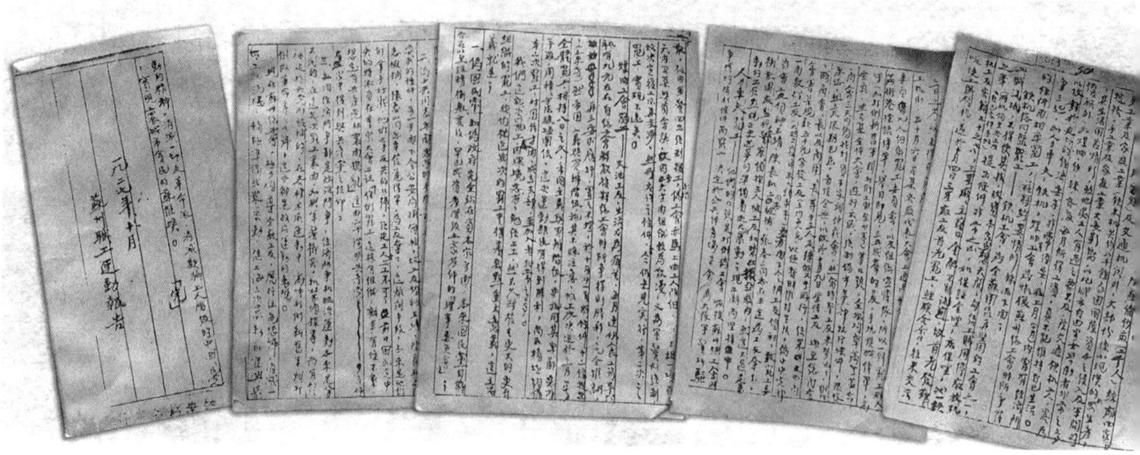

中共苏州县委给上级党组织的工作报告。

1927年11月15日和12月21日，地方党组织领导后塍（今属张家港）农民暴动，第一次攻占国民党后塍公安分局，第二次救出被捕的农暴队员。图为后塍公安分局旧址。

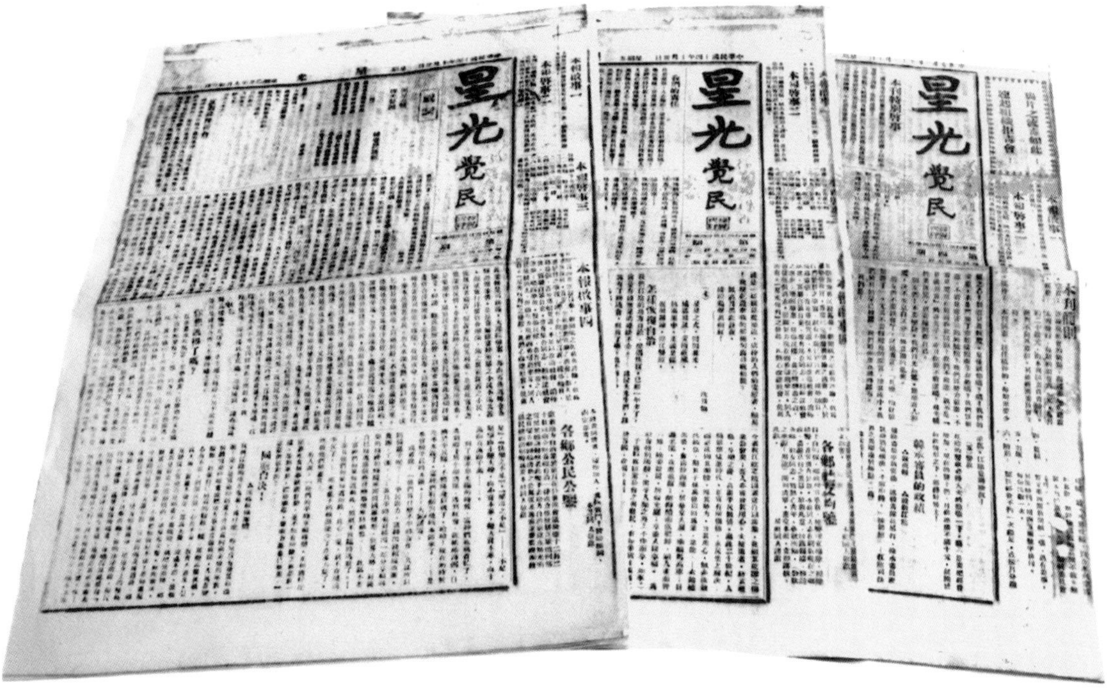

孙逊群在江阴澄南小学创办《星光》旬刊，宣传革命思想。

孙逊群（1897—1927），江苏江阴人。1925年加入中国共产党，是张家港境内第一位共产党员。先后任中共江阴独立支部书记、江阴县农民协会委员长和农民自卫军总指挥、中共无锡县委书记。1927年11月被国民党杀害。

本埠要聞

教導團破獲共黨機關

前晚通宵搜捕——共被獲十餘人

1928年2月4日晨，设在仓米巷2号的共青团地下组织遭国民党军警搜捕，先后有书记陈铿及委员张德杰、胡本立等17人被捕。图为当时《吴县日报》上有关仓米巷事件的报道。

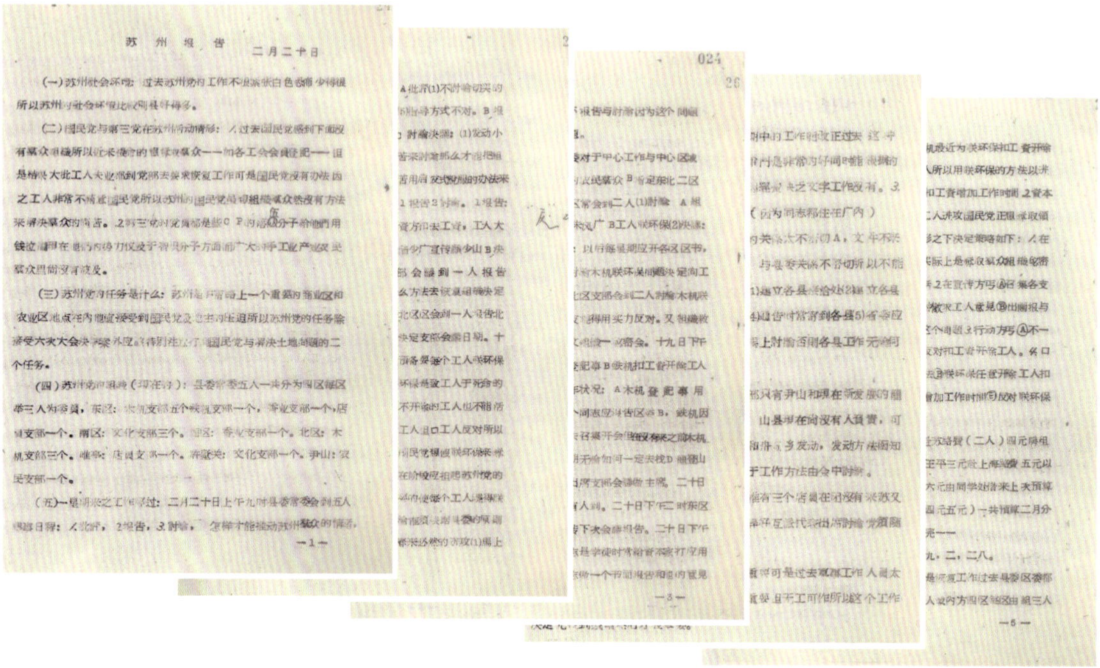

苏州报告　　二月二十日

(一)苏州社会环境：过去苏州党内工作不[illegible]白色恐怖少得[illegible]所以苏州的社会环境比较[illegible]得多。

(二)国民党与第三党在苏州活动情形：1.过去国民党感到下面没有群众组织所以近来倾向的[illegible]群众——如各工会会员登记——但是[illegible]大批工人失业跑到党部去要求恢复工作可是国民党没有办法因之工人非常不满意国民党所以苏州的国民党[illegible]组织群众然没有方法来解决群众的痛苦。2.第三党的党员都是些C P的落伍分子给他们用钱[illegible]在他们的势力仅及于智识分子方面而广大的手工业产业及农民群众尚没有波及。

(三)苏州党的任务是什么：苏州是[illegible]上一个重要的商业区和农业区[illegible]受到国民党及[illegible]所以苏州党的任务除接受六次大会决议案外应特别注意[illegible]国民党与解决土地问题的二个任务。

(四)苏州党的组织(现在的)：县委常委五人一共分为四区每区举三人为委员，东区：农[illegible]支部五个[illegible]支部一个，商业支部一个，店员支部一个。南区：文化支部三个。西区：商业支部一个。北区：木机支部三个。唯亭：店员支部一个。浒墅关：文化支部一个。尹山：农民支部一个。

(五)一星期来之工作经过：二月二十日上午九时县委常委会到五人[illegible]日程：1.批评，2.报告，3.讨论，[illegible]怎样才能推动苏州群众的情绪。

—1—

1929年2月，苏州地下党组织情况报告。

苏州組織統計表

1929年2月20日

县委人数成份	常委五人	党員数及成份	71
区委数目	四区	中心区域	东区 北区
支部数及类别		社会环境	工作不紧暖白色恐怖很少較别县好

各区状况	区名	东区	南区	西区	北区	总計
	区委人数	3	3	3	3	12
	产生方式	选举	选举	同左	同左	
	支部数及类别	8支部 木机5 鐵机1 香业1 店員1	3支部 文化支部3	支部1 香业1	6支部木机3 文化1 店員1 农民1	17支部木机8 香业2 文化4
	党員人数					
	記余					

—1—

—8—

工人数量	鉄机工人3000——4000 入工会者半数
資本进攻	用連环保的方法防止工人活动 用营业不振的名义扣工资增工时 勾結国民党用政治势力进攻 实行改良主义政策
国民党活动	很命想夺取群众工会会員登記但不能解决工人失业的問題
第三党活动	党員均CP落伍分子他們的势力仅及于知識分子中
群众表現	工人对国民党有幻想向党部請愿要求恢复工作但无办法解决工人又很不满意
省委与县委关系	省委与县委关系不密切
团的概况	团无組織仅有三个店員团員
工作計划	在資本进攻情形之下决定在組織方面組織救济会夺取群众 打倒黄色工会 召集黄色工会干事談話 宣傳方面 召集支部会議根据原则向工人宣傳并征求工人意見 出画报及小报 联合平民学校的小报討論此問題 行动方面 一律不交会費不去登記 誰也不能保誰反对扣工資开除人

1929年2月，苏州地下党组织统计表。

关于工人斗争、秋收斗争、发展和改造党等问题的指示

—陈云同志起草的中共江苏省委致苏州县委的信（摘录）

（1929年10月3日）

布尔什维克的党是领导工农广大群众斗争的党，党必须有千百万劳苦工农群众拥护。党要完成它目前革命阶段的任务，只有组织广大工农群众于党的周围，（在）领导广大群众的不断斗争中，使群众走向武装暴动夺取政权的面前。如果党脱离了群众，即断绝了党的生命和活动。……苏州县委机关必须尽快搬到盘门附近的工人居住区，在行动上接近群众，才能了解群众生活，发动群众斗争……。

1929年9月，中共江苏省委常委兼农民运动委员会书记陈云到苏州考察，召开基层党支部负责人会议。10月，起草中共江苏省委致苏州县委的信，指导苏州工作。

朱杏南(1899—1931),江苏江阴人。1929年任中共苏州县委书记,1930年被捕,备受酷刑而坚贞不屈,1931年牺牲于南京雨花台。

丁香(1910—1932),江苏苏州人。在东吴大学读书时期加入中国共产党。在上海、北京从事地下党工作。被捕时已怀孕三个月,国民党以保全婴儿为饵劝其投降,丁香严词以拒。1932年牺牲于南京雨花台。

地方党组织团结工人,在苏州鸿生火柴厂等工厂建立党支部。1932年,苏州党组织遭严重破坏,工人运动领导人、中共苏州中心县委组织部长张阿春,鸿生火柴厂党支部书记梁阿贵,共青团书记吕和尚等人被捕,牺牲于南京雨花台。图为鸿生火柴厂工人劳动的旧照。

抗日救亡运动

1931年，日本发动“九一八”事变，突袭东三省。1932年，又发动“一·二八”事变，进攻上海守军。全国人民群情激奋，掀起反日高潮。在中国共产党领导下，苏州各界人民成立各种抗日救亡组织，向国民党政府请愿和示威游行，要求发兵抗日。民众纷纷声援、慰劳前方抗日将士，积极支援中国军队抵抗日本侵略军。

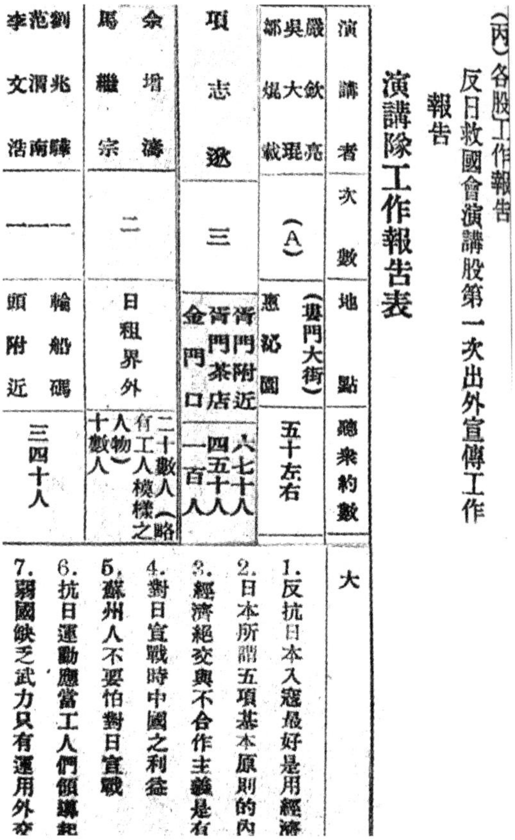

(丙)各股工作報告

反日救國會演講股第一次出外宣傳工作報告

演講隊工作報告表

演講者	次數	地點	聽衆約數
嚴欽亮 吳大琨 鄒焜載	(A)	惠泌園(婁門大街)	五十左右
項志逖	三	胥門附近	六七十人
		胥門茶店	四五十人
		金門口	一百人
佘增濤 馬繼宗	二	日租界外	二十數人(略有工人模樣之人物)十數人
劉兆驊 范渭南 李文浩	一	輪船碼頭附近	三四十人

大

1.反抗日本入寇最好是用經濟

2.日本所謂五項基本原則的內

3.經濟絕交與不合作主義是有

4.對日宣戰時中國之利益

5.蘇州人不要怕對日宣戰

6.抗日運動應當工人們領導起

7.弱國缺乏武力只有運用外交

1931年10月，苏州中学学生项志逖（胡绳）、吴大琨、马继宗（唐纳）等人组织演讲队向社会宣传拒买日货。图为苏州中学校刊上的演讲队首次工作报告表。

苏州中学学生上街宣传抗日救国。

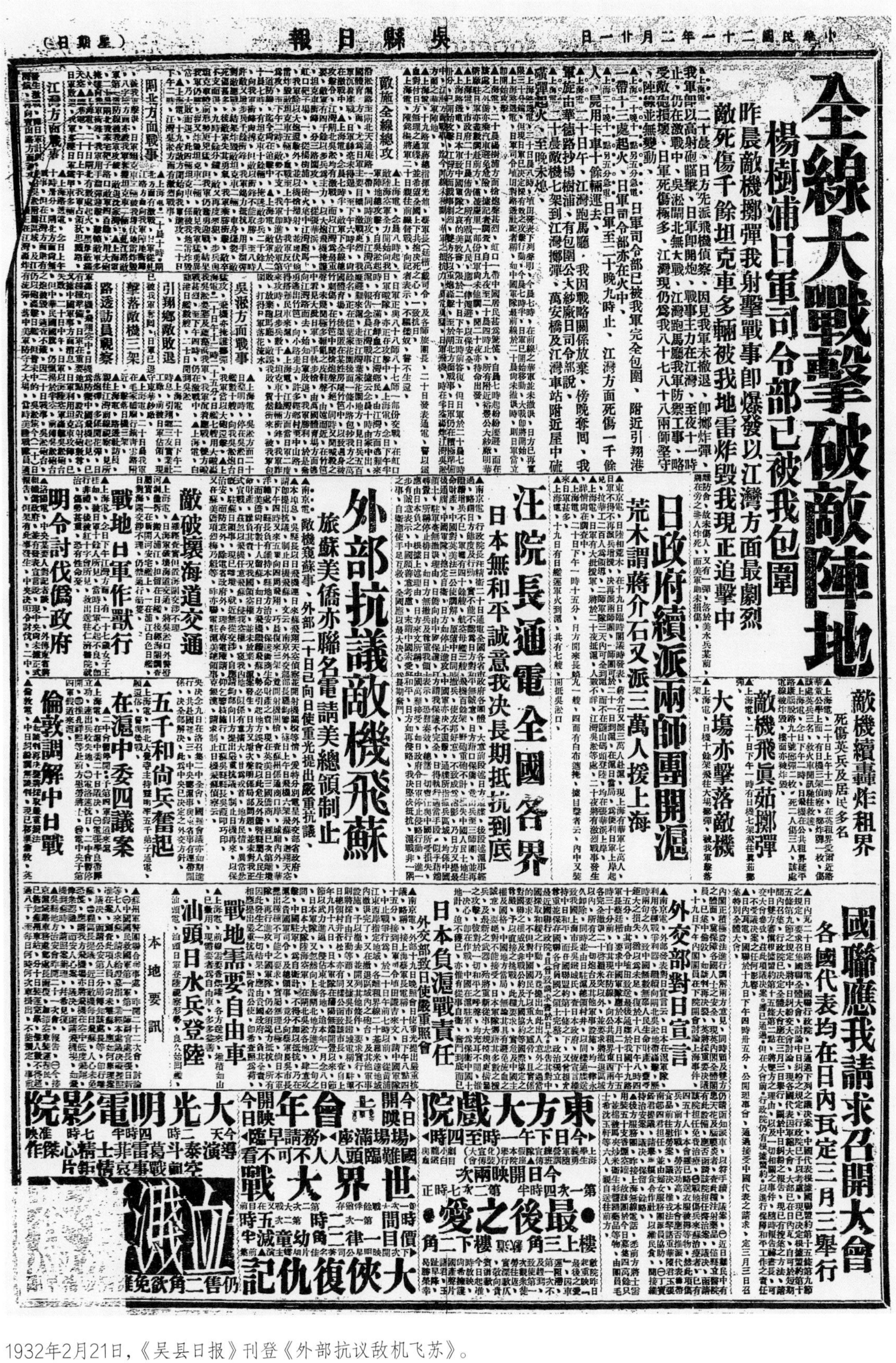
吳縣日報
中華民國二十一年二月廿一日
(星期日)

全線大戰擊破敵陣地

楊樹浦日軍司令部已被我包圍

昨晨敵機擲彈我射擊戰事即爆發以江灣方面最劇烈

敵死傷千餘坦克車多輛被我地雷炸毀我現正追擊中

敵旅全線總攻

閘北方面戰事

江灣方面戰事

吳淞方面戰事

引翔鄉敵敗退

擊落敵機三架

路透訪員觀察

日政府續派兩師團開滬

荒木謂蔣介石又派三萬人援上海

汪院長通電全國各界

日本無和平誠意我決長期抵抗到底

外部抗議敵機飛蘇

旅蘇美僑亦聯名電請美總領制止

敵機續轟炸租界 死傷英兵及居民多名

敵機飛眞茹擲彈

大場亦擊落敵機

敵破壞海道交通

戰地日軍作戰行

明令討伐僞政府

五千和尚兵奮起

在滬中委四議案

倫敦調解中日戰

國聯應我請求召開大會

各國代表均在日內瓦定三月三舉行

外交部對日宣言

日本負滬戰責任

戰地需要自由車

汕頭日水兵登陸

本地要訊

大光明電影院

東方大戲院

世界大戰

最後之愛

大俠復仇記

1932年2月21日，《吴县日报》刊登《外部抗议敌机飞苏》。

1931年“九一八”事变后，由关外辗转前来的东北冯庸大学女子义勇军在苏州参加抗日爱国活动。

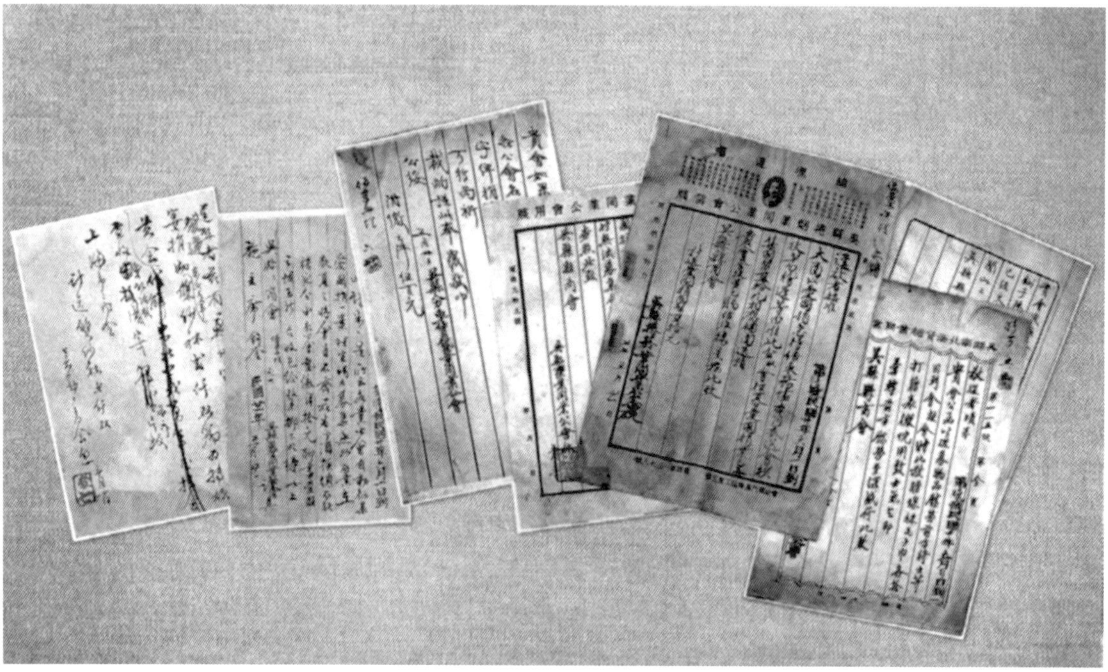

1932年“一·二八”事变后，苏州各界捐款捐物活动的往来信件。

1932年5月28日，吴县公共体育场举行淞沪抗日阵亡将士追悼大会。

1934年，加入左翼戏剧联盟的中共党员郑山尊等人在苏州成立进步文化团体——艺社，左翼剧联支援演出了《苏州夜话》《生之意志》《名优之死》等剧目。1936年1月被勒令解散后，部分成员转移至上海互助小学进行抗日救亡活动。图为部分成员的合影。

章太炎（1869—1936），浙江余杭人。近代民主革命家、思想家和国学家。1934年迁居苏州。他多次通电呼吁抵抗日本帝国主义的侵略，曾北上面见张学良，促其出兵东北，收复失地。上海学生北上请愿经过苏州时，他派代表慰劳，并嘱县长馈食。

俞庆棠（1897—1949），江苏太仓人。1929年在苏州创办中央大学区民众教育学校，兼任校长。1932年，发起成立中国社会教育社。1935年起，主编《民众抗日救国读本》，从事抗日救亡活动。

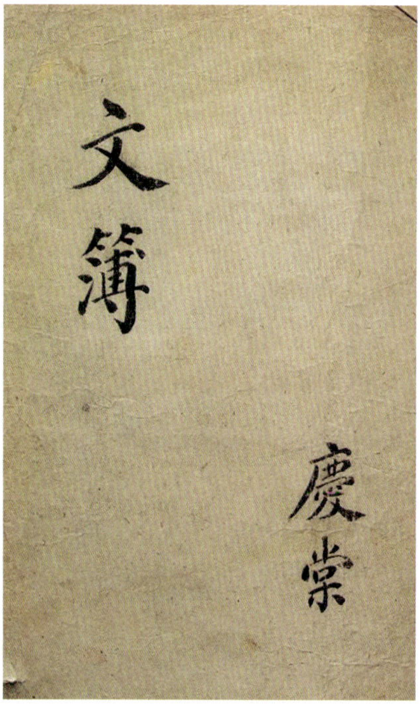

俞庆棠用过的文簿。

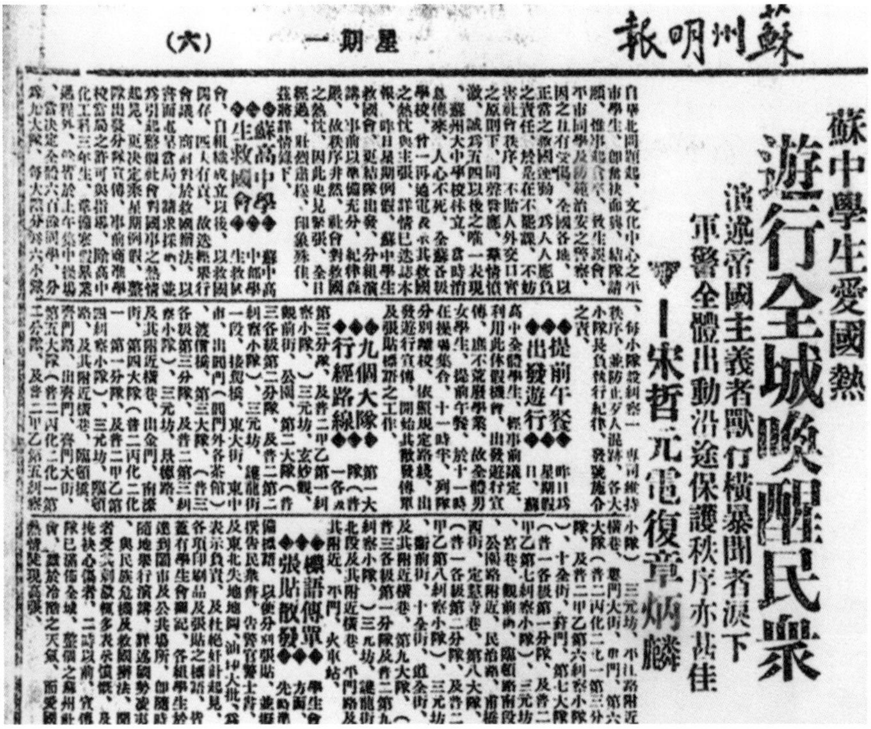

蘇州明報 星期一 (六)

蘇中學生愛國熱

遊行全城喚醒民衆

演述帝國主義者猙獰橫暴聞者淚下

軍警全體出動沿途保護秩序亦甚佳

▽宋哲元電復章炳麟

◆◆蘇高中學生救國會◆◆

◆◆提前午餐出發遊行◆◆

◆◆九個大隊行經路線◆◆

◆◆標語傳單張貼散發◆◆

1935年12月23日,《苏州明报》刊登《苏中学生爱国热——游行全城唤醒民众》。

地金融與治安

縣電令本縣嚴防日浪人來搗亂

籌組後方醫院——募捐勞軍濟貧

△金融▽

援綏運動

本報代收慰勞捐款

一致起來

踴躍輸將

各界

徵求義務

『一日所得』捐款

先後共繳到六千二百餘元

商會正趕造名冊呈縣轉廳

已有商會

1936年冬,日军进犯绥远,苏州各界踊跃捐款捐物,支援傅作义抗战。图为当时报纸的有关报道。

1936年创办的全民流通图书馆，是苏州民众宣传抗日救亡的阵地之一。图为1937年春，全民流通图书馆演剧队在唯亭演出抗日救亡剧《放下你的鞭子》时的合影。

苏州各界民众组织慰劳队，征集慰劳品，慰问抗日军队及义勇军。图为苏州后方服务团团员合影。

苏州民众上街宣传抗日救国。

1937年5月8日，为开展抗日救亡戏剧运动，田汉、阳翰笙、阿英、金山、王莹、冼星海等来到苏州。图为田汉（右）与冼星海（左）合影。

苏州实验剧团于1937年6月成立，冯英子、韦布、曹孟浪、程丹昏、程丹娜五人为理事。在苏州遭日机轰炸后，仍坚持在城乡流动演出《扬子江的暴风雨》等剧，鼓舞人民抗日救亡。图为苏州实验剧团部分成员在吴江演出时的留影。

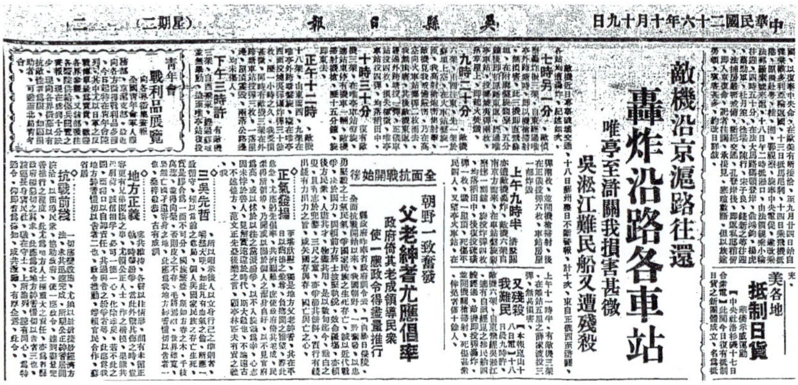

中華民國二十六年十月十九日 吳縣日報 （星期二） 二

敵機沿京滬路往還

轟炸沿路各車站

唯亭至滸關我損害甚微

吳淞江難民船又遭殘殺

美各地抵制日貨

全面抗戰開始後

朝野一致奮發

父老紳耆尤應倡率

政府倚其老成領導民衆 使一應政令得盡推行

青年會戰利品展覽

正氣發揚

地方正義

三吳先哲

抗戰前錢

1937年10月19日，《吴县日报》刊登《敌机沿京沪路往还——轰炸沿路各车站》。

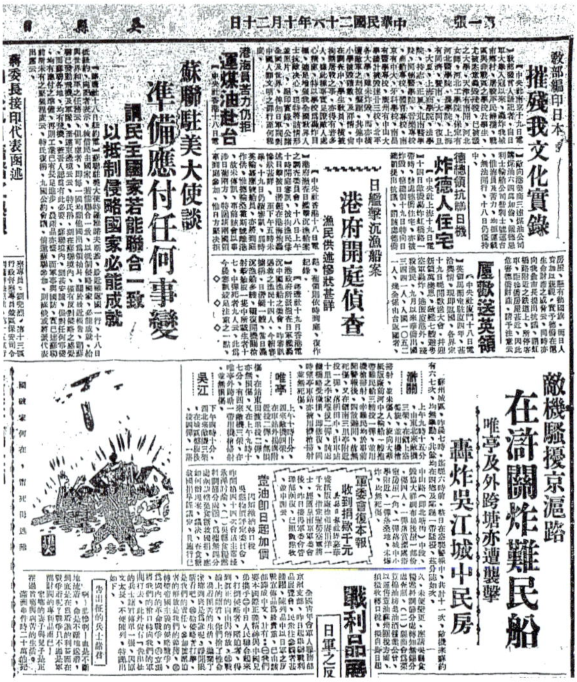

中華民國二十六年十月二十日 吳縣日報 第一張

敵部編印日本

摧殘我文化實錄

港海員苦力仍拒運煤油赴台

蘇聯駐美大使談

準備應付任何事變

謂民主國家若能聯合一致 以抵制侵略國家必能成就

蔣委長接印代表函述

德機領抗日機 炸德人住宅

厦敵送英領

日艦擊沉漁船案

港府開庭偵查

漁民供述慘狀甚詳

敵機騷擾京滬路

在滸關炸難民船

唯亭及外跨塘亦遭襲擊

轟炸吳江城中民房

軍委會復本報 收到捐款千元

壺油即日起加價

戰利品展

日軍之反

1937年10月20日，《吴县日报》刊登《敌机骚扰京沪路——在浒关炸难民船》。

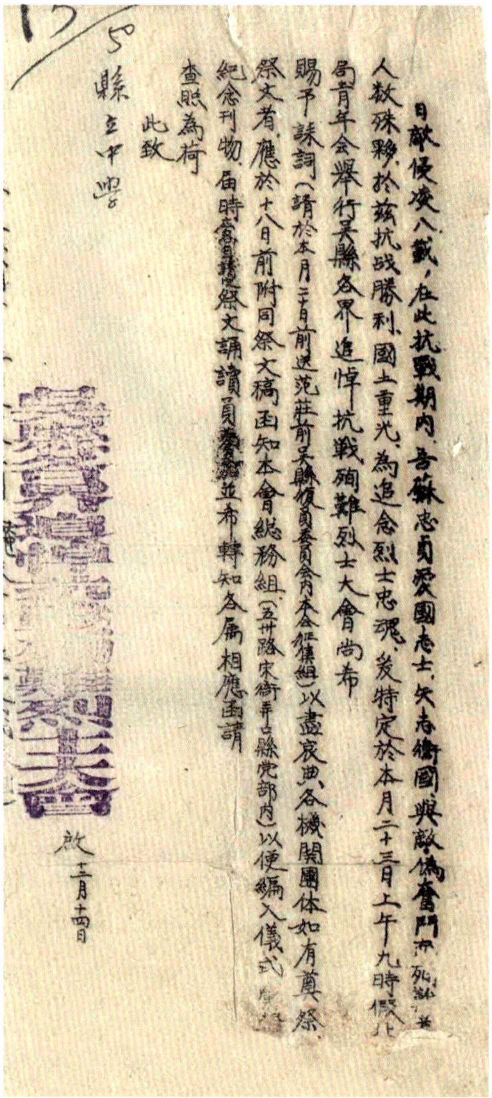

日敵侵凌八載，在此抗戰期內，吾蘇忠貞愛國志士，矢志衛國與敵偽奮鬥而死難者[illegible]人數殊夥，於茲抗戰勝利，國土重光，為追念烈士忠魂，爰特定於本月二十三日上午九時假[illegible]局青年会舉行吳縣各界追悼抗戰殉難烈士大會，尚希賜予誄詞（請於本月二十日前送范莊前吳縣復員委員会內本会征集組）以盡哀忱，各機關團体如有奠祭文者，應於十八日前附同祭文稿函知本會總務組（五卅路宋衙弄口縣党部內）以便編入儀式[illegible]紀念刊物，屆時[illegible]祭文誦讀員[illegible]並希轉知各屬相應函請

查照為荷

此致

縣立中學

啟 十二月十四日

吴县各界追悼抗战殉难烈士。

七君子在苏州

1936年5月，沈钧儒、邹韬奋等著名人士响应中国共产党建立抗日民族统一战线的号召，在上海发起成立全国各界救国联合会，要求国民党停止内战，与中共谈判，建立统一的抗日政权等。11月23日，国民党以“危害民国”的罪名，逮捕了沈钧儒、邹韬奋、李公朴、章乃器、王造时、史良和沙千里等七位救国会领导人，先后关押在苏州，是为轰动一时的“七君子事件”。事件发生后，全国各界掀起了声势浩大的营救运动，宋庆龄也专程到苏州营救，李根源、张一麐等苏州名绅分别做保人，陆鸿仪等律师为他们辩护。1937年7月31日，国民政府迫于舆论压力将七人释放。

“七君子事件”爆发后，沈钧儒（左一）在苏州看守所与王炳南（中）、王安娜（右一）交谈。

“七君子”获释后在苏州看守所合影留念。

沈钧儒在狱中书写“还我河山”条幅，激励斗志。

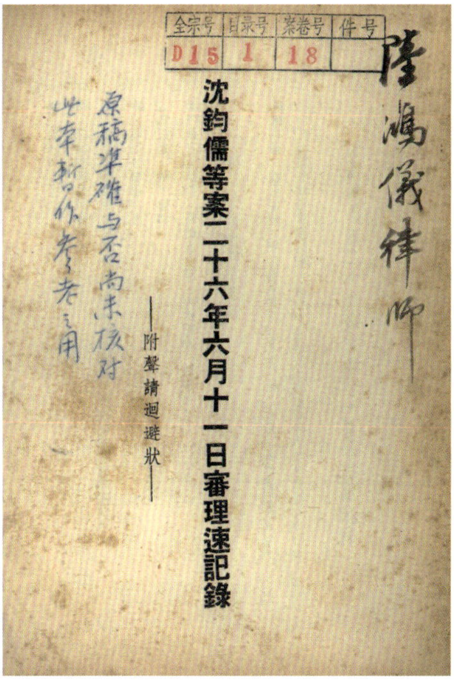

全宗号	目录号	案卷号	件号
D15	1	18	

陸鴻儀律師

沈鈞儒等案二十六年六月十一日審理速記錄

——附聲請迴避狀——

原稿準確与否尚未核对
此本暂作参考之用

陆鸿仪保留的“七君子”案相关材料。

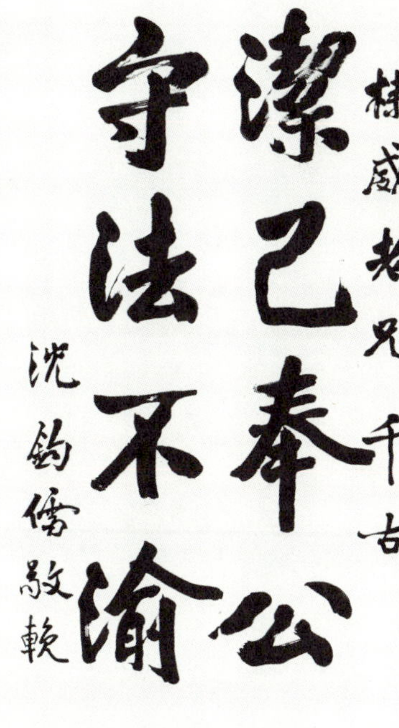

沈钧儒为陆鸿仪撰写的挽联。

陆鸿仪（1880—1952），江苏苏州人。光绪二十九年（1903）进士。1936年“七君子”事件发生后，担任章乃器的辩护律师。1949年10月任最高人民法院审判委员会委员兼民事审判庭庭长。

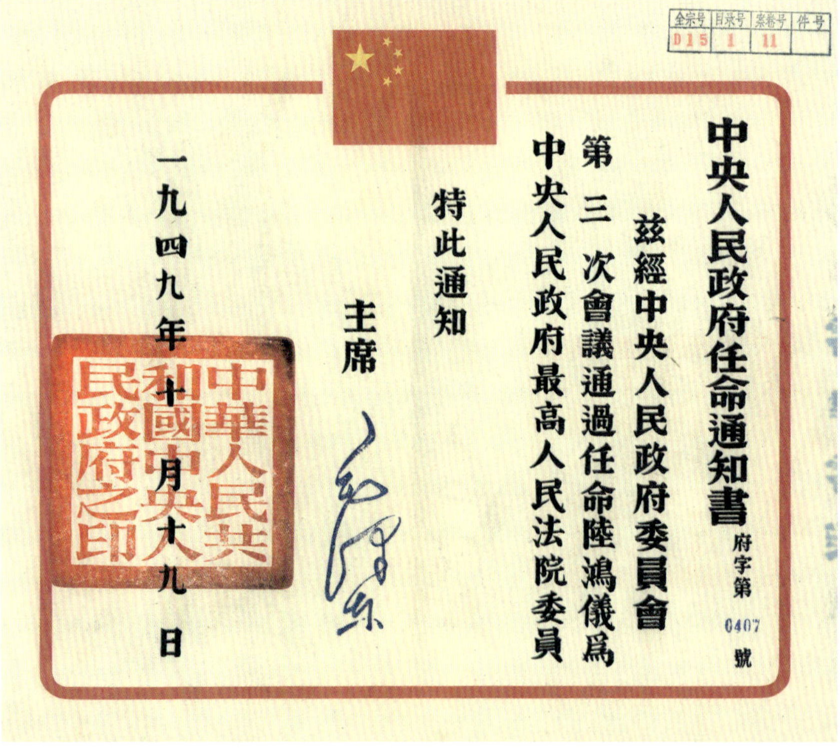

全宗号	目录号	案卷号	件号
D15	1	11	

中央人民政府任命通知書

府字第 0407 號

茲經中央人民政府委員會第三次會議通過任命陸鴻儀爲中央人民政府最高人民法院委員

特此通知

主席

一九四九年十月十九日

中華人民共和國中央人民政府之印

1949年10月19日，中央人民政府发布的任命通知书。

“江抗”东进和抗日政权的建立

1938年秋，中共苏常太工委深入阳澄湖地区创建抗日民主政权。第二年新四军东进，开辟澄锡虞抗日敌后根据地。1939年5月，叶飞率领新四军第六团，用江南抗日义勇军（简称“江抗”）番号，挺进苏南东路。9月，中共苏州县（工）委和“江抗”驻太平桥办事处在相城太平成立。10月，“江抗”为顾全抗日大局西撤。11月，“江抗”东路司令部（新“江抗”）在常熟唐市成立。1941年1月，“江抗”改编为新四军第三支队，抗日民主政府建立，东路地区划为三个行政区，苏常太地区为苏南第一行政区，辖苏州、洋澄、常熟、太仓四个县。汪伪政权成立“清乡委员会”，将苏常太地区划为清乡重点地区，苏南东路抗日根据地遭到重创。新四军太湖游击支队进入苏西地区（苏州西部和北部）。1942年，中共锡东县委按上级指示，恢复和加强苏西北地区抗日活动，中共党员赵建平、李觉等秘密来到苏州黄桥地区（时称鱼池弄），开辟抗日敌后根据地，发展党组织，扩大武装，建立区乡政权。1945年春，中共苏西北特区工委和行政办事处在苏州黄桥网船浜成立。同年7月，撤销苏西北特区工委，成立苏州县政府。11月，根据“双十协定”，苏州县政府及县区武装组织撤销，奉命北撤。

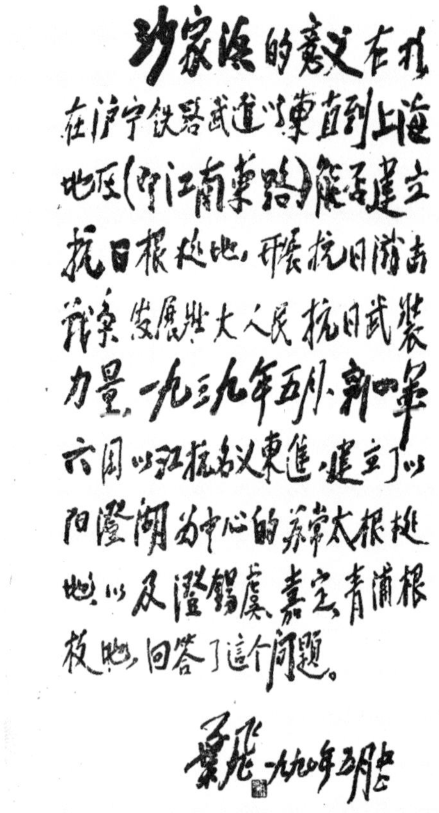
沙家浜的意义在于
在沪宁铁路武进以東直到上海
地区（即江南東路）能否建立
抗日根据地，开展抗日游击
战争，发展壮大人民抗日武装
力量。一九三九年五月，新四军
六团以江抗名义東進，建立了以
阳澄湖为中心的苏常太根据
地以及澄锡虞、嘉定、青浦根
据地，回答了這个问题。
葉飛 一九九〇年五月

“江抗”部队在阳澄湖上行军，中间站立者为叶飞。

叶飞为沙家浜题词。

1939年5月，叶飞率领新四军第一支队第六团以江南抗日义勇军（简称“江抗”）名义，从茅山抗日根据地东进至苏常太澄锡虞地区开展游击战争。此后在东路地区中共组织和新四军领导下，苏州地区各县人民抗日武装力量不断壮大。图为东进的新四军。

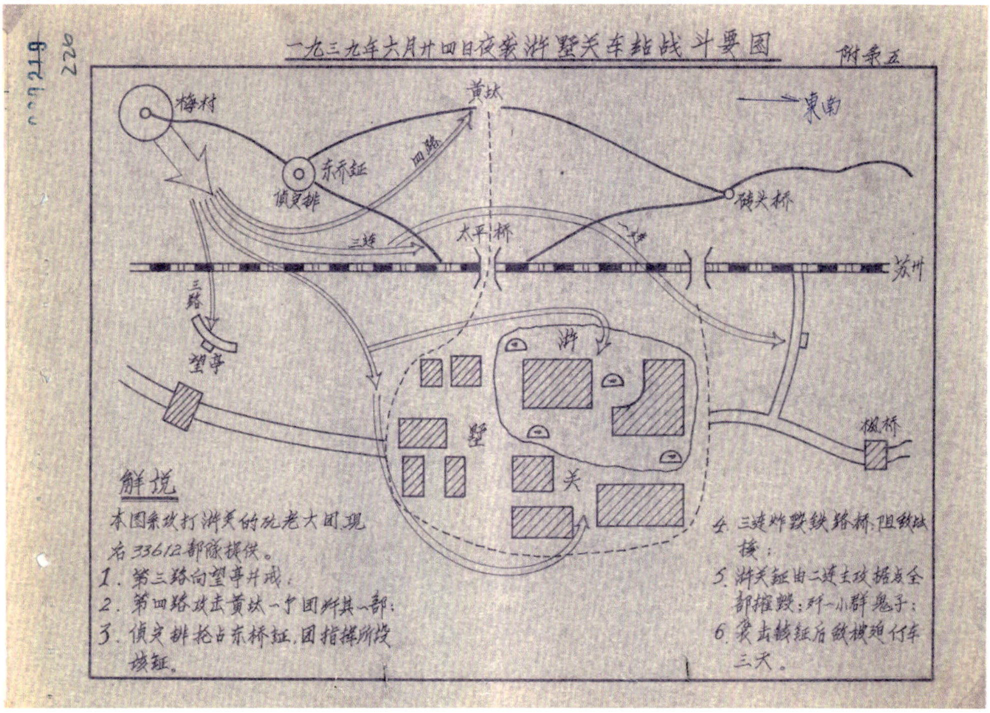

浒墅关是沪宁铁路和京杭大运河的关隘，苏州的门户。1939年6月24日，在前期侦察、制订作战计划的基础上，“江抗”部队夜袭浒墅关火车站，经过半个多小时的激烈战斗，歼灭敌人20余人，烧毁营房2座，炸断铁轨100多米，京沪铁路交通被迫中断3天。图为《夜袭浒墅关车站战斗要图》。

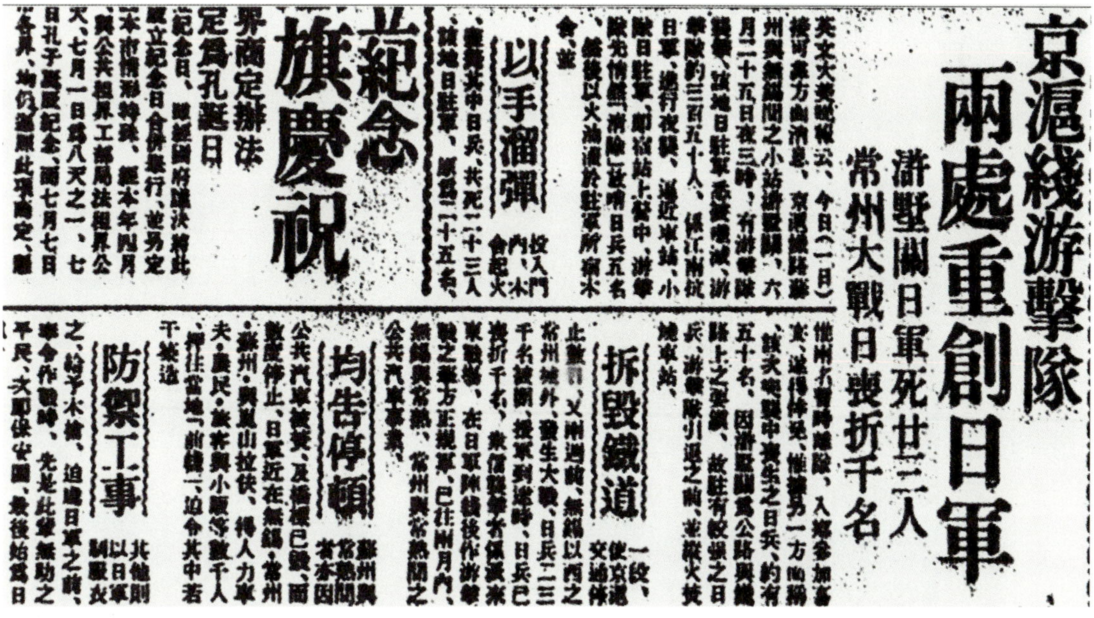

京滬綫游擊隊 兩處重創日軍

滸墅關日軍死廿三人 常州大戰日喪折千名

英文大美晚報云、今日（一日）接到華方消息、京滬鐵路蘇州與無錫間之小站滸墅關、六月二十五日夜三時、有游擊隊襲擊、該地日駐軍悉被殲滅、游擊隊約三百五十人、係江南抗日軍、進行夜襲、逼近車站、……

以手溜彈

拆毀鐵道

均告停頓

防禦工事

紀念 旗慶祝

界商定辦法 定爲孔誕日

1939年，《申报》刊登《京沪线游击队——两处重创日军》，报道了“江抗”部队夜袭浒墅关的消息。

1939年10月，“江抗”西撤至江阴，后向苏北发展。西撤时在唐市、横泾（今属常熟沙家浜镇）地区留下后方医院和部分伤病员。叶飞派杨浩庐等回到常熟，传达上级指示，坚持斗争。京剧《沙家浜》反映的就是发生在这里的抗日斗争故事。图为“江抗”流动医务所照片。

1939年11月6日，重建的“江抗”东路司令部（新“江抗”）在常熟唐市成立。图为司令部旧址。

1940年，“江抗”发行的货币。

1940年，在东路地区坚持抗日斗争的“江抗”部分指战员合影。

活跃在苏常游击区的“江抗”部队。

第一四八号 ★ 江南社编印

今日本报一大张售洋二分

人人向着，人人是一出锻

江抗军无比威力

严重打击敌寇

粉碎亲日反共阴谋

与老鬼子激战五小时创东路新记录

各地欢腾庆祝踊跃慰劳

捷报至塘市

民众欢腾踊跃慰劳

各界举行祝捷大会

白茆镇

自卫会改组

顽固业主勾结伪军

勒索三年陈租

巴尔干形势

南甸互订友

土保共商边

1940年12月19日，《大众报》对“江抗”部队在张家浜战斗中胜利的报道。

1940年，在中国共产党的领导下，杨漕乡草庙村成立了太仓市第一个党支部，领导群众组织成立各种抗日团体，开创抗日新局面。图为党支部活动场所旧址。

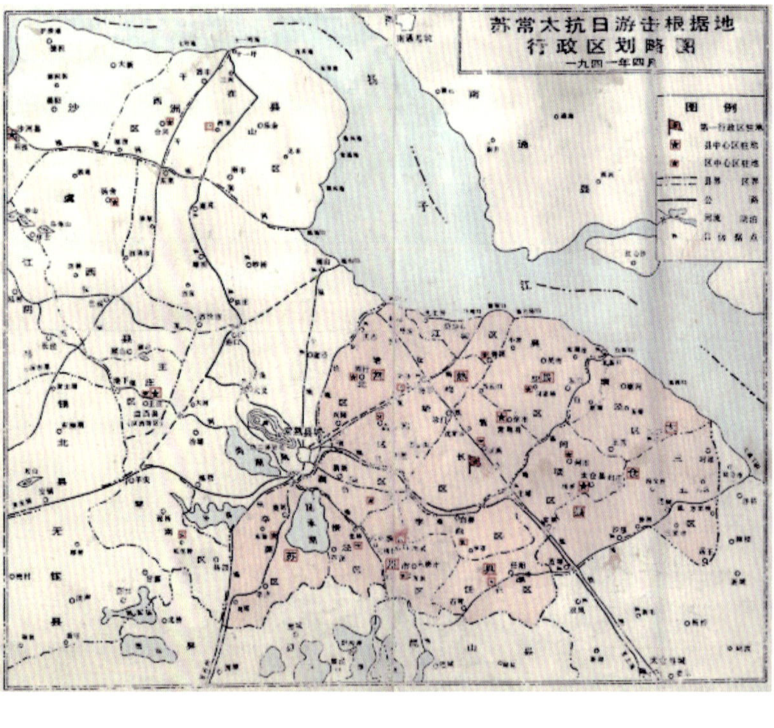

《苏常太抗日游击根据地行政区划略图（一九四一年四月）》。

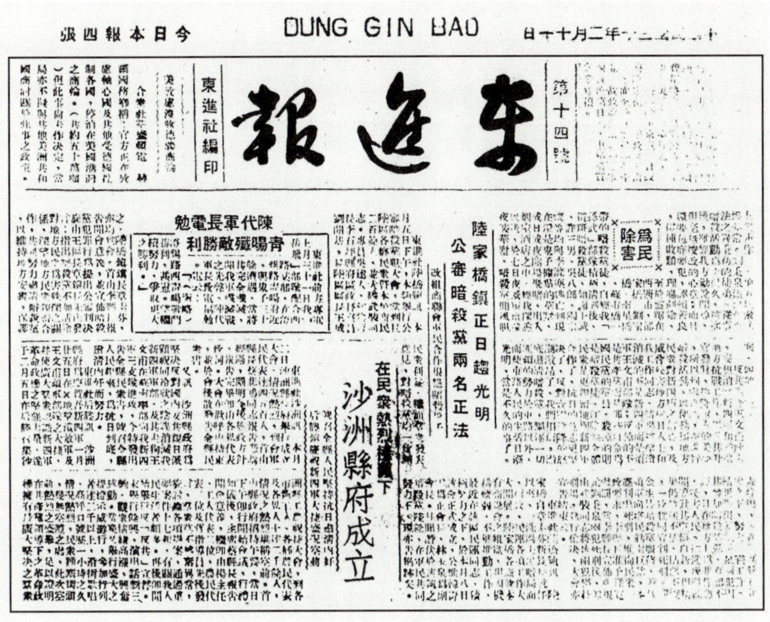

今日本報四張

DUNG GIN BAO

東進報

東進社編印

第十四號

陳代軍長電勉

青暘殲敵勝利

陸家橋鎮正日趙光明

公審暗殺黨兩名正法

為民除害

在民衆熱烈擁護下

沙洲縣府成立

1941年，《东进报》刊登沙洲县抗日民主政府成立的消息。

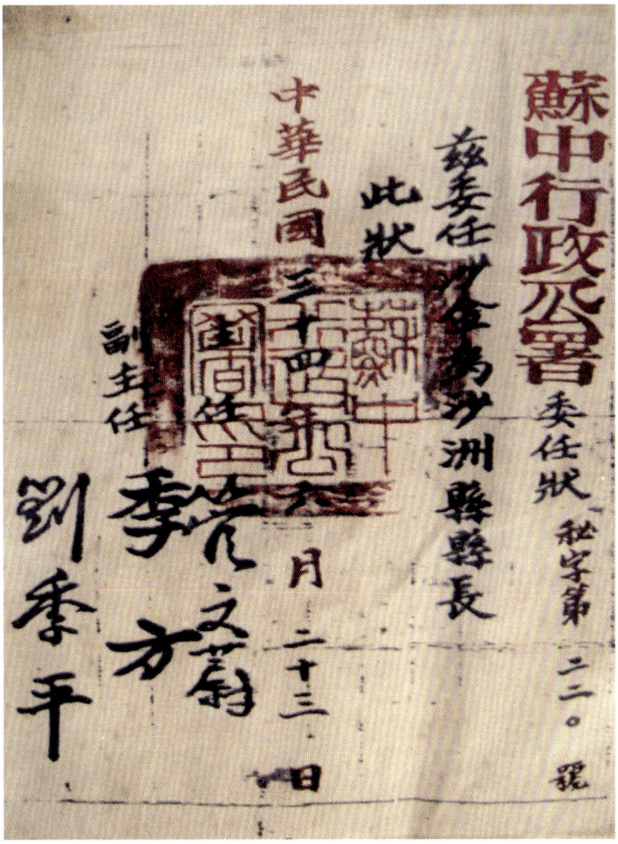

蘇中行政公署 委任狀 秘字第二〇號

茲委任沙金為沙洲縣縣長

此狀

主任 管文蔚

副主任 季方

劉季平

中華民國三十四年　月二十三日

1945年，苏中行政公署签发的沙洲县县长沙金委任状。

大衆報

1941.2.13

江南社編印 ★ 第一六六號

今日本報一大張售洋二分

凡是一切人力物力財力都需要動員起來，造成有錢出錢，有力出力的熱潮，而其中以人力的動員，尤其是武裝力量的動員，是我們中心的動員工作。

投降派代表地主資產階級的利益，抗戰派代表全民族的利益，而以工農無產階級爲其領導者。抗戰派最後終會戰勝投降派，而抗戰派的勝利將决定中國的自由解放。

粉碎反共投降派陰謀

中共中央爲皖南事變提出
嚴重抗議十二條
由周恩來同志提出現已開始談判中

重慶反共氣燄稍戢 葉劍英飛延安請訓

頑軍中敵詭計 反共自取滅亡

淞青支隊活躍滬郊 包家橋夜襲獲勝

鞏固東路抗日民主根據地 蘇州洋澄二縣新政權建立

獻槍保衛東路 各地獻金慰勞新四軍

太倉民衆組織清鄉隊 保衛家鄉初次勝利

蘇州游擊小組以少勝多

1941年2月13日，《大众报》刊登数则消息，其中报道了苏州洋澄二县新政权建立、常熟民众支持新四军献枪保卫东路、太仓民众组织清乡队保卫家乡初次胜利等。反映了当时苏州人民抗日武装在同日本侵略军斗争中成长壮大的过程。

苏州县政府所在地——黄桥网船浜顾金根家。

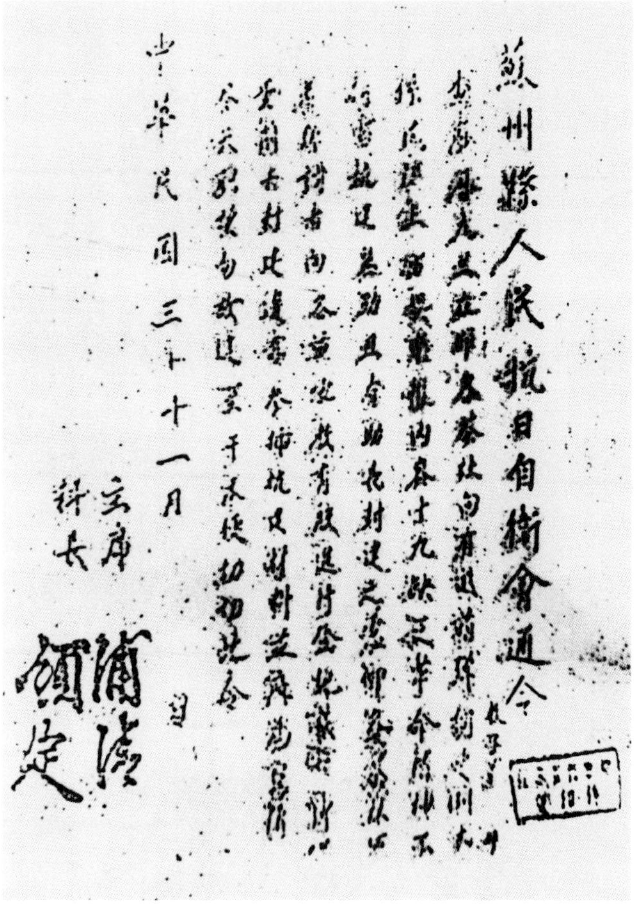

蘇州縣人民抗日自衛會通令

中華民國三十 十一月

苏州县人民抗日自卫会通令。

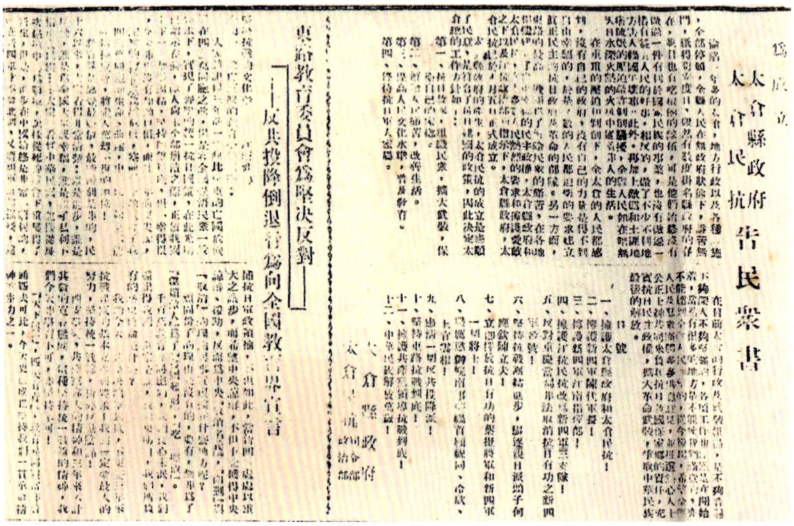

為成立太倉縣政府太倉民抗告民衆書

東路教育委員會為堅決反對——反共投降倒退告為向全國教育界宣言

1941年2月13日，《大众报》刊登《为成立太仓县政府、太仓民抗告民众书》，分析了当时抗日战争的形势，总结了太仓县的工作，提出今后工作的四项任务，并公布了十二条革命口号。《大众报》是由中共东路特委主办的报纸，对于鼓舞抗日士气、宣传党的方针政策起到重要的作用。

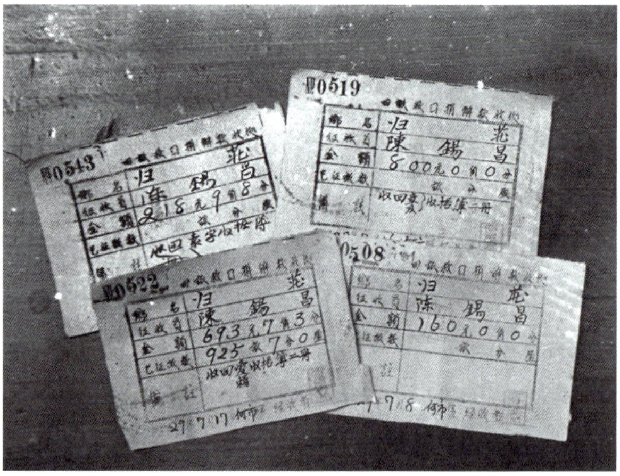

太仓县抗日民主政府田亩救国捐收据。

1941年5月，新四军六师江南保安司令部警卫二团一连和太仓常备队在太仓穿山痛击伪军一个中队。

抗战胜利

中国人民经过英勇顽强的斗争，终于迎来抗日战争的最后胜利。1945年8月15日，日本宣布无条件投降。抗战胜利后，设立在苏州的江苏高等法院承担审判汉奸的任务。从苏州走出去的大法官倪征日奥代表中国参加了东京审判，对日本甲级战犯提出了控诉。

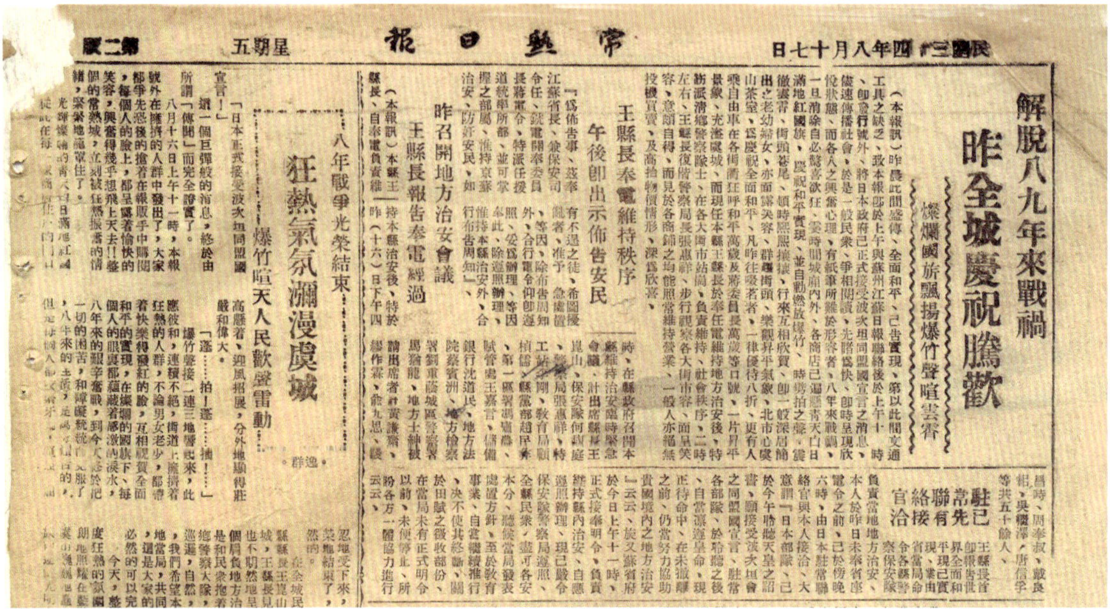
民國三十四年八月十七日 常熟日報 星期五 第二版

解脫八九年來戰禍 昨全城慶祝騰歡 燦爛國旗飄揚爆竹聲喧雲霄

王縣長奉電維持秩序 午後即出示佈告安民

昨召開地方治安會議 王縣長報告奉電經過

八年戰爭光榮結束 狂熱氣氛瀰漫虞城 爆竹喧天人民歡聲雷動

駐常聯絡官已先有接洽

1945年8月17日，《常熟日报》报道了常熟人民庆祝抗战胜利的系列消息。

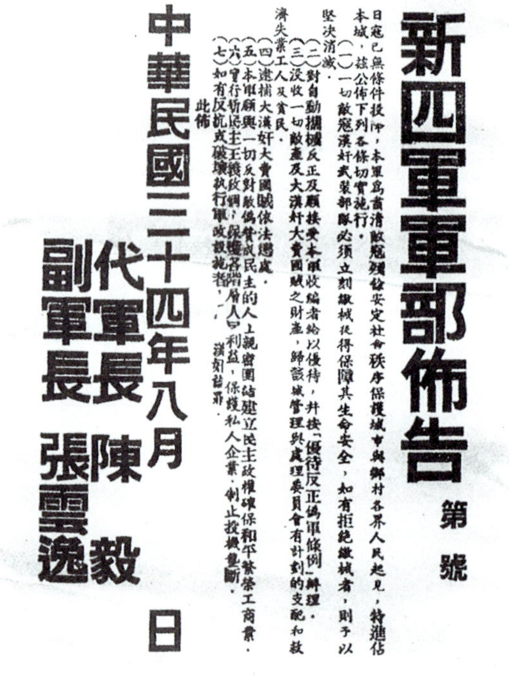
新四軍軍部佈告 第 號

日寇已無條件投降，本軍爲肅清敵寇殘部，安定社會秩序，保護城市與鄉村各界人民起見，特進佔本城，茲公佈下列各條，切實施行：

（一）一切敵寇漢奸武裝部隊，必須立刻繳械投降，保障其生命安全，如有拒絕繳械者，則予以堅決消滅。

（二）對自動揭械反正及願接受本軍收編者，給以優待，并按「優待反正偽軍條例」辦理。

（三）沒收一切敵產及大漢奸大賣國賊之財產，歸敵城管理與處理委員會有計劃的支配和救濟失業工人及貧民。

（四）逮捕大漢奸大賣國賊依法懲處。

（五）本軍願與一切反對敵偽贊成民主的人士，親密團結建立民主政權，確保和平繁榮工商業。

（六）實行新民主主義政綱，保護各階層人民利益，保護私人企業，制止投機壟斷。

（七）如有反抗或破壞執行軍政紀者，[illegible]

此佈

中華民國三十四年八月 日

代軍長 陳毅

副軍長 張雲逸

1945年8月，新四军军部为肃清敌寇残部、维护社会安定秩序发布布告。

中華民國三十四年九月十日

蘇報 吳縣版

中國歷史上新紀元 日軍降書簽字 昨晨九時在京舉行儀式

1945年9月10日，《苏报》刊登《日军降书签字》。

抗战胜利后，苏州各界代表举行茶话会进行庆祝。

抗战胜利后，苏州人民聚集在位于道前街的江苏高等法院门前，等候审判汉奸的消息。

1947年3月4日，参加东京审判的部分国际检察组成员在法庭上宣誓就职。左三为倪征燠。倪征燠（1906—2003），江苏吴江人。毕业于东吴大学法学院，美国斯坦福大学法学博士。抗战胜利后参加东京远东国际军事法庭对日本战犯的审判工作，对土肥原贤二、板垣征四郎、松井石根等甲级战犯提出了控诉。

倪征燠（中）与远东国际军事法庭检察长季南（右）、中国首席检查官向哲濬（左）在一起。

反“清剿”斗争

抗战胜利后，国民党反动派窃取胜利果实，阴谋发动内战，下达了所谓“剿匪”密令，对苏南游击区的“清剿”日趋公开化。新四军北撤后，为继续加强对苏南地区的领导，中共苏中区委员会成立华中十地委，组织武工队开展反“清剿”斗争。

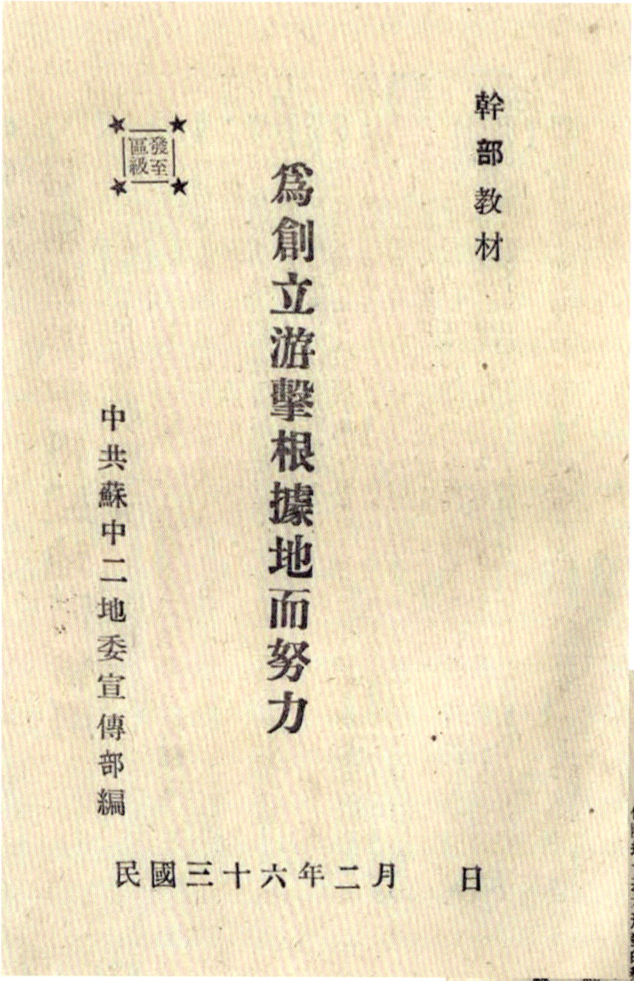

幹部教材

★發至區級★

為創立游擊根據地而努力

中共蘇中二地委宣傳部編

民國三十六年二月 日

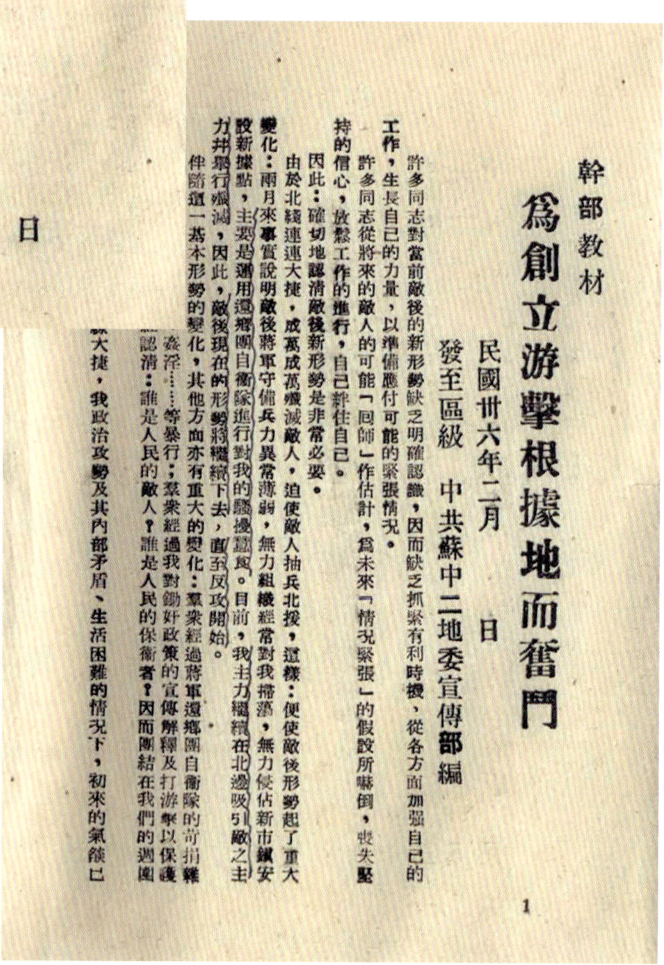

幹部教材

為創立游擊根據地而奮鬥

民國卅六年二月 日

發至區級 中共蘇中二地委宣傳部編

許多同志對當前敵後的新形勢缺乏明確認識，因而缺乏抓緊有利時機，從各方面加强自己的工作，生長自己的力量，以準備應付可能的緊張情況。

許多同志從將來的敵人的可能「回師」作估計，為未來「情況緊張」的假設所嚇倒，喪失堅持的信心，放鬆工作的進行，自己絆住自己。

因此：確切地認清敵後新形勢是非常必要。

由於北綫連運大捷，成萬成萬殲滅敵人，迫使敵人抽兵北援，這樣：便使敵後形勢起了重大變化：兩月來事實說明敵後蔣軍守備兵力異常薄弱，無力組織經常對我掃蕩，無力侵佔新市鎮安設新據點，主要是運用還鄉團自衛隊進行對我的騷擾襲擊。目前，我主力繼續在北邊吸引敵之主力并舉行殲滅，因此，敵後現在的形勢將繼續下去，直至反攻開始。

伴隨這一基本形勢的變化，其他方面亦有重大的變化：羣衆經過蔣軍還鄉團自衛隊的苛捐雜
姦淫……等暴行；羣衆經過我對鋤奸政策的宣傳解釋及打游擊以保護
認清：誰是人民的敵人？誰是人民的保衛者？因而團結在我們的週圍
大捷，我政治攻勢及其內部矛盾、生活困難的情況下，初來的氣焰已

1

1947年的中共干部教材《为创立游击根据地而努力》，对游击工作做指导。

反“清剿”斗争中的苏常昆太武工队员。

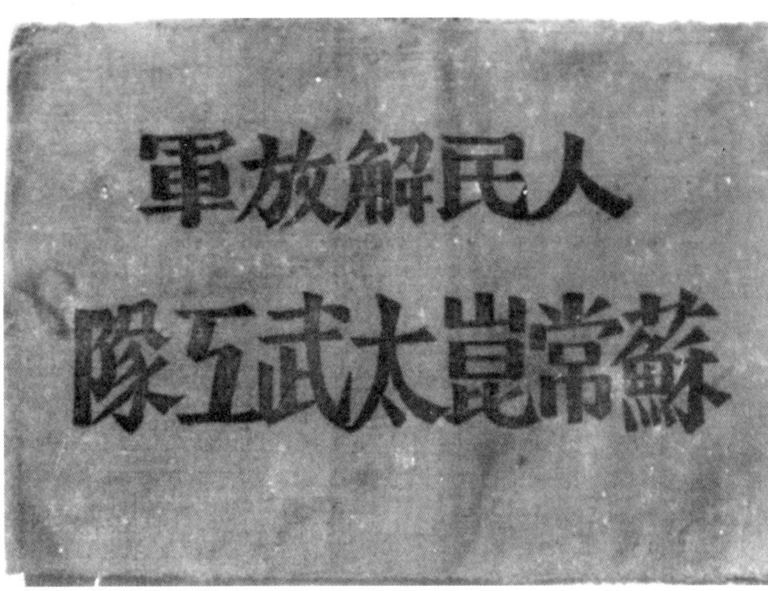

解放战争时期，新四军北撤，苏州农村组织武工队开展反“清剿”斗争。图为人民解放军苏常昆太武工队袖标。

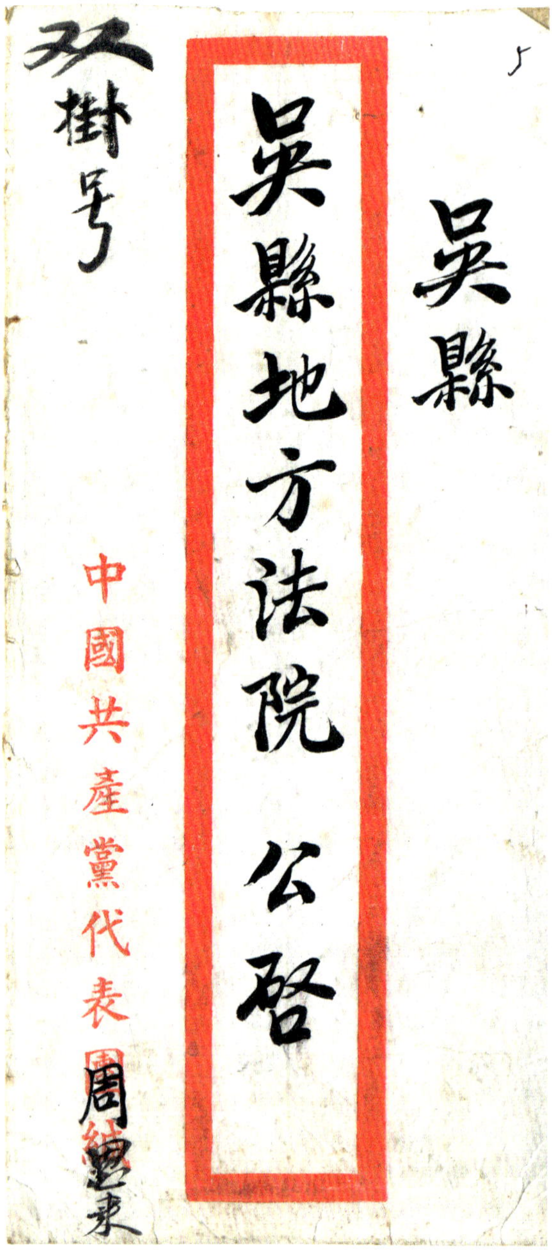

双掛號

吳縣

吳縣地方法院 公啓

中國共產黨代表團 周緘

周恩来

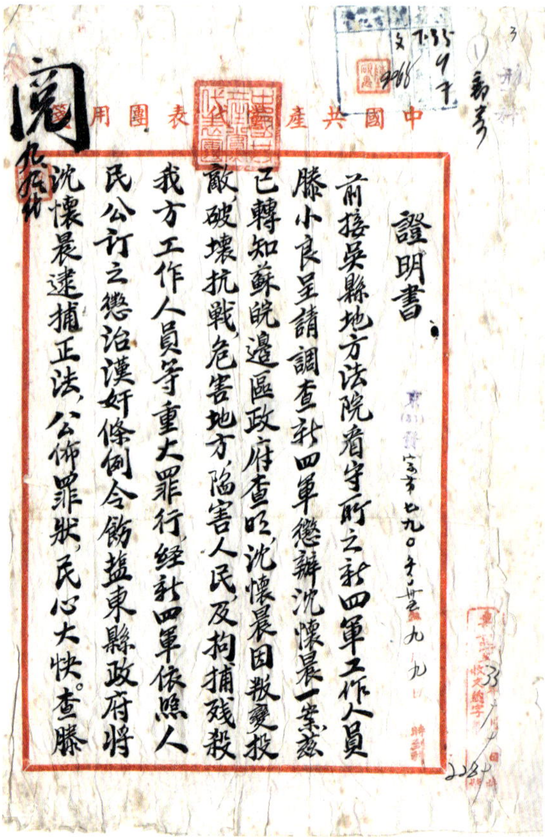

中國共產黨代表團用箋

證明書

前接吳縣地方法院看守所之新四軍工作人員滕小良呈請調查新四軍懲辦沈懷晨一案。茲已轉知蘇皖邊區政府查明，沈懷晨因叛變投敵，破壞抗戰，危害地方，陷害人民，及拘捕残殺我方工作人員等重大罪行，經新四軍依照人民公訂之懲治漢奸條例令飭盐東縣政府将沈懷晨逮捕正法，公佈罪狀，民心大快。查滕

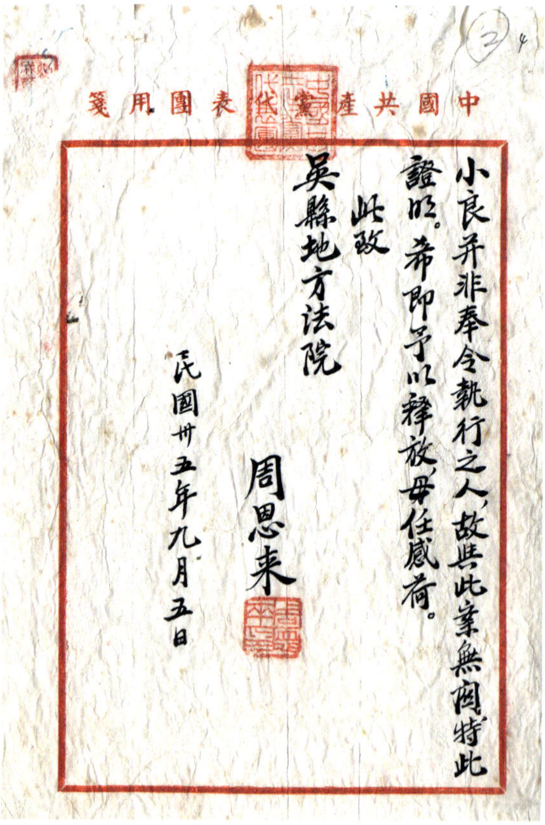

中國共產黨代表團用箋

小良并非奉令執行之人，故與此案無関，特此證明。希即予以釋放，毋任感荷。

此致

吳縣地方法院

周恩来

民國卅五年九月五日

1946年春，江苏省苏州高等法院监狱中被关押的共产党员达370余人。其中新四军干部李觉、郑重、滕小良等人被判死刑。苏州地下党派人去南京，请求中国共产党代表团营救。在党组织的积极营救下，他们先后获释。图为周恩来致吴县地方法院证明书。

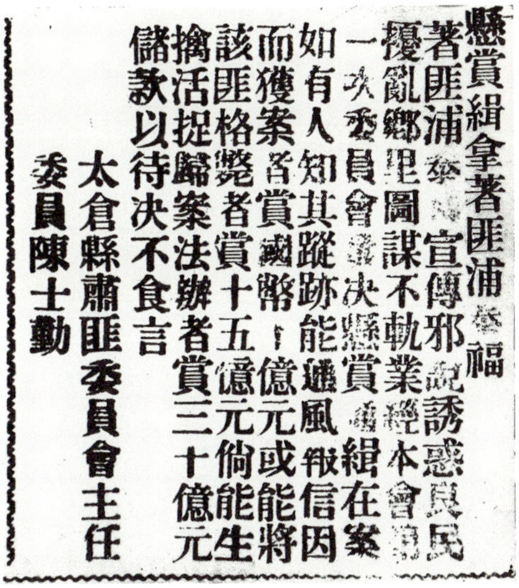

懸賞緝拿著匪浦[illegible]福

著匪浦[illegible]福宣傳邪說誘惑良民擾亂鄉里圖謀不軌業經本會第一次委員會議決懸賞通緝在案如有人知其蹤跡能通風報信因而獲案者賞國幣一億元或能將該匪格斃者賞十五億元倘能生擒活捉歸案法辦者賞三十億元儲款以待決不食言

太倉縣肅匪委員會主任

委員陳士勳

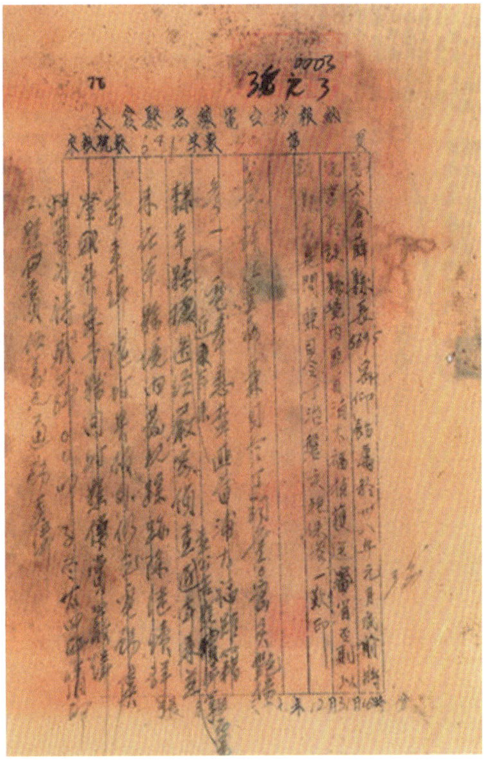

1948年，国民党对武工队活动区进行“清剿”，发布缉拿共产党领导干部的布告和密令。面对国民党的反动统治和武装“清剿”，太仓地区的共产党员、武工队员和广大人民群众与之开展了英勇顽强、不屈不挠的斗争。

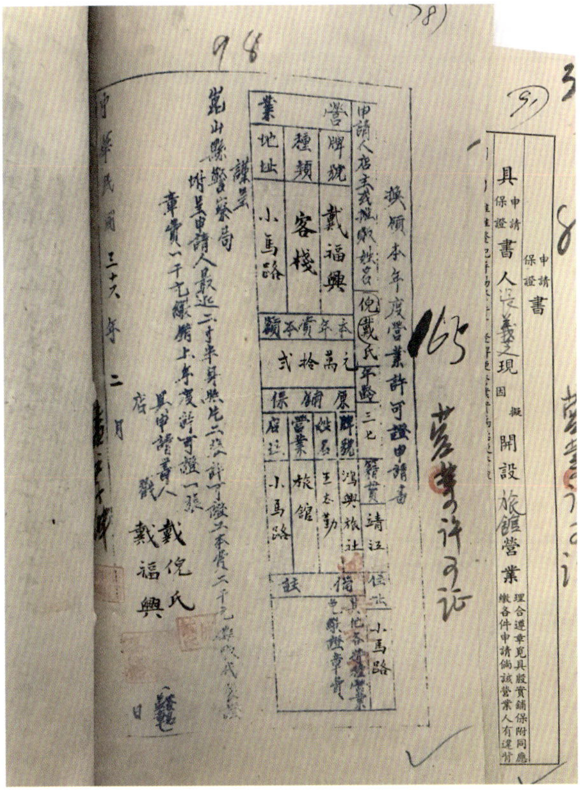

中共地下党员王志勤在昆山正阳桥南侧开办鸿兴旅馆，收集情报、掩护地下党员。图为1947年的鸿兴旅馆营业许可证。

任天石（1913—1948），江苏常熟人。“民抗”创建人。1939年加入中国共产党，历任中共常熟县委书记、苏南第一行政公署专员兼常熟县长、中共苏中六地委常委兼第六行政区专员等职。1946年任中共中央华中分局十地委常委兼社会部部长。1947年初，十地委机关南下上海不久被捕，1948年在南京牺牲。

周志敏（1921—1948），江苏吴县（今苏州）人。抗日战争爆发后，加入中国共产党，组织群众开展抗日游击战争，任阳山区区委书记。抗战胜利后，新四军北撤，他任苏西留守分处主任、武工队队长，在与国民党青年军的战斗中壮烈牺牲。

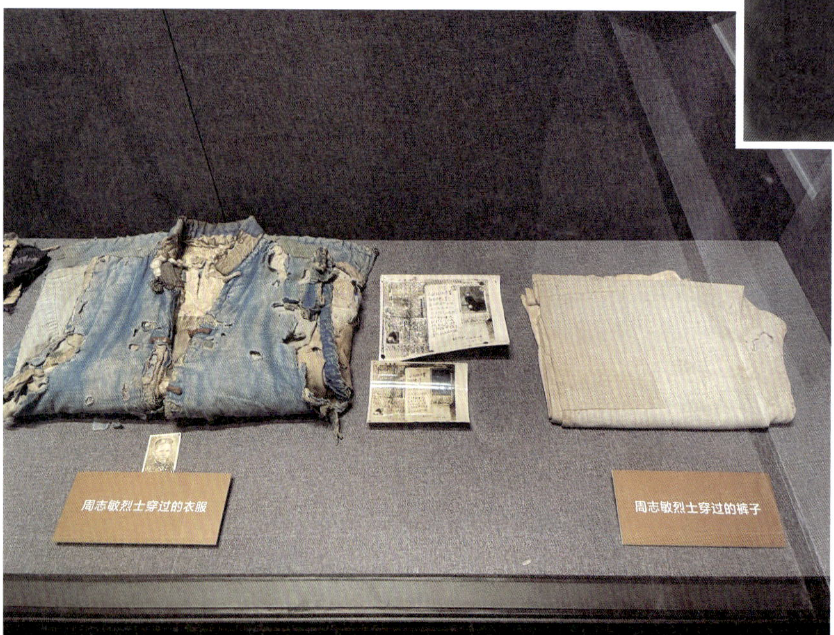

周志敏烈士穿过的衣物。

太湖游击队

太湖游击队，全称新四军太湖抗日游击支队，后为新四军苏浙第二军分区太湖县总（纵）队，是由中国共产党领导的一支活跃在太湖地区的人民武装，先后隶属于江南抗日救国军东路指挥部和新四军第六师第十八旅、十六旅和苏浙军区。1944年9月，为了加快恢复发展苏西抗日力量，太湖游击队在苏州光福镇太湖小岛冲山训练抗日骨干，遭到300多个日军包围。50多名游击队员在苏西县委书记、太湖游击队司令员、县办事处主任薛永辉指挥下，与日寇展开20天的殊死斗争，31人壮烈牺牲，部分人员分批突围，并在岸上袭击敌人据点，最终剩余人员突破“冲山之围”。1945年10月奉命北撤，编入华中军区主力第六纵队。之后薛永辉带领留守在太湖的部分游击队员，与国民党展开斗争。

薛永辉（1911—1997），江苏无锡人，1927年入党。新中国成立后任无锡县县长。抗战时期，历任无锡独立支队司令、“江抗”第四支队教导员、苏西县委书记、苏西民抗部队司令、太湖县委书记等职，为苏南地区抗日斗争的胜利作出贡献。

范济春（1904—1989），江苏无锡人。抗战时期，“江抗”部队进驻太湖苏西地区，范济春主动与之取得联系，担任起情报工作，并利用自己的医术救治游击队伤病员。后任中共苏西办事处主任。新中国成立后任光福镇镇长。

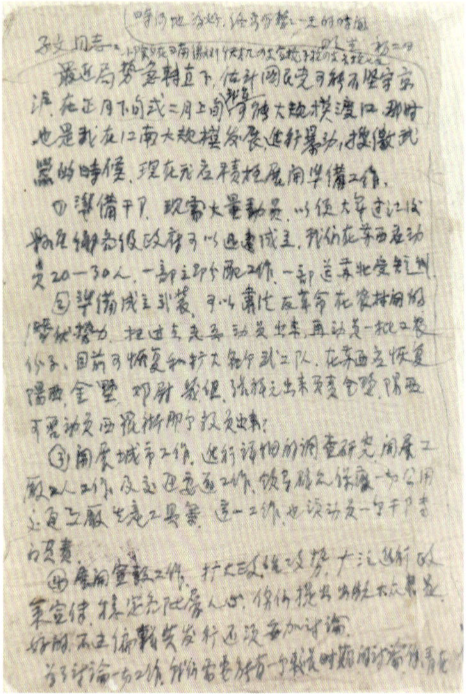

子文同志：

最近局势急转直下，估计国民党可能不坚守京沪，在正月下旬或二月上旬我军可能大规模渡江，那时也是我在江南大规模发展、进行暴动、接收武器的时候，现在我们应积极展开准备工作。

①准备干部，现需大量动员，以便大军过江后各乡镇各级政府可以迅速成立，我们在苏西应动员20—30人，一部分[illegible]工作，一部[illegible]苏北受训。

②准备民主武装，可以肃清反革命在农村的[illegible]势力，把过去党员动员出来，再动员一批工农分子，目前可恢复和扩大各个武工队，在苏西应恢复[illegible]、金墅、[illegible]，张桥之出来负责金墅、[illegible]可[illegible]动员[illegible]那个[illegible]；

③开展城市工作，进行详细的调查研究，开展工厂工人工作及交通邮电工作，领导群众保护一切公用交通工厂生产工具等，这一工作也须动员一些干部去负责。

④展开宣教工作，扩大政治攻势，[illegible]

[illegible]

1949年，化名明生的薛永辉给化名子文的范济春的一封密信。信中提到中国人民解放军将大规模渡江，薛永辉拟进行大规模武装暴动，迎接解放，并为建立新政权做好各项准备工作。

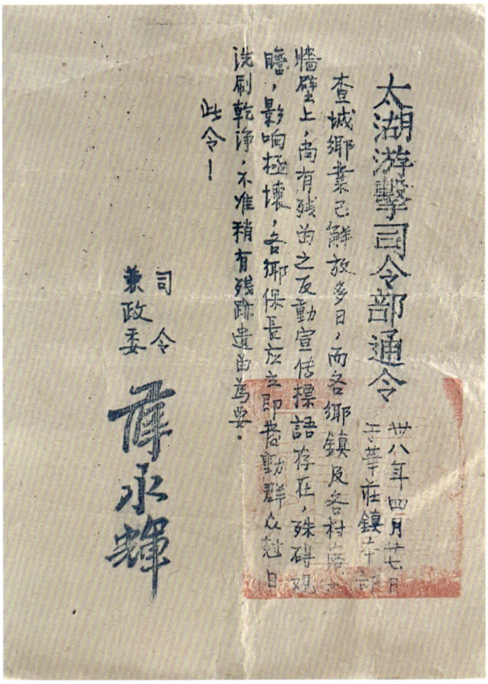
太湖游擊司令部通令

查城鄉業已解放多日，而各鄉鎮及各村庄牆壁上，尚有殘留之反動宣傳標語存在，殊碍观瞻，影响極壞，各鄉保長应立即發動群众克日洗刷乾淨，不准稍有殘跡遺留為要。

此令！

司令
兼政委 薛永輝

卅八年四月廿七日
于華庄鎮

1949年4月27日，太湖游击队司令薛永辉发布洗刷残余反动标语的通令。

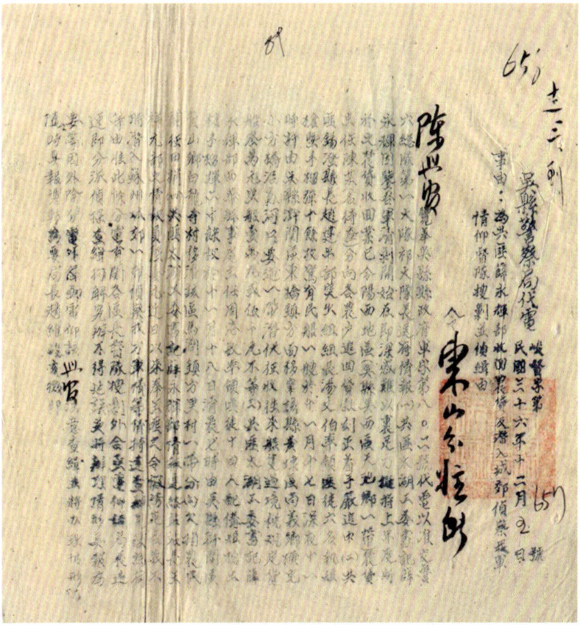
吳縣警察局代電

峻警字第　號

民國三十六年十二月　日

事由：為共匪薛永輝部派匪潛入城郊偵察敵軍情仰督隊搜剿並偵緝由

薛永辉潜入敌后进行侦查的记载。

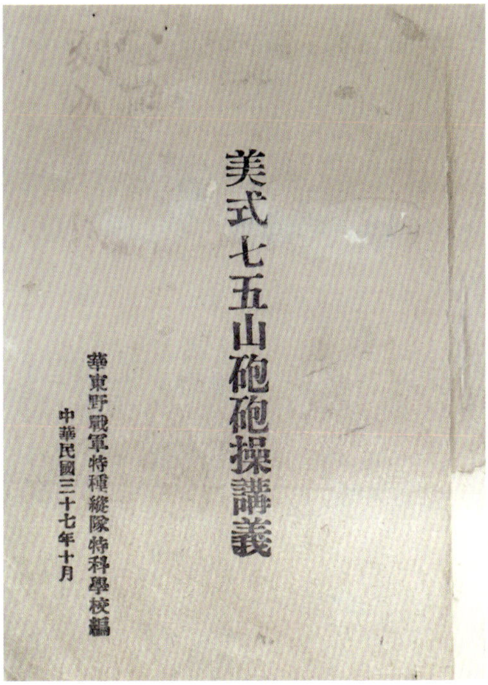
美式七五山砲砲操講義

華東野戰軍特種縱隊特科學校編

中華民國三十七年十月

太湖游击队队员学习的讲义与党章。

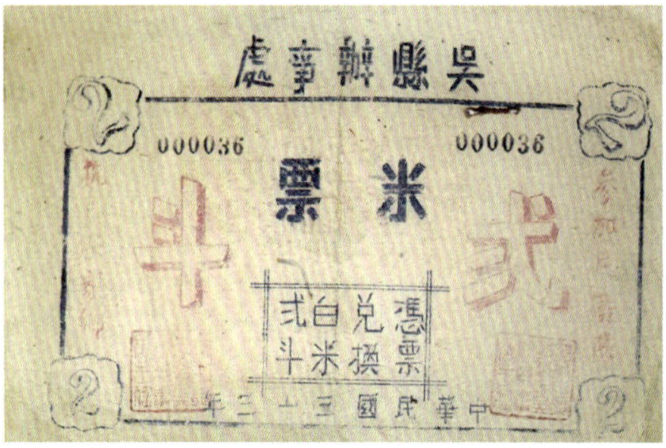

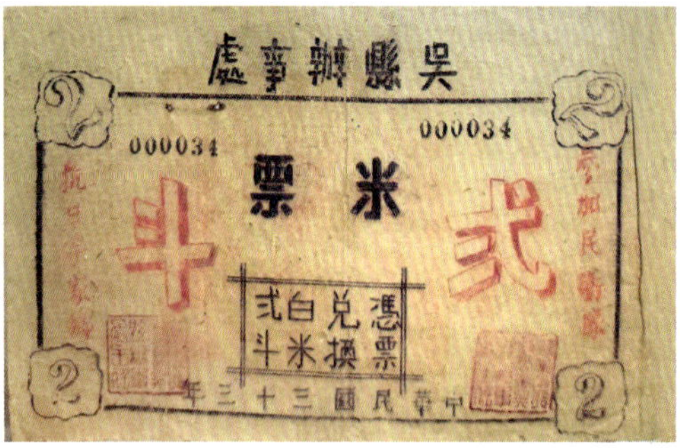

由于游击作战，不能随身携带粮食，需与群众搭伙，为此，游击队员凭票至指定地点领米和菜金。图为太湖游击队所用米票。

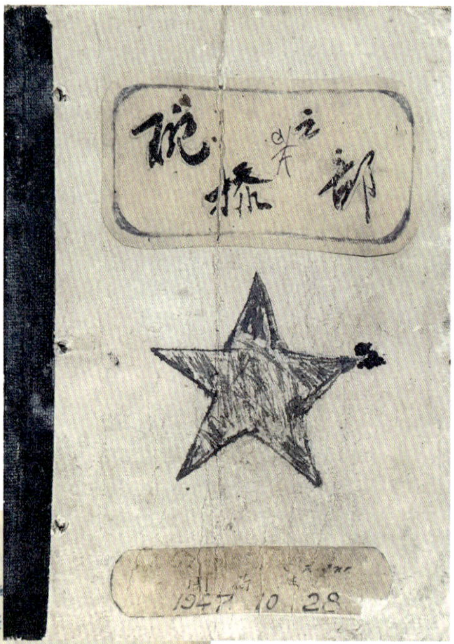

太湖游击队队员的学习笔记。

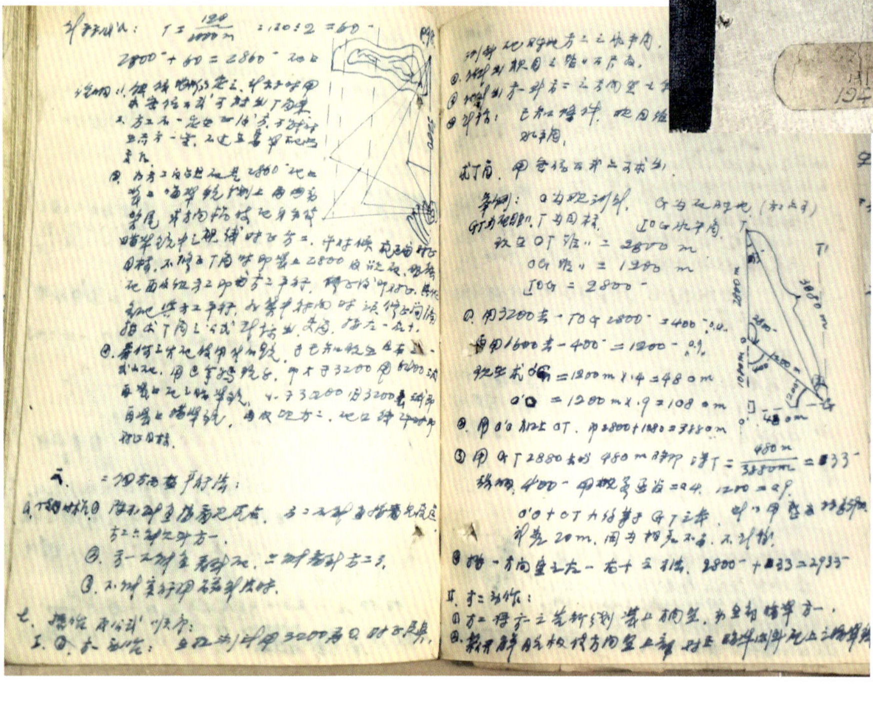

进步社团与红色刊物

解放战争时期，中国共产党领导人民开展“反饥饿、反内战、反迫害”的爱国民主运动。苏州涌现出不少进步社团，所办刊物文章多为进步青年所写，其中一些作者当时已经是中共地下党员。刊物倾向鲜明，对于传播革命思想、激励进步青年的革命热情起到很大的作用。

风沙社成立于1948年3月，取社名为“风沙”，一是寄托对地处风沙迷漫的陕北高原的党中央和毛泽东主席的敬仰和思念，二是表示“聚沙成塔，众志成城”之意。《风沙小集》是由太仓师范地下党组织的风沙社编印的刊物。

風沙小集
蝙蝠
一九四八年六月出版
2
風沙社

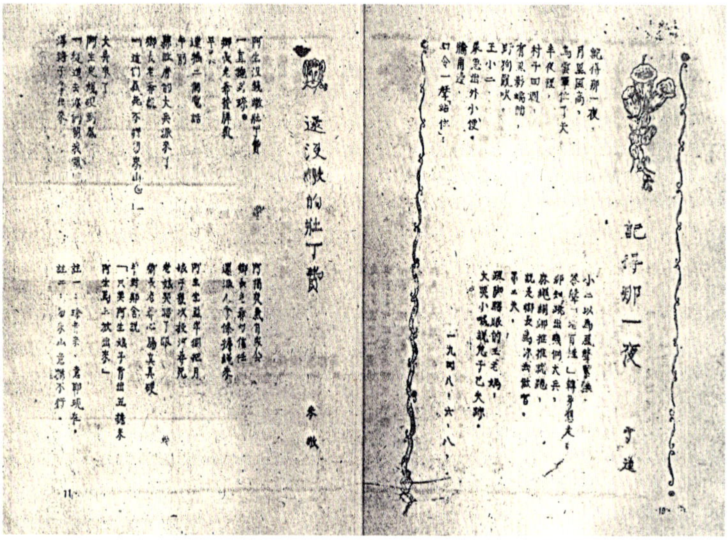
逃沒繳的壯丁費

記得那一夜

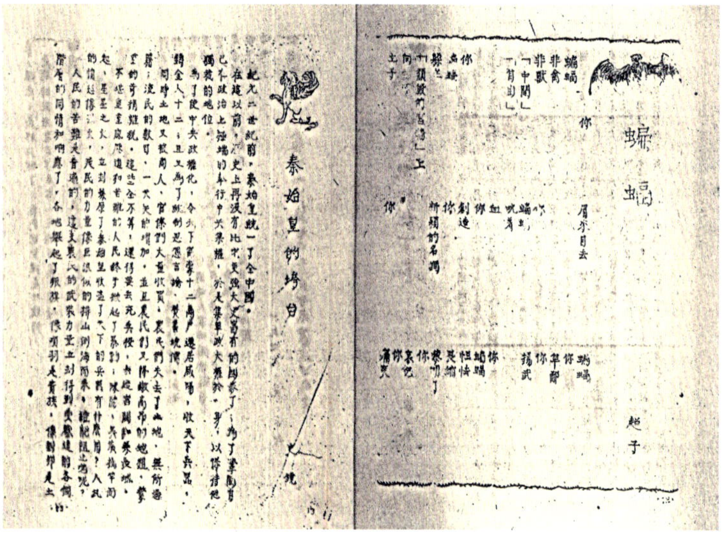
秦始皇的烽台

蝙蝠

《风沙小集·蝙蝠》。

朝霞社是太仓师范学生进步社团，成立于1948年5月，旨在迎接黎明，在解放前夕开展护校斗争。《朝霞》是由太仓师范地下党组织的朝霞社编印的刊物。太仓解放后，朝霞社完成了历史使命，于1949年10月15日出版《朝霞》解散号。

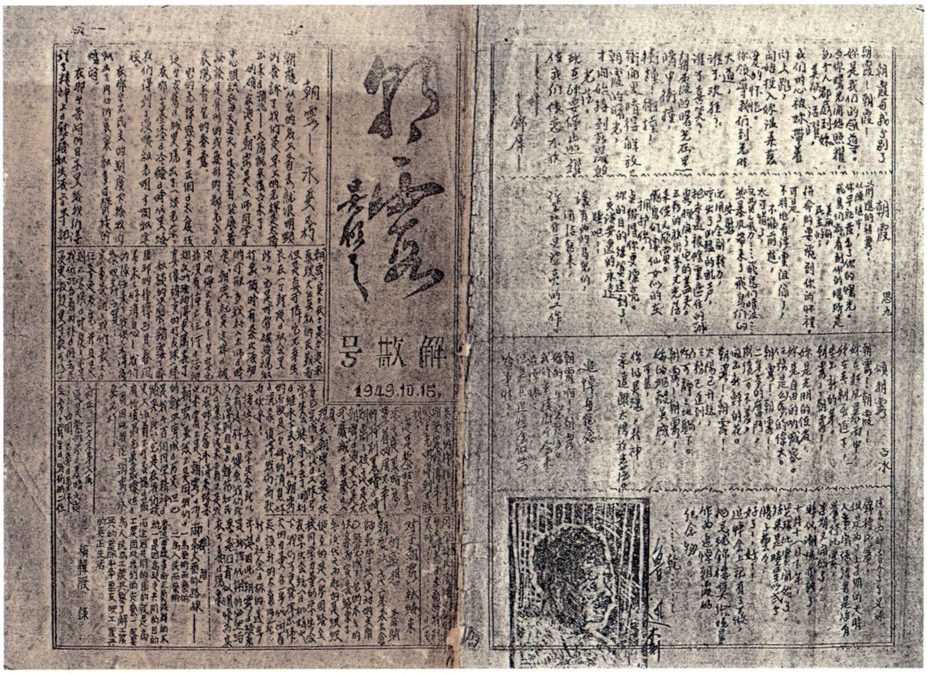

朝霞

解散号

1949.10.15

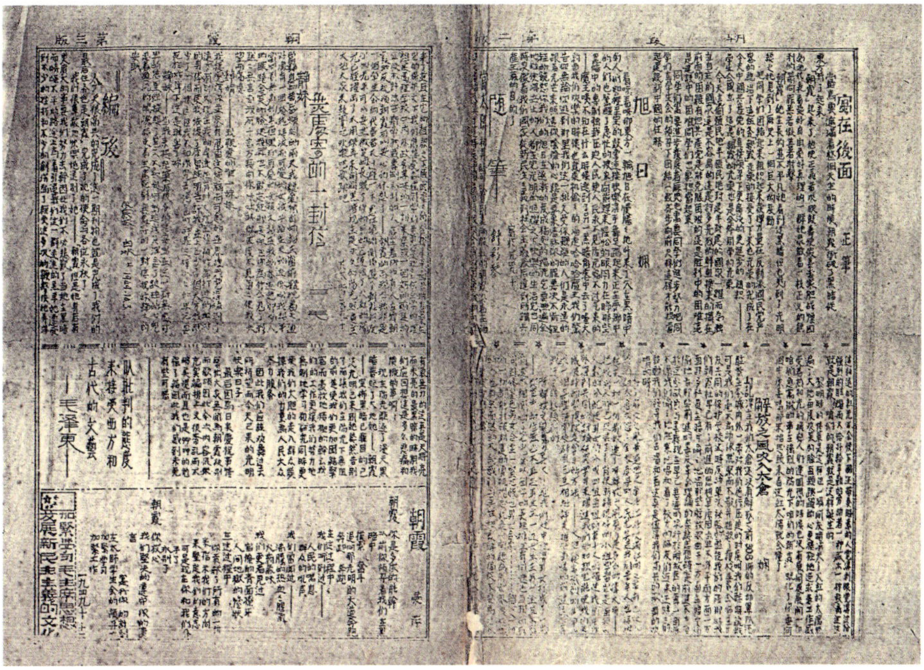

写在后面

旭日

随笔

编后

1949年10月15日，太仓师范地下党刊物《朝霞》解散号。

翳桑社是吴江地下党外围组织，成立于1945年11月，以“练习写作、研究文艺”为名，以文会友，进行党的宣传活动。《浅作》是翳桑社编印的刊物。1947年《浅作》被国民党发现，翳桑社被迫解散，《浅作》停刊。

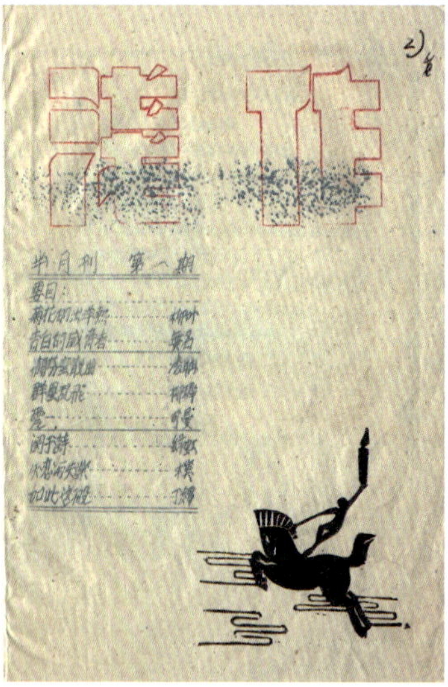

1945年11月成立的吴江地下党秘密联络点翳桑文艺研究室所编印的《浅作》第一、二期。

育文社是昆山县立中学创办的学生文艺团体。从1947年7月成立至12月，编辑出版油印本《育文》半月刊7期、铅印本《育文》月刊2期，还在《民报》和《旦报》上先后刊印《育文旬刊》11期。1948年5月，在《旦报》上编刊《育文周刊》3期。在县中党支部的引导下，编辑出版进步文章，团结争取了一大批中间学生。

育文周刊

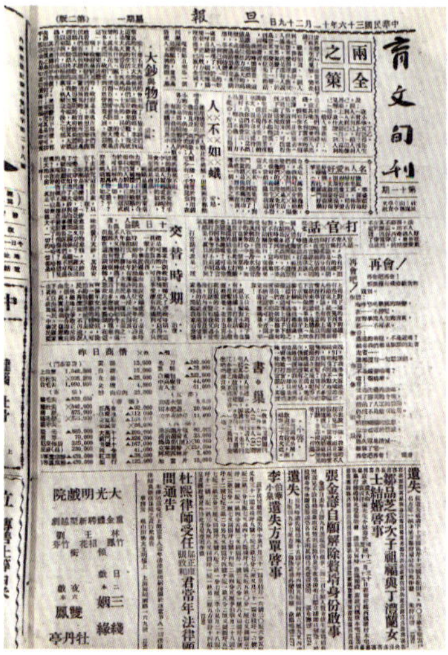
育文旬刊

《育文周刊》刊登《写在周刊前的话》。　《育文旬刊》刊登《大钞与物价》。

1947年5月20日，苏州部分学校代表在南京参加京沪苏杭学校“挽救教育危机”联合大游行，图为社教学院编印的“五二〇”画集、快报和苏高工的刊物。

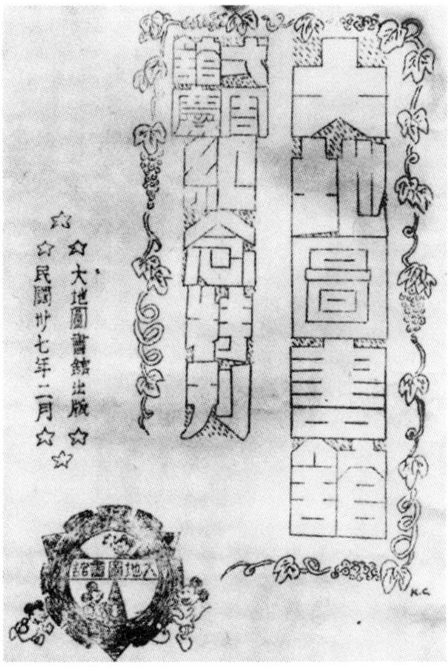

1948年2月，大地图书馆出版纪念特刊。

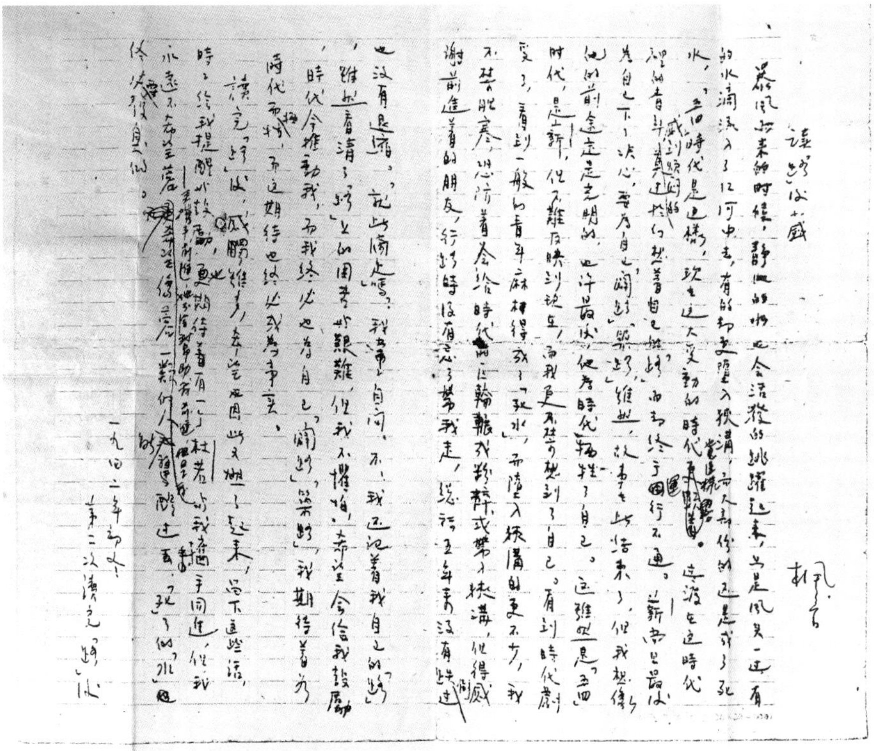
读《路》的感

暴风雨来的时候，静止的水也会活泼的跳跃起来，只是风过一过，有的水滴流入了江河中去，有的却又堕入狭沟，而大部份的还是成了死水。“五四时代是这样，现在这大变动的时代更是这样。”这般在这时代里的青年 [illegible] 想着自己的路，而终于四行不通。[illegible] 以为自己下了决心，要为自己“开路”、“筑路”，[illegible] 结束了，但我想像他的前途是光明的，也许最终使他为时代牺牲了自己。这虽然是“五四时代”，是新的，但不难反映到现在，而我更不禁的想到了自己。看到时代剧变了，看到一般的青年麻痹得成了“死水”，而堕入狭隘的更不少，我不禁心寒，忧虑着会给时代的巨轮辗成粉碎或带入狭沟，但得感谢前进着的朋友，[illegible] 没有忘了带我走，[illegible] 五年来没有跌过，也没有退缩。“就此满足吗？”我常常自问。不，我还记着我自己的“路”，虽然看清了路，且明白了些艰难，但我不惧怕，希望会给我鼓励，时代会推动我，而我终必也为自己“开路”、“筑路”，我期待着为时代而牺牲，而这期待也终必成为事实。

读完《路》以后，[illegible] 又燃了起来，留下这些话，时时给我提醒以鼓励，[illegible]

一九四二年 [illegible]

枫

刘子蓉，江苏苏州人。1942年与金传贤、金国中等人创办青年图书馆，出版进步刊物《青年》。1943年参加革命，成为随军记者。1945年，新四军北撤，刘子蓉回苏州打入敌伪税务局，继续办刊物。1946年，来到解放军部队，继续做随军记者。1947年在山东泰山牺牲。图为刘子蓉烈士遗稿，读茅盾《路》后有感，表达他愿为时代而牺牲的大无畏精神。

1945年10月，苏常太工委的苏昆段特派员徐懋德与地下党员唐崇侃、进步师生吴石牧等一起开办了文心图书馆。文心图书馆作为中共苏州地下党活动的重要场所，通过借阅书籍、编写刊物、组织联欢活动，引导了相当数量的青年人走上革命道路。

文心图书馆牌匾。

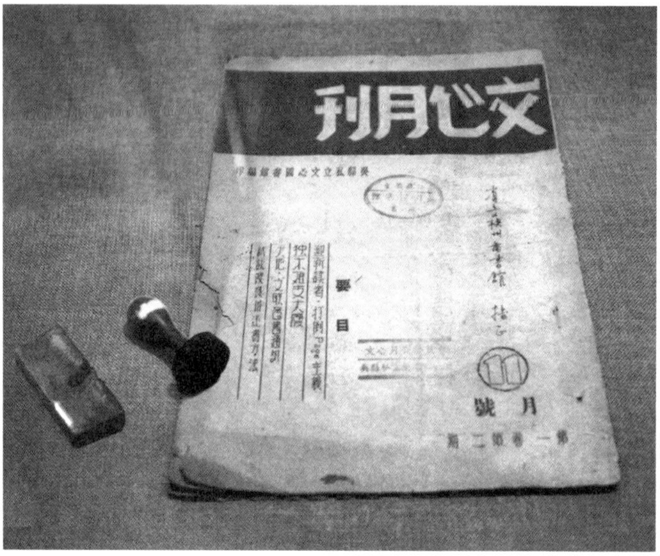

《文心月刊》。

1949年7月10日，文心图书馆工作人员合影。

交通大學畢業證明書

爲證明事查學生徐懋德係江蘇省
縣人現年二十四歲曾於民國三十一年
本校工(土木工程系)學院畢業特此證明

校長 張廷金

中華民國三十二年十月 四

徐懋德（1920—2018），江苏苏州人。1943年加入中国共产党。1943年至1947年，任中共苏州苏昆段特派员、中共苏州市工委委员、苏州县委委员。1947年赴台湾开展地下工作。1950年任中共华东局台委驻港小组副组长、组长。图为徐懋德的交通大学毕业证。

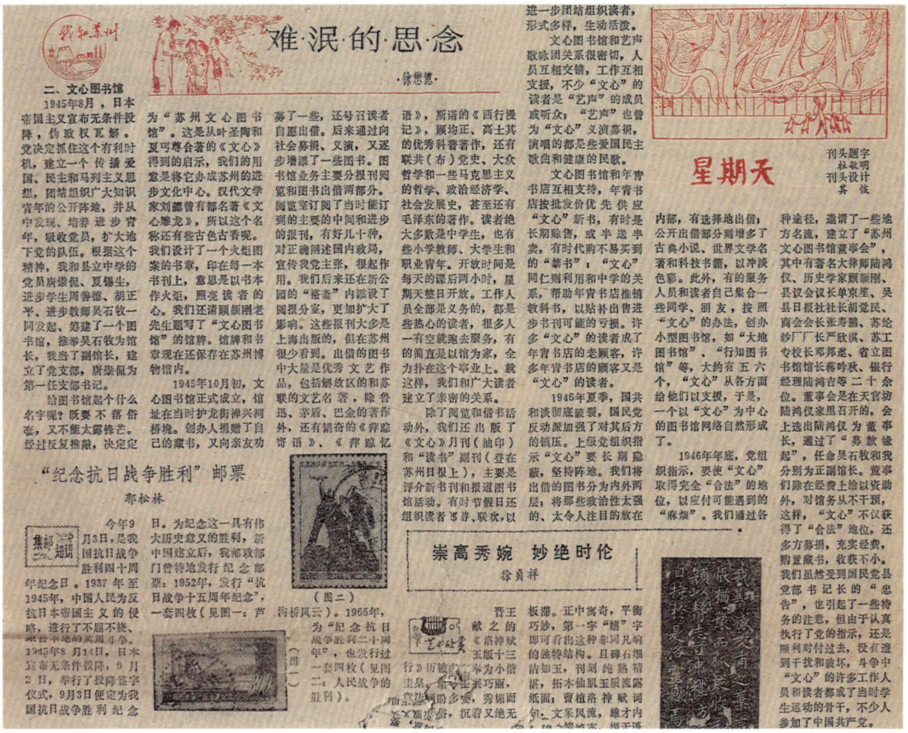

我和苏州

难·泯·的·思·念

·徐懋德·

二、文心图书馆

1945年8月，日本帝国主义宣布无条件投降，伪政权瓦解。党决定抓住这个有利时机，建立一个传播爱国、民主和马列主义思想，团结组织广大知识青年的公开阵地，并从中发现、培养进步青年，吸收党员，扩大地下党的队伍。根据这个精神，我和县立中学的党员唐崇侃、夏锡生，进步学生周善德、胡正平、进步教师吴石牧一同发起、筹建了一个图书馆，推举吴石牧为馆长，我当了副馆长，建立了党支部，唐崇侃为第一任支部书记。

给图书馆起个什么名字呢？既要不落俗套，又不能太露锋芒。经过反复推敲，决定定为“苏州文心图书馆”。这是从叶圣陶和夏丏尊合著的《文心》得到的启示，我们的用意是将它办成苏州的进步文化中心。汉代文学家刘勰曾有部名著《文心雕龙》，所以这个名称还有些古色古香呢。我们设计了一个火炬图案的书章，印在每一本书刊上，意思是以书本作火炬，照亮读者的心。我们还请顾颉刚老先生题写了“文心图书馆”的馆牌。馆牌和书章现在还保存在苏州博物馆内。

1945年10月初，文心图书馆正式成立，馆址在当时护龙街禅兴祠桥堍。创办人捐赠了自己的藏书，又向亲友劝募了一些，还号召读者自愿出借。后来通过向社会募捐、义演，又逐步增添了一些图书。图书馆业务主要分报刊阅览和图书出借两部分。阅览室订阅了当时能订到的主要的中间和进步的报刊，有好几十种，对正确阐述国内政局，宣传我党主张，很起作用。我们后来还在新公园的“裕斋”内添设了阅报分室，更加扩大了影响。这些报刊大多是上海出版的，但在苏州很少看到。出借的图书中大量是优秀文艺作品，包括解放区的和苏联的文艺名著，除鲁迅、茅盾、巴金的著作外，还有韬奋的《萍踪寄语》、《萍踪忆语》，斯诺的《西行漫记》，顾均正、高士其的优秀科普著作，还有联共（布）党史、大众哲学和一些马克思主义的哲学、政治经济学、社会发展史，甚至还有毛泽东的著作。读者绝大多数是中学生，也有些小学教师、大学生和职业青年。开放时间是每天的课后两小时，星期天整日开放。工作人员全部是义务的，都是些热心的读者，很多人一有空就跑去服务，有的简直是以馆为家，全力扑在这个事业上。就这样，我们和广大读者建立了亲密的关系。

除了阅览和借书活动外，我们还出版了《文心》月刊（油印）和“读书”副刊（登在苏州日报上），主要是评介新书刊和报道图书馆活动。有时节假日还组织读者郊游、联欢，以进一步团结组织读者，形式多样，生动活泼。

文心图书馆和艺声歌咏团关系很密切，人员互相交错，工作互相支援，不少“文心”的读者是“艺声”的成员或听众；“艺声”也曾为“文心”义演募捐，演唱的都是些爱国民主歌曲和健康的民歌。

文心图书馆和年青书店互相支持，年青书店按批发价优先供应“文心”新书，有时是长期赊售，或半送半卖，有时代购不易买到的“禁书”；“文心”同仁则利用和中学的关系，帮助年青书店推销教科书，以贴补出售进步书刊可能的亏损。许多“文心”的读者成了年青书店的老顾客，许多年青书店的顾客又是“文心”的读者。

1946年夏季，国共和谈彻底破裂，国民党反动派加强了对其后方的镇压。上级党组织指示“文心”要长期隐蔽，坚持阵地。我们将出借的图书分为内外两层；将那些政治性太强的、太令人注目的放在内部，有选择地出借；公开出借部分则增多了古典小说、世界文学名著和科技书籍，以冲淡色彩。此外，有的服务人员和读者自己集合一些同学、朋友，按照“文心”的办法，创办小型图书馆，如“大地图书馆”、“行知图书馆”等，大约有五六个，“文心”从各方面给他们以支援，于是，一个以“文心”为中心的图书馆网络自然形成了。

1946年年底，党组织指示，要使“文心”取得完全“合法”的地位，以应付可能遇到的“麻烦”。我们通过各种途径，邀请了一些地方名流，建立了“苏州文心图书馆董事会”，其中有著名大律师陆鸿仪、历史学家顾颉刚、县议会议长单束笙、吴县日报社社长胡觉民、商会会长张寿鹏、苏纶纱厂厂长严欣淇、苏工专校长邓邦逖、省立图书馆馆长蒋吟秋、银行经理陆鸿吉等二十余位。董事会是在天官坊陆鸿仪家里召开的，会上选出陆鸿仪为董事长，通过了“募款缘起”，任命吴石牧和我分别为正副馆长。董事们除在经费上给以资助外，对馆务从不干预，这样，“文心”不仅获得了“合法”地位，还多方募捐，充实经费，购置藏书，收获不小。我们虽然受到国民党县党部书记长的“忠告”，也引起了一些特务的注意，但由于认真执行了党的指示，还是顺利对付过去，没有遭到干扰和破坏，斗争中“文心”的许多工作人员和读者都成了当时学生运动的骨干，不少人参加了中国共产党。

星期天

刊头题字 杜敏明
刊头设计 其 恢

“纪念抗日战争胜利”邮票

郑松林

集邮知识

今年9月3日，是我国抗日战争胜利四十周年纪念日。1937年至1945年，中国人民为反抗日本帝国主义的侵略，进行了不屈不挠、[illegible]的英勇斗争。1945年8月14日，日本宣布无条件投降，9月2日，举行了投降签字仪式，9月3日便定为我国抗日战争胜利纪念日。为纪念这一具有伟大历史意义的胜利，新中国建立后，我邮政部门曾特地发行纪念邮票：1952年，发行“抗日战争十五周年纪念”，一套四枚（见图一：芦沟桥风云）。1965年，为“纪念抗日战争胜利二十周年”，也发行过一套四枚（见图二：人民战争的胜利）。

（图一）

（图二）

崇高秀婉 妙绝时伦

徐贞祥

艺术欣赏

晋王献之的《洛神赋玉版十三行》历被[illegible]为小楷[illegible]巧丽，[illegible]多姿，秀媚而[illegible]，沉着又绝无板滞。正中寓奇，平衡巧妙，第一字“嬉”字即可看出这种非同凡响的独特结构。且碑石细洁如玉，刊刻纯熟精湛，拓本仙肌玉质流露纸面；曹植洛神赋词句，文采风流，雄才内[illegible]

徐懋德回忆文心图书馆的文章。

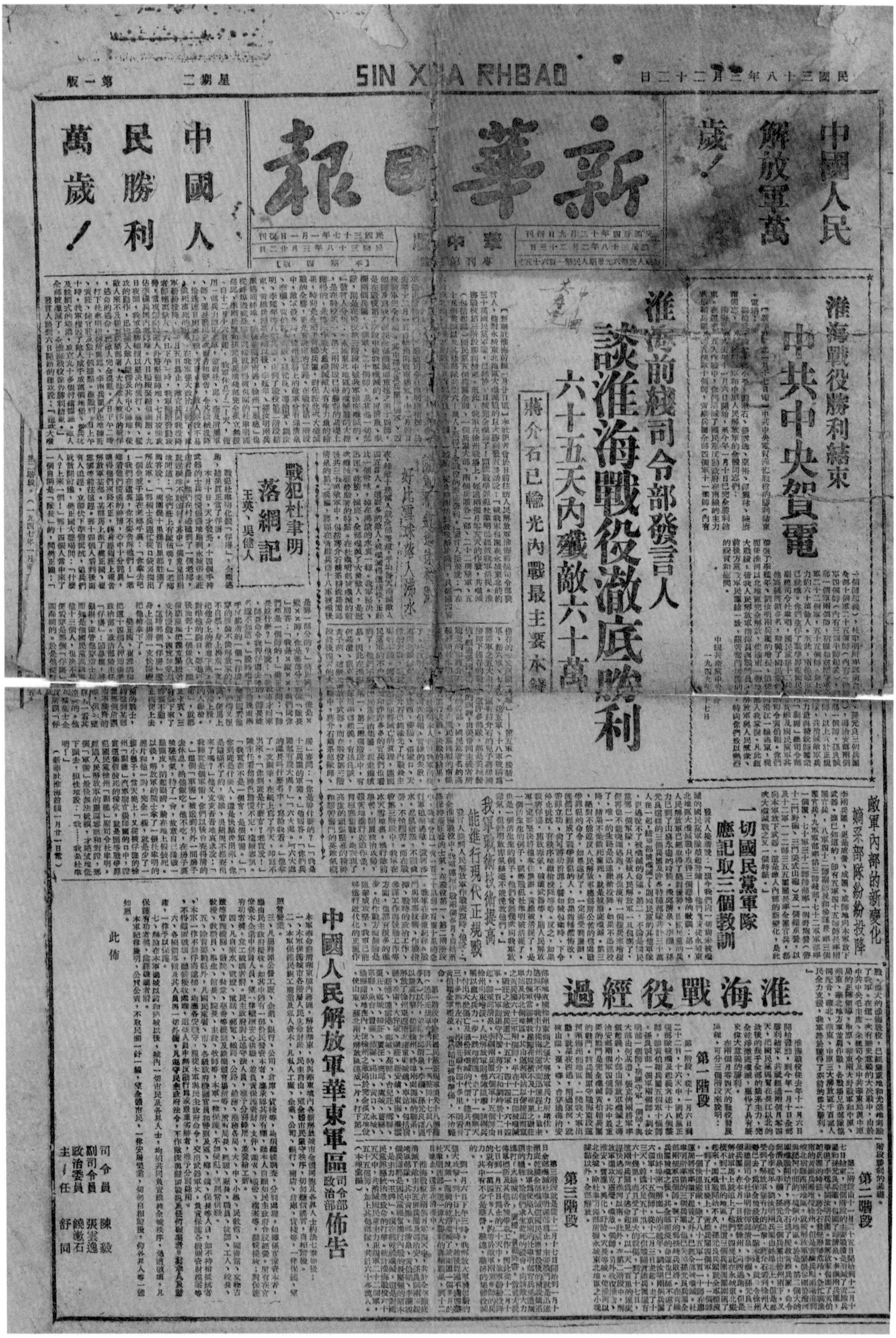
民國三十八年三月二十二日 SIN XHA RHBAO 星期二 第一版

新華日報

華中版 專刊

中國人民勝利萬歲！

中國人民解放軍萬歲！

淮海戰役勝利結束 中共中央賀電

淮海前綫司令部發言人談淮海戰役澈底勝利

六十五天內殲敵六十萬

蔣介石已輸光內戰最主要本錢

戰犯杜聿明落網記

王英、吳健人

敵軍內部的新變化 嫡系部隊紛紛投降

一切國民黨軍隊應記取三個教訓

我軍戰術技術提高 能進行現代正規戰

淮海戰役經過

第一階段

第二階段

第三階段

中國人民解放軍華東軍區司令部政治部佈告

司令員 陳毅

副司令員 張雲逸

政治委員 饒漱石

主任 舒同

《新华日报》华中版是中共华中分局机关报。1949年3月22日《新华日报》华中版专刊出版时，正值解放战争取得节节胜利，解放军即将渡江的时期。这份报纸在地下党组织的太仓师范进步学生中传阅，鼓舞了大家的士气。

迎接光明，苏州解放

1949年初，中共中央军委决定以百万大军发起渡江战役，夺取国民党的政治经济中心。中共苏州地下党组织根据上级指示，组织群众开展护厂、护校等活动，积极收集情报，做好宣传工作，迎接解放军的到来。4月27日，苏州宣告解放。千年古城获得新生，人民群众欢天喜地，歌颂光明的到来。

苏州解放前夕，地下党积极收集地方政治、经济、社会、交通、学校、医院、地理环境等方面的情报资料，解放区中共华中工委编印成各地概况，为苏州全境的解放打下坚实的基础。

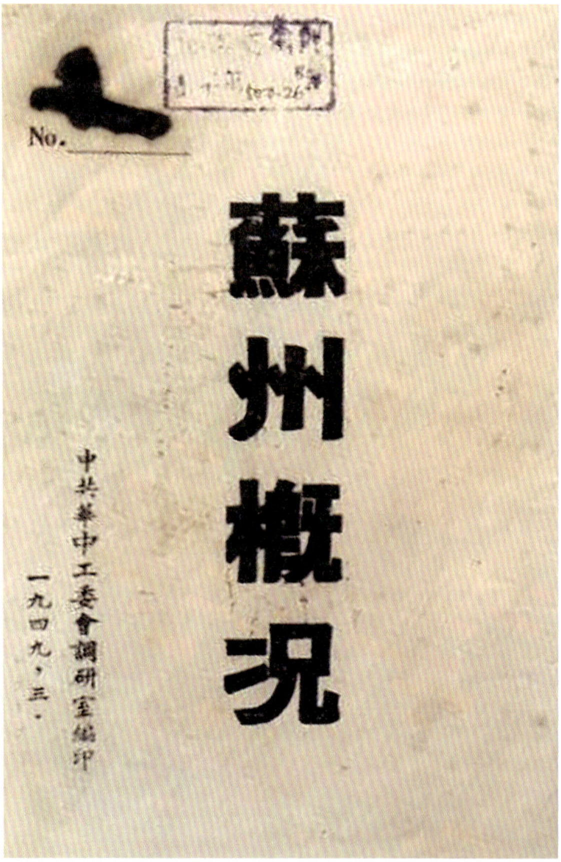

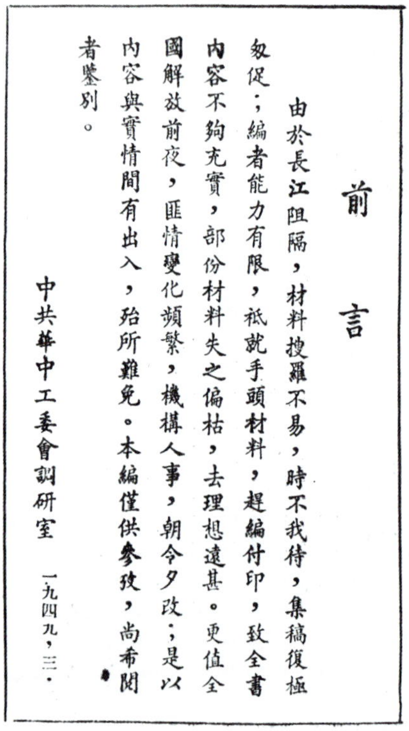

前言

由於長江阻隔，材料搜羅不易，時不我待，集稿復極匆促；編者能力有限，祇就手頭材料，趕編付印，致全書內容不夠充實，部份材料失之偏枯，去理想遠甚。更値全國解放前夜，匪情變化頻繁，機構人事，朝令夕改；是以內容與實情間有出入，殆所難免。本編僅供參攷，尚希閱者鑒別。

中共華中工委會調研室 一九四九，三，

1949年3月，中共华中工委会调研室编印的《苏州概况》。

1949年2月，苏北军区参谋处测绘队绘制的《苏州城厢图》。

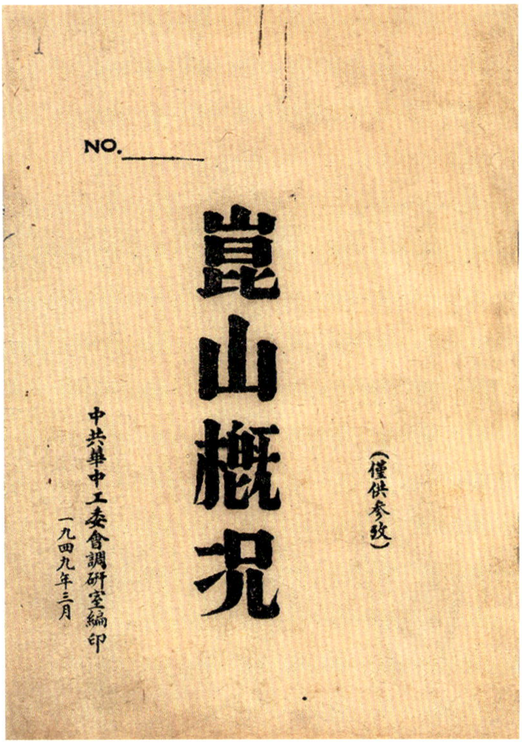
NO.____

崑山概況

（僅供參攷）

中共華中工委會調研室編印

一九四九年三月

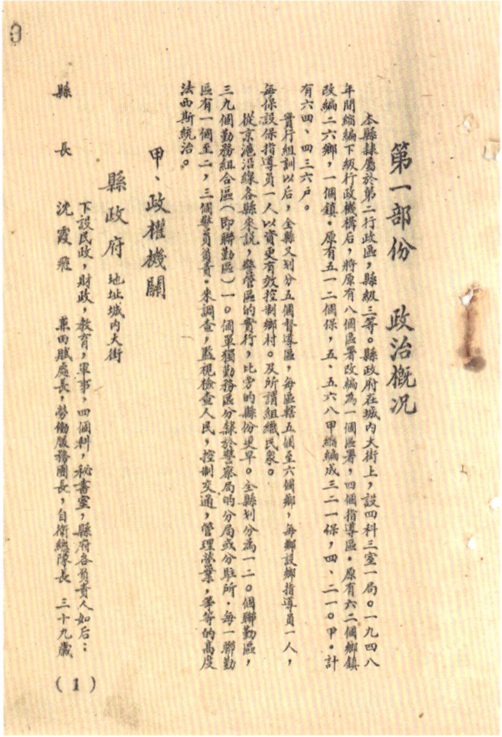
第一部份　政治概況

本縣隸屬於第二行政區，縣級三等。縣政府在城內大街上，設四科三室一局。一九四八年間縮編下級行政機構后，將原有八個區署改編為一個區署，四個指導區。原有六二個鄉鎮改編二六鄉，一個鎮。原有五一二個保，五、五六八甲縮編成三二一保，四、二一〇甲。計有六四、四三六户。

實行組訓以后，全縣又划分五個督導區，每區轄五個至六個鄉，每鄉設鄉指導員一人，每保設保指導員一人以資更有效控制鄉村。及所謂組織民衆。

從京滬沿線各縣來說，警管區的實行，比旁的縣份更早。全縣划分為一二〇個聯勤區，三九個勤務組合區（即聯勤區）一〇個單獨勤務區分隸於警察局的分局或分駐所。每一聯勤區有一個至二，三個警員負責。來調查，監視檢查人民，控制交通，管理營業，爭等的高度法西斯統治。

甲、政權機關

縣政府　地址城內大街

下設民政，財政，教育，軍事，四個科，秘書室，縣府各負責人如后：

縣長　沈霞飛　兼田賦處長，勞働服務團長，自衛總隊長　三十九歲

（1）

1949年3月，中共华中工委会调研室编印的《昆山概况》。

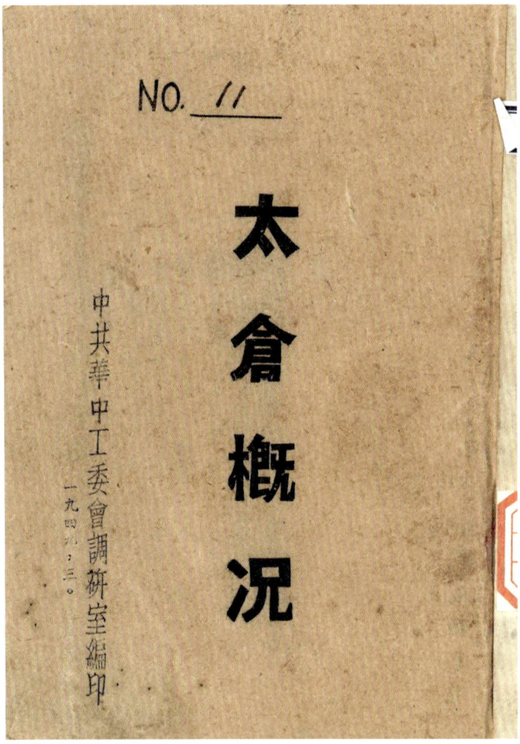
NO. 11

太倉概況

中共華中工委會調研室編印

一九四九．三。

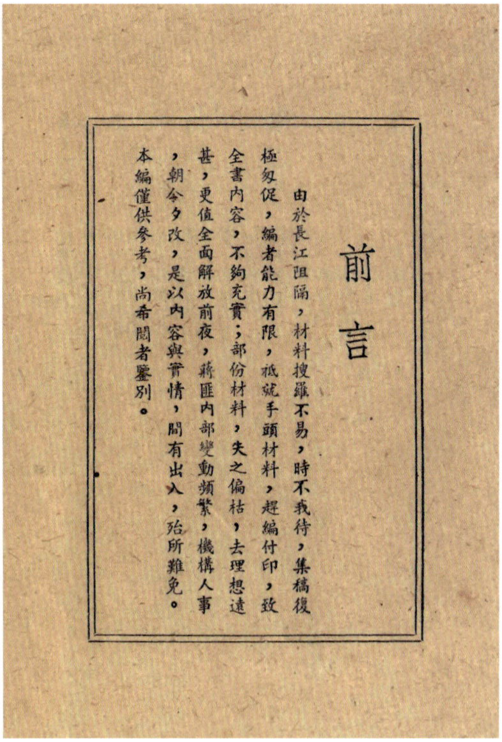
前言

由於長江阻隔，材料搜羅不易，時不我待，集稿復極匆促，編者能力有限，祇就手頭材料，趕編付印，致全書內容，不夠充實；部份材料，失之偏枯，去理想遠甚，更值全面解放前夜，蔣匪內部變動頻繁，機構人事，朝令夕改，是以內容與實情，間有出入，殆所難免。

本編僅供參考，尚希閱者鑒別。

1949年3月，中共华中工委会调研室编印的《太仓概况》。

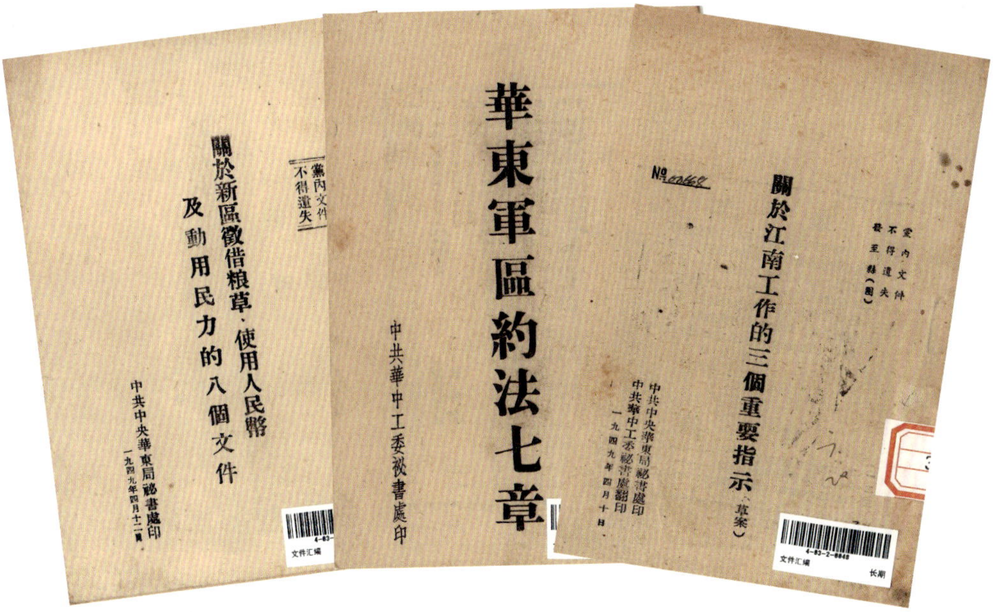

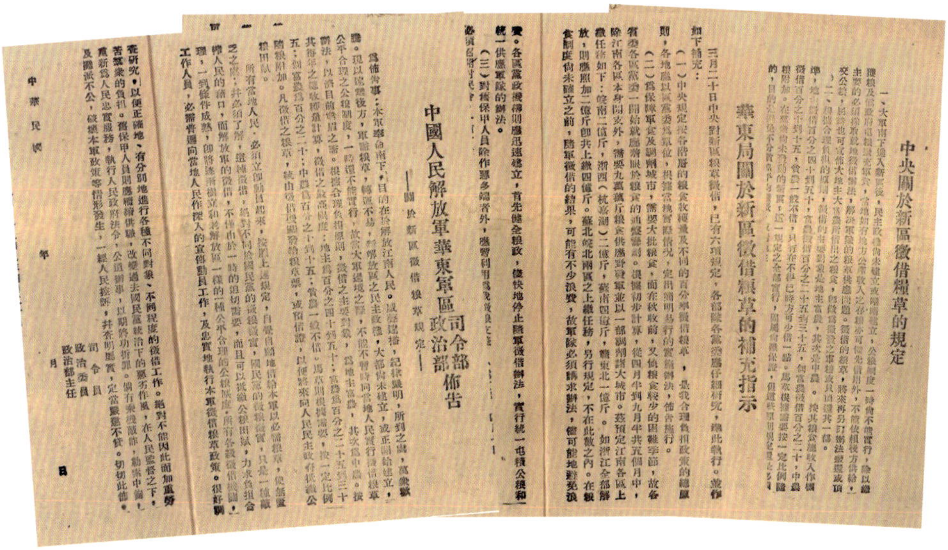

1949年3月，党中央颁布了一系列文件，对全国解放后的各项工作作了重要指示。图为中共中央华东局和中共华中工委秘书处印发的《华东军区约法七章》等相关文件。

渡江战役经典照片《我送亲人过大江》。图中送解放军渡江的大辫子姑娘叫颜红英，时年19岁，后居苏州市吴江区。

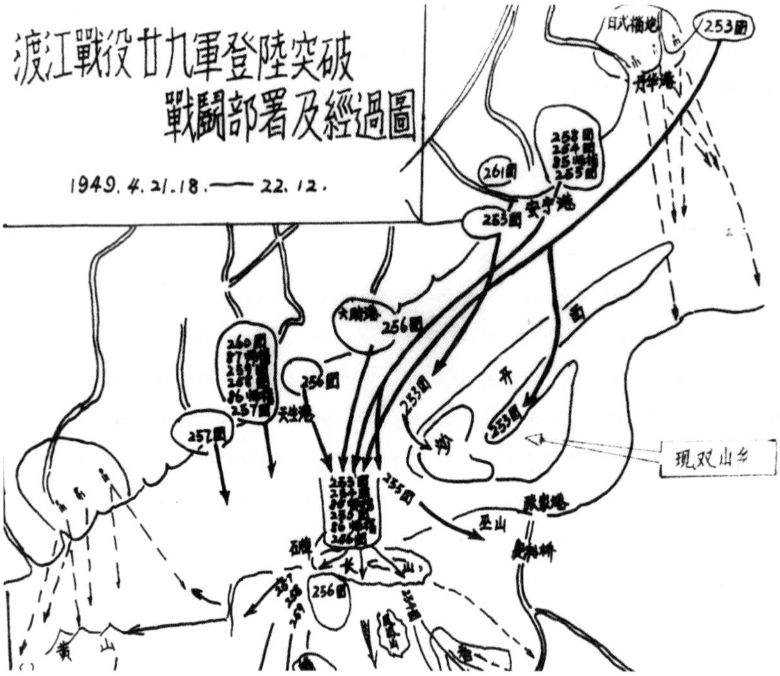

1949年4月，《渡江战役廿九军登陆突破战斗部署及经过图》。

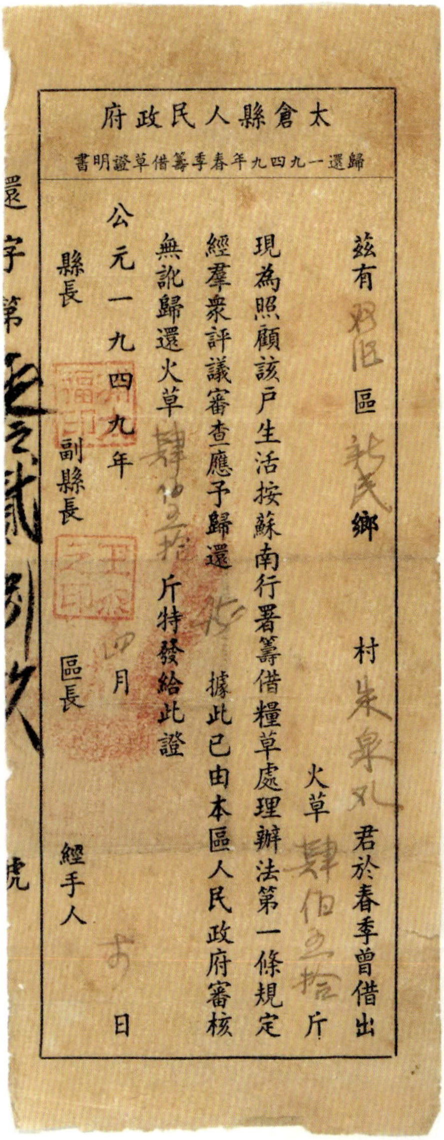
太倉縣人民政府
歸還一九四九年春季籌借草證明書
茲有　區　鄉　村　君於春季曾借出火草　斤
現為照顧該戶生活按蘇南行署籌借糧草處理辦法第一條規定
經羣衆評議審查應予歸還　據此已由本區人民政府審核
無訛歸還火草　斤特發給此證
公元一九四九年　月　日
縣長　副縣長　區長　經手人

1949年4月，太仓县人民政府颁发的《归还一九四九年春季筹借草证明书》。

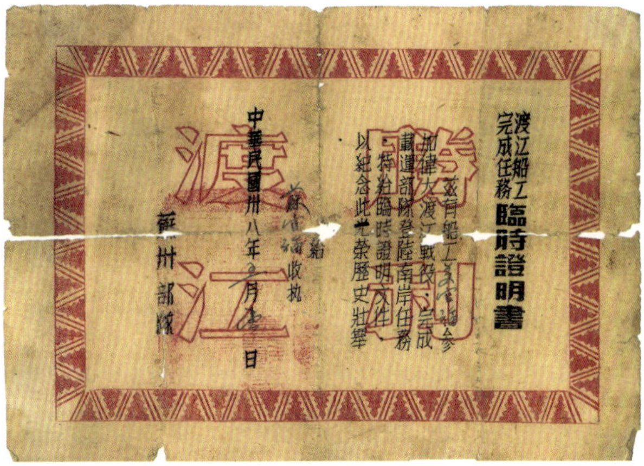
渡江船工完成任務臨時證明書
茲有船工　參加偉大渡江戰役完成運部隊登陸南岸任務特給臨時證明以紀念此光榮歷史壯舉
中華民國卅八年　月　日
蘇州部隊

1949年5月，苏州部队颁发的《渡江船工完成任务临时证明书》。

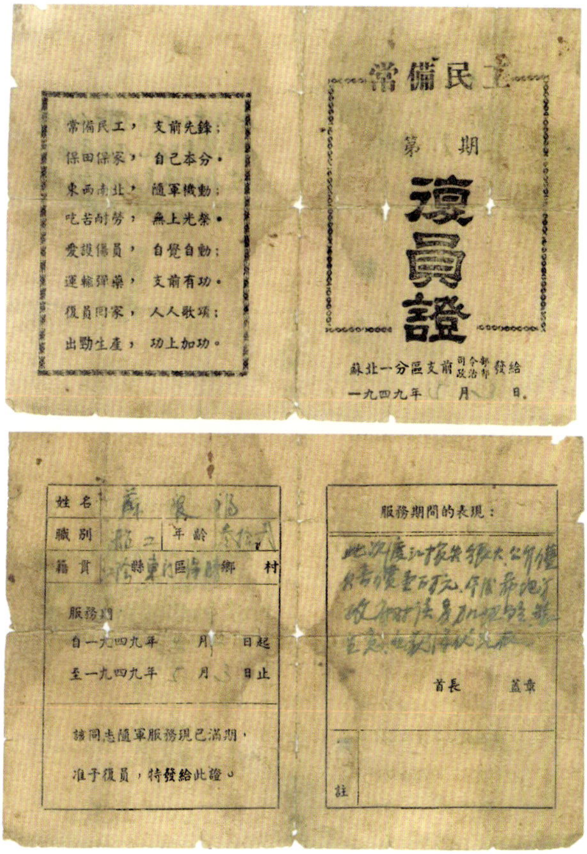
常備民工，支前先鋒；保田保家，自己本分。東西南北，隨軍機動；吃苦耐勞，無上光榮。愛護傷員，自覺自動；運輸彈藥，支前有功。復員回家，人人歡頌；出勤生產，功上加功。

常備民工
第　期
復員證
蘇北一分區支前司令部政治部發給
一九四九年　月　日

姓名
職別　年齡
籍貫　鄉　村
服務期
自一九四九年　月　日起
至一九四九年　月　日止
該同志隨軍服務現已滿期，准予復員，特發給此證。

服務期間的表現：
首長　蓋章
註

1949年5月，苏北一分区支前司令部、政治部颁发的《常备民工复员证》。

八十五师一部在张家港长山一带登陆后追歼逃敌。

1949年4月26日，苏州解放前夜，掌控全城1200部电话的吴县电信局一片忙碌，正值夜班的测量台工作人员胡福林（图中坐者）听到国民党城防司令部的电话，称解放军即将进城，要求驻守的国民党士兵撤离前破坏电信局。胡福林等人立刻冒着生命危险将测量台隐藏起来，保卫了通讯设施。苏州解放后，胡福林作为电讯保障技术人员参加了解放上海的战役。

1949年4月27日晨6时40分，人民解放军分别从平门、阊门、金门、娄门入城，会师察院场，古城苏州宣告解放。5月13日，各界群众3万余人在北兵营召开苏州解放庆祝大会，解放军举行隆重的入城仪式。图为苏州群众冒雨庆祝解放军入城。

0025

13

002

光明報

號外

一九四九年四月二十七日出版

定價每份一萬元

人民解放軍是我們人民自己的軍隊，他們要保護人民生命財產，保護民族工商業，沒收官僚資本，保護外僑生命財產安全，保護一切文教工作者，各行政機關人員，量才錄用。

新民主主義是由工農大衆領導的全中國人民反帝反封建反官僚資本主義的建國方針。

蘇州新歷史的第一頁
人民解放軍進城
人民夾道歡迎情緒興奮熱烈
解放軍主力繼續向敵追擊中

（本報訊）中國人民解放軍華東解放軍司令陳毅部隊，前日在無錫開始向蘇州攻擊後，國民黨反動部隊企圖要挾詭詐，頑據蘇州市區外圍各點，解放軍爲保全蘇州人民生命財產，不使燬爛起見，先行喊話勸降，但蔣匪軍隊並不覺悟，並亂放砲彈，解放軍爲解救蘇州人民速脫蔣匪軍挾制，遂於昨晚六時二十五分，向市區攻擊，當即殲滅踞守蔣匪軍二連，澈底佔領該地，同時解放軍向楓橋西津橋攻擊，蔣匪軍被俘一百三十六人，不戰而退，遂進閶胥門外公路與黃土橋，蔣匪軍負嵎頑抗，經一度激戰後，紛紛後潰，解放軍越火車站，進攻錢萬里橋，據守該地之蔣匪軍瘋狂頑抗，但在解放軍密集砲火與英勇作戰下，匪軍槍砲聲終至漸滅，同時李王廟之解放軍亦挺進至盤門，至今晨四時，蔣匪軍完全消滅，從婁門外沿京滬線向東潰退逃遁，解放軍遂於今晨六時二十分，在蘇州人民熱烈歡迎之情緒下，分自金閶平三門入城，全市人民連日在蔣匪軍撤退要挾索詐與奸淫破壞之苦痛情緒下，見此英勇與堅苦作戰之人民解放軍蒞蘇莫不面露笑容，萬人空巷，在清晨陽光冥微、朝風輕拂之歡欣情緒下，佇立兩傍，儼然如過節目，甚至護龍街北段有一老叟高詠詩句，「數百萬人齊歡迎，乃知所向在人心」引起羣衆拍手大笑，在東北街西首，則有兒童方自糕糰鋪中購來斗糕，自動餉饋前進之解放軍，當蒙宛爾拒謝，人民歡迎解放軍之情緒，眞如見遠方歸來之兄弟，現蘇州新歷史已開始，預料解放後之蘇州人民必自動能開始新的生活云。

【本報訊】人民解放軍解放本城後，後續主力部隊已續向京滬線挺進，前鋒已越唯亭正儀云。

向江南各地解放區人民
人民解放軍總部約法八章

【新華社北平二十五號消息】隨着人民解放軍向南方和西北各省的進軍，人民解放軍總部今天頒發佈告一件，全文如下：「中國人民解放軍佈告，國民黨反動派業已拒絕接受和平條件，堅持其反民族反人民的罪惡的戰爭立場，全國人民希望人民解放軍迅速消滅國民黨反動派，我們已命令人民解放軍奮勇前進，消滅一切敢於抵抗的國民黨反動軍隊，逮捕一切怙惡不悛的戰爭罪犯，解放全國人民，保衛中國領土主權的獨立完整，實現全國人民所渴望的眞正的和平與民主的統一，人民解放軍所到之處，深望各界人民予以協助，並特宣佈約法八章，願與我全體人民共同遵守之：

（一）保護全體人民的生命財產，各界人民不分性別信仰和職業，均望保持秩序，採取和人民解放軍合作的態度，如有反革命份子或其他破壞份子，乘機搗亂、搶劫或破壞者，應予嚴辦。

（二）保護民族工商農牧業，凡屬私人經營的工廠、商店、銀行、倉庫、船舶、碼頭、農場、牧場等，一律保護，不受侵犯，希望各業商工照常生產，各行商店照常營業。

（三）沒收官僚資本，凡屬國民黨反動政府及大官僚份子所經營的工廠、商行、倉庫、船舶、碼頭、鐵路、郵政、電報、電燈、電話、自來水及作場、牧場等，均由人民政府接管，其中如有民族工商農牧業家私人股份，經調查屬實者，當承認其所有權。所有在官僚資本企業中供職的人員，在人民政府接受以前，均需照舊供職，並負責保護資產、機器、圖表、賬冊、檔案等，聽候清點和接管，保護有功者獎，怠工破壞者罰，凡願繼續服務者，在人民政府接管後，准予量才錄用，不使流離失所。

（四）保護一切公私學校、醫院、文化機關、體育場所和其他一切公益事業，凡在這些機關供職的人員，均望照常供職，人民解放軍一律保護，不受侵犯。

（五）除怙惡不悛的戰爭罪犯及罪大惡極的反革命份子外，凡屬國民黨中央省、市、縣各級政府的大小官員、國大代表、立法監察委員、參議員、警察人員、區鎮鄉保甲人員，凡不持槍抵抗，不陰謀破壞者，人民解放軍及人民政府一律不加俘虜不加逮捕，不加侮辱，責成上述人員各安職守，服從人民政府法令，負責保護、聽候接收處理，各級人員中凡有一技之長而無嚴重的反動行爲或嚴重的劣績者，人民政府予以分別錄用，如有乘機破壞、偷盜舞弊、挾帶公款公物、檔案潛逃，抗拒不交代者，均予以懲辦。

（六）爲着確保城鄉治安，安定社會秩序之目的，一切散兵游勇均應向當地人民解放軍或人民政府報到，投誠報到者，並將所有武器交出者，概不追究，其有抗不報到或隱藏武器者，即予逮捕查究，窩藏不報者，亦須受到相當的處分。

（七）農村中的封建的土地所有權制度是不合理的，應當廢止，但是廢除這種制度必須是有準備和有步驟的，一般地說來，應當先行減租減息，然後分配土地，並且須要人民解放軍到達而工作一個相當長的時間以後，方才談得到認眞地解決土地問題，農民羣衆應當組織起來，協助人民解放軍進行各項初步的改革工作，同時努力耕種，使現有的農業水平不致降低，然後逐步加以提高，藉以改善人民生活，並供給城市人民的物品糧食，城市的土地房屋不能和農村土地問題一樣處理。

（八）保護外國僑民生命財產的安全，希望一切外國僑民，保持秩序，一切外國僑民必須遵守人民解放軍及人民政府的法令，不得進行間諜工作，不得有反對中國民族獨立事業及人民解放事業的行爲，不得包庇中國戰爭罪犯，反革命份子及其他罪犯，否則，當受人民解放軍及人民政府的法律制裁。

人民解放軍，紀律嚴明，公賣公買，不許妄取民間一針一線，希望我全體人民一律安居樂業，切勿輕信謠言，自相驚擾，切切，此佈！

中國人民革命軍事委員會主席毛澤東

中國人民解放軍總司令朱德」

本報明日發行日刊

告蘇州同胞書

國民黨反動派底僞和平徹底揭穿非眞面目，百萬解放軍已渡過長江，蘇州即將解放，同胞們，我們要以那一種心緒，那一種行動來迎接蘇州的解放呢？

每一個民主份子早已認清民主解放事業是把我國半封建半殖民地社會通盤地摧倒，在這一大塊土地上建立起民主、獨立、富強的新中國，這樣我們的生活才會有永久的幸福和康樂。

在這次新民主革命中，正由於我國還不是一個高度資本主義化的國家，這次革命陣線中在工農階級領導之下，小資產階級、資產階級的進步知識份子佔着重要的地位，不但這樣，在解放戰爭結束之後，在建設工作中還是需要進步的知識份子來分擔工作。

可是這是爲知識份子的革命嗎？不，決不！我們既要建設民主、獨立、富強的新中國，單單由知識份子來做是不可能的，並且會變質的，現在的一般工農和都市貧民已不是辛亥革命的了，工農和一般人民在客觀情形影響之下已覺醒了，並且團結了一切民主革命份子進行這次民主革命運動，所以新民主革命事業是整個被壓迫，受剝削的人民自己的事，而解放軍是人民的隊伍，他們是在軍事上摧潰頑固的反動武力的主要力量，解放戰事是保障人民大衆建設新中國的前提，那麽，同胞們，我們應以迎接還歸的弟兄一般的心緒來迎接解放軍。

但如果我們僅以這種心緒來歡迎爲我們而戰的英雄解放戰士是不够的，我們應該起來打倒吃人的官僚資本，指出蔣特份子保護一切人民的財產和建築，我們的解放軍是人民的武力，到了蘇州要嚴辦反革命的破壞份子，懲辦首惡戰爭罪犯，凡持械抵抗，或有嚴重劣跡，或有破壞任何人民利益的行動者，必須受應得的處分，不記對於全體人民生命財產，民族工商業學校醫院及文教機關體育以及外國人生命財產均受保護，尤許正常發展對於機關人員則量才錄用，這樣我們對於解放軍的恐怖心理自無必要，我便反而可以在沒有紛亂的環境下，努力我們自己的工作，爲我們自己，總之，解放戰爭是趕走帝國主義，消滅反動官僚資本獨裁，我們要迎接他支持他，加速的完成，我們要高呼：

一、歡迎解放軍，解放軍萬歲！

二、支援解放軍，解放全中國！

三、打倒蔣介石反動獨裁政權！

四、趕走美帝國主義！

五、清算貪官污吏！

六、實行土地改革！

七、中國民主同盟萬歲！

八、中國共產黨萬歲！

九、中國民主解放運動萬歲！

中國民主同盟蘇州支部

1949年4月27日，苏州解放当日，民盟苏州地下组织印刷出版《光明报》（号外），第一时间向苏州民众传递苏州解放的消息。

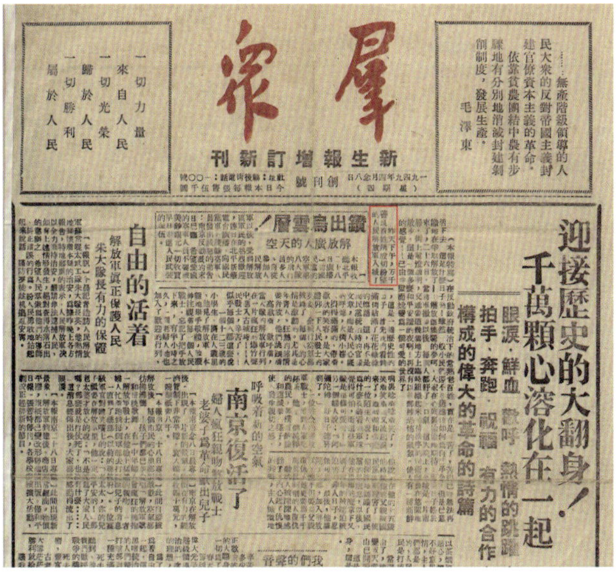

羣衆

新生報增訂刊

創刊號

一九四九年四月廿八日

一切力量來自人民
一切光榮歸於人民
一切勝利屬於人民

……無產階級領導的人民大衆的反對帝國主義封建主義官僚資本主義的革命，依靠貧農團結中農有步驟地有分別地消滅封建剝削制度，發展生產。 毛澤東

迎接歷史的大翻身！千萬顆心溶化在一起

眼淚、鮮血、歡呼、熱情的跳躍、拍手、奔跑、祝福、有力的合作構成的偉大的革命的詩篇

鐵鳥出雲層 解放廣大人民的天空

自由的活着 解放軍眞正保護人民 朱大隊長有力的保證

南京復活了 婦人瘋狂般吻戰士

呼吸着新的空氣

1949年4月28日，《群众》报道了人民解放军4月27日进城解放常熟的系列消息。

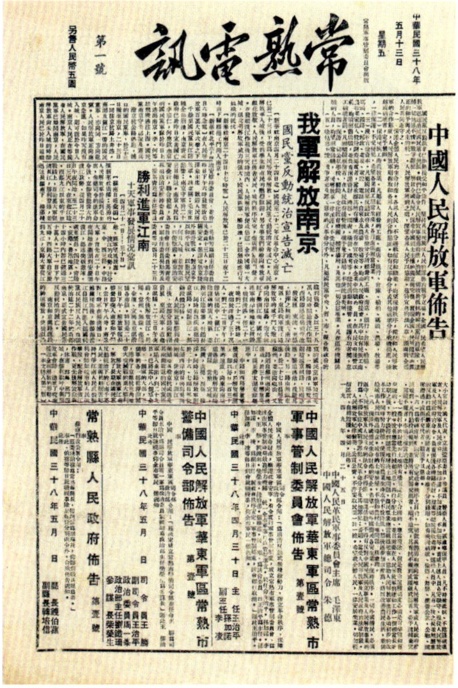

常熟電訊

第一號

中華民國三十八年五月十三日 星期五

另售人民幣五圓

中國人民解放軍佈告

我軍解放南京

國民黨反動統治宣告滅亡

勝利進軍江南

中國人民解放軍華東軍區常熟市軍事管制委員會佈告 第壹號

中國人民解放軍華東軍區常熟市警備司令部佈告 第壹號

常熟縣人民政府佈告 第壹號

1949年5月13日，《常熟电讯》刊登《中国人民解放军布告》《我军解放南京》等消息。

河南大学师生高举“光明来临”横幅，庆祝苏州解放。

苏州市民在观前街头观看歌舞表演，欢庆苏州解放。

向阳而生

一九四九—一九七八

1949 年 4 月 27 日，古城苏州宣告解放，自此揭开历史新篇章。在中国共产党的领导下，苏州人民建立和巩固新政权，加强党的建设和民主政治建设，确立了社会主义制度；逐步开展土地改革与各项社会变革，进行农业、手工业和资本主义工商业的社会主义改造，实现了党在过渡时期的总任务；致力于社会主义思想文化建设工作，积极推进国民经济与各项社会主义事业的发展。

人民民主政权的建立与巩固

1949年4月30日，苏南苏州行政区专员公署、苏州市人民政府、苏州市军事管制委员会同时宣告成立，苏州第一个人民政权建立。党的工作重心逐步由农村转移到城市，城市接管工作全面开展，全新的政治秩序逐步建立。为营造良好的外部发展环境，巩固建设新生政权，苏州人民着力开展剿匪肃特行动，并积极投身抗美援朝运动。

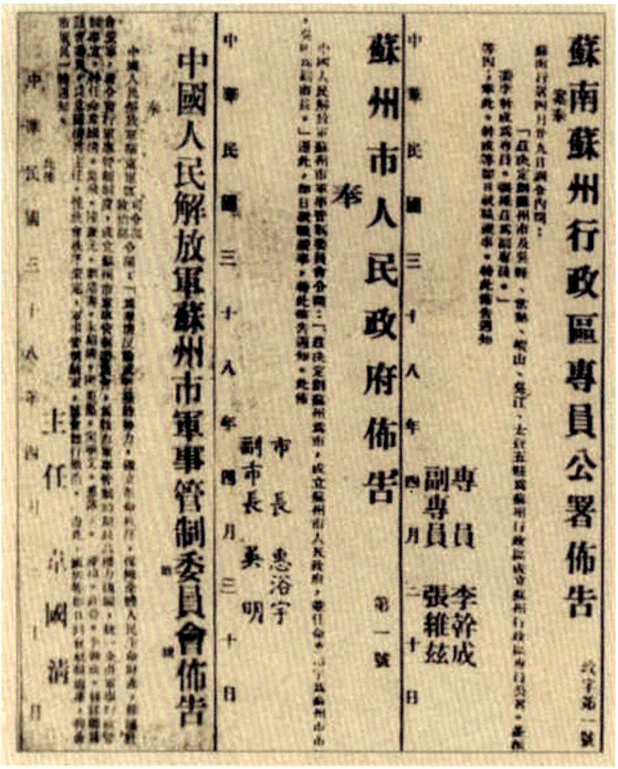

蘇南蘇州行政區專員公署佈告

政字第一號

專員 李幹成
副專員 張維玆

中華民國三十八年四月三十日

蘇州市人民政府佈告

第一號

市長 惠浴宇
副市長 姜明

中華民國三十八年四月三十日

中國人民解放軍蘇州市軍事管制委員會佈告

主任 韋國清

1949年4月30日，苏南苏州行政区专员公署、苏州市人民政府、苏州市军事管制委员会同时宣告成立。

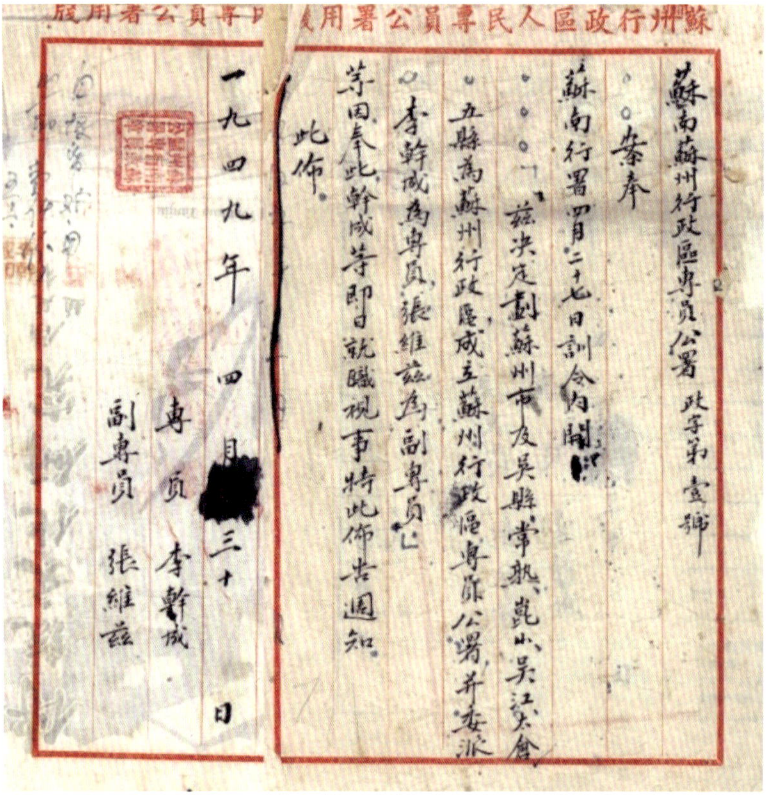

蘇州行政區人民專員公署用箋

蘇南蘇州行政區專員公署 政字第壹號

案奉

蘇南行署四月二十七日訓令內開：

「茲決定劃蘇州市及吳縣、常熟、崑山、吳江、太倉五縣為蘇州行政區，成立蘇州行政區專員公署，並委派李幹成為專員，張維玆為副專員。」

等因，奉此，幹成等即日就職視事，特此佈告週知。

此佈。

專員 李幹成
副專員 張維玆

一九四九年四月三十日

1949年4月30日，苏南苏州行政区专员公署发布政字第一号布告，明确苏州行政区区划，并委派李幹成为专员。

苏南苏州行政区专员公署徽章。

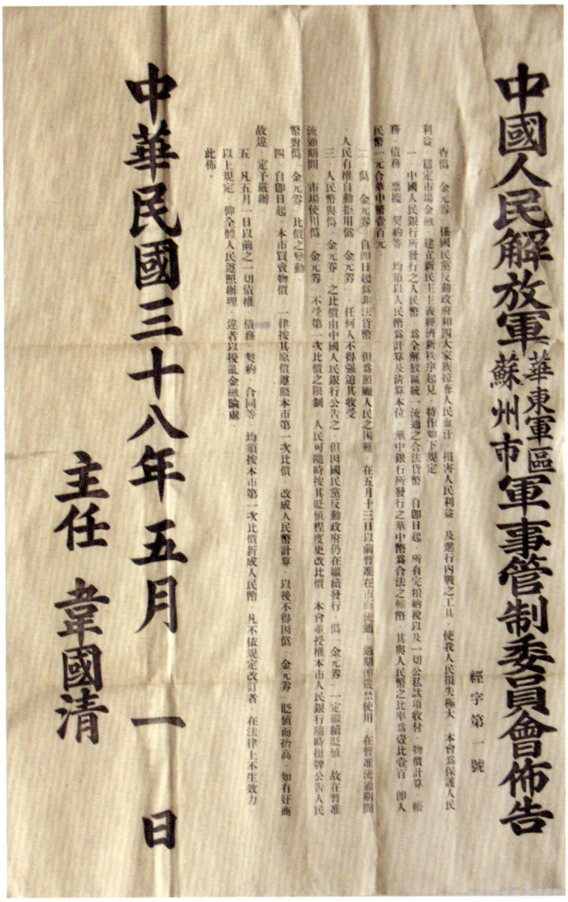

中國人民解放軍華東軍區蘇州市軍事管制委員會佈告

經字第一號

查偽"金元券"係國民黨反動政府和四大家族掠奪人民血汗，損害人民利益，及進行內戰之工具，使我人民損失極大，本會為保護人民利益，穩定市場金融，建立新民主主義經濟新秩序起見，特作如下規定：

一、中國人民銀行所發行之人民幣，為全解放區統一流通之合法貨幣，自即日起，所有完糧納稅以及一切公私款項收付，物價計算，帳務，債務，票據，契約等，均須以人民幣為計算及清算本位。華中銀行所發行之華中幣為合法之輔幣，其與人民幣之比率為壹比壹百，即人民幣一元合華中幣壹百元。

二、偽"金元券"自即日起為非法貨幣，但為照顧人民之困難，在五月十三日以前暫准在市面流通，過期即嚴禁使用，在暫准流通期間人民有權自動拒用偽"金元券"，任何人不得強迫其收受。

三、人民幣與偽"金元券"之比價由中國人民銀行公告之，但因國民黨反動政府仍在繼續發行，偽"金元券"一定繼續貶值，故在暫准流通期間，市場使用偽"金元券"不受第一次比價之限制，人民可隨時按其貶值程度更改比價，本會並授權本市人民銀行隨時掛牌公告人民幣對偽"金元券"比價之變動。

四、自即日起，本市買賣物價，一律按其原價遵照本市第一次比價，改成人民幣計算，以後不得因偽"金元券"貶值而抬高，如有奸商故違，定予嚴辦。

五、凡五月一日以前之一切債權，債務，契約，合同等，均須按本市第一次比價折成人民幣，凡不依規定改訂者，在法律上不生效力。

以上規定，仰全體人民遵照辦理，違者以擾亂金融論處。

此佈。

中華民國三十八年五月一日

主任 韋國清

1949年5月1日，苏州市军事管制委员会发布经字第一号布告，废止"金元券"，人民币流通。

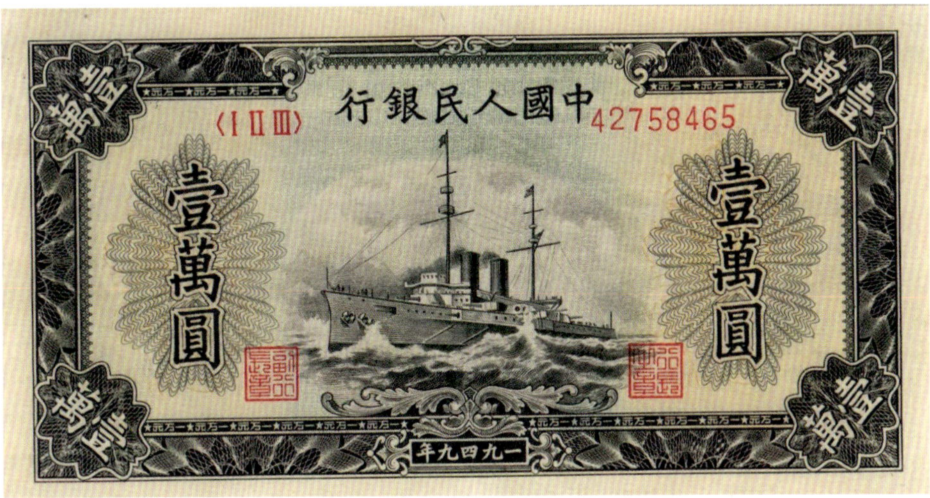

1948年12月1日，中国人民银行发行第一套人民币。中国人民银行行名及面值汉字由董必武同志题写。它与新币制确立后的第二套人民币的兑换率为10000∶1。

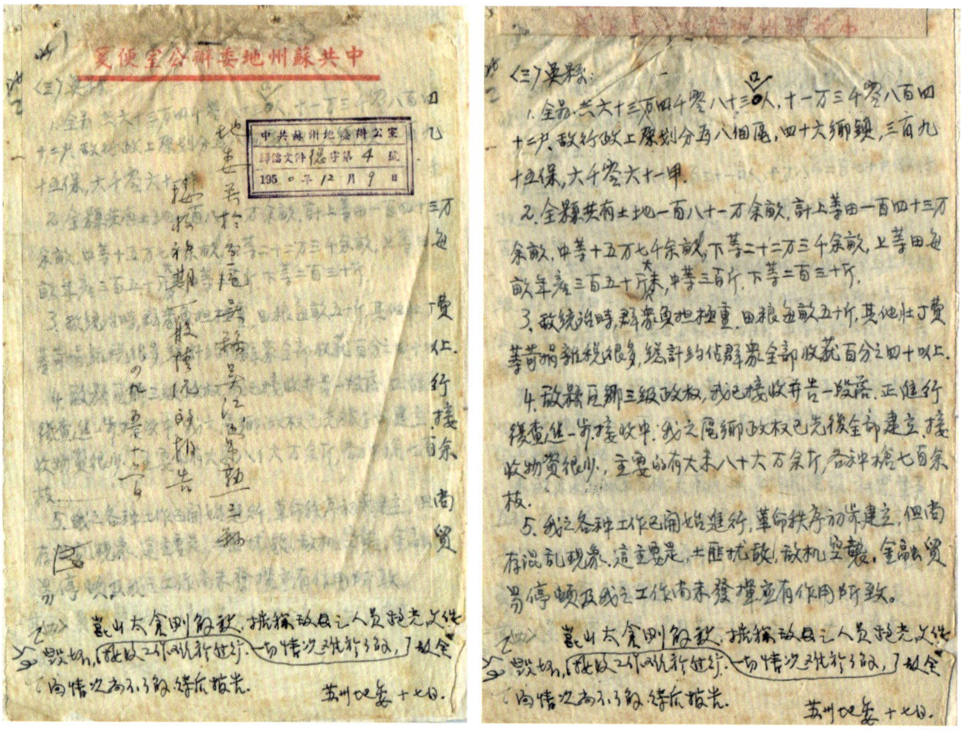

中共苏州地委办公室便笺

(三)要点：

1.全县共六十三万四千零八十三人，十一万三千零八百四十二户，敌行政上原划分为八个区，四十六乡镇，三百九十五保，六千零六十一甲。

2.全县共有土地一百八十一万余亩，计上等田一百四十三万余亩，中等十五万七千余亩，下等二十二万三千余亩，上等田每亩年产三百五十斤米，中等三百斤，下等二百三十斤。

3.敌统治时，群众负担极重，田粮每亩五十斤，其他壮丁费等苛捐杂税很多，总计约估群众全部收获百分之四十以上。

4.敌县区乡三级政权，我已接收并告一段落，正继续着重进一步接收中，我之区乡政权已先后全部建立，接收物资很少，主要的有大米八十六万余斤，各种枪七百余枝。

5.我之各种工作已开始进行，革命秩序初步建立，但尚存混乱现象，这主要是土匪扰敌，敌机空袭，金融贸易停顿及我之工作尚未发挥应有作用所致。

苏州地委 十七日

1949年4月，中共华东局拟定《关于接管江南城市工作的指示》，为顺利接管苏州指明了方向。图为1949年5月苏州地委关于吴县、吴江、常熟三县接收初期情况报告。

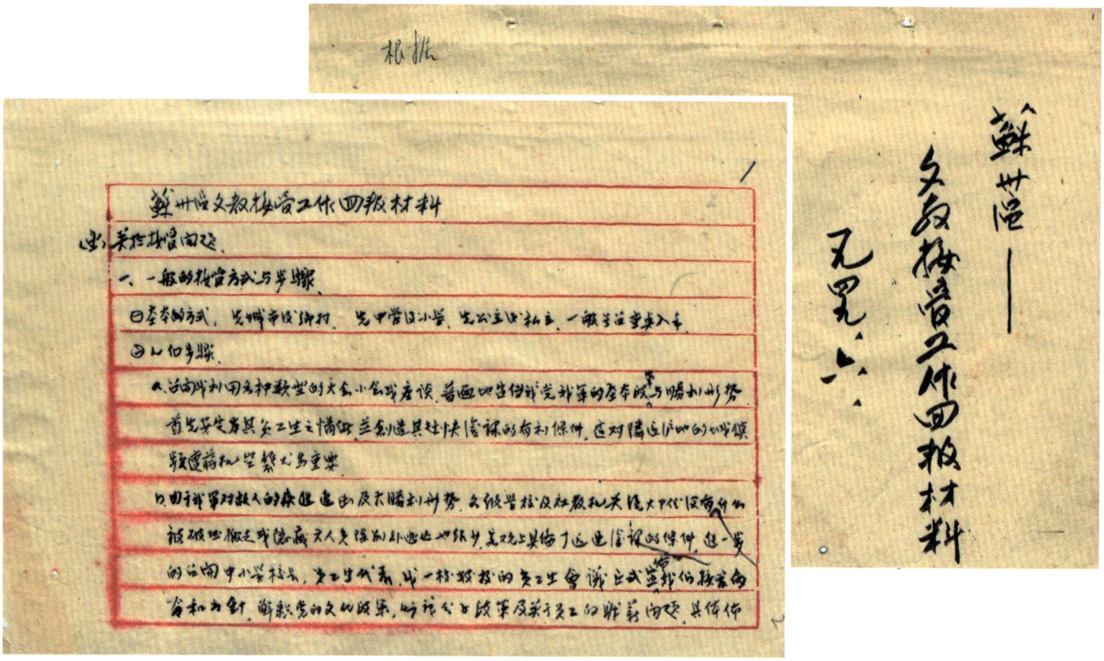

苏州区文教接管工作回报材料

一、一般的接管方式与步骤

苏州区——文教接管工作回报材料

1949年6月，苏州区文教接管工作回报材料。

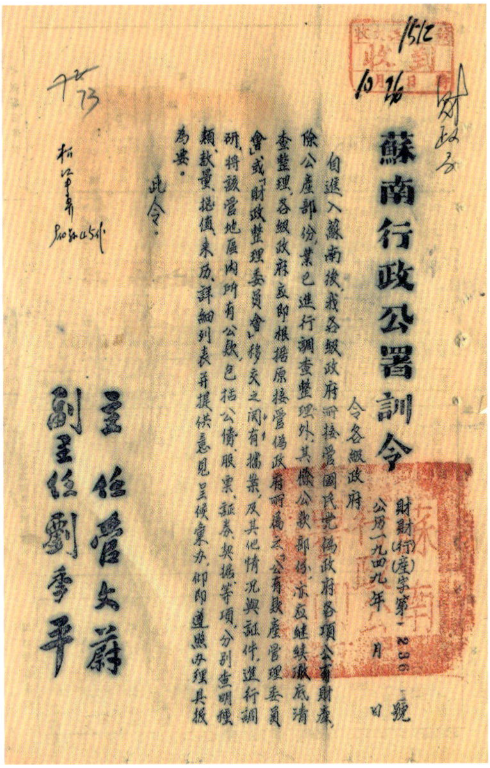

蘇南行政公署訓令 財財(行)(產)字第236號
公曆一九四九年 月 日
令各縣政府
自進入蘇南後，我各級政府所接管國民黨偽政府各項公有財產，除公產部份業已進行調查整理外，其餘公款部份，亦應繼續徹底清查整理。各級政府即根據原接管偽政府所屬之"公有款產管理委員會"或"財政整理委員會"移交之閱有擋案，及其他情況與証件，進行調研，將該管地區內所有公款，包括公債、股票、証券、契據等項，分別查明種類、數量、搖值、來历，詳細列表並提供意見呈候彙办，仰即遵照办理具報為要。
此令。
主任 管文蔚
副主任 劉季平

1949年10月，苏南行政公署关于接管国民政府各项公有财产的训令。

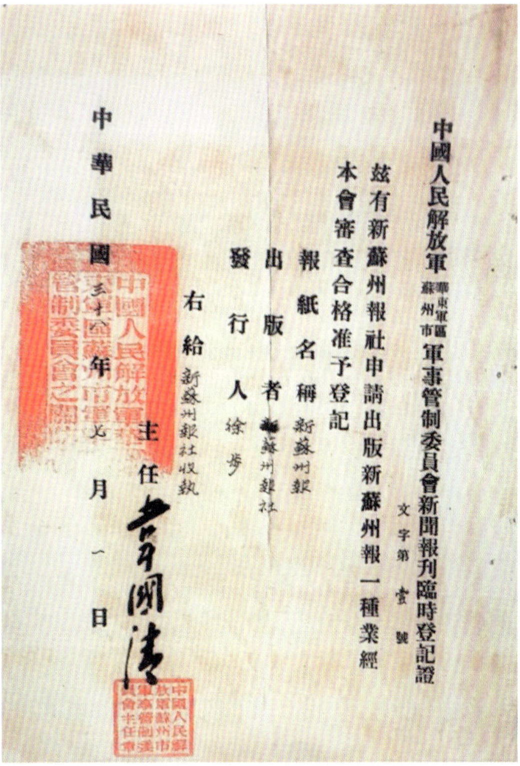

中國人民解放軍華東軍區蘇州市軍事管制委員會新聞報刊臨時登記證
文字第壹號
茲有新蘇州報社申請出版新蘇州報一種業經本會審查合格准予登記
報紙名稱 新蘇州報
出版者 新蘇州報社
發行人 徐步
右給 新蘇州報社收執
主任 韋國清
中華民國三十八年七月一日

1949年7月1日，《新苏州报》作为苏州市委机关报创刊。图为苏州市军管会主任韦国清签发的新闻报刊临时登记证。

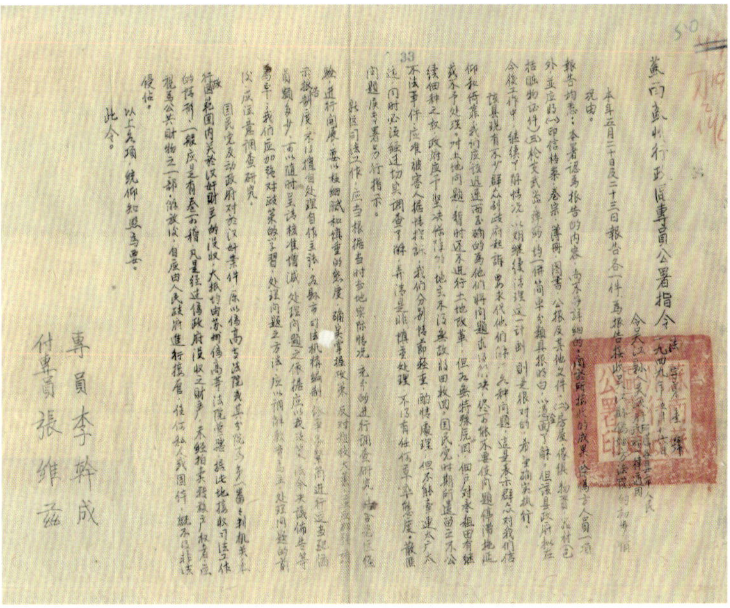

蘇南蘇州行政區專員公署指令
此令。
專員 李幹成
付專員 張維茲

1949年5月26日，苏州行政区专员公署关于接收吴江地方法院的指令。

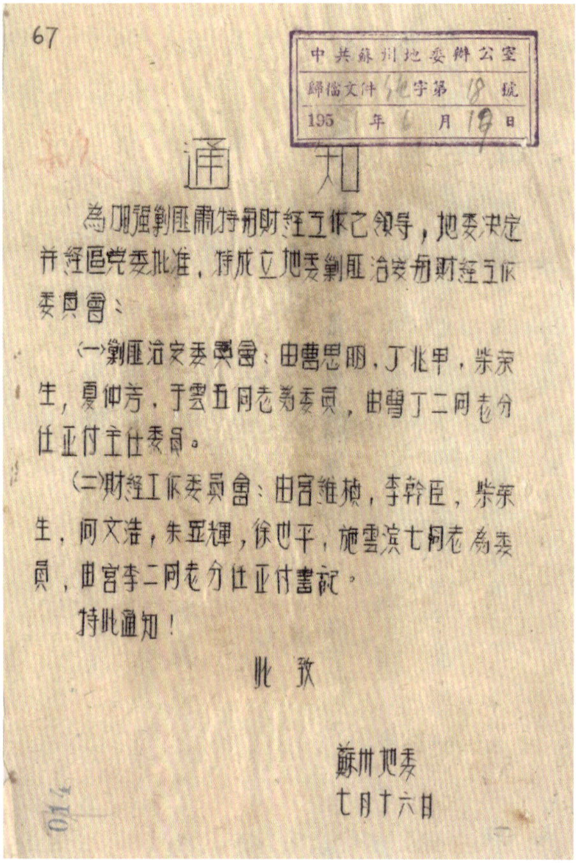

67

中共蘇州地委辦公室
歸檔文件 地 字第 18 號
195 年 6 月 19 日

通知

為加强剿匪肅特和財經工作之領導，地委决定并經區黨委批准，特成立地委剿匪治安和財經工作委員會：

（一）剿匪治安委員會：由曹思明，丁北甲，柴荣生，夏仲芳，于雲五同志為委員，由曹丁二同志分任正付主任委員。

（二）財經工作委員會：由宮維楨，李幹臣，柴荣生，何文浩，朱亞輝，徐也平，施雲濱七同志為委員，由宮李二同志分任正付書記。

特此通知！

此致

蘇州地委
七月十六日

014

国民党从苏州撤离时，遗留下大批武装匪特，另有太湖流域常年匪患不止。1949年7月16日，为加强对剿匪肃特与财经工作的领导，苏州地委发布成立地委剿匪治安与财经工作委员会的通知。

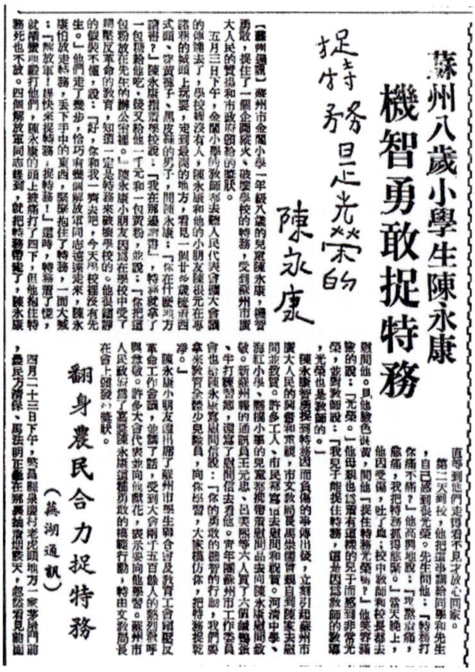

蘇州八歲小學生陳永康
機智勇敢捉特務

捉特務是光榮的
陳永康

【蘇州通訊】蘇州市金閶小學一年級八歲的兒童陳永康，機智勇敢，捉住了一個企圖縱火、破壞學校的特務，受到蘇州市廣大人民的贊揚和市政府頒給的獎狀。

五月三日下午，金閶小學的教師都去聽人民代表會擴大會議的傳達去了，學校裡沒有人，陳永康和他的小朋友陳根元在專諸巷的城頭上玩耍，走到最高的地方，看見一個廿多歲穿着西式頭、穿黃褲子、黑皮鞋的男子，問陳永康：「你在什麼地方讀書？」陳永康指着學校說：「我在那邊讀書」，特務就拿了一包糖給他吃，後又給他一千元和一包黃粉，並說：「你把這包粉放在先生的辦公室裡。」陳永康小朋友因為在學校中受了鎮壓反革命的教育，知道一定是特務來破壞學校的。他很鎮靜的假裝不懂，說：「好，你和我一齊去吧，今天學校裡沒有先生。」他們走了幾步，恰巧有幾個解放軍同志遠遠走來，陳永康怕放走特務，丟下手中的東西，緊緊抱住了特務，一面大喊：「解放軍！趕快來捉特務，捉特務！」這時，特務着了慌，就狠狠的毆打他們，陳永康的頭上被痛打了四下，但他抱住特務死也不放。四個解放軍同志趕到，就把特務帶走了，陳永康直等到他們走得看不見才放心回家。

第二天到校，他把這事講給同學和先生，自己感到很光榮。先生問他：「特務打你痛不痛？」他高興地說：「我不痛，我把特務抓得緊緊。」當天晚上，他因受傷，吐了血，校中教師和校長都去慰問他。見他臉色很黃，問他「捉住特務光榮嗎？」他笑容滿臉的說：「光榮。」他母親也因為有這樣的兒子而感到非常光榮，並對教師說：「我兒子能捉住特務，還是因為教師的教導，光榮也是教師的。」

陳永康智勇捉到特務因而負傷的事傳出後，立刻引起蘇州市廣大人民的興奮和重視，市文教局長馬崇儒曾親自到陳家去慰問並致賀。許多工人、市民都寫信去慰問和祝賀。河濱中學、海紅小學、隨橋小學的兒童都攜帶着慰問品去向陳永康慰問致敬。新蘇州報的通訊員王元忠、呂美熙等六人買了六個鹹鴨蛋、牛打糖等物，還寫了慰問信去看他。青年團蘇州市工作委員會也給陳永康寫慰問信說：「你的勇敢的機智的行動，我們要拿來教育全體少先隊員，向你學習，大家模仿你，把特務捉乾淨。」

陳永康小朋友還出席了蘇州市學生聯合會及教育工會組織反革命工作會議，並講了話，受到大會兩千五百餘人的熱烈歡呼與尊敬。許多大會代表並向他獻花，表示要向他學習。蘇州市人民政府為了嘉獎陳永康這種勇敢的機智行動，特由文教局長在會上頒發給獎狀。

翻身農民合力捉特務
（蕪湖通訊）

四月二十三日下午，繁昌縣梁盧村老虎頭地方一家茅屋門前，農民方有保、馬法明正坐在那裏抽旱烟談天，忽然看見前面

1951年5月，《光明日报》刊登《苏州八岁小学生陈永康机智勇敢捉特务》。

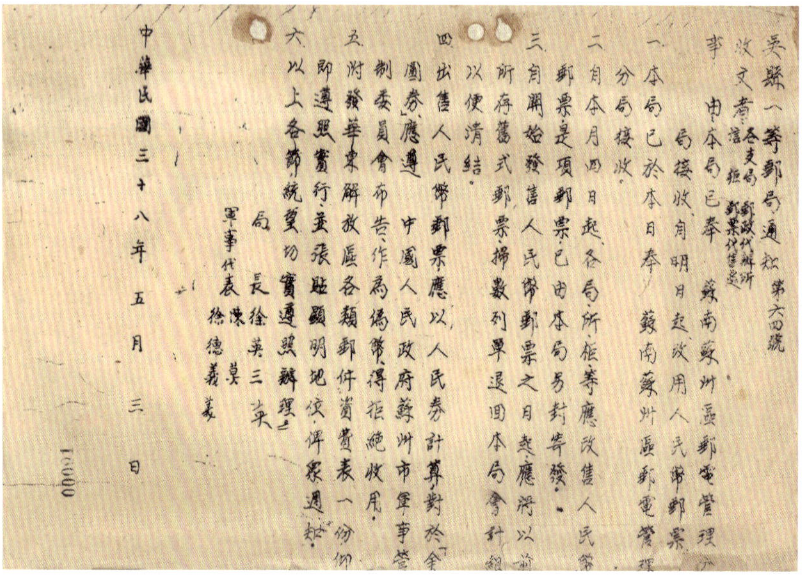

吳縣一等郵局通知 第六四號

收文者：各支局 信櫃 郵政代辦所 郵票代售處

事由：本局已奉蘇南蘇州區郵電管理分局接收，自明日起改用人民幣郵票

一、本局已於本日奉蘇南蘇州區郵電管理分局接收。

二、自本月四日起，各局所、櫃等應改售人民幣郵票，是項郵票已由本局另封寄發。

三、自開始發售人民幣郵票之日起，應將以前所存舊式郵票，掃數列單退回本局會計組以便清結。

四、出售人民幣郵票應以人民券計算，對於「金圓券」應遵中國人民政府蘇州市軍事管制委員會布告，作為偽幣，得拒絕收用。

五、附發華東解放區各類郵件資費表一份，仰即遵照實行，並張貼顯明地位，俾衆週知。

六、以上各節，統希切實遵照辦理。

局長 徐英三 莫

軍事代表 陳 徐德義 姜

中華民國三十八年五月三日

00001

1949年5月3日，苏州市军管会关于接收吴县邮局的通知。

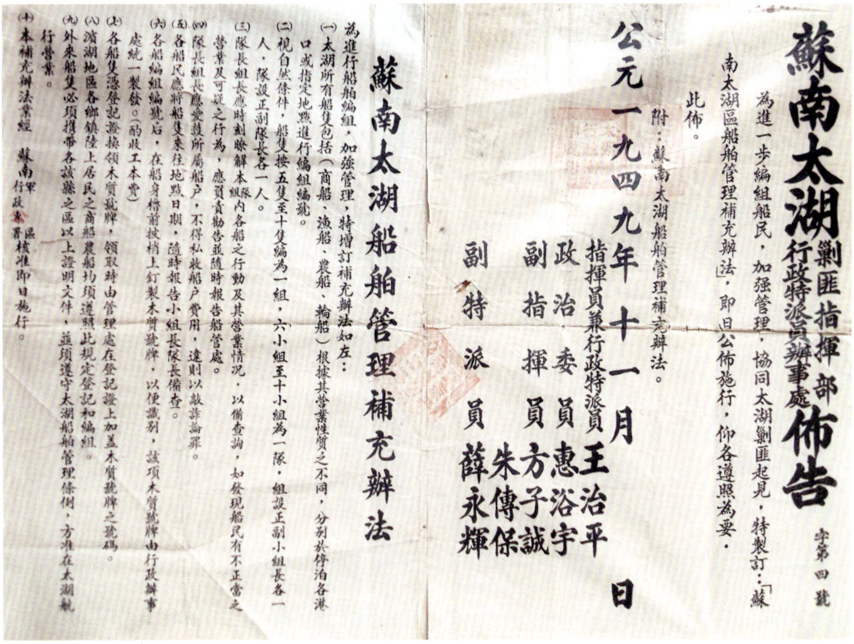

字第四號

蘇南太湖剿匪指揮部行政特派員辦事處佈告

為進一步編組船民，加強管理，協同太湖剿匪起見，特製訂：「蘇南太湖區船舶管理補充辦法」，即日公佈施行，仰各遵照為要。

此佈。

附：蘇南太湖船舶管理補充辦法。

指揮員兼行政特派員 王治平
政治委員 惠浴宇
副指揮員 方子誠
副特派員 朱傳保 薛永輝

公元一九四九年十一月 日

蘇南太湖船舶管理補充辦法

為進行船舶編組，加強管理，特增訂補充辦法如左：

(一)太湖所有船隻包括（商船、漁船、農船、輪船）根據其營業性質之不同，分別於停泊各港口或指定地點進行編組編號。

(二)視自然條件，船隻按五隻至十隻編為一組，六小組至十小組為一隊，組設正副小組長各一人，隊設正副隊長各一人。

(三)隊長組長應時刻瞭解本隊組內各船之行動及其營業情況，以備查詢，如發現船民有不正當之營業及可疑之行為，應負責勸告並隨時報告船管處。

(四)隊長組長應愛護所屬船户，不得私收船户費用，違則以敲詐論罪。

(五)各船民應將船隻來往地點日期，隨時報告小組長隊長備查。

(六)各船編組編號后，在船身梢前披梢上釘製木質號牌，以便識別，該項木質號牌由行政辦事處統一製發。（酌收工本費）

(七)各船隻憑登記證換領木質號牌，領取時由管理處在登記證上加蓋木質號牌之號碼。

(八)濱湖地區各鄉鎮陸上居民之商船農船均須遵照此規定登記和編組。

(九)外來船隻必須携帶各該縣之區以上證明文件，並須遵守太湖船舶管理條例，方准在太湖航行營業。

(十)本補充辦法業經蘇南軍區行政公署核准即日施行。

1949年11月，为协同太湖剿匪工作，苏南太湖剿匪指挥部、行政特派员办事处发布《苏南太湖船舶管理补充办法》。

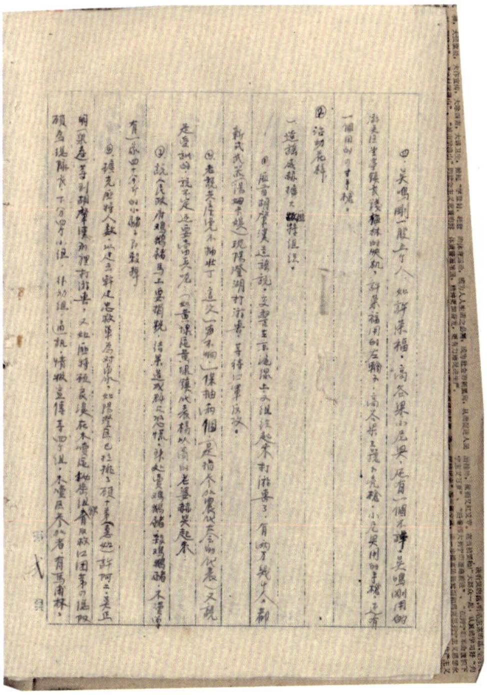

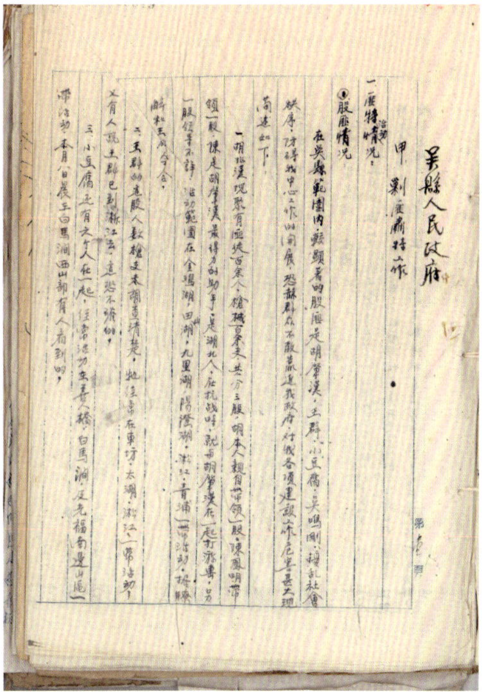

吴縣人民政府

1949年11月30日，苏州军分区召开全区剿匪工作会议，总结了7个月来剿匪肃特工作，并对今后剿匪工作作了布置。经过7个月剿匪，除吴江之黎里、严墓，常熟之练塘、塘桥边沿地区以及沿江一带尚有零散散匪外，其余地区匪特已全部肃清。图为吴县人民政府关于剿匪肃特工作的报告。

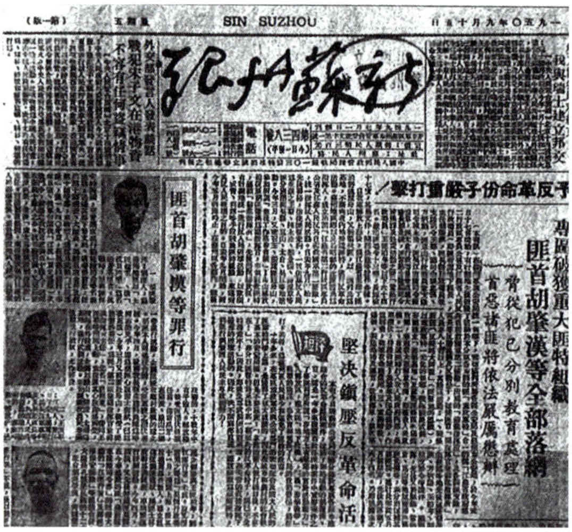
新蘇州

SIN SUZHOU

一九五〇年九月十五日

予反革命份子嚴重打擊

專區破獲重大匪特組織

匪首胡肇漢等全部落網

匪首胡肇漢等罪行

堅決鎮壓反革命活動

1950年9月15日，《新苏州报》刊登《专区破获重大匪特组织——匪首胡肇汉等全部落网》。

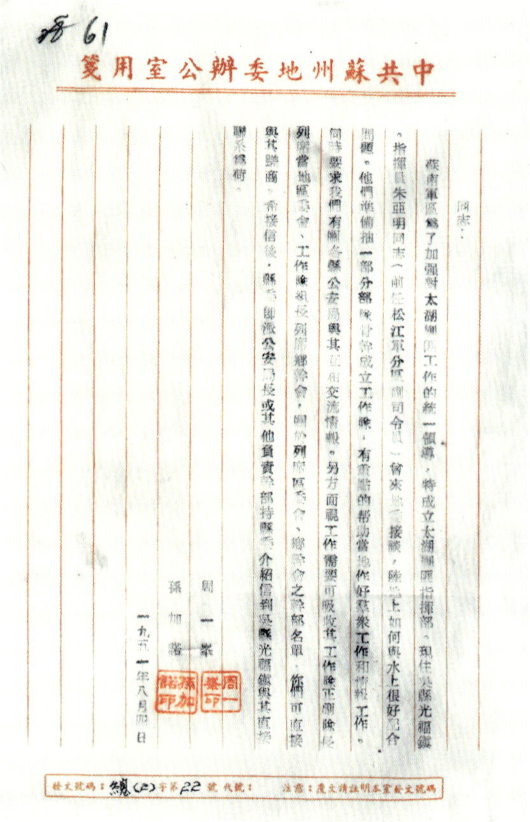
中共蘇州地委辦公室用箋

同志：

蘇南軍區為了加強對太湖剿匪工作的統一領導，特成立太湖剿匪指揮部，現住吳縣光福鎮。指揮員朱亞明同志（前任松江軍分區副司令員）曾來地委接談，除岸上如何與水上很好配合問題。他們準備抽一部分幹部成立工作隊，有重點的幫助當地作好群眾工作和情報工作。同時要求我們有關各縣公安局與其互相交流情報。另方面視工作需要可吸收其工作隊正副隊長列席當地區委會、工作隊組長列席鄉幹會，關於列席區委會、鄉幹會之幹部名單，你們可直接與其聯繫。希接信後，縣委即派公安局長或其他負責幹部持縣委介紹信到吳縣光福鎮與其直接聯系為荷。

周一峯

孫加諾

一九五一年八月四日

1951年8月4日，为加强对太湖剿匪工作的统一领导，全面肃清湖匪，太湖剿匪指挥部成立。

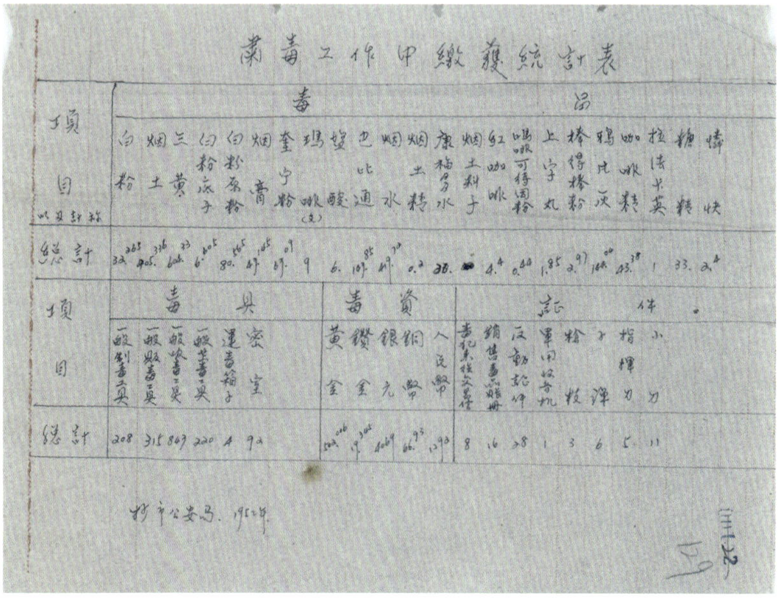
肅毒工作中繳獲統計表

蘇市公安局 1952年

20世纪50年代，《肃毒工作中缴获统计表》。

1950年6月，朝鲜战争爆发。苏州市党政军民积极投入抗美援朝运动。图为苏州市各界人民抗美援朝保卫家卫国代表会议会场。

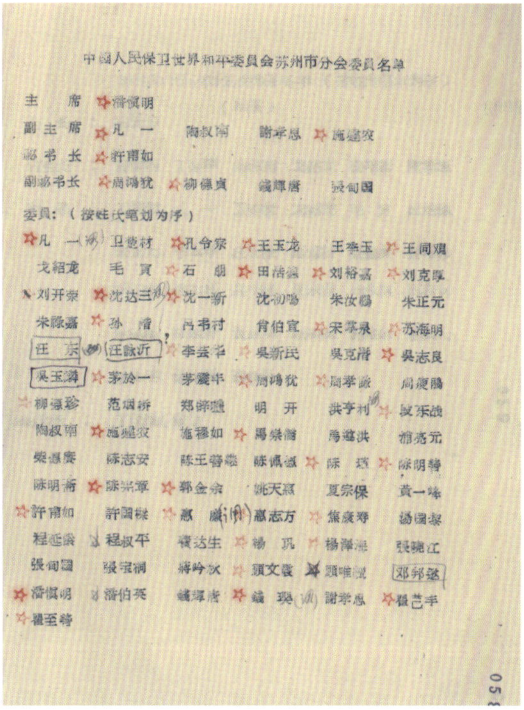

中国人民保卫世界和平委員会苏州市分会委員名单

主　　席　潘慎明

副 主 席　凡　一　陶叔南　謝孝思　施蟄孜

秘 书 长　許甫如

副秘书长　周鴻犹　柳謙貞　錢輝唐　張甸国

委員：（按姓氏笔划为序）

凡　一	卫世村	孔令宗	王玉龙	王季玉	王同瑂
戈紹龙	毛　貫	石　朗	田浩	刘裕嘉	刘克厚
刘开荣	沈达三	沈一新	沈初鳴	朱汝鵬	朱正元
朱祿嘉	孙　濬	呂书村	肖伯宣	宋季泉	苏海明
汪　东	汪詠沂	李芸华	吳新民	吳克潜	吳志良
吳玉麟	茅於一	茅震华	周鴻犹	周孝頤	周瘦鵑
柳謙珍	范烟桥	郑辟疆	明　开	洪亨利	段乐战
陶叔南	施蟄孜	施穆如	馬崇儒	馬遵洪	俞亮元
柴慕度	陈志安	陈王蓉蓀	陈佩忍	陈　琰	陈明聲
陈明斋	陈荣章	郭金荣	姚天嘉	夏宗保	黃一峰
許甫如	許国梁	惠　庆	惠志方	傅康琤	湯国梨
程延齡	程叔平	費达生	楊　巩	楊澤淮	張曉江
張甸国	張宗桐	蔣吟秋	顧文震	顧唯誠	邓邦述
潘慎明	潘伯英	錢輝唐	錢　瓔	謝孝思	龔芑年
龔至時					

058

1950年10月，为协助领导全国人民的抗美援朝和保卫世界和平运动，中国人民保卫世界和平委员会成立。11月，苏州市分会成立。图为委员名单。

苏州各界人民开展慰问中朝战士活动。图为市东区居民慰问志愿军代表。

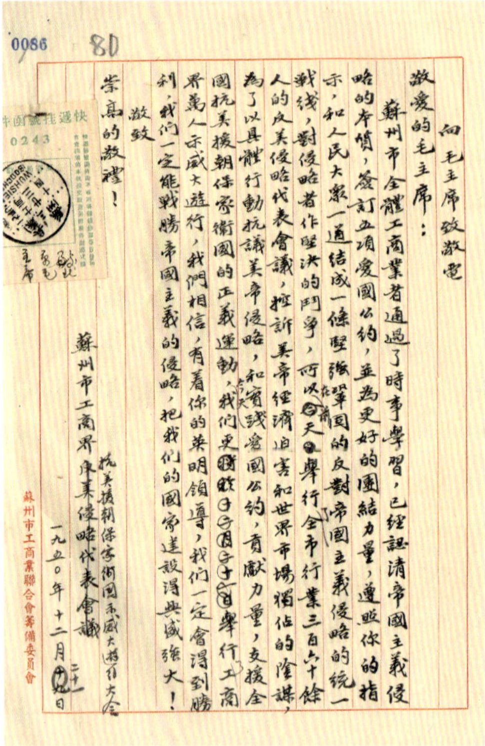

0086 80

快遞電報稿件 0243

向毛主席致敬電

敬愛的毛主席：

蘇州市全體工商業者通過了時事學習，已經認清帝國主義侵略的本質，簽訂五項愛國公約，並為更好的團結力量，遵照你的指示，和人民大衆一道結成一條堅強鞏固的反對帝國主義侵略的統一戰綫，對侵略者作堅決的鬥爭，所以今天舉行全市行業三百六十餘人的反美侵略代表會議，控訴美帝經濟迫害和世界市場獨佔的陰謀，為了以具體行動抗議美帝侵略，和貫徹愛國公約，貢獻力量，支援全國抗美援朝保家衛國的正義運動，我們更擴大舉行工商界萬人示威大遊行，我們相信，有着你的英明領導，我們一定會得到勝利，我們一定能戰勝帝國主義的侵略，把我們的國家建設得興盛強大！

敬致

崇高的敬禮！

蘇州市工商界反美侵略代表會議（抗美援朝保家衛國示威大遊行大會）

一九五〇年十二月二十一日

蘇州市工商業聯合會籌備委員會

1950年12月21日，苏州市工商界为支援抗美援朝致毛主席的电文稿。

1951年10月，国庆大游行，图为苏州人民向朝鲜战场捐献飞机的标语。截至1952年1月，苏州各界为抗美援朝运动捐献飞机18架，超额完成认捐15架的任务。

为鼓舞前线士气，苏州市工商界举行抗美援朝保家卫国大示威。

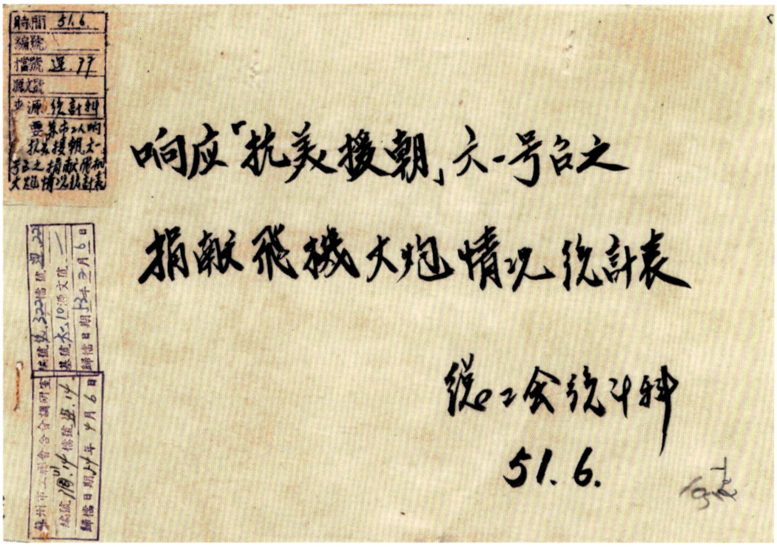
時間 51.6.
編號
檔號 退.77
源文號
来源 统計科
要　苏市工人响应抗美援朝六一号召之捐献飛机大炮情况統計表

響应「抗美援朝」六一号召之

捐献飛機大炮情况統計表

總工会統計科

51.6.

105張

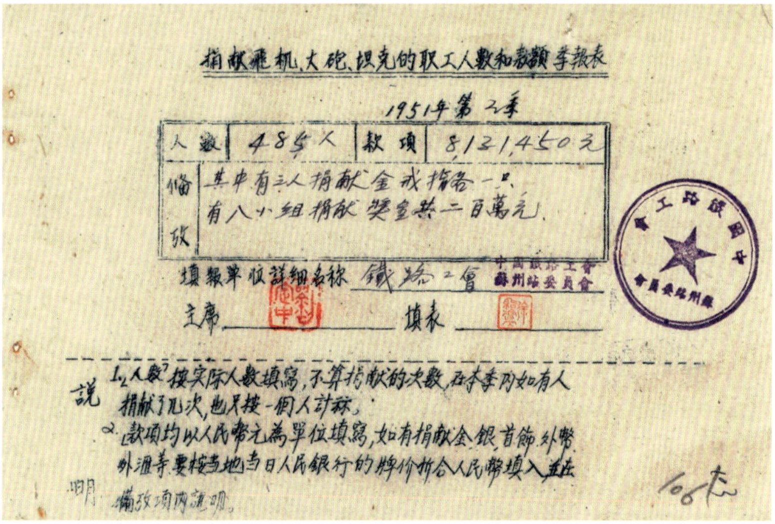
捐献飛机、大砲、坦克的職工人數和款額季報表

1951年第二季

人數	485人	款項	8,131,450元
備考	其中有三人捐献金戒指各一只、有八小組捐献獎金共二百萬元。		

填報单位詳細名称 鐵路工會 中国鐵路工会苏州站委員會

主席＿＿＿＿　填表＿＿＿＿

說明：1、人數，按实际人數填寫，不算捐献的次數，在本季内如有人捐献了几次，也只按一個人計称。
2、款項均以人民幣元為單位填寫，如有捐献金、銀、首飾、外幣、外滙等，要按当地当日人民銀行的牌价折合人民幣填入，並在備考項内說明。

106張

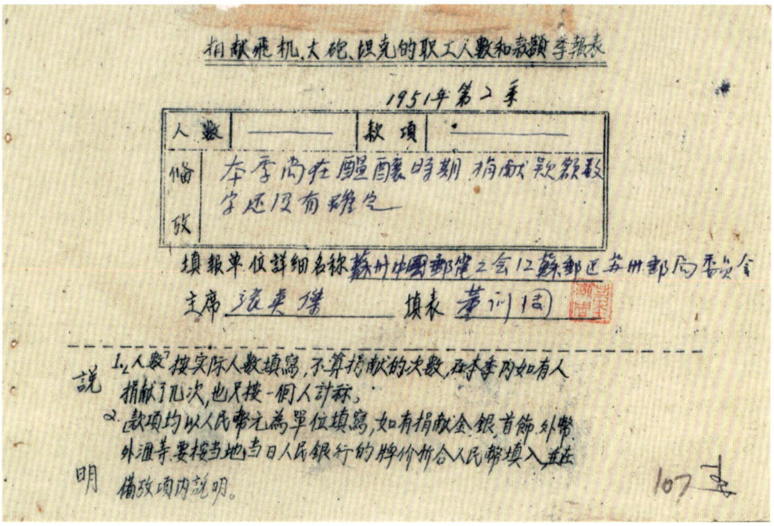
捐献飛机、大砲、坦克的職工人數和款額季報表

1951年第二季

人數	——	款項	——
備考	本季尚在醞釀時期，捐献款額數字还没有確定		

填報单位詳細名称 苏州中國郵電工会江蘇郵區苏州郵局委员会

主席 張秉鐸　填表 黄川园

說明：1、人數，按实际人數填寫，不算捐献的次數，在本季内如有人捐献了几次，也只按一個人計称。
2、款項均以人民幣元為單位填寫，如有捐献金、銀、首飾、外幣、外滙等，要按当地当日人民銀行的牌价折合人民幣填入，並在備考項内說明。

107張

1951年6月，响应“抗美援朝”六一号召之捐献飞机大炮情况统计表。

00113

苏州市
抗美援朝运动概况

中共苏州市委宣传部
1958.12.

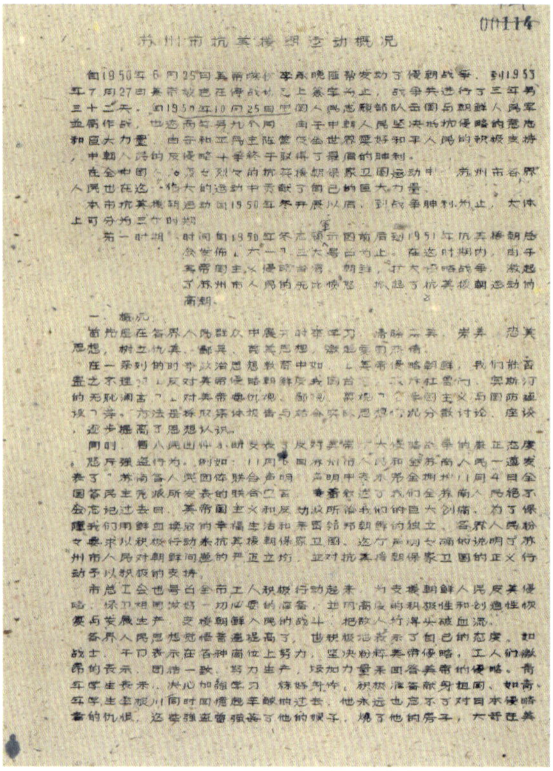
00114

苏州市抗美援朝运动概况

1958年12月，中共苏州市委宣传部印发《苏州市抗美援朝运动概况》。

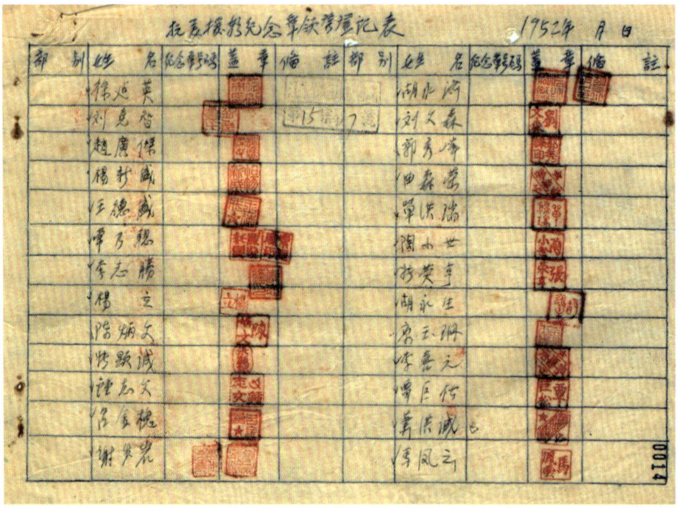
抗美援朝纪念章领取登记表 1952年 月 日

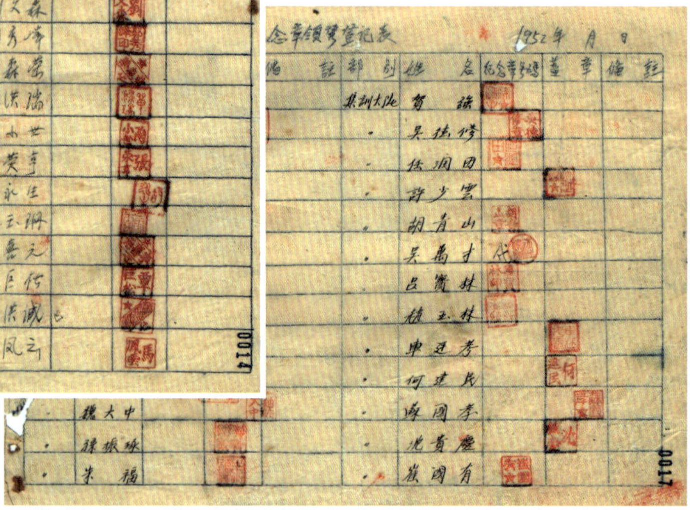
纪念章领取登记表 1952年 月 日

1952年，《抗美援朝纪念章领取登记表》。

党的建设和民主政治建设

新中国成立后，为了更有效地组织和发动广大人民群众加入到党的各项建设中去，苏州着力推进民主政治建设，建立健全人民代表大会制度；加强统一战线工作，规范登记和筹建各人民团体组织，建立和完善政治协商制度。随着人民群众觉悟的提高和民主政治建设的推进，苏州工会组织、青年团组织、妇女组织、学生组织等社会团体相继建立，苏州市第一届人民代表大会顺利召开。

苏州人民政权建立初期，普选的人民代表尚未产生。各界人民代表大会作为人民参政的过渡形式而存在。全市产生300多名代表，其中，工人、独立劳动者80名，工商界55名，文教界45名，学生40名，农民10名，船民5名，医师8名，工程师3名，妇女界10名，文艺界6名，党、政、军机关代表30名，其他各界代表14名。图为苏州市第一届各界人民代表及协商委员名单。

1949年9月27日至10月8日，苏州市第一届各界人民代表会议第一次会议于宫巷乐群社召开（中间因国庆盛典休会三天）。会议主要议题是努力克服困难，维持、恢复发展工业生产，同时讨论如何引导商业向有利于国计民生的方向发展，肃清匪特，整顿税收，发动群众大力支援前线，安定生产和人民生活，进一步巩固革命秩序等问题。图为代表合影。

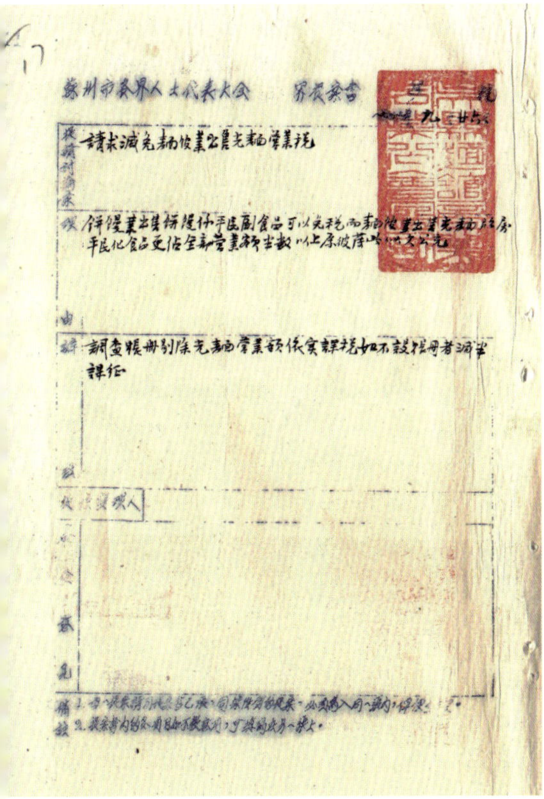

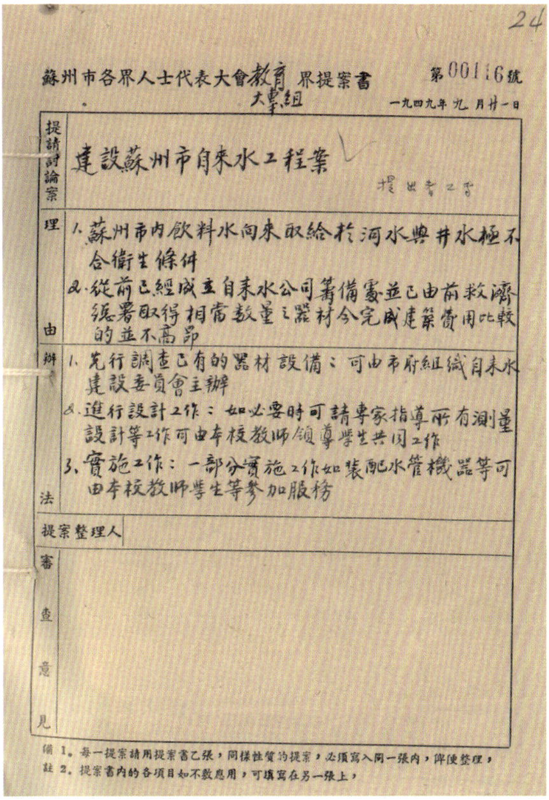

至1953年10月，苏州市各界人民代表会议共召开过四届九次会议。每次代表会议都听取政府工作报告，就苏州政治、经济、社会发展中的重大事项进行讨论，作出决议，代表们的提案交有关部门处理。图为1949年9月代表们的提案。

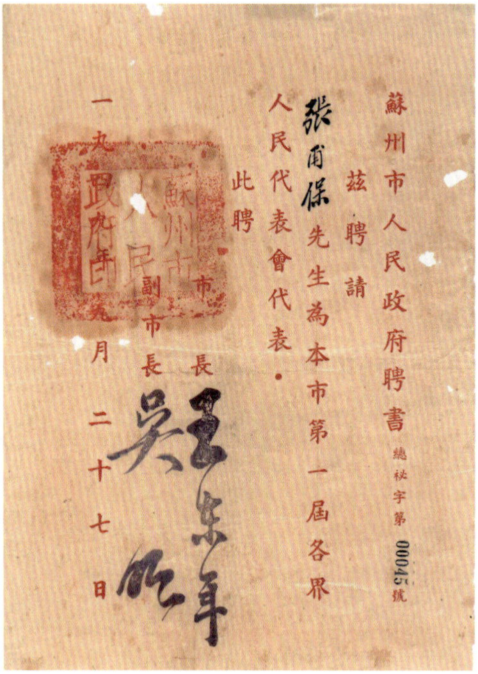

蘇州市人民政府聘書 總秘字第00045號

茲聘請

張甫保先生為本市第一屆各界人民代表會代表。

此聘

市長 王東年

副市長

一九[illegible]月二十七日

苏州市第一届各界人民代表会代表聘书。

苏州市各界人民代表会议纪念手册。

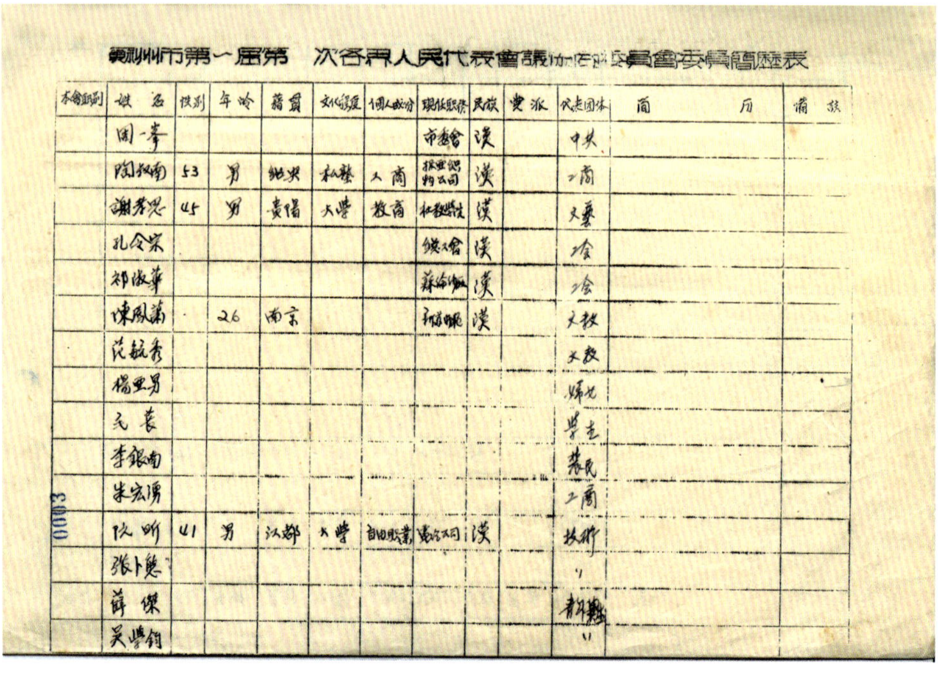

蘇州市第一屆第 次各界人民代表會議協商委員會委員簡歷表

本會職別	姓名	性别	年齡	籍貫	文化程度	個人成分	現任職務	民族	黨派	代表团体	簡歷	備註
	周一峯						市委會	漢		中共		
	陶叔南	53	男	紹興	私塾	工商	振亞織物公司	漢		工商		
	謝孝思	45	男	貴陽	大學	教育	社教學院	漢		文藝		
	孔令宗						總工會	漢		工會		
	祁汝華						蘇綸紗廠	漢		工會		
	陳鳳藻		26	南京			[illegible]	漢		文教		
	范毓秀									文教		
	楊亞男									婦女		
	元 袁									學生		
	李銀南									農民		
	朱宏湧									工商		
	陸昕	41	男	江都	大學	自由職業	建築公司	漢		技術		
	張卜熙									〃		
	薛傑									[illegible]		
	吳學鈞									〃		

0003

《苏州市第一届第一次各界人民代表会议部分协商委员会委员简历表》。

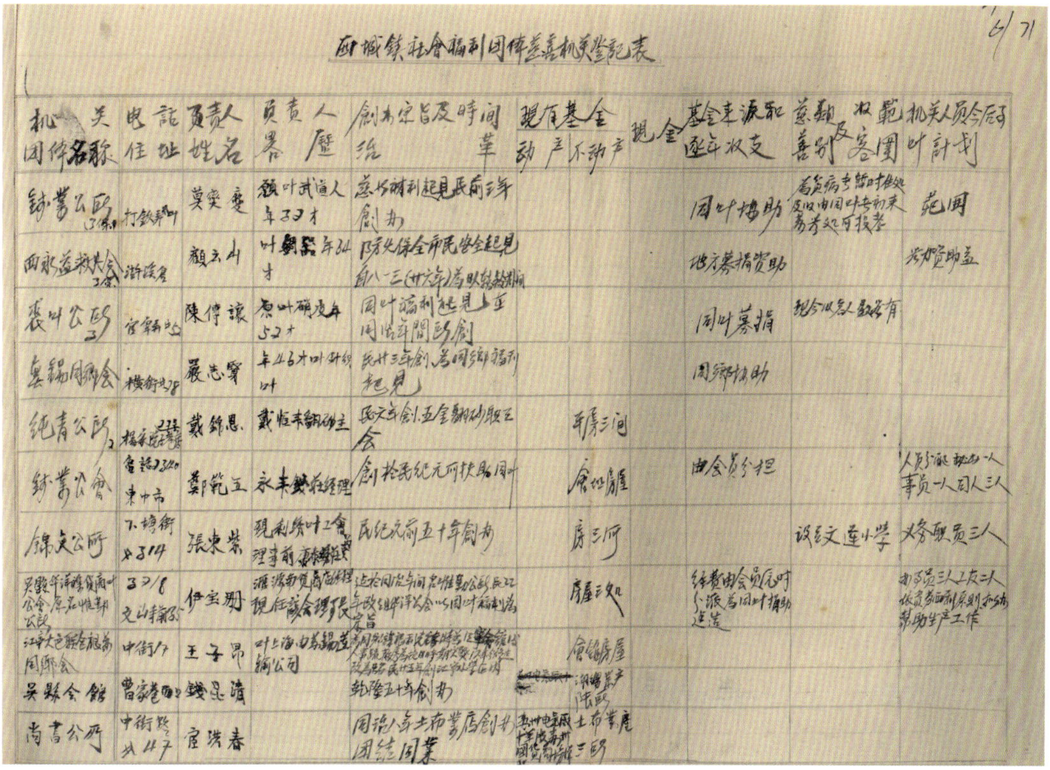

西城镇社会福利团体慈善机关登记表

机关团体名称	电话住址	负责人姓名	负责人略历	创办宗旨及时间沿革	现有基金 动产	不动产	现金	基金来源和逐年收支	慈善类别及收容范围	机关人员今后计划
錫業公所	打銅弄[illegible]	莫实夔	[illegible]	慈[illegible]福利起見民前[illegible]年創办				同业捐助	[illegible]	范围
西永益救火会	[illegible]	顧云山	[illegible]	[illegible]				地方募捐资助		[illegible]
裘业公所	[illegible]	陳偉譲	[illegible]	同业福利起見[illegible]				同业募捐	[illegible]	
[illegible]	横街[illegible]	嚴志[illegible]	[illegible]	民廿三年創，為同鄉福利起見				同鄉协助		
純青公所	[illegible]	戴錦思	[illegible]	[illegible]		平房三间				
錫業公會	[illegible] 東中市	鄭範五	永[illegible]经理	創於民紀元[illegible]		[illegible]		由会员分担		人员[illegible] 事员一人[illegible]三人
錦[illegible]公所	下塘街[illegible]	張東紫	[illegible]	民紀元前五十年創办		房三所			设立文蓮小學	义务职员三人
[illegible]	[illegible]	伊宝[illegible]	[illegible]	[illegible]		房屋三[illegible]		[illegible]		[illegible] 帮助生产工作
[illegible]	中街[illegible]	王子昂	[illegible]	[illegible]		[illegible]房屋				
吴縣会館	曹家巷[illegible]	錢[illegible]		乾隆五十年創办	[illegible]	[illegible]				
[illegible]公所	中街[illegible]	[illegible]		同治八年[illegible]創办 團結同業	[illegible]	[illegible]				

1949年5月，苏州市军管会对解放前创办的各种社团进行登记，为建立新社团组织做准备。图为《西城镇社会福利团体慈善机关登记表》。

1949年11月，苏州市建立中国少年儿童队。1953年改称中国少年先锋队。图为1956年中国少年先锋队苏州市第一次代表大会会场。

1949年12月26日，苏州市第一届学生代表大会召开，正式成立苏州市学生联合会。图为1951年10月苏州市第三届学生联合会开幕式。

1950年12月10日，苏州市第一届工人代表大会于中山纪念堂工人俱乐部召开。总工会负责组织职工参加企业民主管理、加强劳动保护、进行文化技术教育、大力促进生产建设，关心职工生活福利。图为大会会场。

工人代表拉横幅庆祝苏州市总工会成立。

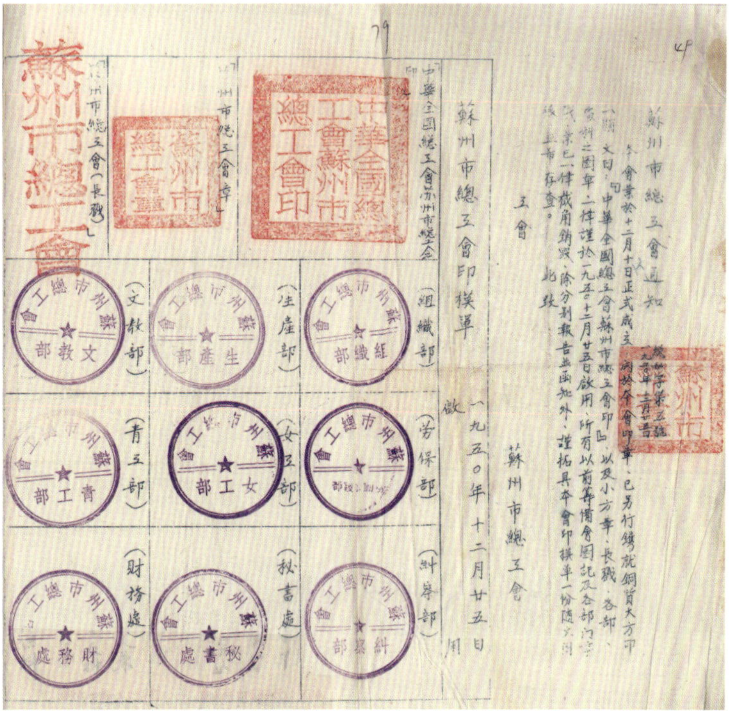

蘇州市總工會通知

本會業於十二月十日正式成立，關於本會印章，已另行鑄就銅質大方印一顆，文曰：「中華全國總工會蘇州市總工會印」，以及小方章、長戳、各部、處等處刻之圖章二件謹於一九五〇年十二月廿五日啟用，所有以前籌備會圖記及各部門等戳記等已一律截角銷毀，除分別報告並函知外，謹拓具本會印模單一份隨文附發，並希存查。

此致

工會

蘇州市總工會

蘇州市總工會印模單

蘇州市總工會（長戳）	蘇州市總工會章	中華全國總工會蘇州市總工會印
（文教部）	（生產部）	（組織部）
（青工部）	（女工部）	（勞保部）
（財務處）	（秘書處）	（糾察部）

一九五〇年十二月廿五日啟用

1950年12月25日，苏州市总工会成立的通知与印模单。

1951年8月3日至6日，苏州市第一届妇女代表大会召开，苏州市妇联正式成立。图为妇代会现场。

僅供宣傳參攷·不得公開張貼

青年團蘇州市第一屆團員代表大會宣傳提綱

一、為什麼要召開團員代表大會？

（一）青年團是以民主集中制爲組織原則的，團的各級領導機關皆經選舉產生，各種重大問題都經過民主的方式來決定。我們的團所以能够團結廣大青年羣衆，在生產、學習等經常任務與當前各項中心工作中發揮巨大的積極作用，首先是因爲共產黨的正確領導，這是團的無限力量的泉源；同時也依靠全體團員自覺的帶動青年羣衆一道前進的奮鬥。團的民主生活是發揮團員革命自覺性的重要保證，而團代大會又是團的最高權力機關，也是團內民主生活的最好形式。因此，召開團代大會，是爲了達到發揮全團智慧、集中全團意志、運用民主的方式來解決團和青年羣衆當前最需要解決的問題的目的。

（二）蘇州市團的組織，兩年多來在各項革命鬥爭中，特別是在抗美援朝、鎮壓反革命、土地改革三大運動中得到了鍛鍊、提高、發展與鞏固，同時就在這些鬥爭中也取得了一些經驗。目前已普遍地在工廠、學校、機關、郊區農村、街道中建立了團的組織，團員從解放初期的五十人已發展到四九六二人；各級團的組織都有一定數量和水平的、經過運動鍛鍊的幹部充當領導骨幹；團的基層組織一般的有獨立作戰的能力，並與青年羣衆有較密切的聯系；團員在各個崗位上和各項工作中大都能成爲青年羣衆的表率，並出現了不少的模範人物；一般青年羣衆也把爭取入團作爲奮鬥目標；因此，蘇州市第一屆團代大會的召開，是有條件的。

（三）在目前的革命勝利形勢下，黨要求我們在當前抗美援朝運動中、在國防及經濟建設上發揮更大的作用；青年羣衆也希望團能更廣泛、更深入地團結、教育與領導他們參加當前各項工作。因此通過團代大會的召開，使團在組織上、思想上、工作上提高一步，從而更好地領導青年愛國運動的深入發展，更有效地担負起黨所交給的光榮任務及滿足青年羣衆對團的要求，是完全必要的。

二、第一屆團員代表大會的要求和任務是什麼？

第一屆團代大會的要求是：以抗美援朝愛國運動爲中心，總結建團以來工作，研究確定今後工作的方針任務，發揚民主，選舉成立團市委會，達到加强領導、鞏固發展組織、進一步開展青年愛國運動的目的。其主要任務有三個：

（一）蘇州市團的組織，兩年來在各種實際的革命鬥爭與經常的生產、學習、工作中，尤其是在最近一年內的組織與領導廣大青年開展抗美援朝、鎮壓反革命和土地改革運動中，做了很多工作，積累了一些經驗。這些工作與經驗，將由本屆團員代表大會予以討論、審查、總結、提高，從而改進領導，提高全團的工作水平。

（二）本屆團員代表大會，要根據上級的指示和蘇州市團的工作情况，集中全市團員的智慧與意見，討論與確定今後工作的方針任務。

（三）本屆團員代表大會，將行使團章規定的選舉職權，用民主選舉的方式選舉團蘇州市的委員，正式成立蘇州市團的最高領導機關—— 中國新民主主義青年團蘇南區蘇州市委員會。

三、怎樣來迎接團員代表大會？

（一）團代大會是全市團員與青年的大喜事，也是全市團的工作與青年愛國運動的大檢閱。全市團員同志和青年朋友們，應該首先熱烈認眞的來檢查、修訂與執行愛國公約，貫徹愛國增產捐獻計劃，爭取提早完成捐獻款的任務；加强對當前形勢任務的學習與宣傳，以愛國主義的生產、學習和工作的實際行動，作爲對團代大會的獻禮。

（二）各級團的組織，應該檢查一次工作，有重點的進行總結；團員檢查一次自己的進步。結合團代大會的準備與總結團的工作，進一步健全我們團的組織，提高支部獨立作戰的能力。把「總結工作，健全組織，提高支部的戰鬥力」作爲我們迎接團代的行動口號。

（三）在團內外展開普遍的宣傳教育，團員要以主人翁的態度，認眞負責的按照代表的資格與條件，推選出自己的代表，並積極提出意見和要求，交付代表帶到大會上討論。

青年團蘇州市第一屆團員代表大會籌備委員會印發

一九五一年十月二十日

附註：本提綱僅供宣傳參考，各單位可根據具體情况與實際例子，充實內容，進行宣傳。

1951年11月，中国新民主主义青年团苏州市第一届团员代表大会召开。图为第一届团代会宣传提纲。

1953年7月，苏州第一次普选。1954年3月，先后召开各乡镇和区人民代表大会。1954年7月，苏州市第一届人民代表大会召开。图为大会会场。

苏州市第一届人民代表大会现场，代表们在投票选举出席江苏省人民代表大会的代表。

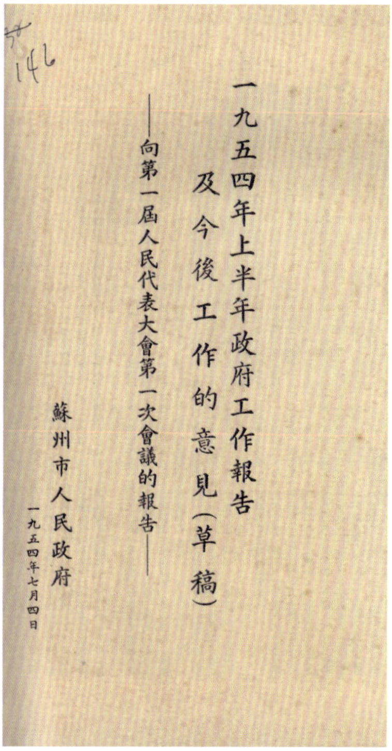
一九五四年上半年政府工作報告
及今後工作的意見（草稿）
——向第一届人民代表大會第一次會議的報告——
蘇州市人民政府
一九五四年七月四日

1954年7月4日，苏州市第一届人民代表大会第一次会议的政府工作报告。

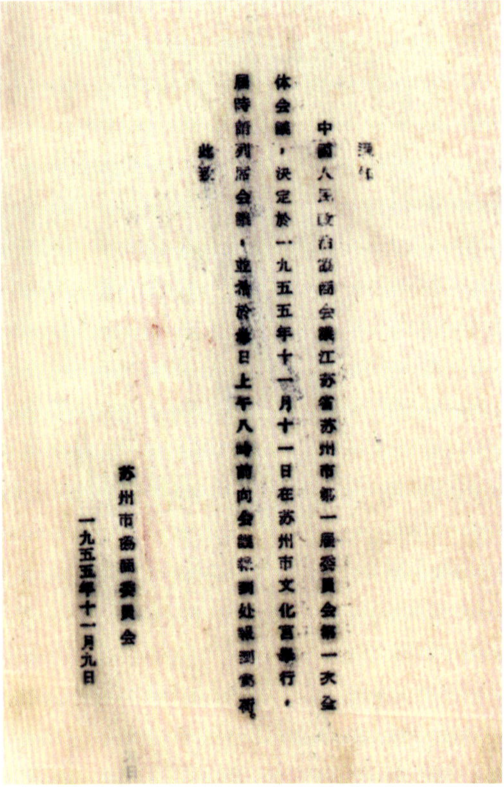

逕启
中國人民政治協商会議江苏省苏州市第一屆委員会第一次全体会議，決定於一九五五年十一月十一日在苏州市文化宫舉行，屆時請列席会議，並請於是日上午八時前向会議秘書处報到為荷。
此致
苏州市協商委員会
一九五五年十一月九日

1955年11月11日至14日，中国人民政治协商会议江苏省苏州市第一届委员会第一次全体会议召开。图为会议通知。

47

中國人民政治協商會議江蘇省蘇州市第一屆委員會會議制度工作制度及秘書處工作範圍（草案）

一、會議制度：
1.本会全体会議每年举行一至二次，必要時臨時召開之。
2.本会常務委員会每两月開会一次，並得提前或延遲召開，必要時臨時召開之。
3.根據工作需要經主席付主席、秘書長決定召開各种专题会报告会。
4.各專門組会議視实际需要經組長決定提請主席付主席秘書長同意後召開。
5.主席副主席秘書長会議每月召開一次，並得提前或延期召開，必要時得臨時召開之。
6.秘書處工作会議每星期召開一次。

二、工作制度：
1.工作計划每半年擬訂一次由秘書長提請常委会及全体委員会通过执行，計划执行結果應作检查，並向常委会及全体委員会提出报告。
2.各种会议决议应督促各委員并通过各民主党派、各人民团体切实执行，定期进行检查。
3.秘書長付秘書長每星期一上午輪流到会办公，處理本会重要事項。
4.委員应經常和委員会通信联系，反映人民群众意見，提供建议，常務委員每月应向委員会書面回报

中国人民政治协商会议江苏省苏州市第一届委员会会议制度、工作制度及秘书处工作范围（草案）。

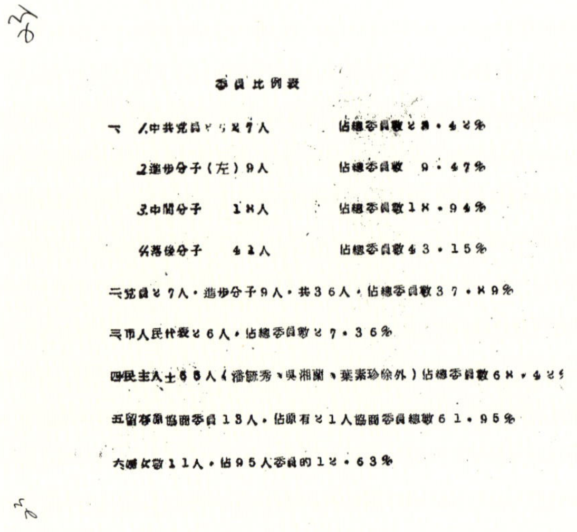

委員比例表

一、1.中共党員27人　　占總委員數28.42%
2.進步分子（左）9人　　占總委員數9.47%
3.中間分子　18人　　占總委員數18.94%
4.落後分子　41人　　占總委員數43.15%

二、党員27人，進步分子9人，共36人，占總委員數37.89%

三、市人民代表26人，占總委員數27.36%

四、民主人士65人（潘[illegible]秀、吳湘蘭、葉素珍除外）占總委員數68.42%

五、留存原協商委員13人，占原有21人協商委員總數61.95%

六、婦女數11人，占95人委員的12.63%

中国人民政治协商会议江苏省苏州市第一届委员会委员比例表。

土地改革与社会变革

1950年6月，《中华人民共和国土地改革法》颁布。根据中央的各项指示，苏州地委发出《苏州行政区土地改革的计划与部署（草案）》，废除封建土地所有制，全面开展土地改革，重新确定土地所有权，有计划、有步骤地进行整理土地面积、发放土地证等工作。同时全面开展破除迷信、改革婚制、推行火葬等各项社会变革，彻底革除陈腐的封建思想，塑造全新的社会风气，为社会主义事业的进一步发展奠定了基础。

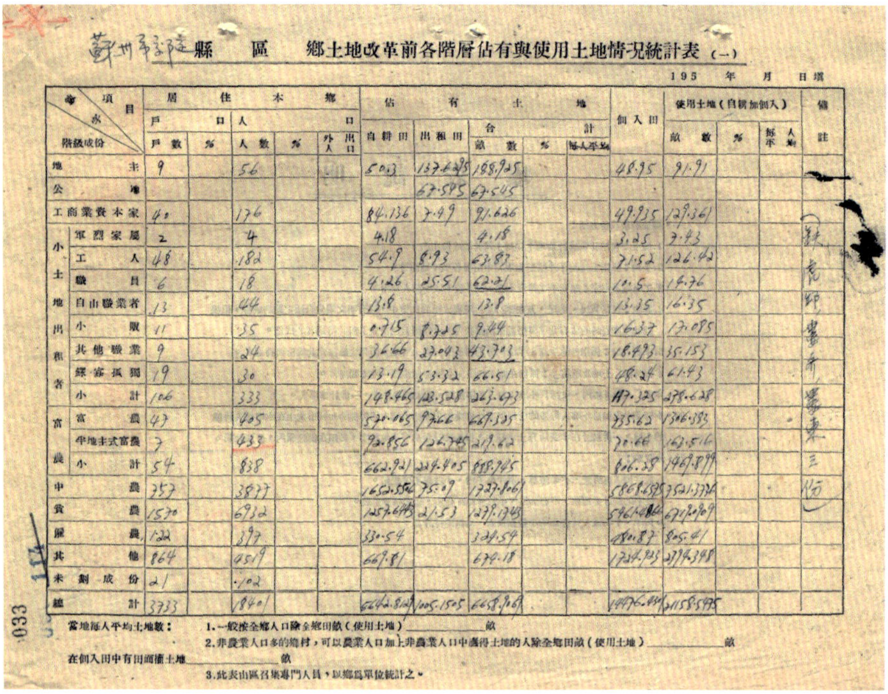

苏州市郊區縣 區 鄉土地改革前各階層佔有與使用土地情況統計表（一）

195 年 月 日填

階級成份	居住本鄉 戶口 戶數	%	人口 人數	%	外出人口	佔有土地 自耕田	出租田	合計 畝數	%	每人平均	佃入田	使用土地（自耕加佃入） 畝數	%	每人平均	備註
地主	9		56			50.3	137.625	188.925			48.95	91.91			
公地							67.545	67.545							
工商業資本家	40		176			84.136	7.49	91.626			49.935	129.361			
小土地出租者 軍烈家屬	2		4			4.18		4.18			3.25	7.43			
工人	48		182			54.9	8.93	63.83			71.52	126.42			
職員	6		18			4.26	25.51	62.21			10.5	14.76			
自由職業者	13		44			13.8		13.8			13.35	16.35			
小販	11		35			0.715	8.725	9.44			16.37	17.085			
其他職業	9		24			36.66	27.043	43.703			18.493	35.153			
鰥寡孤獨	19		30			13.19	53.32	66.51			48.24	61.43			
小計	106		333			148.465	123.528	263.673			117.325	278.628			
富農 富農	47		405			570.065	97.66	667.325			735.62	1306.383			
半地主式富農	7		433			92.856	126.745	219.62			70.66	163.516			
小計	54		838			662.921	224.405	888.945			806.28	1469.899			
中農	757		3877			1652.556	75.09	1727.806			5868.6575	3521.3776			
貧農	1570		6932			1257.6443	21.53	1279.1743			5461.4866	6719.0909			
僱農	122		397			330.54		324.54			480.87	805.41			
其他	864		4519			667.81		674.18			1724.925	2394.398			
未劃成份	21		102												
總計	3733		18401			6642.8129	1005.1505	6658.9069			14476.434	21158.5595			

當地每人平均土地數：1.一般按全鄉人口除全鄉田畝（使用土地）＿＿＿＿畝

2.非農業人口多的鄉村，可以農業人口加上非農業人口中應得土地的人除全鄉田畝（使用土地）＿＿＿＿畝

在佃入田中有田面權土地＿＿＿＿畝

3.此表由區召集專門人員，以鄉爲單位統計之。

033

苏州近代工商业较为发达，但苏州地主和农民的阶级矛盾仍然存在，少量地主占有大量土地的情况非常普遍，农民生产积极性受到影响。为促进生产力的进一步发展，有必要彻底废除封建土地所有制。图为苏州市土地改革前各阶层占有与使用土地情况统计表。

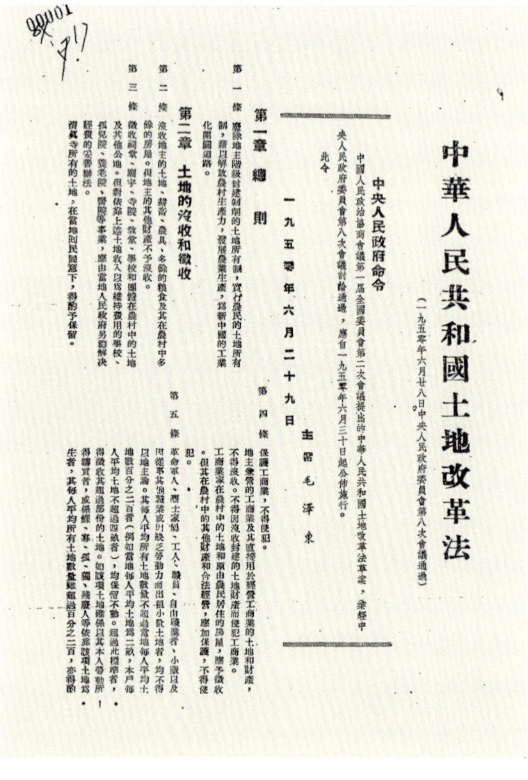

00001

中華人民共和國土地改革法

（一九五零年六月廿八日中央人民政府委員會第八次會議通過）

中央人民政府命令

中國人民政治協商會議第一屆全國委員會第二次會議提出的中華人民共和國土地改革法草案，業經中央人民政府委員會第八次會議討論通過，應自一九五零年六月三十日起公佈施行。

此令

主席 毛澤東

一九五零年六月二十九日

第一章 總則

第一條 廢除地主階級封建剝削的土地所有制，實行農民的土地所有制，藉以解放農村生產力，發展農業生產，爲新中國的工業化開闢道路。

第二章 土地的沒收和徵收

第二條 沒收地主的土地、耕畜、農具、多餘的糧食及其在農村中多餘的房屋。但地主的其他財產不予沒收。

第三條 徵收祠堂、廟宇、寺院、教堂、學校和團體在農村中的土地及其他公地。但對依靠上述土地收入以爲維持費用的學校、孤兒院、養老院、醫院等事業，應由當地人民政府另籌解決經費的妥善辦法。
淸眞寺所有的土地，在當地回民同意下，得酌予保留。

第四條 保護工商業，不得侵犯。
地主兼營的工商業及其直接用於經營工商業的土地和財產，不得沒收。不得因沒收封建的土地財產而侵犯工商業。
工商業家在農村中的土地和原由農民居住的房屋，應予徵收。但其在農村中的其他財產和合法經營，應加保護，不得侵犯。

第五條 革命軍人、烈士家屬、工人、職員、自由職業者、小販以及因從事其他職業或因缺乏勞動力而出租小量土地者，均不得以地主論。其每人平均所有土地數量不超過當地每人平均土地數百分之二百者（例如當地每人平均土地爲二畝，本戶每人平均土地不超過四畝者），均保留不動。超過此標準者，得徵收其超過部份的土地。如該項土地確係以其本人勞動所得購買者，或係鰥、寡、孤、獨、殘廢人等依靠該項土地爲生者，其每人平均所有土地數量雖超過百分之二百，亦得酌

— 1 —

1950年6月，《中华人民共和国土地改革法》颁布，标志着新解放区土地改革的开端。

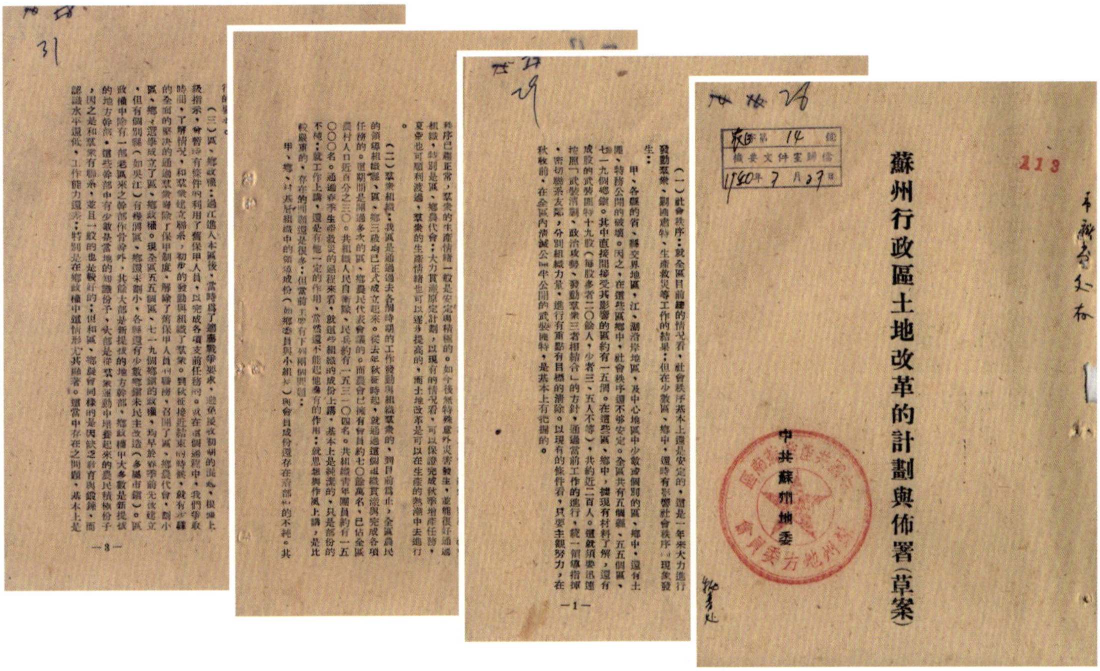
蘇州行政區土地改革的計劃與佈署（草案）

中共蘇州地委

1950年7月，《苏州行政区土地改革的计划与部署（草案）》发布，确定苏州专区的土地改革分3个阶段开展。从典型试验到局部开展，最后在全区范围内进行大规模的土地改革。

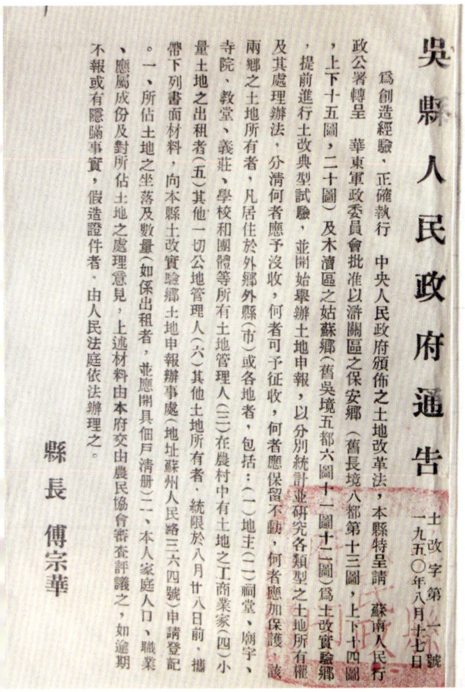
吳縣人民政府通告

土改字第一號
一九五〇年八月十七日

爲創造經驗，正確執行 中央人民政府頒佈之土地改革法，本縣特呈請 蘇南人民行政公署轉呈 華東軍政委員會批准以滸關區之保安鄉（舊長境八都第十三圖，上下十四圖，上下十五圖，二十圖）及木瀆區之姑蘇鄉（舊吳境五都六圖十一圖十二圖）爲土改實驗鄉，提前進行土改典型試驗，並開始舉辦土地申報，以分別統計並研究各類型之土地所有權及其處理辦法，分淸何者應予沒收，何者可予征收，何者應保留不動，何者應加保護，該兩鄉之土地所有者，凡居住於外鄉外縣（市）或各地者，包括：（一）地主（二）祠堂、廟宇、寺院、教堂、義莊、學校和團體等所有土地管理人（三）在農村中有土地之工商業家（四）小量土地之出租者（五）其他一切公地管理人（六）其他土地所有者，統限於八月廿八日前，攜帶下列書面材料，向本縣土改實驗鄉土地申報辦事處（地址蘇州人民路三六四號）申請登記。一、所佔土地之坐落及數量（如係出租者，並應開具佃戶清册）二、本人家庭人口、職業、應屬成份及對所佔土地之處理意見，上述材料由本府交由農民協會審查評議之，如逾期不報或有隱瞞事實，假造證件者，由人民法庭依法辦理之。

縣長 傅宗華

1950年8月17日，吴县人民政府发布土改一号通告，拉开了吴县土改的帷幕。

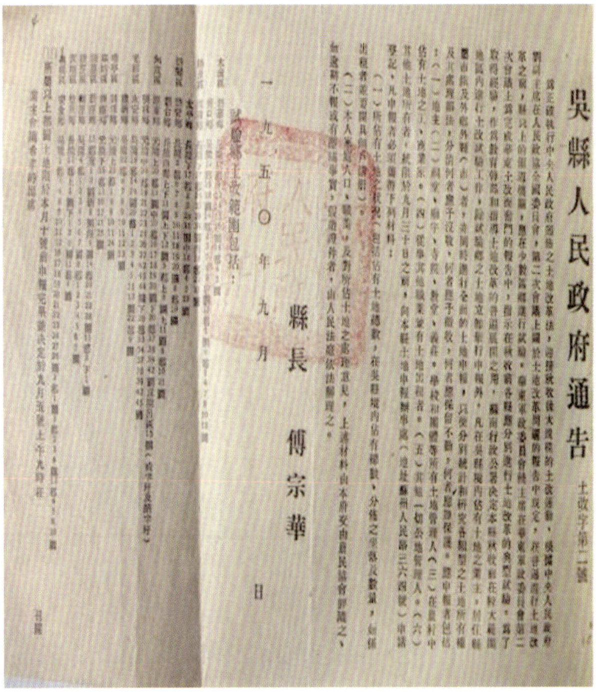
吳縣人民政府通告

土改字第二號

縣長 傅宗華

一九五〇年九月 日

1950年9月，吴县人民政府发布通告，确定试验乡土改范围。

农民分到了土地，翻新了房子。

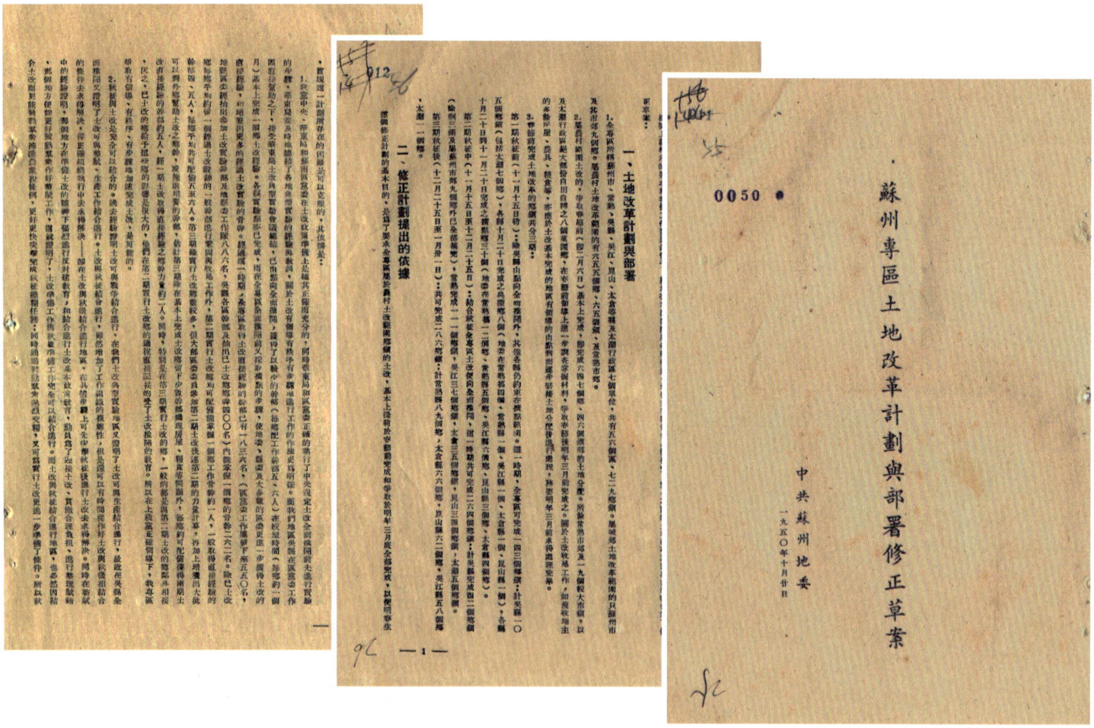

一、土地改革計劃與部署

二、修正計劃提出的依據

0050

蘇州專區土地改革計劃與部署修正草案

中共蘇州地委
一九五〇年十月廿日

在典型试验取得经验的基础上，1950年10月20日，中共苏州地委发布了《苏州专区土地改革计划与部署修正草案》，进一步为各县的土地改革工作指明方向。

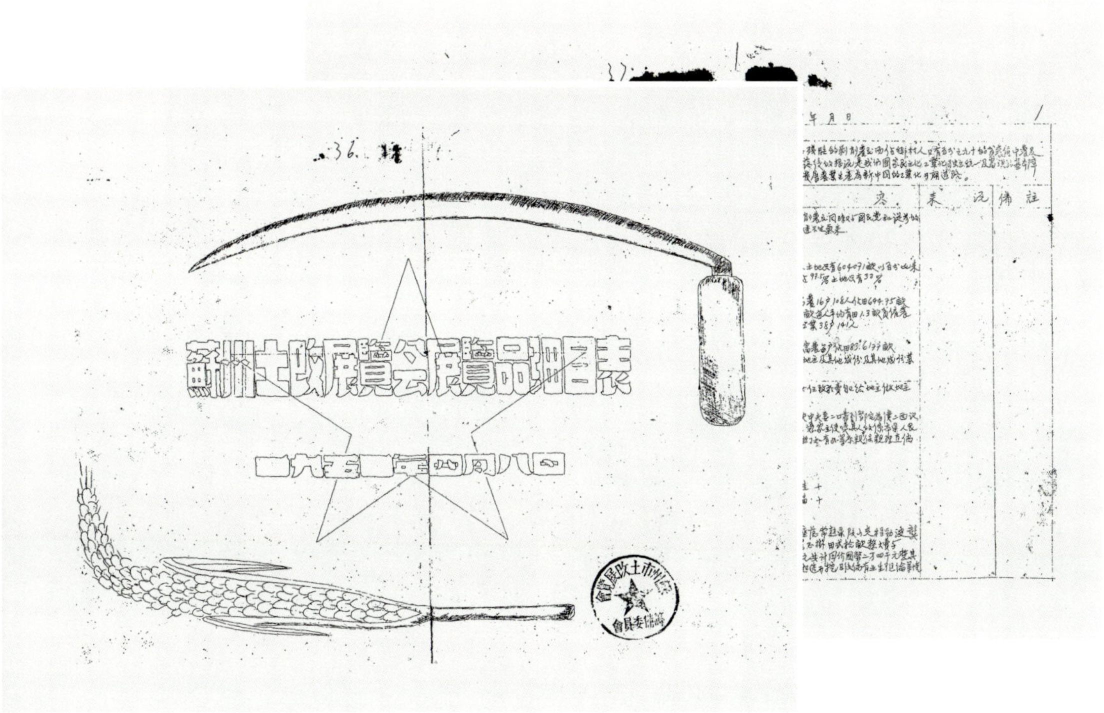

1951年，苏州地委举办土地改革展览会，集中展示土地改革成果。图为4月8日苏州土改展览会展览品细目表。

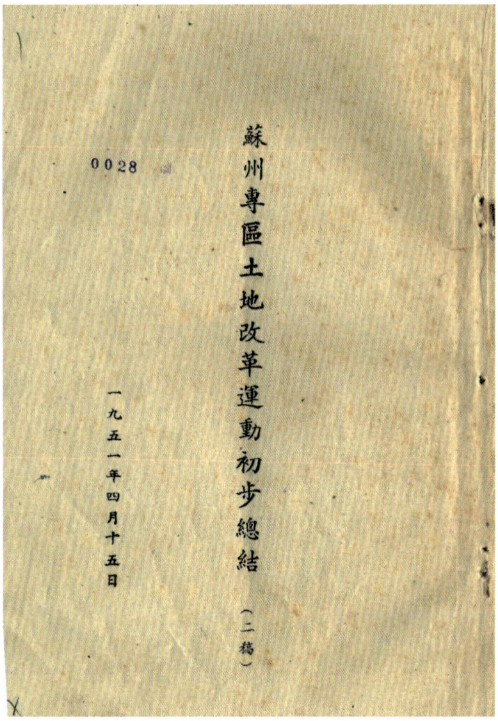
0028

蘇州專區土地改革運動初步總結（二稿）

一九五一年四月十五日

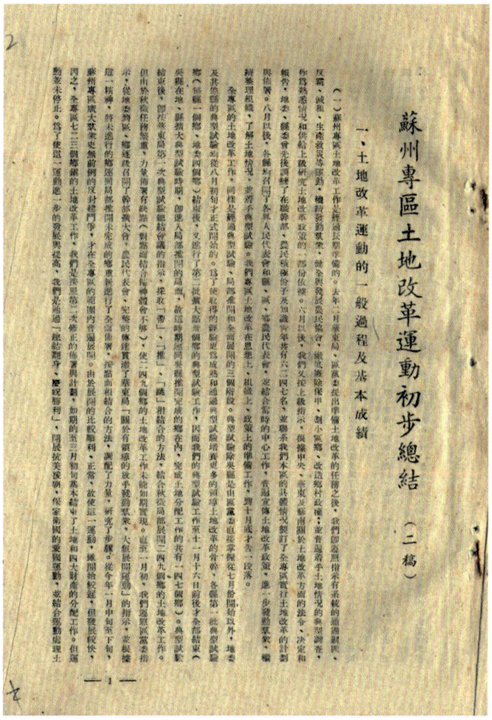
蘇州專區土地改革運動初步總結（二稿）

一、土地改革運動的一般過程及基本成績

— 1 —

1951年春，苏州专区土地改革基本完成，4月，《苏州专区土地改革运动初步总结》发布。

1951年5月16日，苏州专区成立发证整籍委员会，统一负责整理土地面积、发放土地证的工作。图为1951年9月，横塘乡庆祝土改完成。

农民分得耕牛，喜笑颜开。

经过土地改革，农民分得土地，劳动热情高涨，生活得到改善。

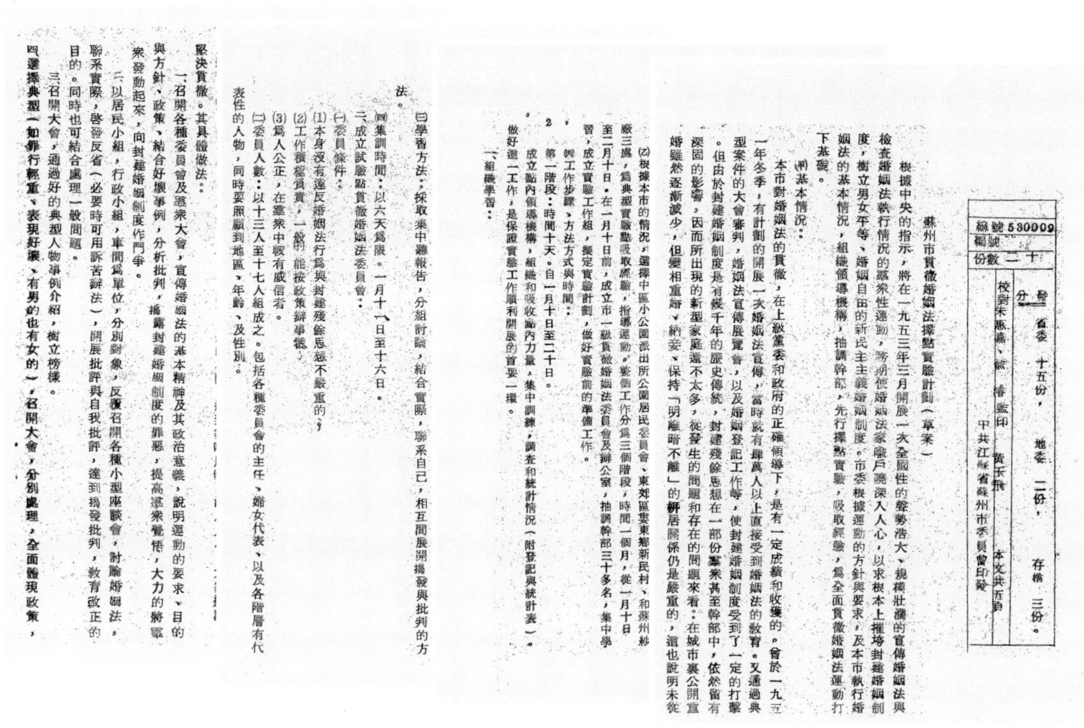

線號	530009
編號	
份數	二十
分發	省委 十五份，地委 二份，存檔 三份。
校對	朱惠嘉、歆 春 監印 黃天飛　本文共五頁
	中共江蘇省蘇州市委員會印發

蘇州市貫徹婚姻法擇點實驗計劃（草案）

根據中央的指示，將在一九五三年三月開展一次全國性的聲勢浩大、規模壯濶的宣傳婚姻法與檢查婚姻法執行情况的羣衆性運動，務期使婚姻法家喻戶曉深入人心，以求根本上摧垮封建婚姻制度，樹立男女平等、婚姻自由的新民主主義婚姻制度。市委根據運動的方針與要求，及本市執行婚姻法的基本情况，組織領導機構，抽調幹部，先行擇點實驗，吸取經驗，爲全面貫徹婚姻法運動打下基礎。

㈠基本情况：

本市對婚姻法的貫徹，在上級黨委和政府的正確領導下，是有一定成績和收獲的。曾於一九五一年冬季，有計劃的開展一次婚姻法宣傳，當時就有肆萬人以上直接受到婚姻法的教育。又通過典型案件的大會審判，婚姻法宣傳展覽會，以及婚姻登記工作等，使封建婚姻制度受到了一定的打擊。但由於封建婚姻制度是有幾千年的歷史傳統，封建殘餘思想在一部份羣衆甚至幹部中，依然留有深固的影響，因而所出現的新型家庭還不太多，從發生的問題和存在的問題來看：在城市裏公開宣婚雖然逐漸減少，但變相重婚、納妾、保持「明離暗不離」的姘居關係仍是嚴重的，這也說明未從

㈡根據本市的情况，選擇中區小公園派出所公園居民委員會、東郊區婁東鄉新民村、和蘇州紗廠三處，爲典型實驗點吸取經驗，指導運動。整個工作分爲三個階段，時間一個月，從一月十日至二月十日。在一月十日前，成立市一級貫徹婚姻法委員會及辦公室，抽調幹部三十多名，集中學習，成立實驗工作組，擬定實驗計劃，做好實驗前的準備工作。

㈣工作步驟，方法方式與時間：

2

第一階段：時間十天。自一月十日至二十日。

成立點內領導機構，組織和吸收點內力量，集中訓練，調查和統計情況（附登記與統計表）。做好這一工作，是保證實驗工作順利開展的首要一環。

一、組織學習：

㈢學習方法：採取集中聽報告，分組討論，結合實際，聯系自己，相互間展開揭發與批判的方法。

㈣集訓時間：以六天爲限。一月十一日至十六日。

二、成立試驗點貫徹婚姻法委員會：

㈠委員條件：

⑴本身沒有違反婚姻法行爲與封建殘餘思想不嚴重的；

⑵工作積極負責，一般的能按政策辦事的；

⑶爲人公正，在羣衆中較有威信者。

㈡委員人數：以十三人至十七人組成之。包括各種委員會的主任、婦女代表、以及各階層有代表性的人物，同時要照顧到地區、年齡、及性別。

堅決貫徹。其具體做法：

一、召開各種委員會及羣衆大會，宣傳婚姻法的基本精神及其政治意義，說明運動的要求、目的與方針、政策，結合好壞事例，分析批判，揭露封建婚姻制度的罪惡，提高羣衆覺悟，大力的將羣衆發動起來，向封建婚姻制度作鬥爭。

二、以居民小組，行政小組，車間爲單位，分別對象，反覆召開各種小型座談會，討論婚姻法，聯系實際，啓發反省（必要時可用訴苦辦法），開展批評與自我批評，達到揭發批判，教育改正的目的。同時也可結合處理一般問題。

三、召開大會，通過好的典型人物事例介紹，樹立榜樣。

四、選擇典型（如罪行輕重、表現好壞、有男的也有女的），召開大會，分別處理，全面體現政策，

1950年5月，《中华人民共和国婚姻法》颁布。1953年1月，《苏州市贯彻婚姻法择点实验计划（草案）》发布。

1953年2月，苏州纱厂、中区小公园派出所及郊区娄东乡三处进行婚姻法宣传试点工作；3月8日，开始在群众中广泛开展宣传活动；4月3日，召开贯彻婚姻法广播大会，开始了全市范围内的宣传活动。图为1953年苏州市《婚姻法》宣传展览会现场。

式樣印製使用。

附件：

1.蘇南區婚姻登記暫行辦法

2.蘇南區辦理婚姻登記應注意事項

3.各種契約書、證書、登記簿式樣及說明

4.婚姻登記專用章式樣

蘇南人民行政公署

一九五一年五月廿一日

覆文時請註明本署發文字號

撰寫 陶 威 校對 薛紹晶 監印 紀正漱

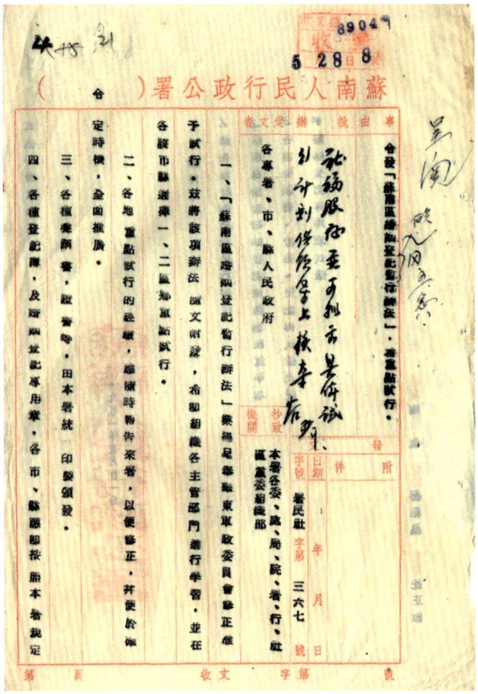
蘇南人民行政公署（　　）令

事由：令發「蘇南區婚姻登記暫行辦法」，希重點試行。

受文者：各專署、市、縣人民政府

抄致機關：本署各委、處、局、院、署、行、社，區黨委組織部

發文字號：署民社字第三六七號

一、「蘇南區婚姻登記暫行辦法」業經呈奉華東軍政委員會修正准予試行，茲將該項辦法隨文附發，希即組織各主管部門進行學習，並在各該市縣選擇一、二區鄉重點試行。

二、各地重點試行的經驗，應隨時報告來署，以便修正，并便於確定時機，全面推廣。

三、各種契約書，證書等，由本署統一印製頒發。

四、各種登記簿，及婚姻登記專用章，各市、縣應即按照本署規定

婚姻改革的一项重要措施是建立婚姻登记制度，以保障合法婚姻。图为1951年5月21日苏南人民行政公署关于苏南区婚姻登记暂行办法的函。

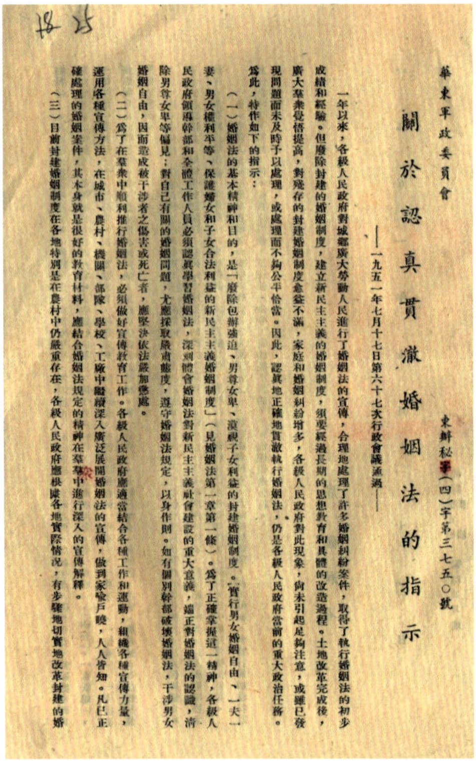
華東軍政委員會

東鮮秘字（四）字第三七五〇號

關於認真貫徹婚姻法的指示

——一九五一年七月十七日第六十七次行政會議通過——

一年以來，各級人民政府對城鄉廣大勞動人民進行了婚姻法的宣傳，合理地處理了許多婚姻糾紛案件，取得了執行婚姻法的初步成績和經驗。但廢除封建的婚姻制度，建立新民主主義的婚姻制度，須要經過長期的思想教育和具體的改造過程。土地改革完成後，廣大羣衆覺悟提高，對殘存的封建婚姻制度愈益不滿，家庭和婚姻糾紛增多，各級人民政府對此現象，尚未引起足夠注意，或雖已發現問題而未及時予以處理，或處理而不夠公平恰當。因此，認真地正確地貫徹執行婚姻法，仍是各級人民政府當前的重大政治任務。爲此，特作如下的指示：

（一）婚姻法的基本精神和目的，是「廢除包辦強迫、男尊女卑、漠視子女利益的封建婚姻制度。實行男女婚姻自由、一夫一妻、男女權利平等、保護婦女和子女合法利益的新民主主義婚姻制度」（見婚姻法第一章第一條）。爲了正確掌握這一精神，各級人民政府領導幹部和全體工作人員必須認眞學習婚姻法，深刻體會婚姻法對新民主主義社會建設的重大意義，端正對婚姻法的認識，清除男尊女卑等偏見；對自己有關的婚姻問題，尤應採取嚴肅態度，遵守婚姻法規定，以身作則。如有個別幹部破壞婚姻法，干涉男女婚姻自由，因而造成被干涉者之傷害或死亡者，應堅決依法嚴加懲處。

（二）爲了在羣衆中順利推行婚姻法，必須做好宣傳教育工作。各級人民政府應適當結合各種工作和運動，組織各種宣傳力量，運用各種宣傳方法，在城市、農村、機關、部隊、學校、工廠中繼續深入廣泛展開婚姻法的宣傳，做到家喻戶曉，人人皆知。凡已正確處理的婚姻案件，其本身就是很好的教育材料，應結合婚姻法規定的精神在羣衆中進行深入的宣傳解釋。

（三）目前封建婚姻制度在各地特別是在農村中仍嚴重存在，各級人民政府應根據各地實際情況，有步驟地切實地改革封建的婚

1951年7月17日，华东军政委员会发布《关于认真贯彻婚姻法的指示》。

蘇州市貫徹婚姻法運動總結

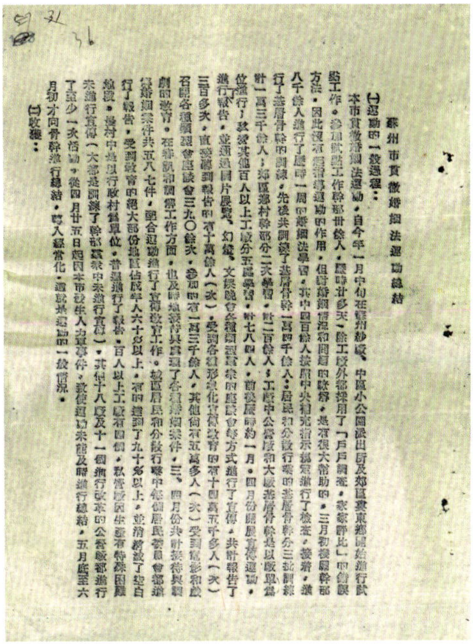

蘇州市貫徹婚姻法運動總結

(一)運動的一般過程：

本市貫徹婚姻法運動，自今年一月中旬在蘇州紗廠、中區小公園派出所及郊區婁東鄉開始進行試點工作，參加試點工作幹部卅餘人，歷時廿多天，除工廠外都採用了「戶戶調查，家家評比」的錯誤方法，因此沒有起指導運動的作用，但對婚姻情況和問題的瞭解，是有很大幫助的。三月初機關幹部八千餘人進行了歷時一周的婚姻法學習，其中四百餘人按照中央補充指示規定進行了檢查，接着，進行了基層骨幹的訓練，先後共訓練了基層骨幹一萬四千餘人，居民和分散行業的基層骨幹分三批訓練計一萬三千餘人；郊區鄉村幹部分二次輪訓，計二百餘人；工廠中公營廠和大廠基層骨幹是以廠單位進行；其餘其他百人以上工廠分五區學習，計七八四人，前後歷時約一月。四月份開展宣傳運動，進行了報告，並通過圖片展覽、幻燈、文娛晚會各種類型座談會等方式進行了宣傳，共計報告了三百多次，直接聽到報告的有十萬餘人（次），受到各種形象化宣傳教育的有十四萬五千多人（次），召開各種類型會座談會三九〇餘次，參加的有一萬三千餘人，其他尚有五萬多人（次）受到電影和戲劇的教育。在排訊和調解工作方面，也及時地接待與處理了各種婚姻案件，三、四月份共計接待與調解婚姻案件共五八七件，配合運動進行了宣傳教育工作。據西區居民和分散行業中每個居民委員會都進行了報告，受到教育的絕大部份地區估成年人六十%以上，有的達到了九十%以上，並消滅了空白地段。鄉村中也以行政村爲單位，普遍進行了報告。百人以上工廠有四個，私營廠因生產有特殊困難未進行宣傳（大部是訓練了幹部或群衆中未進行宣傳），其他十八廠及十一個進行改革的公營廠都進行了至少一次活動，從四月廿五日起因本市發生人力車事件，致使運動未能及時進行總結，五月底至六月初才向骨幹進行總結，轉入經常化，這就是運動的一般情況。

(二)收穫：

随着婚姻改革的深入推行，传统社会遗留的包办婚姻、买卖婚姻、男尊女卑的婚姻家庭制度被废除，社会成员在婚姻习俗方面的旧的思想观念和社会风气得以改善。图为1953年8月《苏州市贯彻婚姻法运动总结》。

移风易俗，退还彩礼钱现场。

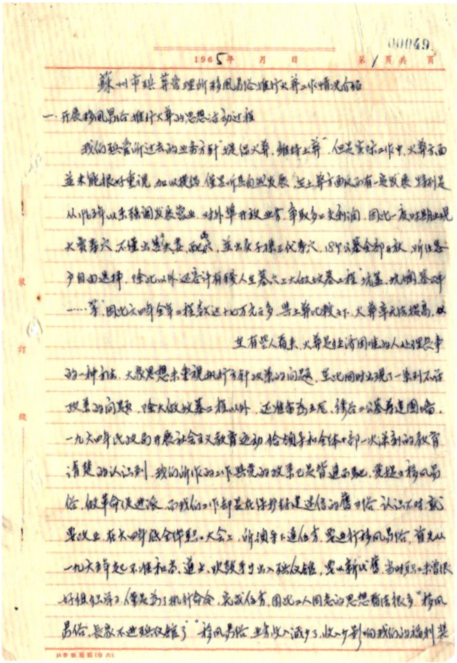

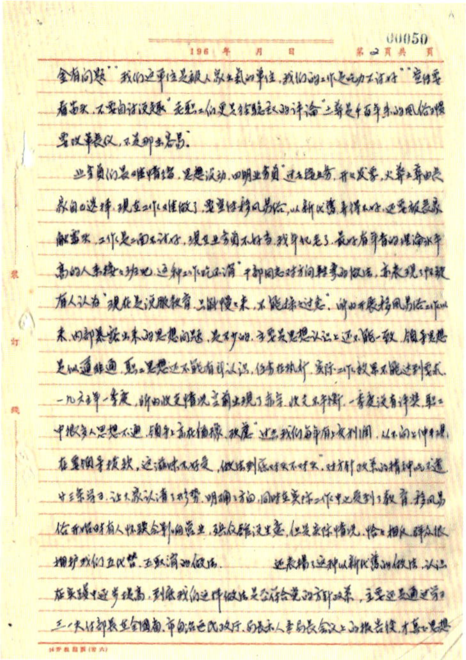

传统的殡葬制度，导致各种迷信活动和铺张浪费现象十分严重，随着人民群众文化水平的提高与思想意识的提升，苏州殡葬改革逐步推行。图为1965年苏州市殡葬管理所关于移风易俗推行火葬工作情况的介绍。

1953年10月3日，苏州地委宣传部发布关于破除迷信与浪费活动的通知。

“一五”计划与三大改造

1953年9月25日，党在过渡时期的总路线颁布，要求逐步实现国家的社会主义工业化，逐步实现对农业、手工业和资本主义工商业的社会主义改造，国民经济第一个五年计划则是实现总路线的一个重大步骤。通过党校和各种培训班对各级干部群众进行总路线的宣传教育，积极开展农业互动合作、公私合营与手工业合作化运动，于1955年8月编制完成苏州的“一五”计划，于1956年底顺利完成社会主义改造，实现了向社会主义制度的过渡。

吴江县委关于试办农业合作社初步计划的意见

土改完成后，广大农民分得了土地，生产积极性空前高涨，但由于生产要素的缺乏与生产手段的落后，农民生活仍难以保障。1951年12月，中共中央发布《关于农业生产互助合作的决议（草案）》，苏州各县区积极响应。图为1952年12月，《吴江县委关于试办农业合作社初步计划的意见》。

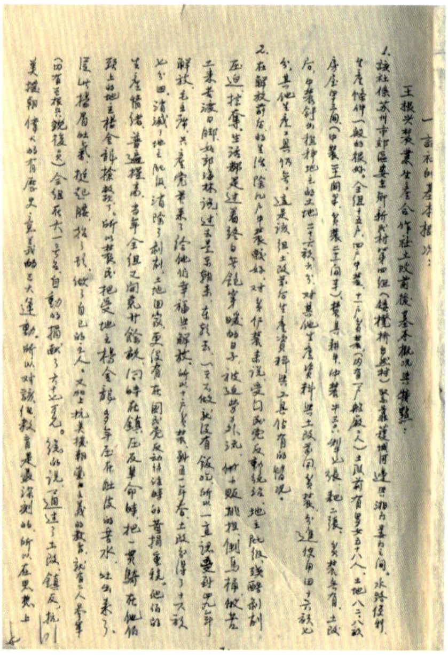

苏州开展农业社会主义改造，主抓农业合作化，先试点再推广。1952年5月，在市郊区娄东乡王根兴互助组的基础上，试办了第一个初级农业生产合作社。图为1952年12月，王根兴农业生产合作社总结。

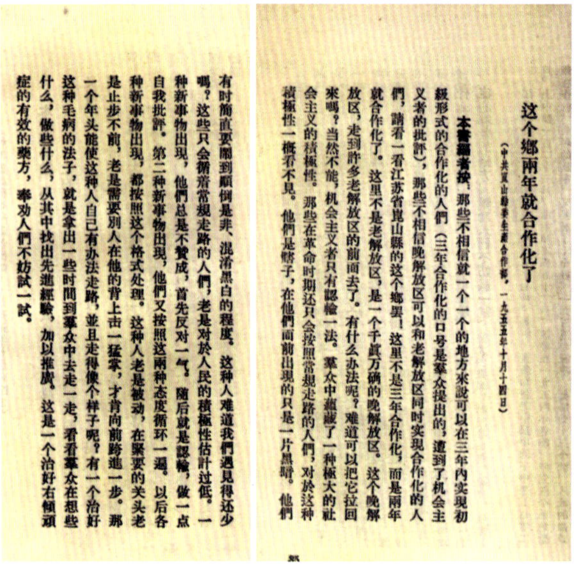
这个鄉兩年就合作化了

（中共昆山縣委生產合作部，一九五五年十月十四日）

本書編者按：那些不相信就一个一个的地方來說可以在三年內实現初級形式的合作化的人們（三年合作化的口号是羣众提出的，遭到了机会主义者的批評），那些不相信晚解放区可以和老解放区同时实現合作化的人們，請看一看江苏省崑山縣的这个鄉罢。这里不是三年合作化，而是兩年就合作化了。这里不是老解放区，是一个千眞万确的晚解放区。这个晚解放区，走到許多老解放区的前面去了。有什么办法呢？难道可以把它拉回來嗎？当然不能，机会主义者只有認輸一法。羣众中蘊藏了一种極大的社会主义的積極性。那些在革命时期还只会按照常規走路的人們，对於这种積極性一概看不見。他們是瞎子，在他們面前出現的只是一片黑暗。他們

有时簡直要鬧到顚倒是非、混淆黑白的程度。这种人难道我們遇見得还少嗎？这些只会循着常規走路的人們，老是对於人民的積極性估計过低。一种新事物出現，他們总是不贊成，首先反对一气。随后就是認輸，做一点自我批評。第二种新事物出現，他們又按照这兩种态度循环一遍。以后各种新事物出現，都按照这个格式处理。这种人老是被动，在緊要的关头老是止步不前，老是需要别人在他的背上击一猛掌，才肯向前跨進一步。那一个年头能使这种人自己有办法走路，並且走得像个样子呢？有一个治好这种毛病的法子，就是拿出一些时間到羣众中去走一走，看看羣众在想些什么，做些什么，从其中找出先進經驗，加以推廣。这是一个治好右傾頑症的有效的藥方，奉劝人們不妨試一試。

1955年10月14日，苏州地委、昆山县委总结西宿乡合作化的经验，联合写出《这个乡两年就合作化了》一文，后被收录入《中国农村的社会主义高潮》一书。毛泽东为该文写下了编者按。

1956年底，苏州全区建立高级社3632个，初级社1964个，基本实现了农业的社会主义改造。图为昆山西宿乡社员在劳动。

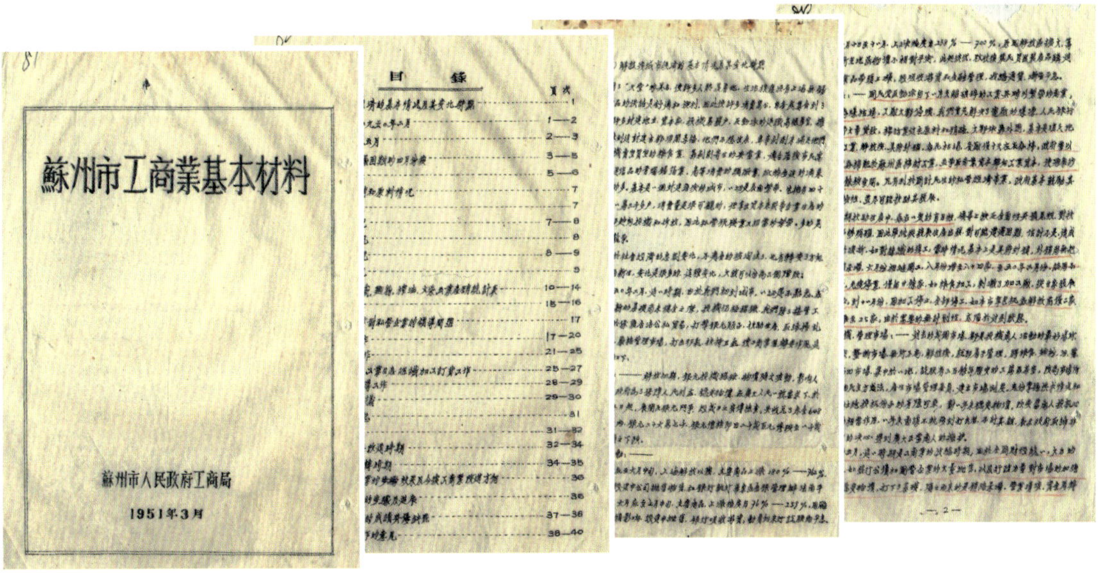

1951年3月，社会主义改造前的苏州市工商业基本材料。

1951年10月21日，苏州电气公司宣布实行公私合营，成为苏州市第一家公私合营企业。

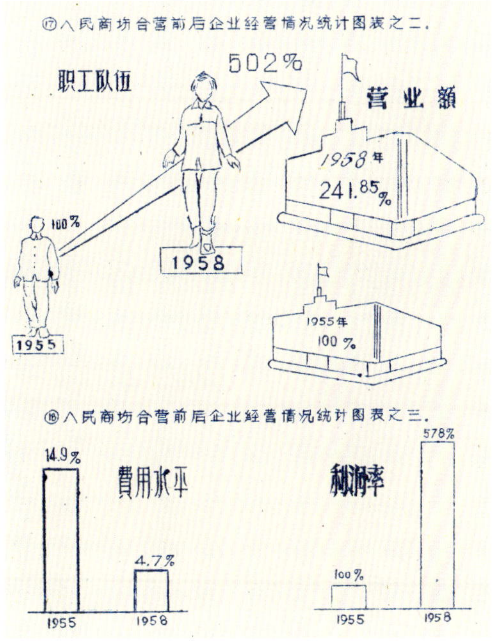

人民商场合营前后企业经营情况统计图表。

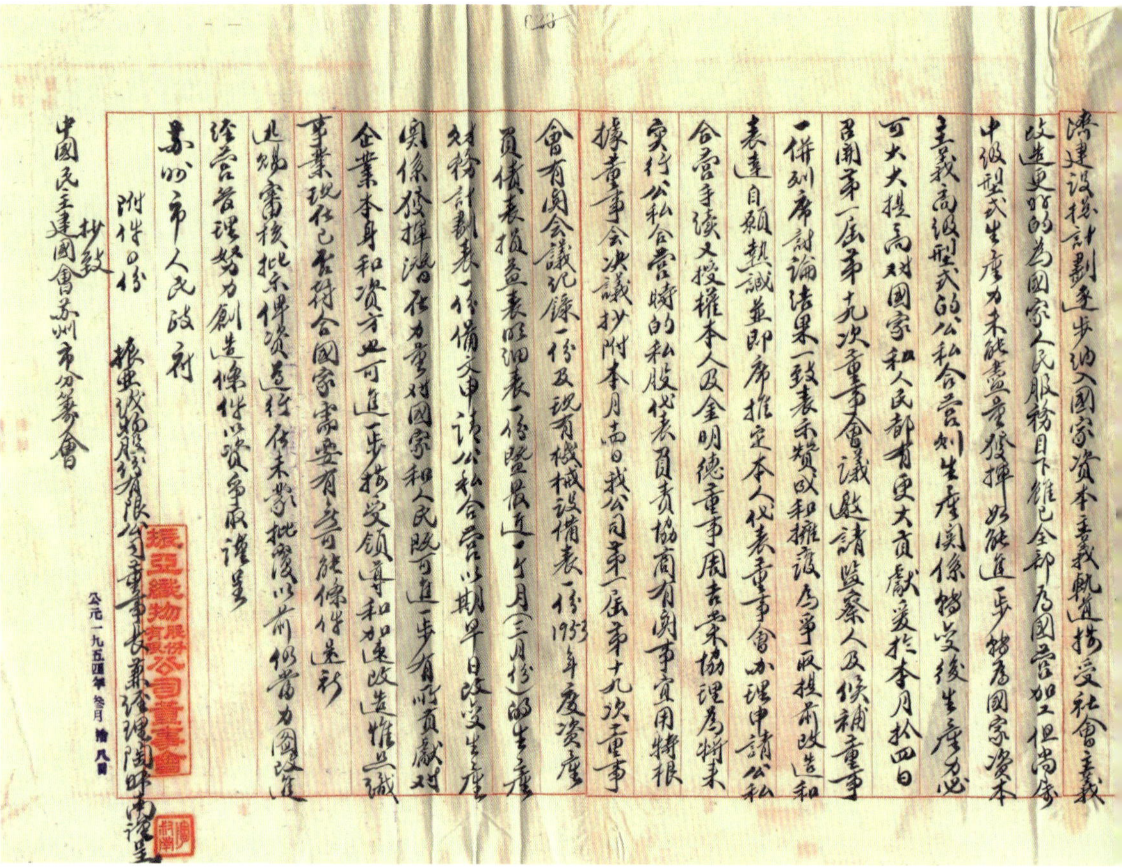

濟建設據計劃逐步納入國家資本主義軌道接受社會主義改造更好的為國家人民服務目下雖已全部為國營加工但尚屬中級型式生產力未能盡量發揮必能進一步鞏固國家資本主義高級型式的公私合營則生產關係將改變後生產力必可大大提高對國家和人民都有更大貢獻爰於本月廿四日召開第一屆第十九次董事會議邀請監察人及候補董事一併列席討論結果一致表示贊成和擁護為爭取提前改造和表達自願熱誠並即席推定本人代表董事會辦理申請公私合營手續又授權本人及金明德董事周吉棠協理為將來實行公私合營時的私股代表負責協商有關事宜用特根據董事會決議抄附本月廿四日我公司第一屆第十九次董事會有關會議記錄一份及現有機械設備表一份1953年度資產負債表損益表明細表一份暨最近一個月(三月份)的生產財務計劃表一份備文申請公私合營以期早日改變生產關係發揮潛在力量對國家和人民可進一步有所貢獻對企業本身和資方也可進一步接受領導和加速改造惟是識事業現在已否符合國家需要有否能條件迷祈迅賜審核批示俾資遵行倘未蒙批准以前仍當力圖改進經營管理努力創造條件以資爭取謹呈

蘇州市人民政府

附件四份

振亞織物股份有限公司董事長兼總經理陸時雨謹呈

公元一九五四年叁月廿八日

抄致 中國民主建國會蘇州市分籌會

振亞織物股份有限公司董事會

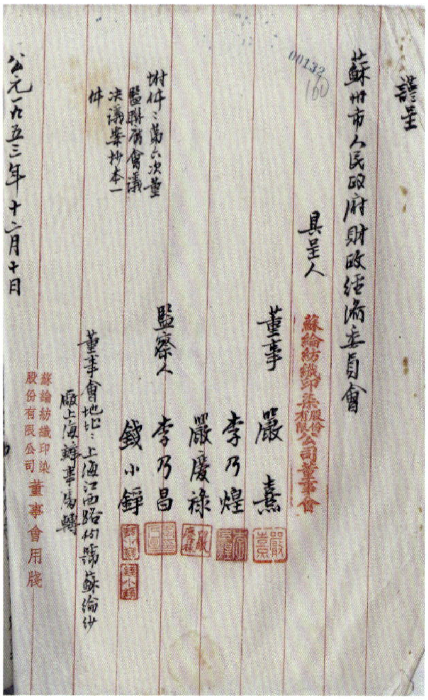

謹呈

蘇州市人民政府財政經濟委員會

具呈人 蘇綸紡織印染股份有限公司董事會

董事 嚴熹

李乃煌

嚴慶祿

監察人 李乃昌

錢小錚

附件：第六次董監聯席會議決議案抄本一件

董事會地址：上海江西路406號蘇綸紗廠上海辦事處轉

公元一九五三年十二月十日

蘇綸紡織印染股份有限公司董事會用牋

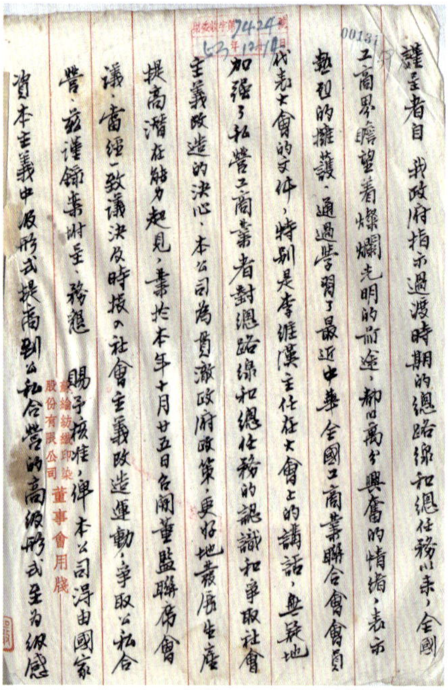

謹呈者自我政府指示過渡時期的總路線和總任務以來，全國工商界瞻望着燦爛光明的前途，都以萬分興奮的情緒，表示熱烈的擁護。通過學習了最近中華全國工商業聯合會會員代表大會的文件，特別是李維漢主任在大會上的講話，無疑地加強了私營工商業者對總路線和總任務的認識和爭取社會主義改造的決心。本公司為貫澈政府政策，更好地發展生產提高潛在能力起見，業於本年十月廿五日召開董監聯席會議，當經一致議決及時投入社會主義改造運動，爭取公私合營，茲謹錄案附呈，務懇

賜予核准，俾本公司得由國家資本主義中級形式提高到公私合營的高級形式，至為銘感

蘇綸紡織印染股份有限公司董事會用牋

1953年12月10日，苏纶纺织印染股份有限公司申请公私合营的呈文。

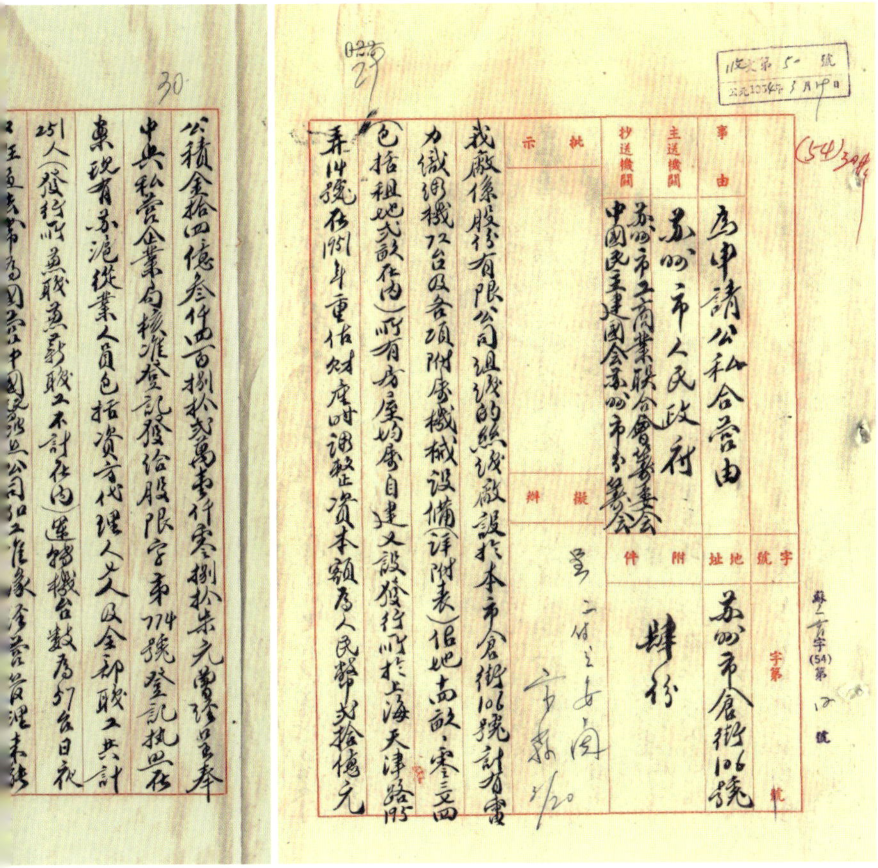

事由：為申請公私合營由

主送機關：苏州市人民政府

抄送機關：苏州市工商業聯合會籌委会　中國民主建國会苏州市分會籌委会

字號：蘇二亍字(54)第17號

地址：苏州市倉街106號

附件：肆份

我廠係股份有限公司組織的絲織廠設於本市倉街106號計有電力織綢機72台及各項附屬機械設備（詳附表）佔地[illegible]畝零三分四（包括租地弍畝在內）所有房屋均為自建又設發行所於上海天津路195弄14號在1951年重估財產時調整資本額為人民幣弍拾億元

公積金拾四億叁仟四百捌拾弍萬壹仟零捌拾柒元曾經呈奉中央私營企業局核准登記發給股限字第774號登記執照在案現有苏滬從業人員包括資方代理人工人及全部職工共計251人（發行所無職無薪職工不計在內）運轉機台數為[illegible]台日夜

1954年3月18日，振亚织物股份有限公司申请公私合营的呈文。

至1956年1月16日，苏州市私营工业企业全部申请公私合营。17日，苏州市人民委员会宣布批准全市私营工业企业全部实行公私合营。图为苏州各界在观前街集会庆祝。

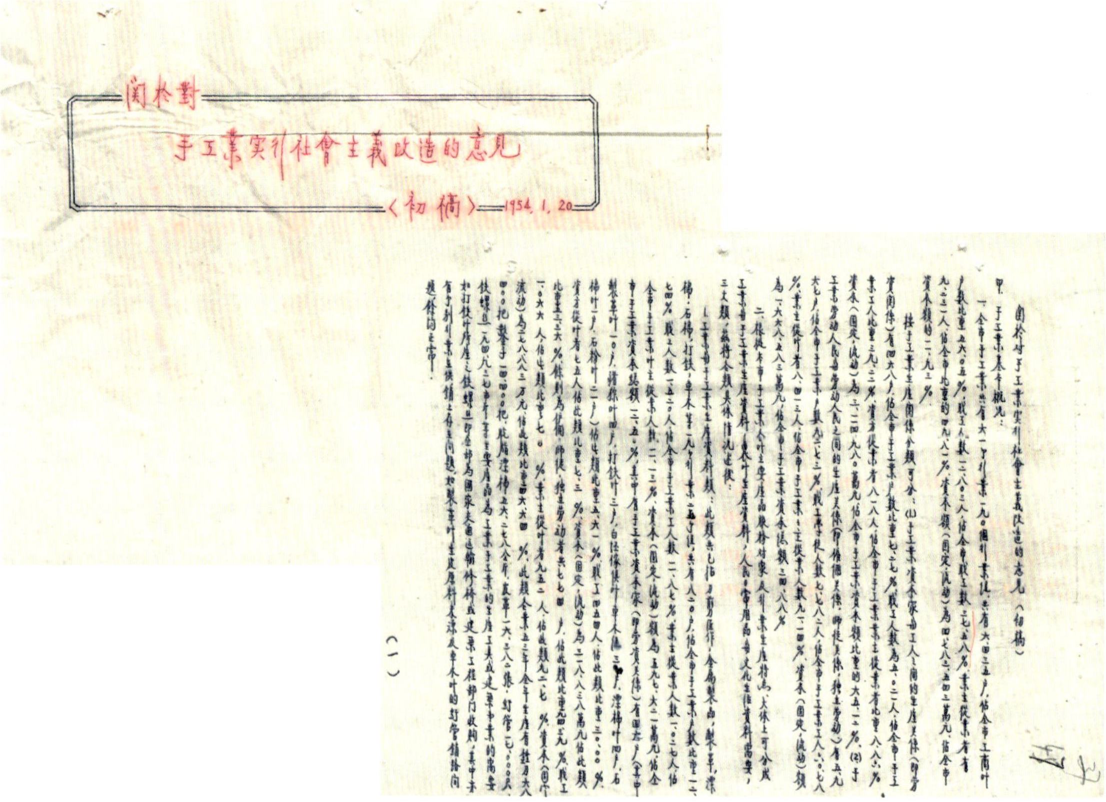
関於對
手工業實行社會主義改造的意見
〈初稿〉 1954.1.20

關於對手工業實行社會主義改造的意見(初稿)

甲、手工業基本概况:

1954年1月20日,《关于对手工业实行社会主义改造的意见(初稿)》发布。

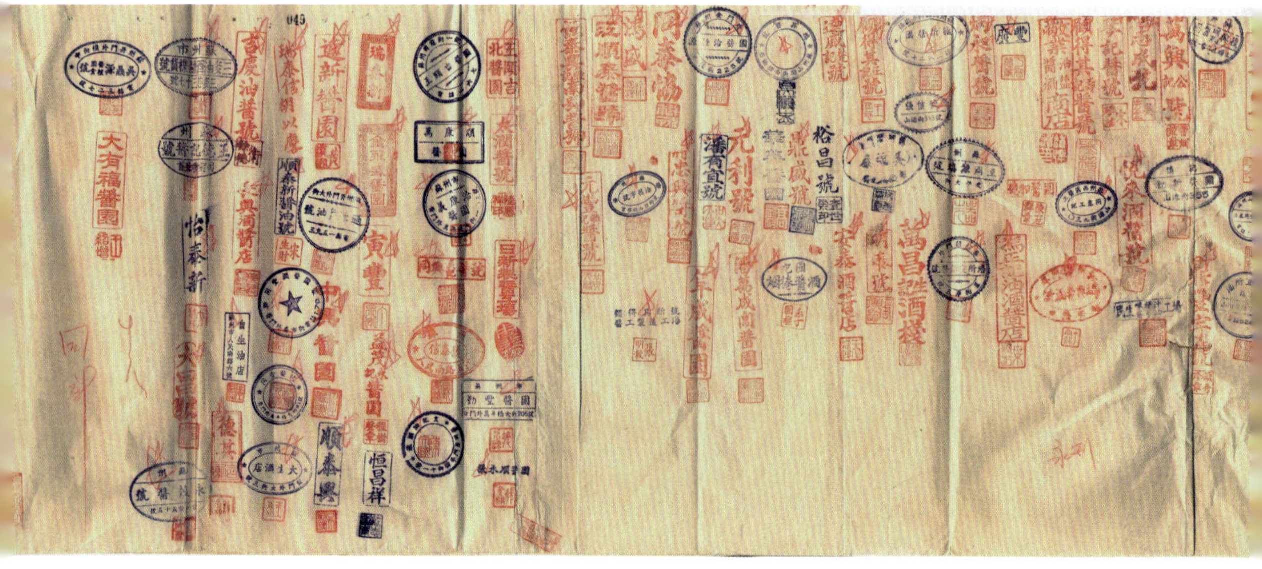

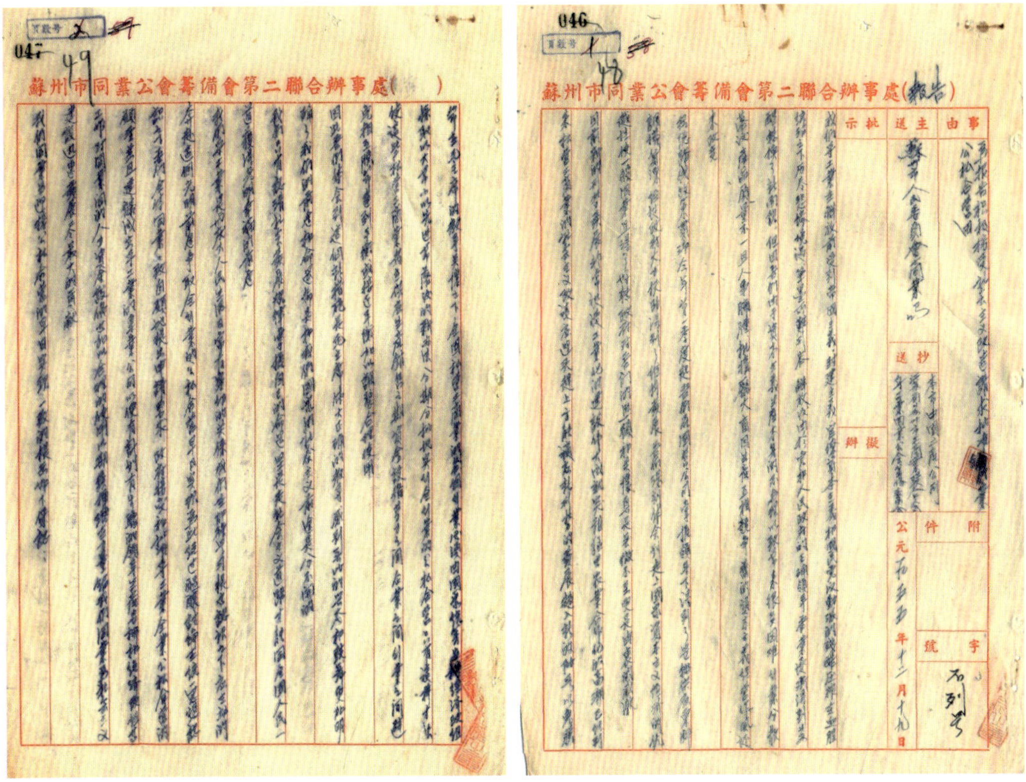

至1956年底，苏州全区共建立手工业生产合作社485个，生产合作小组191个，基本实现了对个体手工业的社会主义改造。图为1955年12月19日手工业公私合营申请书。

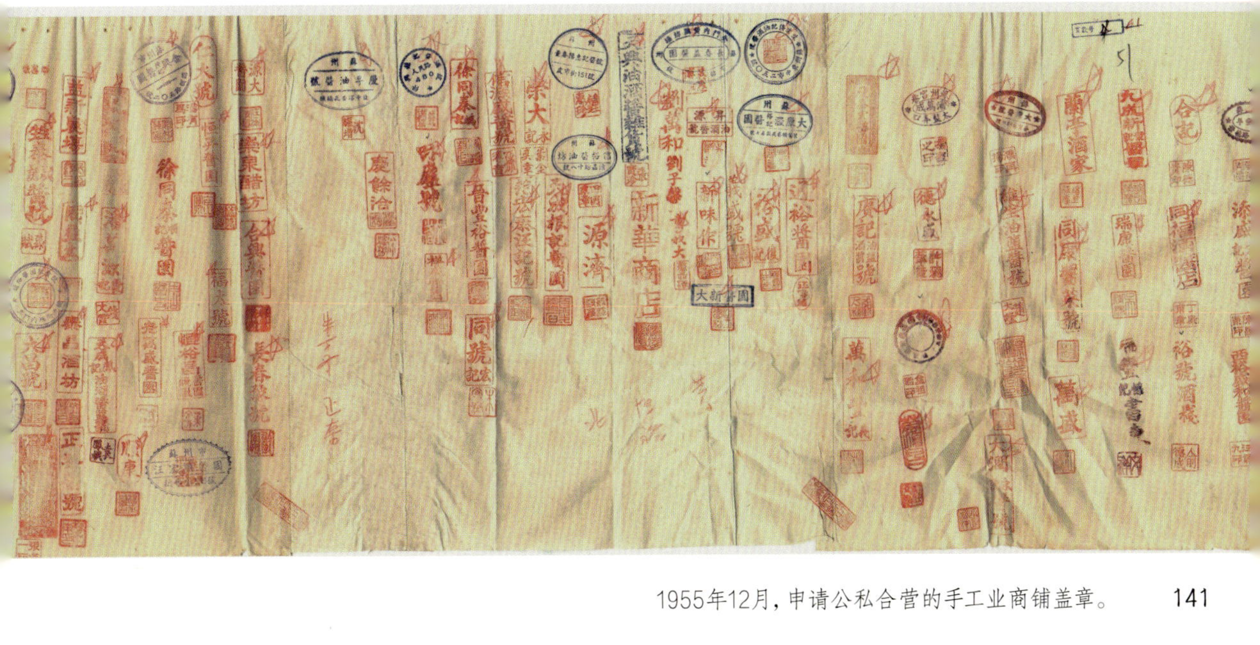

1955年12月，申请公私合营的手工业商铺盖章。

學習過程中必須密切結合實際思想與實際工作，正確貫徹理論聯系實際的方針。領導上應加強思想領導，使大家通過這一學習，劃清工人階級思想與資產階級思想的界限，批判資本主義思想，為正確貫徹黨的總路線和當前各項緊急任務打好思想基礎。

各地、市委以上高級組，可參考上述意見及本部印發的學習提綱進行學習，修改原訂學習計劃；但閱讀文件仍根據原來計劃中的規定執行，並增加中央關於糧食問題的決議。各地高級組應在這一學習中加強對一般幹部學習的領導。

各地、市、縣委宣傳部接到通知後，應即製定具體的學習計劃，並在學習過程中及時將學習中的情況與問題按級作簡單回報，這一學習結束時，應作一次測驗和總結。

中共江蘇省委宣傳部

一九五三年十一月二日

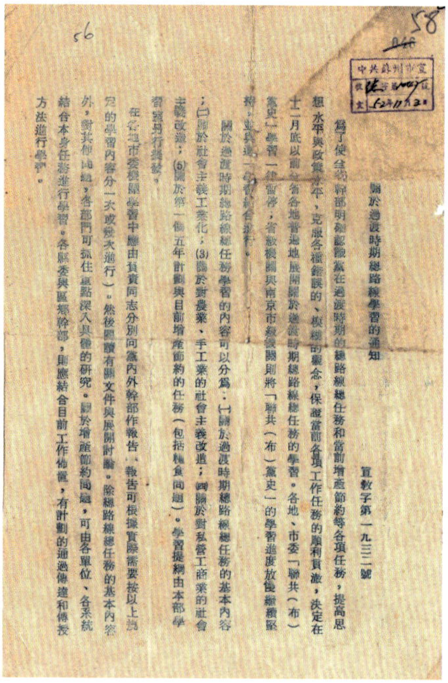

關於過渡時期總路線學習的通知

宣教字第一九三二號

為了使全體幹部明確認識黨在過渡時期的總路線總任務和當前增產節約等各項任務，提高思想水平與政策水平，克服各種錯誤的、模糊的觀念，保證當前各項工作任務的順利貫徹，決定在十二月底以前在各地普遍地展開關於過渡時期總路線總任務的學習。各地、市委「聯共（布）黨史」學習一律暫停，省級機關與南京市級機關則將「聯共（布）黨史」的學習進度放慢繼續堅持，並與這一學習結合進行。

關於過渡時期總路線總任務學習的內容可以分為：(一)關於過渡時期總路線總任務的基本內容；(二)關於社會主義工業化；(3)關於對農業、手工業的社會主義改造；(四)關於對私營工商業的社會主義改造；(5)關於第一個五年計劃與目前增產節約的任務（包括糧食問題）。學習提綱由本部另行擬發。

在各地市委機關學習中應由負責同志分別向黨內外幹部作報告，報告可根據實際需要按以上規定的學習內容分一次或幾次進行）。然後閱讀有關文件與展開討論。除總路線總任務的基本內容外，對其他問題，各部門可抓住重點深入具體的研究。關於增產節約問題，可由各單位、各系統結合本身任務進行學習。各縣委與區鄉幹部，則應結合目前工作佈置，有計劃的通過傳達和傳授方法進行學習。

1953年9月，党在过渡时期的总路线颁布。苏州地委、市委按照中央和省委的部署，先党内后党外、由点到面地组织学习宣传活动。图为1953年11月2日，中共江苏省委宣传部发布《关于过渡时期总路线学习的通知》。

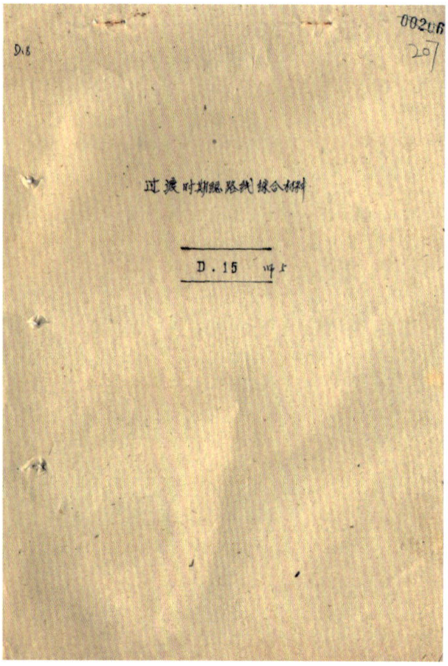

过渡时期总路线综合材料

D.15

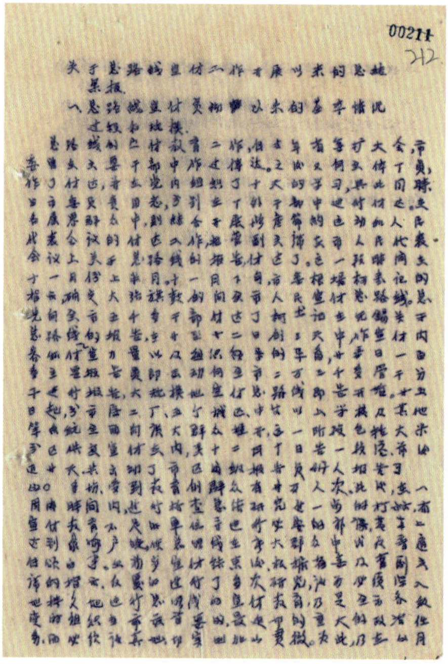

关于总路线宣传工作开展以来的总结汇报

在学习总路线的过程中，广大工人掀起了增加生产、提高质量、降低成本、为国家工业化积累资金的生产热潮，积极推动了工农业生产。图为苏州市委宣传部关于过渡时期总路线宣传工作开展以来的总结汇报。

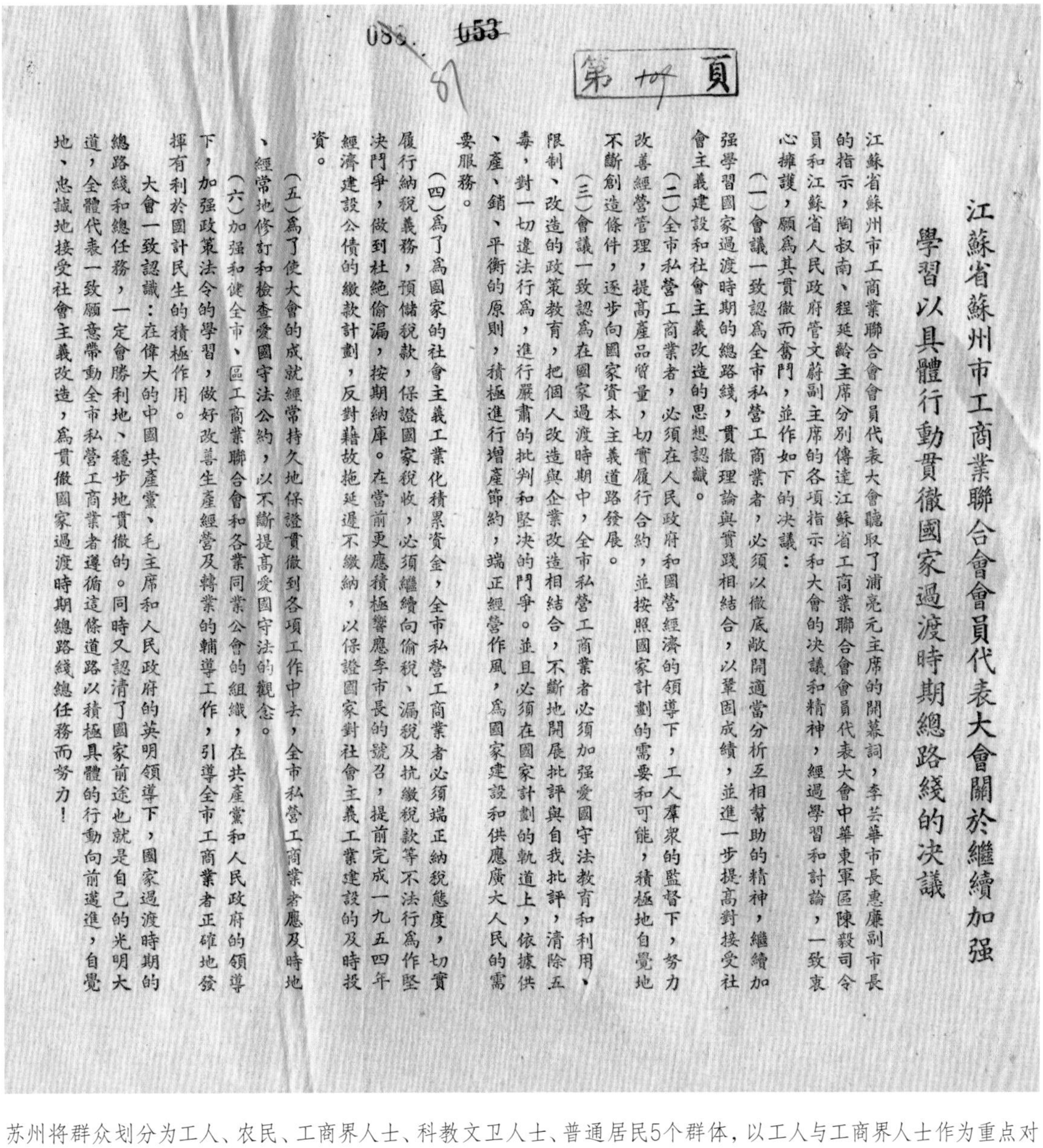

江蘇省蘇州市工商業聯合會會員代表大會關於繼續加强學習以具體行動貫徹國家過渡時期總路綫的決議

江蘇省蘇州市工商業聯合會會員代表大會聽取了浦亮元主席的開幕詞，李芸華市長惠廉副市長的指示，陶叔南、程延齡主席分別傳達江蘇省工商業聯合會會員代表大會中華東軍區陳毅司令員和江蘇省人民政府管文蔚副主席的各項指示和大會的決議和精神，經過學習和討論，一致衷心擁護，願爲其貫徹而奮鬥，並作如下的決議：

（一）會議一致認爲全市私營工商業者，必須以徹底敞開適當分析互相幫助的精神，繼續加强學習國家過渡時期的總路綫，貫徹理論與實踐相結合，以鞏固成績，並進一步提高對接受社會主義建設和社會主義改造的思想認識。

（二）全市私營工商業者，必須在人民政府和國營經濟的領導下，工人羣衆的監督下，努力改善經營管理，提高產品質量，切實履行合約，並按照國家計劃的需要和可能，積極地自覺地不斷創造條件，逐步向國家資本主義道路發展。

（三）會議一致認爲在國家過渡時期中，全市私營工商業者必須加强愛國守法教育和利用、限制、改造的政策教育，把個人改造與企業改造相結合，不斷地開展批評與自我批評，清除五毒，對一切違法行爲，進行嚴肅的批判和堅決的鬥爭。並且必須在國家計劃的軌道上，依據供、產、銷、平衡的原則，積極進行增產節約，端正經營作風，爲國家建設和供應廣大人民的需要服務。

（四）爲了爲國家的社會主義工業化積累資金，全市私營工商業者必須端正納稅態度，切實履行納稅義務，預儲稅款，保證國家稅收，必須繼續向偷稅、漏稅及抗繳稅款等不法行爲作堅決鬥爭，做到杜絕偷漏，按期納庫。在當前更應積極響應李市長的號召，提前完成一九五四年經濟建設公債的繳款計劃，反對藉故拖延遲不繳納，以保證國家對社會主義工業建設的及時投資。

（五）爲了使大會的成就經常持久地保證貫徹到各項工作中去，全市私營工商業者應及時地、經常地修訂和檢查愛國守法公約，以不斷提高愛國守法的觀念。

（六）加强和健全市、區工商業聯合會和各業同業公會的組織，在共產黨和人民政府的領導下，加强政策法令的學習，做好改善生產經營及轉業的輔導工作，引導全市工商業者正確地發揮有利於國計民生的積極作用。

大會一致認識：在偉大的中國共產黨、毛主席和人民政府的英明領導下，國家過渡時期的總路綫和總任務，一定會勝利地、穩步地貫徹的。同時又認清了國家前途也就是自己的光明大道，全體代表一致願意帶動全市私營工商業者遵循這條道路以積極具體的行動向前邁進，自覺地、忠誠地接受社會主義改造，爲貫徹國家過渡時期總路綫總任務而努力！

苏州将群众划分为工人、农民、工商界人士、科教文卫人士、普通居民5个群体，以工人与工商界人士作为重点对象进行宣传教育。图为《江苏省苏州市工商业联合会会员代表大会关于继续加强学习以具体行动贯彻国家过渡时期总路线的决议》。

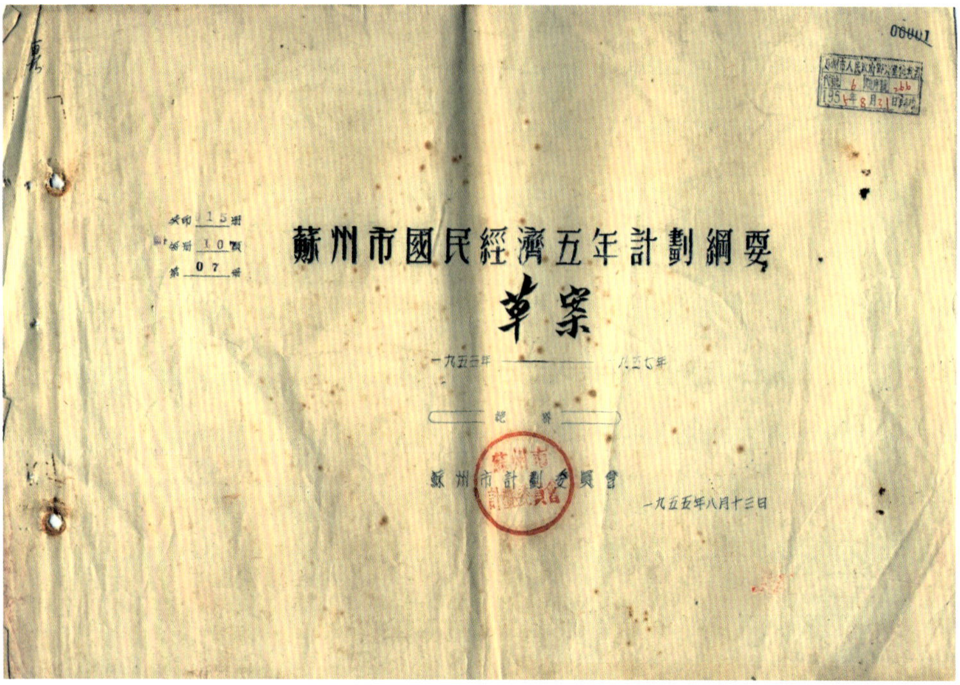

蘇州市國民經濟五年計劃綱要

草案

一九五三年——一九五七年

蘇州市計劃委員會

一九五五年八月十三日

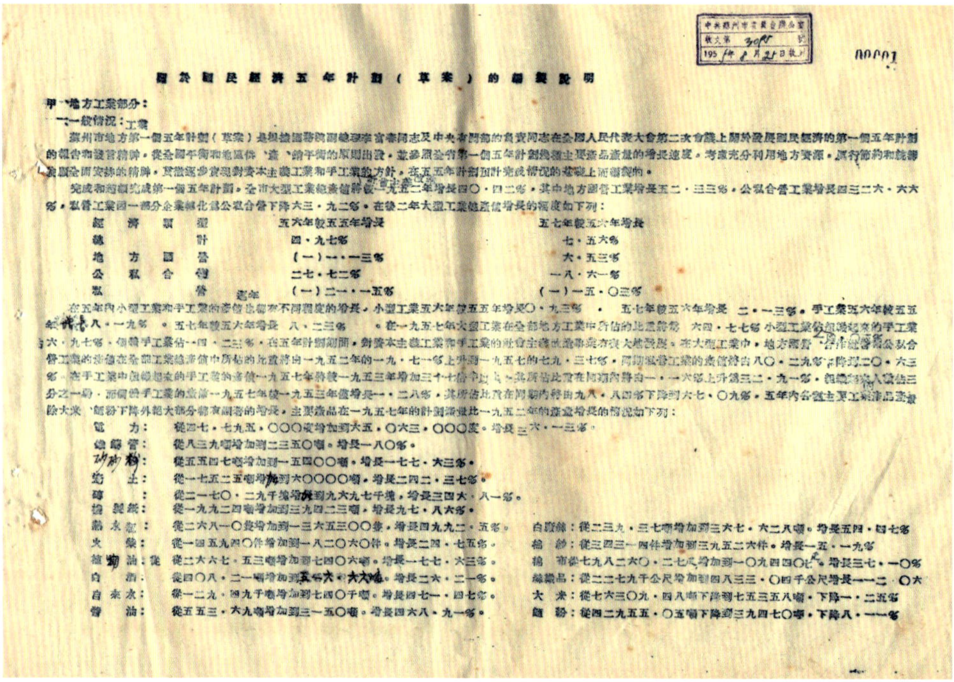

關於國民經濟五年計劃（草案）的編製說明

甲、地方工業部分：

一、一般情況：

經濟類型	五六年較五五年增長	五七年較五六年增長
總計	四·九七%	七·五六%
地方國營	（一）一一·一三%	六·五三%
公私合營	二七·七二%	一八·六一%
私營	（一）二一·一五%	（一）一五·〇三%

1955年8月13日，苏州市的“一五”计划《苏州市国民经济五年计划纲要（草案）》编制完成，这是苏州第一个有计划地进行经济建设的纲领。

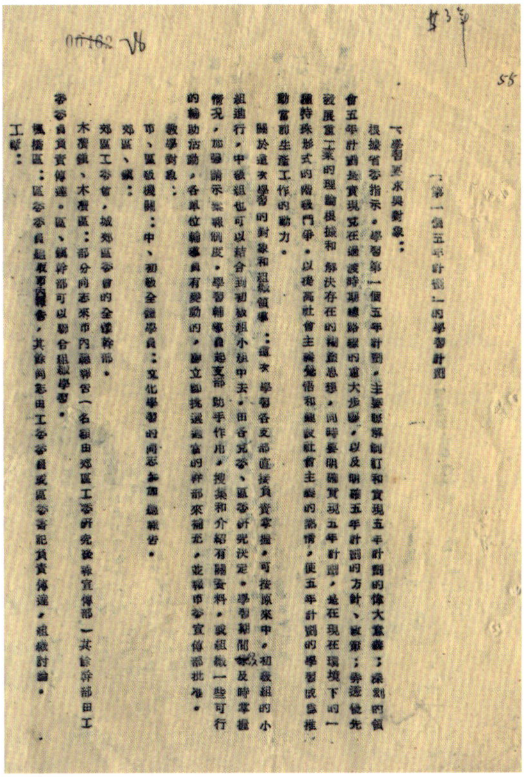

「第一個五年計劃」的學習計劃

一、學習要求與對象：

根據省委指示，學習第一個五年計劃，主要瞭解制訂和實現五年計劃的偉大意義；深刻的領會五年計劃是實現黨在過渡時期總路線的重大步驟，以及明確五年計劃的方針、政策；弄透優先發展重工業的理論根據和解決存在的糊塗思想，同時要明確實現五年計劃，是在現在環境下的一種特殊形式的階級鬥爭，以提高社會主義覺悟和建設社會主義的熱情，使五年計劃的學習成爲推動當前生產工作的動力。

關於這次學習的對象和組織領導：這次學習各支部直接負責掌握，可按原來中，初級組的小組進行，中級組也可以結合到初級組小組中去，由各党委、區委研究決定。學習期間要及時掌握情况，加强請示報告制度。學習輔導員起支部助手作用，搜集和介紹有關資料，或組織一些可行的輔助活動，各單位輔導員有變動的，應立即找適當的幹部來補充，並報市委宣傳部批准。

教學對象：

市、區級機關：中、初級全體學員：文化學習的同志參加聽報告。

郊區、鎮：

郊區工委會，城郊區委會的全體幹部。

木瀆鎮、木瀆區：部分同志來市內聽報告（名額由郊區工委研究後報宣傳部）其餘幹部由工委委員負責傳達。區、鎮幹部可以聯合組織學習。

楓橋區：區委委員趕來市內聽報告，其餘同志由工委委員或區委書記負責傳達，組織討論。

工廠：

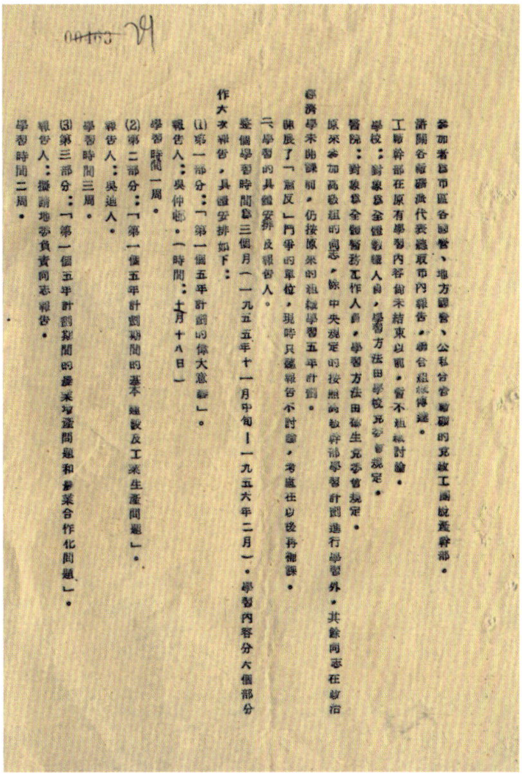

參加者爲市區各國營、地方國營、公私合營廠礦的黨政工團脫產幹部。

濟關各廠礦派代表聽取市內報告，回去組織傳達。

工商幹部在原有學習內容尚未結束以前，暫不組織討論。

學校：對象爲全體教職人員，學習方法由學校黨委會規定。

醫院：對象爲全體醫務工作人員，學習方法由衛生党委會規定。

原來參加高級組的同志，除中央規定的按照高級幹部學習計劃進行學習外，其餘同志在政治經濟學未開課前，仍按原來的組織學習五年計劃。

開展了「肅反」鬥爭的單位，現時只聽報告不討論，考慮在以後再補課。

二、學習的具體安排及報告人。

整個學習時間爲三個月（一九五五年十一月中旬——一九五六年二月）。學習內容分六個部分作大會報告，具體安排如下：

(1)第一部分：「第一個五年計劃的偉大意義」。

報告人：吳仲邨。（時間：十一月十八日）

學習時間一周。

(2)第二部分：「第一個五年計劃期間的基本建設及工業生產問題」。

報告人：吳迪人。

學習時間三周。

(3)第三部分：「第一個五年計劃期間的農業增產問題和農業合作化問題」。

報告人：擬請地委負責同志報告。

學習時間二周。

《“第一个五年计划”的学习计划》。

“一五”期间，苏州建立了不少工厂，后逐渐成为苏州工业的基础。图为建立于1957年的苏州钢铁厂。

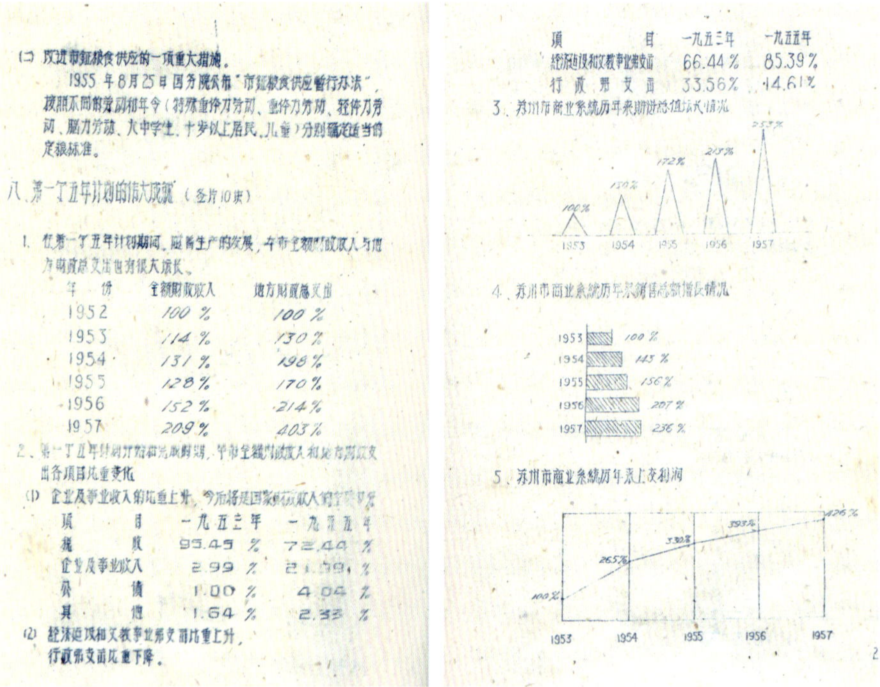

(二) 改进市镇粮食供应的一项重大措施。

1955 年8月25日国务院公布"市镇粮食供应暂行办法"，按照不同的劳动和年令（特殊重体力劳动、重体力劳动、轻体力劳动、脑力劳动、大中学生、十岁以上居民、儿童）分别确定适当的定粮标准。

八、第一个五年计划的伟大成就（参片10块）

1. 在第一个五年计划期间，随着生产的发展，本市全额财政收入与地方财政总支出也有很大增长。

年份	全额财政收入	地方财政总支出
1952	100 %	100 %
1953	114 %	130 %
1954	131 %	198 %
1955	128 %	170 %
1956	152 %	214 %
1957	209 %	403 %

2、第一个五年计划开始和完成时期，本市全额财政收入和地方财政支出各项目比重变化

(1) 企业及事业收入的比重上升，今后将是国家财政收入的主要来源

项目	一九五三年	一九五五年
税收	95.45 %	72.44 %
企业及事业收入	2.99 %	21.19 %
公债	1.00 %	4.04 %
其他	1.64 %	2.33 %

(2) 经济建设和文教事业费支出比重上升，行政费支出比重下降。

项目	一九五三年	一九五五年
经济建设和文教事业费支出	66.44 %	85.39 %
行政费支出	33.56 %	14.61 %

3、苏州市商业系统历年来购进总值增长情况

4、苏州市商业系统历年来销售总额增长情况

5、苏州市商业系统历年来上交利润

2

"一五"期间的重要成就。

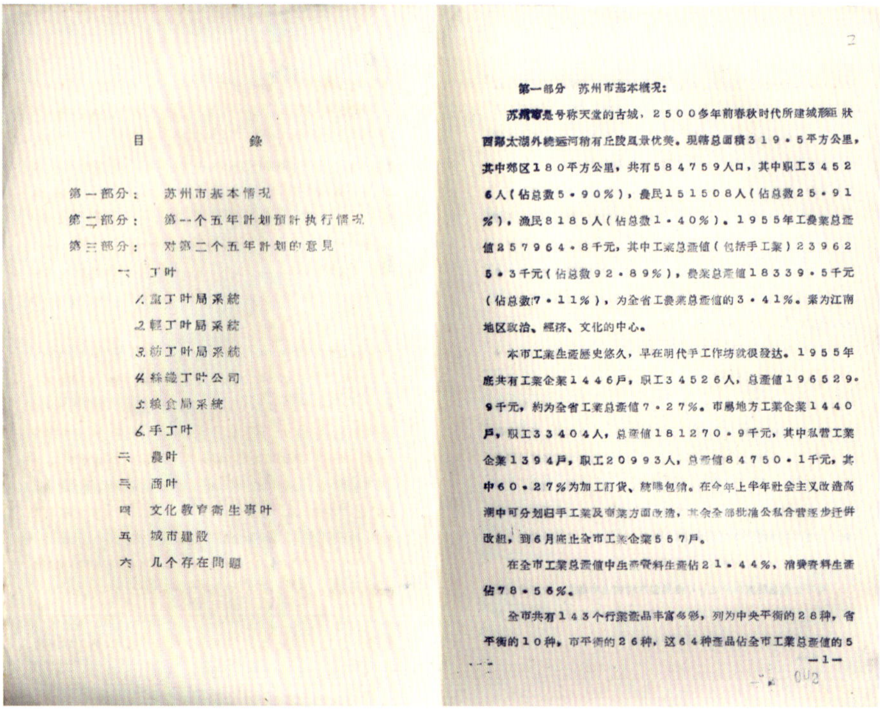

目　　　錄

2

第一部分　苏州市基本概况：

苏州市是号称天堂的古城，2500多年前春秋时代所建城形矩狀西鄰太湖外繞運河稍有丘陵風景优美。現轄总面積319.5平方公里，其中郊区180平方公里，共有584759人口，其中职工34526人（佔总数5.90%），農民151508人（佔总数25.91%），漁民8185人（佔总数1.40%）。1955年工農業总產值257964.8千元，其中工業总產值（包括手工業）239625.3千元（佔总数92.89%），農業总產值18339.5千元（佔总数7.11%），为全省工農業总產值的3.41%。素为江南地区政治、經济、文化的中心。

本市工業生產歷史悠久，早在明代手工作坊就很發达。1955年底共有工業企業1446戶，职工34526人，总產值196529.9千元，約为全省工業总產值7.27%。市屬地方工業企業1440戶，职工33404人，总產值181270.9千元，其中私营工業企業1394戶，职工20993人，总產值84750.1千元，其中60.27%为加工訂貨、統購包銷。在今年上半年社会主义改造高潮中可分划归手工業及商業方面改造，其余全部批准公私合营逐步迁併改組，到6月底止全市工業企業557戶。

在全市工業总產值中生產資料生產佔21.44%，消費資料生產佔78.56%。

全市共有143个行業產品丰富多彩，列为中央平衡的28种，省平衡的10种，市平衡的26种，这64种產品佔全市工業总產值的5

—1—

002

1956年，苏州市提前一年完成了"一五"计划规定的主要目标。图为1956年8月苏州市计划委员会制发的"一五"计划预计完成情况和"二五"计划意见。

社会主义思想文化建设

随着三大改造的顺利推进与“一五”计划的提前完成，苏州经济得到了极大发展，全市工业总产值占全省比重逐年上升，逐步由消费型城市向生产型城市转变。与此同时，为提升人民群众文化水平并巩固经济发展成果，从开设识字班扫盲、工农业余教育到鼓励知识青年上山下乡劳动实践，再到开展清风气、学英雄、学模范等思想政治教育，苏州政治与思想文化战线的教育工作从未停歇。

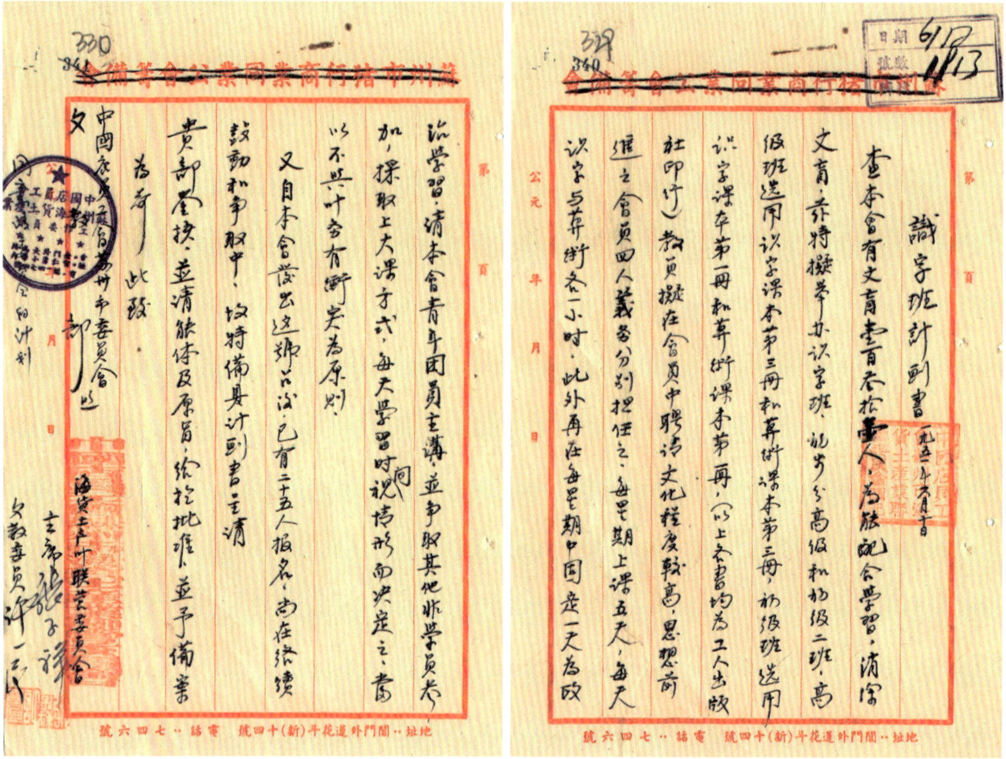

識字班計劃書

查本會有文盲壹百名於壹人，為使配合學習，消除文盲，亦特擬舉办识字班，就步分高级和初级二班，高级班选用识字课本第三册和算術课本第三册，初级班选用识字课本第一册和算術课本第一册，（以上各書均為工人出版社印行）教员擬在會员中聘请文化程度較高，思想前進之會员四人義务分别担任之，每星期上课五天，每天识字与算術各一小时，此外再在每星期中固定一天為政治学習，请本會青年团员主講，並爭取其他非学员参加，採取上大课方式，每天学習时间視情形而決定之，當以不與业务有衝突為原則。

又自本會發出通知后，已有二十五人报名，尚在继续鼓動和争取中，故特備具計劃書呈请

貴部鑒核，並請[illegible]，給於批准，並予備案

為荷 此致

中國店员工會蘇州市委員會文教部

主席 張子祥

文教委員 許[illegible]

地址：閶門外花蓮斗（新）十四號 電話：七四六號

解放初期，面临劳动人员文化水平较低的现实困境，国家开展了大规模的扫除文盲运动，一直延续到20世纪50年代末。苏州市组织城市职工和农民参加夜校，推行速成识字法。苏州各行各业积极参与，自发组织识字扫盲班。图为1951年6月苏州海货土产业联营委员会发布的《识字班计划书》。

1952年7月，苏州市速成识字法实验班开办。为有计划、有步骤地在工农群众中推广速成识字法，市工农业余教育委员会等单位于8月17日至30日举办工农教育暑期研究班，并先后制订出推广计划。图为苏州某识字班上课情形。

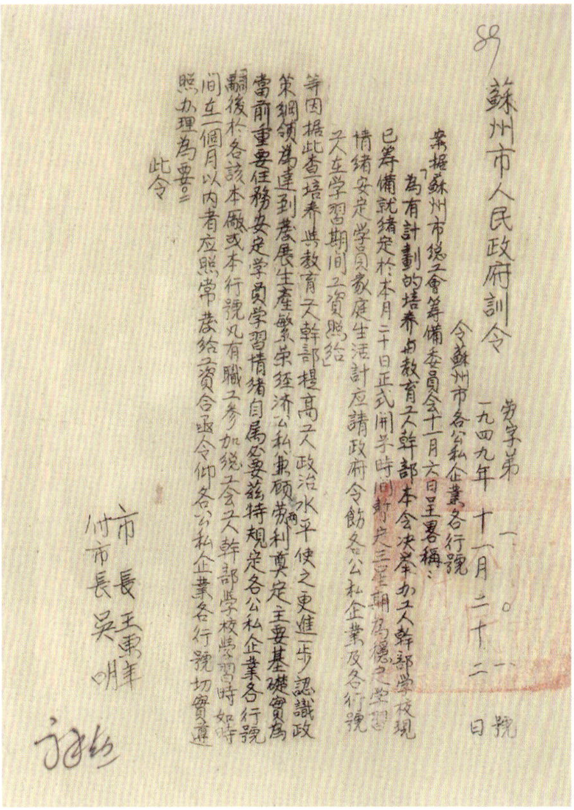
蘇州市人民政府訓令

勞字第一〇號

一九四九年十一月二十二日

令蘇州市各公私企業各行號

案據蘇州市總工會籌備委員會十一月廿日呈略稱：「為有計劃的培養與教育工人幹部，本會決舉办工人幹部學校，現已籌備就緒，定於本月二十日正式開學，時間暫定三星期，為穩定學習情緒安定學員家庭生活計，应請政府令飭各公私企業及各行號工人在学習期間工資照給」等因。據此，查培養與教育工人幹部，提高工人政治水平，使之更進一步認識政策綱領，為達到發展生產，繁榮經济，公私兼顧，勞資兩利，奠定主要基礎，實為當前重要任務。安定學員學習情緒，自屬必要。茲特規定各公私企業各行號嗣後於各該本廠或本行號凡有職工參加總工會工人幹部學校學習時，如時間在一個月以內者，应照常發給工資。合亟令仰各公私企業各行號切實遵照办理為要！

此令

市長 王東年

副市長 吳明

1949年11月20日，苏州市第一所工人干部学校正式开学。第一届106名学员，于12月19日结业，并举行了结业典礼。图为苏州市人民政府关于筹办工人干部学校的训令。

關於目前掃盲及工農業餘教育工作情況與意見的彙報

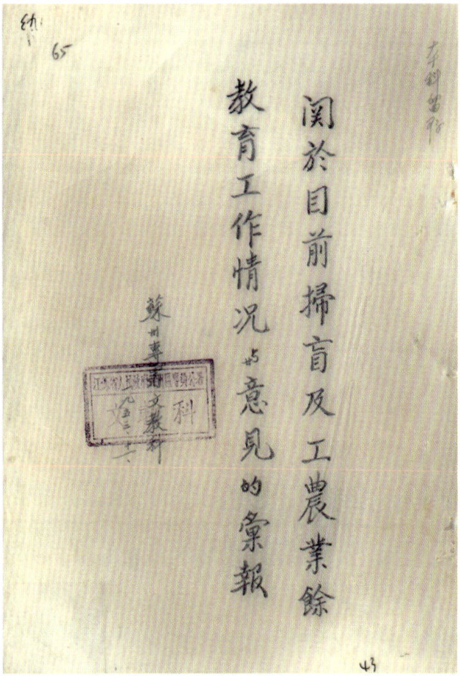
關於目前掃盲及工農業餘教育工作情況與意見的彙報

蘇州專署文教科

1953年11月，苏州专署文教科发布《关于目前扫盲及工农业余教育工作情况与意见的汇报》，总结经验并提出下一步计划。

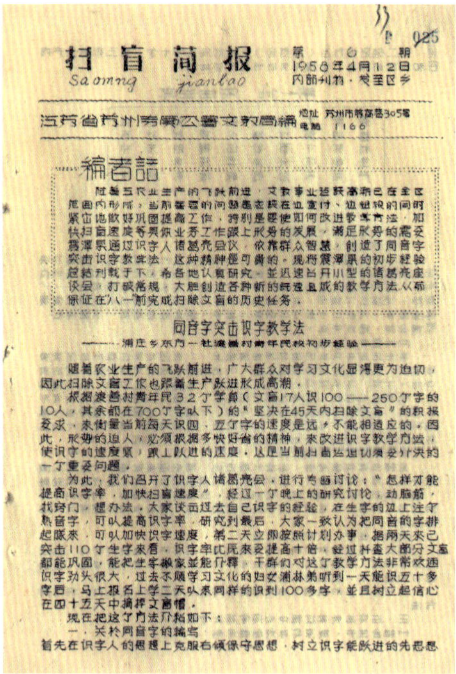

扫盲简报　第6期
Sa omng jianbao　1958年4月12日
内部刊物·发至区乡

江苏省苏州专员公署文教局编　地址 苏州市养育巷305号 电话 1166

编者话

随着农业生产的飞跃前进，文教事业跃进高潮已在全区范围内形成，当前需要的问题是在边宣传、边组织的同时紧紧地做好巩固提高工作，特别是要使如何改进教学方法，加快扫盲速度等具体业务工作跟上形势的发展，满足形势的需要。震泽县通过识字人诸葛亮会议，依靠群众智慧，创造了同音字突击识字教学法，这种精神是可贵的。现将震泽县的初步经验总结刊载于下，希各地认真研究，并迅速召开小型的诸葛亮座谈会，打破常规，大胆创造各种新的既速且成的教学方法，以确保证在"八一"前完成扫除文盲的历史任务。

同音字突击识字教学法

——湖庄乡东方一社渡善村青年民校初步经验——

随着农业生产的飞跃前进，广大群众对学习文化显得更为迫切，因此扫除文盲工作也跟着生产跃进形成高潮。

根据渡善村青年民32个学员（文盲17人识100——250个字的10人，其余都在700个字以下）的"坚决在45天内扫除文盲"的积极要求，来衡量当前每天识四、五个字的速度是远不能相适应的。因此，形势的迫人，必须根据多快好省的精神，来改进识字教学方法，使识字的速度跟上跃进的速度，这是当前扫盲运动必须要解决的一个重要问题。

为此，我们召开了识字人诸葛亮会，进行专题讨论："怎样才能提高识字率，加快扫盲速度"，经过一个晚上的研究讨论，动脑筋，找窍门，想办法，大家谈出过去自己识字的经验，在生字的边上注个熟音字，可以提高识字率，研究到最后，大家一致认为把同音的字排起队来，可以加快识字速度，第二天立即按照计划办事，据两天来已突击110个生字来看，识字率比原来要提高十倍，经过抽查大部分文盲都能巩固，能把生字搬家并能解释，干群们对这个教学方法非常欢迎，识字劲头很大，过去不愿学习文化的妇女浦林弟听到一天能识五十多字后，马上报名上学，二天以来同样的识到100多字，并且树立起信心在四十五天中摘掉文盲帽。

现在把这个方法介绍如下：

一、关于同音字的编写

首先在识字人的思想上克服右倾保守思想，树立识字能跃进的先进思

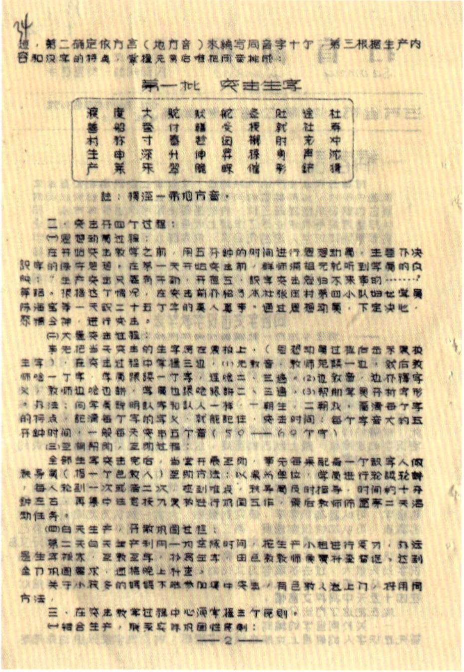

想，第二确定依方言（地方音）来编写同音字十个，第三根据生产内容和汉字的特点，掌握先易后难把同音排成：

第一批　突击生字

渡	度	大	驼	驮	舵	垛	肚	途	杜
善	船	蚕	付	鞋	受	授	就	社	寿
村	称	寸	春	葱	闻	搁	时	充	冲
生	申	深	升	伸	昇	孙	身	声	沈
产	菜	采	驾	脆	晖	催	彩	舒	猜

注：横读一需地方音。

二、突击分四个过程：

㈠思想动员过程：

在开始突击教学之前，用五分钟的时间进行思想动员，主要解决识字的保守思想，在第一天开始突击前，群师满祖元就听到学员的反映："生产突击只要肯于动，开夜工，识字突击总归不来事的……"等话，根据这个情况，在突击前介绍了本社张庄村第四小队妇女陈海宝等一天识二十五个字的真人真事，通过思想动员，下定决心，聚精会神，进行突击。

㈡大量突击过程：

事先把当天突击的生字写在黑板上，（思想动员过程中出示黑板生字），在突击过程中掌握三边，⑴先教音，教师先读一边，然后教师唸一个字，学员跟读一个字，连读二、三遍，⑵边教音，边解释字义，教师边唸边讲，学员边跟唸跟讲二、三遍，⑶帮助学员分析字形，办法：向学员说明认字和认人一样，一朝生，二朝熟，看清每个字的特点，记清每个字的字义，就能记住，突击时间：每个字音大约五分钟时间，一般每天突击五个音（50——60个字）

㈢坚固帮助，坚固过程：

全部生字突击完后，当堂开展坚固，事先每桌配备一个识字人做辅导员（指一个包教人）坚固方法：以桌为单位，学员进行轮读轮讲，每人轮到一次或者二次，碰到难点，辅导员及时指导，时间约十分钟左右，再集中注意较差的进行巩固工作，最后教师布置第二天活动任务。

㈣白天生产，开展巩固过程：

第二天白天生产利用一切空隙时间，在生产小组进行复习，办法是生字搬家，互教互学，抄写生字，由包教教师负责抽查督促，达到全面巩固要求，巩固晚上补上。

关于小孩多的妈妈不能参加集中突击，包教人送上门，采用同方法。

三、在突击教学过程中必须掌握三个原则。

㈠结合生产，联系实际巩固性原则：

——2——

1956年6月11日，苏州市第一次扫除文盲积极分子代表大会举行，苏州市扫盲协会成立。图为1958年4月12日，由江苏省苏州专员公署文教局发行的《扫盲简报》第6期。

1959年10月10日，苏州市召开扫除文盲促进大会。

1950年3月31日，苏州市政治教育研究会成立。其宗旨是交流经验，改进政治课的教学内容和教育方法，革新教育形式，使今后思想政治教育提高一步。图为农村代表走进课堂，对中学生进行思想品德教育。

土地改革后，贫下中农成为党在农村的依靠对象，经常受邀对青年工人进行思想教育。图为苏州硫酸厂欢迎当地贫下中农代表到厂做报告。

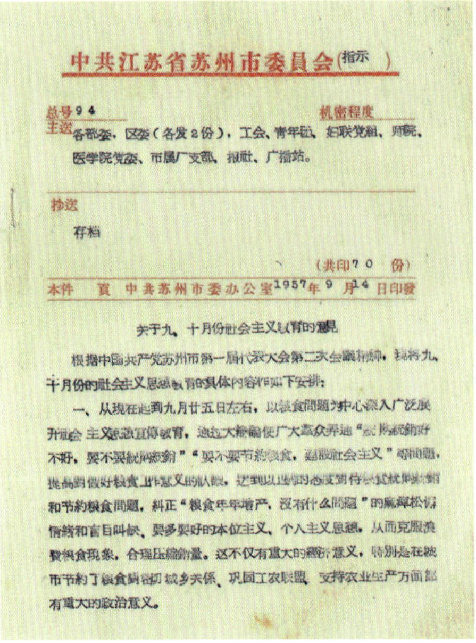

中共江苏省苏州市委员会(指示)

总号94　　机密程度

主送 各部委、区委(各发2份),工会、青年团、妇联党组、师院、医学院党委、市属厂支部、报社、广播站。

抄送

存档

(共印70 份)

本件 頁 中共苏州市委办公室1957年9月14日印发

关于九、十月份社会主义教育的意見

根据中国共产党苏州市第一届代表大会第二次会議精神,現将九、十月份的社会主义思想教育的具体内容作如下安排:

一、从現在起到九月廿五日左右,以粮食問題为中心深入广泛展开社会主义思想宣傳教育,通过大辯論使广大羣众弄通"[illegible]好不好,要不要統購統銷""要不要节約粮食,建設社会主义"等問題,提高對做好粮食工作意义的认識,达到以正确的态度對待[illegible]和节約粮食問題,糾正"粮食年年增产,沒有什么問題"的麻痹松懈情緒和盲目叫缺、要多要好的本位主义、个人主义思想,从而克服浪費粮食現象,合理压縮銷量。这不仅有重大的經济意义,特別是在城市节約了粮食銷售[illegible]城乡关係、巩固工农联盟、支持农业生产方面都有重大的政治意义。

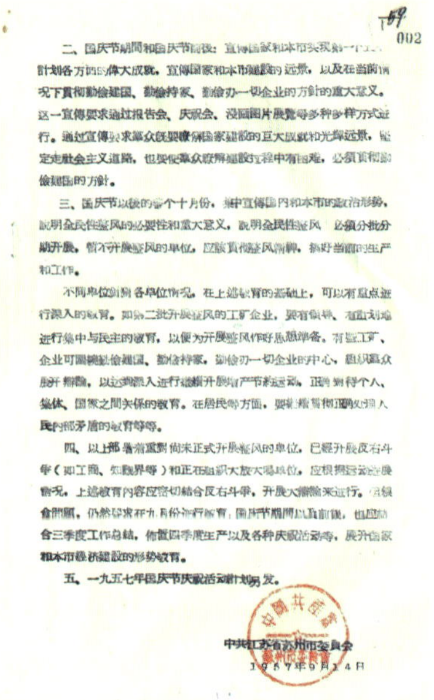

002

二、国庆节期間和国庆节前後:宣傳国家和本市实现第一个五年計划各方面的偉大成就,宣傳国家和本市建設的远景,以及在当前情况下貫徹勤儉建国、勤儉持家、勤儉办一切企业的方針的重大意义。这一宣傳要求通过报告会、庆祝会、設置图片展覽等多种多样方式进行。通过宣傳要求羣众既要瞭解国家建設的巨大成就和光輝远景,坚定走社会主义道路,也要使羣众瞭解建設过程中有困难,必須貫徹勤儉建国的方針。

三、国庆节以後的整个十月份,集中宣傳国内和本市的政治形势,說明全民性整风的必要性和重大意义,說明全民性整风必須分批分期开展,暫不开展整风的单位,应該貫徹整风精神,搞好当前的生产和工作。

不同单位根据各单位情况,在上述教育的基础上,可以有重点进行深入的教育。如第二批开展整风的工矿企业,要有領导、有計划地进行集中与民主的教育,以便为开展整风作好思想準备。有些工矿、企业可围繞勤儉建国、勤儉持家、勤儉办一切企业的中心,組織羣众展开辯論,以达到深入进行[illegible]增产节約运动,正确处理个人、集体、国家之間关係的教育。在居民等方面,要[illegible]正确处理人民内部矛盾的教育等等。

四、以上部署指導對尚未正式开展整风的单位,已經开展反右斗爭(如工商、知識界等)和正在組織大放大鳴单位,应根据运动发展情况,上述教育内容应密切結合反右斗爭,开展大辯論来进行。[illegible]仍然要求在九月份进行教育,国庆节期間以及前後,也应結合三季度工作总結,佈置四季度生产以及各种庆祝活动等,展开国家和本市經济建設的形势教育。

五、一九五七年国庆节庆祝活动計划另发。

中共江苏省苏州市委員会

1957年9月14日

1957年3月5日,苏州市委发出《关于开展社会主义宣传运动的指示》,要求从3月开始在全市范围内开展一次声势浩大的社会主义宣传运动,通过进行当前形势和任务的宣传,使"集中力量加速社会主义建设""克勤克俭克服困难建设社会主义""千方百计开展增产节约运动"等思想和口号深入人心,从而调动各方面的积极性,克服一切困难,推动各项工作。图为1957年9月14日,苏州市委《关于九、十月份社会主义教育的意见》。

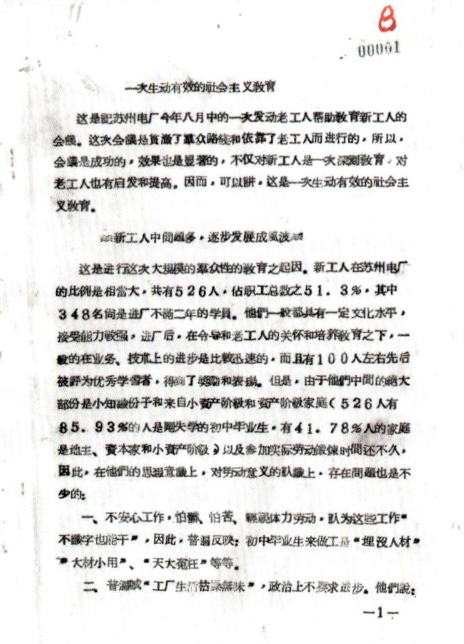

8

00001

一次生动有效的社会主义教育

这是記苏州电厂今年八月中的一次发动老工人帮助教育新工人的会議。这次会議是貫徹了羣众路綫和依靠了老工人而进行的,所以,会議是成功的,效果也是显著的,不仅对新工人是一次深刻教育,对老工人也有启发和提高。因而,可以說,这是一次生动有效的社会主义教育。

新工人中間問題多,逐步发展成風波

这是进行这次大規模的羣众性的教育之起因。新工人在苏州电厂的比例是相當大,共有526人,佔职工总数之51.3%,其中348名尚是进厂不滿二年的学員。他們一般都具有一定文化水平,接受能力較强,进厂后,在領导和老工人的关怀和培养教育之下,一般的在业务、技术上的进步是比較迅速的,而且有100人左右先后被評为优秀学習者,得到了奖励和表揚。但是,由于他們中間的絕大部份是小知識份子和来自小資产阶級和資产阶級家庭(526人有85.93%的人是剛失学的初中毕业生,有41.78%人的家庭是地主、資本家和小資产阶級)以及参加实际劳动鍛煉时間还不久,因此,在他們的思想意識上,对劳动意义的認識上,存在問題也是不少的:

一、不安心工作,怕髒、怕苦,輕視体力劳动,认为这些工作"不識字也能干",因此,普遍反映:初中毕业生来做工是"埋沒人材""大材小用"、"天大冤枉"等等。

二、普遍感"工厂生活枯燥無味",政治上不要求进步。他們說:

—1—

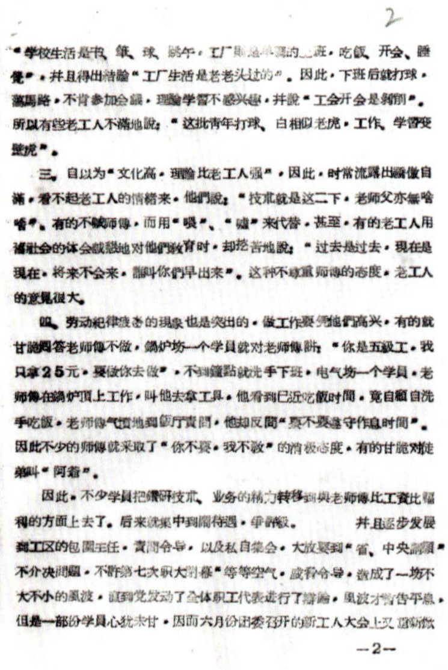

2

"学校生活是书、筆、球、跳舞,工厂則是单調的上班,吃飯、开会、睡覺",并且得出結論"工厂生活是老老头过的"。因此,下班后就打球,蕩馬路,不肯参加会議,理論学習不感兴趣,并說"工会开会是剝削"。所以有些老工人不滿地說:"这批青年打球、白相似老虎,工作、学習变壁虎"。

三、自以为"文化高,理論比老工人强",因此,时常流露出驕傲自滿,看不起老工人的情緒来。他們說:"技术就是这二下,老师父亦無啥啥"。有的不喊师傅,而用"喂"、"嘘"来代替,甚至,有的老工人用舊社会的体会誠懇地对他們教育时,却挖苦地說:"过去是过去,現在是現在,將来不会来,誰叫你們早出来"。这种不尊重师傅的态度,老工人的意見很大。

四、劳动紀律鬆弛的現象也是突出的,做工作要凭他們高兴,有的就甘脆回答老师傅不做,鍋炉场一个学員就对老师傅說:"你是五級工,我只拿25元,要做你去做",不到鐘點就洗手下班。电气场一个学員,老师傅在鍋炉頂上工作,叫他去拿工具,他看到已近吃飯时間,竟自顧自洗手吃飯,老师傅气憤地到飯厅責問,他却反問"要不要遵守作息时間"。因此不少的师傅就采取了"你不要,我不教"的消极态度,有的甘脆对徒弟叫"阿爺"。

因此,不少学員把鑽研技术、业务的精力转移到与老师傅比工資比福利的方面上去了。后来就集中到鬧待遇,爭級。　并且逐步发展到工区的包圍主任,責問領导,以及私自集会,大放要到"省、中央請願""不介决問題,不許第七次职大閉幕"等等空气,威脅領导,造成了一场不大不小的風波,直到党发动了全体职工代表进行了辯論,風波才暫告平息。但是一部份学員心犹未甘,因而六月份团委召开的新工人大会上又[illegible]

—2—

1957年11月13日,苏州市工会联合会整理发布了苏州电厂新工人向老工人学习的教育材料,称之为"一次生动有效的社会主义教育"。

1963年3月5日，《人民日报》刊发毛泽东“向雷锋同志学习”题词，学习雷锋活动在全国展开。当年，苏州市团市委作出《关于在全市青少年中开展学习雷锋同志模范事迹的决定》，要求全市各级共青团组织积极开展宣传和学习雷锋同志生平模范事迹的活动。图为苏州博物馆举办“雷锋烈士事迹展览会”。

学雷锋做好事的新风尚在青少年中逐渐形成，全市团员、青年组织、青年服务队走向社会，办好事，送方便，维护公共秩序，包户照顾军属和孤寡老人，以后又逐渐形成“学雷锋义务服务周”“学雷锋为民服务日”等。图为纺机厂青工学雷锋小组利用工余时间为职工修车。

1956年起，苏州市有上万名青年响应党的号召赴农村和边疆务农。图为1956年11月参加新疆建设的同学临别留念。

盛泽镇里安联办支边青年报名队。

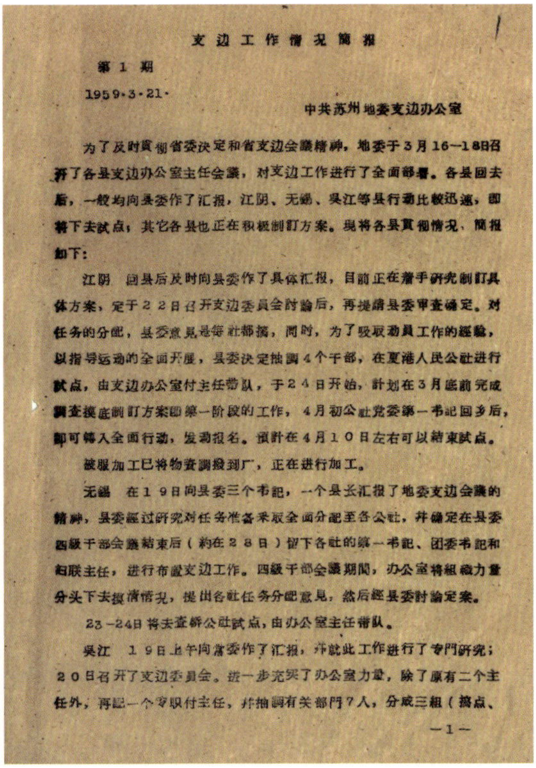

支边工作情况简报

第1期

1959·3·21·

中共苏州地委支边办公室

为了及时贯彻省委决定和省支边会議精神，地委于3月16—18日召开了各县支边办公室主任会議，对支边工作进行了全面部署。各县回去后，一般均向县委作了汇报，江阴、无锡、吴江等县行动比較迅速，即将下去試点；其它各县也正在积极制訂方案。現将各县貫彻情况，简报如下：

江阴　回县后及时向县委作了具体汇报，目前正在着手研究制訂具体方案，定于22日召开支边委員会討論后，再提請县委审查确定。对任务的分配，县委意見是按社都摊，同时，为了吸取动員工作的經驗，以指导运动的全面开展，县委决定抽调4个干部，在夏港人民公社进行試点，由支边办公室付主任带队，于24日开始，計划在3月底前完成調查摸底制訂方案即第一阶段的工作，4月初公社党委第一书記回乡后，即可转入全面行动，发动报名。預計在4月10日左右可以結束試点。

被服加工已将物資調撥到厂，正在进行加工。

无锡　在19日向县委三个书記，一个县长汇报了地委支边会議的精神，县委經过研究对任务准备采取全面分配至各公社，并确定在县委四級干部会議結束后（約在28日）切下各社的第一书記、团委书記和妇联主任，进行布置支边工作。四級干部会議期間，办公室将組織力量分头下去摸情况，提出各社任务分配意見，然后經县委討論定案。

23—24日将去查桥公社試点，由办公室主任带队。

吴江　19日上午向省委作了汇报，并就此工作进行了专門研究；20日召开了支边委員会。进一步充实了办公室力量，除了原有二个主任外，再配一个专职付主任，并抽调有关部門7人，分成三組（搞点、

—1—

1959年3月21日，苏州地委支边办公室发布首期《支边工作情况简报》。

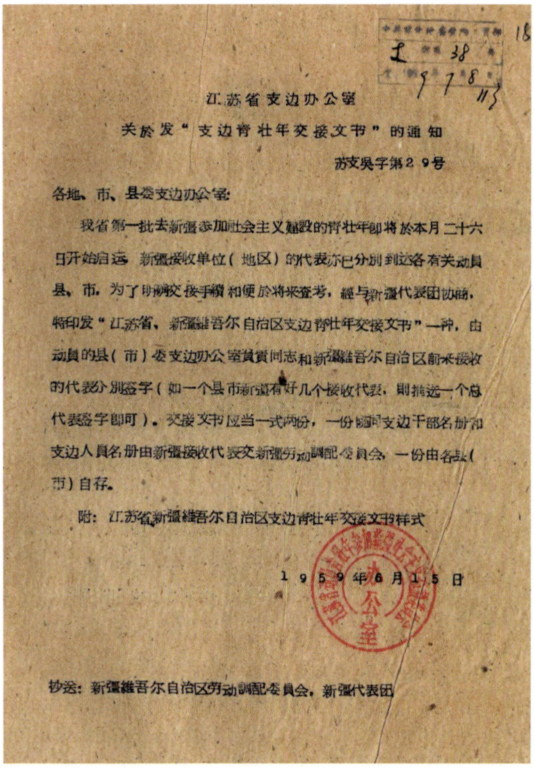

江苏省支边办公室

关於发“支边青壮年交接文书”的通知

苏支吴字第29号

各地、市、县委支边办公室：

我省第一批去新疆参加社会主义建設的青壮年即将於本月二十六日开始启运。新疆接收单位（地区）的代表亦已分別到达各有关动員县、市。为了明确交接手續和便於将来查考，經与新疆代表团协商，特印发“江苏省、新疆維吾尔自治区支边青壮年交接文书”一种，由动員的县（市）委支边办公室負責同志和新疆維吾尔自治区前来接收的代表分別签字（如一个县市新疆有好几个接收代表，則推选一个为代表签字即可）。交接文书应当一式两份，一份随同支边干部名册和支边人員名册由新疆接收代表交新疆劳动調配委員会，一份由各县（市）自存。

附：江苏省新疆維吾尔自治区支边青壮年交接文书样式

1959年6月15日

抄送：新疆維吾尔自治区劳动調配委員会，新疆代表团

1959年6月15日，《江苏省支边办公室关于发“支边青壮年交接文书”的通知》发布。

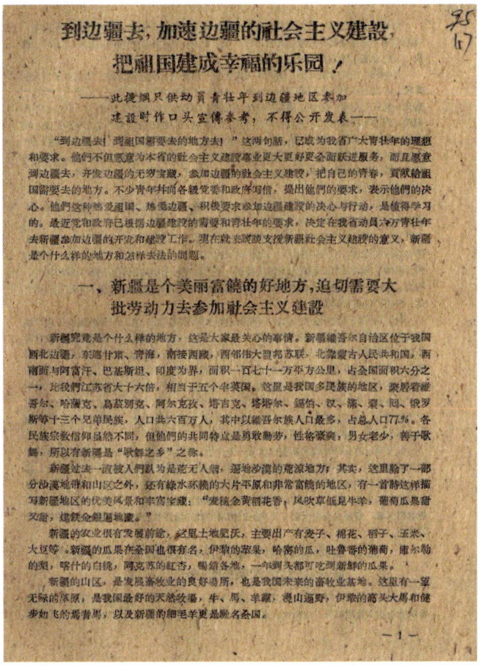

到边疆去，加速边疆的社会主义建設，把祖国建成幸福的乐园！

——此提纲只供动員青壮年到边疆地区参加建設时作口头宣傳参考，不得公开发表——

“到边疆去！到祖国需要去的地方去！”这两句話，已成为我省广大青壮年的理想和要求。他們不但愿意为本省的社会主义建設事业更大更好更全面跃进服务，而且愿意到边疆去，开发边疆的无穷宝藏，参加边疆的社会主义建設，把自己的青春，貢献給祖国需要去的地方。不少青年并向各級党委和政府写信，提出他們的要求，表示他們的决心。他們这种热爱祖国、热爱边疆、积极要求参加边疆建設的决心与行动，是值得学习的。最近党和政府已根据边疆建設的需要和青壮年的要求，决定在我省动員六万青壮年去新疆参加边疆的开发和建設工作。現在就来談談支援新疆社会主义建設的意义，新疆是个什么样的地方和怎样去法的問題。

一、新疆是个美丽富饒的好地方，迫切需要大批劳动力去参加社会主义建設

新疆究竟是个什么样的地方，这是大家最关心的事情。新疆維吾尔自治区位于我国西北边疆，东连甘肃、青海，南接西藏，西邻伟大盟邦苏联，北靠蒙古人民共和国，西南面与阿富汗、巴基斯坦、印度为界，面积一百七十一万平方公里，占全国面积六分之一，比我們江苏省大十六倍，相当于五个半英国。这里是我国多民族的地区，聚居着維吾尔、哈萨克、烏孜别克、柯尔克孜、塔吉克、塔塔尔、錫伯、汉、满、蒙、回、俄罗斯等十三个兄弟民族，人口共六百万人，其中以維吾尔族人口最多，占总人口77%。各民族宗教信仰虽然不同，但他們的共同特点是勇敢勤劳，性格豪爽，男女老少，善于歌舞，所以有新疆是“歌舞之乡”之称。

新疆过去一直被人們認为是荒无人烟，遍地沙漠的荒凉地方；其实，这里除了一部分沙漠地带和山区之外，还有綠水环繞的大片平原和非常富饒的地区，有一首詩这样描写新疆地区的优美风景和丰富宝藏：“麦穗金黄稻花香，风吹草低見牛羊，葡萄瓜果甜又甜，煤鉄金銀遍地藏。”

新疆的农业很有发展前途，这里土地肥沃，主要出产有麦子、棉花、稻子、玉米、大豆等。新疆的瓜果在全国也很有名，伊犁的苹果，哈密的瓜，吐魯番的葡萄，庫尔勒的梨，喀什的白桃，阿克苏的紅杏，暢銷各地，一年到头都可吃到新鮮的瓜果。

新疆的山区，是发展畜牧业的良好場所，也是我国未来的畜牧业基地。这里有一望无际的草原，是我国最好的天然牧場，牛、馬、羊群，漫山遍野，伊犁的高头大馬和健步如飞的焉耆馬，以及新疆的細毛羊更是馳名全国。

—1—

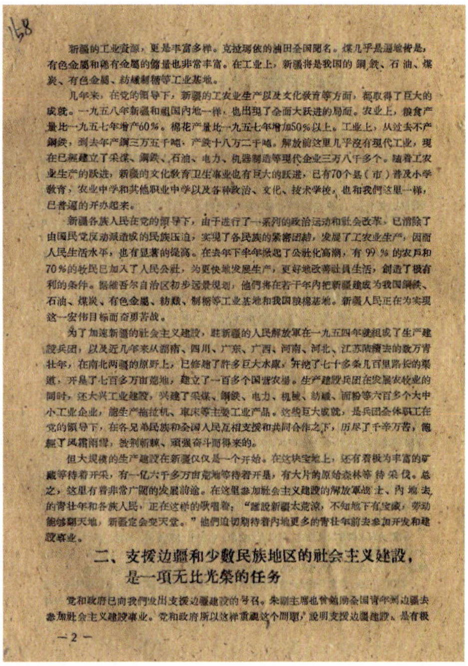

新疆的工业資源，更是丰富多样。克拉瑪依的油田全国聞名。煤几乎是遍地皆是，有色金屬和稀有金屬的儲量也非常丰富。在工业上，新疆将是我国的鋼鉄、石油、煤炭、有色金屬、紡織制糖等工业基地。

几年来，在党的領导下，新疆的工农业生产以及文化教育等方面，都取得了巨大的成就。一九五八年新疆和祖国內地一样，也出現了全面大跃进的局面。农业上，粮食产量比一九五七年增产60%。棉花产量比一九五七年增加50%以上。工业上，从过去不产鋼鉄，到去年产鋼三万五千吨，产鉄十八万二千吨。解放前这里几乎沒有現代工业，現在已經建立了采煤、鋼鉄、石油、电力、机器制造等現代企业三万八千多个。随着工农业生产的跃进，新疆的文化教育卫生事业也有巨大的跃进，已有70个县（市）普及小学教育，农业中学和其他职业中学以及各种政治、文化、技术学校，也和我們这里一样，已普遍的开办起来。

新疆各族人民在党的領导下，由于进行了一系列的政治运动和社会改革，已消除了由国民党反动派造成的民族压迫，实現了各民族的緊密团結，发展了工农业生产，因而人民生活水平，也有显著的提高。在去年下半年掀起了公社化高潮，有99%的农戶和70%的牧民已加入了人民公社，为更快地发展生产，更好地改善社員生活，創造了极有利的条件。据維吾尔自治区初步远景规划，他們将在若干年內把新疆建成为我国鋼鉄、石油、煤炭、有色金屬、紡織、制糖等工业基地和我国粮棉基地。新疆人民正在为实現这一宏伟目标而奋勇苦战。

为了加速新疆的社会主义建設，駐新疆的人民解放軍在一九五四年就組成了生产建設兵团，以及近几年来从湖南、四川、广东、广西、河南、河北、江苏陆續去的数万青壮年，在南北两疆的原野上，已修建了許多巨大水庫，开挖了七十多条几百里路长的渠道，开垦了七百多万亩荒地，建立了一百多个国营农場。生产建設兵团在发展农牧业的同时，还大兴工业建設，兴建了采煤、鋼鉄、电力、机械、紡織、面粉等六百多个大中小工业企业，能生产拖拉机、車床等主要工业产品。这些巨大成就，是兵团全体职工在党的領导下，在各兄弟民族和全国人民互相支援和共同合作之下，历尽了千辛万苦，飽經了风霜雨雪，披荆斬棘、頑强奋斗而得来的。

但大規模的生产建設在新疆仅仅是一个开始。在这块宝地上，还有着极为丰富的矿藏等待着开采，有一亿六千多万亩荒地等待着开垦，有大片的原始森林等待采伐。总之，这里有着非常广闊的发展前途。在这里参加社会主义建設的解放軍战士、內地去的青壮年和各族人民，正在这样的歌唱着：“誰說新疆太荒凉，不知地下有宝藏，劳动能够翻天地，新疆定会变天堂。”他們迫切期待着內地更多的青壮年前去参加开发和建設事业。

二、支援边疆和少数民族地区的社会主义建設，是一项无比光荣的任务

党和政府已向我們发出支援边疆建設的号召。朱副主席也曾勉励全国青年到边疆去参加社会主义建設事业。党和政府所以这样重視这个問題，說明支援边疆建設，是有极

—2—

1959年3月16日，江苏省委动员青壮年支援边疆的宣传材料。

20世纪60年代，根据毛主席“知识青年到农村去，接受贫下中农再教育”的指示，大量城市知识青年离开城市，到农村去。图为苏州市民欢送知识青年上山下乡。

1964年，苏州市民在金门欢送知识青年赴新疆。

1965年，盛泽镇工人文化宫设知识青年下乡报名站。

397 ~~498~~

农村是一个广阔的天地，在那里是可以大有作为的。

太仓县 花桥 公社知識青年、社会閒散劳力下乡插队登記卡

姓名	马志康	性别	男	出生年月	50年2月7日	是否党团員		家庭出身	小商	个人成份	学生
原住地点	苏州市宝林寺前5号							健康情况	健康		
安置地点	[illegible]大队 10 生产队			住房情况	已造	文化程度	初中	技术特长			
插队时間	68年12月13日			任职							

家庭成員及經济	姓名	称謂	性别	年龄	党团員	現在何处任何职	姓名	称謂	性别	年龄	党团員	現在何处任何职
	马启仁	父	男	50		苏州回民饭店会计						
	[illegible]	母	女	41		苏州染织四厂保育员						
	马志民	哥	男	28	团	江苏省沙洲县[illegible]公社[illegible]中学教师						
	马志蓉	姐	女	25		长青公社[illegible]						

太仓县花桥公社知识青年、社会闲散劳力下乡插队登记卡。

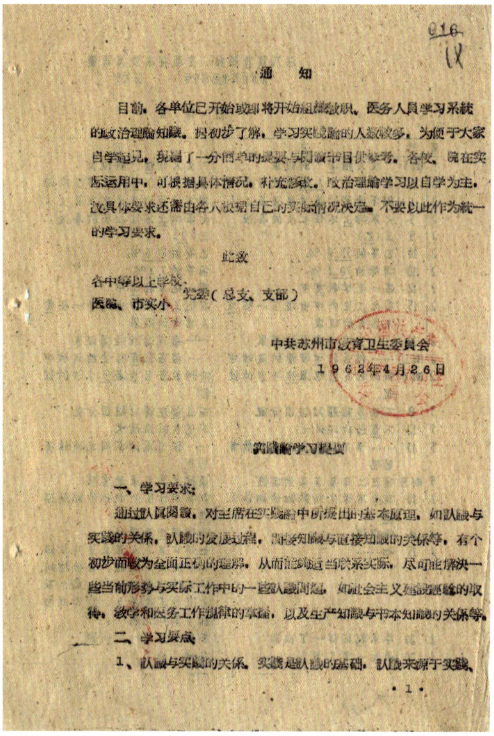

通　知

目前，各单位已开始或即将开始组织教职、医务人员学习系统的政治理论知识。据初步了解，学习实践论的人数较多。为便于大家自学起见，现编了一分简单的提要与问题书目供参考。各校、院在实际运用中，可根据具体情况，补充修改。政治理论学习以自学为主，故具体要求还需由各人根据自己的实际情况决定，不要以此作为统一的学习要求。

此致

各中等以上学校、医院、市实小党委（总支、支部）

中共苏州市教育卫生委员会

1962年4月26日

实践论学习提要

一、学习要求：

通过认真阅读，对主席在实践论中所提出的基本原理，如认识与实践的关系，认识的发展过程，间接知识与直接知识的关系等，有个初步而较为全面正确的理解，从而能够适当联系实际，尽可能解决一些当前形势与实际工作中的一些认识问题，如社会主义建设经验的取得，教学和医务工作规律的掌握，以及生产知识与书本知识的关系等。

二、学习要点

1、认识与实践的关系。实践是认识的基础，认识来源于实践、

·1·

理论联系实际是马克思主义主要的理论品质，是中国共产党的三大优良作风之一。实践观，一直是备受各界关注的议题。1962年4月26日，苏州教育卫生委员会发布关于学习实践论的通知。

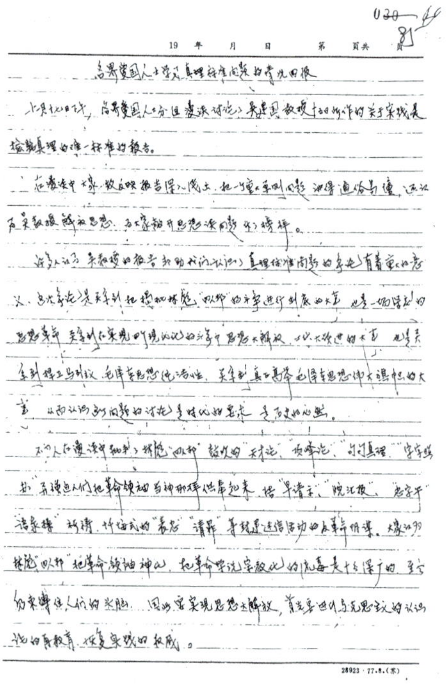

1978年5月10日，中共中央党校内部刊物《理论动态》第60期发表《实践是检验真理的唯一标准》一文，在全国范围内引起强烈反响，引发了一场关于真理标准的大讨论。图为当年11月苏州市各界爱国人士学习真理标准问题的情况汇报。

国民经济的恢复与发展

苏州解放后，在没收帝国主义、官僚资本主义工商业资本的基础上，建立和发展了在国民经济中居领导地位的国营经济。经过各行业的社会主义改造，国民经济在百废待兴的困难局面下得以恢复和发展。后虽曾遭遇挫折，但发展仍是主流。据统计，苏州地区生产总值由1952年的4.38亿元，增加到1978年的31.95亿元，取得了极大的发展成果。

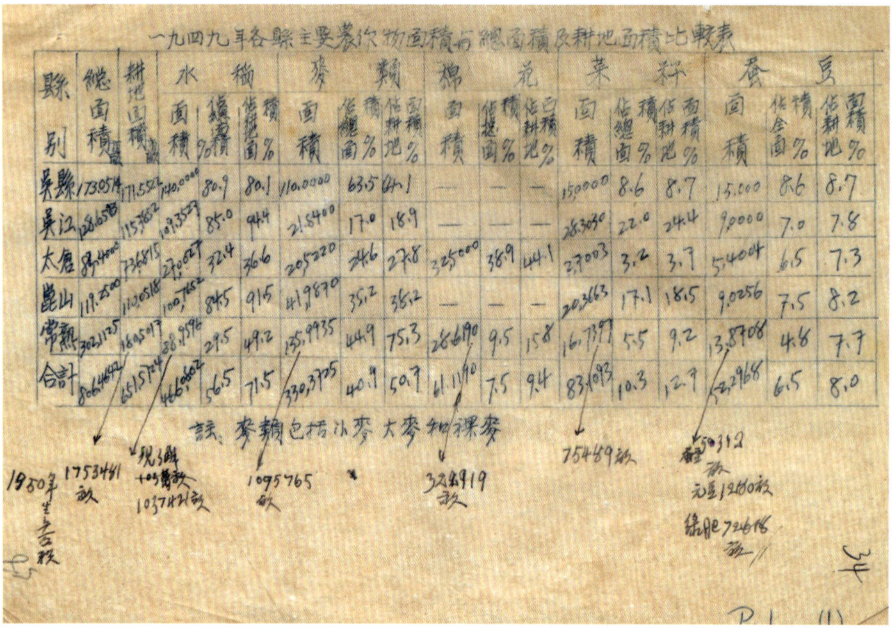

一九四九年各縣主要農作物面積占總面積及耕地面積比較表

縣別	總面積(畝)	耕地面積(畝)	水稻			麥類			棉花			菜籽			蚕豆		
			面積	佔總面積%	佔耕地面積%	面積	佔總面積%	佔耕地面積%	面積	佔總面積%	佔耕地面積%	面積	佔總面積%	佔耕地面積%	面積	佔全面積%	佔耕地面積%
吳縣	1730514	1715522	1400000	80.9	80.1	1100000	63.5	64.1	—	—	—	150000	8.6	8.7	15.000	8.6	8.7
吳江	1286583	1153652	1093527	85.0	94.4	215400	17.0	18.9	—	—	—	283030	22.0	24.4	90000	7.0	7.8
太倉	834000	736815	270027	32.4	36.6	205220	24.6	27.8	325000	38.9	44.1	27003	3.2	3.7	54004	6.5	7.3
崑山	1192500	1120518	1007652	84.5	91.5	419870	35.2	38.2	—	—	—	203663	17.1	18.5	90256	7.5	8.2
常熟	3021125	1805017	889596	29.5	49.2	1359935	44.9	75.3	286190	9.5	15.8	167397	5.5	9.2	138708	4.8	7.7
合計	8064642	6515724	4660802	56.5	71.5	3303725	40.9	50.7	611190	7.5	9.4	831093	10.3	12.7	522968	6.5	8.0

註、麥類包括小麥大麥和裸麥

1950年生產計劃：1753481畝；現3縣+05畝 1037421畝；1095765畝；324919畝；75459畝；50312畝；元豆12160畝；綠肥72618畝

34

解放初期，苏州农业主要集中在郊县，以水稻、麦类、棉花等种植业为主。图为1949年苏州各县主要农作物面积表。

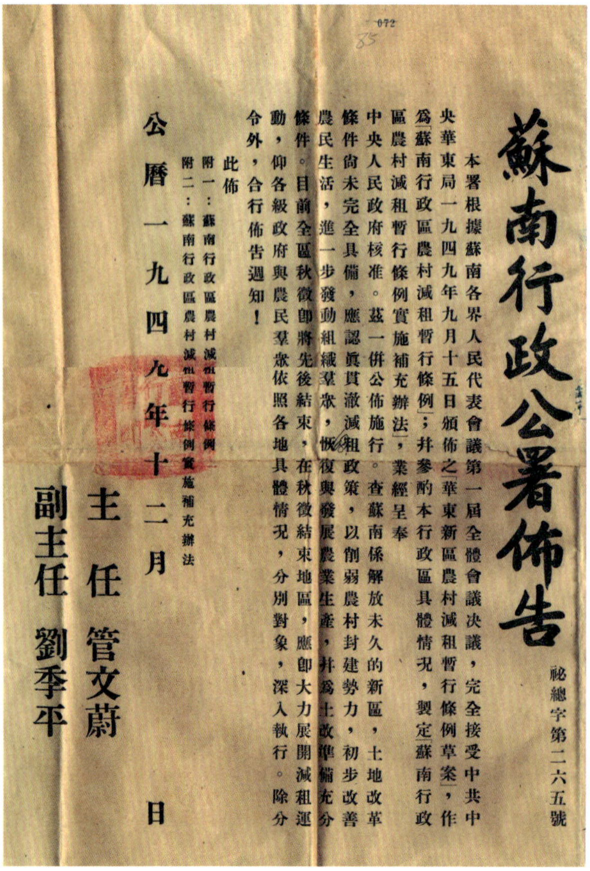

蘇南行政公署佈告

祕總字第二六五號

本署根據蘇南各界人民代表會議第一屆全體會議決議，完全接受中共中央華東局一九四九年九月十五日頒佈之「華東新區農村減租暫行條例草案」，作爲「蘇南行政區農村減租暫行條例」；并參酌本行政區具體情況，製定「蘇南行政區農村減租暫行條例實施補充辦法」，業經呈奉中央人民政府核准。茲一併公佈施行。查蘇南係解放未久的新區，土地改革條件尚未完全具備，應認眞貫澈減租政策，以削弱農村封建勢力，初步改善農民生活，進一步發動組織羣衆，恢復與發展農業生產，并爲土改準備充分條件。目前全區秋徵即將先後結束，在秋徵結束地區，應即大力展開減租運動，仰各級政府與農民羣衆依照各地具體情況，分別對象，深入執行。除分令外，合行佈告週知！

此佈

附一：蘇南行政區農村減租暫行條例

附二：蘇南行政區農村減租暫行條例實施補充辦法

公曆一九四九年十二月 日

主任 管文蔚

副主任 劉季平

1949年7月，全区遭受强台风暴雨袭击，农业生产遭受重大损失。地方政府兴修水利、减免租税，广泛开展互济互助、捐献救灾。图为1949年12月，苏南行政公署关于农村减租的布告。

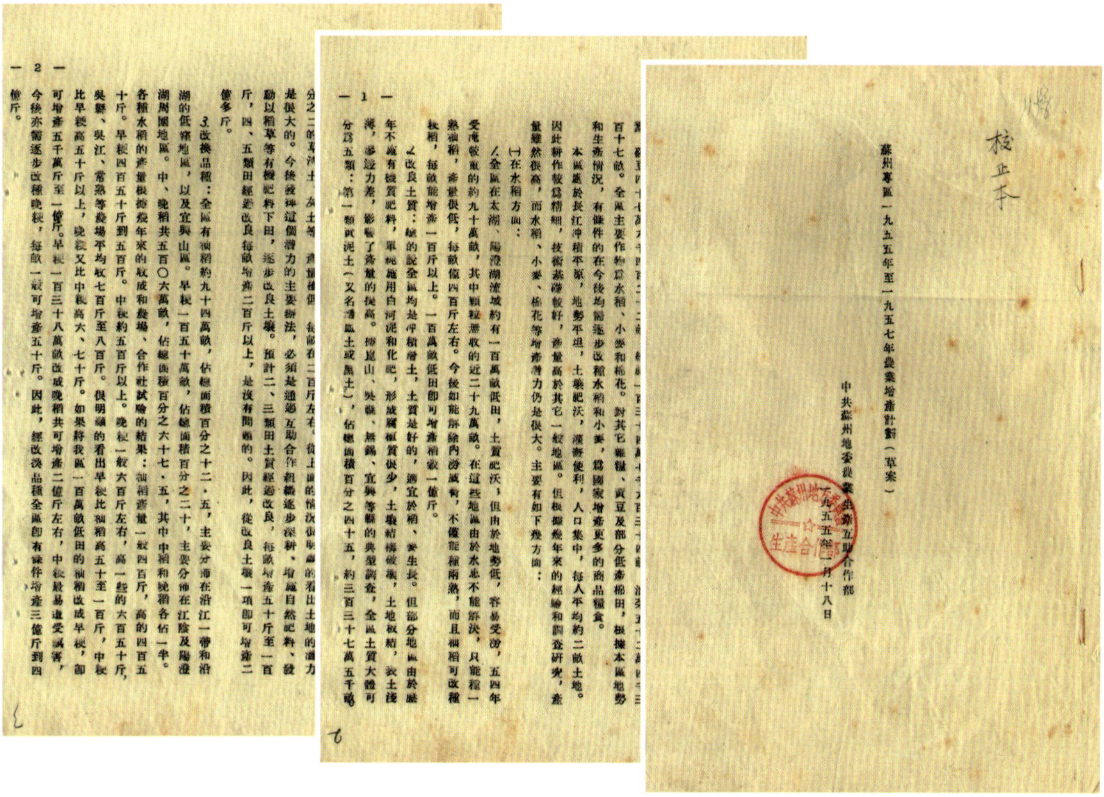

蘇州專區一九五五年至一九五七年農業增產計劃（草案）

中共蘇州地委農業生產互助合作部

一九五五年一月十八日

— 1 —

[illegible]百十七畝。全區主要作物爲水稻、小麥和棉花。對其它雜糧、黃豆及部分低產棉田，根據本區地勢和生產情況，有條件的在今後均需逐步改種水稻和小麥，爲國家增產更多的商品糧食。

本區處於長江沖積平原，地勢平坦，土壤肥沃，灌溉便利，人口集中，每人平均約二畝土地。因此耕作較爲精細，技術基礎較好，產量高於其它一般地區。但根據幾年來的經驗和調查研究，產量雖然很高，而水稻、小麥、棉花等增產潛力仍是很大。主要有如下幾方面：

(一)在水稻方面：

1.全區在太湖、陽澄湖流域約有一百萬畝低田，土質肥沃，但由於地勢低，容易受澇，五四年受淹較重的約九十萬畝，其中顆粒無收的近二十九萬畝。在這些地區由於水患不能解決，只能種一熟秈稻，產量很低，每畝僅四百斤左右。今後如能解除內澇威脅，不僅能種兩熟，而且秈稻可改種粳稻，每畝能增產一百斤以上。一百萬畝低田即可增產稻穀一億斤。

2.改良土質：總的說全區均是沖積層土，土質是好的，適宜於稻、麥生長。但部分地區由於歷年不施有機質肥料，單純施用白河泥和化肥，形成腐植質很少，土壤結構破壞，土地板結，表土淺薄，滲透力差，影響了產量的提高。據崑山、吳縣、無錫、宜興等縣的典型調查，全區土質大體可分爲五類：第一類黃泥土（又名潘區土或黑土），佔總面積百分之四十五，約三百三十七萬五千畝

— 2 —

分之二的[illegible]淤土、灰土等[illegible]產量很低[illegible]每畝在二百斤左右。從上面的情況很明顯的看出土地的潛力是很大的。今後發揮這個潛力的主要辦法，必須是通過互助合作組織逐步深耕、增施自然肥料、發動以稻草等有機肥料下田，逐步改良土壤。預計二、三類田土質經過改良，每畝增產五十斤至一百斤，四、五類田經過改良每畝增產二百斤以上，是沒有問題的。因此，從改良土壤一項即可增產二億多斤。

3.改換品種：全區有秈稻約九十四萬畝，佔總面積百分之十二·五，主要分佈在沿江一帶和沿湖的低窪地區，以及宜興山區。早粳一百五十萬畝，佔總面積百分之二十，主要分佈在江陰及陽澄湖周圍地區。中、晚稻共五百〇六萬畝，佔總面積百分之六十七·五，其中中稻和晚稻各佔一半。各種水稻的產量根據幾年來的收成和農場、合作社試驗的結果：秈稻產量一般四百斤，高的四百五十斤。早粳四百五十斤到五百斤。中粳約五百斤以上。晚粳一般六百斤左右，高一些的六百五十斤，吳縣、吳江、常熟等農場平均收七百斤至八百斤。很明顯的看出早粳比秈稻高五十至一百斤，中粳比早粳高五十斤以上，晚粳又比中粳高六、七十斤。如果將我區一百萬畝低田的秈稻改成早粳，即可增產五千萬斤至一億斤。早粳一百三十八萬畝改成晚稻共可增產二億斤左右，中粳最易遭受螟害，今後亦需逐步改種晚粳，每畝一般可增產五十斤。因此，經改換品種全區即有條件增產三億斤到四億斤。

随着土地改革的推进，农业合作社的建立，农业生产得到了一定的恢复和发展，具备了精细化耕种的相关条件。1955年1月18日，《苏州专区一九五五年至一九五七年农业增产计划（草案）》发布，要求进一步提高生产效率。

1959年7月30日，为发展家禽、家畜的生产，实行公养、私养并重，苏州市人民委员会颁发了关于发展家庭养猪等8项规定的布告。图为苏州郊区农民养猪场景。

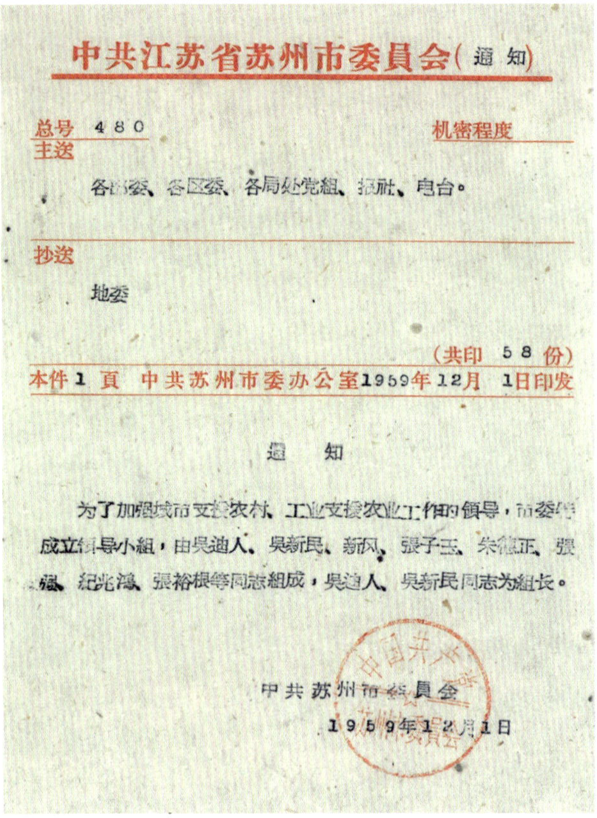

中共江苏省苏州市委員会（通知）

总号 480　　机密程度

主送

各[illegible]委、各区委、各局处党組、报社、电台。

抄送

地委

（共印 58 份）

本件 1 頁　中共苏州市委办公室1959年12月 1日印发

通　知

为了加强城市支援农村、工业支援农业工作的領导，市委[illegible]成立領导小組，由吳迪人、吳新民、新风、張子玉、朱德正、張強、紀光鴻、張裕根等同志組成，吳迪人、吳新民同志为組長。

中共苏州市委員会

1959年12月1日

1959年12月1日，苏州市委发布关于城市支援农村、工业支援农业工作的通知。

20世纪60年代初，苏州市区居民开展支援农业、送肥下乡活动。

1974年，粮食丰收情景。

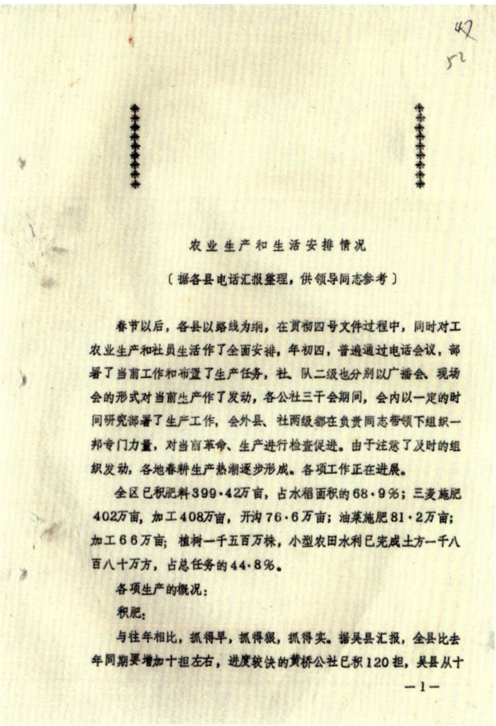

47
52

农业生产和生活安排情况

〔据各县电话汇报整理，供领导同志参考〕

春节以后，各县以路线为纲，在贯彻四号文件过程中，同时对工农业生产和社员生活作了全面安排，年初四，普遍通过电话会议，部署了当前工作和布置了生产任务，社、队二级也分别以广播会、现场会的形式对当前生产作了发动，各公社三干会期间，会内以一定的时间研究部署了生产工作，会外县、社两级都在负责同志带领下组织一邦专门力量，对当前革命、生产进行检查促进。由于注意了及时的组织发动，各地春耕生产热潮逐步形成。各项工作正在进展。

全区已积肥料399·42万亩，占水稻面积的68·9%；三麦施肥402万亩，加工408万亩，开沟76·6万亩；油菜施肥81·2万亩；加工66万亩；植树一千五百万株，小型农田水利已完成土方一千八百八十万方，占总任务的44·8%。

各项生产的概况：

积肥：

与往年相比，抓得早，抓得狠，抓得实。据吴县汇报，全县比去年同期要增加十担左右，进度较快的黄桥公社已积120担，吴县从十

—1—

1972年2月25日，苏州市各县《农业生产和生活安排情况》。

1974年，发展小水泥，支援农业生产。

改进领导方法 推广先进经验 促进水稻增产

苏州专区层层设点树立样板

采取以一点带多点，多点带全区的方法后，全区有两千七百多个低产队赶上了高产队，同时解决了干部蹲点、劳动和工作的矛盾。

1964年1月10日，《人民日报》刊登《改进领导方法，推广先进经验，促进水稻增产——苏州专区层层设点树立样板》。

人民日报

锦绣江南新宏图

——苏州地区农田基本建设见闻

1976年2月9日，《人民日报》刊登《锦绣江南新宏图——苏州地区农田基本建设见闻》。

人民日报

RENMIN RIBAO

1978年7月23日

社论

从苏州看南方

1978年7月23日，《人民日报》刊登《从苏州看南方》。

人民日报

1973年11月23日

我国重要粮食高产地区之一

苏州地区农业全面丰收

1973年11月23日，《人民日报》刊登《苏州地区农业全面丰收》。

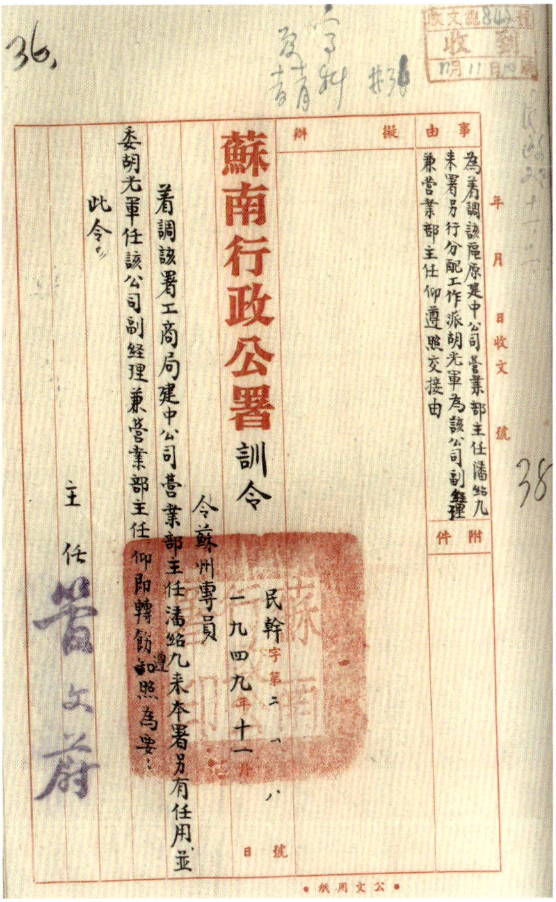

事由：為着調該處原建中公司營業部主任潘紹九來署另行分配工作派胡光軍為該公司副經理兼營業部主任仰遵照交接由

蘇南行政公署訓令

民幹字第二一八號

一九四九年十一月　日

令蘇州專員

着調該署工商局建中公司營業部主任潘紹九來本署另有任用，並委胡光軍任該公司副經理兼營業部主任，仰即轉飭遵照為要。

此令。

主任　管文蔚

苏州解放后创办、改造、组建了一批全民所有制工业企业和商业批发公司。1949年11月，苏州市国营建中贸易公司正式成立，是苏州第一个社会主义性质的国营经济组织。图为苏南行政公署调动原建中公司营业部主任潘绍九的训令。

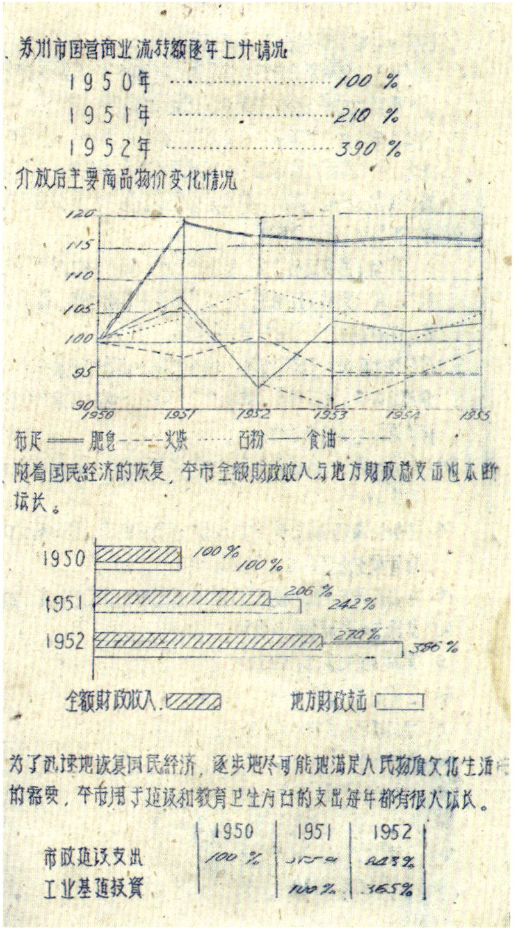

苏州市国营商业流转额逐年上升情况

1950年……100%
1951年……210%
1952年……390%

解放后主要商品物价变化情况

随着国民经济的恢复，本市全额财政收入与地方财政总支出也不断增长。

为了迅速地恢复国民经济，逐步地尽可能地满足人民物质文化生活的需要，本市用于建设和教育卫生方面的支出每年都有很大增长。

	1950	1951	1952
市政建设支出	100%	[illegible]	223%
工业基建投资	[illegible]	100%	365%

1950年至1952年，苏州市国营商业流转额与商品物价等的变化情况。

1949年11月20日，苏州市工商业联合会筹备委员会成立。1954年6月，召开苏州市工商业联合会第一届会员代表大会，苏州市工商业联合会正式成立。工商联负责加强工商界的学习和协调劳资关系以及税务等工作，是党和政府与工商界人士的桥梁。图为成立大会会场。

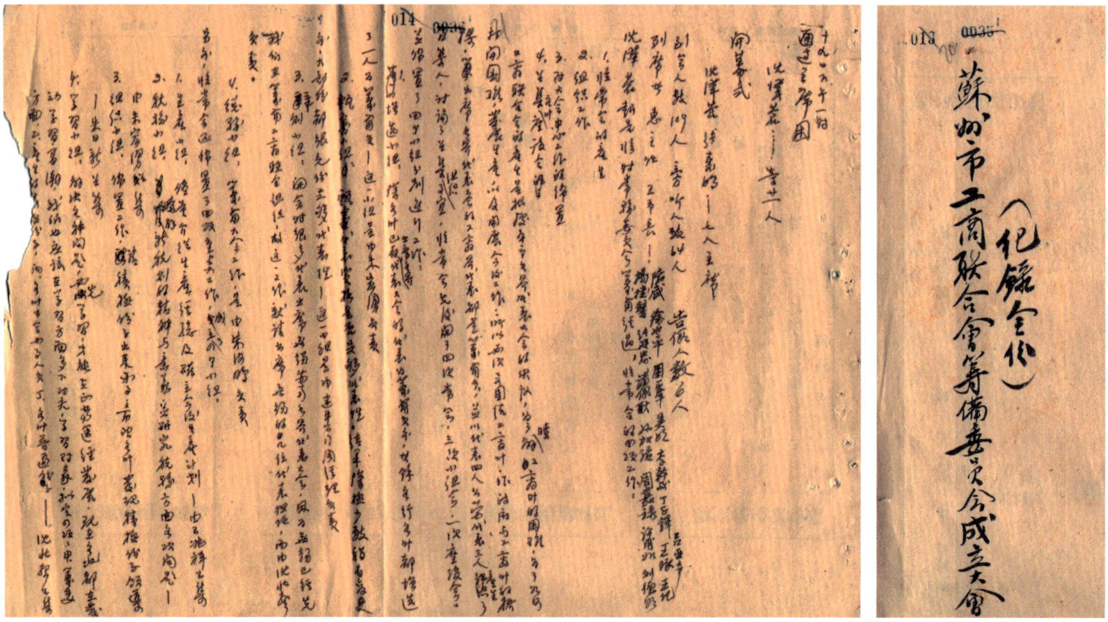
（纪录全份）
蘇州市工商聯合會籌備委員會成立大會

苏州市工商联合会筹备委员会成立大会会议记录。

1950年9月15日，苏州市第一人民商场正式开幕。商场分内、外二总部，外部系私营，内部系国营，可以随时改善和调整公私关系，是国营经济领导私营资本的一个典型商场。图为关于商场开幕的启事。

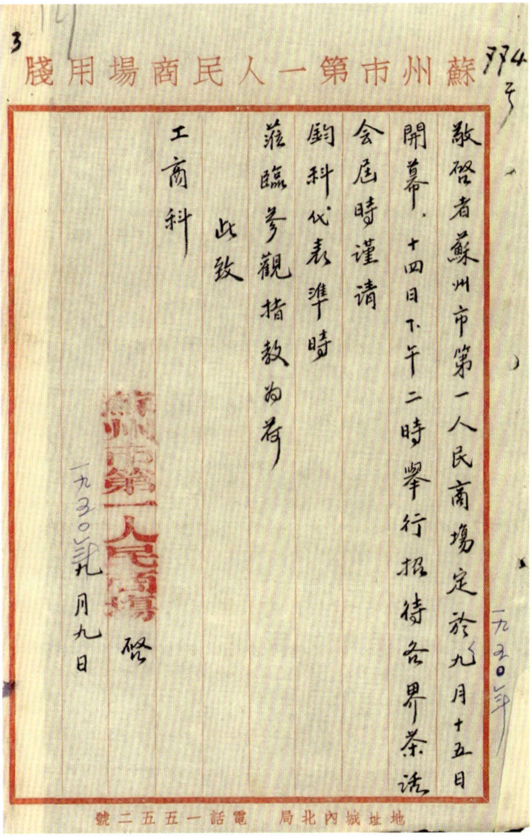

3　774

蘇州市第一人民商場用牋

敬啓者蘇州市第一人民商場定於九月十五日開幕，十四日下午二時舉行招待各界茶話会屆時謹請

貴科代表準時

莅臨參觀指教為荷

此致

工商科

蘇州市第一人民商場

一九五〇年九月九日　啓

地址城内北局　電話一五五二號

一九五〇年

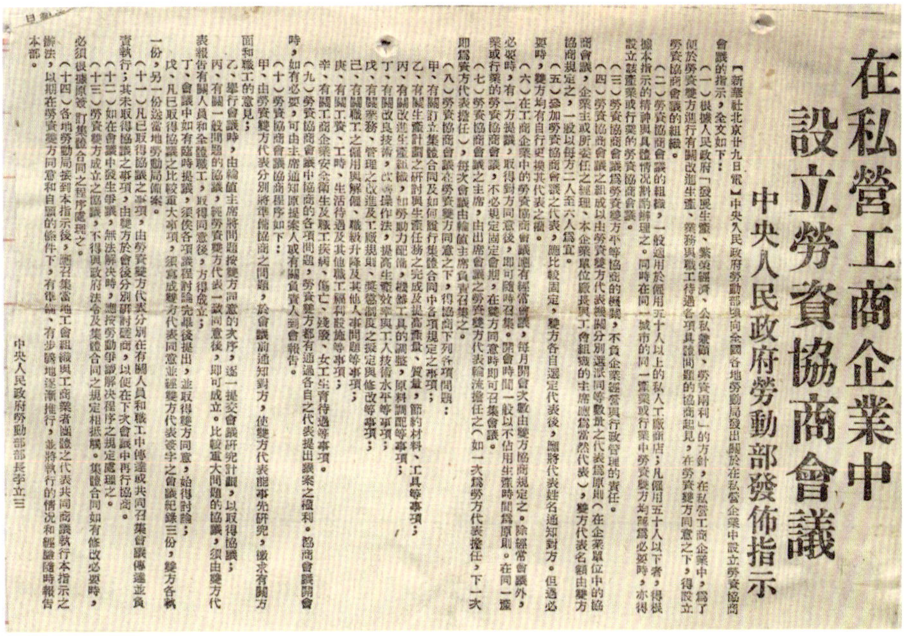

在私營工商企業中設立勞資協商會議

中央人民政府勞動部發佈指示

【新華社北京廿九日電】中央人民政府勞動部頃向全國各地勞動局發出關於在私營企業中設立勞資協商會議的指示，全文如下：

（一）根據人民政府「發展生產、繁榮經濟、公私兼顧、勞資兩利」的方針，在私營工商企業中，爲了便於勞資雙方進行有關改進生產、業務與職工待遇各項具體問題的協商起見，在勞資雙方同意之下，得設立勞資協商會議的組織。

（二）勞資協商會議的組織，一般適用於僱用五十人以上的私人工廠商店；凡僱用五十人以下者，得根據本指示的精神與具體情況斟酌辦理之。同時在同一城市的同一產業或行業中勞資雙方均認爲必要時，亦得設立該產業或行業的勞資協商會議。

（三）勞資協商會議爲勞資雙方平等協商的機關，不負企業經營與行政管理的責任。

（四）勞資協商會議之組成以由勞資雙方代表機關分別選派同等數量之代表爲原則（在企業單位中的協商會議，企業主或所委任之經理、本企業單位廠長與工會組織的主席應爲當然代表），雙方代表名額由雙方協商規定之，一般以每方二人至六人爲宜。

（五）參加勞資協商會議之代表，應比較固定，雙方各自選定代表後，應將代表姓名通知對方。但遇必要時，雙方均有自行更換其代表之權。

（六）在工商企業中的勞資協商會議應有經常會議，每月開會次數由雙方協商規定之。除經常會議外，必要時，有一方提議，取得對方同意後，即可隨時召集。開會時間一般以不佔用生產時間爲原則。在同一產業或行業的勞資協商會議，不必規定固定會期，在雙方同意時即可召集會議。

（七）勞資協商會議之主席，由出席會議之勞資雙方代表輪流擔任之（如一次爲勞方代表擔任，下一次即爲資方代表擔任），每次會議由輪值主席負責召集之。

（八）勞資協商會議在勞資雙方同意之下，得協商下列各項問題：

甲、有關訂立集體合同及如何履行集體合同中各項規定之事項；

乙、有關生產計劃之研討與生產任務之完成及提高產量、質量，節約材料、工具等事項；

丙、有關改進生產組織，如勞動力配備，機器工具的調整，原料調配等事項；

丁、有關改良技術，改善操作法，提高生產效率與工人技術水平等事項；

戊、有關業務、管理之改進及工廠規則、獎懲制度之擬定與修改等事項；

己、有關職工之僱用與解僱、職級升降及其他人事問題等事項；

庚、有關工資、工時、生活待遇及其他職工福利設施等事項；

辛、有關工商企業安全衛生及職工疾病、傷亡、殘廢、女工生育待遇等事項。

（九）勞資協商會議中協商的各項問題，勞資雙方都有通過各自之代表提出議案之權利。協商會議開會時，如有必要，可由主席通知原提案人或有關負責人到會報告。

（十）勞資協商會議協商程序如下：

甲、由勞資雙方代表分別將準備協商之問題，於會議前通知對方，使雙方代表能事先研究，徵求有關方面和職工的意見；

乙、舉行會議時，由輪值主席將問題按雙方同意的次序，逐一提交會議研究討論，以取得協議；

丙、有關一般問題的協議，經勞資雙方代表一致同意後，即可成立。比較重大問題的協議，須由雙方代表報告有關人員和全體職工，取得同意後，方得成立；

丁、會議中如有臨時提議，須俟各項議程討論完畢後提出，並取得雙方同意，始得討論；

戊、凡已取得協議之比較重大事項，須寫成雙方代表同意並經雙方代表簽字之會議紀錄三份，雙方各執一份，另一份送當地勞動局備案。

（十一）凡已取得協議之事項，由勞資雙方代表分別在有關人員和職工中傳達或共同召集會議傳達並負責執行；其未取得協議之事項，由雙方於會後分別研討磋商，以便在下次會議中再行協商。

（十二）如在會議中發生爭議，無法解決時，應按勞動爭議解決程序之規定處理之。

（十三）勞資雙方成立之協議，不得與政府法令及集體合同之規定相抵觸。集體合同如有修改必要時，必須根據原簽訂集體合同之程序處理之。

（十四）各地勞動局接到本指示後，應召集當地工會組織與工商業者團體之代表共同商議執行本指示之辦法，以期在勞資雙方同意和自願的條件下，有準備、有步驟地逐漸推行，並將執行的情況和經驗隨時報告本部。

中央人民政府勞動部部長李立三

大力发展国营经济的同时，苏州亦着力扶持私营工商企业的发展，以“劳资两利”原则调整劳资关系。1950年，苏纶纱厂、太和面粉厂等41家私营企业相继建立了劳资协商会议制度。图为中央人民政府劳动部发布《在私营工商企业中设立劳资协商会议》的指示。

1964年2月5日，中共中央发出了“工业学大庆”的号召。大庆人经过几年的艰苦奋斗，在荒原上建起了大庆油田，改变了中国原油严重依赖进口的局面。苏南乡镇社队企业在“工业学大庆”的实践中逐步发展成长。图为西山水泥厂。

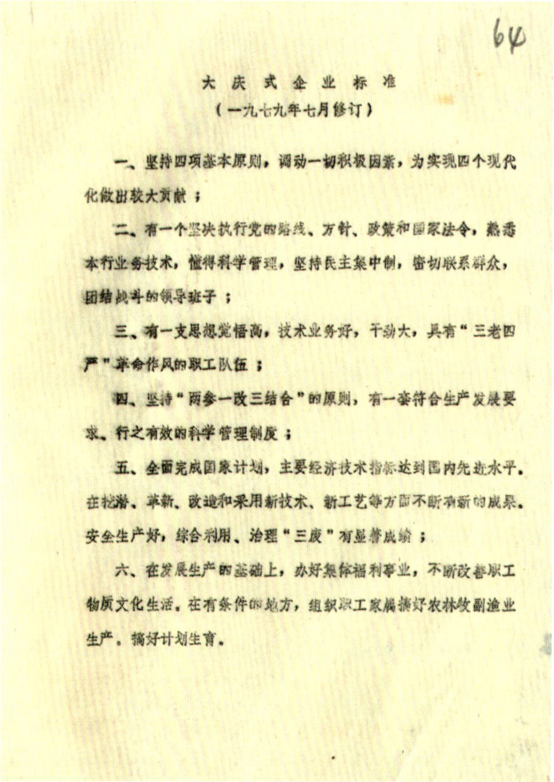

64

大庆式企业标准

（一九七九年七月修订）

一、坚持四项基本原则，调动一切积极因素，为实现四个现代化做出较大贡献；

二、有一个坚决执行党的路线、方针、政策和国家法令，熟悉本行业务技术，懂得科学管理，坚持民主集中制，密切联系群众，团结战斗的领导班子；

三、有一支思想觉悟高，技术业务好，干劲大，具有“三老四严”革命作风的职工队伍；

四、坚持“两参一改三结合”的原则，有一套符合生产发展要求、行之有效的科学管理制度；

五、全面完成国家计划，主要经济技术指标达到国内先进水平，在挖潜、革新、改造和采用新技术、新工艺等方面不断有新的成果，安全生产好，综合利用、治理“三废”有显著成绩；

六、在发展生产的基础上，办好集体福利事业，不断改善职工物质文化生活，在有条件的地方，组织职工家属搞好农林牧副渔业生产，搞好计划生育。

1977年5月13日，在全国工业学大庆会议上，苏州望亭发电厂、绣品厂、红卫（振亚）丝织厂被命名为大庆式企业。图为《大庆式企业标准》。

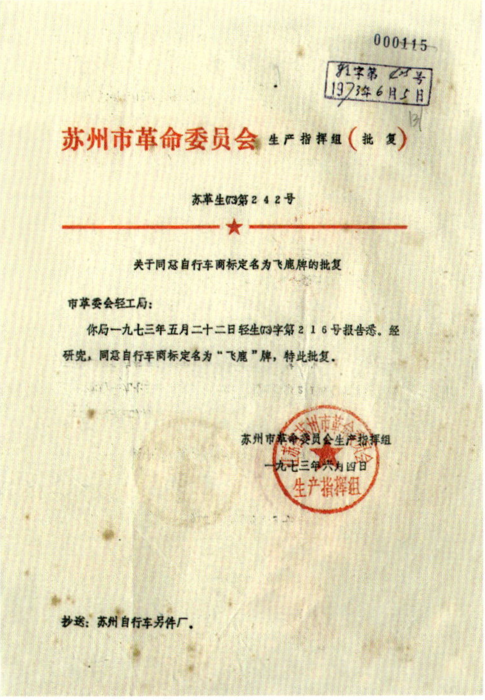

000115

苏州市革命委员会生产指挥组（批　复）

苏革生(73)第242号

关于同意自行车商标定名为飞鹿牌的批复

市革委会轻工局：

你局一九七三年五月二十二日轻生(73)字第216号报告悉。经研究，同意自行车商标定名为“飞鹿”牌，特此批复。

苏州市革命委员会生产指挥组

一九七三年六月四日

抄送：苏州自行车另件厂。

1957年，苏州自行车零件厂成立。1973年，试制成功首批28英寸男式自行车，取名“飞鹿”，寓意是像梅花鹿一样轻盈和快乐。图为1973年6月4日，苏州市革委会《关于同意自行车商标定名为飞鹿牌的批复》。

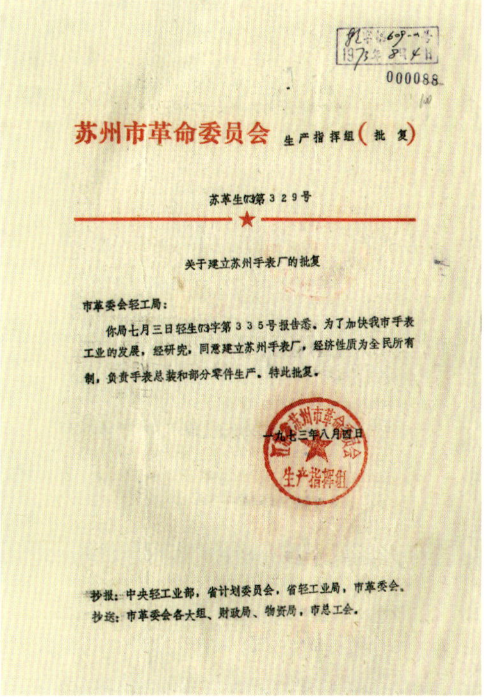

000088

苏州市革命委员会生产指挥组（批　复）

苏革生(73)第329号

关于建立苏州手表厂的批复

市革委会轻工局：

你局七月三日轻生(73)字第335号报告悉。为了加快我市手表工业的发展，经研究，同意建立苏州手表厂，经济性质为全民所有制，负责手表总装和部分零件生产。特此批复。

一九七三年八月四日

抄报：中央轻工业部，省计划委员会，省轻工业局，市革委会。

抄送：市革委会各大组、财政局、物资局，市总工会。

1958年，零散作坊合并建立国营苏州钟表厂。1973年建成全民所有制的苏州手表厂，“苏州牌”手表一经投放便供不应求。图为1973年8月4日，苏州市革委会《关于建立苏州手表厂的批复》。

苏州企业参加春季广交会（中国进出口商品交易会）场景。

苏州是一座园林城市。古城区根据园林化原则改造，绿化面积占50%以上，拓建干道，并形成系统的道路网，河道加宽，城墙变成环城绿带。图为20世纪50年代拓宽的平门路。

市政府着力改善公共工程，整建菜场8所。图为整建后的古市巷菜场。

1950年，市政部门开始修建自梅村桥到火车站的道路，并拉长梅村桥桥坡。1951年，从三元坊延伸道路到南门，并建人民桥，贯通南北大门，于9月30日正式落成。图为南门人民桥。

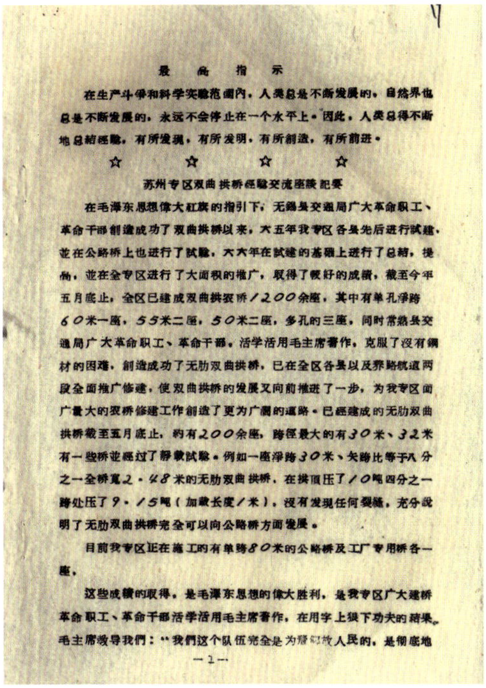

最 高 指 示

在生产斗争和科学实验范围内，人类总是不断发展的，自然界也总是不断发展的，永远不会停止在一个水平上。因此，人类总得不断地总結經驗，有所發現，有所发明，有所創造，有所前进。

☆ ☆ ☆ ☆

苏州专区双曲拱桥經驗交流座談紀要

在毛泽东思想偉大紅旗的指引下，无錫县交通局广大革命职工、革命干部創造成功了双曲拱桥以来，六五年我专区各县先后进行試建，並在公路桥上也进行了試驗，六六年在試建的基礎上进行了总結，提高，並在全专区进行了大面积的推广，取得了較好的成績，截至今年五月底止，全区已建成双曲拱农桥1200余座，其中有单孔淨跨60米一座，55米二座，50米二座，多孔的三座，同时常熟县交通局广大革命职工、革命干部，活学活用毛主席著作，克服了没有鋼材的困难，創造成功了无肋双曲拱桥，已在全区各县以及养路航道两段全面推广修建，使双曲拱桥的发展又向前推进了一步，为我专区面广量大的农桥修建工作創造了更为广濶的道路。已經建成的无肋双曲拱桥截至五月底止，約有200余座，跨徑最大的有30米、32米有一些桥並經过了靜載試驗。例如一座淨跨30米、矢跨比等于八分之一全桥寬2.48米的无肋双曲拱桥，在拱顶压了10吨四分之一跨处压了9.15吨（加載长度1米），没有发现任何裂縫，充分説明了无肋双曲拱桥完全可以向公路桥方面發展。

目前我专区正在施工的有单跨80米的公路桥及工厂专用桥各一座。

这些成績的取得，是毛泽东思想的偉大胜利，是我专区广大建桥革命职工、革命干部活学活用毛主席著作，在用字上狠下功夫的結果。毛主席教导我們："我們这个队伍完全是为着解放人民的，是徹底地

—1—

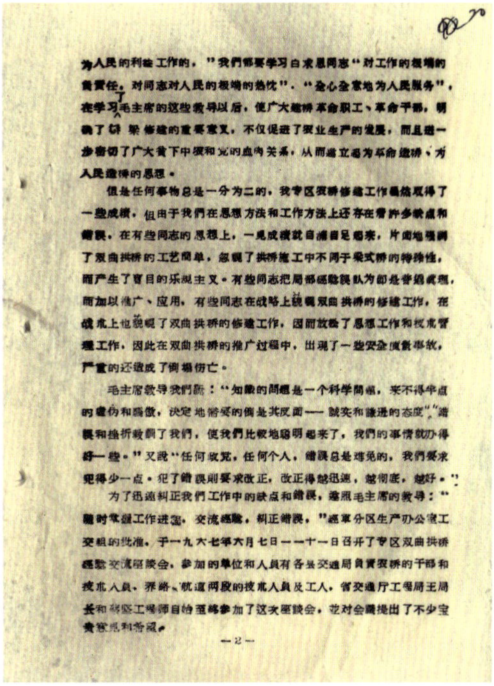

为人民的利益工作的。"我們都要学习白求恩同志"对工作的极端的負責任，对同志对人民的极端的热忱"。"全心全意地为人民服务"，在学习了毛主席的这些教导以后，使广大建桥革命职工、革命干部，明确了桥梁修建的重要意义，不仅促进了农业生产的发展，而且进一步密切了广大贫下中农和党的血肉关系，从而樹立起为革命建桥、为人民造桥的思想。

但是任何事物总是一分为二的，我专区农桥修建工作虽然取得了一些成績，但由于我們在思想方法和工作方法上还存在着許多缺点和錯误，在有些同志的思想上，一見成績就自满自足起来，片面地强调了双曲拱桥的工艺簡单，忽视了拱桥施工中不同于梁式桥的特殊性，而产生了盲目的乐观主义。有些同志把局部經驗誤认为都是普遍真理，而加以推广、应用，有些同志在战略上藐视双曲拱桥的修建工作，在战术上也藐视了双曲拱桥的修建工作，因而放松了思想工作和技术管理工作，因此在双曲拱桥的推广过程中，出现了一些安全质量事故，严重的还造成了倒塌伤亡。

毛主席教导我們説："知識的問題是一个科学問題，来不得半点的虚伪和骄傲，决定地需要的倒是其反面——誠实和謙逊的态度"。"錯误和挫折教訓了我們，使我們比較地聪明起来了，我們的事情就办得好一些。"又説"任何政党，任何个人，錯误总是难免的，我們要求犯得少一点。犯了錯误则要求改正，改正得越迅速，越徹底，越好。"

为了迅速糾正我們工作中的缺点和錯误，遵照毛主席的教导："随时总结工作进程，交流經驗，糾正錯误，"經革分区生产办公室工交組的批准，于一九六七年六月七日——十一日召开了专区双曲拱桥經驗交流座談会，参加的单位和人員有各县交通局負責农桥的干部和技术人員，养路、航道两段的技术人員及工人，省交通厅工程局王局长和郑区工程师自始至終参加了这次座談会，並对会議提出了不少宝貴意見和希望。

—2—

1965年，苏州专区各县先后试建双曲拱桥。1966年在试建的基础上进行总结并进行了大面积的推广，截至1967年底已建成1200余座。图为苏州专区双曲拱桥经验交流座谈纪要。

1971年1月，齐门桥拓宽施工现场。

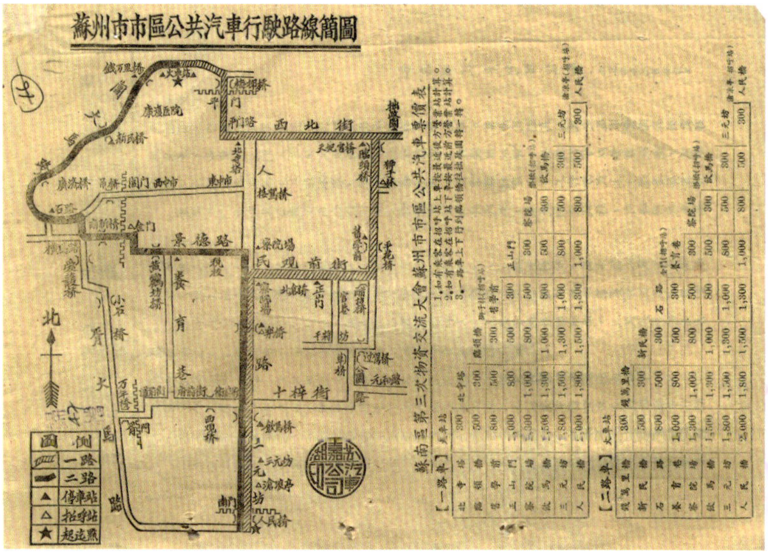

蘇南區第三次物資交流大會蘇州市市區公共汽車票價表

【一路車】

	火車站	北寺塔	臨頓橋	[illegible]學前	[illegible]山門	察院場	飲馬橋	三元坊
北寺塔	300							
臨頓橋	500	300						
[illegible]學前	800	500	300					
[illegible]山門	1,000	800	500	300				
察院場	1,300	1,000	800	500	300			
飲馬橋	1,500	1,300	1,000	800	500	300		
三元坊	1,800	1,500	1,300	1,000	800	500	300	
人民橋	2,000	1,800	1,500	1,300	1,000	800	500	300

【二路車】

	火車站	[illegible]萬里橋	新民橋	石路	養育巷	察院場	飲馬橋	三元坊
[illegible]萬里橋	300							
新民橋	500	300						
石路	800	500	300					
養育巷	1,000	800	500	300				
察院場	1,300	1,000	800	500	300			
飲馬橋	1,500	1,300	1,000	800	500	300		
三元坊	1,800	1,500	1,300	1,000	800	500	300	
人民橋	2,000	1,800	1,500	1,300	1,000	800	500	300

苏州市市区公共汽车行驶路线简图与票价表。

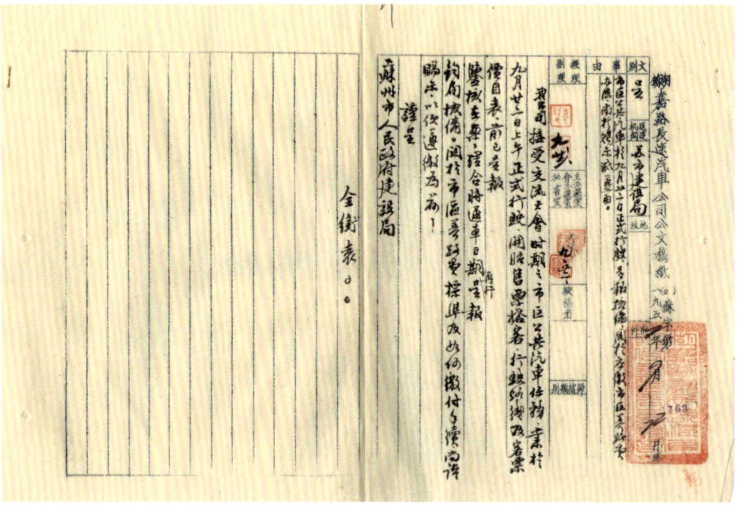

湖蘇嘉路長途汽車公司公文稿紙

文別：呈

受文機關：蘇市建設局

事由：市區公共汽車於九月廿二日正式行駛，呈報核備……

貴局

接受交流大會時期之市區公共汽車任務，業於九月廿二日上午正式行駛，開始售票搭客，行駛路線及客票價目表，前已呈報

鑒核在案，茲合將通車日期呈報

鈞局核備，關於市區票路費標準及如何繳付之處，尚請

賜示，以便遵辦為荷！

謹呈

蘇州市人民政府建設局

全銜表。

1952年秋，第三次苏南地区城乡物资交流大会召开在即，湖苏嘉路长途汽车公司在市政府的支持下，开办起苏州市区公共汽车的客运业务。图为关于公共汽车正式开通的函。

1952年9月，苏州1路、2路公交线路正式开通。图为当时的主力车型，改装自美国“道奇”货车。

1958年，浏河水利工程指挥部成立，决定由太仓、昆山、嘉定三县合浚浏河塘，这是治理太湖的重要工程之一。既可排泄内涝积水，又可引水灌溉，极大地促进了附近区域的农业生产。图为浏河水闸工程工地全景。

1958年10月29日，苏州专区太浦河太湖分洪工程指挥部成立，动员5.6万人参与太湖排洪专道的施工。2006年，太浦河工程正式通过验收，是太湖向东排泄洪涝的主要通道。图为太浦河工程誓师大会妇女代表发言。

1958年11月，望虞河水利工程指挥部召开动员大会。望虞河水利工程于11月19日正式开工，至1959年4月25日完工，是太湖流域综合治理的骨干工程之一。图为动员誓师大会现场。

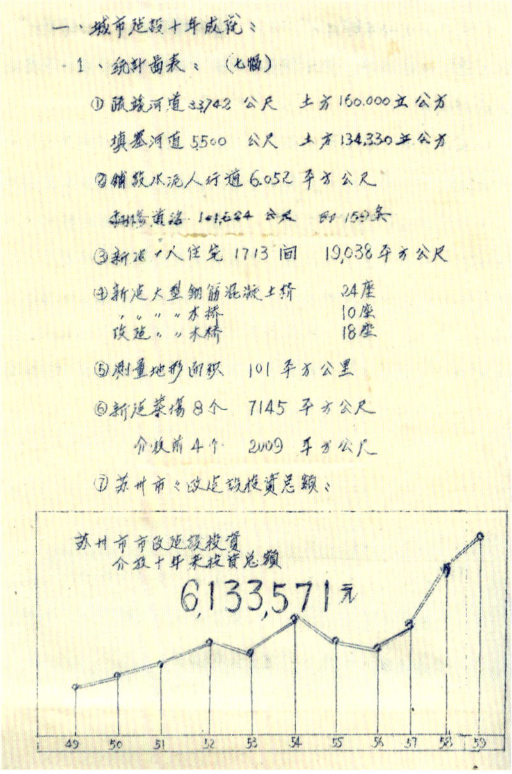
一、城市建设十年成就：
1、统计图表：（七幅）
①疏浚河道33742公尺 土方160.000立公方
填塞河道5500 公尺 土方134.330立公方
②铺筑水泥人行道6.052平方公尺
翻修道路 101.624 公尺 计159条
③新建个人住宅1713间 19,038平方公尺
④新建大型钢筋混凝土桥 24座
″ ″ ″木桥 10座
改建 ″ ″木桥 18座
⑤测量地形面积 101平方公里
⑥新建菜场8个 7145平方公尺
介放前4个 2009平方公尺
⑦苏州市々政建设投资总额：

1959年，苏州解放十周年城市建设成果盘点。

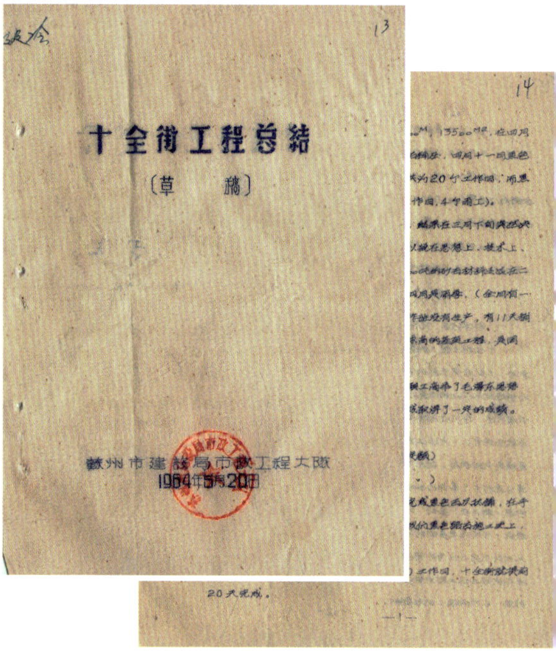
十全街工程总結
（草稿）
苏州市建設局市政工程大隊
1964年5月20日

1959年起，苏州市政府开始对主要干道进行大规模拓宽和改造。1963年起，结合道路拓宽改造，大规模铺设沥青路面。图为1964年5月20日，改造十全街沥青路面工程的总结（草稿）。

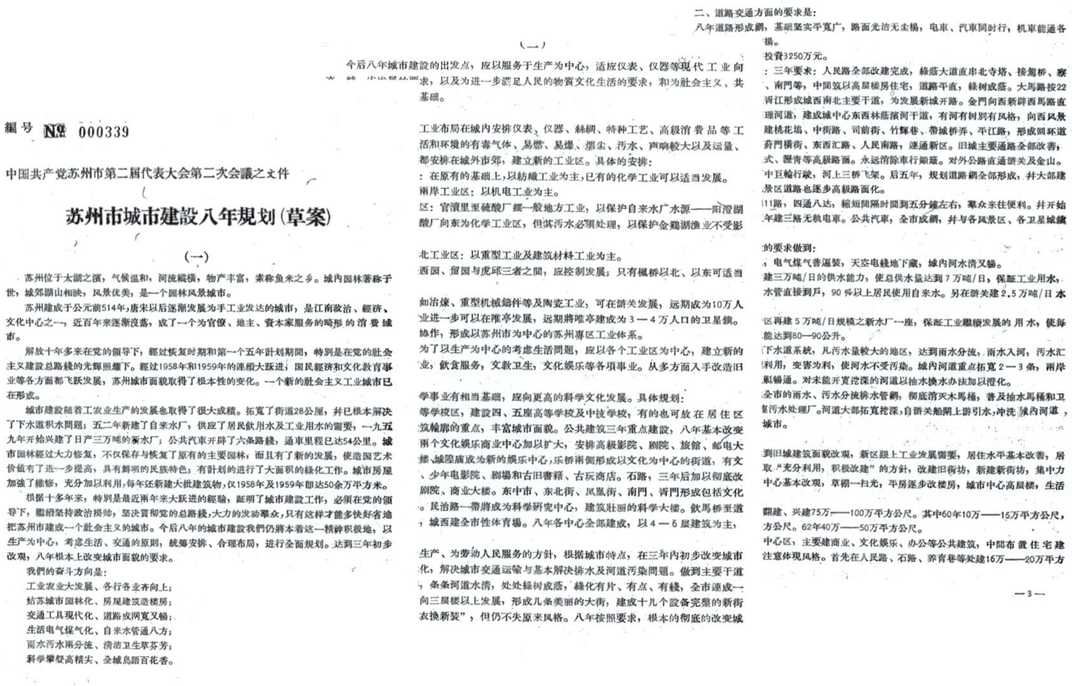
編号 №000339

中国共产党苏州市第二届代表大会第二次会議之文件

苏州市城市建設八年规划（草案）

（一）

苏州位于太湖之濱，气候温和，河流縱横，物产丰富，素称魚米之乡。城内园林著称于世，城郊湖山相映，风景优美，是一个园林风景城市。

苏州建成于公元前514年，唐宋以后逐漸发展为手工业发达的城市，是江南政治、經济、文化中心之一，近百年来逐漸沒落，成了一个为官僚、地主、資本家服务的畸形的消费城市。

解放十年多来在党的領导下，經过恢复时期和第一个五年計划期間，特别是在党的社会主义建設总路綫的光輝照耀下。經过1958年和1959年的連續大跃进，国民經济和文化教育事业等各方面都飞跃发展，苏州城市面貌取得了根本性的变化。一个新的社会主义工业城市已在形成。

城市建設随着工农业生产的发展也取得了很大成績。拓寬了街道28公厘，并已根本解决了下水道积水問題；五二年新建了自来水厂，供应了居民飲用水及工业用水的需要，一九五九年开始兴建了日产三万吨的新水厂；公共汽車开辟了六条路綫，通車里程已达54公里。城市园林經过大力修复，不仅保存与恢复了原有的主要园林，而且有了新的发展，使造园艺术价值有了进一步提高，具有鮮明的民族特色；有計划的进行了大面积的綠化工作。城市房屋加強了維修，充分加以利用，每年还新建大批建筑物，仅1958年及1959年即达50余万平方米。

根据十多年来，特别是最近兩年来大跃进的經驗，証明了城市建設工作，必須在党的領导下，繼續堅持政治掛帅，堅决貫彻党的总路綫，大力的发动羣众，只有这样才能多快好省地把苏州市建成一个社会主义的城市。今后八年的城市建設我們仍將本着这一精神积极地，以生产为中心，考虑生活、交通的原則，統筹安排、合理布局，进行全面规划。达到三年初步改观，八年根本上改变城市面貌的要求。

我們的奋斗方向是：
工业农业大发展、各行各业齐向上；
姑苏城市园林化、房屋建筑造楼房；
交通工具現代化、道路成网寬又暢；
生活电气煤气化、自来水管通八方；
雨水污水兩分流、清洁卫生草芬芳；
科学攀登高精尖、全城鳥語百花香。

1960年，中共苏州市第二届代表大会第二次会议发布《苏州市城市建设八年规划（草案）》。

社会主义各项事业的开展

在恢复和发展国民经济的同时，苏州的文教、卫生、体育、外事等社会事业取得了长足的进步与发展。坚持为人民服务、为社会主义服务的方向，建立文化事业机构、开展体育活动、助推文化创作；加大科研投入，试制成功电磁振动台、电视机光学镜头等先进成果，召开科学技术大会，实现相关成果的广泛应用；加强爱国卫生运动的推行与血吸虫等地方疾病的防治，建立健全城乡基层医疗卫生网络；注重对外交流，营造安稳和谐的外部发展环境。

1950年7月26日，苏州市文物保管委员会成立。1977年8月改称市文物管理委员会。图为苏州市文物保管委员会旧址。

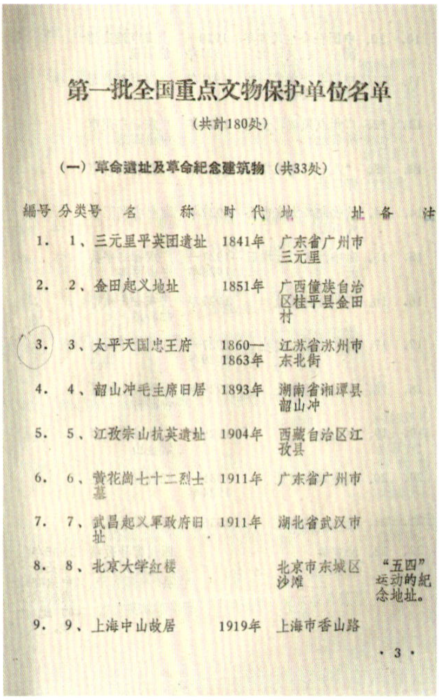

第一批全国重点文物保护单位名单

（共計180处）

（一）革命遺址及革命紀念建筑物（共33处）

編号	分类号	名称	时代	地址	备注
1.	1、	三元里平英团遺址	1841年	广东省广州市三元里	
2.	2、	金田起义地址	1851年	广西僮族自治区桂平县金田村	
3.	3、	太平天国忠王府	1860—1863年	江苏省苏州市东北街	
4.	4、	韶山冲毛主席旧居	1893年	湖南省湘潭县韶山冲	
5.	5、	江孜宗山抗英遺址	1904年	西藏自治区江孜县	
6.	6、	黄花崗七十二烈士墓	1911年	广东省广州市	
7.	7、	武昌起义軍政府旧址	1911年	湖北省武汉市	
8.	8、	北京大学紅楼		北京市东城区沙滩	"五四"运动的紀念地址。
9.	9、	上海中山故居	1919年	上海市香山路	

·3·

1961年3月4日，太平天国忠王府、拙政园等被国务院列为第一批全国重点文物保护单位。

20世纪50年代初，维修中的虎丘塔。

1957年，维修后的虎丘塔。

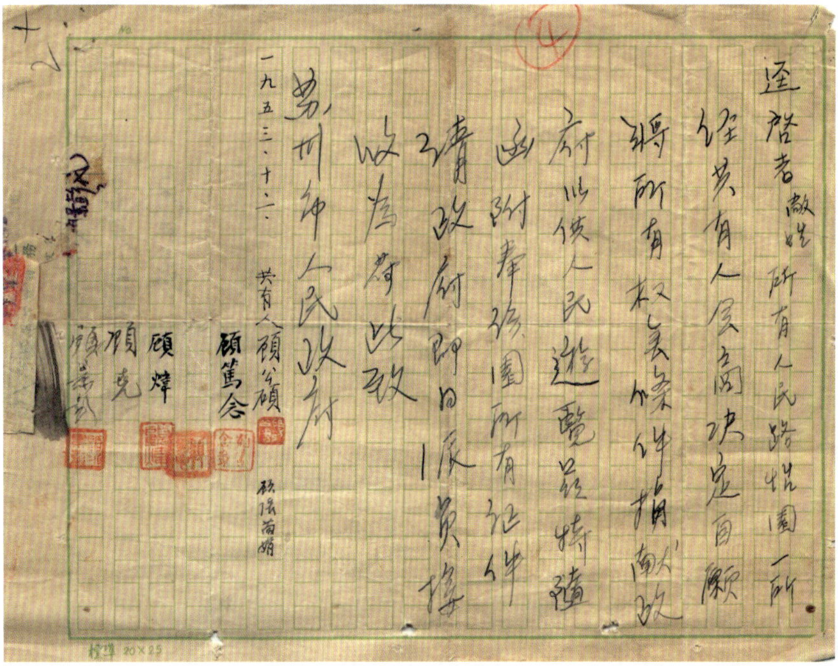

逕啓者 敝姓所有人民路怡園一所
經共有人商決定自願
將所有權無條件捐獻政
府以供人民遊覽並檢
函附奉該園所有証件
請政府即日派員接
收爲荷此致
蘇州市人民政府
共有人 顧公碩 顧篤侖 顧煒 顧克 顧篤武
一九五三、十、一

1953年6月，苏州市园林修整委员会成立。自20世纪50年代初起，一些私人宅园被捐赠给国家或被收归国有。先后抢救修复拙政园、留园、狮子林、虎丘、西园、寒山寺、沧浪亭、怡园、网师园、天平山高义园等著名园林名胜，改建苏州公园，新建动物园。图为1953年10月1日，顾公硕等捐赠怡园的函。

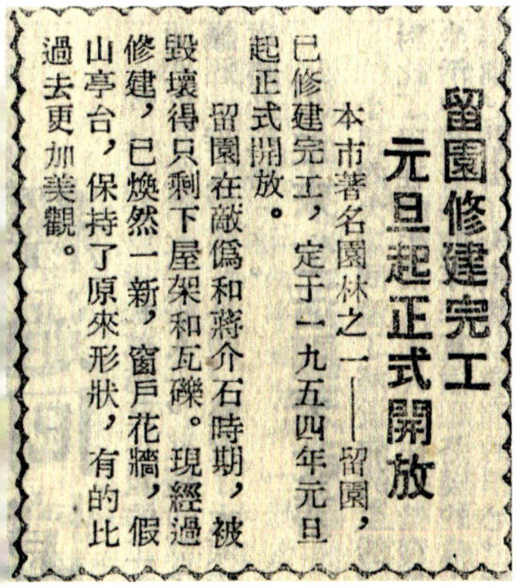

留園修建完工
元旦起正式開放

本市著名園林之一——留園，已修建完工，定于一九五四年元旦起正式開放。

留園在敵僞和蔣介石時期，被毁壞得只剩下屋架和瓦礫。現經過修建，已煥然一新，窗戶花牆，假山亭台，保持了原來形狀，有的比過去更加美觀。

1953年12月31日，《新苏州报》刊登《留园修建完工，元旦起正式开放》。

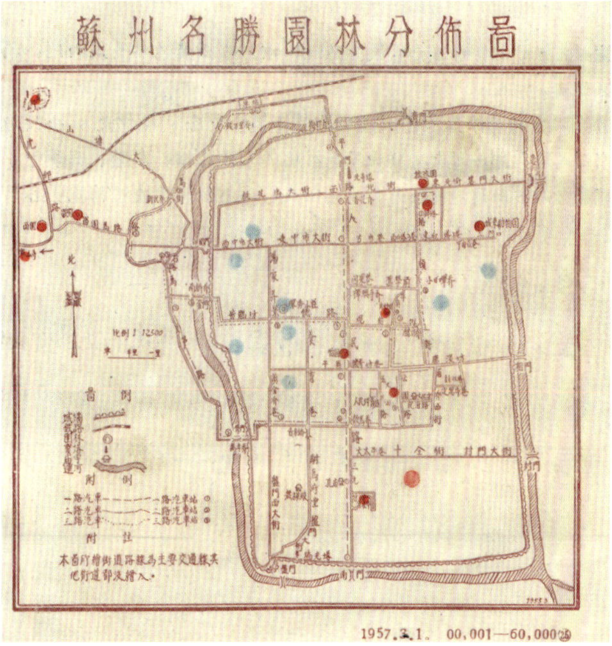

20世纪50年代的苏州名胜园林分布图。

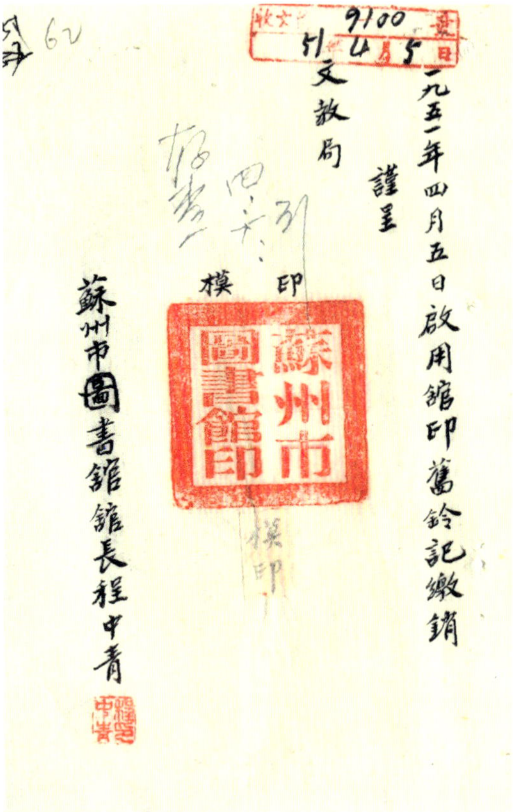

一九五一年四月五日啟用館印舊鈐記繳銷

謹呈

文敎局

印模

蘇州市圖書館印

蘇州市圖書館館長程中青

民国时期，苏州公办文化事业单位数量少，规模小。解放后文化事业逐步扩展，图书馆、博物馆、档案馆、文化馆等蓬勃发展。1949年5月10日，苏州市军管会文教部接管“江苏省立苏州图书馆”，更名苏州市图书馆。图为1951年4月5日苏州市图书馆启用馆印的函。

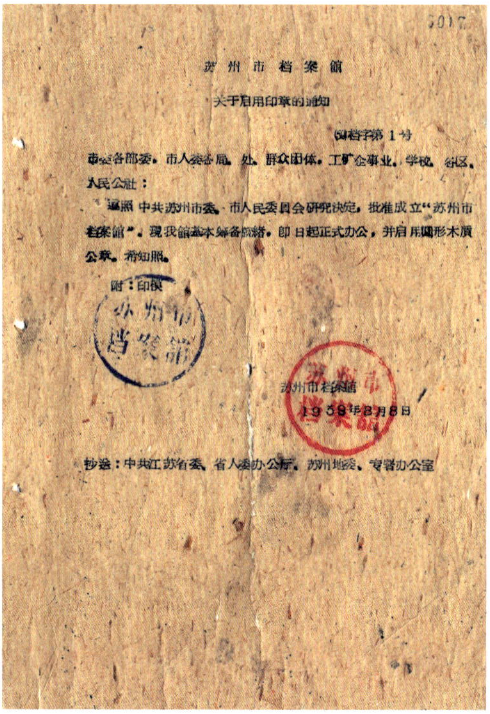

苏州市档案馆

关于启用印章的通知

(59)档字第1号

市委各部委、市人委各局、处，群众团体，工矿企事业，学校，社区，人民公社：

遵照中共苏州市委、市人民委员会研究决定，批准成立“苏州市档案馆”。现我馆基本筹备就绪，即日起正式办公，并启用圆形木质公章。希知照。

附：印模

苏州市档案馆

1959年8月8日

抄送：中共江苏省委、省人委办公厅、苏州地委、专署办公室

1949年，筹建苏州市档案资料馆，1959年8月8日，苏州市档案馆正式成立。图为苏州市档案馆开始办公并启用印章的通知。

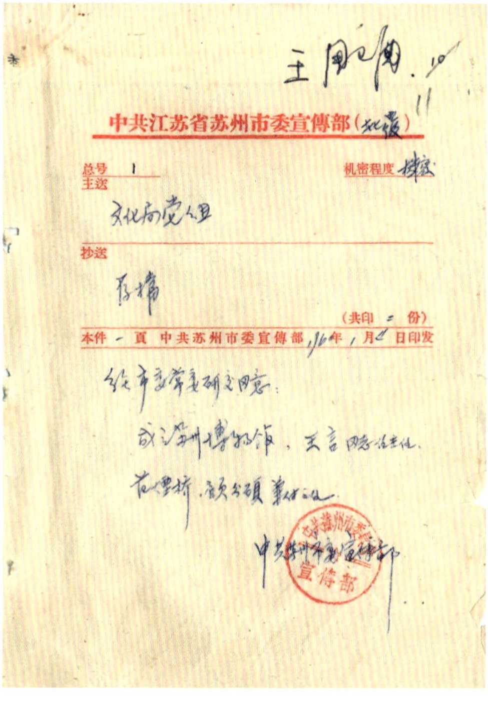

中共江苏省苏州市委宣傳部（批复）

总号 1　机密程度

主送 文化局党组

抄送

（共印　份）

本件 一 页 中共苏州市委宣傳部 1960年1月4日印发

中共苏州市委宣传部

1958年，筹备苏州市地质博物馆。1960年1月，地质博物馆与苏州市国庆十周年展览会合并成立苏州博物馆。图为1960年1月4日，成立苏州博物馆的批复。

苏州工艺美术有悠久的历史和民族传统，苏绣以巧夺天工著称。新中国成立后，贯彻百花齐放、推陈出新的方针，工艺美术事业得到大发展。图为苏绣大师在狮子林合影。

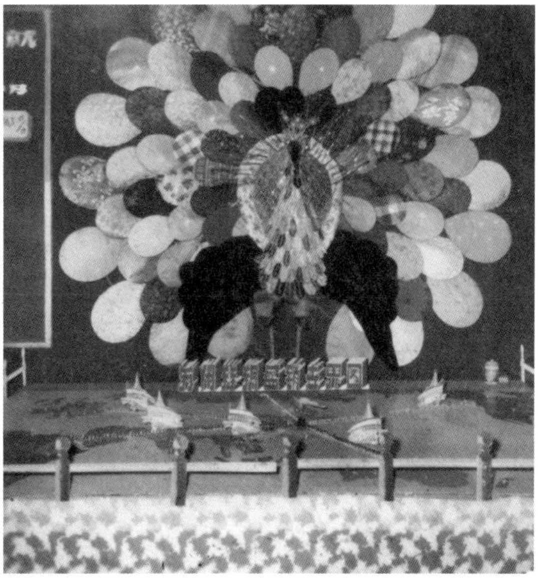

苏州丝绸盛销世界图。

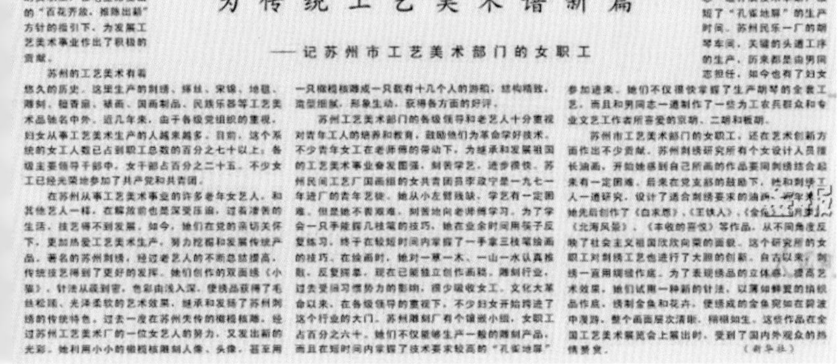

为传统工艺美术谱新篇

——记苏州市工艺美术部门的女职工

苏州市工艺美术部门的女职工，在毛主席提出的"百花齐放，推陈出新"方针的指引下，为发展工艺美术事业作出了积极的贡献。

苏州的工艺美术有着悠久的历史。这里生产的刺绣、缂丝、宋锦、地毯、雕刻、檀香扇、裱画、国画制品、民族乐器等工艺美术品驰名中外。近几年来，由于各级党组织的重视，妇女从事工艺美术生产的人越来越多。目前，这个系统的女工人数已占到职工总数的百分之七十以上；各级主要领导干部中，女干部占百分之二十五。不少女工已经光荣地参加了共产党和共青团。

在苏州从事工艺美术事业的许多老年女艺人，和其他艺人一样，在解放前也是深受压迫，过着凄惨的生活，技艺得不到发展。如今，她们在党的亲切关怀下，更加热爱工艺美术生产，努力挖掘和发展传统产品。著名的苏州刺绣，经过老艺人的不断总结提高，传统技艺得到了更好的发挥。她们创作的双面绣《小猫》，针法从疏到密，色彩由浅入深，使绣品获得了毛丝松蓬、光泽柔软的艺术效果，继承和发扬了苏州刺绣的传统特色。过去一度在苏州失传的橄榄核雕，经过苏州工艺美术厂的一位女艺人的努力，又发出新的光彩。她利用小小的橄榄核雕刻人像、头像，甚至用一只橄榄核雕成一只载有十几个人的游船，结构精致，造型细腻，形象生动，获得各方面的好评。

苏州工艺美术部门的各级领导和老艺人十分重视对青年工人的培养和教育，鼓励他们为革命学好技术。不少青年女工在老师傅的带动下，为继承和发展祖国的工艺美术事业奋发图强，刻苦学艺，进步很快。苏州民间工艺厂国画组的女共青团员李政宁是一九七一年进厂的青年艺徒。她从小左臂残缺，学艺有一定困难，但是她不畏艰难，刻苦地向老师傅学习。为了学会一只手能握几枝笔的技巧，她在业余时间用筷子反复练习，终于在较短时间内掌握了一手拿三枝笔绘画的技巧。在绘画时，她对一草一木、一山一水认真推敲，反复揣摹，现在已能独立创作画稿。雕刻行业，过去受旧习惯势力的影响，很少吸收女工。文化大革命以来，在各级领导的重视下，不少妇女开始跨进了这个行业的大门。苏州雕刻厂有个镶嵌小组，女职工占百分之六十。她们不仅能够生产一般的雕刻产品，而且在短时间内掌握了技术要求较高的"孔雀地屏"的生产技艺，并且和男同志一道开展技术革新，缩短了"孔雀地屏"的生产时间。苏州民乐一厂的胡琴车间，关键的头道工序的生产，历来都是由男同志担任，如今也有了妇女参加进来。她们不仅很快掌握了生产胡琴的全套工艺，而且和男同志一道制作了一些为工农兵群众和专业文艺工作者所喜爱的京胡、二胡和板胡。

苏州市工艺美术部门的女职工，还在艺术创新方面作出不少贡献。苏州刺绣研究所有个女设计人员擅长油画，开始她感到自己所画的作品要同刺绣结合起来有一定困难。后来在党支部的鼓励下，她和刺绣工人一道研究，设计了适合刺绣要求的油画。几年来，她先后创作了《白求恩》、《王铁人》、《金[illegible]》、《北海风景》、《丰收的喜悦》等作品，从不同角度反映了社会主义祖国欣欣向荣的面貌。这个研究所的女职工对刺绣工艺也进行了大胆的创新。自古以来，刺绣一直用绸缎作底，为了表现绣品的立体感，提高艺术效果，她们试用一种新的针法，以薄如蝉翼的尼龙织品作底，绣制金鱼和花卉，使绣成的金鱼宛如在碧波中漫游，整个画面层次清晰，栩栩如生。这些作品在全国工艺美术展览会上展出时，受到了国内外观众的热情赞赏。

（新华社）

1973年3月21日，《人民日报》刊登《为传统工艺美术谱新篇——记苏州市工艺美术部门的女职工》。

20世纪20年代，文明戏里派生出了一种新兴剧种——滑稽戏。新中国成立后，滑稽戏建立导演制，创作了一批经典剧目，《满意不满意》《苏州两公差》等常演不衰。1963年8月，《满意不满意》由长春电影制片厂拍成电影搬上银幕。图为剧照。

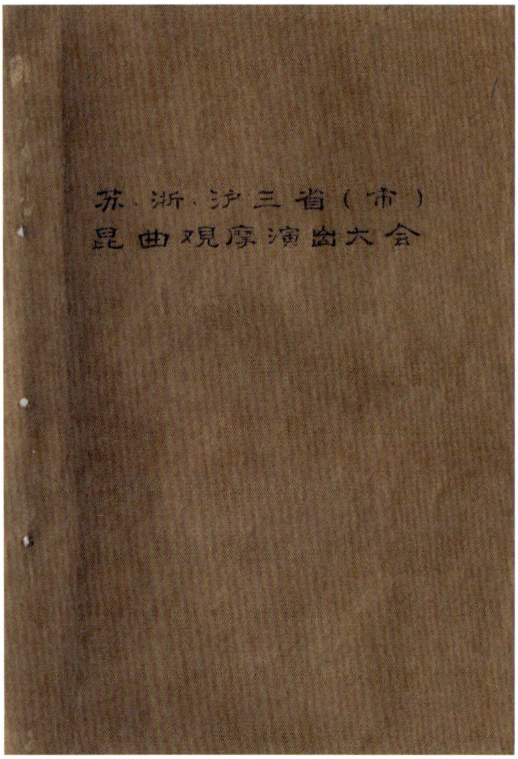

苏、浙、沪三省（市）
昆曲观摩演出大会

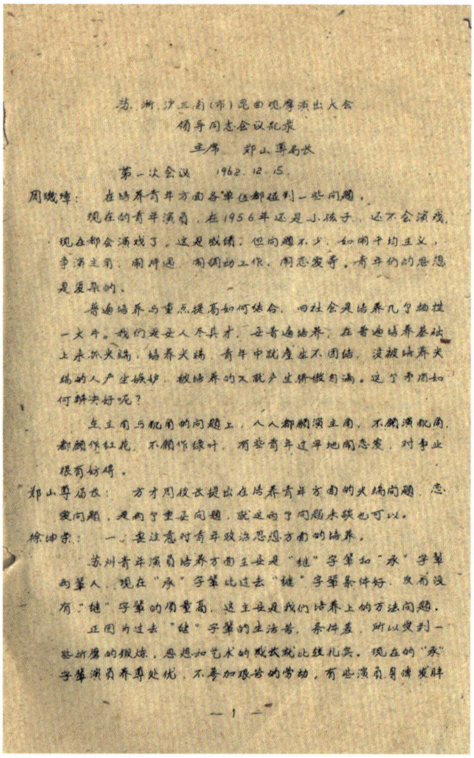

苏、浙、沪三省（市）昆曲观摩演出大会
领导同志会议纪录
主席 郑山尊局长
第一次会议 1962.12.15.

周瓒璋：在培养青年方面各单位都碰到一些问题。

现在的青年演员，在1956年还是小孩子，还不会演戏，现在都会演戏了，这是成绩；但问题不少，如闹平均主义，争演主角，闹待遇，闹调动工作，闹恋爱等。青年们的思想是复杂的。

普遍培养与重点提高如何结合，旧社会是培养几个牺牲一大片。我们是要人尽其才，要普遍培养，在普遍培养基础上来抓尖端，培养尖端，青年中就产生不团结，没被培养尖端的人产生嫉妒，被培养的又就产生骄傲自满。这个矛盾如何解决好呢？

在主角与配角的问题上，人人都愿演主角，不愿演配角，都愿作红花，不愿作绿叶，有些青年过早地闹恋爱，对事业很有妨碍。

郑山尊局长：方才周校长提出在培养青年方面的尖端问题，恋爱问题，是两个重要问题，就这两个问题来谈也可以。

徐坤荣：一、要注意对青年政治思想方面的培养。

苏州青年演员培养方面主要是“继”字辈和“承”字辈两辈人，现在“承”字辈比过去“继”字辈条件好，反而没有“继”字辈的质量高，这主要是我们培养上的方法问题。

正因为过去“继”字辈的生活苦，条件差，所以受到一些折磨的锻炼，思想和艺术的成长就比较扎实。现在的“承”字辈演员养尊处优，不参加艰苦的劳动，有些演员身体发胖

— 1 —

1962年12月，苏、浙、沪三省（市）昆曲观摩演出大会在苏州举行。图为会议记录。

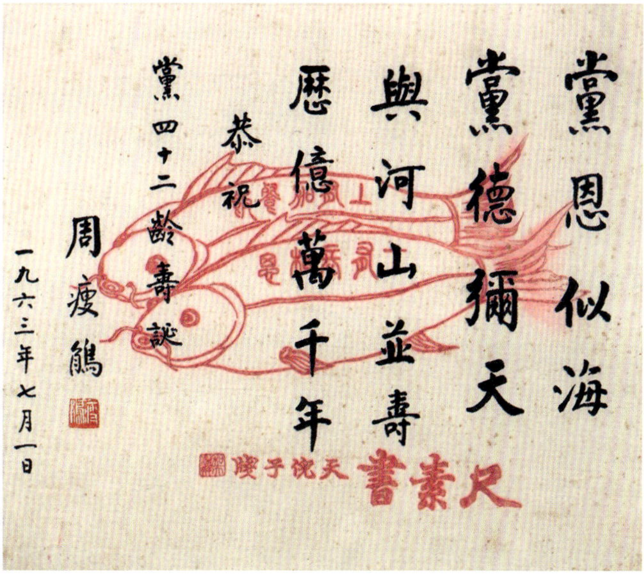

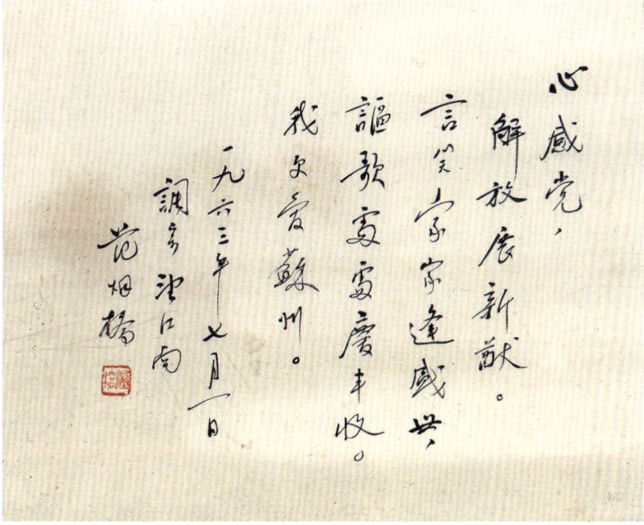

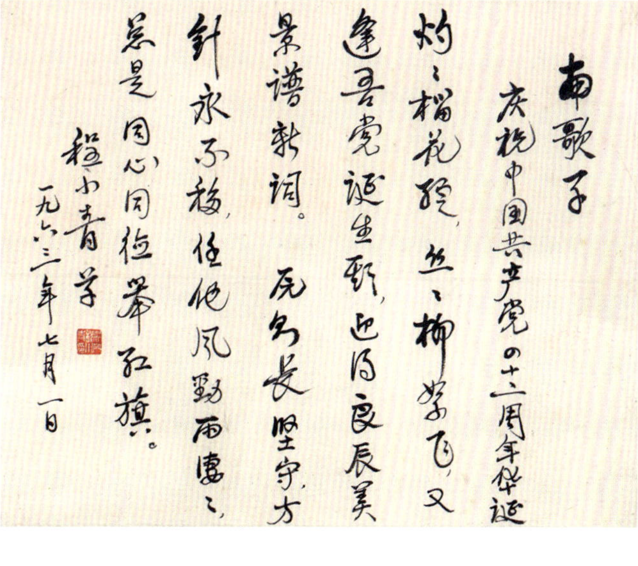

1963年7月1日，文化名流周瘦鹃、范烟桥、程小青为建党42周年题词献礼。

体育事业是社会主义建设重要组成部分之一，苏州着力普及体育运动，增强人民体质，并有计划、有组织地举办大规模体育赛事。1949年12月6日，苏州市第一届人民体育大会在体育场举行，有田径、球类、国术、团体操等项目，参加竞赛、表演的有4000余人。图为活动现场。

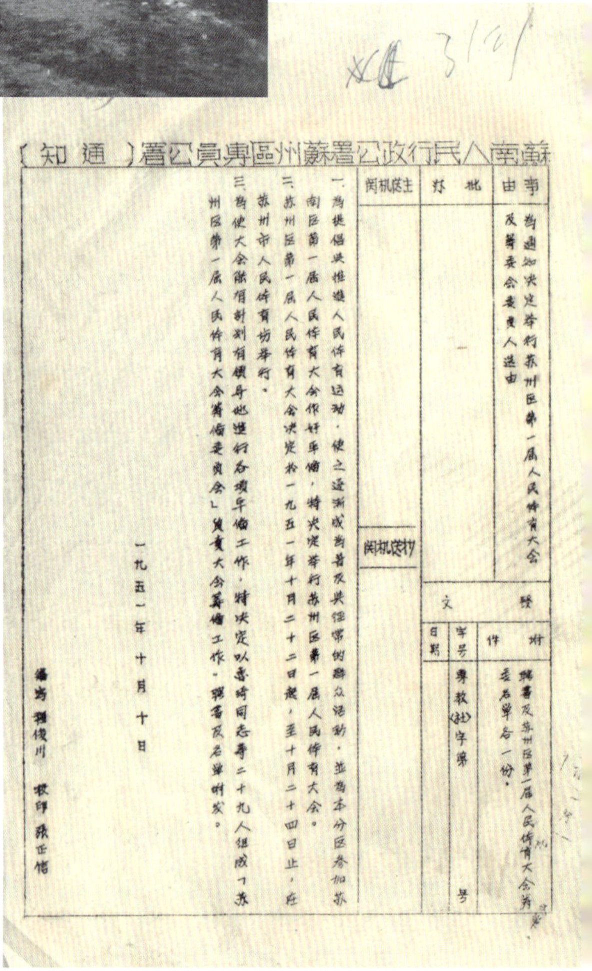

苏南人民行政公署苏州区专员公署（通知）

事由：为通知决定举行苏州区第一届人民体育大会及筹委会委员人选由

一、为提倡与推进人民体育运动，使之逐渐成为普及与经常的群众活动，并为本分区参加苏南区第一届人民体育大会作好准备，特决定举行苏州区第一届人民体育大会。

二、苏州区第一届人民体育大会决定於一九五一年十月二十二日起，至十月二十四日止，在苏州市人民体育场举行。

三、为使大会能有计划有领导地进行各项准备工作，特决定以惠琦同志等二十九人组成“苏州区第一届人民体育大会筹备委员会”负责大会筹备工作。兹附委员名单附发。

专员 魏俊川

一九五一年十月十日

发文字号：专教（社）字第 号

附件：筹委及苏州区第一届人民体育大会委员名单各一份。

1951年3月15日，苏州体育工作者举行第一次代表大会，正式成立苏州市体育协会筹委会。1951年10月22日，举办苏州区第一届人民体育大会。图为1951年10月10日，关于大会筹办及筹委会委员人选的通知。

20世纪50年代中后期，学校体育活动开始普及。1955年6月，市中等学校学生田径运动大会召开，成绩多超过市纪录。图为1964年，苏州市小学生体育运动大会在体育场举行。

1966年，袁伟民在第六届世界男排锦标赛中被评为最佳运动员。图为袁伟民（左二）回到母校苏州中学的情景。

1977年元旦，市民长跑比赛。

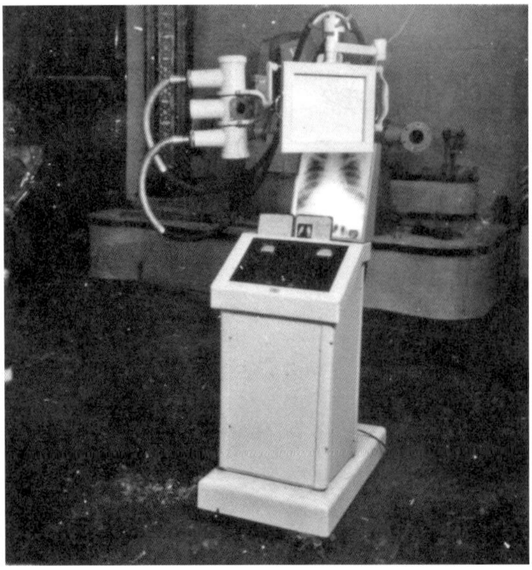

科技创新是苏州人不懈的追求。20世纪50年代，苏州医学仪器厂研制成功全国首台X线荧光缩影机，能进行透视检查、拍片等，同时能够缩小胶片面积，减轻了病人负担。

20世纪50年代，苏州纺织机械厂仿照日本松川式自动丝织机制成全铁自动织绸机，这是江苏省第一台自动丝织机。

1958年6月，炼染合作社装成全市第一台“双滚筒”来回整理车。

20世纪50年代后期，苏州胥江钢铁厂研制成功江苏省第一座高炉。它是从小土群走向小洋群的第一座小型洋高炉，故名“先锋号”。

1959年3月28日，江苏省第一台电视接收机在苏州电讯器材厂组装成功。

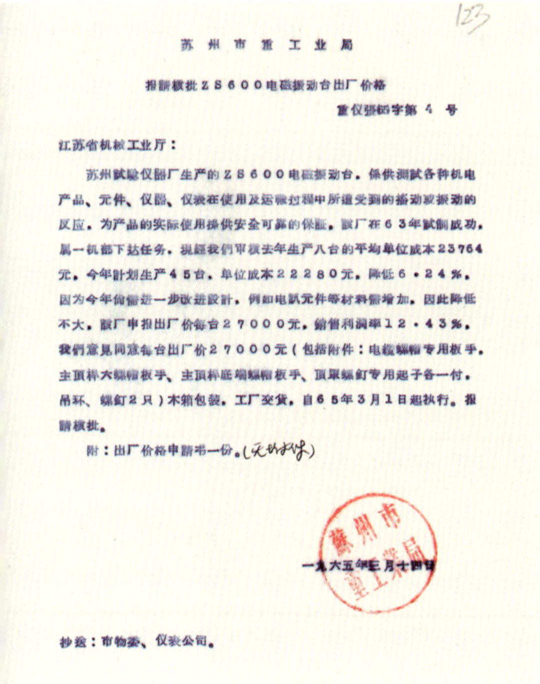

苏 州 市 重 工 业 局

报請核批ＺＳ６００电磁振动台出厂价格

重仪張65字第 4 号

江苏省机械工业厅：

苏州試驗仪器厂生产的ＺＳ６００电磁振动台，係供測試各种机电产品、元件、仪器、仪表在使用及运输过程中所遭受到的搖动或振动的反应，为产品的实际使用提供安全可靠的保証。該厂在６３年試制成功，属一机部下达任务。現經我們审核去年生产八台的平均单位成本23764元，今年計划生产４５台，单位成本２２２８０元，降低６．２４％，因为今年尚需进一步改进設計，例如电訊元件等材料需增加，因此降低不大。該厂申报出厂价每台２７０００元，銷售利潤率１２．４３％。我們意見同意每台出厂价２７０００元（包括附件：电纜螺帽专用板手，主頂杆大螺帽板手、主頂杆底端螺帽板手、頂罩螺釘专用起子各一付，吊环、螺釘２只）木箱包装，工厂交貨，自６５年３月１日起执行。报請核批。

附：出厂价格申請书一份。

蘇州市重工業局

一九六五年三月十四日

抄送：市物委、仪表公司。

1963年，苏州试验仪器厂试制成功全国第一台ZS-600电磁振动台，实现了中国振动台业零的突破。图为1965年3月14日苏州市重工业局报请核批电磁振动台出厂价格的函。

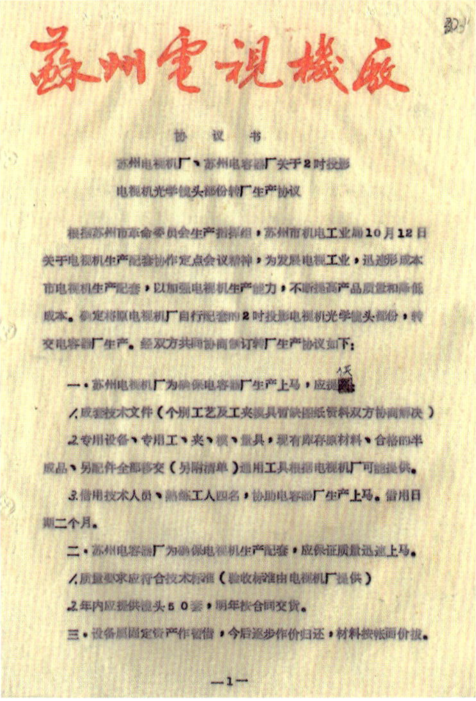

蘇州電視機廠

协 议 书

苏州电视机厂、苏州电容器厂关于2吋投影电视机光学镜头部份转厂生产协议

根据苏州市革命委员会生产指挥组，苏州市机电工业局10月12日关于电视机生产配套协作定点会议精神，为发展电视工业，迅速形成本市电视机生产配套，以加强电视机生产能力，不断提高产品质量和降低成本。决定将原电视机厂自行配套的2吋投影电视机光学镜头部份，转交电容器厂生产。经双方共同协商制订转厂生产协议如下：

一、苏州电视机厂为确保电容器厂生产上马，应提供：

1.成套技术文件（个别工艺及工夹模具暂缺图纸资料双方协商解决）

2.专用设备、专用工、夹、模、量具，现有库存原材料、合格的半成品、另配件全部移交（另附清单）通用工具根据电视机厂可能提供。

3.借用技术人员、熟练工人四名，协助电容器厂生产上马。借用日期二个月。

二、苏州电容器厂为确保电视机生产配套，应保证质量迅速上马。

1.质量要求应符合技术标准（验收标准由电视机厂提供）

2.年内应提供镜头50套，明年按合同交货。

三、设备属固定资产作暂借，今后逐步作价归还，材料按帐面价拨。

—1—

1971年9月，苏州八一电子仪器厂（苏州电视机厂前身）制成国内第一台黑白投影电视机。图为1973年10月30日，《苏州电视机厂、苏州电容器厂关于2吋投影电视机光学镜头部分转厂生产协议》。

ZS-600电磁振动台海报。

印迹——馆藏苏州红色档案选编

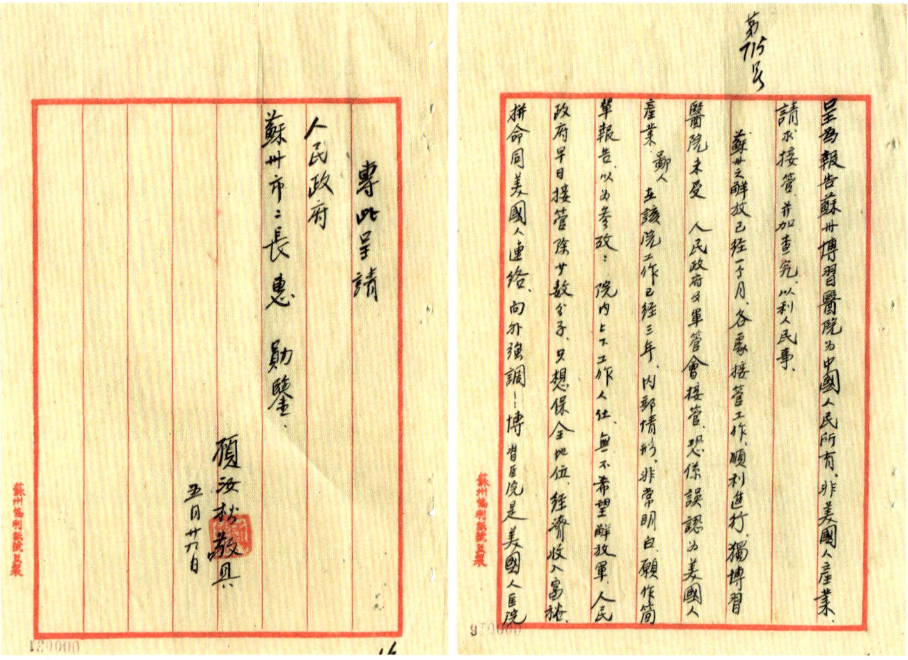
第715号

呈為報告蘇州博習醫院為中國人民所有，非美國人產業，請求接管并加查究，以利人民事。

蘇州之解放已經一月，各處接管工作順利進行，獨博習醫院未受人民政府之軍管會接管，恐係誤認為美國人產業。勳人在該院工作已經三年，內部情形非常明白，願作簡單報告，以為參考：院內上下工作人仕無不希望解放軍人民政府早日接管，除少數分子只想保全地位、經濟收入富於拼命同美國人連絡，向外強調「博習醫院是美國人醫院」

專此呈請

人民政府

蘇州市市長惠 勳鑒

顧汝楷 敬具

五月廿九日

解放初期的苏州，医疗卫生事业百废待兴。1951年11月，苏南行政公署接管原教会所办的博习医院。1954年10月，更名苏州市第一人民医院。图为1949年5月29日博习医院请求政府接管的呈文。

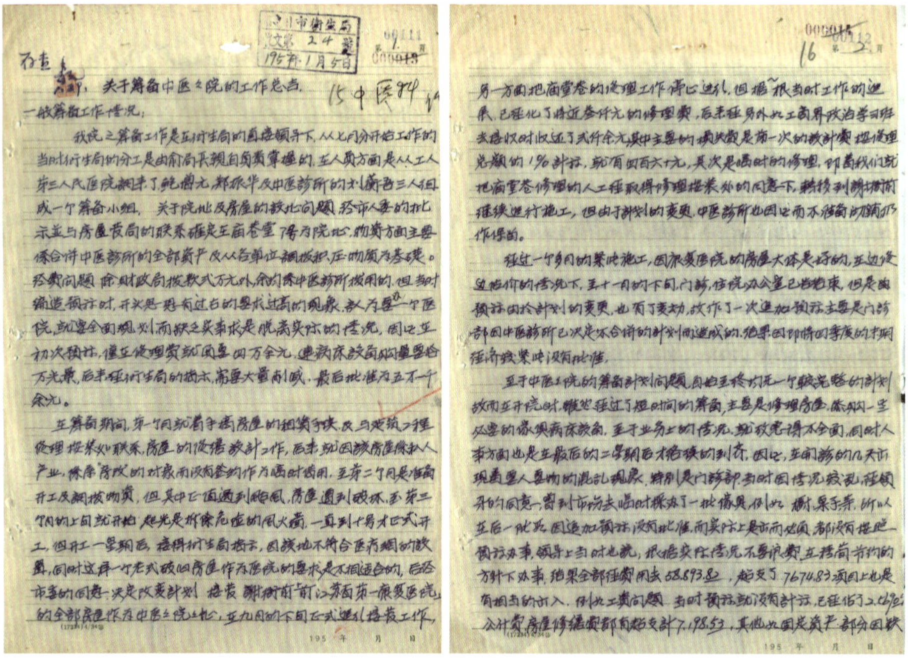
关于筹备中医医院的工作总结

一、筹备工作情况

1956年12月，苏州市中医医院创建。图为1957年1月5日，关于筹备中医医院的工作总结。

1952年，抗美援朝时期，为粉碎美国的细菌战，全国开展了大规模的爱国卫生运动。6月，苏州市开启爱国卫生运动，组织大批群众参加大扫除，清理道路、阴沟，环境卫生大大改善。当年夏季生病人数较前一年减少六成。图为1952年6月4日发布的爱国卫生运动计划。

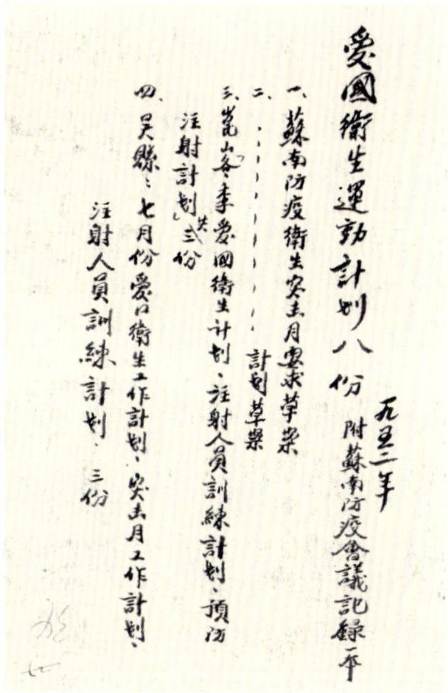
爱國衛生運動計划八份 五二年 附蘇南防疫會議記錄本
一、蘇南防疫衛生突击月要求草案
二、……計划草案
三、苏州市夏季爱國衛生計划、注射人員訓練計划、預防注射計划共弍份
四、吳縣七月份爱國衛生工作計划、突击月工作計划、注射人員訓練計划 三份

市民上街打扫卫生。

市民在填塞臭水沟。

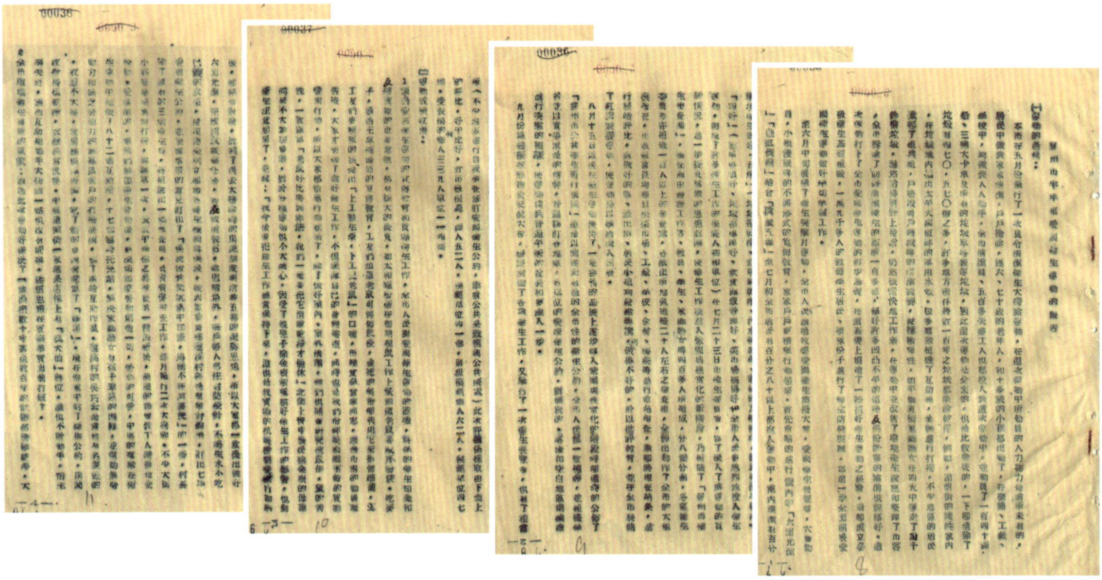

1952年12月10日，《苏州市半年来爱国卫生运动的报告》。

1953年，苏州市爱国卫生运动委员会成立，开展以“四灭”（灭蝇、蚊、鼠、虱）为中心的卫生突击活动。1956年2月2日至3月5日，又开展除“四害”突击月活动。1958年，开展以除“七害”、灭“五病”为中心的活动，要求实现“六无”。图为人民群众将消灭的老鼠上交居委会。

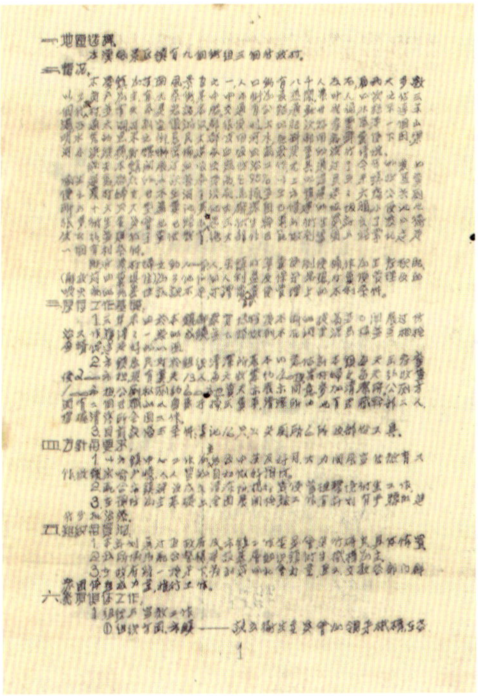

苏州是血吸虫病流行的重灾区，1951年12月，苏州建立血防站，开展血防工作。图为1952年11月15日，血吸虫病防治所工作计划。

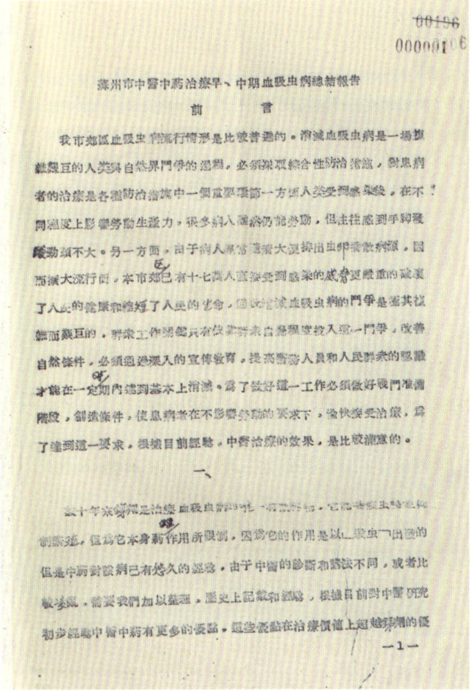

1955年，苏州开始大规模防治血吸虫病，积极收治病人，优化诊疗方案，负担治疗费用。图为1956年，苏州中医中药治疗血吸虫病的报告。

1965年6月20日，《解放日报》刊登《自己动手送“瘟神”——江苏省吴江县铜锣公社依靠群众消灭钉螺的经验》。

1972年，全民动员灭钉螺。

至1978年，经过多年努力，终于达到了消灭血吸虫病的目的。图为村民在田间河浜内戏水游泳的情景，一旁墙上写有“送走瘟神人欢笑”的标语。

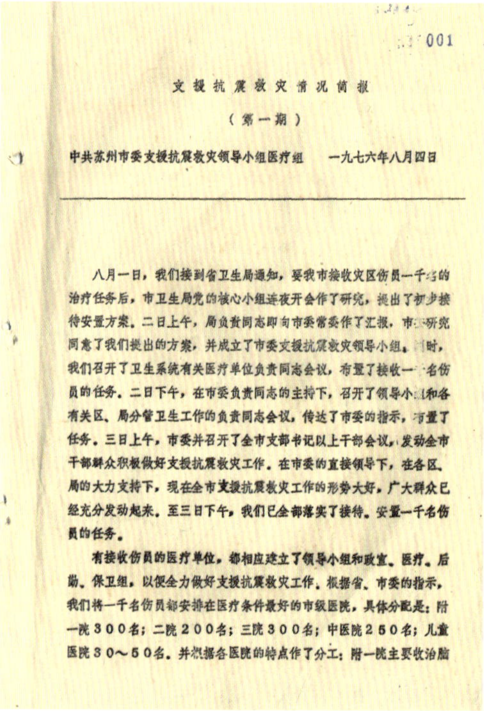

001

支援抗震救灾情况简报

（第一期）

中共苏州市委支援抗震救灾领导小组医疗组　　一九七六年八月四日

八月一日，我们接到省卫生局通知，要我市接收灾区伤员一千名的治疗任务后，市卫生局党的核心小组连夜开会作了研究，提出了初步接待安置方案。二日上午，局负责同志即向市委常委作了汇报，市委研究同意了我们提出的方案，并成立了市委支援抗震救灾领导小组。同时，我们召开了卫生系统有关医疗单位负责同志会议，布置了接收一千名伤员的任务。二日下午，在市委负责同志的主持下，召开了领导小组和各有关区、局分管卫生工作的负责同志会议，传达了市委的指示，布置了任务。三日上午，市委并召开了全市支部书记以上干部会议，发动全市干部群众积极做好支援抗震救灾工作。在市委的直接领导下，在各区、局的大力支持下，现在全市支援抗震救灾工作的形势大好，广大群众已经充分发动起来。至三日下午，我们已全部落实了接待、安置一千名伤员的任务。

有接收伤员的医疗单位，都相应建立了领导小组和政宣、医疗、后勤、保卫组，以便全力做好支援抗震救灾工作。根据省、市委的指示，我们将一千名伤员都安排在医疗条件最好的市级医院，具体分配是：附一院300名；二院200名；三院300名；中医院250名；儿童医院30～50名。并根据各医院的特点作了分工：附一院主要收治脑

在长期血防的过程中，苏州的医疗事业得到了长足发展。1976年8月，苏州市委支援抗震救灾医疗组接收灾区1000名伤员，并对其进行了安置与治疗。图为《支援抗震救灾情况简报》（第一期）。

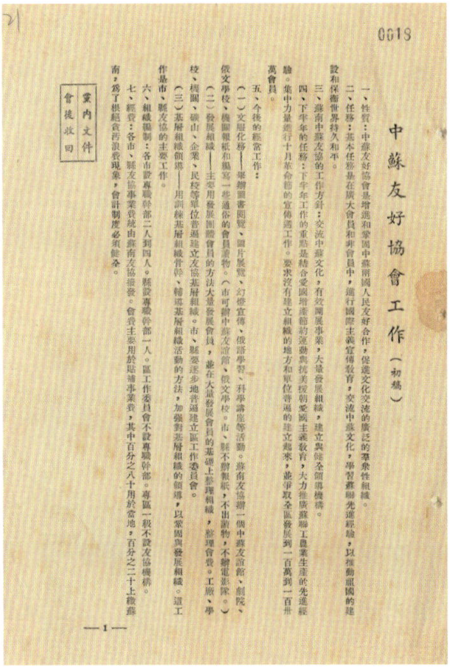

21

0018

中蘇友好協會工作（初稿）

一、性質：中蘇友好協會是增進和鞏固中蘇兩國人民友好合作，促進文化交流的廣泛的羣衆性組織。

二、任務：基本任務是在廣大會員和非會員中，進行國際主義宣傳教育，交流中蘇文化，學習蘇聯先進經驗，以推動祖國的建設和保衛世界持久和平。

三、蘇南中蘇友協的工作方針：交流中蘇文化，有效開展事業，大量發展組織，建立與健全領導機構。

四、下半年的任務：下半年工作的重點是結合愛國增產節約運動與抗美援朝愛國主義教育，大力推廣蘇聯工農業生產的先進經驗。集中力量進行十月革命節的宣傳週工作。要求沒有建立組織的地方和單位普遍的建立起來，並爭取全區發展到一百萬到一百卅萬會員。

五、今後的經常工作：

（一）文歷化務——舉辦圖書閱覽、圖片展覽、幻燈宣傳、俄語學習、科學講座等活動。蘇南友協辦一個中蘇友誼館、劇院、俄文學校，機關報紙和編寫一些通俗的會員讀物。（市可辦中蘇友誼館、俄文學校。市、縣不辦報紙，不出讀物，不辦電影隊。）

（二）發展組織——主要用發展團體會員的方法大量發展會員，並在大量發展會員的基礎上整理組織，整理會費。工廠、學校、機關、礦山、企業、民校等單位普遍建立友協基層組織。市、縣要逐步地普遍建立區工作委員會。

（三）基層組織領導——用訓練基層組織骨幹、輔導基層組織活動的方法，加強對基層組織的領導，以鞏固與發展組織。這工作是市、縣友協的主要工作。

六、組織編制：各市設專職幹部二人到四人。縣設專職幹部一人。區工作委員會不設專職幹部。專區一級不設友協機構。

七、經費：各市、縣友協事業費統由蘇南友協撥發。會費主要用於貼補事業費，其中百分之八十用於當地，百分之二十上繳蘇南，爲了根絕貪污浪費現象，會計制度必須健全。

黨內文件
會後收回

—1—

20世纪50年代初，经历了解放初期的调整与建设，苏南地区的民主政权逐步稳定，开始着眼于外事工作的发展。伴随着国内掀起中苏友好的热潮，苏南中苏友好协会成立。图为协会工作纲要初稿。

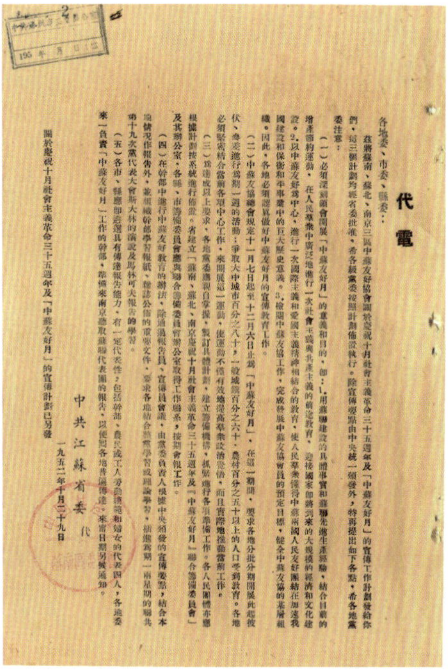

代電

各地委、市委、縣委：

茲將蘇南、蘇北、南京三區中蘇友好協會關於慶祝十月社會主義革命三十五週年及「中蘇友好月」的宣傳工作計劃發給你們，這三個計劃均經省委批准，希各級黨委按照計劃佈置執行。除宣傳要點由中央統一頒發外，特再提出如下各點，希各地黨委注意：

（一）必須深刻領會開展「中蘇友好月」的意義和目的，即：1.用蘇聯建設的具體事實和蘇聯先進生產經驗，結合目前的增產節約運動，在人民羣衆中廣泛地進行一次社會主義與共產主義的前途教育，迎接國家即將到來的大規模的經濟和文化建設。2.以中蘇友好爲中心，進行一次國際主義和愛國主義精神相結合的教育，使人民羣衆懂得中蘇兩國人民友好團結在加速我國建設和保衛和平事業中的巨大歷史意義。3.檢閱中蘇友協工作，完成發展中蘇友協會員的預定目標，健全中蘇友協的基層組織。因此，各地必須認眞做好中蘇友好月的宣傳教育工作。

（二）中蘇友協總會規定十一月七日起至十二月六日止爲「中蘇友好月」，在這一期間，要求各地分批分期開展此起彼伏、參差進行爲期一週的活動：爭取大中城市百分之八十，一般城鎮百分之六十，農村百分之五十以上的人口受到教育。各地必須緊密結合當前各項中心工作，來開展這一運動，使運動不僅有效地提高羣衆政治覺悟，而且實際地推動當前工作。

（三）爲達成以上要求，各地黨委應親自掌握，製訂具體計劃，建立籌備機構，抓緊進行各項準備工作。各人民團體亦應根據計劃按系統進行佈置。省建立「蘇南、蘇北、南京慶祝十月社會主義革命三十五週年及「中蘇友好月」聯合籌備委員會」及其辦公室，各縣、市籌備委員會應與聯合籌備委員會辦公室取得工作聯系，按期會報工作。

（四）在幹部中進行中蘇友好教育的辦法，除通過報告員、宣傳員會議，由黨委負責人根據中央頒發的宣傳要點，結合本地情況作報告外，並組織幹部學習報紙、雜誌公佈的重要文件，要求各地結合整黨學習或理論學習，插進爲期一兩星期的聯共第十九次黨代表大會斯大林的演說及馬林可夫報告的學習。

（五）各市、縣應即選具有傳達報告能力，有一定代表性，包括幹部、農民或工人勞動模範和婦女的代表四人，各地委來一負責「中蘇友好月」工作的幹部，準備來南京聽取蘇聯代表團的報告，以便回各地普遍傳達。來甯日期另候通知。

中共江蘇省委 代

一九五二年十月二十九日

關於慶祝十月社會主義革命三十五週年及「中蘇友好月」的宣傳計劃已另發

1952年10月29日，中共江苏省委发布关于庆祝十月革命胜利三十五周年及“中苏友好月”宣传工作的代电。

1954年5月7日，苏联共青团中央第一书记谢列平率领青年代表团访华，苏州新民主主义青年团组织青年在火车站举行欢迎和联欢活动。图为青年团在车站月台上等候代表团的到来。

1958年5月，中央建筑工程部首席顾问萨里舍夫、什基别尔曼、库维尔金到苏州帮助制订城市建设规划。图为苏联专家萨里舍夫在文庙留影。

20世纪70年代，中国外交事业迎来新局面，苏州的外事工作亦得以进一步开展。1971年2月，柬埔寨国家元首诺罗敦·西哈努克亲王和夫人一行到苏州参观访问。图为苏州各界在火车站广场热烈欢迎外宾的情景。

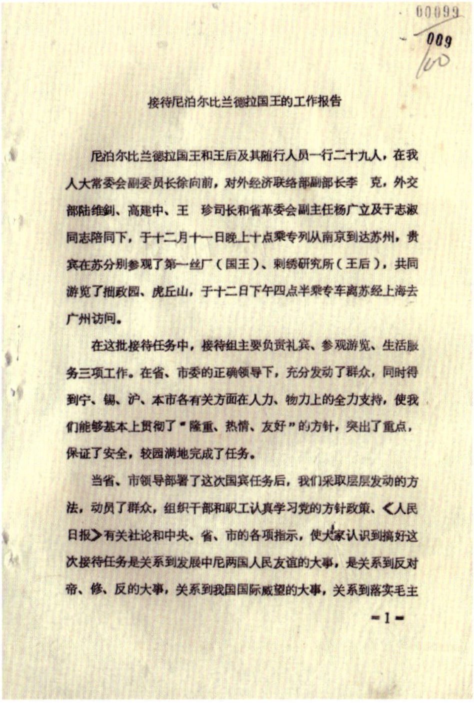
00099
009
100

接待尼泊尔比兰德拉国王的工作报告

尼泊尔比兰德拉国王和王后及其随行人员一行二十九人，在我人大常委会副委员长徐向前，对外经济联络部副部长李　克，外交部陆维钊、高建中、王　珍司长和省革委会副主任杨广立及于志淑同志陪同下，于十二月十一日晚上十点乘专列从南京到达苏州，贵宾在苏分别参观了第一丝厂（国王）、刺绣研究所（王后），共同游览了拙政园、虎丘山，于十二日下午四点半乘专车离苏经上海去广州访问。

在这批接待任务中，接待组主要负责礼宾、参观游览、生活服务三项工作。在省、市委的正确领导下，充分发动了群众，同时得到宁、锡、沪、本市各有关方面在人力、物力上的全力支持，使我们能够基本上贯彻了"隆重、热情、友好"的方针，突出了重点，保证了安全，较园满地完成了任务。

当省、市领导部署了这次国宾任务后，我们采取层层发动的方法，动员了群众，组织干部和职工认真学习党的方针政策、《人民日报》有关社论和中央、省、市的各项指示，使大家认识到搞好这次接待任务是关系到发展中尼两国人民友谊的大事，是关系到反对帝、修、反的大事，关系到我国国际威望的大事，关系到落实毛主

－1－

1973年12月20日，关于接待尼泊尔国王比兰德拉和王后一行的工作报告。

1973年12月，尼泊尔国王比兰德拉（右三）和王后（右四）一行在苏州访问。

1974年11月29日，美国国务卿亨利·基辛格（左二）和美国驻华联络处主任布什（左三）一行在苏州参观访问。

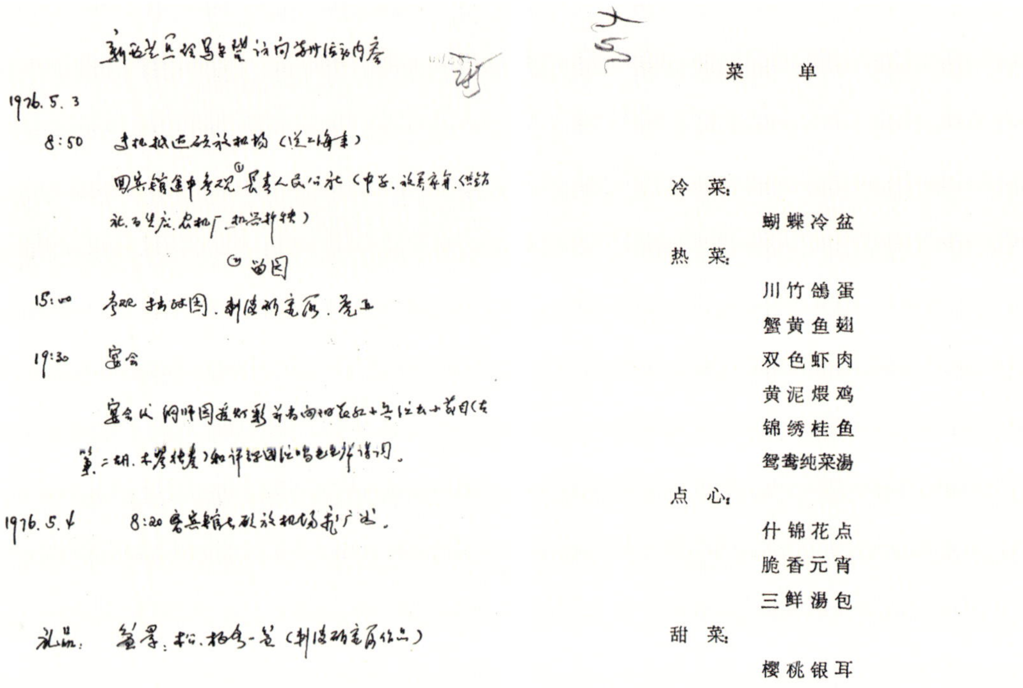
新西兰总理马尔登访问苏州活动内容

1976.5.3

8:50 专机抵达硕放机场（从上海来）

回宾馆途中参观①长青人民公社（中学、[illegible]、供销社、[illegible]、农机厂、机器排灌）

②留园

15:00 参观拙政园、刺绣研究所、[illegible]

19:30 宴会

宴会后[illegible]

1976.5.4 8:20 离宾馆去硕放机场[illegible]广州。

礼品：[illegible]（刺绣研究所作品）

菜 单

冷 菜：

蝴蝶冷盆

热 菜：

川竹鸽蛋

蟹黄鱼翅

双色虾肉

黄泥煨鸡

锦绣桂鱼

鸳鸯纯菜汤

点 心：

什锦花点

脆香元宵

三鲜汤包

甜 菜：

樱桃银耳

1976年5月3日，新西兰总理到苏州访问。图为日程表和宴会菜单。

1977年4月，撒切尔夫人到苏州访问。

1978年10月，墨西哥总统何塞·洛佩斯夫妇到苏州访问。

砥砺前行

一九七八—二〇一二

1978 年 12 月，党的十一届三中全会召开，确定了把全党的工作重心转移到社会主义现代化建设上来的战略决策。中华大地复苏，古城苏州到处涌动着改革的春潮。苏州在党的基本路线指引下，加强相关政策的学习，提升社会主义精神文明建设；以经济建设为中心，在农业领域推行生产承包责任制，在工商业领域进行所有制、经营方式、经济管理体制改革；不断完善城市总体规划，采取有效措施保护古城，积极推进开发区建设，大力投入市政建设；各项社会事业一体推进，科教文卫实现跨越式发展；国内外交流显著增加，人民生活持续改善。苏州人民砥砺前行，国民经济与各项社会事业取得了长足的发展。

思想政治

1978年12月召开的党的十一届三中全会，是建国以来我党历史上具有深远意义的伟大转折。苏州认真学习贯彻改革开放以来，中央和省委历次党代会精神，加强党的思想建设、组织建设和作风建设；实行市管县新体制，充分激发县市区发展活力，大力加强精神文明建设，形成了富有苏州特点的“张家港精神”“昆山之路”“园区经验”三大法宝，荣膺并蝉联全国文明城市称号。

1981年2月25日，全国学联、全国总工会、全国妇联等9家单位联合发布《关于开展文明礼貌活动的倡议》，在全国开展文明礼貌月活动，大兴“五讲四美”之风。图为苏州市民在开明影剧院前开展活动。

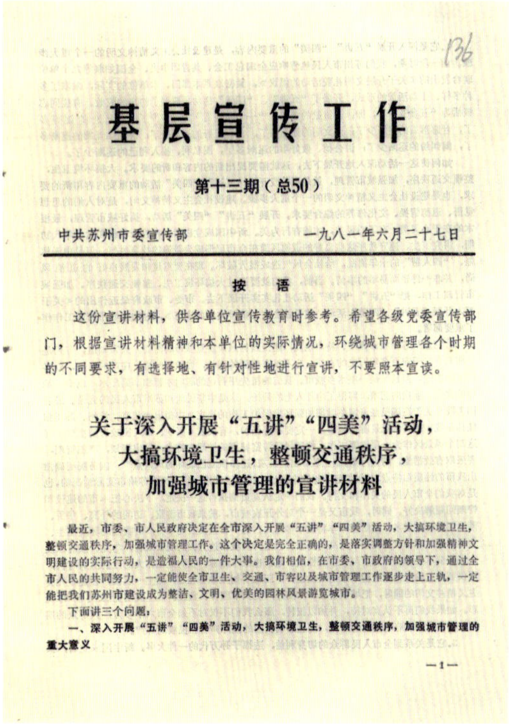

136

基层宣传工作

第十三期（总50）

中共苏州市委宣传部　　一九八一年六月二十七日

按　语

这份宣讲材料，供各单位宣传教育时参考。希望各级党委宣传部门，根据宣讲材料精神和本单位的实际情况，环绕城市管理各个时期的不同要求，有选择地、有针对性地进行宣讲，不要照本宣读。

关于深入开展“五讲”“四美”活动，大搞环境卫生，整顿交通秩序，加强城市管理的宣讲材料

最近，市委、市人民政府决定在全市深入开展“五讲”“四美”活动，大搞环境卫生，整顿交通秩序，加强城市管理工作。这个决定是完全正确的，是落实调整方针和加强精神文明建设的实际行动，是造福人民的一件大事。我们相信，在市委、市政府的领导下，通过全市人民的共同努力，一定能使全市卫生、交通、市容以及城市管理工作逐步走上正轨，一定能把我们苏州市建设成为整洁、文明、优美的园林风景游览城市。

下面讲三个问题：

一、深入开展“五讲”“四美”活动，大搞环境卫生，整顿交通秩序，加强城市管理的重大意义

—1—

1981年6月27日，《基层宣传工作》刊载《关于深入开展“五讲”“四美”活动，大搞环境卫生，整顿交通秩序，加强城市管理的宣讲材料》。

1981年，“五讲四美”文明礼貌月活动在苏州展开，社会风气开始变好。图为“文明礼貌月”专题演出活动。

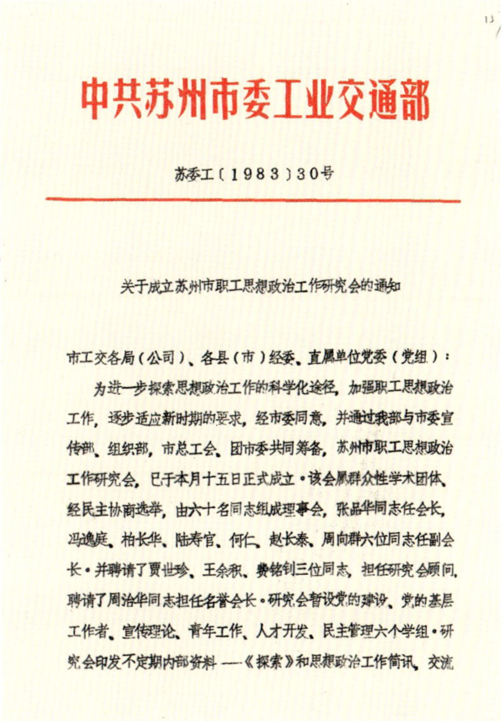

中共苏州市委工业交通部

苏委工〔1983〕30号

关于成立苏州市职工思想政治工作研究会的通知

市工交各局（公司）、各县（市）经委、直属单位党委（党组）：

为进一步探索思想政治工作的科学化途径，加强职工思想政治工作，逐步适应新时期的要求，经市委同意，并通过我部与市委宣传部、组织部，市总工会、团市委共同筹备，苏州市职工思想政治工作研究会，已于本月十五日正式成立·该会属群众性学术团体、经民主协商选举，由六十名同志组成理事会，张品华同志任会长，冯逸庭、柏长华、陆寿官、何仁、赵长泰、周向群六位同志任副会长·并聘请了贾世珍、王余积、费铭钊三位同志，担任研究会顾问，聘请了周治华同志担任名誉会长·研究会暂设党的建设、党的基层工作者、宣传理论、青年工作、人才开发、民主管理六个学组·研究会印发不定期内部资料——《探索》和思想政治工作简讯、交流

1983年11月15日，苏州市委工业交通部发布《关于成立苏州市职工思想政治工作研究会的通知》。

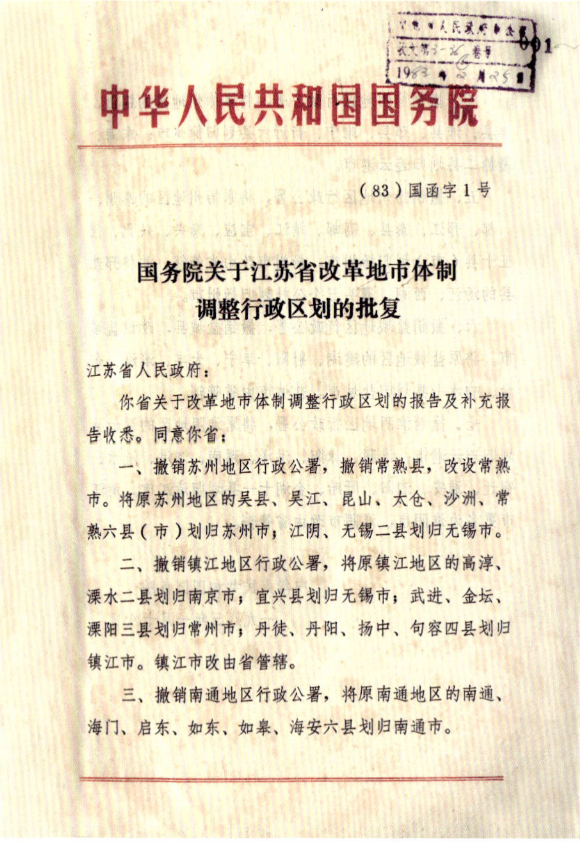

中华人民共和国国务院

（83）国函字1号

国务院关于江苏省改革地市体制调整行政区划的批复

江苏省人民政府：

你省关于改革地市体制调整行政区划的报告及补充报告收悉。同意你省：

一、撤销苏州地区行政公署，撤销常熟县，改设常熟市。将原苏州地区的吴县、吴江、昆山、太仓、沙洲、常熟六县（市）划归苏州市；江阴、无锡二县划归无锡市。

二、撤销镇江地区行政公署，将原镇江地区的高淳、溧水二县划归南京市；宜兴县划归无锡市；武进、金坛、溧阳三县划归常州市；丹徒、丹阳、扬中、句容四县划归镇江市。镇江市改由省管辖。

三、撤销南通地区行政公署，将原南通地区的南通、海门、启东、如东、如皋、海安六县划归南通市。

1983年1月18日，《国务院关于江苏省改革地市体制，调整行政区划的批复》发布。撤销苏州地区行政公署，将常熟撤县设市，原苏州地区的吴县、吴江、昆山、太仓、沙洲、常熟六县（市）划归苏州市。3月1日起，正式实行市管县的新体制。

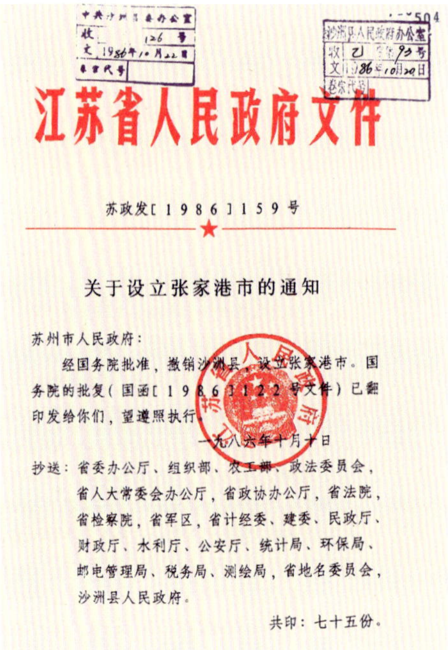

江苏省人民政府文件

苏政发〔1986〕159号

关于设立张家港市的通知

苏州市人民政府：

经国务院批准，撤销沙洲县，设立张家港市。国务院的批复（国函〔1986〕122号文件）已翻印发给你们，望遵照执行。

一九八六年十月十日

抄送：省委办公厅、组织部、农工部、政法委员会，省人大常委会办公厅，省政协办公厅，省法院，省检察院，省军区，省计经委、建委、民政厅、财政厅、水利厅、公安厅、统计局、环保局、邮电管理局、税务局、测绘局，省地名委员会，沙洲县人民政府。

共印：七十五份。

1986年10月，江苏省政府发布《关于设立张家港市的通知》。

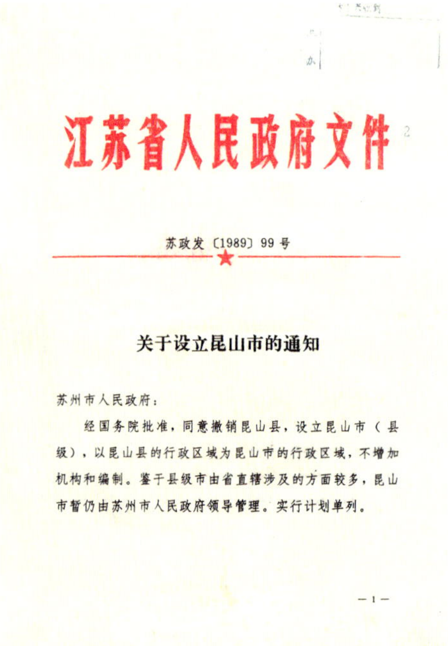

江苏省人民政府文件

苏政发〔1989〕99号

关于设立昆山市的通知

苏州市人民政府：

经国务院批准，同意撤销昆山县，设立昆山市（县级），以昆山县的行政区域为昆山市的行政区域，不增加机构和编制。鉴于县级市由省直辖涉及的方面较多，昆山市暂仍由苏州市人民政府领导管理。实行计划单列。

— 1 —

1989年9月，江苏省政府发布《关于设立昆山市的通知》。

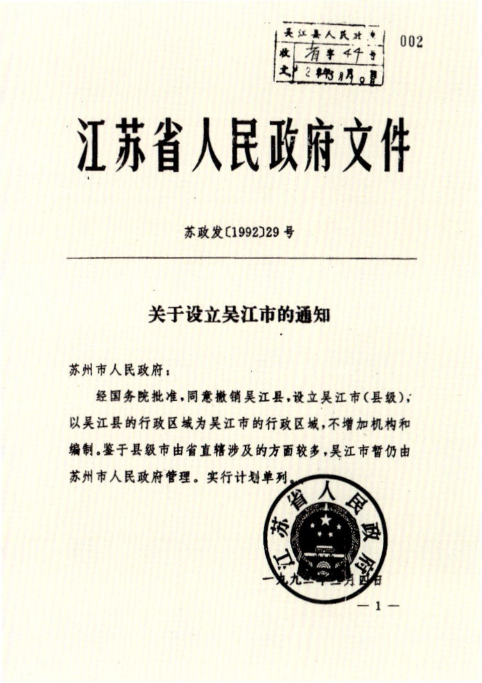

002

江苏省人民政府文件

苏政发〔1992〕29号

关于设立吴江市的通知

苏州市人民政府：

经国务院批准，同意撤销吴江县，设立吴江市（县级），以吴江县的行政区域为吴江市的行政区域，不增加机构和编制。鉴于县级市由省直辖涉及的方面较多，吴江市暂仍由苏州市人民政府管理。实行计划单列。

一九九二年二月四日

—1—

1992年，江苏省政府发布《关于设立吴江市的通知》。

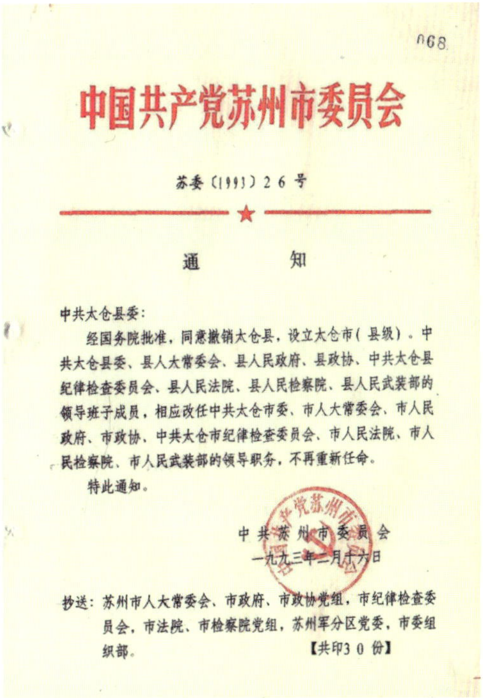

068

中国共产党苏州市委员会

苏委〔1993〕26号

通　　知

中共太仓县委：

经国务院批准，同意撤销太仓县，设立太仓市（县级）。中共太仓县委、县人大常委会、县人民政府、县政协、中共太仓县纪律检查委员会、县人民法院、县人民检察院、县人民武装部的领导班子成员，相应改任中共太仓市委、市人大常委会、市人民政府、市政协、中共太仓市纪律检查委员会、市人民法院、市人民检察院、市人民武装部的领导职务，不再重新任命。

特此通知。

中共苏州市委员会

一九九三年二月十六日

抄送：苏州市人大常委会、市政府、市政协党组，市纪律检查委员会，市法院、市检察院党组，苏州军分区党委，市委组织部。

【共印30份】

1993年2月16日，苏州市委发布关于撤销太仓县，设立太仓市的通知。

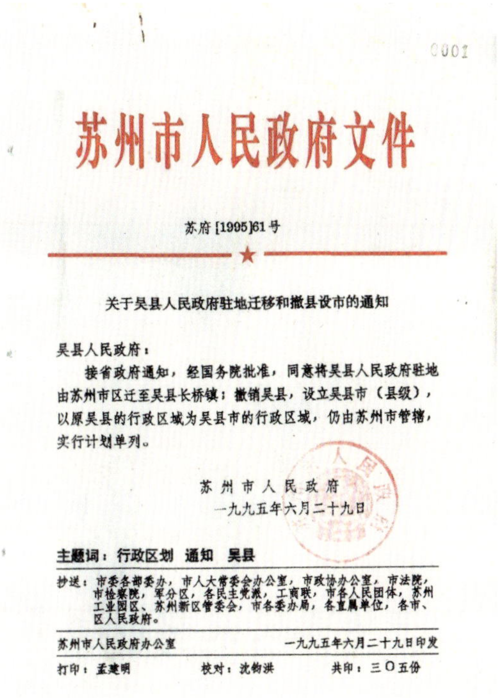

0001

苏州市人民政府文件

苏府〔1995〕61号

关于吴县人民政府驻地迁移和撤县设市的通知

吴县人民政府：

接省政府通知，经国务院批准，同意将吴县人民政府驻地由苏州市区迁至吴县长桥镇；撤销吴县，设立吴县市（县级），以原吴县的行政区域为吴县市的行政区域，仍由苏州市管辖，实行计划单列。

苏州市人民政府

一九九五年六月二十九日

主题词：行政区划　通知　吴县

抄送：市委各部委办，市人大常委会办公室，市政协办公室，市法院，市检察院，军分区，各民主党派，工商联，市各人民团体，苏州工业园区、苏州新区管委会，市各委办局，各直属单位，各市、区人民政府。

苏州市人民政府办公室　　一九九五年六月二十九日印发

打印：孟建明　　校对：沈钧洪　　共印：三〇五份

1995年6月29日，苏州市政府发布《关于吴县人民政府驻地迁移和撤县设市的通知》。

1993年3月5日，由中组部和苏州市委组织部联合编写出版的报告文集《苏州崛起的足迹》在北京人民大会堂举行首发式。本书集中记述了党的十一届三中全会以来苏州发生的巨大变化和苏州市各级党组织在新时期的用人之道。

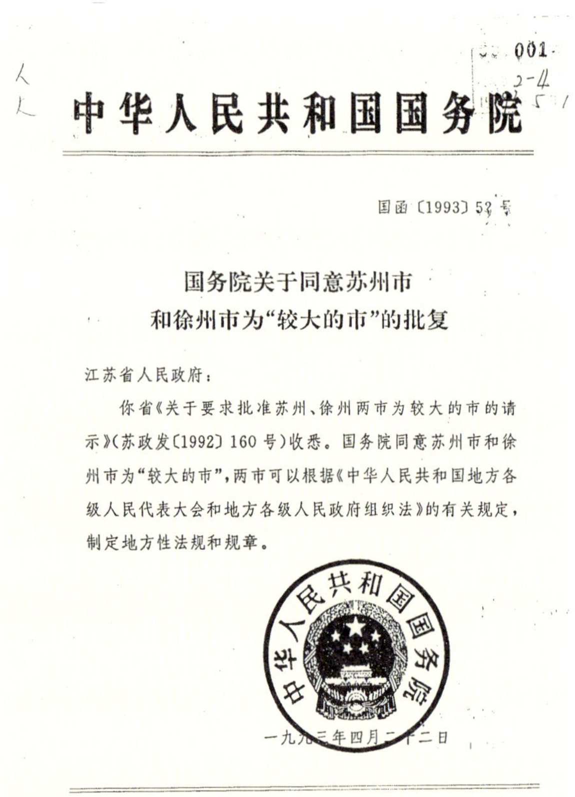

中华人民共和国国务院

国函〔1993〕53号

国务院关于同意苏州市和徐州市为“较大的市”的批复

江苏省人民政府：

你省《关于要求批准苏州、徐州两市为较大的市的请示》（苏政发〔1992〕160号）收悉。国务院同意苏州市和徐州市为“较大的市”，两市可以根据《中华人民共和国地方各级人民代表大会和地方各级人民政府组织法》的有关规定，制定地方性法规和规章。

中华人民共和国国务院

一九九三年四月二十二日

1993年4月22日，《国务院关于同意苏州市和徐州市为“较大的市”的批复》发布。

苏州三大法宝"张家港精神""昆山之路""园区经验"是苏州人民在改革开放和现代化建设的实践中形成的一种时代精神。

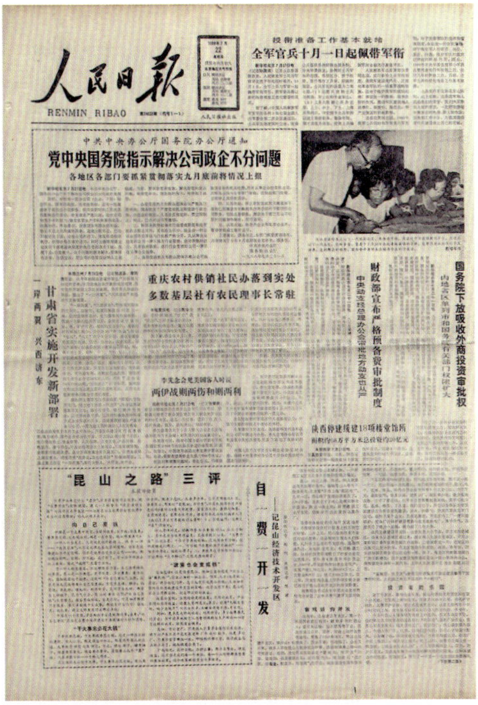

人民日报
RENMIN RIBAO

全军官兵十月一日起佩带军衔

党中央国务院指示解决公司政企不分问题

重庆农村供销社民办落到实处
多数基层社有农民理事长常驻

甘肃省实施开发新部署

财政部宣布严格预备费审批制度

国务院下放吸收外商投资审批权

"昆山之路"三评

自费开发

1988年7月22日，《人民日报》头版刊登《"昆山之路"三评》。

人民日报
RENMIN RIBAO

弘扬"张家港精神"

1995年11月24日，《人民日报》刊登《弘扬"张家港精神"》。

借得东风张巨帆

——看苏州工业园区如何借鉴新加坡经验

本报记者 李泓冰 杨晓和

从沪宁高速公路苏州段向位于苏州古城东面的金鸡湖畔，一个由中、新两国政府合作开发建设的苏州工业园区，如今已初具雏形。这个年轻而美丽的开发区后来居上，在全国48个国家批准的开发区中，累计合同利用外资42.53亿美元，占到第四位。

园区的阔步发展，这一切，与借鉴新加坡经验的初步成功分不开。

富有最大招商优势的"亲商"政府

我们一向的概念，政府与企业的关系是管理者与被管理者的关系，而按照新加坡"亲商"的理念，却是服务者与服务对象的关系，政府所做的，不是"管什么"，而是"为谁服务"、"怎样服务"。苏州市委副书记、园区管委会主任张新实说：政府的任务是把以服务为主要内容的投资综合环境建设好，在这个环境中，政府管政府的事，企业管企业的事，政府不干预企业的经营活动，不增加企业负担；企业照章纳税，自负盈亏，并不要求政府担负其经营责任。这是园区在"亲商"理念基础上提高竞争力的最重要战略，是使客商对投资环境和服务方式认同基础上的长远利益投资。

新型理念"逼"出新型的行政管理体制和运作机制。园区建立政企分开、行政管理和开发主体分离的"精简、统一、高效"的管委会，其常设职能机构7个，另有一个"借鉴新加坡经验办公室"，比常规编制规模减少了2/3的人员，却承担着"对内接口，对外接轨"的工作，涉及苏州市80多个党政机构职能，还要与新加坡20多个政府机构联络。园区"因事设岗，因岗选人"，从全国公开招聘工作人员，由中、新专家主持极为严格的考试，择优录用。园区将他们分39批，计566人次赴新加坡专业培训。实行"竞争上岗，末名淘汰，能上能下，能进能出"的用人机制，造就了一支高素质的队伍。

园区的工作中心是招商引资，管委会及其机构都围绕服务于这个中心高速运转，用"亲商"增大招商引资力度，以招商引资体现"亲商"的程度。用行家找行家，进入良性循环的轨道。园区是到国际招商网络上去，有的放矢地"敲门"，耐心地在网络上搜寻合适的客商，追踪扩大生产规模、谋求资金出路。他们了如指掌，一旦确定目标，他们就派训练有素的人前往"敲门"，同时促使客商下决心投资的要害问题，给予相应的优惠措施，从而招到满意的项目。

园区对外商需要解决的问题，尽可能地按国际惯例办事，基本做到：政策和办事程序标准化、规范化、透明化；手续简便；严格执行已形成的各项政策。在项目的审批上，他们采用新加坡的办法，只看是否符合我国关于外商投资的政策，是否要遵守园区的总体规划和环保要求，是否利于构架一个与现代经济相适应的产业结构。所以，有的项目7天就批准下来了。客商从公司设立、人员招聘到开工的全过程，需要在政府部门办理的所有手续，由一个业务员接收后，就可在"客户业务受理室"全部办理完毕，在最短的期限内将全部手续返回给客商。

（下转第二版）

1998年10月22日，《人民日报》刊登《借得东风张巨帆——看苏州工业园区如何借鉴新加坡经验》。

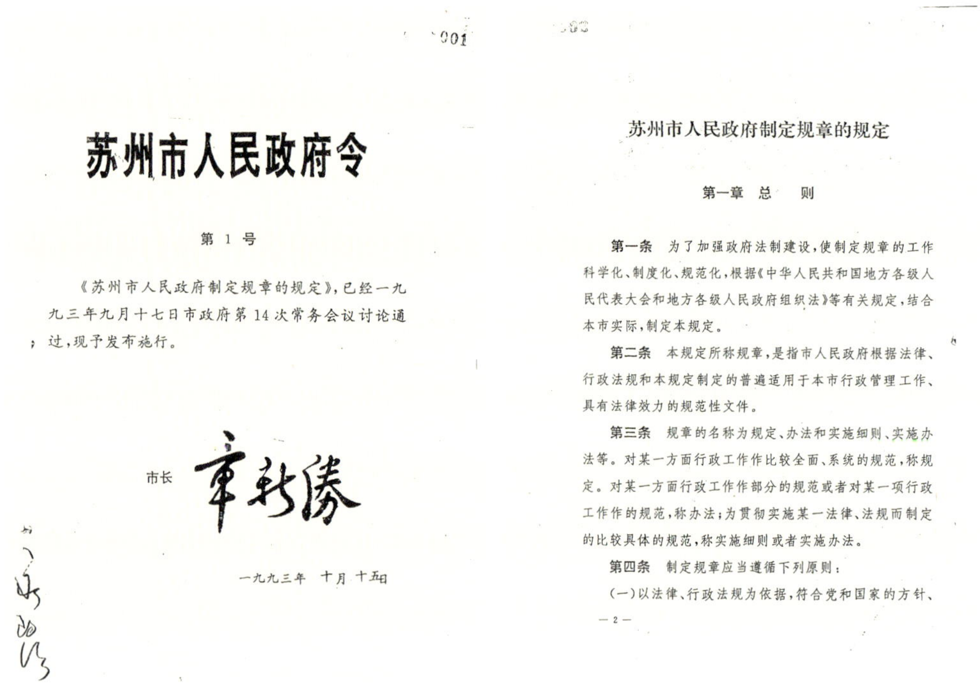

001

苏州市人民政府令

第 1 号

《苏州市人民政府制定规章的规定》，已经一九九三年九月十七日市政府第 14 次常务会议讨论通过，现予发布施行。

市长

一九九三年 十月 十五日

苏州市人民政府制定规章的规定

第一章 总 则

第一条 为了加强政府法制建设，使制定规章的工作科学化、制度化、规范化，根据《中华人民共和国地方各级人民代表大会和地方各级人民政府组织法》等有关规定，结合本市实际，制定本规定。

第二条 本规定所称规章，是指市人民政府根据法律、行政法规和本规定制定的普遍适用于本市行政管理工作、具有法律效力的规范性文件。

第三条 规章的名称为规定、办法和实施细则、实施办法等。对某一方面行政工作作比较全面、系统的规范，称规定。对某一方面行政工作作部分的规范或者对某一项行政工作作的规范，称办法；为贯彻实施某一法律、法规而制定的比较具体的规范，称实施细则或者实施办法。

第四条 制定规章应当遵循下列原则：

（一）以法律、行政法规为依据，符合党和国家的方针、

— 2 —

1993年10月15日，《苏州市人民政府制定规章的规定》发布。

1996年，苏州市立法工作座谈会现场。

619

中共苏州市委办公室

电话通知稿

〔1996〕第32号

各市、区委，苏州工业园区、苏州新区工委；市委各部委办局，市各委办局（公司）党组（党委），市各人民团体党组，各大专院校和直属单位党委：

为落实江泽民总书记提出的“讲学习、讲政治、讲正气”的精神，结合学习党的忠诚卫士曹克明同志的先进事迹，宣传、树立一批讲学习讲政治讲正气的勤政廉政的先进典型，弘扬正气，引导全市党员干部树立正确的世界观、人生观和价值观。经市委同意，“七·一”前后在全市组织“三讲一学”（讲学习讲政治讲正气学先进）报告活动。根据全市统一安排，现定于六月二十七日（星期四）下午二时在市委会堂举行首场报告会，市委领导将到会作重要讲话。时间半天。请下列同志出席：

1、市委、市人大、市政府、市政协领导各1人；

2、各市、区委、政府，苏州工业园区、苏州新区工委、管委会负责同志各1人；各市、区（包括苏州工业园区、苏州新区）纪委、组织部、宣传部主要负责人各1人；

1996年6月24日，为落实中央“讲学习、讲政治、讲正气”的精神，苏州市委决定于7月1日前后在全市组织“三讲一学”报告活动。

1996年，苏州响应党中央的号召，对县处级以上领导干部进行以“讲学习、讲政治、讲正气”为主要内容的党性党风教育。图为“三讲”教育总结大会现场。

1999月4月27日，苏州市委、市政府召开纪念苏州解放50周年大会。

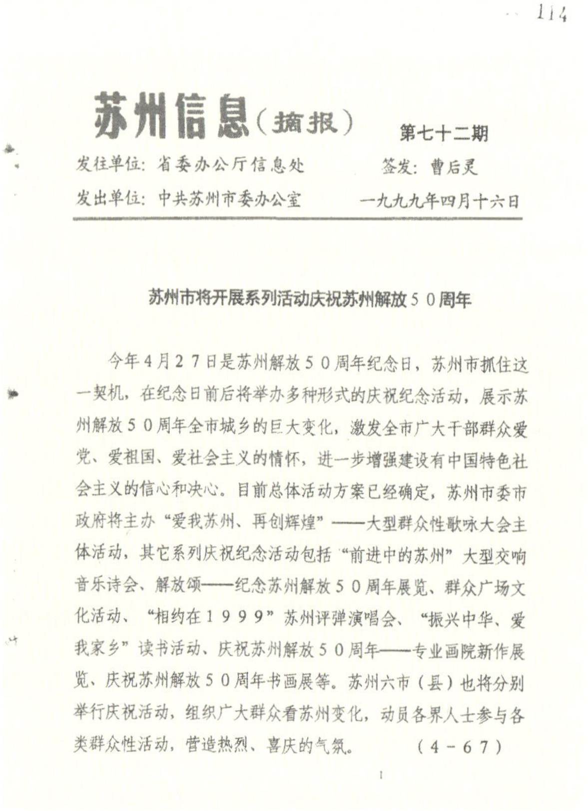

114

苏州信息（摘报）　第七十二期

发往单位：省委办公厅信息处　签发：曹后灵

发出单位：中共苏州市委办公室　一九九九年四月十六日

苏州市将开展系列活动庆祝苏州解放５０周年

今年４月２７日是苏州解放５０周年纪念日，苏州市抓住这一契机，在纪念日前后将举办多种形式的庆祝纪念活动，展示苏州解放５０周年全市城乡的巨大变化，激发全市广大干部群众爱党、爱祖国、爱社会主义的情怀，进一步增强建设有中国特色社会主义的信心和决心。目前总体活动方案已经确定，苏州市委市政府将主办“爱我苏州、再创辉煌”——大型群众性歌咏大会主体活动，其它系列庆祝纪念活动包括“前进中的苏州”大型交响音乐诗会、解放颂——纪念苏州解放５０周年展览、群众广场文化活动、“相约在１９９９”苏州评弹演唱会、“振兴中华、爱我家乡”读书活动、庆祝苏州解放５０周年——专业画院新作展览、庆祝苏州解放５０周年书画展等。苏州六市（县）也将分别举行庆祝活动，组织广大群众看苏州变化，动员各界人士参与各类群众性活动，营造热烈、喜庆的气氛。　（４－６７）

1

1999年4月，苏州解放50周年之际，全市开展了一系列庆祝纪念活动。4月16日，《苏州信息》（摘报）刊载《苏州市将开展系列活动庆祝苏州解放50周年》。

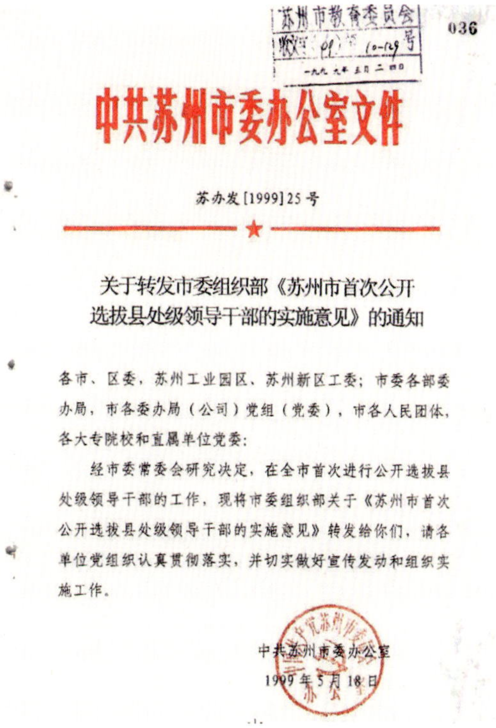

036

中共苏州市委办公室文件

苏办发[1999]25号

关于转发市委组织部《苏州市首次公开选拔县处级领导干部的实施意见》的通知

各市、区委，苏州工业园区、苏州新区工委；市委各部委办局，市各委办局（公司）党组（党委），市各人民团体，各大专院校和直属单位党委：

经市委常委会研究决定，在全市首次进行公开选拔县处级领导干部的工作，现将市委组织部关于《苏州市首次公开选拔县处级领导干部的实施意见》转发给你们，请各单位党组织认真贯彻落实，并切实做好宣传发动和组织实施工作。

中共苏州市委办公室

1999年5月18日

1999年5月18日，苏州市委办公室发布《关于转发市委组织部〈苏州市首次公开选拔县处级领导干部的实施意见〉的通知》。

1999年起，苏州公开选拔县处级领导干部。图为2003年苏州市公开选拔县处级领导干部报名点。

苏州市政府法制办公室
苏 州 市 监 察 局
苏州市行政服务中心

苏府法[2005]11号

关于落实《苏州市实施行政许可规定》将行政许可和审批事项全部进入市行政服务中心集中办理的通知

市各委办局，各有关单位：

今年是我市全面建成高水平小康社会的决胜之年，也是苏州在新的宏观环境下谋求新发展、再创新优势、更上新平台的关键之年。阎市长在今年市政府第五次组成人员会议上强调：“要完善市行政服务中心集中办理行政许可和审批事项的服务功能，抓紧将清理后保留的行

1

政许可事项全部进入中心实行集中办理，更好地方便企业和群众。”《苏州市实施行政许可规定》（市政府81号令）也明确：“行政服务中心是集中办理行政许可事项的工作机构。行政机关实施行政许可，应当在行政服务中心设立服务窗口，负责统一受理行政申请，统一送达行政许可决定。”

为了认真贯彻落实市委、市政府有关精神，进一步深化行政审批制度改革，依法规范行政行为，完善行政服务中心的运行机制，更好地发挥政府对社会集中服务的窗口功能与作用，加快服务型政府的建设，将于今年上半年对各部门进驻市行政服务中心的事项进行全面调整充实。此次调整总的原则是：

（1）坚持应进则进的原则。凡是保留的事项，包括以后根据法律法规新设立的行政许可事项，原则上都应该无条件地进驻中心办理。目前尚未进驻的部门应当在中心设立服务窗口，凡进驻事项不得在中心之外办理。确因特殊情况不能进入中心的，由行政机关提出申请，经市法制办审查提出意见后，报市政府决定。

（2）坚持便民利民的原则。凡是有利于服务经济和方便群众的事项，即与行政许可事项、非行政许可审批事项相配套的管理与服务事项也要纳入中心办理，以加

2

2005年，苏州市政府法制办公室、苏州市监察局、苏州市行政服务中心发布《关于落实〈苏州市实施行政许可规定〉将行政许可和审批事项全部进入市行政服务中心集中办理的通知》。

2002年9月12日，苏州市行政服务中心正式投运。

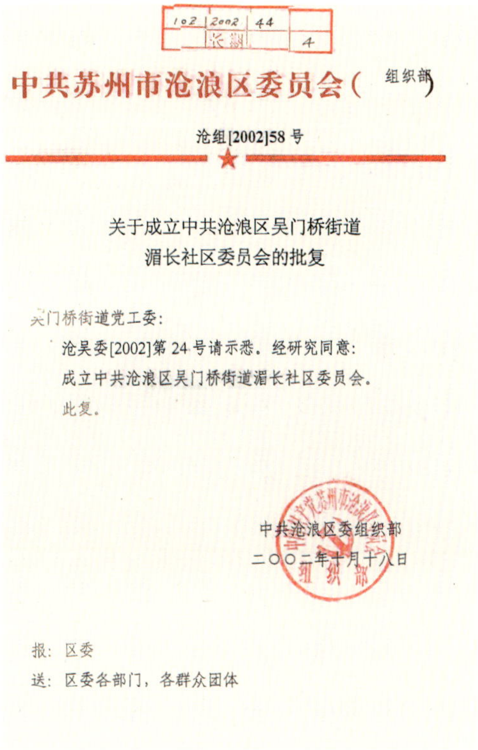

102 | 2002 | 44
长期 | 4

中共苏州市沧浪区委员会（组织部）

沧组[2002]58号

关于成立中共沧浪区吴门桥街道
涸长社区委员会的批复

吴门桥街道党工委：

沧吴委[2002]第24号请示悉。经研究同意：成立中共沧浪区吴门桥街道涸长社区委员会。

此复。

中共沧浪区委组织部
二〇〇二年十月十八日

报：区委
送：区委各部门，各群众团体

2002年10月18日，苏州市沧浪区委发布《关于成立中共沧浪区吴门桥街道涸长社区委员会的批复》。

2005年，根据中央统一部署，苏州市委在全市各级党组织和全体党员中开展以实践“三个代表”重要思想为内容的保持共产党员先进性教育活动。图为全市先进性教育专题学习暨共产党员先进事迹报告会会场。

2008年10月，纪念改革开放三十周年——苏州实践研讨会在北京举行。

全面小康建设的探索示范

中共中央党校副校长 石泰峰

全面协调发展的苏州模式

国务院发展研究中心农村经济研究部部长 韩俊

新形势下如何保持苏州发展活力

国家发改委地区司司长 范恒山

2009年1月13日，《人民日报》刊登《全面小康建设的探索示范》等关于苏州的报道。

2009年1月20日，苏州市入选全国第二批文明城市，苏州成为全国唯一拥有地级市、县级市"全国文明城市"称号的地区。图为苏州市创建全国文明城市动员大会现场。

2009年1月，苏州市获"全国文明城市"奖牌。

2009年3月，苏州市委召开全市深入学习实践科学发展观活动专题报告会。图为报告会现场。

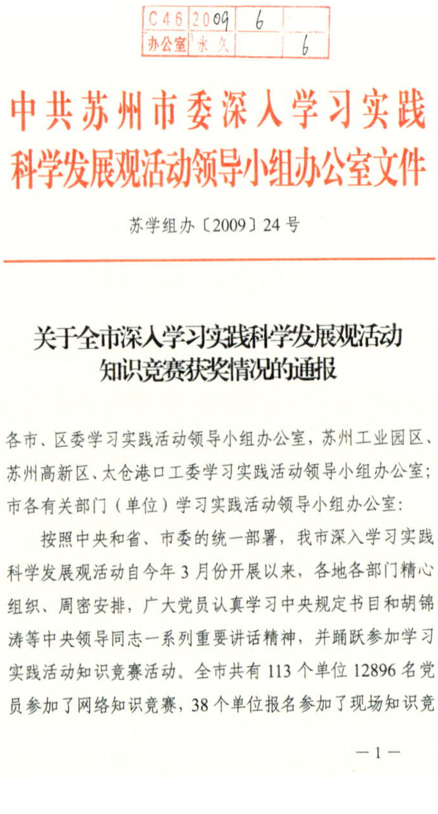

C46 2009 6
办公室 永久 6

中共苏州市委深入学习实践
科学发展观活动领导小组办公室文件

苏学组办〔2009〕24号

关于全市深入学习实践科学发展观活动
知识竞赛获奖情况的通报

各市、区委学习实践活动领导小组办公室，苏州工业园区、苏州高新区、太仓港口工委学习实践活动领导小组办公室；市各有关部门（单位）学习实践活动领导小组办公室：

按照中央和省、市委的统一部署，我市深入学习实践科学发展观活动自今年3月份开展以来，各地各部门精心组织、周密安排，广大党员认真学习中央规定书目和胡锦涛等中央领导同志一系列重要讲话精神，并踊跃参加学习实践活动知识竞赛活动。全市共有113个单位12896名党员参加了网络知识竞赛，38个单位报名参加了现场知识竞

— 1 —

2009年6月15日，《关于全市深入学习实践科学发展观活动知识竞赛获奖情况的通报》发布。

2010年，全国优秀共产党员、江苏省道德模范常德盛被中宣部列为全国重大先进典型。图为常德盛同志先进事迹报告会现场。

2011年6月29日，苏州市庆祝中国共产党成立90周年大会举行。

2011年10月9日，苏州市纪念辛亥革命100周年图片展在苏州革命博物馆举行。

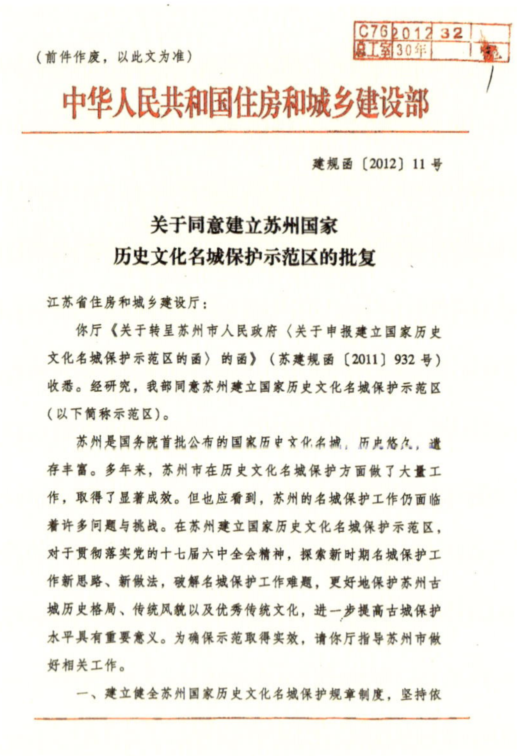

C76 2012 32 长期 30年

（前件作废，以此文为准）

中华人民共和国住房和城乡建设部

建规函〔2012〕11号

关于同意建立苏州国家
历史文化名城保护示范区的批复

江苏省住房和城乡建设厅：

你厅《关于转呈苏州市人民政府〈关于申报建立国家历史文化名城保护示范区的函〉的函》（苏建规函〔2011〕932号）收悉。经研究，我部同意苏州建立国家历史文化名城保护示范区（以下简称示范区）。

苏州是国务院首批公布的国家历史文化名城，历史悠久，遗存丰富。多年来，苏州市在历史文化名城保护方面做了大量工作，取得了显著成效。但也应看到，苏州的名城保护工作仍面临着许多问题与挑战。在苏州建立国家历史文化名城保护示范区，对于贯彻落实党的十七届六中全会精神，探索新时期名城保护工作新思路、新做法，破解名城保护工作难题，更好地保护苏州古城历史格局、传统风貌以及优秀传统文化，进一步提高古城保护水平具有重要意义。为确保示范区取得实效，请你厅指导苏州市做好相关工作。

一、建立健全苏州国家历史文化名城保护规章制度，坚持依

2012年1月19日，中国住建部发布《关于同意建立苏州国家历史文化名城保护示范区的批复》。

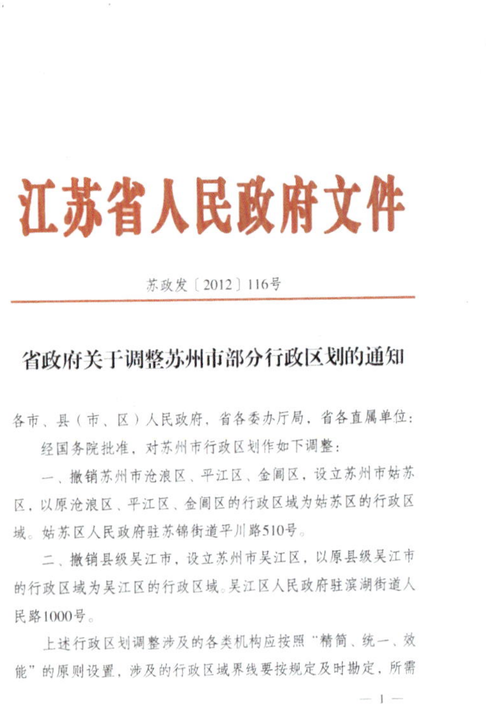

江苏省人民政府文件

苏政发〔2012〕116号

省政府关于调整苏州市部分行政区划的通知

各市、县（市、区）人民政府，省各委办厅局，省各直属单位：

经国务院批准，对苏州市行政区划作如下调整：

一、撤销苏州市沧浪区、平江区、金阊区，设立苏州市姑苏区，以原沧浪区、平江区、金阊区的行政区域为姑苏区的行政区域。姑苏区人民政府驻苏锦街道平川路510号。

二、撤销县级吴江市，设立苏州市吴江区，以原县级吴江市的行政区域为吴江区的行政区域。吴江区人民政府驻滨湖街道人民路1000号。

上述行政区划调整涉及的各类机构应按照“精简、统一、效能”的原则设置，涉及的行政区域界线要按规定及时勘定，所需

— 1 —

2012年8月29日，《省政府关于调整苏州市部分行政区划的通知》发布，撤销苏州市沧浪区、平江区、金阊区，设立姑苏区；撤销县级吴江市，设立吴江区。

2012年10月26日，苏州市姑苏区·苏州国家历史文化名城保护区成立大会举行。

经济发展

苏州市委、市政府贯彻中共中央关于工作重点转移的战略决策，进行经济体制改革。在农村实行家庭联产承包责任制，大力发展乡镇企业，兴办新型合作经济组织；在城市扩大企业自主权、实行厂长负责制，开展股份制改革，激发企业活力；扩大对外开放，大力发展外向型经济；全面推进转型升级，切实加强自主创新，发展高新技术产业。三十余年来，苏州实现了经济跨越式发展。

1979年，农村开始推行以家庭联产承包为主要内容的农业生产责任制，极大地调动了农民的劳动生产积极性。图为1981年10月，昆山县周庄复兴大队陆杨换新四队率先在全县实行联产承包责任制。

063 115

苏州情况简报

第 22 期

中共苏州市委办公室
中共苏州市委政策研究室　　一九八三年七月十四日

积极办好群众要求统一办的事情 不断完善家庭联产承包责任制

编者按：在市委工作会议上，有十个单位的代表作了大会发言。与会同志普遍反映，这些发言很有启发。我们将在本刊陆续刊登，供各地参阅。

吴江县震泽公社在实行家庭联产承包经营的基础上，根据群众自愿和因地制宜的原则，积极办好群众要求统一办理的七个方面工作，取得了比较好的效果。

统一防病治虫。运用两种形式：一种是以大队为单位建立植保专业队，对自愿参加统一防治的社员责任田和桑地进行防治，大队对专业队实行“几定一奖”责任制。这种形式有利于发挥原有农药械

—1—

1983年7月14日，《苏州情况简报》刊载《积极办好群众要求统一办的事情，不断完善家庭联产承包责任制》。

0032 32 33

江苏省苏州地区行政公署文件

苏地行〔1981〕15号

关于认真落实 保证粮食增产十条措施的通知

各县人民政府（革委会）、各社镇革委会：

今年一月初，在全区农业工作会议上，我们讨论了在调整中如何确保粮食稳定增长的问题，制订了一九八一年的生产计划和措施。这些措施归纳起来有十条，人民日报、新华日报都已报导。现发给你们，请各地对照这十条措施，一年抓它几次。当前，要对前一段贯彻落实情况进行一次全面检查，进一步抓紧逐项落实，发现问题，及时解决，以确保一九八一年粮食生产计划的实现。检查和落实情况，请县人民政府（革委会）于三月五日前向行署作一次专题书面报告。

江苏省苏州地区行政公署
一九八一年二月二十三日

—1—

33 34

【附件】

保证今年粮食增产的十条措施

为了保证今年粮食稳定增长，地区农业工作会议研究制订了十条措施：

一、制订积极可靠的生产指标。改变过去以历史最高产量为基数，层层加码，抬高指标的做法。今年从各地具体条件出发，以近三年的平均产量为依据，确定经过努力可以实现的指标，使指标积极可靠，有产可超，干部敢挑，社员敢包，有利于调动积极性。

二、稳定现有粮田面积。恢复发展经济作物，尽量利用旱地、十边地，原则上不占用粮田；国家建设需要征用土地，严格审批手续，未经批准，任何单位不准占用集体耕地。已经征用、占用集体粮田的，要加以清理，把多余部分退回给生产队，占而未用的全部归还。

三、农村劳力首先满足农业需要。农业上要有一定数量的青壮劳力和技术骨干，并且相对稳定下来，在此前提下，统筹安排工副业劳力。

四、继续有步骤地调整双三制面积。今年，对一些田多劳少，晚三熟多，产量不高的生产队，继续作适当的调整，但要防止大起大落，以免造成粮食产量大幅度波动。究竟种多少双三制面积则根据国家粮食大包干的任务和种子、饲料、口粮的实际需要，结合当地的具体条件，本着保证粮食稳定增长的精神，由生产队自己确

—2—

1981年2月23日，苏州地区行政公署发布《关于认真落实保证粮食增产十条措施的通知》。

1983年，随着家庭联产承包责任制的全面推广，苏州市粮食总产量达到53.49亿斤，比1949年增长2.18倍。图为丰收后的农民踊跃缴公粮情景。

1983年，苏州水产总产量达到6.98万吨，比1949年增长3.65倍。图为吴县水产养殖丰收情景。

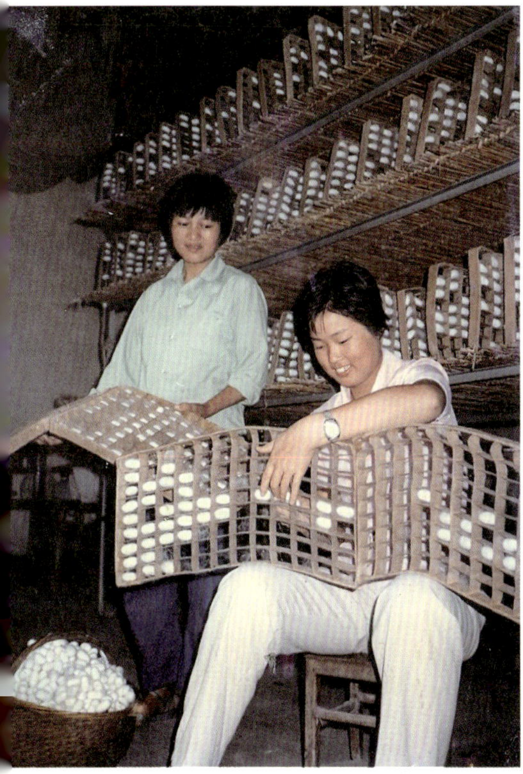

1983年，苏州市多种经营产值达到13.45亿元，比1978年增长1.5倍。图为费孝通《江村经济》原型吴江县开弦弓村村民养蚕情景。

20世纪80年代起，苏州轻工业走在全国前列，尤其家用电器行业异军突起，长城电扇、香雪海电冰箱、孔雀电视机、春花吸尘器均获国家优质产品银质奖，被誉为“四大名旦”，享誉全国。

苏州长城牌电风扇在20世纪80年代产量居同行业全国第一，1987年获国家优质产品银质奖，1990年长城电扇厂成为全国电扇行业首家国家一级企业。

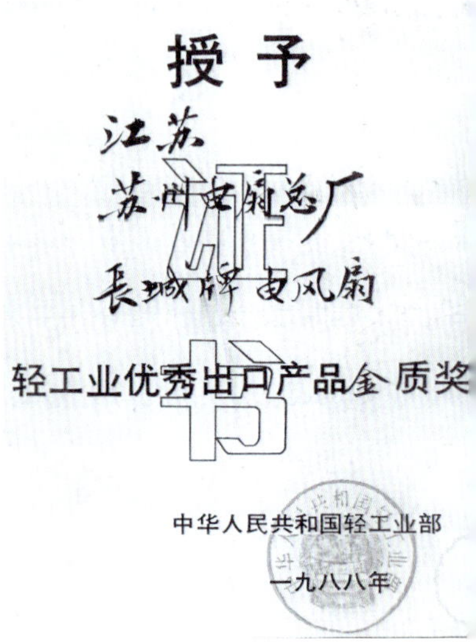

授予

江苏

苏州电扇总厂

長城牌电风扇

轻工业优秀出口产品金质奖

证书

中华人民共和国轻工业部

一九八八年

长城电扇获1988年轻工业优秀出口产品金质奖证书。

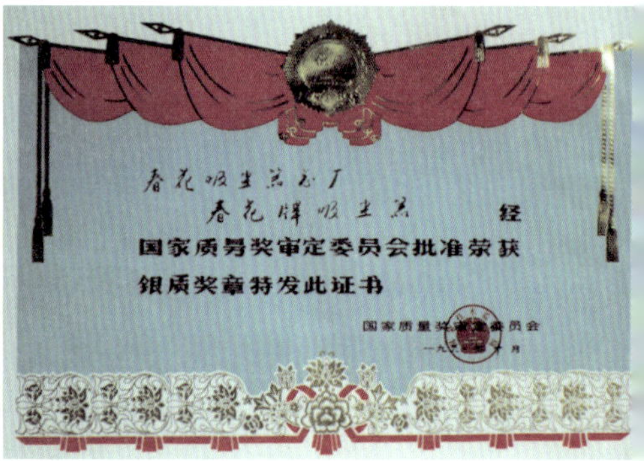

春花吸尘器厂

春花牌吸尘器 经

国家质量奖审定委员会批准荣获

银质奖章特发此证书

国家质量奖审定委员会

春花牌吸尘器获1990年国家银质奖证书。

苏州吸尘器厂生产的春花牌吸尘器在全国吸尘器评比中总分第一，1990年获国家优质产品银质奖，是全国同行中唯一的国家二级企业。

苏州电视机厂是国内最早生产电视机的企业，生产的孔雀牌黑白电视机多次获国家优质产品银质奖，并出口欧洲、澳洲等地。

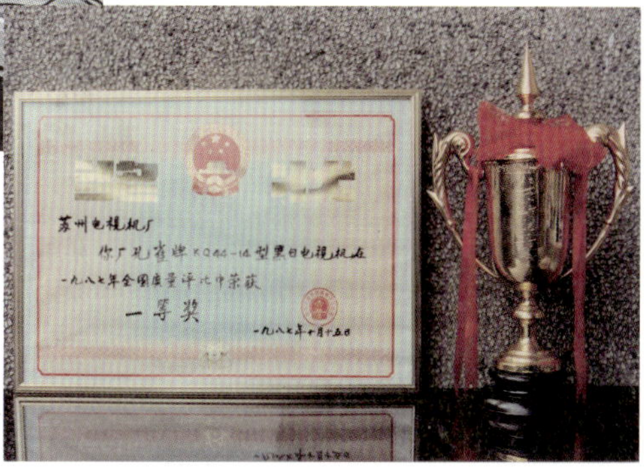

孔雀牌电视机获1987年全国质量一等奖奖状和奖杯照片。

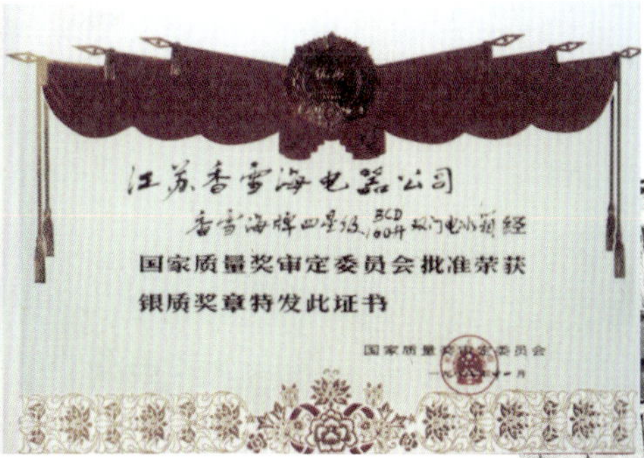

香雪海电冰箱获1988年国家银质奖证书。

苏州冰箱厂生产的香雪海牌电冰箱，在20世纪80年代产量列同行业全国第二。1988年其出口销售值达1亿元。1990年，获首届全国轻工业博览会金奖。

1982年9月，苏州振亚丝织厂灵岩牌54366修花缎获国家金质奖证书。

灵岩牌54366修花缎商标。

1986年，振亚丝织厂门景。

苏州雷允上制药厂

编号

你厂 六神丸 产品经

国家质量奖审定委员会批准荣获

金质奖章特发此证书

1979年，雷允上六神丸获国家金质奖证书。

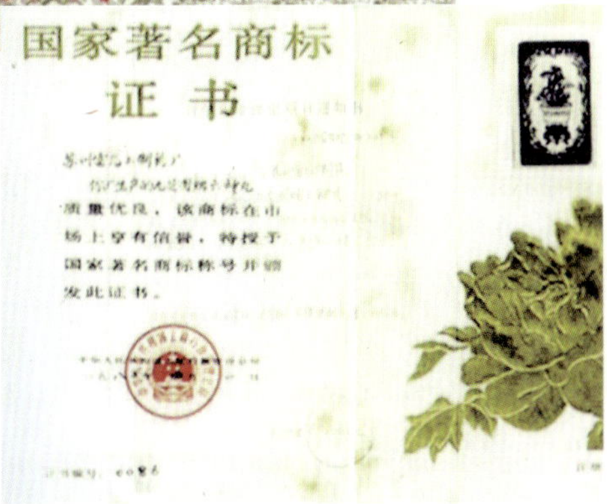
国家著名商标

证书

质量优良，该商标在市场上享有信誉，特授予国家著名商标称号并颁发此证书。

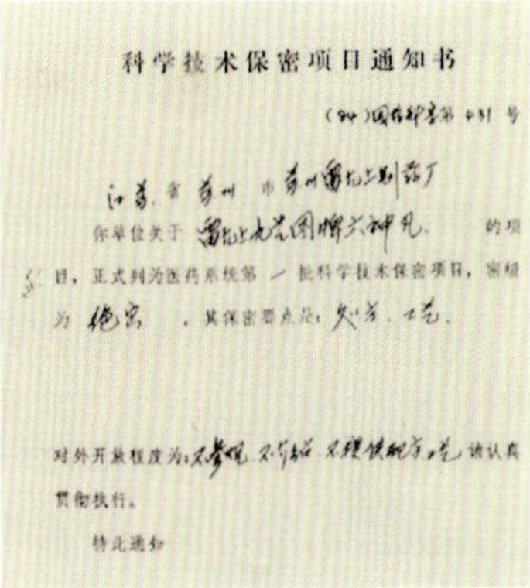
科学技术保密项目通知书

你单位关于 的项目，正式列为医药系统第 一 批科学技术保密项目，密级为 绝密 ，其保密要点是：处方、工艺。

对外开放程度为： 请认真贯彻执行。

特此通知

雷允上著名商标证书及科学技术保密项目通知书。

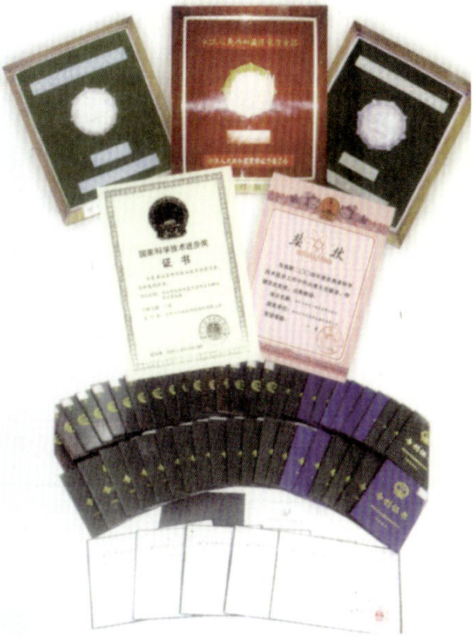

苏州医疗器械总厂的部分获奖证书、奖牌。

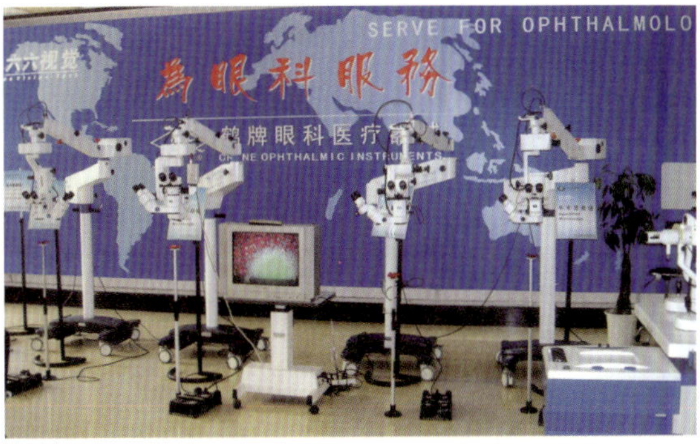

2001年，苏州医疗器械总厂改制为苏州六六视觉科技股份有限公司。

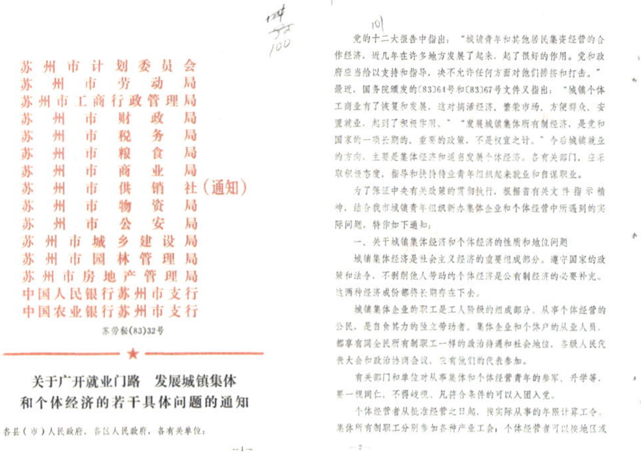

苏州市计划委员会
苏州市劳动局
苏州市工商行政管理局
苏州市财政局
苏州市税务局
苏州市粮食局
苏州市商业局
苏州市供销社（通知）
苏州市物资局
苏州市公安局
苏州市城乡建设局
苏州市园林管理局
苏州市房地产管理局
中国人民银行苏州市支行
中国农业银行苏州市支行

苏劳般(83)32号

关于广开就业门路　发展城镇集体和个体经济的若干具体问题的通知

各县（市）人民政府，各区人民政府，各有关单位：

—1—

党的十二大报告中指出："城镇青年和其他居民集资经营的合作经济，近几年在许多地方发展了起来，起了很好的作用。党和政府应当给以支持和指导，决不允许任何方面对他们排挤和打击。"最近，国务院颁发的〔83〕64号和〔83〕67号文件又指出："城镇个体工商业有了恢复和发展，这对搞活经济、繁荣市场、方便群众、安置就业，起到了积极作用。""发展城镇集体所有制经济，是党和国家的一项长期的、重要的政策，不是权宜之计。"今后城镇就业的方向，主要是集体经济和适当发展个体经济。各有关部门，应采取积极态度，指导和扶持待业青年组织起来就业和自谋职业。

为了保证中央有关政策的贯彻执行，根据省有关文件指示精神，结合我市城镇青年组织新办集体企业和个体经营中所遇到的实际问题，特作如下通知：

一、关于城镇集体经济和个体经济的性质和地位问题

城镇集体经济是社会主义经济的重要组成部分。遵守国家的政策和法令，不剥削他人劳动的个体经济是公有制经济的必要补充。这两种经济成份都将长期存在下去。

城镇集体企业的职工是工人阶级的组成部分。从事个体经营的公民，是自食其力的独立劳动者。集体企业和个体户的从业人员，都享有同全民所有制职工一样的政治待遇和社会地位。各级人民代表大会和政治协商会议，应有他们的代表参加。

有关部门和单位对从事集体和个体经营青年的参军、升学等，要一视同仁，不得歧视。凡符合条件的可以入团入党。

个体经营者从批准经营之日起，按实际从事的年限计算工令。集体所有制职工分别参加各种产业工会；个体经营者可以按地区或

—2—

1982年12月19日，苏州市计划委、劳动局等部门联合发布《关于广开就业门路、发展城镇集体和个体经济的若干具体问题的通知》。

1982年，党的十二大首次在大会报告中提出鼓励个体私营经济。同年"私营经济是社会主义公有制经济的补充"写入宪法。1984年，《中共中央关于经济体制改革的决定》中明确表示个体经济是"社会主义经济的必要的、有益的补充"。在政策支持下，个体私营经济得到大发展。图为苏州第一代个体户在观前街玄妙观前的摊位。

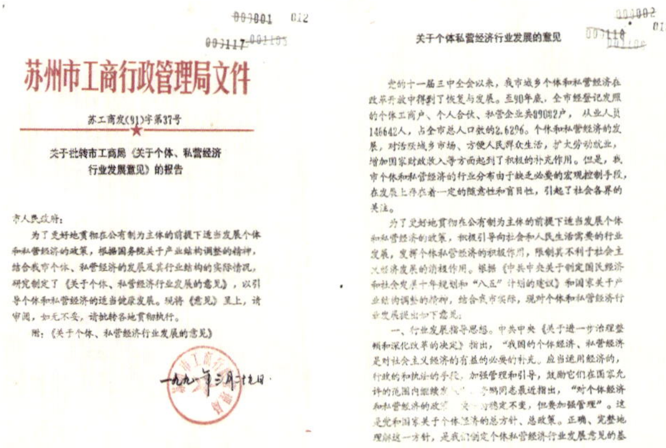

苏州市工商行政管理局文件

苏工商发(91)字第37号

关于批转市工商局《关于个体、私营经济行业发展意见》的报告

市人民政府：

为了更好地贯彻在公有制为主体的前提下适当发展个体和私营经济的政策，根据国务院关于产业结构调整的精神，结合我市个体、私营经济的发展及其行业结构的实际情况，研究制定了《关于个体、私营经济行业发展的意见》，以引导个体和私营经济的适当健康发展。现将《意见》呈上，请审阅，如无不妥，请批转各地贯彻执行。

附：《关于个体、私营经济行业发展的意见》

一九九一年三月二十九日

关于个体私营经济行业发展的意见

党的十一届三中全会以来，我市城乡个体和私营经济在改革开放中得到了恢复与发展。至90年底，全市经登记发照的个体工商户、个人合伙、私营企业共89082户，从业人员146642人，占全市总人口数的2.62%。个体和私营经济的发展，对活跃城乡市场、方便人民群众生活，扩大劳动就业，增加国家财政收入等方面起到了积极的补充作用。但是，我市个体和私营经济的行业分布由于缺乏必要的宏观控制手段，在发展上存在着一定的随意性和盲目性，引起了社会各界的关注。

为了更好地贯彻在公有制为主体的前提下适当发展个体和私营经济的政策，积极引导向社会和人民生活需要的行业发展，发挥个体私营经济的积极作用，限制其不利于社会主义经济发展的消极作用。根据《中共中央关于制定国民经济和社会发展十年规划和"八五"计划的建议》和国家关于产业结构调整的精神，结合我市实际，现对个体和私营经济行业发展提出如下意见：

一、行业发展指导思想。中共中央《关于进一步治理整顿和深化改革的决定》指出，"我国的个体经济、私营经济是对社会主义经济的有益的必要的补充。应当运用经济的，行政的和执法的手段，加强管理和引导，鼓励它们在国家允许的范围内继续发展。"李鹏同志最近指出，"对个体经济和私营经济的政策……稳定不变，但要加强管理"。这是党和国家关于个体经济的总方针、总政策。正确、完整地理解这一方针，是我们制定个体私营经济行业发展意见的基

1991年3月29日，《关于个体、私营经济行业发展意见》发布。

20世纪80年代，苏州市日用工业品贸易中心的繁忙景象。

1985年5月，常熟市招商场正式开业。后改名常熟服装城，是全国较大的服装批发交易市场之一。

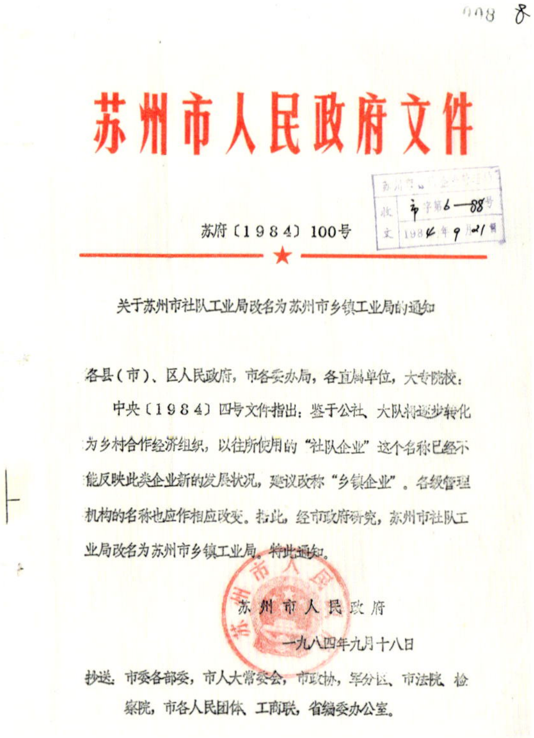

苏州市人民政府文件

苏府〔1984〕100号

关于苏州市社队工业局改名为苏州市乡镇工业局的通知

各县（市）、区人民政府，市各委办局，各直属单位，大专院校：

中央〔1984〕四号文件指出：鉴于公社、大队将逐步转化为乡村合作经济组织，以往所使用的"社队企业"这个名称已经不能反映此类企业新的发展状况，建议改称"乡镇企业"。各级管理机构的名称也应作相应改变。据此，经市政府研究，苏州市社队工业局改名为苏州市乡镇工业局。特此通知。

苏州市人民政府

一九八四年九月十八日

抄送：市委各部委，市人大常委会，市政协，军分区、市法院、检察院，市各人民团体、工商联，省编委办公室。

1984年9月18日，苏州市政府发布《关于苏州市社队工业局改名为苏州市乡镇工业局的通知》。

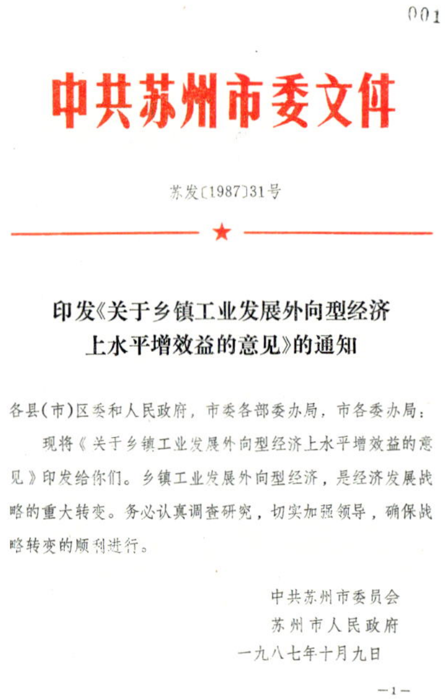

中共苏州市委文件

苏发〔1987〕31号

印发《关于乡镇工业发展外向型经济上水平增效益的意见》的通知

各县（市）区委和人民政府，市委各部委办局，市各委办局：

现将《关于乡镇工业发展外向型经济上水平增效益的意见》印发给你们。乡镇工业发展外向型经济，是经济发展战略的重大转变。务必认真调查研究，切实加强领导，确保战略转变的顺利进行。

中共苏州市委员会

苏州市人民政府

一九八七年十月九日

—1—

中共吴江县委员会文件

吴发〔1991〕1号

批转县委农工部、县乡镇工业局、中国农业银行吴江分行《关于完善乡镇企业承包经营责任制的意见》的通知

各乡镇党委、人民政府、县机关局以上单位：

为了落实市委31号文件精神，现将县委农工部、县乡镇工业局、中国农业银行吴江分行《关于完善乡镇企业承包经营责任制的意见》转发给你们，请各地结合实际认真贯彻落实。

完善乡镇企业承包经营责任制，是推动乡镇工业加快调整、提高发展步伐的一项关键性措施，是实现乡镇企业长期持续、稳定、健康发展的重要保证。各乡镇必须切实加强领导，全面推行铜罗镇的全员承包、厂长负责、劳资创利、滚动增值的承包经营责任制，把完善1991年乡镇企业承包经营责任制的工作抓紧抓好。

中共吴江县委员会

吴江县人民政府

一九九一年一月七日

抄送：县人大、县政协、存档。〔印185份〕

1987年10月9日，苏州市委、市政府发布《印发〈关于乡镇工业发展外向型经济上水平增效益的意见〉的通知》。

1991年1月7日，吴江县委、县政府发布《批转县委农工部、县乡镇工业局、中国农业银行吴江分行〈关于完善乡镇企业承包经营责任制的意见〉的通知》。

内部资料　　　　　　　　　　　　编号：
注意保存

统计资料

第66期

苏州市统计局　　　　　　　　　　一九九四年十二月五日

全国乡镇企业500强　苏州涌现86家

“中国农村社会经济评价中心”对全国乡镇企业的销售（经营）收入进行了排序，根据1993年度企业资料，评出了1993年“中国乡镇企业500强”。最近，反馈信息表明，在评出的“中国乡镇企业500强”中，江苏省有190家名列其中，90%以上集中在苏、锡、常三市，其中张家港、无锡、江阴三县（市）分别进入47家、36家和30家。苏州市进入“中国乡镇企业500强”有86家，以绝对优势位居全省十一个市之首，占全省进入“500强”乡镇企业的45.3%，高于无锡市73家、常州市16家。

我市86家企业中，进入“500强”前三十名的有4家，分别是吴江市工艺织造厂（12名）、吴江市盛泽印染总厂（18名）、张家港市一汽集团张家港市旅行车厂（19名）、张家港市沙洲纺织印染公司。进入前百名的有17家。

—1—

全国“500强”乡镇企业，从县（市）分布看，张家港市47家、吴县15家、吴江市9家、太仓市9家、常熟市4家、昆山市2家。

我市进入“500强”的乡镇企业以公司（集团）、总厂居多，共有48家，占进入总数的55.8%。

苏州市进入全国500强乡镇企业一览表

计量单位：万元

企　业　名　称	名次	销售（经营）收入
常熟市轧钢厂	71	27360
常熟市电解铜厂	229	16088
常熟市江苏省灵丰集团公司	254	15305
常熟市共能化纤有限公司	425	11691
张家港市一汽集团张家港旅行车厂	19	48026
张家港市沙洲纺织印染公司	21	46245
张家港市西城工贸实业总公司	41	34798
张家港市南城工贸实业公司	42	34685
张家港市乘航毛纺厂	46	33955
张家港市永联钢厂	52	32346
张家港市东贸实业公司	81	26025
张家港市江苏宏宝集团公司	85	25599
张家港市华纺集团公司	91	23894
张家港市第一轧钢厂	96	24277
张家港市江苏牡丹客车总厂	102	22785
张家港市沙洲客车总厂	115	22811
张家港市乘航型钢厂	127	21850
张家港市味精总厂	131	19817
张家港市第二化工机械厂	135	20769

—2—

企　业　名　称	名次	销售（经营）收入
张家港市涤纶长丝厂	183	17984
张家港市毛纺织染总厂	184	17838
张家港市周巷实业总公司	186	17768
张家港市通信电缆厂	190	17622
张家港市新沪实业公司	195	17315
张家港市帘子布厂	223	16329
张家港市中港公司	224	16227
张家港市客车总厂	240	15718
张家港市港洋集团公司	261	15164
张家港市丝绒一厂	265	15102
张家港市巨桥实业公司	274	14816
张家港市鹿苑实业公司	284	14489
张家港市建筑材料厂	292	14143
张家港市兆丰冶炼厂	293	14141
张家港市轧钢厂	308	13681
张家港市金御集团公司	335	13105
张家港市青龙实业公司	339	13004
张家港市光达集团公司	350	12868
上钢一厂张家港钢管联营厂	351	12822
张家港市兴乐实业公司	355	12759
张家港市章鹿集团公司	373	12404
江苏贝贝集团公司	394	
张家港市韩山实业公司	395	12104
张家港市色织二厂	431	11617

—3—

企　业　名　称	名次	销售（经营）收入
张家港市东山实业公司	449	11413
张家港市铜加工厂	456	
张家港市达港袜子有限公司	458	11265
西北铜加工张家港线材厂	464	
张家港市振业橡胶厂	468	11111
张家港市长山实业公司	485	10800
张家港市乘航铝材厂	487	10784
张家港市银河电子集团公司	499	10631
太仓市电解铜厂	92	24840
太仓市针织印染总厂	176	18219
太仓市苏州侨大化工医药有限公司	188	17724
太仓市苏州华复雅鹿制衣有限公司	196	17250
太仓市浏河电机厂	199	17106
太仓市建优钢窗厂	247	12909
太仓市康乐精毛纺厂	304	13793
太仓市第三棉纺厂联营厂	322	13375
太仓市娄东构件厂	484	10845
昆山市上海联业第一毛纺厂	317	13508
昆山市漂染厂	396	12097
吴县苏枫集团	54	32217
吴县上海外贸丝织联营厂	77	26431
吴县特种钢铁总厂	83	25791

—4—

企　业　名　称	名次	销售（经营）收入
吴县苏州金猫集团公司	94	24586
吴县木渎水泥厂	119	22456
吴县明珠集团公司	130	21367
吴县华德电器集团公司	201	17094
吴县染织厂	216	16545
吴县西山镇金龙建材集团公司	271	15000
吴县大富豪集团公司	289	14290
吴县第二建筑安装工程公司	330	13190
吴县苏州华泰有限公司	333	13150
吴县染整纺织集团公司	381	12349
吴县江南化纤实业总公司	420	11790
吴县苏州金耀集团有限公司	490	10768
吴江市工艺织造厂	12	57295
吴江市盛泽印染总厂	18	49136
吴江市苏州通讯电缆总厂	101	23974
吴江市光电通讯电缆总厂	153	19920
吴江市特种电缆厂	174	18277
吴江市上海电线厂电缆分厂	342	12992
吴江市华东通信电缆厂	366	12562
吴江市苏州长城电扇厂分厂	390	12230
吴江市金家坝植物油厂	422	11744

执笔：王太基

(SZ)简字0000051号

—5—

1994年12月5日，《统计资料》刊载《全国乡镇企业500强，苏州涌现86家》。

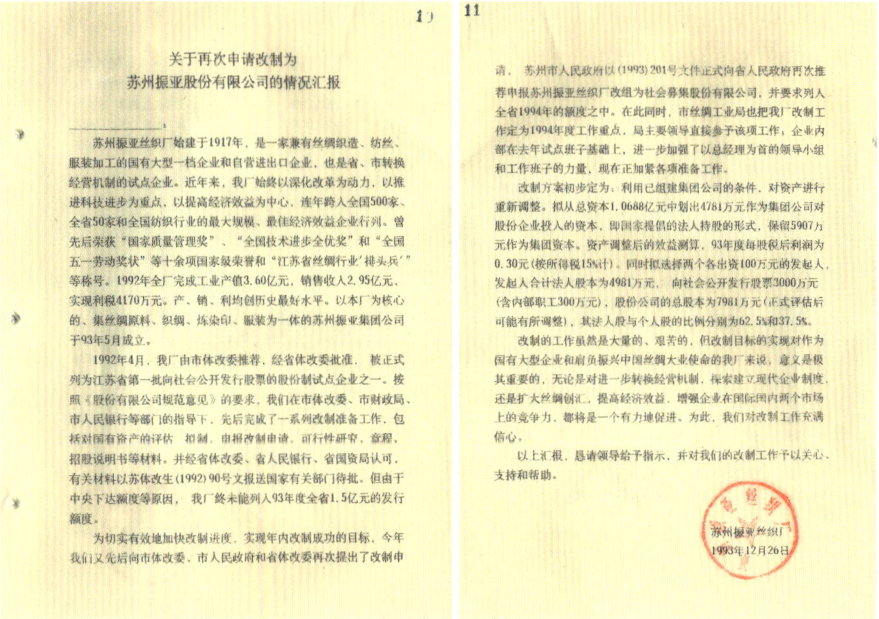

1)

11

关于再次申请改制为
苏州振亚股份有限公司的情况汇报

________________：

苏州振亚丝织厂始建于1917年，是一家兼有丝绸织造、纺丝、服装加工的国有大型一档企业和自营进出口企业，也是省、市转换经营机制的试点企业。近年来，我厂始终以深化改革为动力，以推进科技进步为重点，以提高经济效益为中心，连年跨入全国500家、全省50家和全国纺织行业的最大规模、最佳经济效益企业行列。曾先后荣获“国家质量管理奖”、“全国技术进步全优奖”和“全国五一劳动奖状”等十余项国家级荣誉和“江苏省丝绸行业‘排头兵’”等称号。1992年全厂完成工业产值3.60亿元，销售收入2.95亿元，实现利税4170万元。产、销、利均创历史最好水平。以本厂为核心的、集丝绸原料、织绸、炼染印、服装为一体的苏州振亚集团公司于93年5月成立。

1992年4月，我厂由市体改委推荐，经省体改委批准，被正式列为江苏省第一批向社会公开发行股票的股份制试点企业之一。按照《股份有限公司规范意见》的要求，我们在市体改委、市财政局、市人民银行等部门的指导下，先后完成了一系列改制准备工作，包括对国有资产的评估、拟制、申报改制申请、可行性研究、章程、招股说明书等材料。并经省体改委、省人民银行、省国资局认可，有关材料以苏体改生(1992)90号文报送国家有关部门待批。但由于中央下达额度等原因，我厂终未能列入93年度全省1.5亿元的发行额度。

为切实有效地加快改制进度，实现年内改制成功的目标，今年我们又先后向市体改委、市人民政府和省体改委再次提出了改制申请，苏州市人民政府以(1993)201号文件正式向省人民政府再次推荐申报苏州振亚丝织厂改组为社会募集股份有限公司，并要求列入全省1994年的额度之中。在此同时，市丝绸工业局也把我厂改制工作定为1994年度工作重点，局主要领导直接参予该项工作；企业内部在去年试点班子基础上，进一步加强了以总经理为首的领导小组和工作班子的力量，现在正加紧各项准备工作。

改制方案初步定为：利用已组建集团公司的条件，对资产进行重新调整。拟从总资本1.0688亿元中划出4781万元作为集团公司对股份企业投入的资本，即国家提倡的法人持股的形式，保留5907万元作为集团资本。资产调整后的效益测算，93年度每股税后利润为0.30元(按所得税15%计)。同时拟选择两个各出资100万元的发起人，发起人合计法人股本为4981万元，向社会公开发行股票3000万元(含内部职工300万元)，股份公司的总股本为7981万元(正式评估后可能有所调整)，其法人股与个人股的比例分别为62.5%和37.5%。

改制的工作虽然是大量的、艰苦的，但改制目标的实现对作为国有大型企业和肩负振兴中国丝绸大业使命的我厂来说，意义是极其重要的，无论是对进一步转换经营机制，探索建立现代企业制度，还是扩大丝绸创汇，提高经济效益，增强企业在国际国内两个市场上的竞争力，都将是一个有力地促进。为此，我们对改制工作充满信心。

以上汇报，恳请领导给予指示，并对我们的改制工作予以关心、支持和帮助。

苏州振亚丝织厂
1993年12月26日

1993年12月26日，苏州振亚丝织厂《关于再次申请改制为苏州振亚股份有限公司的情况汇报》。

1994年5月9日，江苏体改委发布《关于同意设立苏州人民商场股份有限公司的批复》。

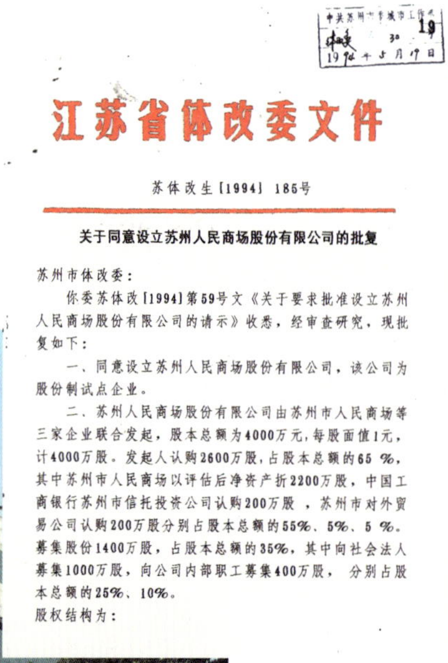

19

1994年5月17日

江苏省体改委文件

苏体改生［1994］185号

关于同意设立苏州人民商场股份有限公司的批复

苏州市体改委：

你委苏体改［1994］第59号文《关于要求批准设立苏州人民商场股份有限公司的请示》收悉，经审查研究，现批复如下：

一、同意设立苏州人民商场股份有限公司，该公司为股份制试点企业。

二、苏州人民商场股份有限公司由苏州市人民商场等三家企业联合发起，股本总额为4000万元，每股面值1元，计4000万股。发起人认购2600万股，占股本总额的65 %，其中苏州市人民商场以评估后净资产折2200万股，中国工商银行苏州市信托投资公司认购200万股，苏州市对外贸易公司认购200万股分别占股本总额的55%、5%、5 %。募集股份1400万股，占股本总额的35%，其中向社会法人募集1000万股，向公司内部职工募集400万股，分别占股本总额的25%、10%。

股权结构为：

1995年，人民商场老楼翻扩建。图为翻建后的人民商场。

苏州市人民政府文件

苏府〔1998〕73号

关于加快我市中小企业改制的若干政策意见

各市、区人民政府，苏州工业园区、苏州新区管委会；市各委办局（公司），各直属单位：

去年以来，市委、市政府先后制定了《关于放开搞活全市中小工业企业的意见》（苏发〔1997〕35号）、《关于苏州市城市股份合作制企业实施意见》（苏府〔1997〕127号）、《关于苏州工业企业改制资产出售的试行办法》（苏府办〔1997〕97号）等文件，这些文件对深化我市中小企业改革起到了积极的作用。但由于企业改革工作的政策性较强，具体情

— 1 —

况复杂，实践中有关操作办法需要不断总结完善。为此，根据省委、省政府《关于放开搞活我省国有、城镇集体小企业的意见（试行）的通知》精神，在总结我市前一阶段中小企业改制工作的基础上，现提出如下政策意见：

1.关于净资产剥离。

在企业整体改制时，经资产管理部门和财政部门批准，可按下列办法进行资产剥离：

（1）企业的非经营性资产应依法剥离（不含抵押物），剥离出的非经营性资产可组成独立核算单位自主经营，也可委托改制后的企业代管。

（2）对清理出的未处理的潜亏、亏损挂帐、资产损失和逾期3年确属无法收回的应收帐款等，在计算改制企业净资产时可予以抵扣。

（3）对欠交的养老保险、医疗保险等社会保障费用，可在净资产出售所得收入中予以补足。

（4）对离退休、公伤致残等人员的医疗费用补贴，可折算成相应金额在净资产中扣除，根据企业实际情况，扣除标准可以提高至每人8000元。今后逐步向医疗制度政策过渡。

（5）改制企业接受原企业全部在册职工的，可按原企业

— 2 —

1998年9月18日，苏州市政府发布《关于加快我市中小企业改制的若干政策意见》。

苏州市经济委员会

苏经企字(99)14号

国有大中型企业改制进度通报

各市经委、市各控股(集团)公司、各有关局：

截止8月底，全市145家国有及国有控股大中型企业改制面60.69%，其中整体改制面36.55%。

希望各市、各部门要按照江总书记关于国有企业改革和发展重要讲话的精神，进一步解放思想，抓住机遇，加大改制工作力度，确保“三年两项任务”的完成，实现“三个率先”。

附：国有及国有控股大中型企业改制进度通报。

苏州市经济委员会
1999年9月15日

主题词：国有企业　改革　通报

苏州市经济委员会办公室　　1999年9月15日印

打印：范燕萍　　校对：王竟　　（共印30份）

5

国有及国有控股大中型企业改制进度通报

	企业数（家）	至8月底整体改制数（家）	整体改制面（%）	至8月底分块改制数（家）	总体改制面（%）
苏州市	145	53	36.55	35	60.69
常熟市	19	9	47.37	2	57.89
张家港市	7	6	85.71		85.71
昆山市	13	2	15.38	4	46.15
太仓市	12	3	25.00	1	33.33
吴江市	5	4	80.00		80.00
吴县市	16	8	50.00	3	68.75
市　区	73	21	28.77	25	63.01
其中：市属工业	64	19	29.69	24	67.19
(1)机械	14	3	21.43	7	71.43
(2)电子	10	3	30.00	7	100.00
(3)化工	7	3	42.86	1	57.14
(4)医药	5	1	20.00		20.00
(5)建材	3			1	33.33
(6)纺织	8	4	50.00	1	62.50
(7)丝绸	8	2	25.00	3	62.50
(8)轻工	8	2	25.00	4	75.00
(9)苏钢	1	1	100.00		100.00

1999年9月15日，苏州市经济委员会发布《国有大中型企业改制进度通报》。

1985年，苏州市成立利用外资领导小组办公室，各地开始设立专门招商机构。图为苏州外向型经济情况介绍会。

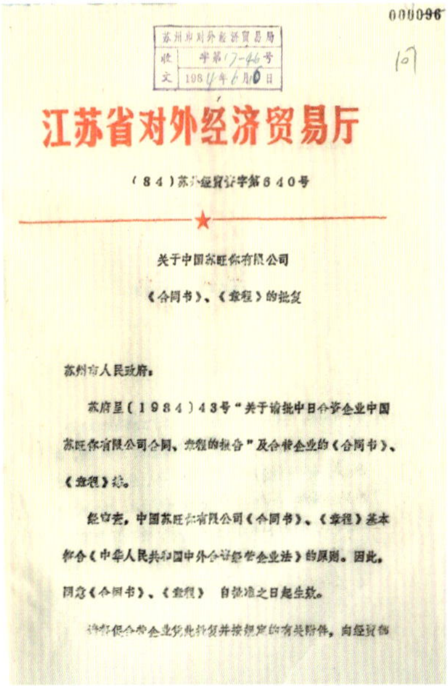

000096

苏州市对外经济贸易局
收文 字第17-46号
1984年6月10日

107

江苏省对外经济贸易厅

（84）苏外经贸资字第640号

关于中国苏旺你有限公司

《合同书》、《章程》的批复

苏州市人民政府：

苏府呈（1984）43号“关于请批中日合资企业中国苏旺你有限公司合同、章程的报告”及合营企业的《合同书》、《章程》悉。

经审查，中国苏旺你有限公司《合同书》、《章程》基本符合《中华人民共和国中外合资经营企业法》的原则。因此，同意《合同书》、《章程》自批准之日起生效。

请你们督促合营企业凭此批复并按规定的有关附件，向经贸部

1984年6月，江苏省对外经济贸易厅发布《关于中国苏旺你有限公司〈合同书〉、〈章程〉的批复》。

1985年2月26日，江苏省首家外资企业——中国苏旺你有限公司在昆山举行开工典礼。

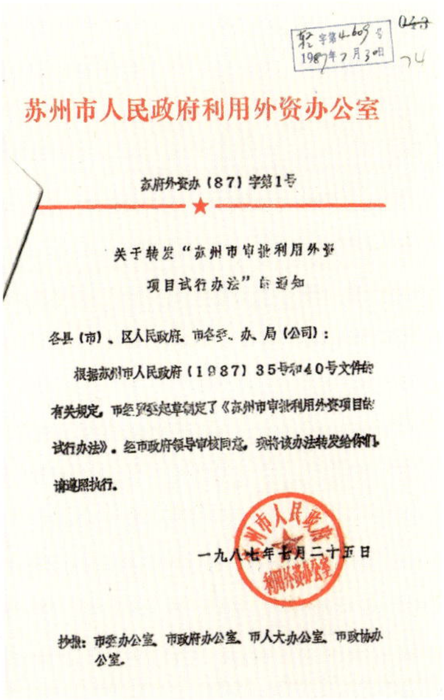

苏州市人民政府利用外资办公室

苏府外资办（87）字第1号

关于转发“苏州市审批利用外资项目试行办法”的通知

各县（市）、区人民政府、市各委、办、局（公司）：

根据苏州市人民政府（1987）35号和40号文件的有关规定，市经贸委起草制定了《苏州市审批利用外资项目的试行办法》，经市政府领导审核同意，现将该办法转发给你们，请遵照执行。

一九八七年七月二十五日

抄报：市委办公室、市政府办公室、市人大办公室、市政协办公室。

1987年7月25日，苏州市政府利用外资办公室发布《关于转发“苏州市审批利用外资项目试行办法”的通知》。

1987年9月，苏州市区第一家中外合资企业——苏州铜材有限公司正式开张。

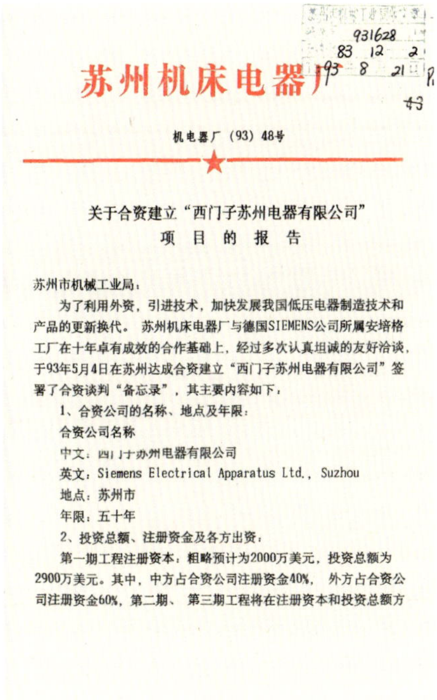

苏州机床电器厂

机电器厂（93）48号

关于合资建立“西门子苏州电器有限公司”
项　目　的　报　告

苏州市机械工业局：

为了利用外资，引进技术，加快发展我国低压电器制造技术和产品的更新换代。苏州机床电器厂与德国SIEMENS公司所属安培格工厂在十年卓有成效的合作基础上，经过多次认真坦诚的友好洽谈，于93年5月4日在苏州达成合资建立“西门子苏州电器有限公司”签署了合资谈判“备忘录”，其主要内容如下：

1、合资公司的名称、地点及年限：

合资公司名称

中文：西门子苏州电器有限公司

英文：Siemens Electrical Apparatus Ltd., Suzhou

地点：苏州市

年限：五十年

2、投资总额、注册资金及各方出资：

第一期工程注册资本：粗略预计为2000万美元，投资总额为2900万美元。其中，中方占合资公司注册资金40%，外方占合资公司注册资金60%，第二期、第三期工程将在注册资本和投资总额方

1993年8月，苏州市机床电器厂《关于合资建立“西门子苏州电器有限公司”项目的报告》。

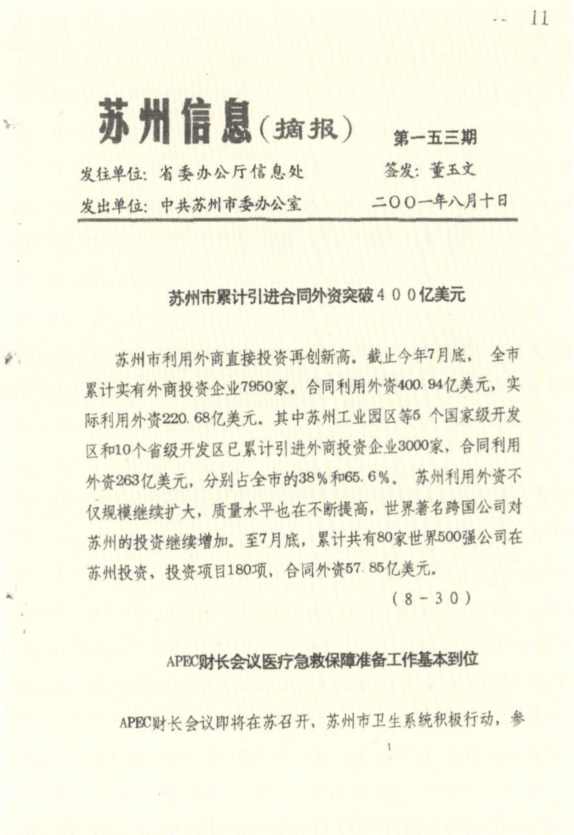

11

苏州信息（摘报）　第一五三期

发往单位：省委办公厅信息处　签发：董玉文

发出单位：中共苏州市委办公室　二〇〇一年八月十日

苏州市累计引进合同外资突破400亿美元

苏州市利用外商直接投资再创新高。截止今年7月底，全市累计实有外商投资企业7950家，合同利用外资400.94亿美元，实际利用外资220.68亿美元。其中苏州工业园区等5个国家级开发区和10个省级开发区已累计引进外商投资企业3000家，合同利用外资263亿美元，分别占全市的38%和65.6%。苏州利用外资不仅规模继续扩大，质量水平也在不断提高，世界著名跨国公司对苏州的投资继续增加。至7月底，累计共有80家世界500强公司在苏州投资，投资项目180项，合同外资57.85亿美元。

（8－30）

APEC财长会议医疗急救保障准备工作基本到位

APEC财长会议即将在苏召开，苏州市卫生系统积极行动，参

1

2001年8月，《苏州信息》（摘报）刊载《苏州市累计引进合同外资突破400亿美元》。

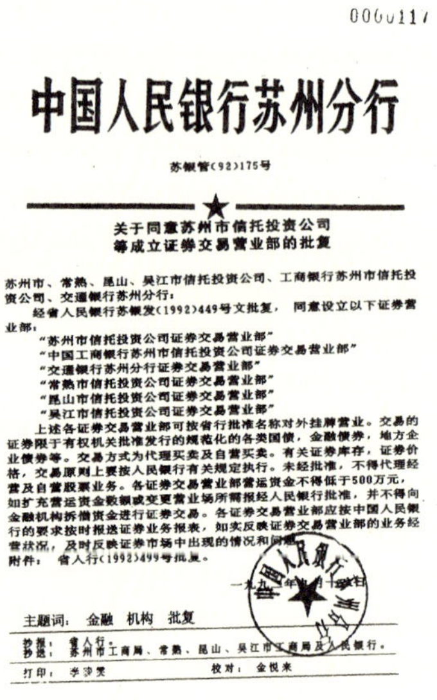

0000117

中国人民银行苏州分行

苏银管(92)175号

关于同意苏州市信托投资公司等成立证券交易营业部的批复

苏州市、常熟、昆山、吴江市信托投资公司、工商银行苏州市信托投资公司、交通银行苏州分行：

经省人民银行苏银发(1992)449号文批复，同意设立以下证券营业部：

"苏州市信托投资公司证券交易营业部"
"中国工商银行苏州市信托投资公司证券交易营业部"
"交通银行苏州分行证券交易营业部"
"常熟市信托投资公司证券交易营业部"
"昆山市信托投资公司证券交易营业部"
"吴江市信托投资公司证券交易营业部"

上述各证券交易营业部可按省行批准名称对外挂牌营业。交易的证券限于有权机关批准发行的规范化的各类国债，金融债券，地方企业债券等。交易方式为代理买卖及自营买卖。有关证券库存，证券价格，交易原则上要按人民银行有关规定执行。未经批准，不得代理经营及自营股票业务。各证券交易营业部营运资金不得低于500万元，如扩充营运资金数额或变更营业场所需报经人民银行批准，并不得向金融机构拆借资金进行证券交易。各证券交易营业部应按中国人民银行的要求按时报送证券业务报表，如实反映证券交易营业部的业务经营状况，及时反映证券市场中出现的情况和问题。

附件：省人行(1992)499号批复。

一九九二年[illegible]月[illegible]日

主题词：金融 机构 批复

抄报：省人行。
抄送：苏州市工商局、常熟、昆山、吴江市工商局及人民银行。

打印：李沙雯　　校对：金悦来

1992年9月，中国人民银行苏州分行发布《关于同意苏州市信托投资公司等成立证券交易营业部的批复》。

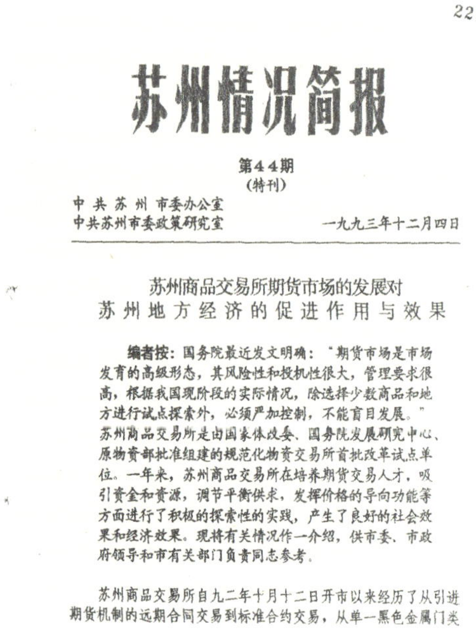

221

苏州情况简报

第44期
(特刊)

中共苏州市委办公室
中共苏州市委政策研究室　　一九九三年十二月四日

苏州商品交易所期货市场的发展对苏州地方经济的促进作用与效果

编者按：国务院最近发文明确："期货市场是市场发育的高级形态，其风险性和投机性很大，管理要求很高，根据我国现阶段的实际情况，除选择少数商品和地方进行试点探索外，必须严加控制，不能盲目发展。"苏州商品交易所是由国家体改委、国务院发展研究中心、原物资部批准组建的规范化物资交易所首批改革试点单位。一年来，苏州商品交易所在培养期货交易人才，吸引资金和资源，调节平衡供求，发挥价格的导向功能等方面进行了积极的探索性的实践，产生了良好的社会效果和经济效果。现将有关情况作一介绍，供市委、市政府领导和市有关部门负责同志参考。

苏州商品交易所自九二年十月十二日开市以来经历了从引进期货机制的远期合同交易到标准合约交易，从单一黑色金属门类

1993年12月，《苏州情况简报》刊载《苏州商品交易所期货市场的发展对苏州地方经济的促进作用与效果》。

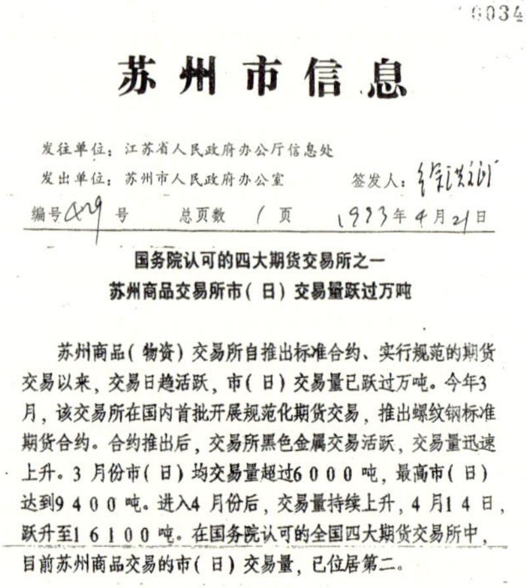

0034

苏州市信息

发往单位：江苏省人民政府办公厅信息处
发出单位：苏州市人民政府办公室　　签发人：[illegible]
编号 029 号　　总页数 1 页　　1993年4月21日

国务院认可的四大期货交易所之一
苏州商品交易所市(日)交易量跃过万吨

苏州商品(物资)交易所自推出标准合约、实行规范的期货交易以来，交易日趋活跃，市(日)交易量已跃过万吨。今年3月，该交易所在国内首批开展规范化期货交易，推出螺纹钢标准期货合约。合约推出后，交易所黑色金属交易活跃，交易量迅速上升。3月份市(日)均交易量超过6000吨，最高市(日)达到9400吨。进入4月份后，交易量持续上升，4月14日，跃升至16100吨。在国务院认可的全国四大期货交易所中，目前苏州商品交易的市(日)交易量，已位居第二。

1993年4月，《苏州市信息》刊载《国务院认可的四大期货交易所之一，苏州商品交易所市(日)交易量跃过万吨》。

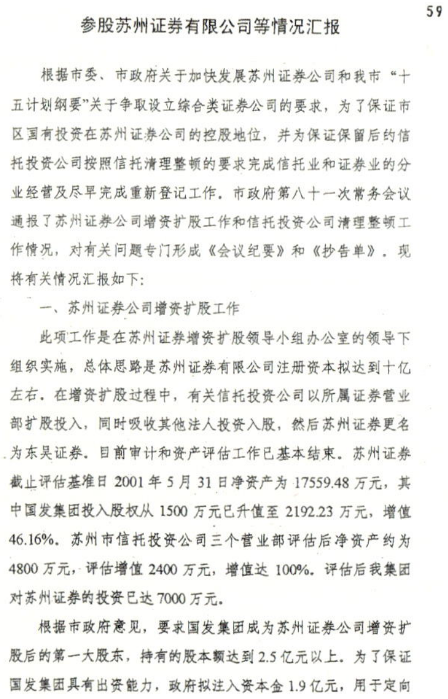

59

参股苏州证券有限公司等情况汇报

根据市委、市政府关于加快发展苏州证券公司和我市"十五计划纲要"关于争取设立综合类证券公司的要求，为了保证市区国有投资在苏州证券公司的控股地位，并为保证保留后的信托投资公司按照信托清理整顿的要求完成信托业和证券业的分业经营及尽早完成重新登记工作。市政府第八十一次常务会议通报了苏州证券公司增资扩股工作和信托投资公司清理整顿工作情况，对有关问题专门形成《会议纪要》和《抄告单》。现将有关情况汇报如下：

一、苏州证券公司增资扩股工作

此项工作是在苏州证券增资扩股领导小组办公室的领导下组织实施，总体思路是苏州证券有限公司注册资本拟达到十亿左右。在增资扩股过程中，有关信托投资公司以所属证券营业部扩股投入，同时吸收其他法人投资入股，然后苏州证券更名为东吴证券。目前审计和资产评估工作已基本结束。苏州证券截止评估基准日2001年5月31日净资产为17559.48万元，其中国发集团投入股权从1500万元已升值至2192.23万元，增值46.16%。苏州市信托投资公司三个营业部评估后净资产约为4800万元，评估增值2400万元，增值达100%。评估后我集团对苏州证券的投资已达7000万元。

根据市政府意见，要求国发集团成为苏州证券公司增资扩股后的第一大股东，持有的股本额达到2.5亿元以上。为了保证国发集团具有出资能力，政府拟注入资本金1.9亿元，用于定向

2001年，《参股苏州证券有限公司等情况汇报》。

2001年，苏州启动“苏州软件园”建设，被科技部批准建设为国家火炬计划软件产业基地。

2008年4月，第103届广交会举行。图为苏州参展的著名出口品牌。

2009年，中国苏州电子信息博览会现场。

2005年，苏州高新区海关保税物流中心成立。

2011年，沙钢股份上市，图为张家港沙钢集团全景。

2012年，望亭发电厂望亭至无锡供热工程竣工投产。

城乡建设

20世纪80年代，党中央和国务院细致研究苏州的城建工作，明确苏州为著名的历史文化名城和重点环境保护城市。苏州在全面保护古城风貌的同时，积极建设现代化新区与各级开发区。着力营建市政工程，大力发展现代农业，注重保持生态，逐步向环境优美、具有江南水乡特色的现代化城市迈进。

水陆并行、小桥流水的苏州古城风貌。

20世纪70年代末至80年代，苏州市陆续建成了解放、三香、钟楼、北园、二郎巷、新庄、里河、南环、苏安、盘溪、东环、航西、竹辉、彩香、金塘等居民新村。图为彩香新村。

1982年，城北公路建成通车。自此过往车辆不需再进入市区，改善了市内交通。

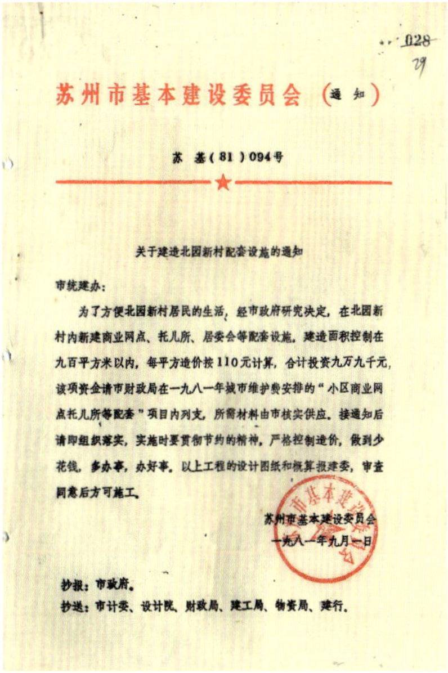

028
29

苏州市基本建设委员会（通知）

苏基（81）094号

关于建造北园新村配套设施的通知

市统建办：

为了方便北园新村居民的生活，经市政府研究决定，在北园新村内新建商业网点、托儿所、居委会等配套设施。建造面积控制在九百平方米以内，每平方造价按110元计算，合计投资九万九千元，该项资金请市财政局在一九八一年城市维护费安排的“小区商业网点托儿所等配套”项目内列支，所需材料由市核实供应。接通知后请即组织落实，实施时要贯彻节约的精神，严格控制造价，做到少花钱，多办事，办好事。以上工程的设计图纸和概算报建委，审查同意后方可施工。

苏州市基本建设委员会
一九八一年九月一日

抄报：市政府。
抄送：市计委、设计院、财政局、建工局、物资局、建行。

1981年9月1日，苏州市基本建设委员会发布《关于建造北园新村配套设施的通知》。

为了保持古城三横三直一环的水系及小桥流水的水巷特色，从20世纪80年代中期开始对城内河道进行疏浚整治。图为拆除香花桥河道内的防空洞，恢复水巷的情景。

自1986年起，随着长青、平门、虎丘和创新等立交桥的建成，市区交通状况大为改观。图为1988年1月，虎丘、创新立交桥通车典礼。

自20世纪80年代起，人民路沿线先后矗立起中国银行、友谊商店、苏城饭店、苏苑商厦等十多座具有古城特色的现代化楼群，陈旧破落的面貌为之改观。图为人民路接驾桥一带建设后景象。

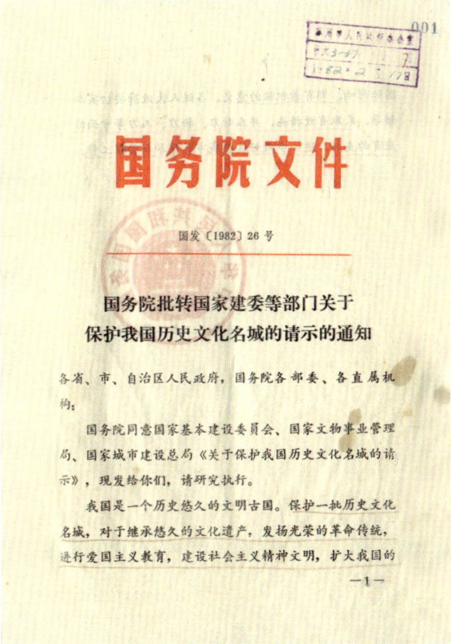

001

国务院文件

国发〔1982〕26号

国务院批转国家建委等部门关于
保护我国历史文化名城的请示的通知

各省、市、自治区人民政府，国务院各部委、各直属机构：

国务院同意国家基本建设委员会、国家文物事业管理局、国家城市建设总局《关于保护我国历史文化名城的请示》，现发给你们，请研究执行。

我国是一个历史悠久的文明古国。保护一批历史文化名城，对于继承悠久的文化遗产，发扬光荣的革命传统，进行爱国主义教育，建设社会主义精神文明，扩大我国的

—1—

1982年2月8日，《国务院批转国家建委等部门关于保护我国历史文化名城的请示的通知》发布，苏州入选中国第一批历史文化名城。

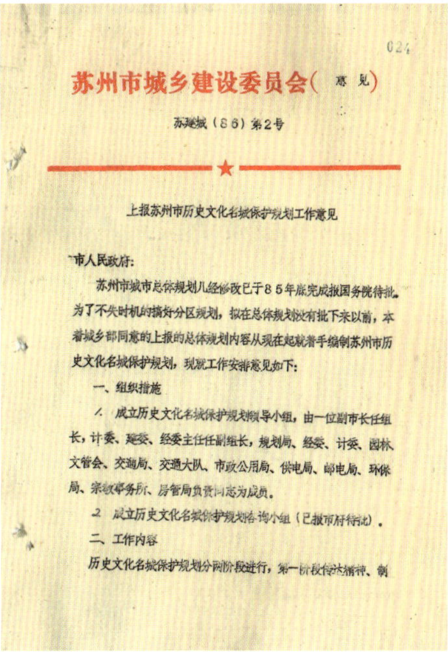

024

苏州市城乡建设委员会（意见）

苏建城（86）第2号

上报苏州市历史文化名城保护规划工作意见

市人民政府：

苏州市城市总体规划几经修改已于85年底完成报国务院待批。为了不失时机的搞好分区规划，拟在总体规划没有批下来以前，本着城乡部同意的上报的总体规划内容从现在起就着手编制苏州市历史文化名城保护规划，现就工作安排意见如下：

一、组织措施

1. 成立历史文化名城保护规划领导小组，由一位副市长任组长，计委、建委、经委主任任副组长，规划局、经委、计委、园林文管会、交通局、交通大队、市政公用局、供电局、邮电局、环保局、宗教事务所、房管局负责同志为成员。

2. 成立历史文化名城保护规划咨询小组（已报市府待批）。

二、工作内容

历史文化名城保护规划分两阶段进行，第一阶段传达精神、制

1982年2月25日，苏州市城乡建设委员会《上报苏州市历史文化名城保护规划工作意见》。

1994年4月，苏州市第十一届人代会第十五次会议通过以水城门、流水、苏州的汉语拼音组成的圆形图案为苏州市市标。

1986年，苏州建城2500年纪念大会。

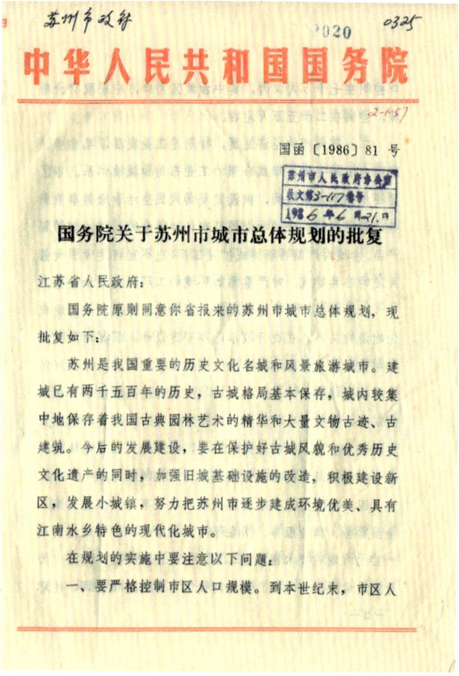

中华人民共和国国务院

国函〔1986〕81 号

国务院关于苏州市城市总体规划的批复

江苏省人民政府：

国务院原则同意你省报来的苏州市城市总体规划，现批复如下：

苏州是我国重要的历史文化名城和风景旅游城市。建城已有两千五百年的历史，古城格局基本保存，城内较集中地保存着我国古典园林艺术的精华和大量文物古迹、古建筑。今后的发展建设，要在保护好古城风貌和优秀历史文化遗产的同时，加强旧城基础设施的改造，积极建设新区，发展小城镇，努力把苏州市逐步建成环境优美、具有江南水乡特色的现代化城市。

在规划的实施中要注意以下问题：

一、要严格控制市区人口规模。到本世纪末，市区人

1986年6月13日，《国务院关于苏州市城市总体规划的批复》发布。苏州成为改革开放初唯一被列为全面保护的古城。

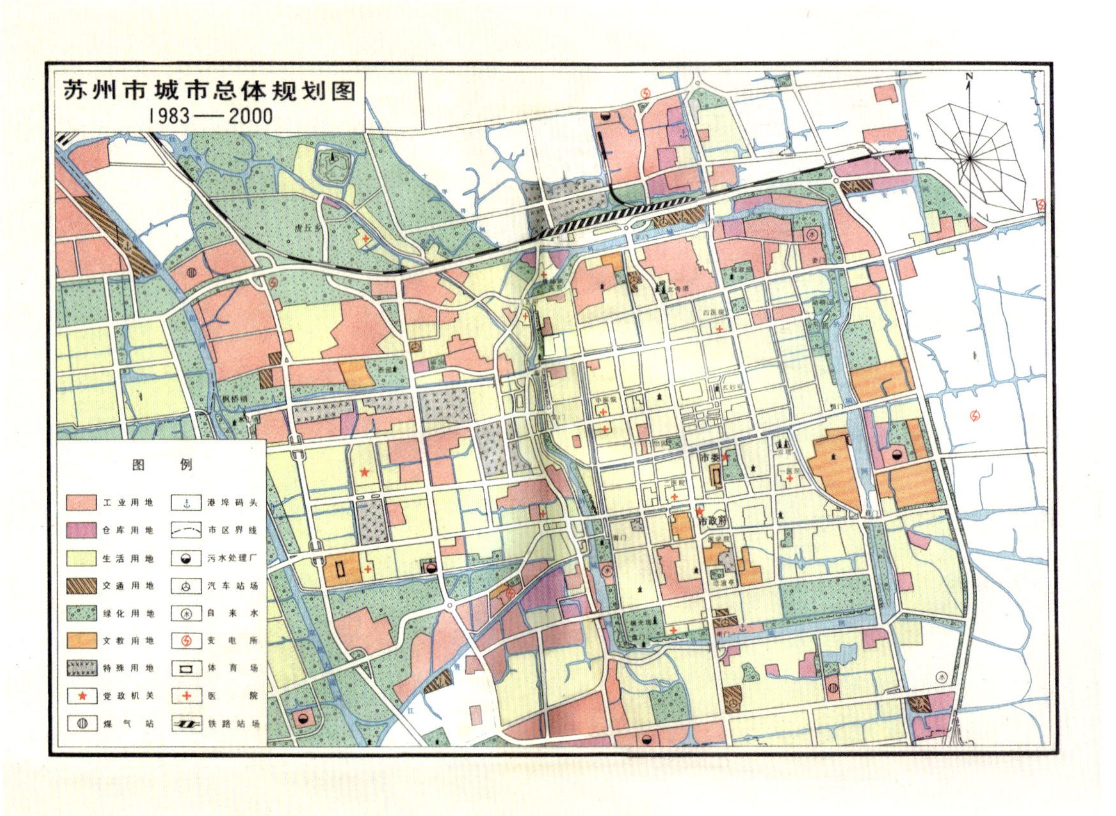

《苏州市城市总体规划图（1983—2000）》。

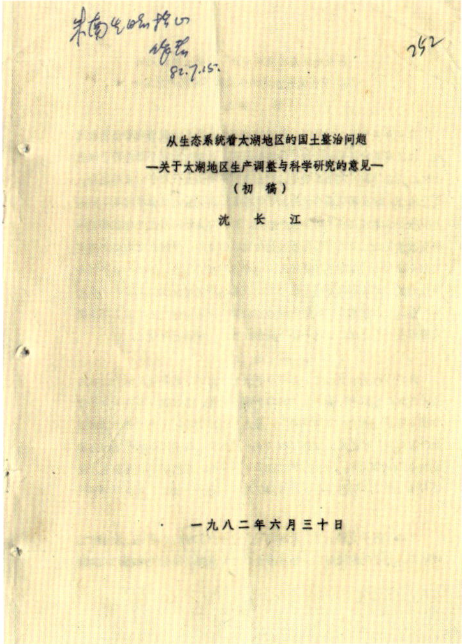

从生态系统看太湖地区的国土整治问题
——关于太湖地区生产调整与科学研究的意见——
（初稿）

沈长江

一九八二年六月三十日

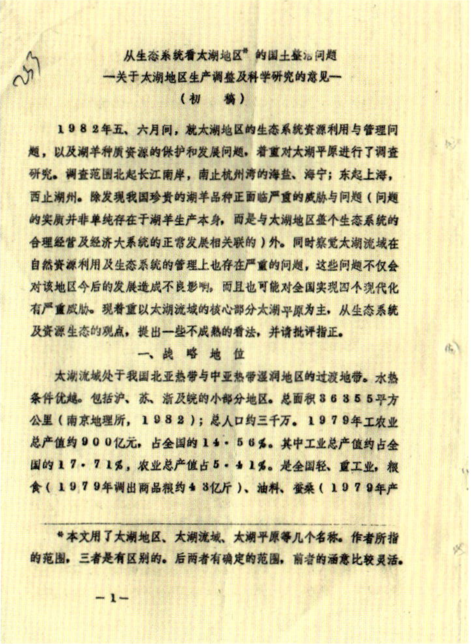

从生态系统看太湖地区*的国土整治问题
——关于太湖地区生产调整及科学研究的意见——
（初稿）

１９８２年五、六月间，就太湖地区的生态系统资源利用与管理问题，以及湖羊种质资源的保护和发展问题，着重对太湖平原进行了调查研究。调查范围北起长江南岸，南止杭州湾的海盐、海宁；东起上海，西止湖州。除发现我国珍贵的湖羊品种正面临严重的威胁与问题（问题的实质并非单纯存在于湖羊生产本身，而是与太湖地区整个生态系统的合理经营及经济大系统的正常发展相关联的）外。同时察觉太湖流域在自然资源利用及生态系统的管理上也存在严重的问题，这些问题不仅会对该地区今后的发展造成不良影响，而且也可能对全国实现四个现代化有严重威胁。现着重以太湖流域的核心部分太湖平原为主，从生态系统及资源生态的观点，提出一些不成熟的看法，并请批评指正。

一、战略地位

太湖流域处于我国北亚热带与中亚热带湿润地区的过渡地带。水热条件优越。包括沪、苏、浙及皖的小部分地区。总面积３６３５５平方公里（南京地理所，１９８２）；总人口约三千万。１９７９年工农业总产值约９００亿元，占全国的１４·５６％。其中工业总产值约占全国的１７·７１％，农业总产值占５·４１％。是全国轻、重工业，粮食（１９７９年调出商品粮约４３亿斤）、油料、蚕桑（１９７９年产

*本文用了太湖地区、太湖流域、太湖平原等几个名称。作者所指的范围，三者是有区别的。后两者有确定的范围，前者的涵意比较灵活。

—１—

1982年6月30日，《从生态系统看太湖地区的国土整治问题——关于太湖地区生产调整与科学研究的意见（初稿）》。

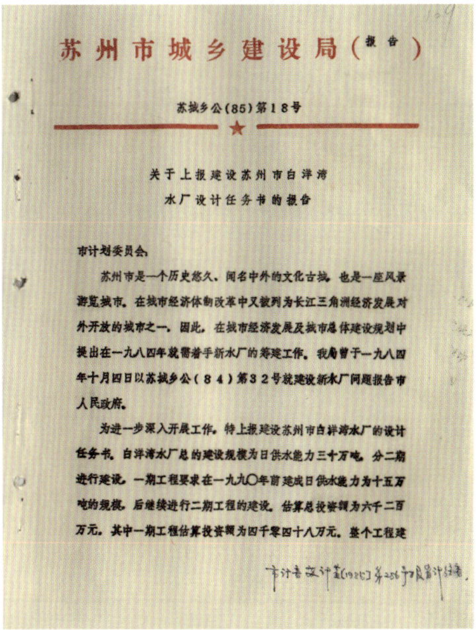

苏州市城乡建设局（报告）

苏城乡公（85）第18号

关于上报建设苏州市白洋湾水厂设计任务书的报告

市计划委员会：

苏州市是一个历史悠久、闻名中外的文化古城，也是一座风景游览城市。在城市经济体制改革中又被列为长江三角洲经济发展对外开放的城市之一。因此，在城市经济发展及城市总体建设规划中提出在一九八四年就需着手新水厂的筹建工作。我局曾于一九八四年十月四日以苏城乡公（８４）第３２号就建设新水厂问题报告市人民政府。

为进一步深入开展工作，特上报建设苏州市白洋湾水厂的设计任务书。白洋湾水厂总的建设规模为日供水能力三十万吨，分二期进行建设。一期工程要求在一九九〇年前建成日供水能力为十五万吨的规模，后继续进行二期工程的建设。估算总投资额为六千二百万元。其中一期工程估算投资额为四千零四十八万元。整个工程建

1988年4月，建国以来苏州市最大的一项市政建设——白杨湾水厂一期工程主体工程全面展开，1990年6月建成通水。图为1985年6月3日，苏州市城乡建设局《关于上报建设苏州市白洋湾水厂设计任务书的报告》。

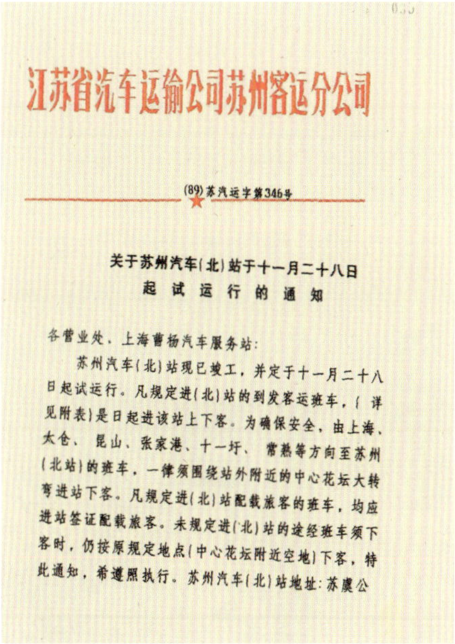

江苏省汽车运输公司苏州客运分公司

(89)苏汽运字第346号

关于苏州汽车(北)站于十一月二十八日起试运行的通知

各营业处、上海曹杨汽车服务站：

苏州汽车(北)站现已竣工，并定于十一月二十八日起试运行。凡规定进(北)站的到发客运班车，(详见附表)是日起进该站上下客。为确保安全，由上海、太仓、昆山、张家港、十一圩、常熟等方向至苏州(北站)的班车，一律须围绕站外附近的中心花坛大转弯进站下客。凡规定进(北)站配载旅客的班车，均应进站签证配载旅客。未规定进(北)站的途经班车须下客时，仍按原规定地点(中心花坛附近空地)下客，特此通知，希遵照执行。苏州汽车(北)站地址：苏虞公

1989年10月，全省最大的公铁分流车站——苏州汽车北站竣工。图为《关于苏州汽车（北）站于十一月二十八日起试运行的通知》。

1991年，改造前的官太尉河、十全河河段。

改造后的官太尉河、十全河河段。

1994年，整修后的苏州市十全街。

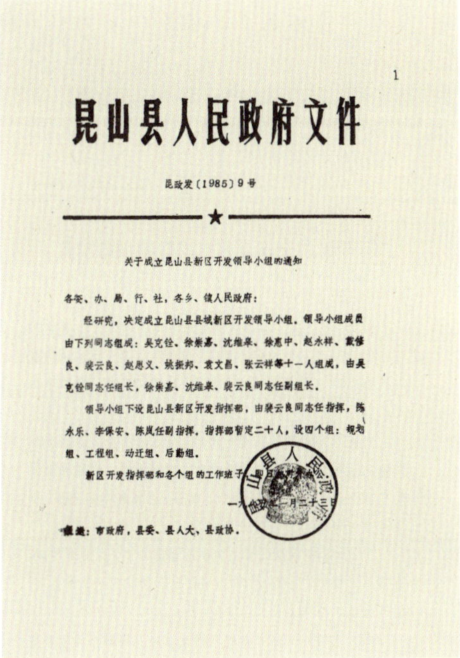

1

昆山县人民政府文件

昆政发〔1985〕9号

关于成立昆山县新区开发领导小组的通知

各委、办、局、行、社，各乡、镇人民政府：

经研究，决定成立昆山县县城新区开发领导小组。领导小组成员由下列同志组成：吴克铨、徐崇嘉、沈维皋、徐惠中、赵永祥、戴修良、裴云良、赵恩义、姚振邦、袁文昌、张云祥等十一人组成，由吴克铨同志任组长，徐崇嘉、沈维皋、裴云良同志任副组长。

领导小组下设昆山县新区开发指挥部，由裴云良同志任指挥，陈永乐、李保安、陈岚任副指挥。指挥部暂定二十人，设四个组：规划组、工程组、动迁组、后勤组。

新区开发指挥部和各个组的工作班子……

一九八五年一月二十三日

报送：市政府，县委、县人大、县政协。

1985年，昆山县政府发布《关于成立昆山县新区开发领导小组的通知》。

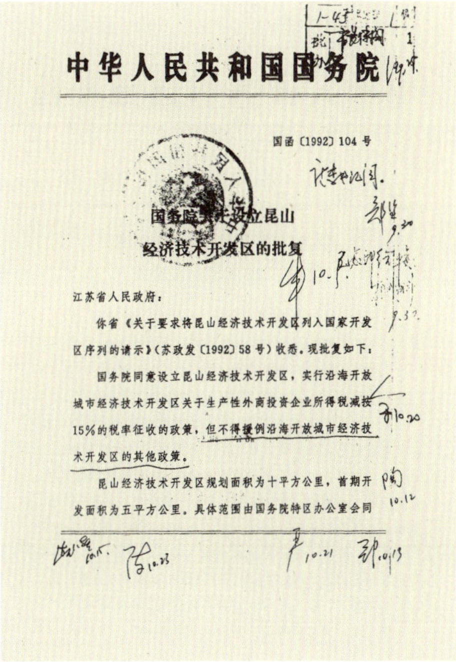

中华人民共和国国务院

国函〔1992〕104号

国务院关于设立昆山经济技术开发区的批复

江苏省人民政府：

你省《关于要求将昆山经济技术开发区列入国家开发区序列的请示》（苏政发〔1992〕58号）收悉。现批复如下：

国务院同意设立昆山经济技术开发区，实行沿海开放城市经济技术开发区关于生产性外商投资企业所得税减按15%的税率征收的政策，但不得援例沿海开放城市经济技术开发区的其他政策。

昆山经济技术开发区规划面积为十平方公里，首期开发面积为五平方公里。具体范围由国务院特区办公室会同

1992年8月，《国务院关于设立昆山经济技术开发区的批复》发布。

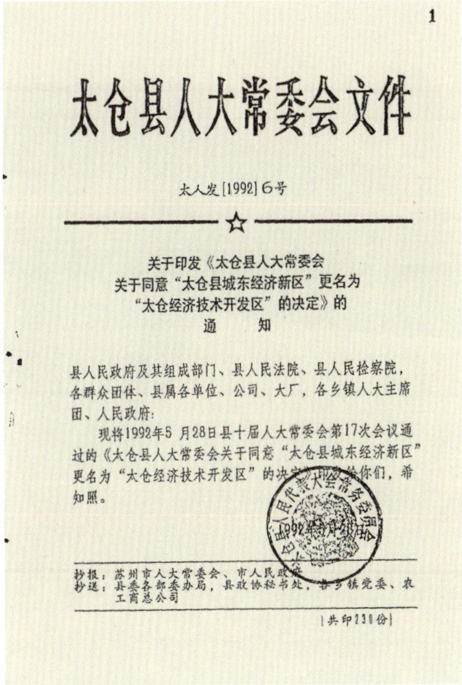

1

太仓县人大常委会文件

太人发[1992]6号

关于印发《太仓县人大常委会关于同意“太仓县城东经济新区”更名为“太仓经济技术开发区”的决定》的通知

县人民政府及其组成部门、县人民法院、县人民检察院，各群众团体、县属各单位、公司、大厂，各乡镇人大主席团、人民政府：

现将1992年5月28日县十届人大常委会第17次会议通过的《太仓县人大常委会关于同意“太仓县城东经济新区”更名为“太仓经济技术开发区”的决定》印发给你们，希知照。

抄报：苏州市人大常委会、市人民政府

抄送：县委各部委办局，县政协秘书处，各乡镇党委、农工商总公司

（共印230份）

1992年5月28日，《关于印发〈太仓县人大常委会关于同意“太仓县城东经济新区”更名为“太仓经济技术开发区”的决定〉的通知》发布。

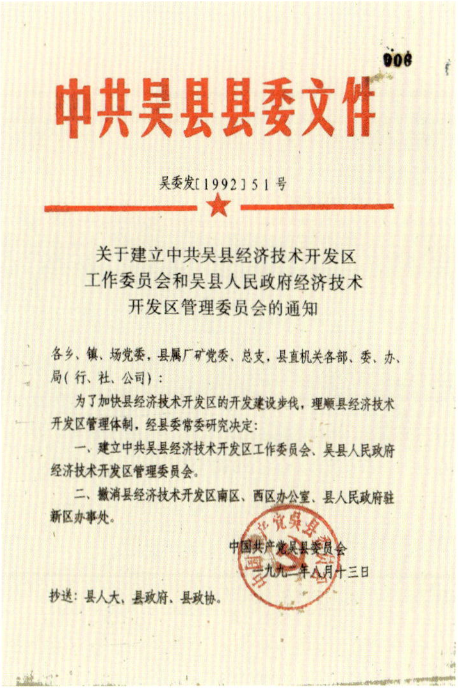

908

中共吴县县委文件

吴委发[1992]51号

关于建立中共吴县经济技术开发区工作委员会和吴县人民政府经济技术开发区管理委员会的通知

各乡、镇、场党委，县属厂矿党委、总支，县直机关各部、委、办、局（行、社、公司）：

为了加快县经济技术开发区的开发建设步伐，理顺县经济技术开发区管理体制，经县委常委研究决定：

一、建立中共吴县经济技术开发区工作委员会、吴县人民政府经济技术开发区管理委员会。

二、撤消县经济技术开发区南区、西区办公室、县人民政府驻新区办事处。

中国共产党吴县委员会

一九九二年八月十三日

抄送：县人大、县政府、县政协。

1992年8月，吴县县委发布《关于建立中共吴县经济技术开发区工作委员会和吴县人民政府经济技术开发区管理委员会的通知》。

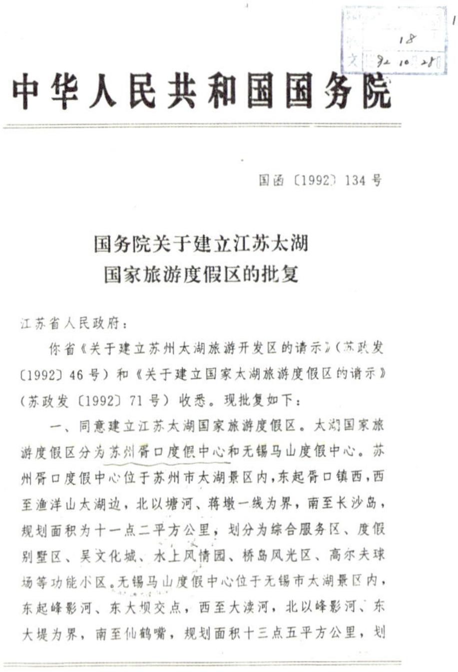

中华人民共和国国务院

国函〔1992〕134 号

国务院关于建立江苏太湖国家旅游度假区的批复

江苏省人民政府：

你省《关于建立苏州太湖旅游开发区的请示》（苏政发〔1992〕46 号）和《关于建立国家太湖旅游度假区的请示》（苏政发〔1992〕71 号）收悉。现批复如下：

一、同意建立江苏太湖国家旅游度假区。太湖国家旅游度假区分为苏州胥口度假中心和无锡马山度假中心。苏州胥口度假中心位于苏州市太湖景区内，东起胥口镇西，西至渔洋山太湖边，北以塘河、蒋墩一线为界，南至长沙岛，规划面积为十一点二平方公里，划分为综合服务区、度假别墅区、吴文化城、水上风情园、桥岛风光区、高尔夫球场等功能小区。无锡马山度假中心位于无锡市太湖景区内，东起峰影河、东大坝交点，西至大渎河，北以峰影河、东大堤为界，南至仙鹤嘴，规划面积十三点五平方公里，划

1992年10月，《国务院关于建立江苏太湖国家旅游度假区的批复》发布。

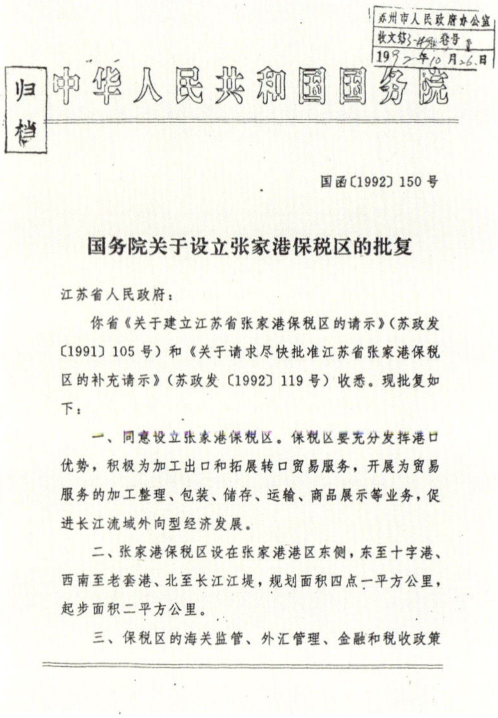

归档

中华人民共和国国务院

国函〔1992〕150 号

国务院关于设立张家港保税区的批复

江苏省人民政府：

你省《关于建立江苏省张家港保税区的请示》（苏政发〔1991〕105 号）和《关于请求尽快批准江苏省张家港保税区的补充请示》（苏政发〔1992〕119 号）收悉。现批复如下：

一、同意设立张家港保税区。保税区要充分发挥港口优势，积极为加工出口和拓展转口贸易服务，开展为贸易服务的加工整理、包装、储存、运输、商品展示等业务，促进长江流域外向型经济发展。

二、张家港保税区设在张家港港区东侧，东至十字港、西南至老套港、北至长江江堤，规划面积四点一平方公里，起步面积二平方公里。

三、保税区的海关监管、外汇管理、金融和税收政策

1992年10月16日，《国务院关于设立张家港保税区的批复》发布。

1992年10月，经国务院批准，张家港保税区正式成立。图为江苏省张家港保税区成立大会现场。

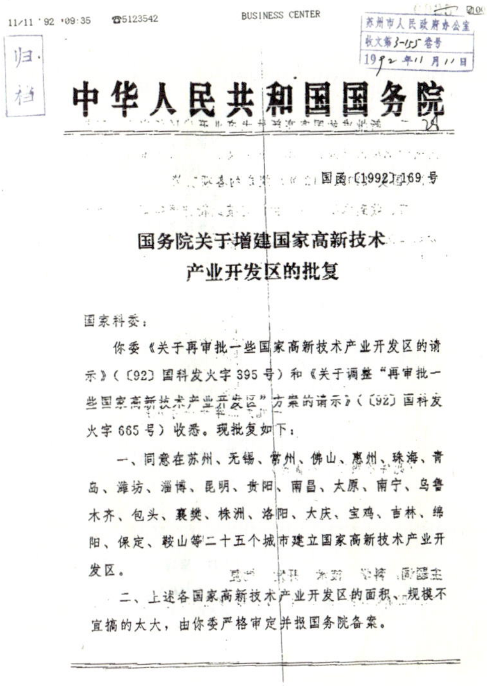

11/11 '92 09:35 ☎5123542 BUSINESS CENTER

苏州市人民政府办公室
收文第3-155卷号
1992年11月11日

归档

中华人民共和国国务院

国函〔1992〕169号

国务院关于增建国家高新技术产业开发区的批复

国家科委：

你委《关于再审批一些国家高新技术产业开发区的请示》（〔92〕国科发火字395号）和《关于调整“再审批一些国家高新技术产业开发区”方案的请示》（〔92〕国科发火字665号）收悉。现批复如下：

一、同意在苏州、无锡、常州、佛山、惠州、珠海、青岛、潍坊、淄博、昆明、贵阳、南昌、太原、南宁、乌鲁木齐、包头、襄樊、株洲、洛阳、大庆、宝鸡、吉林、绵阳、保定、鞍山等二十五个城市建立国家高新技术产业开发区。

二、上述各国家高新技术产业开发区的面积、规模不宜搞的太大，由你委严格审定并报国务院备案。

1992年11月，《国务院关于增建国家高新技术产业开发区的批复》发布。

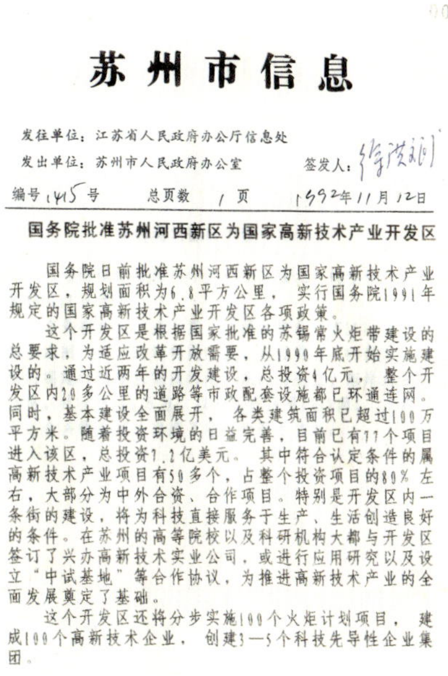

0028

苏州市信息

发往单位：江苏省人民政府办公厅信息处

发出单位：苏州市人民政府办公室　　签发人：徐洪初

编号1415号　　总页数1页　　1992年11月12日

国务院批准苏州河西新区为国家高新技术产业开发区

国务院日前批准苏州河西新区为国家高新技术产业开发区，规划面积为6.8平方公里，实行国务院1991年规定的国家高新技术产业开发区各项政策。

这个开发区是根据国家批准的苏锡常火炬带建设的总要求，为适应改革开放需要，从1990年底开始实施建设的。通过近两年的开发建设，总投资4亿元，整个开发区内20多公里的道路等市政配套设施都已环通连网。同时，基本建设全面展开，各类建筑面积已超过100万平方米。随着投资环境的日益完善，目前已有77个项目进入该区，总投资1.2亿美元。其中符合认定条件的属高新技术产业项目有50多个，占整个投资项目的80%左右，大部分为中外合资、合作项目。特别是开发区内一条街的建设，将为科技直接服务于生产、生活创造良好的条件。在苏州的高等院校以及科研机构大都与开发区签订了兴办高新技术实业公司，或进行应用研究以及设立“中试基地”等合作协议，为推进高新技术产业的全面发展奠定了基础。

这个开发区还将分步实施100个火炬计划项目，建成100个高新技术企业，创建3—5个科技先导性企业集团。

1992年11月12日，《苏州市信息》刊载《国务院批准苏州河西新区为国家高新技术产业开发区》。

1992年11月，国务院批准河西新区为国家高新技术产业开发区。图为苏州新区开发介绍会现场。

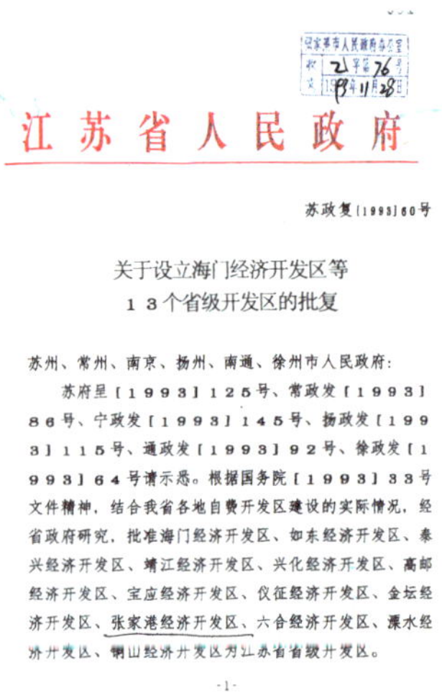

江苏省人民政府

苏政复[1993]60号

关于设立海门经济开发区等
13个省级开发区的批复

苏州、常州、南京、扬州、南通、徐州市人民政府：

苏府呈[1993]125号、常政发[1993]86号、宁政发[1993]145号、扬政发[1993]115号、通政发[1993]92号、徐政发[1993]64号请示悉。根据国务院[1993]33号文件精神，结合我省各地自费开发区建设的实际情况，经省政府研究，批准海门经济开发区、如东经济开发区、泰兴经济开发区、靖江经济开发区、兴化经济开发区、高邮经济开发区、宝应经济开发区、仪征经济开发区、金坛经济开发区、张家港经济开发区、六合经济开发区、溧水经济开发区、铜山经济开发区为江苏省省级开发区。

-1-

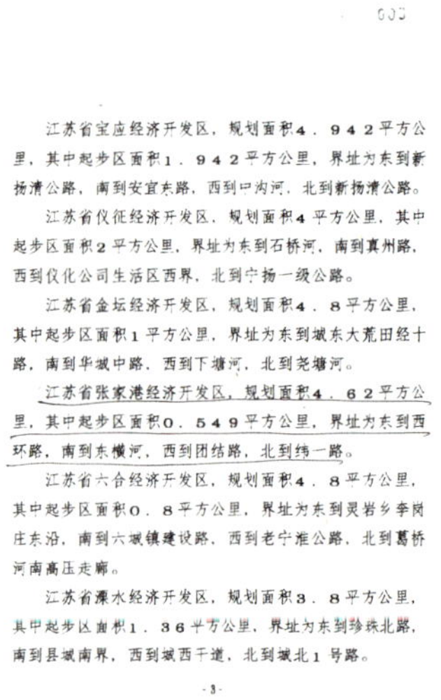

江苏省宝应经济开发区，规划面积4.942平方公里，其中起步区面积1.942平方公里，界址为东到新扬清公路，南到安宜东路，西到中沟河，北到新扬清公路。

江苏省仪征经济开发区，规划面积4平方公里，其中起步区面积2平方公里，界址为东到石桥河，南到真州路，西到仪化公司生活区西界，北到宁扬一级公路。

江苏省金坛经济开发区，规划面积4.8平方公里，其中起步区面积1平方公里，界址为东到城东大荒田经十路，南到华城中路，西到下塘河，北到尧塘河。

江苏省张家港经济开发区，规划面积4.62平方公里，其中起步区面积0.549平方公里，界址为东到西环路，南到东横河，西到团结路，北到纬一路。

江苏省六合经济开发区，规划面积4.8平方公里，其中起步区面积0.8平方公里，界址为东到灵岩乡李岗庄东沿，南到六城镇建设路，西到老宁淮公路，北到葛桥河南高压走廊。

江苏省溧水经济开发区，规划面积3.8平方公里，其中起步区面积1.36平方公里，界址为东到珍珠北路，南到县城南界，西到城西干道，北到城北1号路。

-3-

1993年，江苏省政府发布《关于设立海门经济开发区等13个省级开发区的批复》。

1993年，张家港经济开发区成立。2011年9月，升级为国家级开发区。

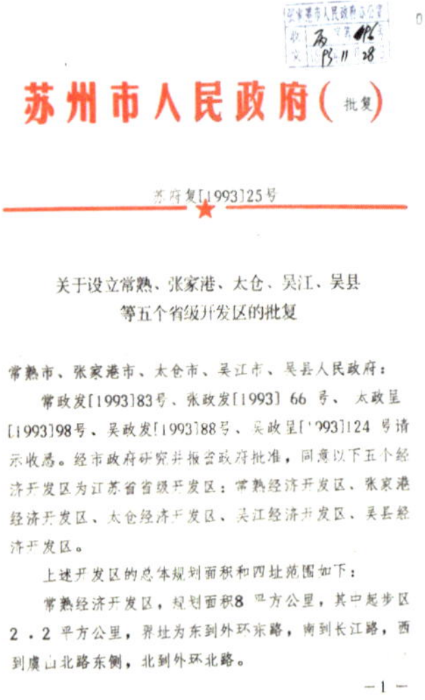

苏州市人民政府（批复）

苏府复[1993]25号

关于设立常熟、张家港、太仓、吴江、吴县
等五个省级开发区的批复

常熟市、张家港市、太仓市、吴江市、吴县人民政府：

常政发[1993]83号、张政发[1993] 66 号、太政呈[1993]98号、吴政发[1993]88号、吴政呈[1993]124 号请示收悉。经市政府研究并报省政府批准，同意以下五个经济开发区为江苏省省级开发区：常熟经济开发区、张家港经济开发区、太仓经济开发区、吴江经济开发区、吴县经济开发区。

上述开发区的总体规划面积和四址范围如下：

常熟经济开发区，规划面积8平方公里，其中起步区2.2平方公里，界址为东到外环东路，南到长江路，西到虞山北路东侧，北到外环北路。

—1—

1993年11月，苏州市人民政府发布《关于设立常熟、张家港、太仓、吴江、吴县等五个省级开发区的批复》。

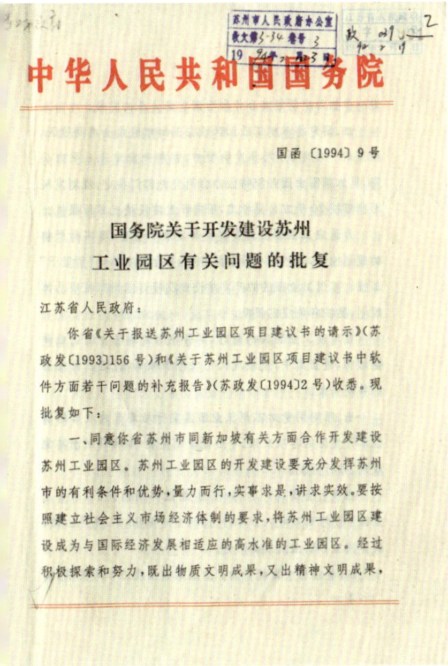

中华人民共和国国务院

苏州市人民政府办公室 收文第5-34 卷号3 1994年7月3日

国函〔1994〕9号

国务院关于开发建设苏州工业园区有关问题的批复

江苏省人民政府：

你省《关于报送苏州工业园区项目建议书的请示》(苏政发〔1993〕156号)和《关于苏州工业园区项目建议书中软件方面若干问题的补充报告》(苏政发〔1994〕2号)收悉。现批复如下：

一、同意你省苏州市同新加坡有关方面合作开发建设苏州工业园区。苏州工业园区的开发建设要充分发挥苏州市的有利条件和优势，量力而行，实事求是，讲求实效。要按照建立社会主义市场经济体制的要求，将苏州工业园区建设成为与国际经济发展相适应的高水准的工业园区。经过积极探索和努力，既出物质文明成果，又出精神文明成果，

94年2月11日，《国务院关于开发建设苏州业园区有关问题的批复》发布。

1994年5月12日，中国—新加坡苏州工业园区首期开发启动典礼。

1994年，苏州工业园区建设前的规划手绘图。

1992年6月，沪宁高速公路江苏段开工典礼在昆山举行。

1992年7月23日，苏州市人民政府发布《批转市建委〈关于实施干将路建设工程方案的请示〉的通知》。

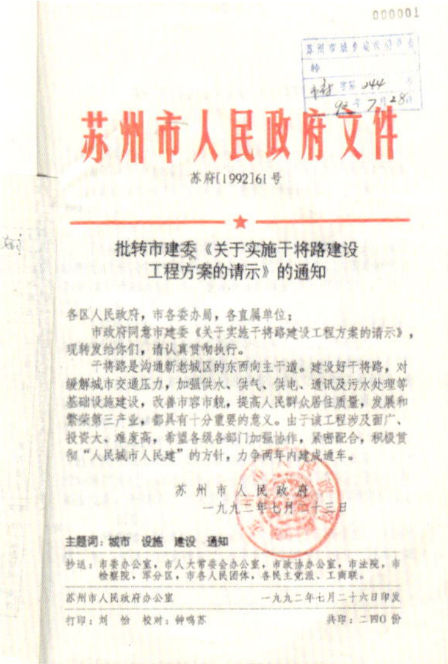

000001

苏州市人民政府文件

苏府[1992]61号

批转市建委《关于实施干将路建设工程方案的请示》的通知

各区人民政府，市各委办局，各直属单位：

市政府同意市建委《关于实施干将路建设工程方案的请示》，现转发给你们，请认真贯彻执行。

干将路是沟通新老城区的东西向主干道。建设好干将路，对缓解城市交通压力，加强供水、供气、供电、通讯及污水处理等基础设施建设，改善市容市貌，提高人民群众居住质量，发展和繁荣第三产业，都具有十分重要的意义。由于该工程涉及面广、投资大、难度高，希望各级各部门加强协作，紧密配合，积极贯彻"人民城市人民建"的方针，力争两年内建成通车。

苏州市人民政府

一九九二年七月二十三日

主题词：城市 设施 建设 通知

抄送：市委办公室，市人大常委会办公室，市政协办公室，市法院，市检察院，军分区，市各人民团体，各民主党派、工商联。

苏州市人民政府办公室 一九九二年七月二十六日印发

打印：刘 怡 校对：钟鸣苏 共印：二四O份

1992年10月，新中国成立以来市区最大的道路建设项目干将路工程动工。图为1994年9月竣工后的干将路。

1994年10月25日，太湖大桥举行通车典礼。

苏州市信息

发往单位：江苏省人民政府办公厅信息处

发出单位：苏州市人民政府办公室　　签发人：

编号1330号　总页数1页　94年10月8日

太湖大桥全线贯通

中国内湖第一长桥太湖大桥于10月6日下午全线贯通。该桥全长4308米，桥面宽12米，飞跨太湖长沙、叶山、西山三岛，总投资1．2亿元。太湖大桥的建成，为进一步开发太湖山水资源构筑了通道，为苏州太湖国家旅游度假区拓展了外延开发领域，还将大大提高苏州太湖的知名度。该桥将于10月25日正式通车。

1994年10月8日，《苏州市信息》刊载《太湖大桥全线贯通》。

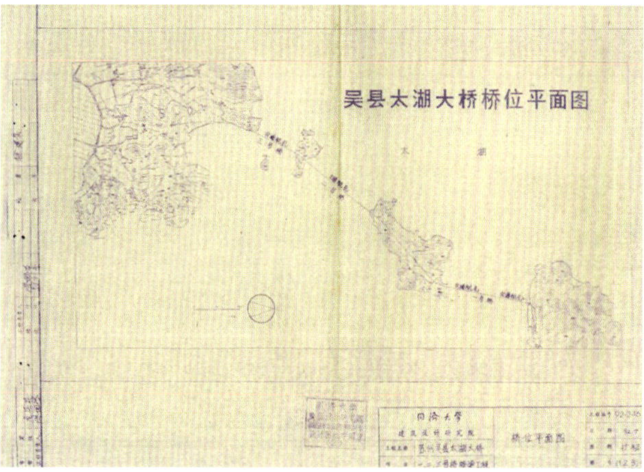

太湖大桥桥位平面图。

1995年7月12日，《苏州市城市规划条例》发布。图为草案修改稿。

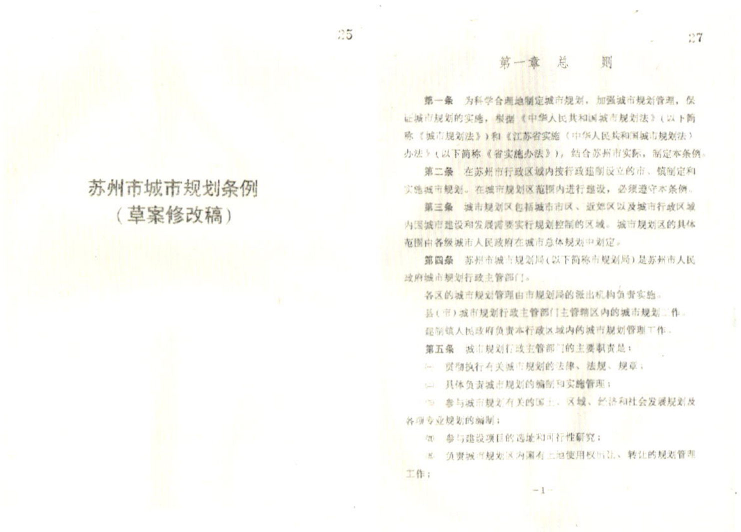

苏州市城市规划条例
（草案修改稿）

25

27

第一章　总　则

第一条　为科学合理地制定城市规划，加强城市规划管理，保证城市规划的实施，根据《中华人民共和国城市规划法》（以下简称《城市规划法》）和《江苏省实施〈中华人民共和国城市规划法〉办法》（以下简称《省实施办法》），结合苏州市实际，制定本条例。

第二条　在苏州市行政区域内按行政建制设立的市、镇制定和实施城市规划。在城市规划区范围内进行建设，必须遵守本条例。

第三条　城市规划区包括城市市区、近郊区以及城市行政区域内因城市建设和发展需要实行规划控制的区域。城市规划区的具体范围由各级城市人民政府在城市总体规划中划定。

第四条　苏州市城市规划局（以下简称市规划局）是苏州市人民政府城市规划行政主管部门。

各区的城市规划管理由市规划局的派出机构负责实施。

县（市）城市规划行政主管部门主管辖区内的城市规划工作。

建制镇人民政府负责本行政区域内的城市规划管理工作。

第五条　城市规划行政主管部门的主要职责是：

㈠　贯彻执行有关城市规划的法律、法规、规章；

㈡　具体负责城市规划的编制和实施管理；

㈢　参与城市规划有关的国土、区域、经济和社会发展规划及各项专业规划的编制；

㈣　参与建设项目的选址和可行性研究；

㈤　负责城市规划区内国有土地使用权出让、转让的规划管理工作；

－1－

1995年起，苏州市政府对古城区一半左右的旧街坊进行整治改造。图为改造后37号街坊中凤凰街和定慧寺巷一带的街景。

1997年，苏州市荣获全国双拥模范城称号。图为1997年2月，苏州市全国双拥模范城揭牌仪式暨表彰大会。

1995年起，苏州加快发展现代高效农业、地方特色农业。图为太湖边的碧螺春茶场。

1998年2月，国家农业综合开发办公室同意吴县市西山镇列入国家农业综合开发项目。2001年，苏州西山国家现代农业示范园区成立。图为示范园区内的农业生产大棚。

1995年起，苏州市大力推进城乡一体化基础设施建设。图为以波司登集团为后盾，投资上亿元建成的江苏省文明村、苏州市现代化建设示范村——常熟市康博村。

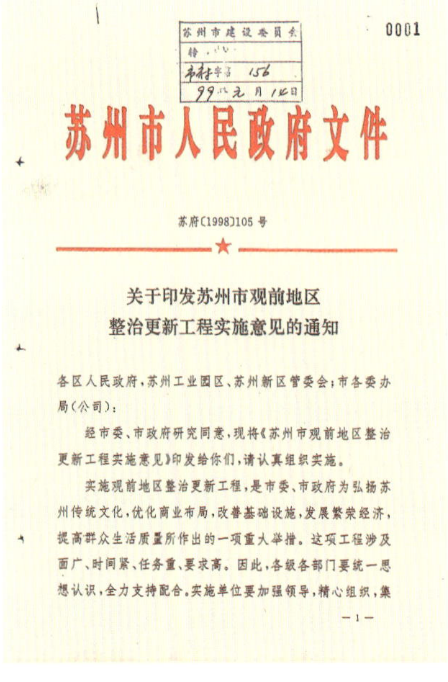

0001

苏州市建设委员会
转
市村字第 156
99 元月 14日

苏州市人民政府文件

苏府〔1998〕105 号

关于印发苏州市观前地区
整治更新工程实施意见的通知

各区人民政府，苏州工业园区、苏州新区管委会；市各委办局（公司）：

经市委、市政府研究同意，现将《苏州市观前地区整治更新工程实施意见》印发给你们，请认真组织实施。

实施观前地区整治更新工程，是市委、市政府为弘扬苏州传统文化，优化商业布局，改善基础设施，发展繁荣经济，提高群众生活质量所作出的一项重大举措。这项工程涉及面广、时间紧、任务重、要求高。因此，各级各部门要统一思想认识，全力支持配合。实施单位要加强领导，精心组织，集

—1—

1998年12月16日，苏州市政府发布《关于印发苏州市观前地区整治更新工程实施意见的通知》。

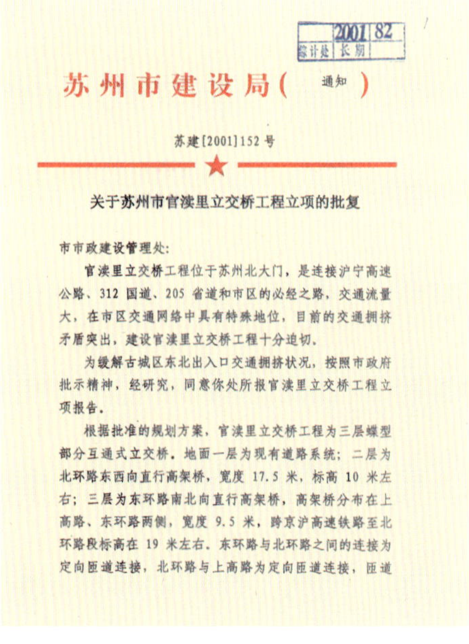

2001 82
综计处 长期

苏州市建设局（ 通知 ）

苏建[2001]152 号

关于苏州市官渎里立交桥工程立项的批复

市市政建设管理处：

官渎里立交桥工程位于苏州北大门，是连接沪宁高速公路、312 国道、205 省道和市区的必经之路，交通流量大，在市区交通网络中具有特殊地位，目前的交通拥挤矛盾突出，建设官渎里立交桥工程十分迫切。

为缓解古城区东北出入口交通拥挤状况，按照市政府批示精神，经研究，同意你处所报官渎里立交桥工程立项报告。

根据批准的规划方案，官渎里立交桥工程为三层蝶型部分互通式立交桥。地面一层为现有道路系统；二层为北环路东西向直行高架桥，宽度 17.5 米，标高 10 米左右；三层为东环路南北向直行高架桥，高架桥分布在上高路、东环路两侧，宽度 9.5 米，跨京沪高速铁路至北环路段标高在 19 米左右。东环路与北环路之间的连接为定向匝道连接，北环路与上高路为定向匝道连接，匝道

2002年10月，江苏省最大的城市立交工程——官渎里立交工程全线竣工。图为2001年11月13日，苏州市建设局《关于苏州市官渎里立交桥工程立项的批复》。

1998年起，苏州市政府组织实施总投资约5亿元的观前地区整治更新工程。图为1999年2月，观前地区整治更新一期工程结束举行开街仪式。

2001年3月17日，江苏省首座微机监控500千伏变电站——苏州石牌输变电工程投入运营。

2004年3月28日，苏州南门汽车客运站竣工。

2004年，东方之门开工建设。

2003年4月，为增强中心城区的发展力度，苏州市委、市政府决定开发平江、金阊、沧浪3个新城区。图为建设中的平江新城。

2005年9月8日，苏沪高速公路建成通车。

2005年，昆山花桥国际服务城开工建设。

2007年10月10日，苏州历史上第一条城市湖底隧道——独墅湖隧桥工程建成通车。

2006年8月，《苏州市建设社会主义新农村行动计划》明确提出：新农村建设要体现苏州特色，既要保持鱼米之乡的优美田园风光，又要呈现先进和谐的现代文明，逐步把本地乡村建设成为基础设施配套、功能区域分明、产业特色明显、生态环境优美、经济持续发展、农民生活富裕、农村社会文明、镇村管理民主的新农村。图为苏州农村新貌。

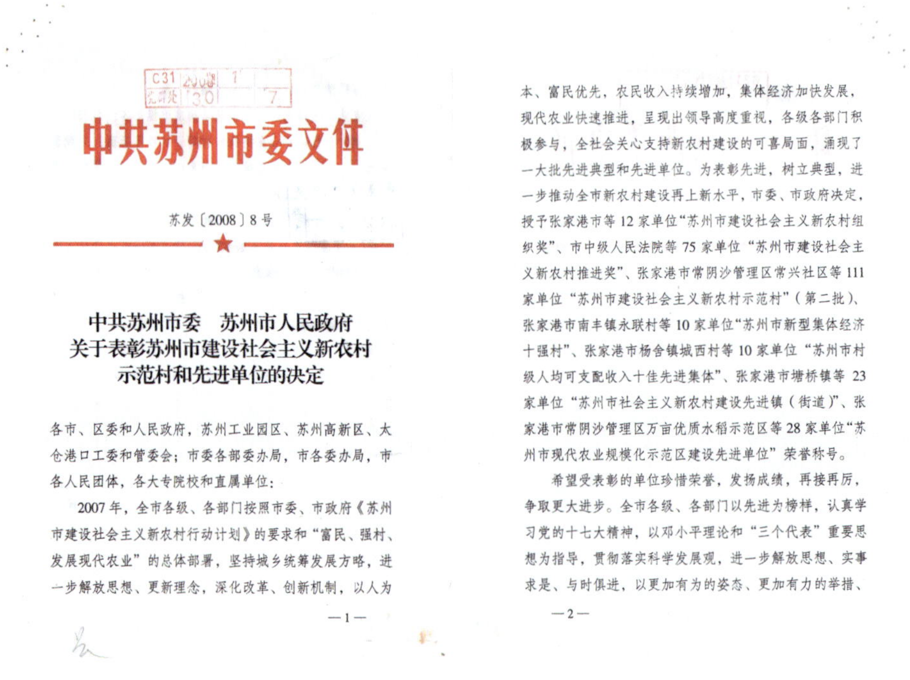

中共苏州市委文件

苏发〔2008〕8号

中共苏州市委　苏州市人民政府
关于表彰苏州市建设社会主义新农村
示范村和先进单位的决定

各市、区委和人民政府，苏州工业园区、苏州高新区、太仓港口工委和管委会；市委各部委办局，市各委办局，市各人民团体，各大专院校和直属单位：

2007年，全市各级、各部门按照市委、市政府《苏州市建设社会主义新农村行动计划》的要求和“富民、强村、发展现代农业”的总体部署，坚持城乡统筹发展方略，进一步解放思想、更新理念，深化改革、创新机制，以人为本、富民优先，农民收入持续增加，集体经济加快发展，现代农业快速推进，呈现出领导高度重视，各级各部门积极参与，全社会关心支持新农村建设的可喜局面，涌现了一大批先进典型和先进单位。为表彰先进，树立典型，进一步推动全市新农村建设再上新水平，市委、市政府决定，授予张家港市等12家单位“苏州市建设社会主义新农村组织奖”、市中级人民法院等75家单位“苏州市建设社会主义新农村推进奖”、张家港市常阴沙管理区常兴社区等111家单位“苏州市建设社会主义新农村示范村”（第二批）、张家港市南丰镇永联村等10家单位“苏州市新型集体经济十强村”、张家港市杨舍镇城西村等10家单位“苏州市村级人均可支配收入十佳先进集体”、张家港市塘桥镇等23家单位“苏州市社会主义新农村建设先进镇（街道）”、张家港市常阴沙管理区万亩优质水稻示范区等28家单位“苏州市现代农业规模化示范区建设先进单位”荣誉称号。

希望受表彰的单位珍惜荣誉，发扬成绩，再接再厉，争取更大进步。全市各级、各部门以先进为榜样，认真学习党的十七大精神，以邓小平理论和“三个代表”重要思想为指导，贯彻落实科学发展观，进一步解放思想、实事求是、与时俱进，以更加有为的姿态、更加有力的举措、

—1—　—2—

2008年2月20日，《中共苏州市委、苏州市人民政府关于表彰苏州市建设社会主义新农村示范村和先进单位的决定》发布。

2008年6月30日，拥有1088米世界第一跨径的苏通大桥正式通车。这是当时中国建桥史上建设标准最高、技术最复杂、科技含量最高的特大型桥梁工程，创造了4项世界纪录。苏通大桥位于常熟与南通之间，总投资为78.9亿元，于2003年6月27日正式开工建设。

2009年10月17日，连接苏州与无锡的快速通道——苏锡高速公路正式通车。

2008年，张家港市获评“联合国人居奖”，成为全国第一个荣膺“联合国人居奖”的县级市。

2010年，昆山获评“联合国人居奖”。

人民日报　实践与思考　2009年1月13日 星期二　15

以学习贯彻十七届三中全会精神为动力
推动苏州城乡一体化发展取得更大突破

2009年1月13日，《人民日报》刊登《以学习贯彻十七届三中全会精神为动力，推动苏州城乡一体化发展取得更大突破》。

2010年12月11日，国家级吴江经济技术开发区揭牌仪式举行。

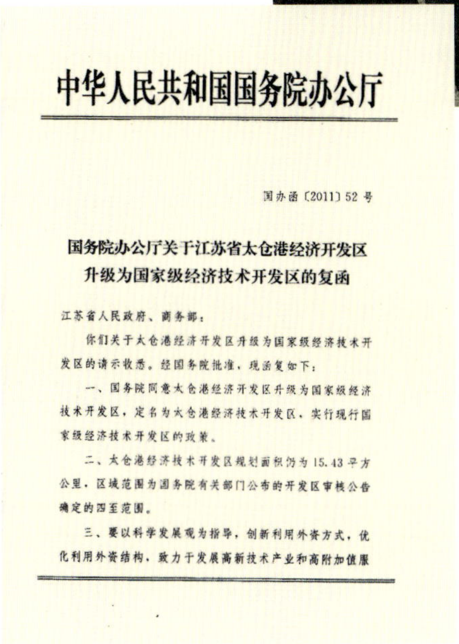

中华人民共和国国务院办公厅

国办函〔2011〕52号

国务院办公厅关于江苏省太仓港经济开发区升级为国家级经济技术开发区的复函

江苏省人民政府、商务部：

你们关于太仓港经济开发区升级为国家级经济技术开发区的请示收悉。经国务院批准，现函复如下：

一、国务院同意太仓港经济开发区升级为国家级经济技术开发区，定名为太仓港经济技术开发区，实行现行国家级经济技术开发区的政策。

二、太仓港经济技术开发区规划面积仍为15.43平方公里，区域范围为国务院有关部门公布的开发区审核公告确定的四至范围。

三、要以科学发展观为指导，创新利用外资方式，优化利用外资结构，致力于发展高新技术产业和高附加值服

2011年6月29日，《国务院办公厅关于江苏省太仓港经济开发区升级为国家级经济技术开发区的复函》发布。

国家级太仓港经济技术开发区揭牌暨2011太仓金秋经贸月开幕式现场。

2011年10月，国家级张家港经济技术开发区揭牌典礼。

2012年4月28日，苏州轨道交通1号线开通试运营。全长25公里，24个站点，是全国地级市首条轨交线。至2021年7月，苏州先后建成2号线、3号线、4号线、5号线，成为国内首个实现网络化运营的地级市。

2012年1月21日，相城区被农业部认定为国家现代农业示范区。图为揭牌仪式。

2012年5月10日，《市政府关于高铁新城概念规划的批复》发布。

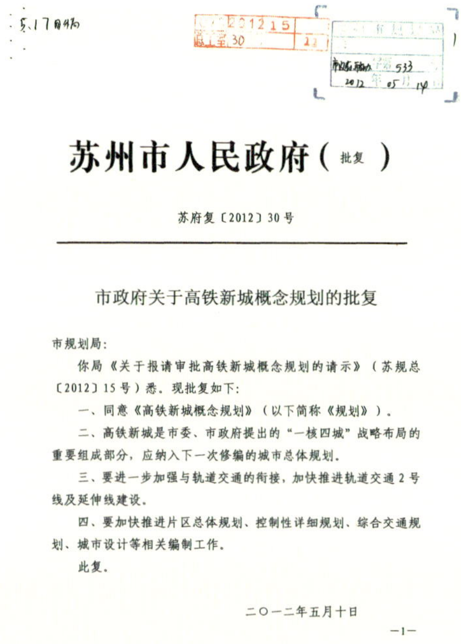

苏州市人民政府（批复）

苏府复〔2012〕30号

市政府关于高铁新城概念规划的批复

市规划局：

你局《关于报请审批高铁新城概念规划的请示》（苏规总〔2012〕15号）悉。现批复如下：

一、同意《高铁新城概念规划》（以下简称《规划》）。

二、高铁新城是市委、市政府提出的“一核四城”战略布局的重要组成部分，应纳入下一次修编的城市总体规划。

三、要进一步加强与轨道交通的衔接，加快推进轨道交通2号线及延伸线建设。

四、要加快推进片区总体规划、控制性详细规划、综合交通规划、城市设计等相关编制工作。

此复。

二〇一二年五月十日

—1—

2012年1月11日，高铁新城项目开工。图为高铁新城新貌。

社会事业

苏州的各项社会事业不断取得新的进展。从20世纪80年代起，苏州大力营建各种文化场馆，不断创作优秀作品，文化事业繁荣发展；园林、昆曲、丝绸等优秀传统文化走出国门、走向世界；公共卫生服务和医疗服务体系建设全面加强，医疗卫生体系逐步完善；积极参与各项国际赛事，群众体育与竞技体育协调发展；高投入、高标准推进各项教育事业，率先基本实现教育现代化。

蘇州報

SUZHOU BAO 1979年4月27日 星期五 农历己未年四月初二 第1号

致读者

在全市人民热烈庆祝苏州解放三十周年的时候，《苏州报》从今天起同广大读者见面了。

《苏州报》是中共苏州市委的机关报，也是全市人民的喉舌。根据市委的指示和广大读者的要求，本报将结合苏州的实际，宣传马列主义、毛泽东思想，宣传党的路线、方针和政策，反映全市人民胸怀全局、献身四化的先进思想、先进经验，反映全市人民的意见和要求，报纸以刊用地方消息为主，力争具有鲜明的地方特色。

《苏州报》为四开四版，暂定每星期二、四、六出版。

毛泽东同志说：“报纸也要靠大家来办。”我们决心在市委的领导下，贯彻全党办报，群众办报的方针，依靠各级党组织、广大通讯员和读者，努力把《苏州报》办得生动活泼，尖锐泼辣，为实现社会主义现代化作出应有的贡献！

苏州报社

热烈庆祝苏州解放三十周年

市委市革会今晚举行晚会

许多基层单位举行各种形式的纪念活动

今天，是苏州解放三十周年。中共苏州市委和苏州市革命委员会将于今晚举行纪念晚会，热烈庆祝这一节日。中共苏州市委、市革命委员会、驻苏部队、市政协、市委和市革委会各部门、群众团体和各民主党派负责人，以及劳动模范代表、各界知名人士将和千余群众代表一起出席晚会。

晚会将由文艺工作者演出精采文艺节目。

为了纪念我市解放三十周年，最近许多单位和基层厂矿举行了各种形式的纪念活动：有的举行庆祝会，有的举行报告会，有的举行座谈会。市二轻局在昨天举行了有七百多人参加的庆祝大会。苏州面粉厂邀请地下党同志举行座谈会，回顾当年地下斗争事迹，向职工进行革命传统教育。

坚持四项基本原则 同心同德献身四化

本市举行工交 财贸 文教 卫生 科技 农业战线先代会

苏州市一九七八年度工交、财贸、文教、卫生、科技战线先进集体、先进个人代表会议，和农业战线先进集体、先进个人授奖大会，分别于本月二十四日和二十五日举行。一千六百多名工交、财贸、文教、卫生、科技战线的先进代表和个人以及九百多名农业战线的先进代表和个人分别参加了这两个会议。

中共苏州市委、市革命委员会的领导同志以及各区、局、群团组织的负责人出席了这两个会议，向代表们表示热烈祝贺。

市委副书记、市革委会副主任梅村同志，市革委会副主任杨荷生同志分别在这两个会上作了报告。市委书记贾世珍同志、副书记潘林儒同志分别在两个会上讲了话。两个大会分别对出席的先进代表和个人，颁发了奖旗、奖状、奖品和奖金。

会议总结了一九七八年度本市工交、财贸、文教、卫生、科技战线和农业战线的成绩和经验，号召大家继续认真贯彻落实党的十一届三中全会精神，坚持四项基本原则，进一步发展大好形势，同心同德搞四个现代化建设，并且要求各条战线的广大党员、干部和群众，立足本职，狠抓当前，深入开展增产节约运动，切实搞好春耕生产，努力完成各项生产任务和工作任务。

会议号召全体党员、干部和群众认真学习对越南侵略者自卫还击的英雄们的事迹和献身精神，把全部精力用到社会主义现代化建设上来，号召全体劳动模范、先进代表和个人继续保持谦虚谨慎、不骄不躁和艰苦奋斗的作风，发扬先进，团结群众，同心同德，埋头苦干，发挥模范带头作用，在新长征中作出更加优异的成绩。

贾世珍同志和潘林儒同志在会议结束前的讲话中反复强调了坚持四项基本原则的重要意义，提出当前要把宣传、贯彻市革委会发布的《通告》当作重要工作来抓，切实加强政治思想工作，发展安定团结的局面，巩固无产阶级专政，为社会主义四个现代化建设创造良好的条件。

（丁传芳、范四茎）

1979年4月，中共苏州市委机关报《苏州报》复刊。图为复刊号。

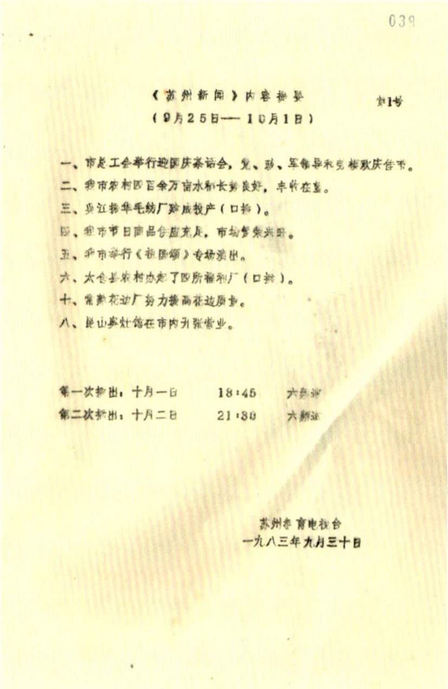

039

《苏州新闻》内容提要 第1号

（9月25日——10月1日）

一、市总工会举行迎国庆茶话会，党、政、军领导和劳模欢庆佳节。

二、我市农村四百余万亩水稻长势良好，丰收在望。

三、吴江振华毛纺厂建成投产（口播）。

四、我市节日商品供应充足，市场繁荣兴旺。

五、我市举行《祖国颂》专场演出。

六、太仓县农村办起了四所福利厂（口播）。

七、常熟花边厂努力提高花边质量。

八、昆山奥灶馆在市内开张营业。

第一次播出：十月一日 18:45 六频道

第二次播出：十月二日 21:30 六频道

苏州广播电视台

一九八三年九月三十日

1983年10月1日，苏州电视台自办《苏州新闻》节目。图为发布于9月30日的首期内容提要。

1982年6月，苏州电视台转播台电视调频发射塔竣工。图为矗立在南园菜地里的电视发射塔。

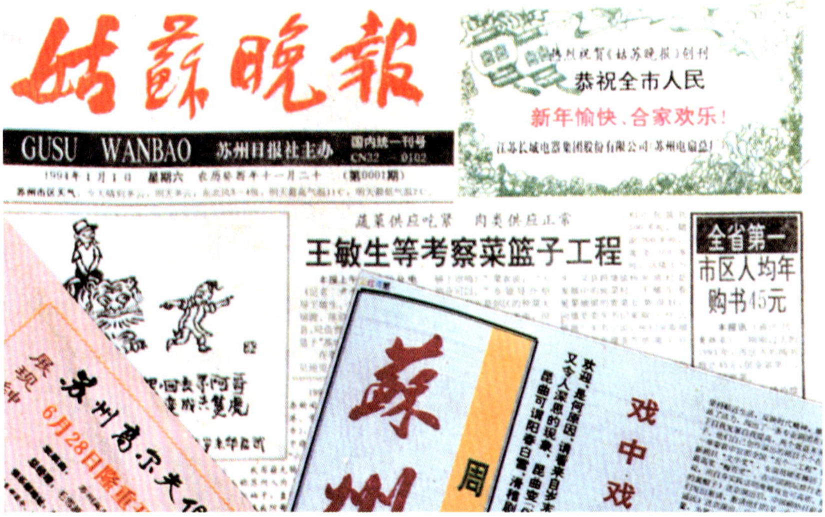

姑蘇晚報

GUSU WANBAO 苏州日报社主办 国内统一刊号 CN32—0102

1994年1月1日 星期六 农历癸酉年十一月二十 （第0001期）

热烈祝贺《姑苏晚报》创刊

恭祝全市人民

新年愉快、合家欢乐！

江苏长城电器集团股份有限公司（苏州电扇总厂）

蔬菜供应充裕 肉类供应正常

王敏生等考察菜篮子工程

全省第一

市区人均年购书45元

1994年1月1日，全国第一张彩色晚报《姑苏晚报》正式出版。图为创刊号。

1982年6月，江苏师范学院改建为苏州大学，为江苏省重点综合性大学。图为庆祝苏州大学成立大会会场。

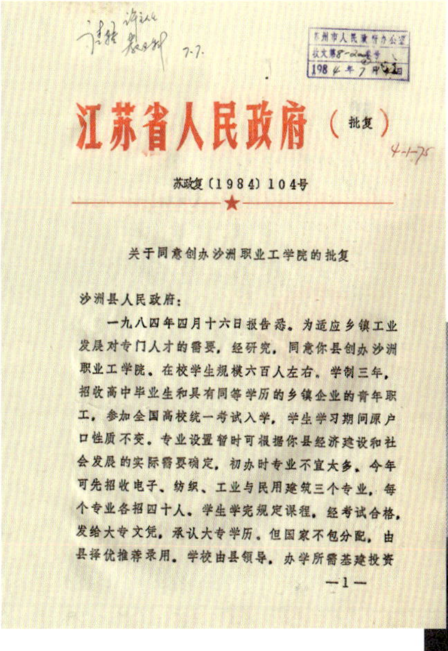

江苏省人民政府（批复）

苏政复〔1984〕104号

关于同意创办沙洲职业工学院的批复

沙洲县人民政府：

一九八四年四月十六日报告悉。为适应乡镇工业发展对专门人才的需要，经研究，同意你县创办沙洲职业工学院。在校学生规模六百人左右，学制三年，招收高中毕业生和具有同等学历的乡镇企业的青年职工，参加全国高校统一考试入学，学生学习期间原户口性质不变。专业设置暂时可根据你县经济建设和社会发展的实际需要确定，初办时专业不宜太多。今年可先招收电子、纺织、工业与民用建筑三个专业，每个专业各招四十人。学生学完规定课程，经考试合格，发给大专文凭，承认大专学历，但国家不包分配，由县择优推荐录用。学校由县领导，办学所需基建投资

—1—

1984年7月3日，江苏省政府发布《关于同意创办沙洲职业工学院的批复》。

1984年9月，全国第一所县办大学——沙洲职业工学院正式开学。

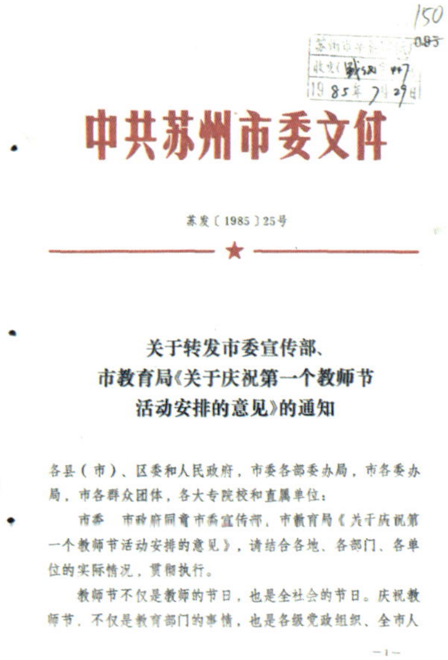

中共苏州市委文件

苏发〔1985〕25号

关于转发市委宣传部、
市教育局《关于庆祝第一个教师节
活动安排的意见》的通知

各县（市）、区委和人民政府，市委各部委办局，市各委办局，市各群众团体，各大专院校和直属单位：

市委　市政府同意市委宣传部、市教育局《关于庆祝第一个教师节活动安排的意见》，请结合各地、各部门、各单位的实际情况，贯彻执行。

教师节不仅是教师的节日，也是全社会的节日。庆祝教师节，不仅是教育部门的事情，也是各级党政组织、全市人

—1—

1985年7月23日，苏州市委发布《关于转发市委宣传部、市教育局〈关于庆祝第一个教师节活动安排的意见〉的通知》。

1985年9月，庆祝第一个教师节茶话会现场。

1987年，苏州大学校长陈克潜分别向李政道博士和潘毓刚博士授予名誉教授证书。

1982年，市滑稽戏团创作演出的《小小得月楼》被改编成电影。图为该剧剧照。

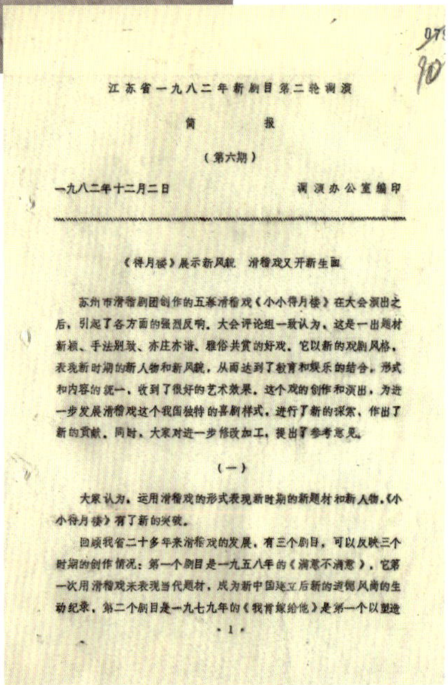

江苏省一九八二年新剧目第二轮调演

简　报

（第六期）

一九八二年十二月二日　　调演办公室编印

《得月楼》展示新风貌　滑稽戏又开新生面

苏州市滑稽剧团创作的五幕滑稽戏《小小得月楼》在大会演出之后，引起了各方面的强烈反响。大会评论组一致认为，这是一出题材新颖、手法别致、亦庄亦谐、雅俗共赏的好戏。它以新的戏剧风格，表现新时期的新人物和新风貌，从而达到了教育和娱乐的结合，形式和内容的统一，收到了很好的艺术效果。这个戏的创作和演出，为进一步发展滑稽戏这个我国独特的喜剧样式，进行了新的探索，作出了新的贡献。同时，大家对进一步修改加工，提出了参考意见。

（一）

大家认为，运用滑稽戏的形式表现新时期的新题材和新人物，《小小得月楼》有了新的突破。

回顾我省二十多年来滑稽戏的发展，有三个剧目，可以反映三个时期的创作情况：第一个剧目是一九五八年的《满意不满意》，它第一次用滑稽戏来表现当代题材，成为新中国建立后新的道德风尚的生动纪录，第二个剧目是一九七九年的《我肯嫁给他》是第一个以塑造

·1·

1982年12月2日，江苏省1982年新剧目第二轮调演简报刊载《〈得月楼〉展示新风貌，滑稽戏又开新生面》。

1987年，纪念柳亚子诞辰一百周年、南社成立八十周年大会在苏州举行。

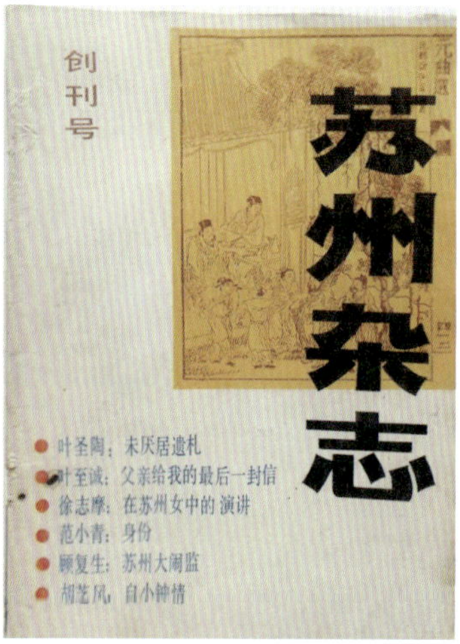

苏州作家陆文夫的小说《围墙》在1983年全国优秀短篇小说评选中名列榜首。1985年，陆文夫当选为中国作家协会副主席。1988年12月，由其主编的《苏州杂志》创刊号发行。

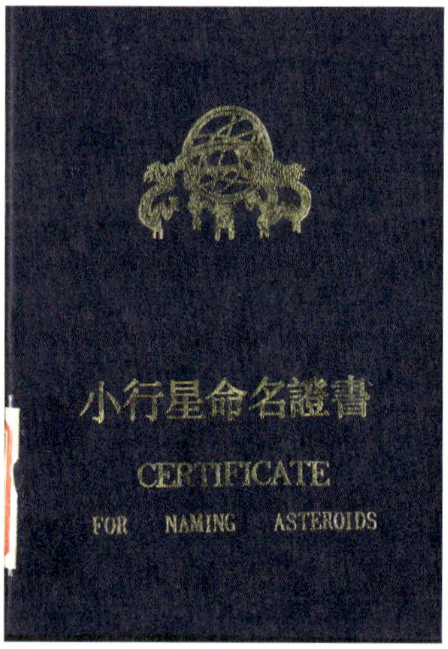

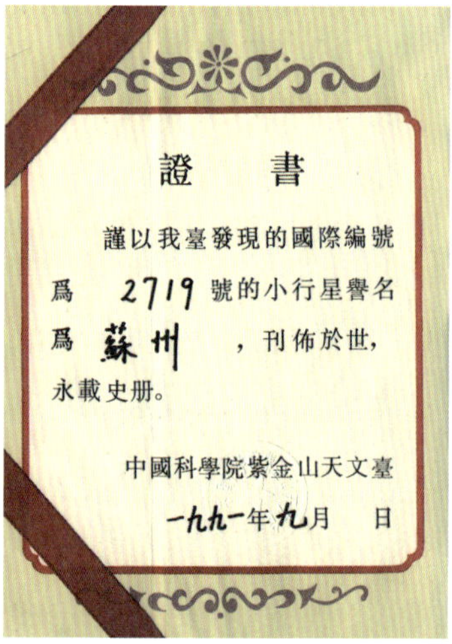

1991年9月，2719号小行星被命名为“苏州”。图为中国科学院紫金山天文台颁发的命名证书。

1992年5月，苏州市首届文学艺术奖颁奖大会举行。图为获奖者合影。

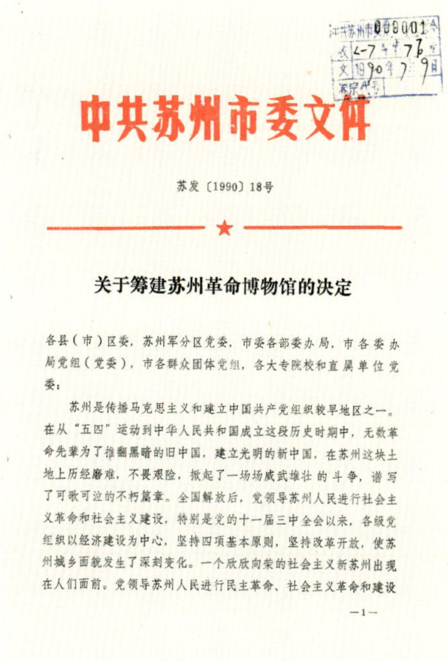

中共苏州市委文件

苏发〔1990〕18号

关于筹建苏州革命博物馆的决定

各县（市）区委，苏州军分区党委，市委各部委办局，市各委办局党组（党委），市各群众团体党组，各大专院校和直属单位党委：

苏州是传播马克思主义和建立中国共产党组织较早地区之一。在从“五四”运动到中华人民共和国成立这段历史时期中，无数革命先辈为了推翻黑暗的旧中国，建立光明的新中国，在苏州这块土地上历经磨难，不畏艰险，掀起了一场场威武雄壮的斗争，谱写了可歌可泣的不朽篇章。全国解放后，党领导苏州人民进行社会主义革命和社会主义建设，特别是党的十一届三中全会以来，各级党组织以经济建设为中心，坚持四项基本原则，坚持改革开放，使苏州城乡面貌发生了深刻变化。一个欣欣向荣的社会主义新苏州出现在人们面前。党领导苏州人民进行民主革命、社会主义革命和建设

—1—

1990年6月25日，苏州市委发布《关于筹建苏州革命博物馆的决定》。1994年10月1日，苏州革命博物馆正式开馆。

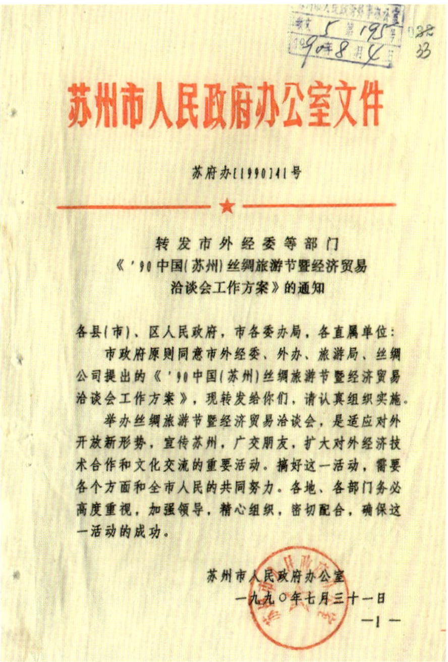

苏州市人民政府办公室文件

苏府办〔1990〕41号

转发市外经委等部门
《'90中国(苏州)丝绸旅游节暨经济贸易洽谈会工作方案》的通知

各县(市)、区人民政府，市各委办局，各直属单位：

市政府原则同意市外经委、外办、旅游局、丝绸公司提出的《'90中国(苏州)丝绸旅游节暨经济贸易洽谈会工作方案》，现转发给你们，请认真组织实施。

举办丝绸旅游节暨经济贸易洽谈会，是适应对外开放新形势，宣传苏州，广交朋友，扩大对外经济技术合作和文化交流的重要活动。搞好这一活动，需要各个方面和全市人民的共同努力。各地、各部门务必高度重视，加强领导，精心组织，密切配合，确保这一活动的成功。

苏州市人民政府办公室

一九九〇年七月三十一日

—1—

1990年7月31日，苏州市政府办公室《转发市外经委等部门〈中国（苏州）丝绸旅游节暨经济贸易洽谈会工作方案〉的通知》。

1990年9月，首届中国（苏州）丝绸旅游节暨经贸洽谈会举行。图为在胥城大厦举行开幕式的场景。

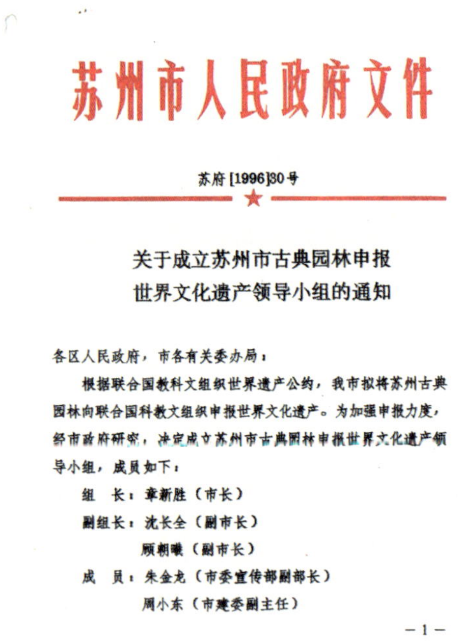

005

苏州市人民政府文件

苏府[1996]30号

关于成立苏州市古典园林申报世界文化遗产领导小组的通知

各区人民政府，市各有关委办局：

根据联合国教科文组织世界遗产公约，我市拟将苏州古典园林向联合国科教文组织申报世界文化遗产。为加强申报力度，经市政府研究，决定成立苏州市古典园林申报世界文化遗产领导小组，成员如下：

组　长：章新胜（市长）

副组长：沈长全（副市长）

顾朝曦（副市长）

成　员：朱金龙（市委宣传部副部长）

周小东（市建委副主任）

—1—

1996年4月15日，苏州市政府发布《关于成立苏州市古典园林申报世界文化遗产领导小组的通知》。

江苏省人民代表大会常务委员会文件

苏人发（1996）39号

关于批准《苏州园林保护和管理条例》的通知

苏州市人大常委会：

你们报请批准的《苏州园林保护和管理条例》经江苏省第八届人民代表大会常务委员会第二十五次会议审议，已于1996年12月13日批准。请予公布施行。

江苏省人大常委会
1996年12月13日

1996年12月13日，江苏省人大常委会发布《关于批准〈苏州园林保护和管理条例〉的通知》。

001

·6· 文　件·广　告　　苏州日报　　1996年12月26日　星期四

苏州园林保护和管理条例

（1996年10月31日苏州市第十一届人民代表大会常务委员会第二十四次会议通过，1996年12月13日江苏省第八届人民代表大会常务委员会第二十五次会议批准）

苏州市第十一届人民代表大会常务委员会

公　告

《苏州园林保护和管理条例》已由苏州市第十一届人民代表大会常务委员会第二十四次会议于1996年10月31日通过，并经江苏省第八届人民代表大会常务委员会第二十五次会议于1996年12月13日批准，现予公布，自1997年4月1日起施行。　　1996年12月26日

第一章 总则

第一条 为了加强苏州园林的保护和管理，保持园林的完整风貌，继承优秀的历史文化遗产，根据国家有关法律、法规，结合本市实际，制定本条例。

第二条 本条例所称苏州园林，是指历代建造具有典范性的、以写意山水艺术为特征，由古典建筑、人工山水、花草树木为要素组成的宅第园林、寺庙园林、衙署园林、会馆园林、书院园林等。

第三条 本条例适用于本市行政区域内经苏州市人民政府核定公布的苏州园林以及苏州园林遗址。

第四条 苏州市园林管理局（以下称市园林主管部门）主管苏州园林的保护和管理，负责本条例的实施。

各不设区的市、市辖区人民政府负责所属苏州园林的保护和管理，业务上受市园林主管部门指导。

规划、建设、环保、房管、工商、公安等部门，应当依照国家有关法律、法规和本条例的规定，按照各自的职责，做好苏州园林的保护和管理工作。

第五条 文物行政管理部门对列为文物保护单位的苏州园林及园林内的文物的保护工作依照《中华人民共和国文物保护法》实施管理、监督和指导。

一切被列为文物保护单位的苏州园林，对应由文物行政管理部门审查批准的有关事项，必须依照《中华人民共和国文物保护法》的规定执行。

第六条 一切单位和个人必须遵守本条例，并有权对违反本条例的行为进行举报、控告和制止。对在保护和管理工作中成绩显著的单位和个人，各级人民政府应予表彰和奖励。

第二章 职责

第七条 各级人民政府应当加强对苏州园林保护和管理的领导，将其纳入国民经济和社会发展计划，列为城市建设和管理的重要部分，督促有关部门履行职责，确保苏州园林的有效保护管理。

第十一条 向公众开放的苏州园林，应当建立管理机构，其职责：

（一）建立健全各项规章制度；

（二）落实防火、防盗等安全措施；

（三）编制年度修缮计划，确保建筑、设施完好；

（四）建立古树名木、山石水体、勒石碑刻、家具陈设等的档案；

（五）保护古树名木，养护花草树木，及时防治病虫害；

（六）保持整洁的园容园貌和安静的环境；

（七）做好其他各项保护和管理工作。

未向公众开放的苏州园林的使用单位，应当建立保护组织，其职责同前款（二）、（三）、（五）、（七）项。

个人所有或使用的园林，应当落实保护措施，接受园林主管部门指导。

第三章 保护和管理

1996年12月26日，《苏州日报》刊登《苏州园林保护和管理条例》。

1997年12月、2000年11月，苏州拙政园等9处园林先后被列入联合国教科文组织《世界遗产名录》。图为1998年5月，我市代表在北京领取世界遗产证书。

1999年12月30日，世界文化遗产苏州古典园林揭碑仪式在拙政园举行。

1999年6月，苏州图书馆新馆在饮马桥原市政府所在地动工兴建。2001年6月，新馆落成。

2000年5月18日，苏州大学建校一百年庆祝大会举行。

2001年9月1日，苏州市城市建设环境保护学院与苏州铁道师范学院合并，组建成立苏州科技学院，并筹建苏州科技大学。

2000年9月4日，首届中国苏州评弹艺术节举行，此后每三年举办一届。图为盛小云和袁小良演出现场。

2001年，昆曲被联合国教科文组织列为“人类口头和非物质遗产代表作”。文化部批准苏州市为中国昆剧艺术节定点城市，并建立中国昆曲博物馆。图为中国昆曲博物馆授牌仪式暨一期工程竣工典礼。

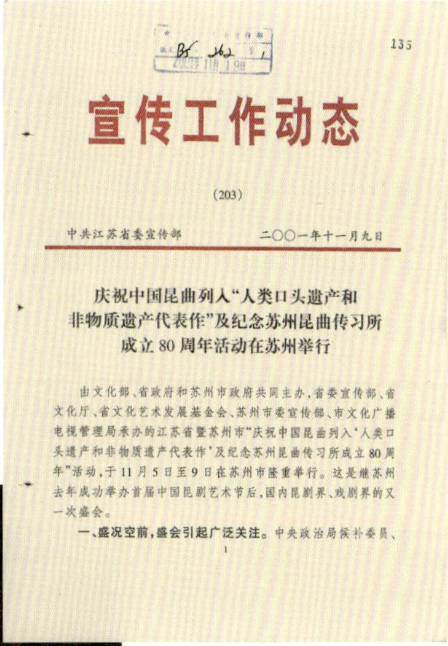

135

宣传工作动态

(203)

中共江苏省委宣传部　　二〇〇一年十一月九日

庆祝中国昆曲列入“人类口头遗产和非物质遗产代表作”及纪念苏州昆曲传习所成立80周年活动在苏州举行

由文化部、省政府和苏州市政府共同主办，省委宣传部、省文化厅、省文化艺术发展基金会、苏州市委宣传部、市文化广播电视管理局承办的江苏省暨苏州市“庆祝中国昆曲列入‘人类口头遗产和非物质遗产代表作’及纪念苏州昆曲传习所成立80周年”活动，于11月5日至9日在苏州市隆重举行。这是继苏州去年成功举办首届中国昆剧艺术节后，国内昆剧界、戏剧界的又一次盛会。

一、盛况空前，盛会引起广泛关注。中央政治局候补委员、

1

2001年11月9日，《宣传工作动态》刊载《庆祝中国昆曲列入“人类口头遗产和非物质遗产代表作”及纪念苏州昆曲传习所成立80周年活动在苏州举行》。

2000年3月31日至4月6日，首届中国（苏州）昆剧艺术节举行。

2003年，由顾笃璜导演、叶锦添担任舞美设计的昆剧《长生殿》全本在海内外巡演。

2004年4月起，由白先勇创作，两岸三地合作打造的昆剧青春版《牡丹亭》在世界巡演。

2004年6月26日，中国苏州评弹博物馆开馆。

1997年12月，苏州医学院院长阮长耿当选中国工程院院士，成为在苏州工作时当选的第一位院士。图为阮长耿在指导学生。

2003年，科普下乡，预防“非典”。

2001年6月13日，接受台湾同胞骨髓捐献而获新生的白血病患者陈霞（右五）与苏州大学附属第一医院、江苏省血液研究所的医护人员合影。

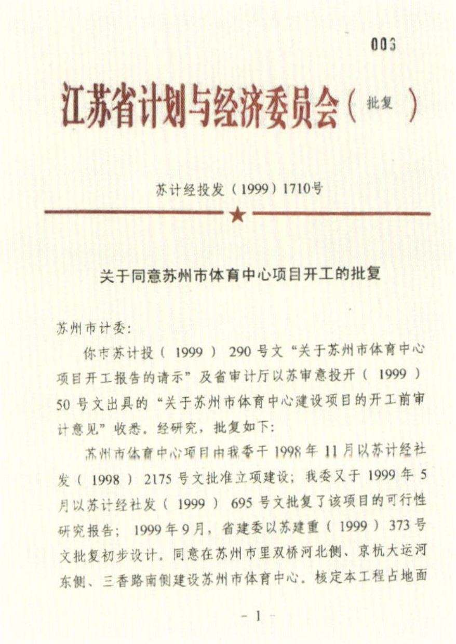

003

江苏省计划与经济委员会（批复）

苏计经投发（1999）1710号

关于同意苏州市体育中心项目开工的批复

苏州市计委：

你市苏计投（1999）290号文“关于苏州市体育中心项目开工报告的请示”及省审计厅以苏审意投开（1999）50号文出具的“关于苏州市体育中心建设项目的开工前审计意见”收悉。经研究，批复如下：

苏州市体育中心项目由我委于1998年11月以苏计经社发（1998）2175号文批准立项建设；我委又于1999年5月以苏计经社发（1999）695号文批复了该项目的可行性研究报告；1999年9月，省建委以苏建重（1999）373号文批复初步设计。同意在苏州市里双桥河北侧、京杭大运河东侧、三香路南侧建设苏州市体育中心。核定本工程占地面

－1－

1999年11月8日，江苏省计经委发布《关于同意苏州市体育中心项目开工的批复》。

2000年9月，在澳大利亚悉尼举行的第27届夏季奥运会上，苏州运动员张军与队友高崚夺得羽毛球男女混双冠军，实现了苏州奥运奖牌“零”的突破。

2001年12月，苏州市体育中心建成开馆。

2003年11月5日，苏州博物馆新馆奠基仪式举行，世界著名建筑大师贝聿铭作为设计者上台讲话。

2006年10月6日，苏州博物馆新馆对外开放。

贝聿铭说："设计苏州博物馆新馆，是我50多年建筑设计生涯中最大的一次挑战。"在所有的中国建筑师都在向西方看齐的时代，他致力于为中国发展一套自己的建筑语言！

贝聿铭
封山之作留故乡

吕福明　沈石声

设计肯尼迪图书馆，他标新立异；在卢浮宫前建造玻璃"金字塔"，他惊世骇俗；设计德国历史博物馆，他以现代几何图形挑战视觉……他的作品，被称为现代主义的建筑经典。

然而，贝聿铭把设计苏州博物馆新馆，视作职业生涯最大的挑战。

新馆位于古街区，毗邻世界遗产拙政园和全国重点文物太平天国忠王府。贝老说，难度在于苏州的文化底蕴太深太厚，新建筑既要融于历史，又要展示未来。整整半年，他闭门谢客，阅读2500年前的"平江图"，阅读大字本的唐诗宋词和昆曲曲谱，阅读苏州博物馆3万余件馆藏文物的分类资料……

贝聿铭出身苏州狮子林贝家，18岁赴美，儿时的山洞、石桥、池塘和瀑布铭记在心。他说："园林是人类的巧手和自然的共同结晶，这是我从苏州园林中学到的。"对建筑与自然、传统与现代、对空间与光影、建材与技术的探索研究，形成贝氏建筑特色。岁月流逝，名满天下，但一颗中国心始终跳动不息。他喜欢韩愈的散文和陶渊明的诗。在所有的中国建筑师都在向西方看齐的时代，他致力于为中国发展一套自己的建筑语言！

他把新馆置于院落之间，沿传统的粉墙而上，坡形屋顶弃黛瓦，采用纹理优美的灰色花岗岩，至屋顶，渐渐演变成一种新的几何效果。自然光透过晶莹剔透的玻璃天窗，流动在室内，让人心旷神怡。

他聘请了美国大都会博物馆陈列专家、建造世贸大楼结构工程师、卢浮宫建筑除音专家、中国古建和文物专家为顾问。馆内一树一景，都有细致安排。庭院中设计四季莲花池，他询问专家："能不能让莲花四季开花？"在得到肯定回答后，他笑了；在拍摄电脑合成效果图时，他指着助手拿来的一棵杨柳说，这是北柳，要换南柳。

开馆之时，89岁高龄的贝老邀请了海内外百位朋友同赴苏州，完成人生的团圆。他说：只要我能为中国做出一点贡献的，我一定做。中国在改革，中国在变，中国的前途大有希望。

●今日人物

苏州博物馆新馆中秋开馆

2006年10月9日，《人民日报》刊载《贝聿铭封山之作留故乡》。

2004年，第28届世界遗产大会在苏州召开。

2005年7月5日，中国非物质文化遗产保护·苏州论坛举行。

2005年10月，第28次国际科联大会在苏州举办。

2005年10月，纪念苏州商会成立100周年暨苏州商会博物馆开馆仪式在山塘街举行。

2007年9月16日，苏州市级机关“倡廉政、创和谐、迎盛会”大型主题歌会举行。

2006年6月，首届院士苏州论坛召开。

2007年9月29日，《苏州农村改革30年》首发式在北京举行。

2007年10月，第十六届中国金鸡百花电影节颁奖典礼在苏州举行。

2007年12月，第十届中国戏剧节在苏州举行。图为开幕式暨颁奖典礼。

2008年5月25日上午8时，北京奥运会火炬接力苏州市传递活动起跑仪式在苏州乐园门前广场举行，揭开了奥运圣火在江苏境内传递的序幕。

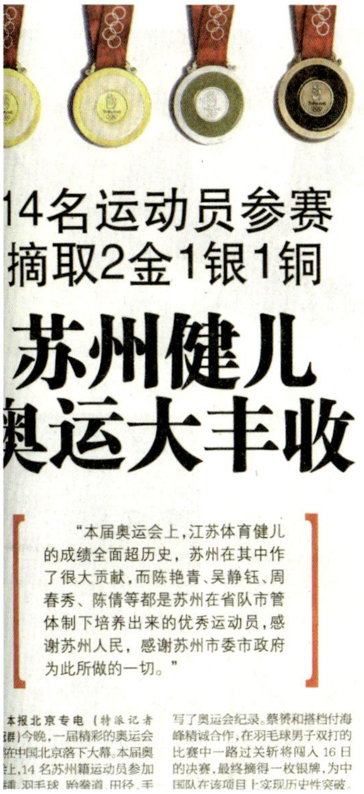

14名运动员参赛
摘取2金1银1铜

苏州健儿
奥运大丰收

“本届奥运会上，江苏体育健儿的成绩全面超历史，苏州在其中作了很大贡献，而陈艳青、吴静钰、周春秀、陈倩等都是苏州在省队市管体制下培养出来的优秀运动员，感谢苏州人民，感谢苏州市委市政府为此所做的一切。”

本报北京专电（特派记者 [illegible]群）今晚，一届精彩的奥运会在中国北京落下大幕。本届奥运会上，14名苏州籍运动员参加 [illegible]、羽毛球、跆拳道、田径、手 [illegible]

写了奥运会纪录。蔡赟和搭档付海峰精诚合作，在羽毛球男子双打的比赛中一路过关斩将闯入16日的决赛，最终摘得一枚银牌，为中国队在该项目上实现历史性突破。

2008年8月24日，《苏州日报》报道苏州健儿奥运大丰收的消息。

2008年8月，苏州运动员吴静钰获北京奥运会女子跆拳道49公斤级冠军。

2008年8月，苏州运动员陈艳青获北京奥运会女子举重58公斤级比赛冠军。

平江路入选"中国历史文化名街"

首届评选吸引全国 200 多条街区报名，十条街（区）上榜

入选理由

2500 多年来苏州古城城址未变，格局尚存，是中国古代城垣活的标本之一。平江路更是苏州古城迄今为止保存最为完整的一个区域，堪称古城缩影。对照南宋《平江图》及明末《苏州府城内水道总图》，平江路基本延续了唐宋以来的城坊格局，并至今保持活力。

纵深报道 >>A09

平江路浓郁的"古苏州"烙印，吸引了众多游客前来寻古探幽。□记者 千寻 摄

本报北京专电（特派记者 张晓亮）昨天上午，首届"中国历史文化名街"授牌仪式在北京孔庙和国子监博物馆举行。北京国子监街、平遥南大街、哈尔滨中央大街、苏州平江路、黄山市屯溪老街、福州三坊七巷、青岛八大关、青州昭德古街、海口骑楼老街、拉萨八廓街十条街（区）成为首批"中国历史文化名街"。全国政协副主席、中国文联主席孙家正，文化部党组副书记、副部长欧阳坚，北京市委常委、副市长蔡赴朝等出席授牌仪式。苏州市副市长王鸿声上台领奖。

欧阳坚在授牌仪式上说，坐落于都市的历史文化名街及其街区，往往是包括物质和非物质形态在内的文化遗产最具代表性、最有价值、保存最为集中的区域。它们不仅是城市历史和文明发展最具说服力的见证，也是城市发展不可或缺的文化基因，是当代城市发展鲜活的文化生态标志，更是构建中华民族共有精神家园不可缺少的基础。他强调，加强对我国城市历史文化名街及其街区的保护，不仅迫在眉睫，而且刻不容缓。做好历史文化名街及其街区的保护，促进城市文化遗产保护和文化产业、旅游产业有机结合，促进文化建设和城市环境建设协调发展，不仅是城市展示个性、增加魅力的需要，也是调整产业结构、提升文化软实力，增强综合竞争力，推动城市科学发展的需要。

本次活动由中国文化报社、中华文化促进会、中国文物报社联合发起并主办，于去年 7 月启动，活动获得了文化部、国家文物局的支持。活动共吸引了全国 200 多条街区报名参评。评选活动采取了专家评选与群众投票相结合的形式。主办单位成立了由建筑界、文化界著名专家组成的专家评审委员会，专家们从历史要素、文化要素、保存状况、经济文化活力、社会知名度、保护与管理六大评选出发，坚持入选项目必须具备代表性、权威性。3 月 10 日，初评入围的 16 条街（区）向社会、媒体公示，公众投票活动随即展开，超过 140 万群众参与投票。

本次活动评委会主任委员、中国文物学会会长罗哲文说："平江路是苏州的核心，历史文化非常丰厚，苏州对它的保护整治工作做得很好，下了很大的力气，所以我想平江路这次当选当之无愧。"

王鸿声表示，苏州将以此活动为新的起点，继续弘扬平江历史街区的文化，进一步做好平江历史街区的保护修复工作，苏州还将推动其他历史街区参评中国历史文化名街。

2009年6月10日，首届"中国历史文化名街"授牌仪式在北京举行，苏州平江路入选。图为6月11日《苏州日报》相关报道。

平江历史街区一角。

2011年1月23日，苏州美术馆新馆、文化馆新馆、名人馆落成。

国内外交流

1980年3月，意大利威尼斯成为苏州的第一个友城。至2012年底，苏州已累计结交国际友好城市43对。苏州的外事、对台、侨务工作屡创佳绩，外部发展环境持续优化，服务经济社会发展的能力持续提升。对内交流日益频繁，共建项目建设进展顺利，南北挂钩合作持续深化，对口援建帮扶工作积极开展。

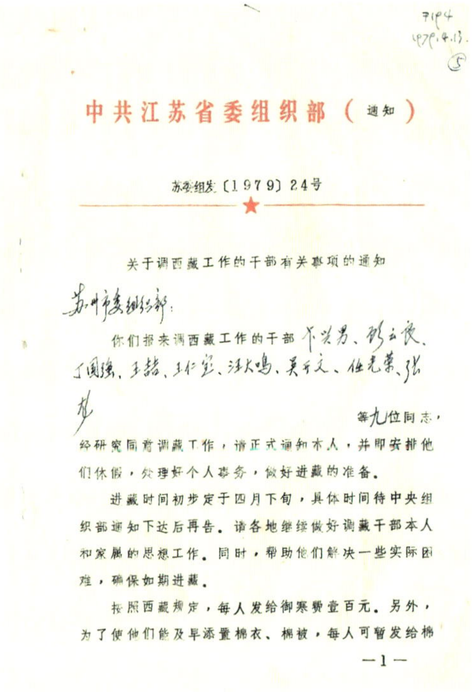

7184
1979.4.13.
⑤

中共江苏省委组织部（通知）

苏委组发〔1979〕24号

关于调西藏工作的干部有关事项的通知

苏州市委组织部：

你们报来调西藏工作的干部卞兴男、孙云良、丁国强、王喆、王仁宝、汪大鸣、吴子文、任光荣、张楚等九位同志，经研究同意调藏工作，请正式通知本人，并即安排他们休假，处理好个人事务，做好进藏的准备。

进藏时间初步定于四月下旬，具体时间待中央组织部通知下达后再告。请各地继续做好调藏干部本人和家属的思想工作。同时，帮助他们解决一些实际困难，确保如期进藏。

按照西藏规定，每人发给御寒费壹百元。另外，为了使他们能及早添置棉衣、棉被，每人可暂发给棉

—1—

1979年4月4日，江苏省委组织部发布《关于调西藏工作的干部有关事项的通知》。

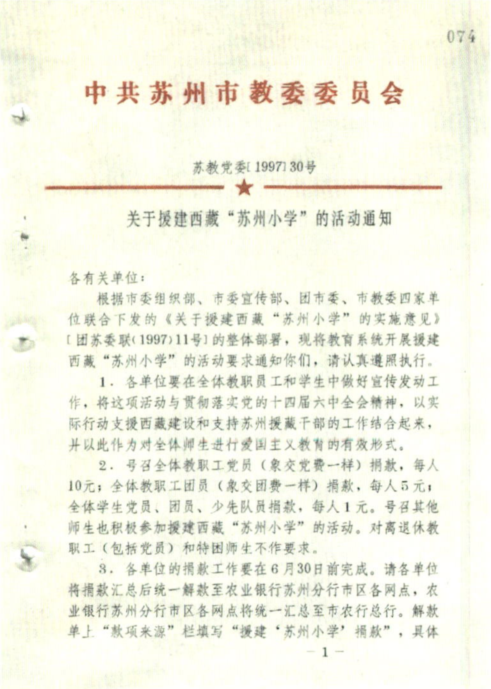

074

中共苏州市教委委员会

苏教党委〔1997〕30号

关于援建西藏“苏州小学”的活动通知

各有关单位：

根据市委组织部、市委宣传部、团市委、市教委四家单位联合下发的《关于援建西藏“苏州小学”的实施意见》〔团苏委联（1997）11号〕的整体部署，现将教育系统开展援建西藏“苏州小学”的活动要求通知你们，请认真遵照执行。

1．各单位要在全体教职员工和学生中做好宣传发动工作，将这项活动与贯彻落实党的十四届六中全会精神，以实际行动支援西藏建设和支持苏州援藏干部的工作结合起来，并以此作为对全体师生进行爱国主义教育的有效形式。

2．号召全体教职工党员（象交党费一样）捐款，每人10元；全体教职工团员（象交团费一样）捐款，每人5元；全体学生党员、团员、少先队员捐款，每人1元。号召其他师生也积极参加援建西藏“苏州小学”的活动。对离退休教职工（包括党员）和特困师生不作要求。

3．各单位的捐款工作要在6月30日前完成。请各单位将捐款汇总后统一解款至农业银行苏州分行市区各网点，农业银行苏州分行市区各网点将统一汇总至市农行总行。解款单上“款项来源”栏填写“援建‘苏州小学’捐款”，具体

— 1 —

1997年6月，苏州市教委委员会发布《关于援建西藏“苏州小学”的活动通知》。

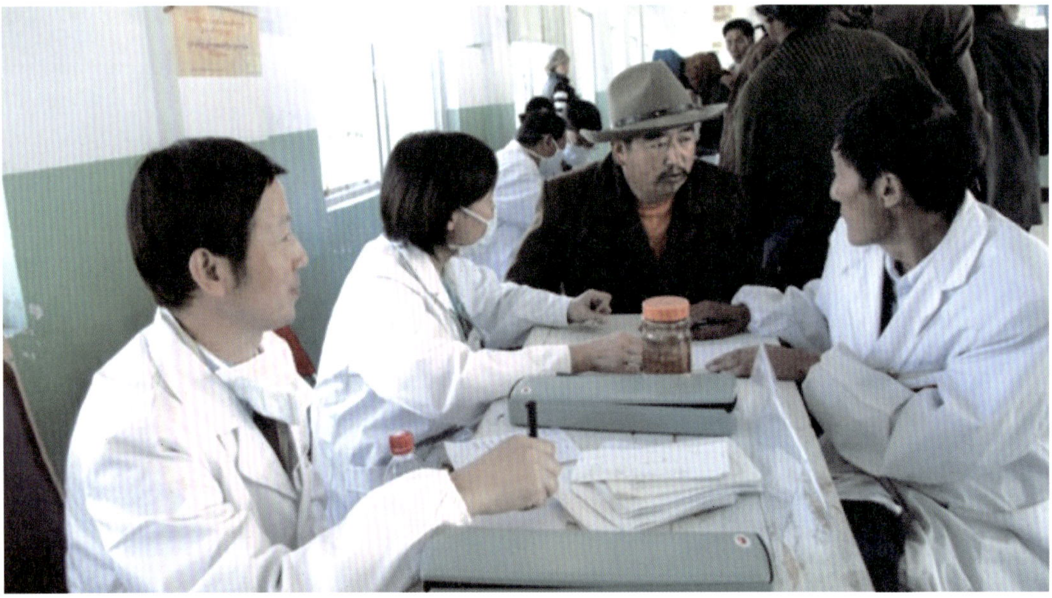

2005年，苏州医疗队在西藏自治区林周县人民医院为藏族农牧民提供医疗服务。

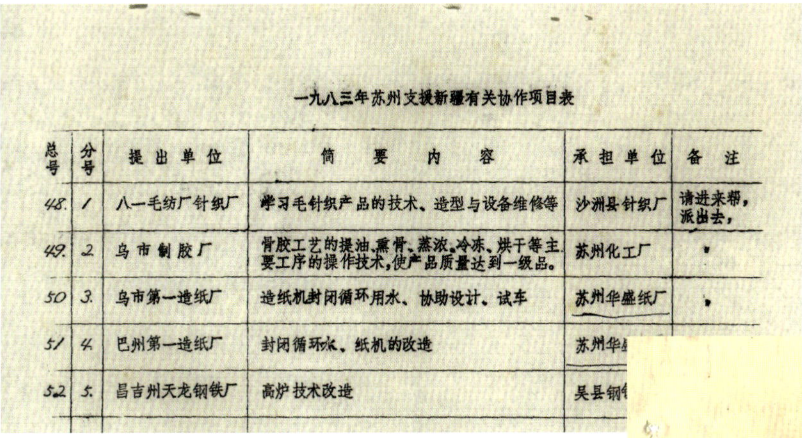

一九八三年苏州支援新疆有关协作项目表

总号	分号	提出单位	简要内容	承担单位	备注
48.	1	八一毛纺厂针织厂	学习毛针织产品的技术、造型与设备维修等	沙洲县针织厂	请进来帮，派出去，
49.	2	乌市制胶厂	骨胶工艺的提油、熏骨、蒸浓、冷冻、烘干等主要工序的操作技术，使产品质量达到一级品。	苏州化工厂	·
50	3.	乌市第一造纸厂	造纸机封闭循环用水、协助设计、试车	苏州华盛纸厂	·
51	4.	巴州第一造纸厂	封闭循环水、纸机的改造	苏州华…	
52	5.	昌吉州天龙钢铁厂	高炉技术改造	吴县钢…	

1983年10月，《苏州市支援新疆有关协作项目表》。

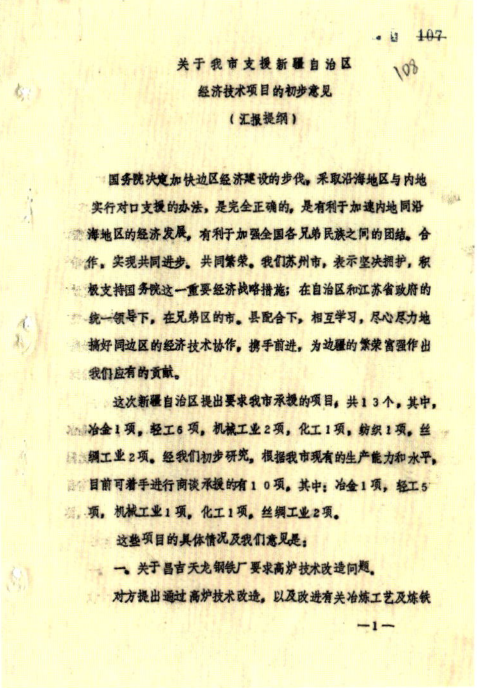

107 108

关于我市支援新疆自治区
经济技术项目的初步意见
（汇报提纲）

国务院决定加快边区经济建设的步伐，采取沿海地区与内地实行对口支援的办法，是完全正确的，是有利于加速内地同沿海地区的经济发展，有利于加强全国各兄弟民族之间的团结、合作，实现共同进步、共同繁荣。我们苏州市，表示坚决拥护，积极支持国务院这一重要经济战略措施；在自治区和江苏省政府的统一领导下，在兄弟区的市、县配合下，相互学习，尽心尽力地搞好同边区的经济技术协作，携手前进，为边疆的繁荣富强作出我们应有的贡献。

这次新疆自治区提出要求我市承援的项目，共13个，其中，冶金1项，轻工6项，机械工业2项，化工1项，纺织1项，丝绸工业2项。经我们初步研究，根据我市现有的生产能力和水平，目前可着手进行商谈承援的有10项，其中：冶金1项，轻工5项，机械工业1项，化工1项，丝绸工业2项。

这些项目的具体情况及我们意见是：

一、关于昌吉天龙钢铁厂要求高炉技术改造问题。

对方提出通过高炉技术改造，以及改进有关冶炼工艺及炼铁

—1—

1983年11月，苏州市关于支援新疆自治区经济技术项目的初步意见。

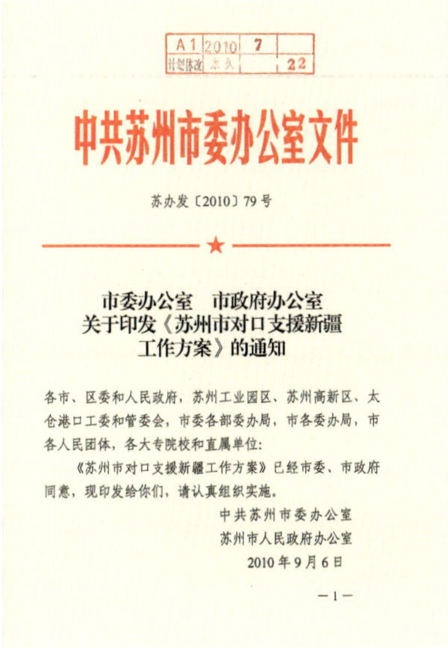

A1 2010 7
计划体改 永久 22

中共苏州市委办公室文件

苏办发〔2010〕79号

★

市委办公室　市政府办公室
关于印发《苏州市对口支援新疆
工作方案》的通知

各市、区委和人民政府，苏州工业园区、苏州高新区、太仓港口工委和管委会，市委各部委办局，市各委办局，市各人民团体，各大专院校和直属单位：

《苏州市对口支援新疆工作方案》已经市委、市政府同意，现印发给你们，请认真组织实施。

中共苏州市委办公室
苏州市人民政府办公室
2010年9月6日

—1—

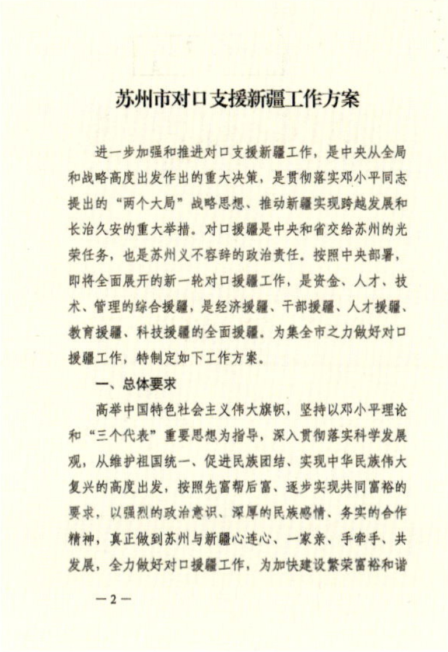

苏州市对口支援新疆工作方案

进一步加强和推进对口支援新疆工作，是中央从全局和战略高度出发作出的重大决策，是贯彻落实邓小平同志提出的“两个大局”战略思想、推动新疆实现跨越发展和长治久安的重大举措。对口援疆是中央和省交给苏州的光荣任务，也是苏州义不容辞的政治责任。按照中央部署，即将全面展开的新一轮对口援疆工作，是资金、人才、技术、管理的综合援疆，是经济援疆、干部援疆、人才援疆、教育援疆、科技援疆的全面援疆。为集全市之力做好对口援疆工作，特制定如下工作方案。

一、总体要求

高举中国特色社会主义伟大旗帜，坚持以邓小平理论和“三个代表”重要思想为指导，深入贯彻落实科学发展观，从维护祖国统一、促进民族团结、实现中华民族伟大复兴的高度出发，按照先富帮后富、逐步实现共同富裕的要求，以强烈的政治意识、深厚的民族感情、务实的合作精神，真正做到苏州与新疆心连心、一家亲、手牵手、共发展，全力做好对口援疆工作，为加快建设繁荣富裕和谐

—2—

2010年9月6日，《苏州市对口支援新疆工作方案》发布。

0043

江苏省苏州市　陕西省榆林地区
关于开展扶贫协作和经济合作
协议书

根据中央确定江苏省和陕西省开展对口扶贫协作和苏陕两省《关于组织开展扶贫协作和经济合作的协议》的精神，应中共苏州市委、苏州市人民政府的邀请，由中共榆林地委书记高仰秀、榆林行政公署专员马铁山率领的榆林地区党政代表团，于1997年4月3日至8日对苏州市进行了访问考察。双方就两市地间开展扶贫协作和经济合作进行了诚挚友好、广泛深入的会谈。双方表示，要按照中央和苏陕两省的对口扶贫要求，落实措施，增进友谊，加强协作，扎扎实实搞好两市地间的对口扶贫协作和经济合作，并达成以下协议：

一、苏州市是我国重要的历史文化名城和风景游览城市，又是沿海经济开放区，交通便利、经济和文化比较发达，在人才、技术、管理等方面有一定的优势。榆林地区是国内外少有的资源富集区，国家确定的能源重化工基地，具有巨大的发展潜力。两市地间经济发展有很大的互补性。双方愿意本着“平等自愿、优势互补、互惠互利、共同发展”的原则，广泛开展经济、科技、物资、人才、信息等方面的协作交流，建立长期友好、稳定的对口扶贫协作和经济合作关系。

－1－

1997年4月，《江苏省苏州市、陕西省榆林地区关于开展扶贫协作和经济合作协议书》签订。

011

榆林市与苏州市对口扶贫建设蚕桑
基地合作意向

生态环境建设是榆林的“立市之本”。在全面实施退耕还林（草）建设秀美山川的形势下，如何使大量的荒山绿化效益最大化，使耕地退得下，稳得住，不反弹，选择适宜的树种和良好的机制是核心所在。桑树是一种经济、生态兼用型树种，适应性广，保水固土能力强，而且通过养蚕可以获取较好的经济效益，把桑树作为退耕还林的树种之一，是生态　益和经济效益实现“双赢”的抉择。鉴此，我市在聘请专家组科学考察调研的基础上，提出　设100万亩优质蚕桑基地项目，并争取与苏州市合作开发，以苏州的丝绸企业为龙头，带动榆林蚕茧基地发展，以榆林为蚕茧生产基地，促进苏州茧丝工业繁荣。

一、榆林发展蚕桑业条件优越

1、环境条件好，蚕茧质量高。榆林市属温带干旱半干旱大陆性季风气候，年平均降雨量在316－513mm之间，无霜期134－169天。全市太阳辐射为539－604×10^7焦耳/平方米，年日照时数2594－2914小时，≥10℃积温2847－4148℃，平均日较差11.5－13.9℃。全市耕地资源总面积1606万亩，农业人均耕

-1-

2003年，《榆林市与苏州市对口扶贫建设蚕桑基地合作意向》签订。

1998年9月1日，榆林市“苏州中学”落成仪式举行。

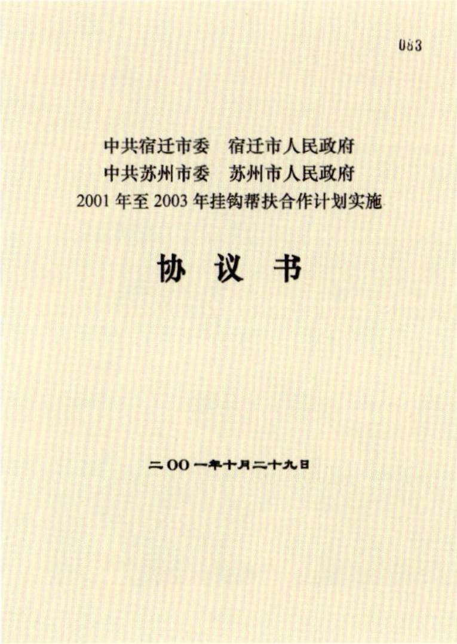

083

中共宿迁市委　宿迁市人民政府
中共苏州市委　苏州市人民政府
2001年至2003年挂钩帮扶合作计划实施

协　议　书

二〇〇一年十月二十九日

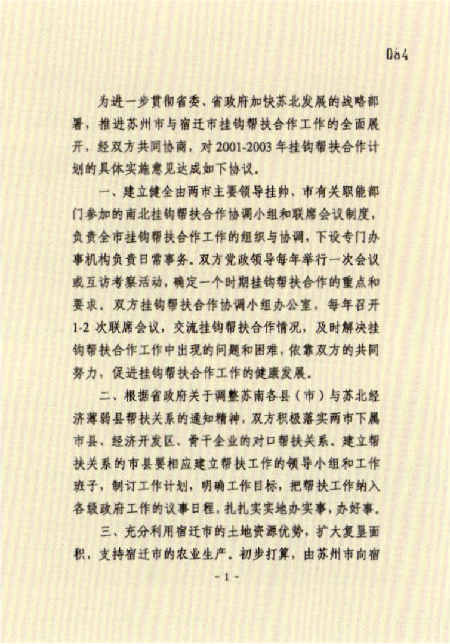

084

为进一步贯彻省委、省政府加快苏北发展的战略部署，推进苏州市与宿迁市挂钩帮扶合作工作的全面展开，经双方共同协商，对2001-2003年挂钩帮扶合作计划的具体实施意见达成如下协议。

一、建立健全由两市主要领导挂帅、市有关职能部门参加的南北挂钩帮扶合作协调小组和联席会议制度，负责全市挂钩帮扶合作工作的组织与协调，下设专门办事机构负责日常事务。双方党政领导每年举行一次会议或互访考察活动，确定一个时期挂钩帮扶合作的重点和要求。双方挂钩帮扶合作协调小组办公室，每年召开1-2次联席会议，交流挂钩帮扶合作情况，及时解决挂钩帮扶合作工作中出现的问题和困难，依靠双方的共同努力，促进挂钩帮扶合作工作的健康发展。

二、根据省政府关于调整苏南各县（市）与苏北经济薄弱县帮扶关系的通知精神，双方积极落实两市下属市县、经济开发区、骨干企业的对口帮扶关系。建立帮扶关系的市县要相应建立帮扶工作的领导小组和工作班子，制订工作计划，明确工作目标，把帮扶工作纳入各级政府工作的议事日程，扎扎实实地办实事，办好事。

三、充分利用宿迁市的土地资源优势，扩大复垦面积，支持宿迁市的农业生产。初步打算，由苏州市向宿

- 1 -

2001年10月29日，宿迁市委、市政府与苏州市委、市政府签订2001年至2003年挂钩帮扶合作计划实施协议书。

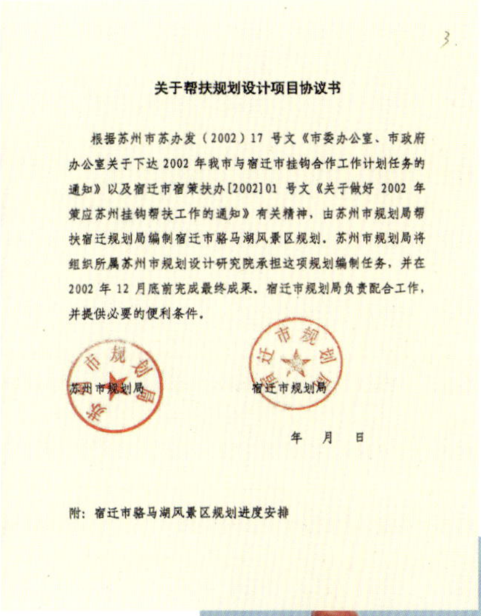

3.

关于帮扶规划设计项目协议书

根据苏州市苏办发（2002）17号文《市委办公室、市政府办公室关于下达2002年我市与宿迁市挂钩合作工作计划任务的通知》以及宿迁市宿策扶办[2002]01号文《关于做好2002年策应苏州挂钩帮扶工作的通知》有关精神，由苏州市规划局帮扶宿迁规划局编制宿迁市骆马湖风景区规划。苏州市规划局将组织所属苏州市规划设计研究院承担这项规划编制任务，并在2002年12月底前完成最终成果。宿迁市规划局负责配合工作，并提供必要的便利条件。

苏州市规划局　　宿迁市规划局

年　月　日

附：宿迁市骆马湖风景区规划进度安排

2002年5月，苏州市规划局、宿迁市规划局签订《关于帮扶规划设计项目协议书》。

2007年8月22日，苏州宿迁工业园区首批投资项目开工。

2003年12月4日，长三角（太湖）发展论坛在苏州举行。

2006年3月，苏州市政府和中科院全面科技合作座谈会举行。

2011年10月18日，“杂交水稻之父”袁隆平为国家杂交水稻工程技术研究中心常熟分中心揭牌。

1984年2月10日，《苏州市台湾同胞联谊会章程（草案）》。

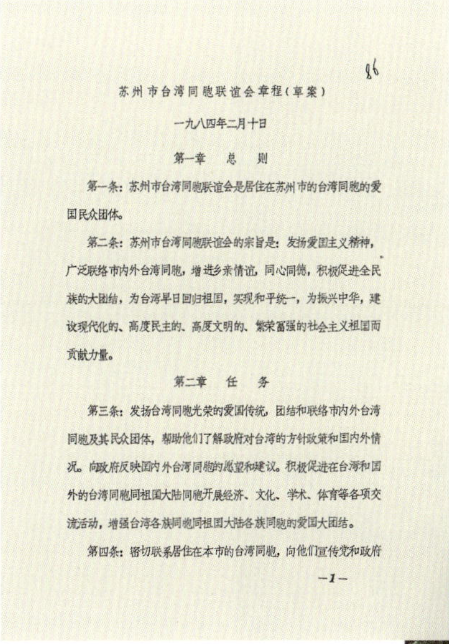

86

苏州市台湾同胞联谊会章程（草案）

一九八四年二月十日

第一章　总　则

第一条：苏州市台湾同胞联谊会是居住在苏州市的台湾同胞的爱国民众团体。

第二条：苏州市台湾同胞联谊会的宗旨是：发扬爱国主义精神，广泛联络市内外台湾同胞，增进乡亲情谊，同心同德，积极促进全民族的大团结，为台湾早日回归祖国，实现和平统一，为振兴中华，建设现代化的、高度民主的、高度文明的、繁荣富强的社会主义祖国而贡献力量。

第二章　任　务

第三条：发扬台湾同胞光荣的爱国传统，团结和联络市内外台湾同胞及其民众团体，帮助他们了解政府对台湾的方针政策和国内外情况。向政府反映国内外台湾同胞的愿望和建议。积极促进在台湾和国外的台湾同胞同祖国大陆同胞开展经济、文化、学术、体育等各项交流活动，增强台湾各族同胞同祖国大陆各族同胞的爱国大团结。

第四条：密切联系居住在本市的台湾同胞，向他们宣传党和政府

—1—

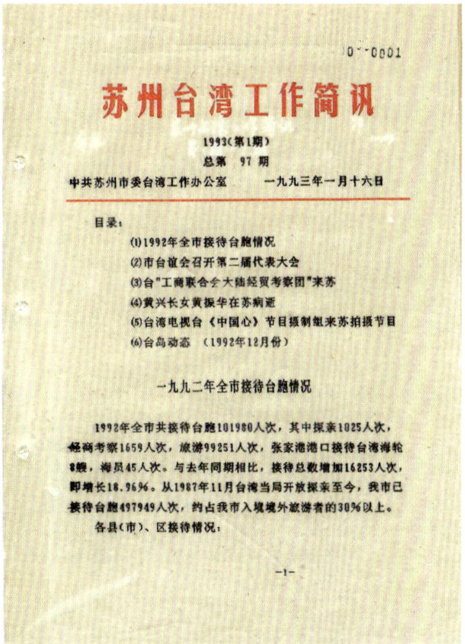

0--0001

苏州台湾工作简讯

1993（第1期）

总第　97 期

中共苏州市委台湾工作办公室　　一九九三年一月十六日

目录：

⑴1992年全市接待台胞情况

⑵市台谊会召开第二届代表大会

⑶台"工商联合会大陆经贸考察团"来苏

⑷黄兴长女黄振华在苏病逝

⑸台湾电视台《中国心》节目摄制组来苏拍摄节目

⑹台岛动态　（1992年12月份）

一九九二年全市接待台胞情况

1992年全市共接待台胞101980人次，其中探亲1025人次，经商考察1659人次，旅游99251人次，张家港港口接待台湾海轮8艘，海员45人次。与去年同期相比，接待总数增加16253人次，即增长18.96%。从1987年11月台湾当局开放探亲至今，我市已接待台胞497949人次，约占我市入境境外旅游者的30%以上。

各县（市）、区接待情况：

—1—

1993年1月16日，苏州市台办编印的《苏州台湾工作简讯》。

1984年3月，苏州市台湾同胞联谊会成立。同年4月，台湾当局开放民众到祖国大陆探亲。图为1989年10月，在纪念范仲淹诞辰一千周年之际，海峡两岸范氏后裔在苏州天平山共同拜谒祖墓。

2006年1月15日至16日，海峡两岸（苏州）农产品展览暨商务洽谈会在苏举行。图为开幕式。

2007年7月13日，祖国大陆向台湾同胞跨海捐献造血干细胞第一人苏州市民杭彬赴京捐髓。

2008年7月4日，首批江苏游客从苏州出发赴台湾旅游。

2010年8月20日，大陆首家由非营利组织成立的全国性基金会——慈济慈善事业基金会在苏州挂牌成立。

1980年1月，苏州园林管理处“明轩”工程组赴美国纽约大都会艺术馆建造中国庭院“明轩”，这是苏州园林第一次走向世界。图为美国前总统尼克松接见苏州园林古建专家。

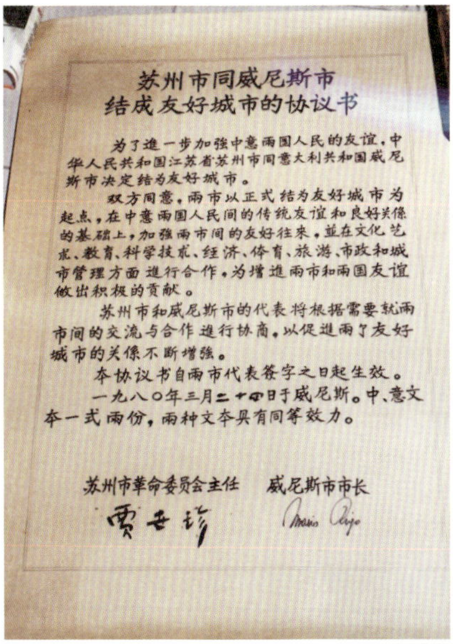

苏州市同威尼斯市
结成友好城市的协议书

为了進一步加强中意兩国人民的友誼，中华人民共和国江苏省苏州市同意大利共和国威尼斯市决定结为友好城市。

双方同意，兩市以正式结为友好城市为起点，在中意兩国人民間的传统友誼和良好关係的基础上，加强兩市間的友好往来，並在文化艺术、教育、科学技术、经济、体育、旅游、市政和城市管理方面進行合作，为增進兩市和兩国友誼做出积极的贡献。

苏州市和威尼斯市的代表将根据需要就兩市間的交流与合作進行协商，以促進兩个友好城市的关係不断增強。

本协议书自兩市代表签字之日起生效。

一九八〇年三月二十四日于威尼斯。中、意文本一式兩份，兩种文本具有同等效力。

苏州市革命委员会主任　　威尼斯市市长

贾世珍　　Mario Rigo

1980年3月24日，《苏州市同威尼斯市结成友好城市的协议书》签订。

1980年3月24日，苏州市同意大利威尼斯市结为友好城市，这是苏州缔结的第一个友好城市。图为威尼斯市长抵苏访问，并在东园共栽友谊常青树。

1980年10月，苏州和加拿大维多利亚市缔结友好城市。图为维多利亚市友好代表团在苏州文庙碑刻博物馆观看宋碑“平江图”。

1981年10月，苏州和日本池田市缔结友好城市。图为池田市友好代表团一行造访苏州市实验小学。

1981年5月，比利时国王博杜安一世参观苏州刺绣研究所。

1981年9月，美国前总统吉米·卡特夫妇访问苏州，参观留园。

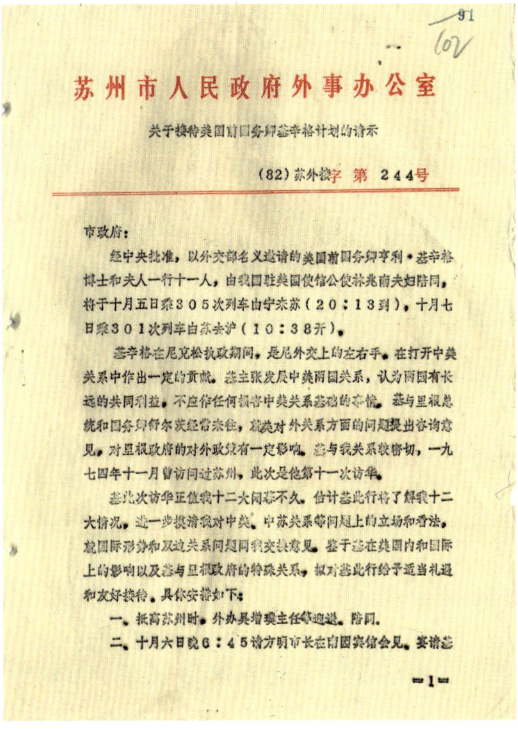

苏州市人民政府外事办公室

关于接待美国前国务卿基辛格计划的请示

（82）苏外接字 第 244号

市政府：

经中央批准，以外交部名义邀请的美国前国务卿亨利·基辛格博士和夫人一行十一人，由我国驻美国使馆公使林兆南夫妇陪同，将于十月五日乘３０５次列车由宁来苏（２０：１３到），十月七日乘３０１次列车由苏去沪（１０：３８开）。

基辛格在尼克松执政期间，是尼外交上的左右手。在打开中美关系中作出一定的贡献。基主张发展中美两国关系，认为两国有长远的共同利益，不应作任何损害中美关系基础的事情。基与里根总统和国务卿舒尔茨经常来往，就美对外关系方面的问题提出咨询意见，对里根政府的对外政策有一定影响。基与我关系较密切，一九七四年十一月曾访问过苏州，此次是他第十一次访华。

基此次访华正值我十二大闭幕不久。估计基此行将了解我十二大情况，进一步摸清我对中美、中苏关系等问题上的立场和看法，就国际形势和双边关系问题同我交换意见。鉴于基在美国内和国际上的影响以及基与里根政府的特殊关系，拟对基此行给予适当礼遇和友好接待。具体安排如下：

一、抵离苏州时，外办吴增璞主任等迎送、陪同。

二、十月六日晚６：４５请方明市长在南园宾馆会见，宴请基

－1－

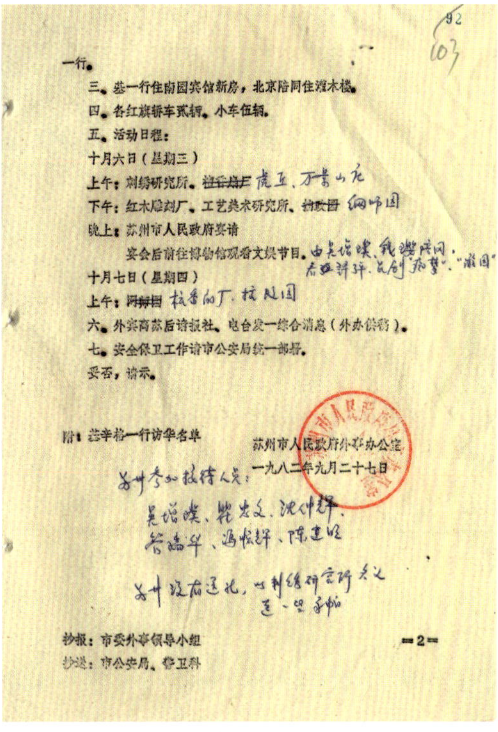

一行。

三、基一行住南园宾馆新房，北京陪同住濯木楼。

四、备红旗轿车贰辆，小车伍辆。

五、活动日程：

十月六日（星期三）

上午：刺绣研究所、虎丘、万景山庄

下午：红木雕刻厂、工艺美术研究所、网师园

晚上：苏州市人民政府宴请

宴会后前往博物馆观看文娱节目。

十月七日（星期四）

上午：檀香扇厂、拙政园

六、外宾离苏后请报社、电台发一综合消息（外办供稿）。

七、安全保卫工作请市公安局统一部署。

妥否，请示。

附：基辛格一行访华名单

苏州市人民政府外事办公室

一九八二年九月二十七日

抄报：市委外事领导小组

抄送：市公安局、警卫科

－2－

1982年9月27日，苏州市外办《关于接待美国前国务卿基辛格计划的请示》。

1988年6月6日至10日，苏州市举办首届中外贸易洽谈会。图为陈列馆一角。

1988年，爱尔兰总统希勒里夫妇到苏州访问。

1995年9月，首届“苏州市荣誉市民”授予仪式举行。吴健雄等14名港澳和海外友人被授予“苏州市荣誉市民”称号。

1998年4月7日至9日，由建设部和联合国教科文组织主办、苏州市政府和法国希农市政府承办的“中国—欧洲历史城市市长国际会议”在苏州市会议中心举行。

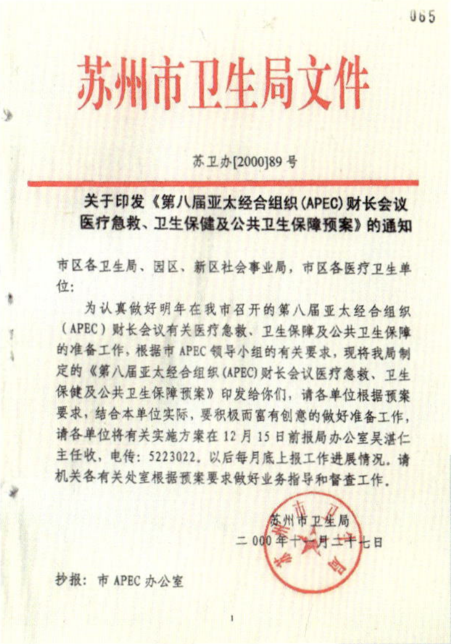

065

苏州市卫生局文件

苏卫办[2000]89号

关于印发《第八届亚太经合组织（APEC）财长会议医疗急救、卫生保健及公共卫生保障预案》的通知

市区各卫生局、园区、新区社会事业局，市区各医疗卫生单位：

为认真做好明年在我市召开的第八届亚太经合组织（APEC）财长会议有关医疗急救、卫生保障及公共卫生保障的准备工作，根据市APEC领导小组的有关要求，现将我局制定的《第八届亚太经合组织（APEC）财长会议医疗急救、卫生保健及公共卫生保障预案》印发给你们，请各单位根据预案要求，结合本单位实际，要积极而富有创意的做好准备工作，请各单位将有关实施方案在12月15日前报局办公室吴湛仁主任收，电传：5223022。以后每月底上报工作进展情况。请机关各有关处室根据预案要求做好业务指导和督查工作。

苏州市卫生局

二000年十一月二十七日

抄报：市APEC办公室

1

2000年11月27日，苏州市卫生局发布《关于印发〈第八届亚太经合组织（APEC）财长会议医疗急救、卫生保健及公共卫生保障预案〉的通知》。

2001年9月8日，参加第八届亚太经合组织财政部长会议的21位财政部长在苏州盘门景区合影。

2001年11月11日至13日，苏州市与日本池田市两地市民在苏州共植友谊树，纪念两市友城结好20周年。

2002年10月28日，中国苏州国际友好（交流）城市市长论坛在苏州市会议中心举行。

2006年10月，苏州—意大利经济合作论坛在苏州举行。

2010年6月26日，苏州市国际友好城市交往30周年庆祝大会举行，苏州与各国际友好城市共同签署了《苏州国际友城交往三十周年联合宣言》。

2011年4月19日，中俄企业档案管理研讨会在苏州举行。

2012年6月29日，苏州市与美国华盛顿市签署两市经济合作及友好关系备忘录。

2012年7月10日至11日，第一届中非民间论坛在苏州举行。

2012年7月，外国友人参观第二届中非民间论坛·中非民间图片展。

2012年7月10日，“国术之光”文艺晚会在苏州太湖国际会议中心上演，向非洲观众展现中国文化魅力。图为昆曲表演。

人民生活

苏州各项事业发展均以人为本，优先保障民生。社会保障体系渐趋完善，社会养老服务水平持续提升；保障性住房建设与危房改造积极推进，群众住房条件显著提高；健全食品、药品监管，适时稳定物价。人民生活有效改善，日常生活更加丰富，群众得到更多实惠。

1978年，职工光荣退休场景。

20世纪80年代初，开始实行计划生育。图为独生子女父母和孩子们在公园联欢。

20世纪80年代，随着收入水平的逐年增加，市民踊跃储蓄。

1981年，中国女子排球队首次获得世界冠军，苏州籍教练员袁伟民获得最佳教练员称号，女排队长苏州籍运动员孙晋芳获最佳运动员称号。图为孙晋芳训练照。

1992年，人民路街景。

1994年，全国试点住宅之一——苏州市桐芳巷小区新姿。

1995年年底，苏州市国家安居工程“新升小区”一期工程竣工。图为新升小区“飞虹苑”新景。

1998年12月中旬，苏州首批14辆双层巴士（68路）正式投入运行。

1999年7月，苏州地区遭遇特大洪涝灾害，苏州武警支队官兵与市卫生局工作人员赴受灾较严重的齐门大街为居民送医送药。

1999年12月31日，全市百万市民喜迎新千年。

2004年4月28日，金阊区“手拉手”帮困援助中心正式挂牌成立，通过政府搭台、市场化运作的模式为全区贫困家庭进行物质帮困、精神济困、再就业脱困，使贫困人群得到了政府和社会的亲切关爱。图为金阿姨爱心服务队送温暖到农村。

2005年，苏州市首批公共信息亭建成使用。

2006年，“苏州日报·书香门第”民工子弟学校流动图书室首站开张。

2006年5月31日，近万名市民在胥门举行首次公祭伍子胥暨沧浪区吴地端午节民俗文化节系列活动。

2007年9月22日，近千名苏州市民组成自行车队上街开展“无车日”宣传活动。

2008年5月，文明交通志愿者上街执勤。

2008年5月4日，“庆五四迎奥运新青年新形象”——苏州青年“迎奥运争率先促和谐”大型志愿行动启动。

2008年，苏州市行政服务中心投入使用，正成为政府沟通人民群众的一座桥梁。

2010年，全科医生下社区为民提供医疗服务。

2010年，在第20次“全国助残日”期间举办残疾人专场招聘会。

2010年，张家港市永联小镇村民们的生活多姿多彩。

2010年，相城区古巷二村动迁安置小区新貌。

2010年，驻苏部队开展为民义诊献爱心活动。

2010年5月25日，苏州市区新增客运出租汽车投运仪式举行。

2010年，张家港市双山岛金双山果园内，工人们正在采摘刚刚成熟的草莓。

2010年7月22日，市领导在人民来访接待中心接待来访群众。

2010年10月30日，青春在创先争优中闪光——苏州轨道工程青年建设者集体婚礼举行。

2010年11月，苏州城区25家大型超市和园区7家邻里中心生鲜店开展低价蔬菜惠民活动。

2011年6月30日，山塘中心小学校请老同志为孩子们讲述革命故事。

2011年，南环新村危旧房解危改造工程启动。

2011年，苏州市农产品平价商店（直销点）。

2011年4月8日，沧浪区首个残疾人创业基地成立。

2012年，“爱心包裹”捐赠活动。

2012年4月25日，苏州市民卡首发仪式举行。图为市民代表领取市民卡。

走向辉煌

二〇一二—二〇二一

2012年11月，党的十八大站在历史和全局的战略高度，全面部署了“五位一体”的总体布局。苏州市认真落实习近平总书记系列重要讲话指示精神，加强政府自身建设，全面从严治党，开展主题教育，政府服务效能不断提高。紧扣“强富美高”总目标，践行新发展理念，创新转型持续深化，综合实力显著增强。以更优理念保护发展历史文化名城，打响“江南文化”品牌，打造文化与旅游新地标。深入推进社会治理与城乡统筹，民生福祉持续增进，人民生活日益康富。着力加强生态环境建设，绿色屏障进一步筑牢，人居环境更加优美。在中国共产党的领导下，在苏州人民的共同努力下，各项社会事业收获了累累硕果，创造了新时代中国特色社会主义事业新辉煌。

政治建设

党的十八大以来，苏州市委、市政府高举中国特色社会主义伟大旗帜，始终坚持全面加强党的领导，政府职能加快转变，自身建设不断加强，服务效能持续提升。苏州市认真开展党的群众路线教育实践活动、“两学一做”学习教育、“不忘初心、牢记使命”专题教育等，党风廉政建设全面加强；着力推进南北挂钩共建、对口支援和东西部扶贫协作等工作，助力铜仁打赢脱贫攻坚战；坚持人民至上、生命至上，取得抗击新冠肺炎疫情阶段性成果；积极开展对外交往，外事、对台、港澳工作成效明显。

2012年，“家在苏州——喜迎十八大”实景诗歌会。

2012年，苏州市民为党的十八大召开送上祝福。

2013年，苏州市机关学习党的十八大精神暨党务业务技能竞赛决赛。

2014年2月11日，全市党的群众路线教育实践活动动员大会。

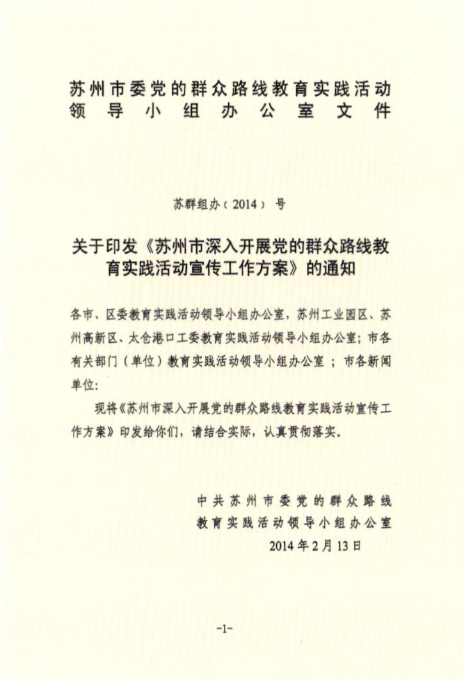

苏州市委党的群众路线教育实践活动
领导小组办公室文件

苏群组办（2014）号

关于印发《苏州市深入开展党的群众路线教育实践活动宣传工作方案》的通知

各市、区委教育实践活动领导小组办公室，苏州工业园区、苏州高新区、太仓港口工委教育实践活动领导小组办公室；市各有关部门（单位）教育实践活动领导小组办公室；市各新闻单位：

现将《苏州市深入开展党的群众路线教育实践活动宣传工作方案》印发给你们，请结合实际，认真贯彻落实。

中共苏州市委党的群众路线
教育实践活动领导小组办公室
2014年2月13日

-1-

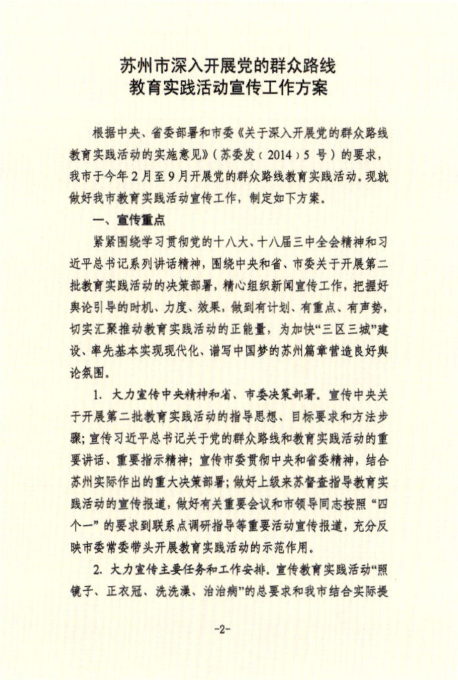

苏州市深入开展党的群众路线
教育实践活动宣传工作方案

根据中央、省委部署和市委《关于深入开展党的群众路线教育实践活动的实施意见》（苏委发（2014）5号）的要求，我市于今年2月至9月开展党的群众路线教育实践活动。现就做好我市教育实践活动宣传工作，制定如下方案。

一、宣传重点

紧紧围绕学习贯彻党的十八大、十八届三中全会精神和习近平总书记系列讲话精神，围绕中央和省、市委关于开展第二批教育实践活动的决策部署，精心组织新闻宣传工作，把握好舆论引导的时机、力度、效果，做到有计划、有重点、有声势，切实汇聚推动教育实践活动的正能量，为加快“三区三城”建设、率先基本实现现代化、谱写中国梦的苏州篇章营造良好舆论氛围。

1. 大力宣传中央精神和省、市委决策部署。宣传中央关于开展第二批教育实践活动的指导思想、目标要求和方法步骤；宣传习近平总书记关于党的群众路线和教育实践活动的重要讲话、重要指示精神；宣传市委贯彻中央和省委精神，结合苏州实际作出的重大决策部署；做好上级来苏督查指导教育实践活动的宣传报道，做好有关重要会议和市领导同志按照“四个一”的要求到联系点调研指导等重要活动宣传报道，充分反映市委常委带头开展教育实践活动的示范作用。

2. 大力宣传主要任务和工作安排。宣传教育实践活动“照镜子、正衣冠、洗洗澡、治治病”的总要求和我市结合实际提

-2-

2014年2月13日，《苏州市深入开展党的群众路线教育实践活动宣传工作方案》发布。

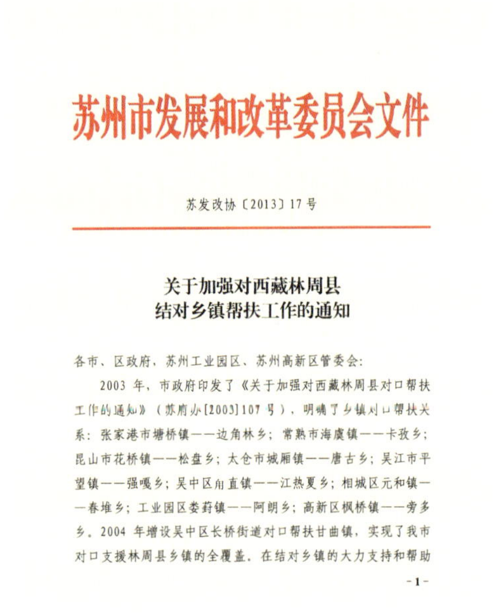

苏州市发展和改革委员会文件

苏发改协〔2013〕17号

关于加强对西藏林周县
结对乡镇帮扶工作的通知

各市、区政府，苏州工业园区、苏州高新区管委会：

2003年，市政府印发了《关于加强对西藏林周县对口帮扶工作的通知》（苏府办[2003]107号），明确了乡镇对口帮扶关系：张家港市塘桥镇——边角林乡；常熟市海虞镇——卡孜乡；昆山市花桥镇——松盘乡；太仓市城厢镇——唐古乡；吴江市平望镇——强嘎乡；吴中区甪直镇——江热夏乡；相城区元和镇——春堆乡；工业园区娄葑镇——阿朗乡；高新区枫桥镇——旁多乡。2004年增设吴中区长桥街道对口帮扶甘曲镇，实现了我市对口支援林周县乡镇的全覆盖。在结对乡镇的大力支持和帮助

-1-

2013年11月21日，苏州市发改委发布《关于加强对西藏林周县结对乡镇帮扶工作的通知》。

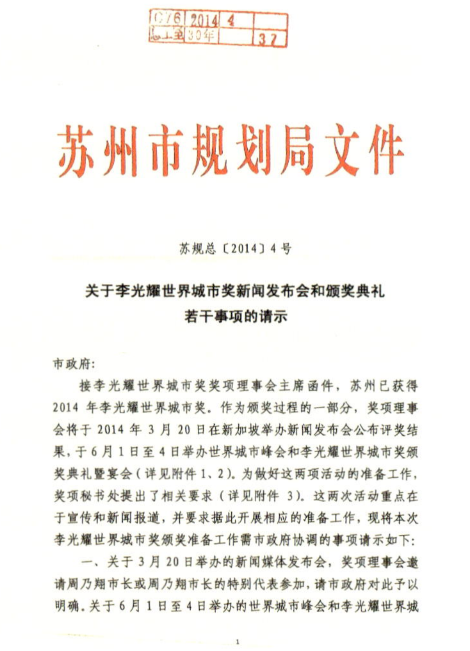

苏州市规划局文件

苏规总〔2014〕4号

关于李光耀世界城市奖新闻发布会和颁奖典礼
若干事项的请示

市政府：

接李光耀世界城市奖奖项理事会主席函件，苏州已获得2014年李光耀世界城市奖。作为颁奖过程的一部分，奖项理事会将于2014年3月20日在新加坡举办新闻发布会公布评奖结果，于6月1日至4日举办世界城市峰会和李光耀世界城市奖颁奖典礼暨宴会（详见附件1、2）。为做好这两项活动的准备工作，奖项秘书处提出了相关要求（详见附件3）。这两次活动重点在于宣传和新闻报道，并要求据此开展相应的准备工作，现将本次李光耀世界城市奖颁奖准备工作需市政府协调的事项请示如下：

一、关于3月20日举办的新闻媒体发布会，奖项理事会邀请周乃翔市长或周乃翔市长的特别代表参加，请市政府对此予以明确。关于6月1日至4日举办的世界城市峰会和李光耀世界城

1

2014年1月20日，苏州市规划局《关于李光耀世界城市奖新闻发布会和颁奖典礼若干事项的请示》。

2014年7月19日，苏州党务工作者展示全省首个基层党建手机应用平台。

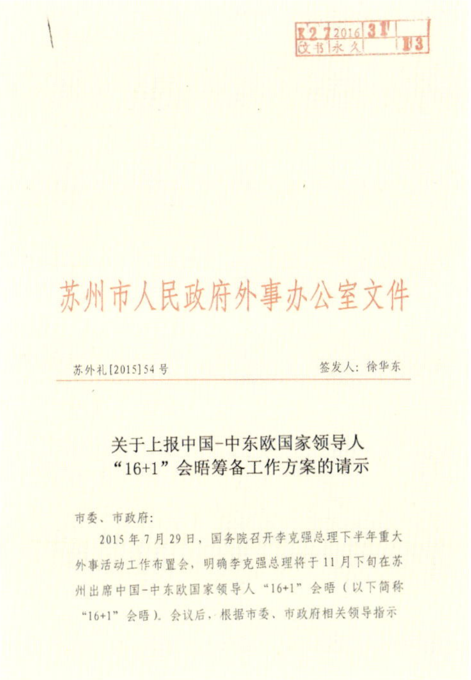

苏州市人民政府外事办公室文件

苏外礼[2015]54号　　签发人：徐华东

关于上报中国-中东欧国家领导人
“16+1”会晤筹备工作方案的请示

市委、市政府：

2015年7月29日，国务院召开李克强总理下半年重大外事活动工作布置会，明确李克强总理将于11月下旬在苏州出席中国-中东欧国家领导人“16+1”会晤（以下简称“16+1”会晤）。会议后，根据市委、市政府相关领导指示

2015年8月12日，苏州外事办《关于上报中国—中东欧国家领导人“16+1”会晤筹备工作方案的请示》。

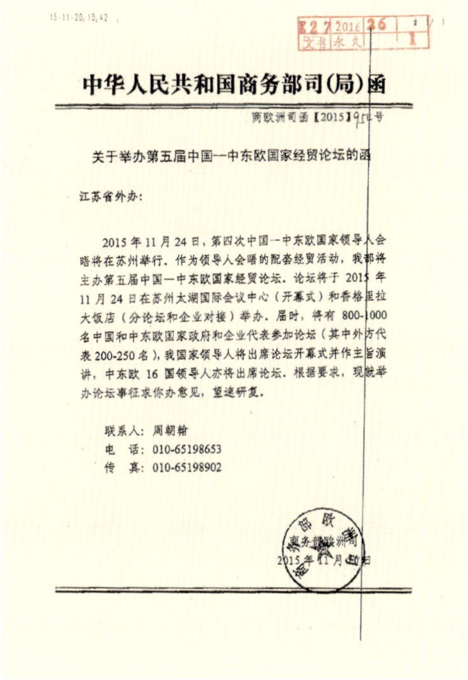

中华人民共和国商务部司(局)函

商欧洲司函【2015】[illegible]号

关于举办第五届中国—中东欧国家经贸论坛的函

江苏省外办：

2015年11月24日，第四次中国—中东欧国家领导人会晤将在苏州举行。作为领导人会晤的配套经贸活动，我部将主办第五届中国—中东欧国家经贸论坛。论坛将于2015年11月24日在苏州太湖国际会议中心（开幕式）和香格里拉大饭店（分论坛和企业对接）举办。届时，将有800-1000名中国和中东欧国家政府和企业代表参加论坛（其中外方代表200-250名），我国家领导人将出席论坛开幕式并作主旨演讲，中东欧16国领导人亦将出席论坛。根据要求，现就举办论坛事征求你办意见，望速研复。

联系人：周朝翰
电　话：010-65198653
传　真：010-65198902

2015年11月20日

2015年11月20日，商务部《关于举办第五届中国—中东欧国家经贸论坛的函》。

2015年11月24日，中国—中东欧国家经贸论坛在苏州举行。

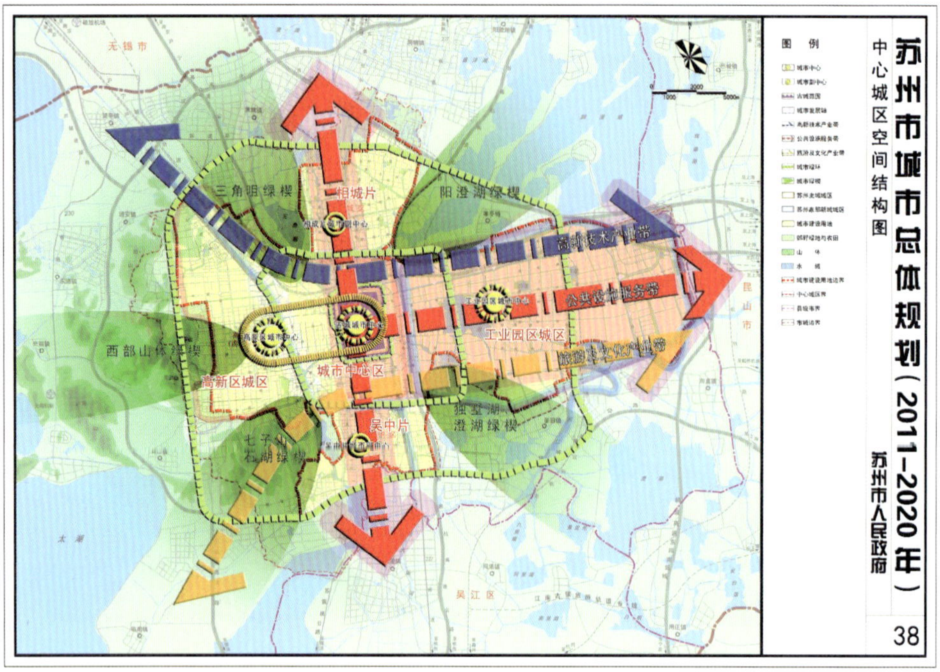

2016年7月26日，国务院批复同意《苏州市城市总体规划（2011—2020年）》。确定苏州的城市定位为：国家历史文化名城和风景旅游城市，国家高新技术产业基地，长三角重要中心城市之一。图为中心城区空间结构图。

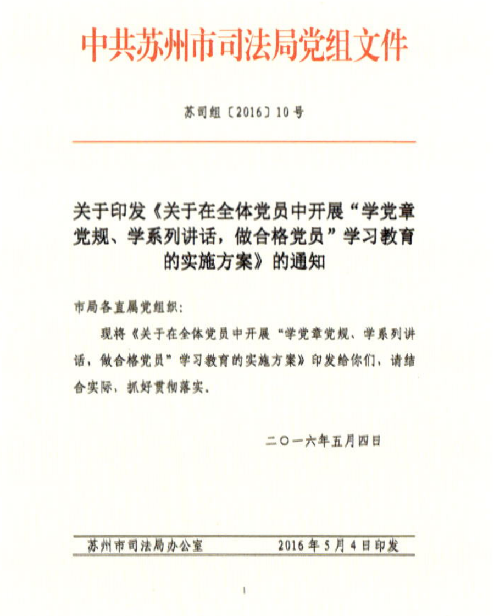
中共苏州市司法局党组文件

苏司组〔2016〕10号

关于印发《关于在全体党员中开展“学党章党规、学系列讲话，做合格党员”学习教育的实施方案》的通知

市局各直属党组织：

现将《关于在全体党员中开展“学党章党规、学系列讲话，做合格党员”学习教育的实施方案》印发给你们，请结合实际，抓好贯彻落实。

二〇一六年五月四日

苏州市司法局办公室　　2016年5月4日印发

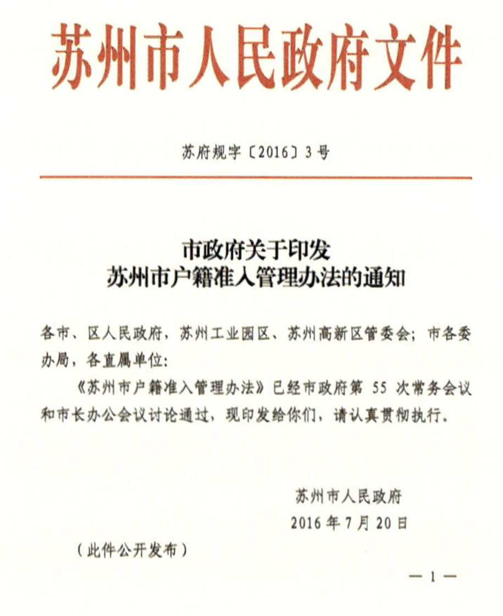
苏州市人民政府文件

苏府规字〔2016〕3号

市政府关于印发
苏州市户籍准入管理办法的通知

各市、区人民政府，苏州工业园区、苏州高新区管委会；市各委办局，各直属单位：

《苏州市户籍准入管理办法》已经市政府第55次常务会议和市长办公会议讨论通过，现印发给你们，请认真贯彻执行。

苏州市人民政府
2016年7月20日

（此件公开发布）

— 1 —

2016年5月4日，苏州市司法局印发《关于在全体党员中开展“学党章党规、学系列讲话，做合格党员”学习教育的实施方案》。

2016年7月20日，苏州市政府印发《苏州市户籍准入管理办法》，9月1日正式实施。

支援单位	西藏林周县		陕西榆林市	重庆云阳县	四川绵竹市	新疆	江苏宿迁市连云港市	贵州
	苏州方	林周方						
苏州市	林周县		榆林市	云阳县	孝德镇		宿迁市	铜仁市
张家港市	塘桥镇	边角林乡	子洲县	巴阳镇、人和乡	东北镇	巩留县	宿豫区	沿河县
常熟市	海虞镇	卡孜乡	横山县	九龙乡、莲花乡	土门镇		泗洪县	思南县
昆山市	花桥镇	松盘乡	清涧县	双江镇、渠马镇	广济镇	阿图什市	沭阳县、灌云县	碧江区
太仓市	城厢镇	唐古乡	米脂县	养鹿乡、白龙乡	齐天镇		灌南县	玉屏县
吴江市	平望镇	强嘎乡	绥德县	高阳镇、建全乡	兴隆镇		泗阳县	印江县
吴中区	直镇长桥街道	江热夏乡甘曲镇	靖边县	黄石镇、栖霞乡			宿城区	德江县
高新区	枫桥镇	旁多乡	定边县				泗阳县	万山区
工业园区	娄葑镇	阿朗乡	吴堡县			霍尔果斯经济开发区		松桃县
相城区	元和镇	春堆乡					泗洪县	石阡县
姑苏区							灌南县、宿城区	江口县

备注：姑苏区由省委扶贫办发文明确任务。对口四川绵竹援建任务已于2010年8月完成任务。2007年乡镇对口林周增加吴中的长桥镇对口甘曲镇。2016年12月30日，苏陕扶贫协作关系调整：苏州市与西安市结对，重点县（市、区）结对关系为苏州太仓市结对西安周至县；不再与榆林市结对。

2017年，苏州对口支援关系表。

苏州对口支援五年工作回顾

文/市经济协作办公室

“十二五”期间，在省委、省政府的正确领导下，苏州认真落实中央和省的对口支援工作部署，始终把对口支援工作列入重要议事日程，切实加强组织领导，建立健全工作机制，努力创新支援思路，加快建设援助项目，全面完成了各项对口支援工作任务。

一、注重实效，五年援疆目标圆满完成

苏州全面落实中央新一轮援疆工作部署要求，紧紧围绕新疆经济社会跨越发展和长治久安两大目标任务，把援疆工作列入市委、市政府重要议事日程。苏州三个援疆工作组，紧密结合受援地实际，坚持把保障和改善民生放在优先位置，突出重点，创新方式，扎实推进，圆满完成了五年对口援疆任务，援疆工作取得了阶段性成果。

（一）完成情况

1.全面落实援疆资金。5年来全市共上缴省援疆建设资金22.3亿元，足额完成省下达的资金计划，确保了苏州援建项目的顺利实施。全市各级、各部门和社会组织积极参与援疆工作，累计筹措计划外援疆资金5838万元，捐赠各类物资833万元。

2.全力实施援疆项目。围绕受援地城乡住房建设、社会公共事业、产业发展建设、干部人才培训、城乡建设规划等，大力实施苏州援疆建设项目，体现了民生优先的援疆工作重点。全市5年共实施援疆建设项目 217个，完成实物量21.1亿元，超额完成了省下达的计划任务。

3.重点支持开发区建设。始终把对口支援霍尔果斯经济开发区是援疆工作的重中之重。苏州工业园区作为具体责任单位，高起点编制的霍尔果斯经济开发区总体规划已获国务院批准，高标准编制了合作中心产业发展规划、霍尔果斯口岸旅游发展规划、霍尔果斯开发区产业规划等专项规划，充分体现了苏州的先进规划理念和成功经验。

4.精心选派援疆干部。5年中选派二批援疆人员，2013年完成了第二批援疆干部与第一批援疆干部交接工作。全市先后选派了50名党政机关干部、52名教师、44名医生援疆，援疆人员讲政治、讲奉献，思想素质、作风素质、业务素质过硬，全力打造援疆品牌，形成了苏州援疆工作的特色和亮点，展现了苏州党员干部形象。

（二）主要成果

1.以提高民生福祉为重点，全面实施援疆项目。始终把改善民生作为援疆工作的重点，5年安排援疆资金的60%，近12.67亿元用于民生项目，着力解决各族群众生产、生活中最直接、最现实、最紧迫的问题，使各族群众都能充分享受到苏州对口支援带来的新变化和新实惠，受惠的各族群众开始过上现

2016年8月，《苏州对口支援五年工作回顾》。

	对口地区	共建园区	类型	发展方向
1	苏州市（苏州工业园区），宿迁市	苏宿工业园区	南北挂钩合作	建设成为产业转移的集聚区、外向带动的先导区、机制创新的试验区、现代新城的示范区。
2	张家港市，宿豫区	张家港宿豫工业园	（下同）	重点引进发展机械、电子、汽配、建材、新能源、新材料等。
3	常熟市，泗洪县	常熟泗洪工业园		重点引进发展高新技术产业、新兴产业和高端制造业等，与泗洪经济开发区形成错位发展
4	昆山市，沭阳县	昆山沭阳工业园		重点引进发展纺织、电子、生物工程等
5	吴江区，泗阳县	吴江泗阳工业园		重点引进发展纺织服装、装备制造、电子电器等。
6	吴中区，宿城区	吴中宿城工业园		重点引进高新技术企业、高新技术产业等，建设“区中园”。
7	太仓市，连云港灌南县	太仓港经济技术开发区灌南工业园		重点引进发展化工工业园、高新技术产业园、循环经济产业园，初步形成“一区三园”的发展模式。
8	常熟市，海安县	常熟高新区海安工业园	自行结对	重点引进常熟纺织产业转移。
9	昆山市，淮安市	昆山花桥经济开发区淮安工业园	（下同）	重点引进生物医药、冶金机械、新材料等。
10	昆山市，泰州市	昆山高新区姜堰工业园		重点引进发展智能电网器件及其配套产业项目。
11	昆山市，淮安市	昆山高新区淮安工业园		重点建设以IT产业为主体的台资集聚区。
12	苏州高新区，盐城大丰区	苏州盐城沿海合作开发园区	沿海开发	重点推动沿海开发，发展战略性新兴产业、特色产业和临港产业等。
13	苏州工业园区，南通市	苏通科技产业园（南通）	市场化方式	重点引进发展精密机电、电子信息、生物科技、新材料、环保及新能源、现代服务业等。

2017年，苏州市在省内各市（县、区）合作情况。

2017年9月20日，苏州市市级机关喜迎十九大主题歌会举行。

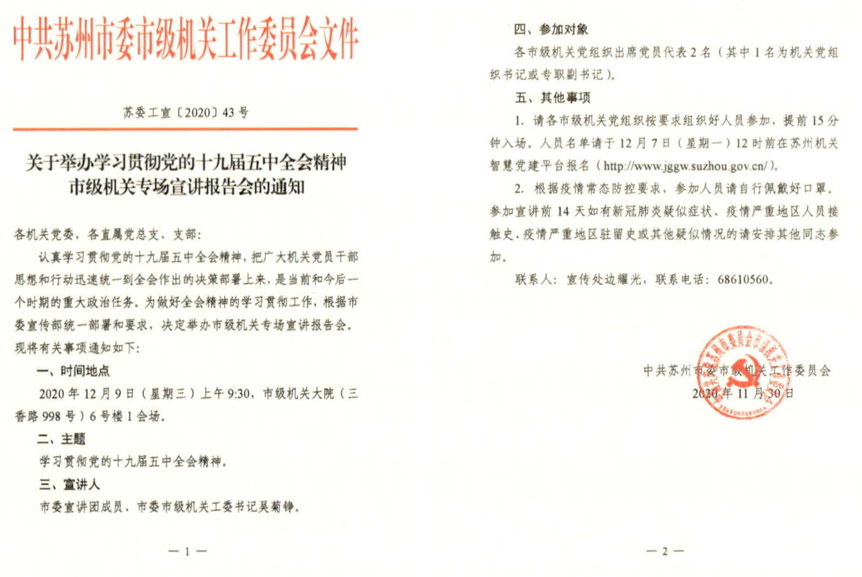

中共苏州市委市级机关工作委员会文件

苏委工宣〔2020〕43号

关于举办学习贯彻党的十九届五中全会精神
市级机关专场宣讲报告会的通知

各机关党委，各直属党总支、支部：

认真学习贯彻党的十九届五中全会精神，把广大机关党员干部思想和行动迅速统一到全会作出的决策部署上来，是当前和今后一个时期的重大政治任务。为做好全会精神的学习贯彻工作，根据市委宣传部统一部署和要求，决定举办市级机关专场宣讲报告会。现将有关事项通知如下：

一、时间地点

2020年12月9日（星期三）上午9:30，市级机关大院（三香路998号）6号楼1会场。

二、主题

学习贯彻党的十九届五中全会精神。

三、宣讲人

市委宣讲团成员、市委市级机关工委书记吴菊铮。

— 1 —

四、参加对象

各市级机关党组织出席党员代表2名（其中1名为机关党组织书记或专职副书记）。

五、其他事项

1. 请各市级机关党组织按要求组织好人员参加，提前15分钟入场。人员名单请于12月7日（星期一）12时前在苏州机关智慧党建平台报名（http://www.jggw.suzhou.gov.cn/）。

2. 根据疫情常态防控要求，参加人员请自行佩戴好口罩。参加宣讲前14天如有新冠肺炎疑似症状、疫情严重地区人员接触史、疫情严重地区驻留史或其他疑似情况的请安排其他同志参加。

联系人：宣传处边耀光，联系电话：68610560。

中共苏州市委市级机关工作委员会
2020年11月30日

— 2 —

2020年11月30日，苏州市市级机关工委发布《关于举办学习贯彻党的十九届五中全会精神市级机关专场宣讲报告会的通知》。

2017年7月6日，“铭记历史，砥砺前行”——纪念中国人民抗日战争全面爆发80周年活动举行。

2017年9月19日，全省城市基层党建工作经验交流座谈会在苏州市召开。

一日读懂苏州

蘇州日報

2017年12月 星期六 农历丁酉年十月廿九 16 今日8版

支持港澳融入国家发展大局

习近平分别会见来京述职的香港特首林郑月娥和澳门特首崔世安

据新华社北京12月15日电

(下转A06版)

据新华社北京12月15日电

(下转A06版)

对标习总书记视察江苏重要讲话精神 把改革发展各项事业不断推向前进

市委常委会召开会议，传达学习习近平总书记视察江苏时的重要讲话精神　周乃翔主持会议

(下转A02版)

南航苏研院 落户苏州高新区

校地共推军民深度融合 周乃翔聂宏见证签约

2017年12月16日，《苏州日报》刊登《对标习总书记视察江苏重要讲话精神，把改革发展各项事业不断推向前进》。

2017年，意大利威尼斯大学与苏州大学签约缔结友好大学并在苏设立办事处。

2018年4月，哥伦比亚总统根哥布到访苏州。

2018年6月23日，第二十次中日韩环境部长会议在苏州召开。

2018年10月27日，第八届中日韩旅游部长会议在苏州召开。

2018年10月18日，第六届中蒙俄知识产权研讨会在苏州市举行。

2018年10月18日，首届"一带一路"能源部长会议和第三届国际能源变革论坛在苏州举行。

2018年9月7日，佛得角共和国总理席尔瓦到苏州访问。

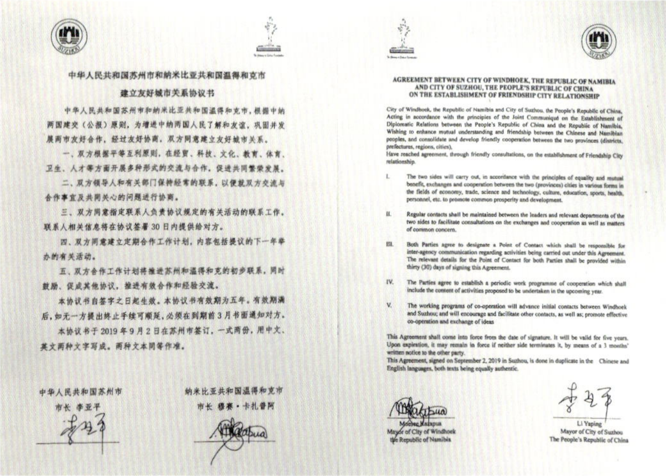

中华人民共和国苏州市和纳米比亚共和国温得和克市
建立友好城市关系协议书

中华人民共和国苏州市和纳米比亚共和国温得和克市，根据中纳两国建交（公报）原则，为增进中纳两国人民了解和友谊，巩固并发展两市友好合作，经过友好协商，双方同意建立友好城市关系。

一、双方根据平等互利原则，在经贸、科技、文化、教育、体育、卫生、人才等方面开展多种形式的交流与合作，促进共同繁荣发展。

二、双方领导人和有关部门保持经常的联系，以便就双方交流与合作事宜及共同关心的问题进行协商。

三、双方同意指定联系人负责协议规定的有关活动的联系工作。联系人相关信息将在协议签署30日内提供给对方。

四、双方同意建立定期合作工作计划，内容包括提议的下一年举办的有关活动。

五、双方合作工作计划将推进苏州和温得和克的初步联系，同时鼓励、促成其他协议，推进有效合作和经验交流。

本协议书自签字之日起生效。本协议书有效期为五年。有效期满后，如无一方提出终止手续可顺延，必须在到期前3月书面通知对方。

本协议书于2019年9月2日在苏州市签订，一式两份，用中文、英文两种文字写成。两种文本同等作准。

中华人民共和国苏州市
市长 李亚平

纳米比亚共和国温得和克市
市长 穆赛·卡扎普阿

AGREEMENT BETWEEN CITY OF WINDHOEK, THE REPUBLIC OF NAMIBIA
AND CITY OF SUZHOU, THE PEOPLE'S REPUBLIC OF CHINA
ON THE ESTABLISHMENT OF FRIENDSHIP CITY RELATIONSHIP

City of Windhoek, the Republic of Namibia and City of Suzhou, the People's Republic of China,
Acting in accordance with the principles of the Joint Communiqué on the Establishment of Diplomatic Relations between the People's Republic of China and the Republic of Namibia,
Wishing to enhance mutual understanding and friendship between the Chinese and Namibian peoples, and consolidate and develop friendly cooperation between the two provinces (districts, prefectures, regions, cities),
Have reached agreement, through friendly consultations, on the establishment of Friendship City relationship.

I. The two sides will carry out, in accordance with the principles of equality and mutual benefit, exchanges and cooperation between the two (provinces) cities in various forms in the fields of economy, trade, science and technology, culture, education, sports, health, personnel, etc. to promote common prosperity and development.

II. Regular contacts shall be maintained between the leaders and relevant departments of the two sides to facilitate consultations on the exchanges and cooperation as well as matters of common concern.

III. Both Parties agree to designate a Point of Contact which shall be responsible for inter-agency communication regarding activities being carried out under this Agreement. The relevant details for the Point of Contact for both Parties shall be provided within thirty (30) days of signing this Agreement.

IV. The Parties agree to establish a periodic work programme of cooperation which shall include the content of activities proposed to be undertaken in the upcoming year.

V. The working programs of co-operation will advance initial contacts between Windhoek and Suzhou; and will encourage and facilitate other contacts, as well as; promote effective co-operation and exchange of ideas

This Agreement shall come into force from the date of signature. It will be valid for five years. Upon expiration, it may remain in force if neither side terminates it, by means of a 3 months' written notice to the other party.
This Agreement, signed on September 2, 2019 in Suzhou, is done in duplicate in the Chinese and English languages, both texts being equally authentic.

Moesee Kazapua
Mayor of City of Windhoek
the Republic of Namibia

Li Yaping
Mayor of City of Suzhou
The People's Republic of China

2019年2月，苏州市与纳米比亚共和国温得和克市建立友好城市关系协议书。

2019年4月，苏州市与美国波特兰市缔结友好城市30周年植树纪念活动。

2019年6月，苏州与意大利威尼斯签署“一带一路”倡议下深化友城合作的谅解备忘录。

2019年12月28日至29日，第三届“一带一路”国际青年论坛在苏州举行。

2021年，苏州市民参加法国格勒诺布尔市国家友城青年在线交流活动。

2018年11月17日，"我们这40年"——苏州市庆祝改革开放40周年大型主题摄影展开幕。

2018年12月，苏州纪念改革开放40周年古城旧时光展开幕。

2018年12月18日，庆祝改革开放40周年大会在人民大会堂召开。苏州籍王大珩、程开甲、秦振华等入选100名"改革先锋"之列。图为张家港市委原书记秦振华手捧证书。

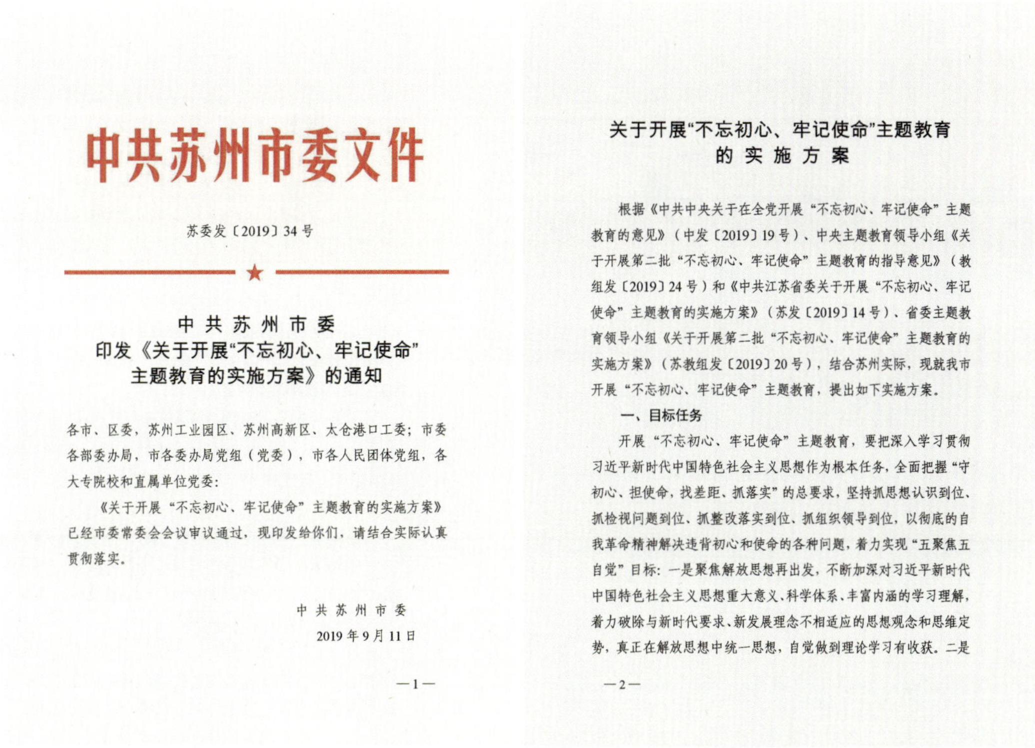

中共苏州市委文件

苏委发〔2019〕34号

中共苏州市委
印发《关于开展"不忘初心、牢记使命"主题教育的实施方案》的通知

各市、区委，苏州工业园区、苏州高新区、太仓港口工委；市委各部委办局，市各委办局党组（党委），市各人民团体党组，各大专院校和直属单位党委：

《关于开展"不忘初心、牢记使命"主题教育的实施方案》已经市委常委会会议审议通过，现印发给你们，请结合实际认真贯彻落实。

中共苏州市委

2019年9月11日

—1—

关于开展"不忘初心、牢记使命"主题教育的实施方案

根据《中共中央关于在全党开展"不忘初心、牢记使命"主题教育的意见》（中发〔2019〕19号）、中央主题教育领导小组《关于开展第二批"不忘初心、牢记使命"主题教育的指导意见》（教组发〔2019〕24号）和《中共江苏省委关于开展"不忘初心、牢记使命"主题教育的实施方案》（苏发〔2019〕14号）、省委主题教育领导小组《关于开展第二批"不忘初心、牢记使命"主题教育的实施方案》（苏教组发〔2019〕20号），结合苏州实际，现就我市开展"不忘初心、牢记使命"主题教育，提出如下实施方案。

一、目标任务

开展"不忘初心、牢记使命"主题教育，要把深入学习贯彻习近平新时代中国特色社会主义思想作为根本任务，全面把握"守初心、担使命，找差距、抓落实"的总要求，坚持抓思想认识到位、抓检视问题到位、抓整改落实到位、抓组织领导到位，以彻底的自我革命精神解决违背初心和使命的各种问题，着力实现"五聚焦五自觉"目标：一是聚焦解放思想再出发，不断加深对习近平新时代中国特色社会主义思想重大意义、科学体系、丰富内涵的学习理解，着力破除与新时代要求、新发展理念不相适应的思想观念和思维定势，真正在解放思想中统一思想，自觉做到理论学习有收获。二是

—2—

2019年9月11日，苏州市委发布《关于开展"不忘初心、牢记使命"主题教育的实施方案》。

2019年9月11日，苏州市举行"不忘初心、牢记使命"主题教育动员大会。

2020年1月28日，苏州首批援鄂医疗队员到达南京机场，接过江苏省医疗救援队队旗。

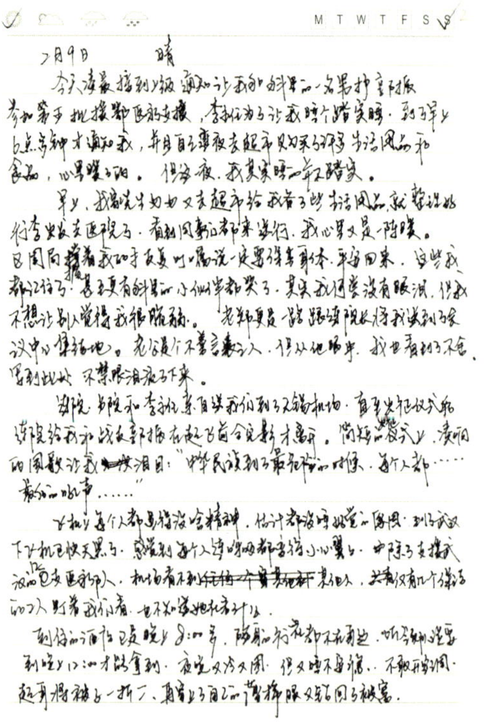

M T W T F S S

2月9日 晴

今天凌晨接到上级通知让我们科里的一名男护士阿振参加第五批援鄂医疗支援，李科任为了让我睡个踏实觉，到了早上6点多钟才通知我，并且自己连夜去超市买了许多生活用品和食品，心里暖暖的。但这一夜，我真的睡得不踏实。

早上，我老公出去超市给我备了些生活用品，就帮我把行李送去医院了。看到同事们都来送行，我心里又是一阵暖。区同志拥着我的手反复叮嘱说一定要保重身体，平安回来。这些我都记住了。甚至更有科里的小伙伴都哭了。其实我何尝没有眼泪，但我不想让别人觉得我很脆弱。老郑更是一路跟着院长将我送到了会议中心集结地。老公是个不善言表的人，但从他眼中，我也看到了不舍，写到此处不禁眼泪流了下来。

郑院、书院和李科任亲自送我们到了无锡机场，直至出征仪式结束院给我和战友郭振在起飞前合完影才离开。简短的仪式上，嘹亮的国歌让我[illegible]泪目："中华民族到了最危险的时候，每个人都……最后的吼声……"

飞机上每个人都显得没啥精神，估计都没睡好觉的缘故，到了武汉下了飞机已快天黑了，感觉到每个人连呼吸都变得小心翼翼，中途了支援武汉的医护人员，机场看不到[illegible]其他人，只有仅有几个保洁的工人时常我们看，也不知道他们在干什么。

到住的酒店已是晚上8:00多，随身的行李都不在身边，听说要到晚上12:00才能拿到，夜里又冷又困，但又睡不着，不敢开空调，起身将被子一拆二，身穿上了自己的警棉服又钻回了被窝。

2020年2月9日，苏州市高新区第一批援鄂医疗支援队队员、科技城医院护士长程静娟出发援鄂当日的日记。

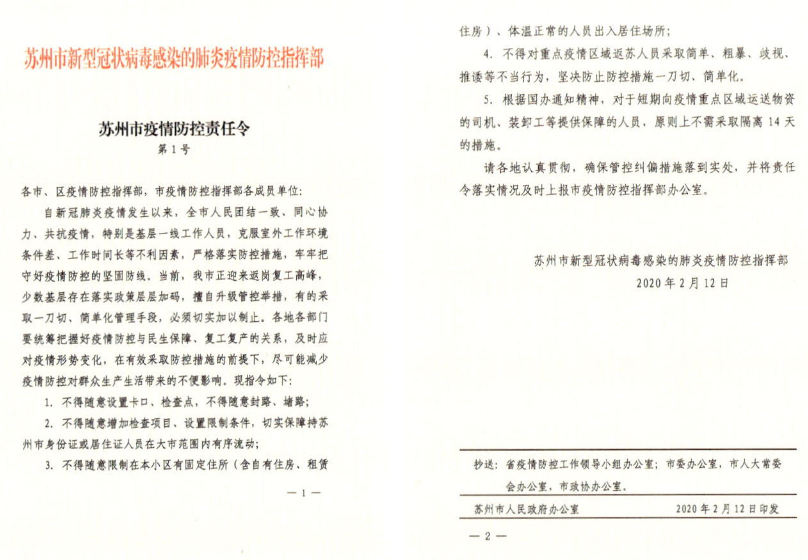

苏州市新型冠状病毒感染的肺炎疫情防控指挥部

苏州市疫情防控责任令

第 1 号

各市、区疫情防控指挥部，市疫情防控指挥部各成员单位:

自新冠肺炎疫情发生以来，全市人民团结一致、同心协力、共抗疫情，特别是基层一线工作人员，克服室外工作环境条件差、工作时间长等不利因素，严格落实防控措施，牢牢把守好疫情防控的坚固防线。当前，我市正迎来返岗复工高峰，少数基层存在落实政策层层加码，擅自升级管控举措，有的采取一刀切、简单化管理手段，必须切实加以制止。各地各部门要统筹把握好疫情防控与民生保障、复工复产的关系，及时应对疫情形势变化，在有效采取防控措施的前提下，尽可能减少疫情防控对群众生产生活带来的不便影响。现指令如下:

1. 不得随意设置卡口、检查点，不得随意封路、堵路;

2. 不得随意增加检查项目、设置限制条件，切实保障持苏州市身份证或居住证人员在大市范围内有序流动;

3. 不得随意限制在本小区有固定住所（含自有住房、租赁

— 1 —

住房）、体温正常的人员出入居住场所;

4. 不得对重点疫情区域返苏人员采取简单、粗暴、歧视、推诿等不当行为，坚决防止防控措施一刀切、简单化。

5. 根据国办通知精神，对于短期向疫情重点区域运送物资的司机、装卸工等提供保障的人员，原则上不需采取隔离 14 天的措施。

请各地认真贯彻，确保管控纠偏措施落到实处，并将责任令落实情况及时上报市疫情防控指挥部办公室。

苏州市新型冠状病毒感染的肺炎疫情防控指挥部

2020 年 2 月 12 日

抄送：省疫情防控工作领导小组办公室；市委办公室，市人大常委会办公室，市政协办公室。

苏州市人民政府办公室 2020 年 2 月 12 日印发

— 2 —

2020年2月，苏州市疫情防控责任令（第1号）。

海天网 ht5.com 参考消息 2020年5月11日 特别报道 ·11·

战疫：观察与镜鉴（64）

同饮之浪 同树之叶 同园之花

“江南情”闪耀国际友城战疫场

□本报驻南京记者 何磊静

火速支援再传美誉

“十倍回赠”见证真情

“友好医院”守望相助

来自“太仓的爱”

□本报驻南京记者 何磊静

2020年5月11日，《参考消息》刊登《“江南情”闪耀国际友城战疫场》。

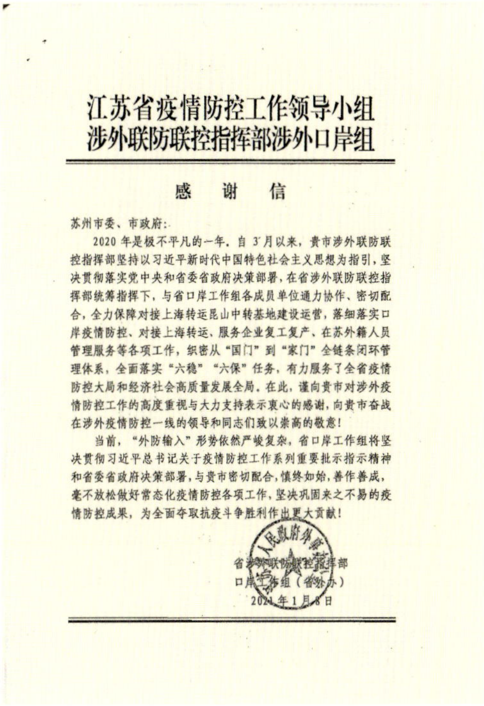
江苏省疫情防控工作领导小组
涉外联防联控指挥部涉外口岸组

感　谢　信

苏州市委、市政府：

2020年是极不平凡的一年。自3月以来，贵市涉外联防联控指挥部坚持以习近平新时代中国特色社会主义思想为指引，坚决贯彻落实党中央和省委省政府决策部署，在省涉外联防联控指挥部统筹指挥下，与省口岸工作组各成员单位通力协作、密切配合，全力保障对接上海转运昆山中转基地建设运营，落细落实口岸疫情防控、对接上海转运、服务企业复工复产、在苏外籍人员管理服务等各项工作，织密从“国门”到“家门”全链条闭环管理体系，全面落实“六稳”“六保”任务，有力服务了全省疫情防控大局和经济社会高质量发展全局。在此，谨向贵市对涉外疫情防控工作的高度重视与大力支持表示衷心的感谢，向贵市奋战在涉外疫情防控一线的领导和同志们致以崇高的敬意！

当前，“外防输入”形势依然严峻复杂，省口岸工作组将坚决贯彻习近平总书记关于疫情防控工作系列重要批示指示精神和省委省政府决策部署，与贵市密切配合，慎终如始，善作善成，毫不放松做好常态化疫情防控各项工作，坚决巩固来之不易的疫情防控成果，为全面夺取抗疫斗争胜利作出更大贡献！

省涉外联防联控指挥部
口岸工作组（省外办）
2021年1月8日

2021年1月8日，江苏省涉外联防联控指挥部致苏州市委、市政府感谢信。

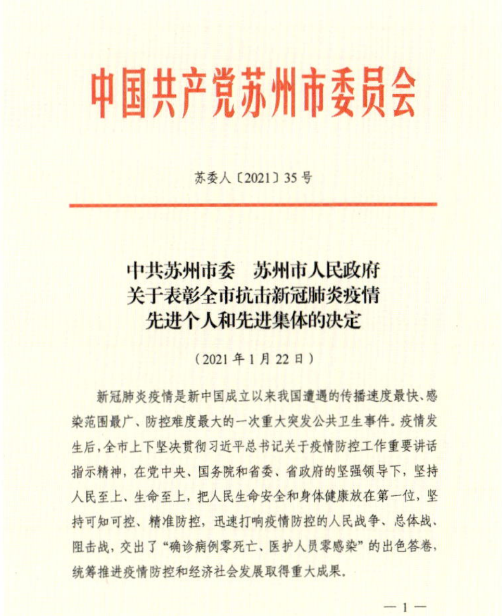
中国共产党苏州市委员会

苏委人〔2021〕35号

中共苏州市委　苏州市人民政府
关于表彰全市抗击新冠肺炎疫情
先进个人和先进集体的决定

（2021年1月22日）

新冠肺炎疫情是新中国成立以来我国遭遇的传播速度最快、感染范围最广、防控难度最大的一次重大突发公共卫生事件。疫情发生后，全市上下坚决贯彻习近平总书记关于疫情防控工作重要讲话指示精神，在党中央、国务院和省委、省政府的坚强领导下，坚持人民至上、生命至上，把人民生命安全和身体健康放在第一位，坚持可知可控、精准防控，迅速打响疫情防控的人民战争、总体战、阻击战，交出了“确诊病例零死亡、医护人员零感染”的出色答卷，统筹推进疫情防控和经济社会发展取得重大成果。

— 1 —

2021年1月22日，《中共苏州市委、苏州市人民政府关于表彰全市抗击新冠肺炎疫情先进个人和先进集体的决定》发布。

2020年，苏州帮扶贵州铜仁万山区易地搬迁小区汪家安置点第三幼儿园项目竣工。该项目投入资金206万元，项目建筑面积4258平方米，设立12个班级，可解决近2000户易地搬迁贫困户幼儿教育问题。

2020年5月17日至19日，铜仁市党政代表团到苏州考察。图为两市2020年东西部扶贫协作签约现场。

2021年2月25日，全国脱贫攻坚总结表彰大会在京召开。江苏省（苏州市）对口帮扶贵州省铜仁市工作队获先进集体。来自苏州的查颖冬、张皋、仇圣富获先进个人的荣誉称号。图为先进集体证书。

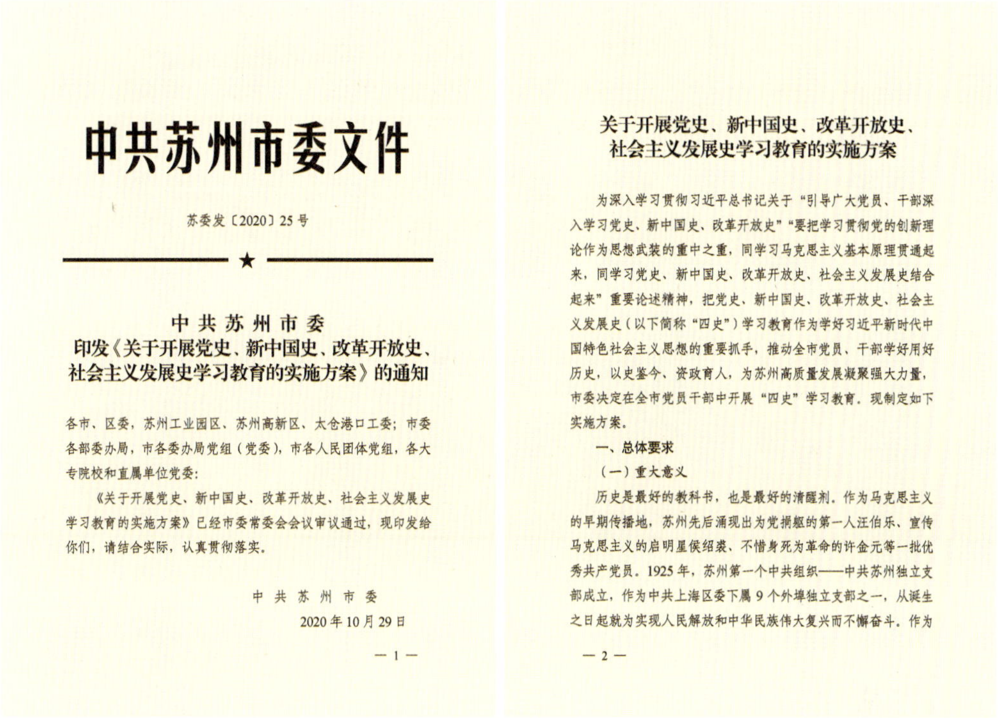

中共苏州市委文件

苏委发〔2020〕25 号

★

中共苏州市委
印发《关于开展党史、新中国史、改革开放史、社会主义发展史学习教育的实施方案》的通知

各市、区委，苏州工业园区、苏州高新区、太仓港口工委；市委各部委办局，市各委办局党组（党委），市各人民团体党组，各大专院校和直属单位党委：

《关于开展党史、新中国史、改革开放史、社会主义发展史学习教育的实施方案》已经市委常委会会议审议通过，现印发给你们，请结合实际，认真贯彻落实。

中共苏州市委

2020 年 10 月 29 日

— 1 —

关于开展党史、新中国史、改革开放史、社会主义发展史学习教育的实施方案

为深入学习贯彻习近平总书记关于“引导广大党员、干部深入学习党史、新中国史、改革开放史”“要把学习贯彻党的创新理论作为思想武装的重中之重，同学习马克思主义基本原理贯通起来，同学习党史、新中国史、改革开放史、社会主义发展史结合起来”重要论述精神，把党史、新中国史、改革开放史、社会主义发展史（以下简称“四史”）学习教育作为学好习近平新时代中国特色社会主义思想的重要抓手，推动全市党员、干部学好用好历史，以史鉴今、资政育人，为苏州高质量发展凝聚强大力量，市委决定在全市党员干部中开展“四史”学习教育。现制定如下实施方案。

一、总体要求

（一）重大意义

历史是最好的教科书，也是最好的清醒剂。作为马克思主义的早期传播地，苏州先后涌现出为党捐躯的第一人汪伯乐、宣传马克思主义的启明星侯绍裘、不惜身死为革命的许金元等一批优秀共产党员。1925 年，苏州第一个中共组织——中共苏州独立支部成立，作为中共上海区委下属 9 个外埠独立支部之一，从诞生之日起就为实现人民解放和中华民族伟大复兴而不懈奋斗。作为

— 2 —

2020年10月29日，苏州市委发布《关于开展党史、新中国史、改革开放史、社会主义发展史学习教育的实施方案》。

2021年6月5日，全面建成小康社会理论研讨会在苏州举行。

2021年6月11日，苏州236名军休干部和退役军人事务工作者获颁“光荣在党50年”纪念章。

“光荣在党50年”勋章。

崔根良时代楷模荣誉证书。

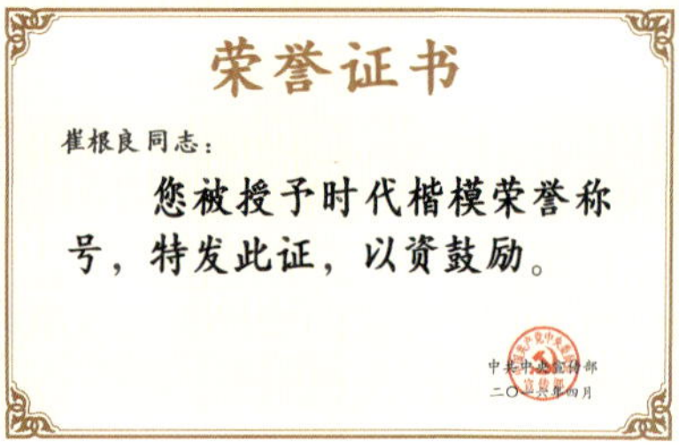

荣誉证书

崔根良同志：

您被授予时代楷模荣誉称号，特发此证，以资鼓励。

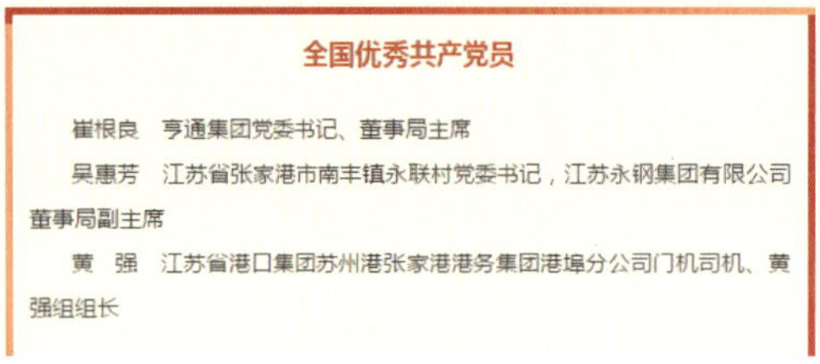

全国优秀共产党员

崔根良　亨通集团党委书记、董事局主席

吴惠芳　江苏省张家港市南丰镇永联村党委书记，江苏永钢集团有限公司董事局副主席

黄　强　江苏省港口集团苏州港张家港港务集团港埠分公司门机司机、黄强组组长

2021年6月24日，全国“两优一先”表彰大会召开。来自苏州的崔根良、吴惠芳、黄强获选全国优秀共产党员。

2021年6月29日，全国时代楷模、全国“两优一先”表彰对象崔根良见证“七一勋章”颁授仪式。

经济建设

经济发展是一切的基础。苏州市委、市政府紧紧围绕“五位一体”总体布局和“四个全面”战略布局，主动适应经济发展新常态，自觉践行新发展理念，“十三五”期间实现经济总量两万亿的突破。城乡发展一体化综合改革持续深化，城乡居民人均可支配收入逐年增加；基础设施建设进一步加强，古城保护与铁路、轨交、隧道等市政工程同步推进；自贸区与经济技术开发区建设成绩斐然，改革开放取得更新成果。苏州市经济社会发展迈上了新台阶、实现了新跨越，高水平全面建成小康社会。

2006年6月8日，为了适应苏州经济的发展，苏州市政府启动苏州火车站地区综合改造工程，总投资120亿元。2013年2月，苏州站南广场投入使用。

2013年10月16日，上海轨道交通11号线昆山花桥延伸段载客运营，是中国第一条跨省区的地铁线路。

2013年，太仓港全面实现海港化，20万吨级超大型船舶已常态化进出太仓港。

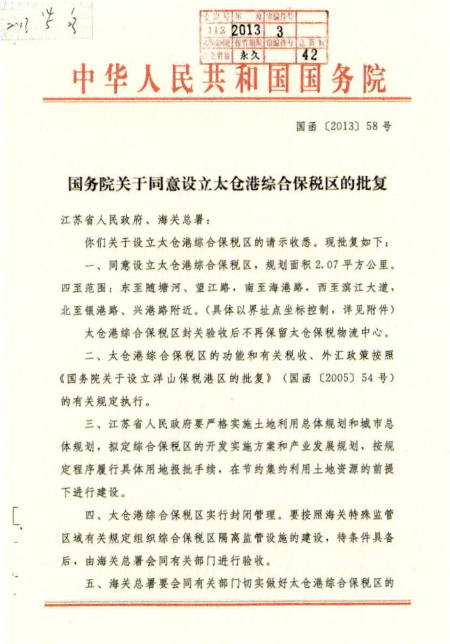

中华人民共和国国务院

国函〔2013〕58号

国务院关于同意设立太仓港综合保税区的批复

江苏省人民政府、海关总署：

你们关于设立太仓港综合保税区的请示收悉。现批复如下：

一、同意设立太仓港综合保税区，规划面积2.07平方公里。四至范围：东至随塘河、望江路，南至海港路，西至滨江大道，北至银港路、兴港路附近。（具体以界址点坐标控制，详见附件）

太仓港综合保税区封关验收后不再保留太仓保税物流中心。

二、太仓港综合保税区的功能和有关税收、外汇政策按照《国务院关于设立洋山保税港区的批复》（国函〔2005〕54号）的有关规定执行。

三、江苏省人民政府要严格实施土地利用总体规划和城市总体规划，拟定综合保税区的开发实施方案和产业发展规划，按规定程序履行具体用地报批手续，在节约集约利用土地资源的前提下进行建设。

四、太仓港综合保税区实行封闭管理。要按照海关特殊监管区域有关规定组织综合保税区隔离监管设施的建设，待条件具备后，由海关总署会同有关部门进行验收。

五、海关总署要会同有关部门切实做好太仓港综合保税区的

2013年5月，《国务院关于同意设立太仓港综合保税区的批复》发布。

2013年12月28日，高铁苏州北站投入使用。

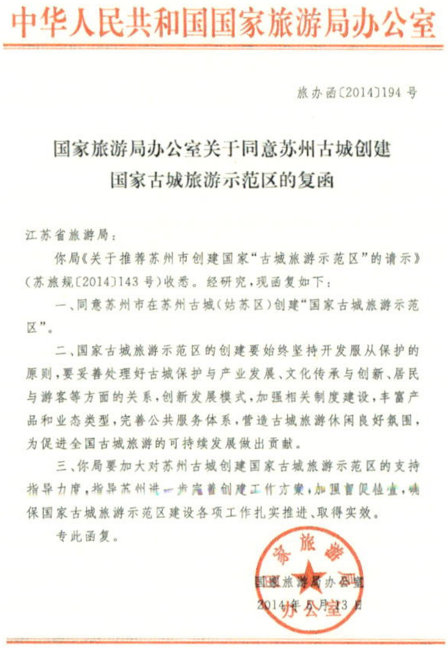

中华人民共和国国家旅游局办公室

旅办函〔2014〕194号

国家旅游局办公室关于同意苏州古城创建
国家古城旅游示范区的复函

江苏省旅游局：

你局《关于推荐苏州市创建国家“古城旅游示范区”的请示》（苏旅规〔2014〕143号）收悉。经研究，现函复如下：

一、同意苏州市在苏州古城（姑苏区）创建“国家古城旅游示范区”。

二、国家古城旅游示范区的创建要始终坚持开发服从保护的原则，要妥善处理好古城保护与产业发展、文化传承与创新、居民与游客等方面的关系，创新发展模式，加强相关制度建设，丰富产品和业态类型，完善公共服务体系，营造古城旅游休闲良好氛围，为促进全国古城旅游的可持续发展做出贡献。

三、你局要加大对苏州古城创建国家古城旅游示范区的支持指导力度，指导苏州进一步完善创建工作方案，加强督促检查，确保国家古城旅游示范区建设各项工作扎实推进、取得实效。

专此函复。

国家旅游局办公室
2014年5月13日

2014年5月，《国家旅游局办公室关于同意苏州古城创建国家古城旅游示范区的复函》发布。

桃花坞历史文化片区综合整治保护利用工程之唐寅文化区唐寅祠。

2014年11月，苏州状元博物馆开放。

2015年，过云楼陈列馆开放。

2014年10月16日，2014首届电商CTO高峰论坛在苏州相城区举行。

2015年10月22日，国家级相城经济技术开发区正式挂牌。

2014年10月26日，苏州市高新区有轨电车1号线通车试运营。

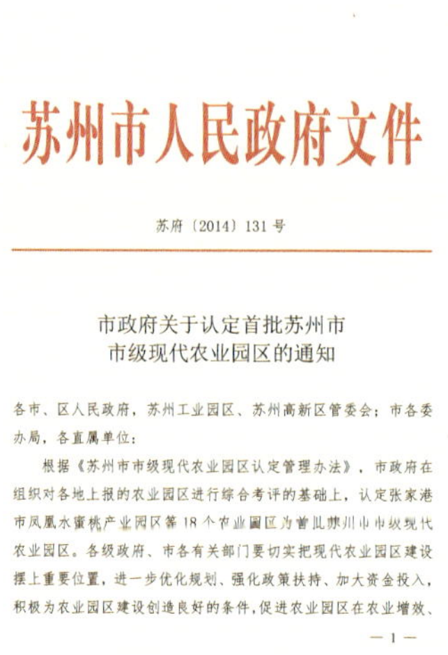

苏州市人民政府文件

苏府〔2014〕131号

市政府关于认定首批苏州市
市级现代农业园区的通知

各市、区人民政府，苏州工业园区、苏州高新区管委会；市各委办局，各直属单位：

根据《苏州市市级现代农业园区认定管理办法》，市政府在组织对各地上报的农业园区进行综合考评的基础上，认定张家港市凤凰水蜜桃产业园区等18个农业园区为首批苏州市市级现代农业园区。各级政府、市各有关部门要切实把现代农业园区建设摆上重要位置，进一步优化规划、强化政策扶持、加大资金投入，积极为农业园区建设创造良好的条件，促进农业园区在农业增效、

— 1 —

2014年9月4日，《市政府关于认定首批苏州市市级现代农业园区的通知》发布。

常熟市古里镇现代水稻产业园区。

高新区通安现代农业园。

2013年1月18日，世界最大纳米技术应用产业综合社区——苏州纳米城开园。

2017年7月3日，全国通关一体化南京关区首张报关单在张家港海关申报成功。

2016年，昆山高新技术产业开发区国家火炬机器人特色产业基地。

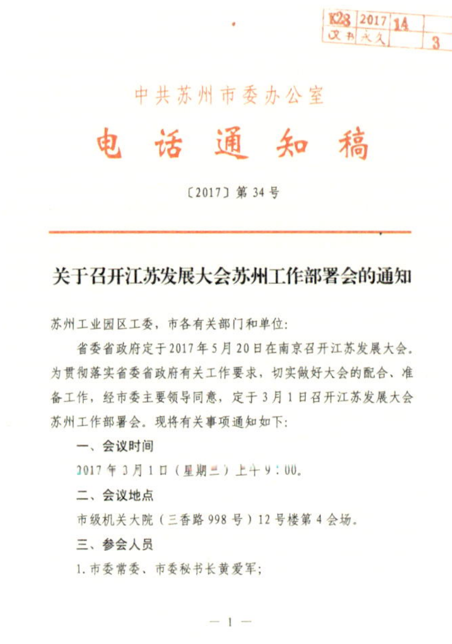

K28 2017 14
文书 永久 3

中共苏州市委办公室

电话通知稿

〔2017〕第34号

关于召开江苏发展大会苏州工作部署会的通知

苏州工业园区工委，市各有关部门和单位：

省委省政府定于2017年5月20日在南京召开江苏发展大会。为贯彻落实省委省政府有关工作要求，切实做好大会的配合、准备工作，经市委主要领导同意，定于3月1日召开江苏发展大会苏州工作部署会。现将有关事项通知如下：

一、会议时间

2017年3月1日（星期三）上午9：00。

二、会议地点

市级机关大院（三香路998号）12号楼第4会场。

三、参会人员

1. 市委常委、市委秘书长黄爱军；

— 1 —

2017年5月20日，江苏发展大会在南京召开。图为2月28日，苏州市委办公室发布《关于召开江苏发展大会苏州工作部署会的通知》。

江苏发展大会嘉宾在苏州了解人工智能等科技创新成果。

2017年11月11日，苏州中心落成并启用。

2020年8月26日，苏州最大立交桥——尹山湖立交试通车。

2020年6月，江苏第一高楼——苏州国金中心正式竣工验收。

2020年7月1日，中国自主设计建造、世界首座主跨超千米的公铁两用钢桁梁斜拉桥——沪苏通长江公铁大桥与沪苏通铁路同步开通运行。

2019年8月26日，国务院印发的《中国（江苏）自由贸易试验区总体方案》公布，明确自贸区的实施范围119.97平方千米，苏州片区60.15平方千米。图为苏州片区分布图。

2019年9月1日，中国（江苏）自贸试验区苏州片区挂牌仪式暨建设动员大会召开。

中国（江苏）自由贸易试验区苏州片区标识。

2020年5月12日，中欧班列—苏州自贸区专列首发。

2020年1月3日，苏州开放再出发大会召开，会上发布“苏州开放创新合作热力图”。

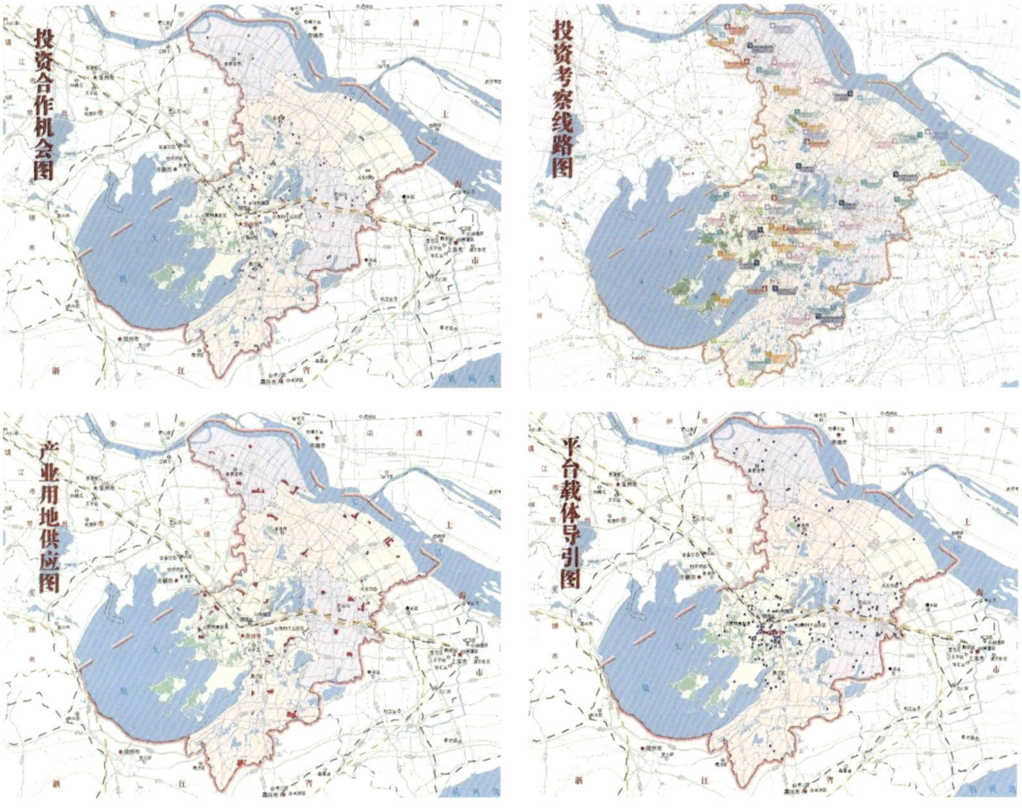

苏州开放创新合作热力图。

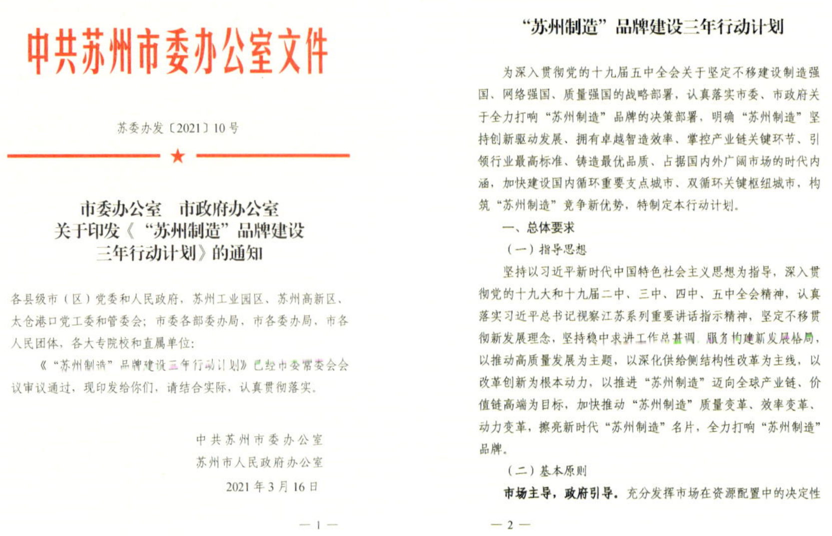

中共苏州市委办公室文件

苏委办发〔2021〕10号

市委办公室　市政府办公室
关于印发《“苏州制造”品牌建设三年行动计划》的通知

各县级市（区）党委和人民政府，苏州工业园区、苏州高新区、太仓港口党工委和管委会；市委各部委办局，市各委办局，市各人民团体，各大专院校和直属单位：

《“苏州制造”品牌建设三年行动计划》已经市委常委会会议审议通过，现印发给你们，请结合实际，认真贯彻落实。

中共苏州市委办公室
苏州市人民政府办公室
2021年3月16日

— 1 —

“苏州制造”品牌建设三年行动计划

为深入贯彻党的十九届五中全会关于坚定不移建设制造强国、网络强国、质量强国的战略部署，认真落实市委、市政府关于全力打响“苏州制造”品牌的决策部署，明确“苏州制造”坚持创新驱动发展、拥有卓越智造效率、掌控产业链关键环节、引领行业最高标准、铸造最优品质、占据国内外广阔市场的时代内涵，加快建设国内循环重要支点城市、双循环关键枢纽城市，构筑“苏州制造”竞争新优势，特制定本行动计划。

一、总体要求

（一）指导思想

坚持以习近平新时代中国特色社会主义思想为指导，深入贯彻党的十九大和十九届二中、三中、四中、五中全会精神，认真落实习近平总书记视察江苏系列重要讲话指示精神，坚定不移贯彻新发展理念，坚持稳中求进工作总基调，服务构建新发展格局，以推动高质量发展为主题，以深化供给侧结构性改革为主线，以改革创新为根本动力，以推进“苏州制造”迈向全球产业链、价值链高端为目标，加快推动“苏州制造”质量变革、效率变革、动力变革，擦亮新时代“苏州制造”名片，全力打响“苏州制造”品牌。

（二）基本原则

市场主导，政府引导。充分发挥市场在资源配置中的决定性

— 2 —

2021年3月16日，《“苏州制造”品牌建设三年行动计划》发布。

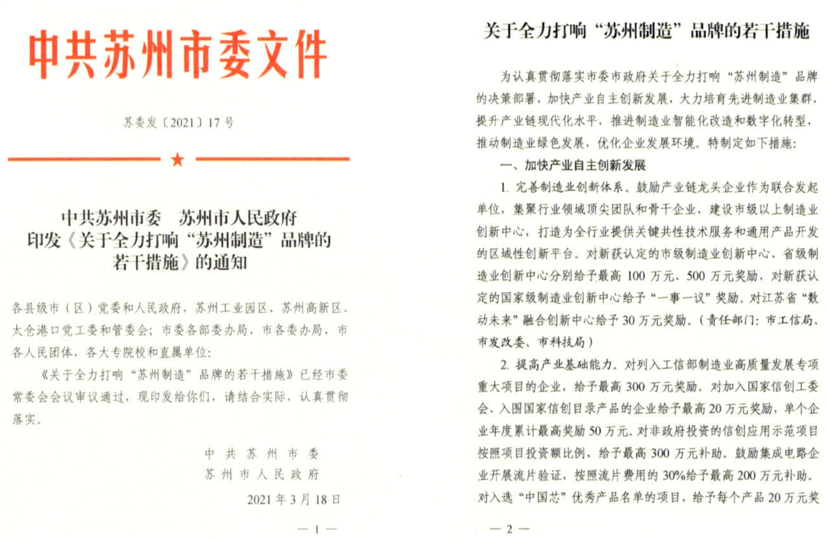

中共苏州市委文件

苏委发〔2021〕17号

中共苏州市委　苏州市人民政府
印发《关于全力打响“苏州制造”品牌的若干措施》的通知

各县级市（区）党委和人民政府，苏州工业园区、苏州高新区、太仓港口党工委和管委会；市委各部委办局，市各委办局，市各人民团体，各大专院校和直属单位：

《关于全力打响“苏州制造”品牌的若干措施》已经市委常委会会议审议通过，现印发给你们，请结合实际，认真贯彻落实。

中共苏州市委
苏州市人民政府
2021年3月18日

— 1 —

关于全力打响“苏州制造”品牌的若干措施

为认真贯彻落实市委市政府关于全力打响“苏州制造”品牌的决策部署，加快产业自主创新发展，大力培育先进制造业集群，提升产业链现代化水平，推进制造业智能化改造和数字化转型，推动制造业绿色发展，优化企业发展环境。特制定如下措施：

一、加快产业自主创新发展

1. 完善制造业创新体系。鼓励产业链龙头企业作为联合发起单位，集聚行业领域顶尖团队和骨干企业，建设市级以上制造业创新中心，打造为全行业提供关键共性技术服务和通用产品开发的区域性创新平台。对新获认定的市级制造业创新中心、省级制造业创新中心分别给予最高100万元、500万元奖励，对新获认定的国家级制造业创新中心给予“一事一议”奖励。对江苏省“数动未来”融合创新中心给予30万元奖励。（责任部门：市工信局、市发改委、市科技局）

2. 提高产业基础能力。对列入工信部制造业高质量发展专项重大项目的企业，给予最高300万元奖励。对加入国家信创工委会、入围国家信创目录产品的企业给予最高20万元奖励，单个企业年度累计最高奖励50万元。对非政府投资的信创应用示范项目按照项目投资额比例，给予最高300万元补助。鼓励集成电路企业开展流片验证，按照流片费用的30%给予最高200万元补助。对入选“中国芯”优秀产品名单的项目，给予每个产品20万元奖

— 2 —

2021年3月18日，《关于全力打响“苏州制造”品牌的若干措施》发布。

文化建设

文化是经济社会发展的重要支撑。苏州持续加大科学研究与试验发展投入，与高校、科研机构展开深入合作，全面提高创新能力；完善基础教育评价体系，提高师资队伍水平，促进各阶段、各类型教育优质均衡发展；文体公共服务日趋完善，文化事业与文化产业共同发展，文化影响力不断提升；扩大优质医疗资源供给，深入开展医疗保障制度改革，医疗服务向更高水平迈进。

2012年11月，由国家级非遗传人姚建萍主创的苏绣《春早江南》献礼党的十八大，在人民大会堂永久展示。

2014年1月10日，著名物理学家、中国核试验科学家程开甲院士荣获2013年度国家最高科学技术奖，成为获此荣誉的首位苏州人。

2014年5月3日，2014年国际田联竞走世界杯在太仓举行。图为开幕式运动队入场。

2014年6月5日，世界语言大会在苏州举行，发布《世界语言大会苏州共识》。

2014年6月22日，第28届世界遗产大会宣布中国大运河项目成功入选世界文化遗产名录。苏州成为运河沿线35个地级市中唯一以古城概念进行“申遗”的城市。

大运河苏州段遗产点分布图。

2014年10月20日，《中国科学院—苏州市人民政府深化院市合作备忘录》签约现场。

住房城乡建设部　国家文物局关于公布第一批中国历史文化街区的通知

各省、自治区住房城乡建设厅、文物局（文化厅），直辖市规划局（规划委）、文物局：

为了更好地保护我国优秀历史文化遗存，完善历史文化遗产保护体系，进一步做好历史文化街区保护工作，按照《住房城乡建设部 国家文物局关于开展中国历史文化街区认定工作的通知》（建规[2014]28号），在各地推荐的基础上，经专家评审和主管部门审核，住房城乡建设部、国家文物局决定公布北京市皇城历史文化街区等30个街区为第一批中国历史文化街区（见附件）。

请你们督促各地做好中国历史文化街区保护工作，依法编制保护规划并严格实施，完善保护管理工作机制，及时协调解决保护工作中出现的问题。要积极改善历史文化街区基础设施和人居环境，激发街区活力，延续街区风貌，坚决杜绝违反保护规划的建设行为。

住房城乡建设部、国家文物局将对中国历史文化街区的保护工作进行指导、监督和检查，并建立动态维护机制；对由于保护管理工作不力，致使历史文化街区历史文化价值受到破坏、已经不再符合规定条件的，住房城乡建设部、国家文物局将撤销其中国历史文化街区的称号。

各地应积极组织开展省级历史文化街区认定工作，扩大保护范围，完善保护体系，加强历史文化街区保护利用工作。工作中有关情况及时报住房城乡建设部和国家文物局。

附件：第一批中国历史文化街区名单

中华人民共和国住房和城乡建设部
国家文物局
2015年4月3日

附件

第一批中国历史文化街区名单

1．北京市皇城历史文化街区
2．北京市大栅栏历史文化街区
3．北京市东四三条至八条历史文化街区
4．[illegible]
5．吉林省长春市第一汽车制造厂历史文化街区
6．黑龙江省齐齐哈尔市昂昂溪区罗西亚大街历史文化街区
7．上海市外滩历史文化街区
8．江苏省南京市梅园新村历史文化街区
9．江苏省南京市颐和路历史文化街区
10．江苏省苏州市平江历史文化街区
11．江苏省苏州市山塘街历史文化街区

2015年4月3日，《住房城乡建设部、国家文物局关于公布第一批中国历史文化街区的通知》发布，苏州平江街区、山塘街区入选。

平江路。

山塘街。

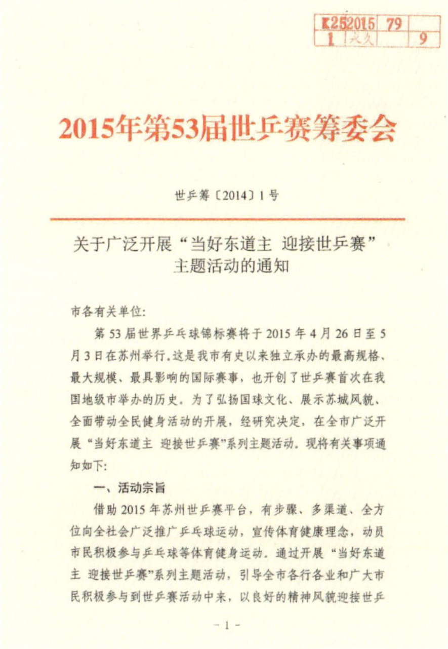

K252015 79 1 永久 9

2015年第53届世乒赛筹委会

世乒筹〔2014〕1号

关于广泛开展"当好东道主 迎接世乒赛"主题活动的通知

市各有关单位:

第53届世界乒乓球锦标赛将于2015年4月26日至5月3日在苏州举行。这是我市有史以来独立承办的最高规格、最大规模、最具影响的国际赛事，也开创了世乒赛首次在我国地级市举办的历史。为了弘扬国球文化、展示苏城风貌、全面带动全民健身活动的开展，经研究决定，在全市广泛开展"当好东道主 迎接世乒赛"系列主题活动。现将有关事项通知如下:

一、活动宗旨

借助2015年苏州世乒赛平台，有步骤、多渠道、全方位向全社会广泛推广乒乓球运动，宣传体育健康理念，动员市民积极参与乒乓球等体育健身运动。通过开展"当好东道主 迎接世乒赛"系列主题活动，引导全市各行各业和广大市民积极参与到世乒赛活动中来，以良好的精神风貌迎接世乒

- 1 -

2014年5月26日，第53届世乒赛筹委会发布《关于广泛开展"当好东道主，迎接世乒赛"主题活动的通知》。

2015年4月26日至5月3日，第53届世界乒乓球锦标赛在苏州国际博览中心举行。图为颁奖仪式。

2016年5月13日，2016年道达尔·汤姆斯杯暨尤伯杯赛在昆山开幕。

2016年8月18日，苏州运动员赵帅获得里约奥运会跆拳道男子58公斤级冠军，是中国跆拳道史上首位男子奥运冠军。

2019年12月10日，苏州第二图书馆开馆。

2

苏州市文化广电新闻出版局
苏　州　市　规　划　局

苏文基建字〔2014〕4号

关于拟请审定苏州第二图书馆建设方案的请示

市政府：

苏州第二图书馆是公共文化示范区创建的一项重要内容，也是北部苏州高铁新城第一个较大规模的公益性文化设施，市委市政府高度重视，社会各界广泛关注。7月18日，周乃翔市长第三次召开市长办公会议，专题研究第二图书馆建设事宜，并对下一步工作提出了具体指导意见。市文广新局、市规划局根据市长办公会议精神，迅速组织力量深化研究，积极推进苏州第二图书馆项目前期工作，现将具体情况汇报如下：

一、关于设计方案的评审情况

苏州第二图书馆建设，方案设计是非常重要的前提。为了遴选高水准的设计方案，本次采取了国际招投标方式进行，通过层层遴选，确定了三套候选方案，分别由澳大利亚JPW设计公司和苏州工业园区设计研究院股份有限公司、德国GMP国际建筑设计有限公司和东南大学建筑设计院有限公司、浙江大学建筑设计研

2014年9月18日，苏州市文广新局、规划局《关于拟请审定苏州第二图书馆建设方案的请示》。

人民日报

便捷的借阅方式、智能的立体书库、多样的阅读场景，苏州第二图书馆——

一个来了还想再来的图书馆

本报记者　王伟健

轻轻挥一挥手，3D古书就能自动翻页；手机扫一扫码，就迅速"抓取"名著典籍；在机器人"小云"的帮助下刷一刷脸，读者就能在几秒内完成借阅的全部程序……江苏苏州第二图书馆开馆才一个多月，就成了热门打卡地，最高日接待读者量达4.2万人次。体验过的读者感叹：没想到图书馆还能长这样。

核心阅读

投入使用不久的苏州第二图书馆引入大型智能化立体书库系统，在自动化存取系统、流通分拣等技术帮助下，读者可扫脸、扫码，自助完成办证、找书、借还；同时还改变传统书架式藏书占地多、流通率低的状况，激活了海量藏书资源。

未来，围绕图书馆将延伸出公共文化服务综合体，不仅成为阅读爱好者的好去处，也成为文旅融合的新地标。

借书

自动高效，从"人找书"到"书等人"

中午12点，刚吃过午饭的吕松年老人就和老伴一起来到苏州第二图书馆。退休10多年里，他最大的爱好就是阅读文史类书籍。新图书馆开放后，他每周都要来次这里。"以前，有时候花一整个上午都找不到想要的书，但在新馆，十几分钟就能借到了。"吕松年说。

走进大厅，读者只要在电子屏幕上动动手指，扫二维码发出借阅需求，就直接到共享书库等待取书，整个流程只需要15到20分钟。

图书馆后台，智能化分拣系统正在有条不紊地工作着，升降机高速运转、机器人挥动着手臂……全程都由电脑系统控制。苏州图书馆副馆长汪健满说，系统的设计灵感源自近年来飞速发展的智能物流分拣系统，但其开发难度要大得多，因为物流分拣是开放式的，而图书馆分拣系统是一个闭环，不仅要精确抓取书本，还要精确地将书本送回原位置。

"来，跟我们的小机器人'对视'几秒钟，拍个正面照片，以后来借书，只要刷脸就行。"在成人借阅中心，工作人员引导读者体验智能化借阅系统。

据介绍，图书馆配备的大型智能化立体书库，包含自动化存取系统、典藏管理、出入库管理、流通分拣、订单拣选、文献传递功能、系统管理以及与业务管理系统、网上借阅系统和数字图书馆管理系统对接等功能。苏州图书馆副馆长许晓霞坦言，过去，读者来到图书馆后，面对海量藏书，往往无从下手。但智能化书库变"人找书"为"书等人"，这种创新的借阅模式不仅让读者更方便，也使得图书流通更有效。

"目前，苏州第二图书馆藏书200多万册，但几乎没有长期无人问津的书，这在过去想都不敢想。"许晓霞说。

藏书

智能分拣，只占用过去所需空间的1/10

苏州书香氛围浓厚，城市阅读指数也排名靠前。许晓霞介绍道，2018年苏州图书馆接待读者1227.7万人次，借出图书509.5万册。根据苏州市的规划，今年，全市公共图书馆人均藏书量要达到1.8册。

然而，近年来随着大量新书的购置，苏州图书馆一直处于"严重超载"状态。传统书架占地面积大，管理费时费力、人工成本高；藏书场地有限，以前有多达180多万册书籍被打包暂存起来，成了没法流通的馆藏，甚至占到馆藏书总量的近1/3，这曾难题困扰了苏州图书馆多年。

图书馆的超负荷运作，也给读者带来了很多麻烦。家住吴中区的林先生常常利用周末到苏州图书馆的阅览室读书，他最喜欢看自然科学杂志，"展示架上摆放的大都是新添置的书籍，有时候想找几本前几年的杂志看看，却常常被告知已经下架。"林先生说。

为了让海量书籍更便捷地借阅流通，从2013年起，苏州开始筹建第二图书馆。

苏州图书馆文献典藏部主任胡冰坦言，要建设一座全新的智能化图书馆难度不小，没有现成的经验可以借鉴，只能边干边摸索。

从建筑设计规划和建设，到智能化系统的开发与使用，前后历时共7年。到2019年12月10日，第二图书馆正式对外开放，这座新型图书馆终于揭开面纱。

走进图书馆的后台书库，一排排高达14.7米的书架映入眼帘。高处的书本怎么取下来？"别担心，不需要人工操作，书本出架和入架全由机械操控。"胡冰笑道。说话间，机械摇臂已将一本本书"抓"入周转箱中，由高速运转的升降机送到地面，再通过传送带进入下一个分拣环节。

胡冰说，借助智能化分拣系统，虽然仅有4个书库，占地面积才3000平方米，存储能力却高达700万册。与传统的书架式藏书模式相比，只需要占用1/10的空间，建设、维护成本也远低于过去。

读书

可听可视，丰富阅读的方式与体验

系上安全带，戴上VR眼镜，时而置身于月球表面，浩瀚宇宙尽收眼底，时而俯瞰神秘海底，巨大的鲸鱼擦身而过……位于图书馆南区5楼的数字体验馆，每天都挤满了人。

工作人员说，图书馆突破传统图书的静态阅读方式，运用虚拟现实技术，将天文、地理、人文、旅游等方面知识进行三维立体展示，让读者获得身临其境的体验感，延伸知识的宽度和深度。

"这并不是一座传统意义上的图书馆。"许晓霞说，这里不仅是高效的图书借阅场所，更是市民进行学习、交流、休闲的综合场所。

来到音乐图书馆，一条绚丽的音画幻影时光隧道格外引人注目。专业的音响设备、极致的空间与声效，360度全息投影技术营造出全新视听体验，让音乐爱好者沉浸其中。

每次来图书馆，吕松年和老伴都要来音乐馆坐坐，每次都待半小时以上。"读书累了，听听音乐，特别惬意。"在工作人员的帮助下，吕松年很快就学会了使用设备，在电子屏幕上点一点，就能听到他最喜欢的《枫桥夜泊》《古寺寻根》等音乐作品，科技感十足的屏幕上还会展示名家名作的详细资料，介绍音乐知识。

为了拓展公共图书馆的功用，苏州第二图书馆为读者打造了各类空间：应用多媒体、3D等技术打造的少儿馆，围绕文化创意、设计研发、苏州非遗等元素打造的设计馆，让人有置身于有着山石花木、亭廊轩榭之感的苏州文学馆……在图书馆的北侧，一个占地面积9万平方米的绿色生态"书香公园"也已建成，与图书馆主馆相辅相成，为市民提供了一个室外阅读休闲空间。

"未来，我们将围绕图书馆，打造一个公共文化服务综合体，通过文旅融合，让图书馆不仅成为阅读爱好者的好去处，也成为苏州城市旅游的新地标。"许晓霞说。

图片自上至下为：
夜晚的苏州第二图书馆。　资料图片
小读者与馆内的机器人交流。
　　　　　　　　顾明摄（人民视觉）
智能书库高速缘拣机。　资料图片

2020年1月7日《人民日报》刊登《便捷的借阅方式、智能的立体书库、多样的阅读场景，苏州第二图书馆——一个来了还想再来的图书馆》。

2015年11月，中国大陆第一家诚品书店在苏州开业。

2016年6月，苏州市档案馆新馆开馆。

2016年7月10日，联合国秘书长潘基文（左五）参观苏州昆剧院。

2017年1月4日，首届中国历代“中国红”色彩展览在苏州丝绸博物馆开展。

2017年4月，相城区北桥街道获全国首个“中国民间戏曲文化之乡”称号。

2017年5月21日，诺贝尔物理学奖得主迈克尔·科斯特利茨授聘暨苏州大学高等研究院揭牌仪式举行。

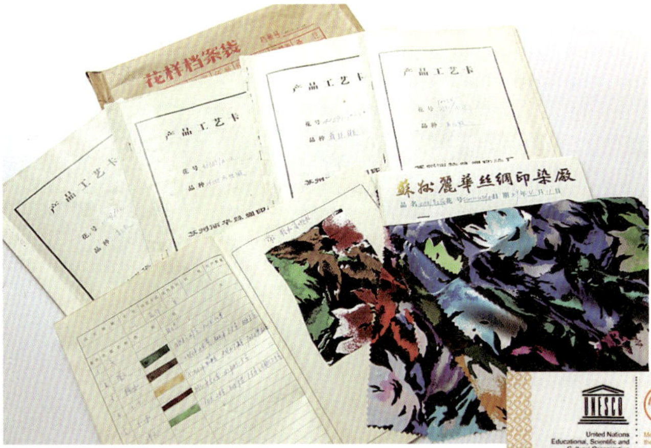

2017年9月30日，“近现代中国苏州丝绸档案”入选联合国教科文组织《世界记忆名录》。图为证书与丝绸产品工艺单及样本。

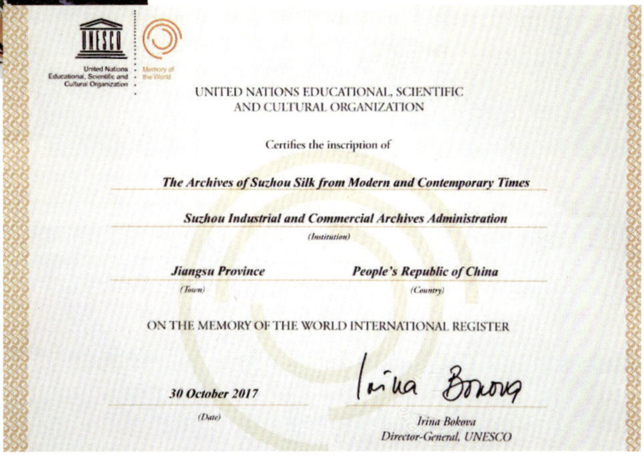

2018年10月30日，世界遗产城市组织第三届亚太区大会在苏州市召开。苏州被授予首个世界遗产典范城市。

2018年9月1日，苏州奥林匹克体育中心正式开放。

2018年10月26日，首届戏曲百戏（昆山）盛典开幕式。

2019年，中国（张家港）长江文化艺术节开幕式。

2019年1月14日，苏州民族管弦乐团在国家大剧院演出。

2019年6月2日，苏剧《国鼎魂》获文华大奖。

2019年6月27日，《苏州通史》首发。

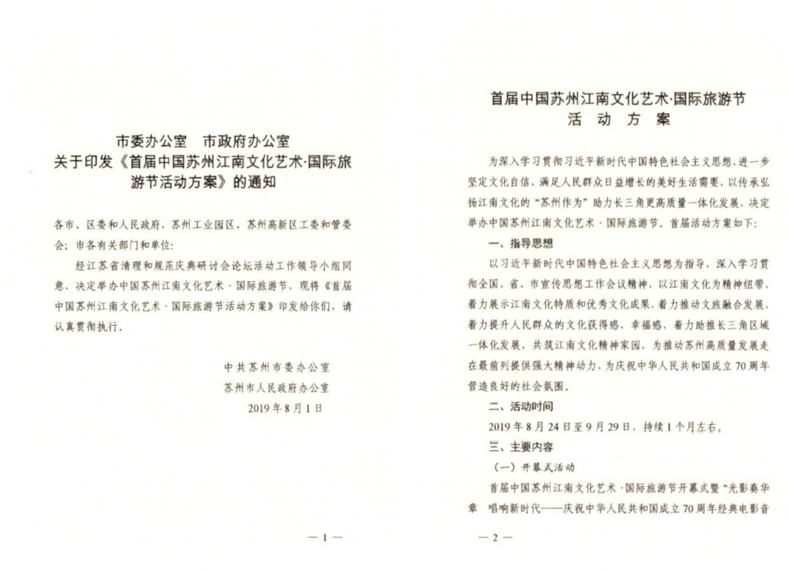

市委办公室　市政府办公室
关于印发《首届中国苏州江南文化艺术·国际旅游节活动方案》的通知

各市、区委和人民政府，苏州工业园区、苏州高新区工委和管委会；市各有关部门和单位：

经江苏省清理和规范庆典研讨会论坛活动工作领导小组同意，决定举办中国苏州江南文化艺术·国际旅游节，现将《首届中国苏州江南文化艺术·国际旅游节活动方案》印发给你们，请认真贯彻执行。

中共苏州市委办公室
苏州市人民政府办公室
2019年8月1日

— 1 —

首届中国苏州江南文化艺术·国际旅游节
活　动　方　案

为深入学习贯彻习近平新时代中国特色社会主义思想，进一步坚定文化自信，满足人民群众日益增长的美好生活需要，以传承弘扬江南文化的“苏州作为”助力长三角更高质量一体化发展，决定举办中国苏州江南文化艺术·国际旅游节，首届活动方案如下：

一、指导思想

以习近平新时代中国特色社会主义思想为指导，深入学习贯彻全国、省、市宣传思想工作会议精神，以江南文化为精神纽带，着力展示江南文化特质和优秀文化成果，着力推动文旅融合发展，着力提升人民群众的文化获得感、幸福感，着力助推长三角区域一体化发展，共筑江南文化精神家园，为推动苏州高质量发展走在最前列提供强大精神动力，为庆祝中华人民共和国成立70周年营造良好的社会氛围。

二、活动时间

2019年8月24日至9月29日，持续1个月左右。

三、主要内容

（一）开幕式活动

首届中国苏州江南文化艺术·国际旅游节开幕式暨“光影奏华章　唱响新时代——庆祝中华人民共和国成立70周年经典电影音

— 2 —

2019年8月1日，《首届中国苏州江南文化艺术·国际旅游节活动方案》发布。

2019年8月24日，首届中国苏州江南文化艺术·国际旅游节开幕式演出暨“光影奏华章，唱响新时代”——庆祝中华人民共和国成立70周年中国电影百年经典电影音乐会。

2019年9月28日，首届中国苏州江南文化艺术·国际旅游节系列活动。

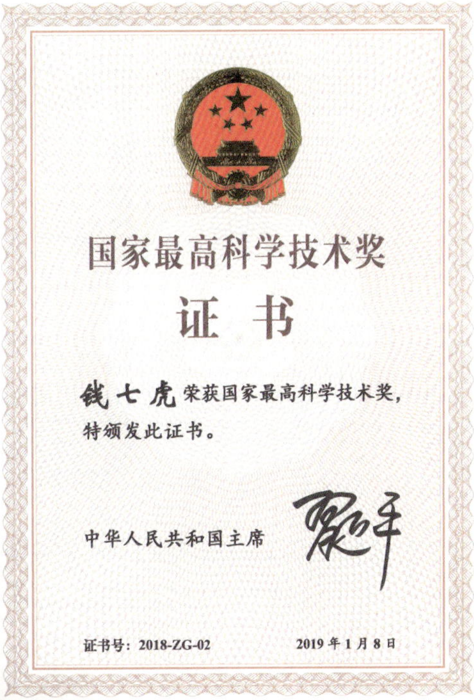

国家最高科学技术奖

证书

钱七虎 荣获国家最高科学技术奖，
特颁发此证书。

中华人民共和国主席

证书号：2018-ZG-02　　2019 年 1 月 8 日

2019年1月8日，中国工程院院士钱七虎获颁2018年度国家最高科学技术奖。

2020年1月3日，苏州市在开放再出发大会上明确提出设立“苏州科学家日”。图为7月10日，在首届苏州科学家日活动上，中国工程院院士钱七虎、中国工程院院士阮长耿获颁首届“苏州科学家勋章”。

2019年5月23日，江南如画——中国油画作品展在苏州美术馆开展。

2019年12月16日，传承、发展、融合、创新——苏州博物馆建馆六十周年图片展开展。

2021年6月10日，上海、江苏、浙江、安徽三省一市档案部门首次跨区域联合举办的“建党百年，初心如磐——长三角红色档案珍品展”在苏州市档案馆正式开展。

2021年1月12日，苏州市文化产业高质量发展大会召开。《关于实施文化产业倍增计划的意见》《“江南文化”品牌塑造三年行动计划》《苏州“运河十景”建设工作方案》发布。

苏州启动建设“运河十景”

本报南京1月13日电 （记者**王伟健**）记者从江苏苏州市文化产业高质量发展大会上获悉：苏州“运河十景”建设正式启动。根据《苏州“运河十景”建设工作方案》，苏州将推进建设一批“运河十景”主体工程项目、配套工程项目，并明确了建设目标、区域范围、时序进度和责任单位。

据悉，苏州“运河十景”包括吴门望亭、浒墅关、枫桥夜泊等十大运河文化地标。为推进大运河景观文化带建设，整治提升运河沿线风貌，在综合考虑运河沿线遗产保护、防洪防汛等工作要求的基础上，《方案》明确，将进一步做好运河两岸风貌提升、大运河堤防加固、运河沿线步道贯通、京杭运河绿色现代航运综合整治、大运河流域水环境整治提升、河道清淤净化等工程。

2021年1月14日，《人民日报》刊登《苏州启动建设“运河十景”》。

“运河十景”之枫桥夜泊。

2021年7月7日，第十一届江苏书展在苏州国际博览中心开幕。

2021年7月9日，苏州市政府与清华大学签署深化战略合作协议，未来5年将围绕共建清华—苏州创新联合体、实施创新引领行动等方面展开全面深入合作。

社会建设

改善民生是社会发展之本。苏州坚持民生优先，加大民生投入，全面完成实事项目；优化发展环境，建设劳动者就业创业首选城市；有序推进基本医疗保险和生育保险市级统筹，大病保险待遇逐步提升；发挥红十字会、慈善总会等组织作用，助力实现更高水平小康社会；践行共享发展理念，人民群众获得感日益增强。

2013年9月26日，“大爱髓缘——中外骨髓捐受者相见欢”活动举行。

2014年8月，苏州食行生鲜电子商务有限公司成立。

2014年4月4日，苏州市首张单独两孩准生证签发。

2014年，苏州中学110周年校庆。

2014年10月30日，苏州城区首个公租房小区——福运公寓首批家庭入住。

2015年，送上市民餐桌的年货食品正在接受层层把关。

2015年9月17日，苏州市大学生应急救护培训基地在苏州市职业大学成立。

2015年9月22日，世界无车日万人骑行活动举行。

2017年5月7日，“轧神仙”庙会活动在石路举行。

2017年11月9日，首届新农民创博会在苏州举行。

2018年，市民与5G机器人互动。

2019年5月9日，全球人工智能产品应用博览会在苏州国际博览中心举行。

2017年，"家在苏州·e路成长"未成年人社会实践暨"七彩的夏日"暑期系列活动启动仪式。

2017年8月，姑苏区金阊街道西街社区举办"垃圾分类，共创文明"主题宣传活动。

2019年，平直实验小学校师生在姑苏区梅花垃圾转运站创作垃圾分类宣传画。

2017年7月10日至12日，2017苏州国际精英创业周举行。

2018年2月23日，苏州银行向市慈善总会捐赠1000万元。

2019年度苏州市高等院校无偿献血学生组织表彰会。

2019年12月17日，改造更名后的双塔市集正式开门迎客。

2019年，苏州农村商业银行智慧菜场落地平望农贸市场。

新华日报 SZ08版 苏州观察 聚焦两会

2020年1月11日 星期六 责任编辑：李仲勋 版式：查玉珍

苏州一系列实事项目促进民生福祉更充实、有保障、可持续

劲吹“民生暖风”，让百姓感受发展温度

办好民生事业，实现高水平小康社会

民生成绩单 晒出百姓获得感

全力补短板 推动民生福祉大改善

聚力改革创新 打造幸福新天堂

2020年1月11日，《新华日报》刊登《苏州一系列实事项目促进民生福祉更充实、有保障、可持续——劲吹“民生暖风”，让百姓感受发展温度》。

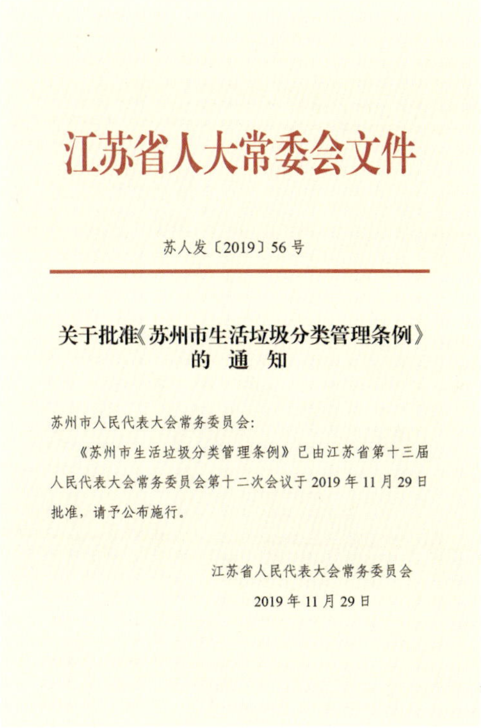

江苏省人大常委会文件

苏人发〔2019〕56号

关于批准《苏州市生活垃圾分类管理条例》的通知

苏州市人民代表大会常务委员会：

《苏州市生活垃圾分类管理条例》已由江苏省第十三届人民代表大会常务委员会第十二次会议于2019年11月29日批准，请予公布施行。

江苏省人民代表大会常务委员会

2019年11月29日

2019年11月29日，江苏省人大常委会发布《关于批准〈苏州市生活垃圾分类管理条例〉的通知》。

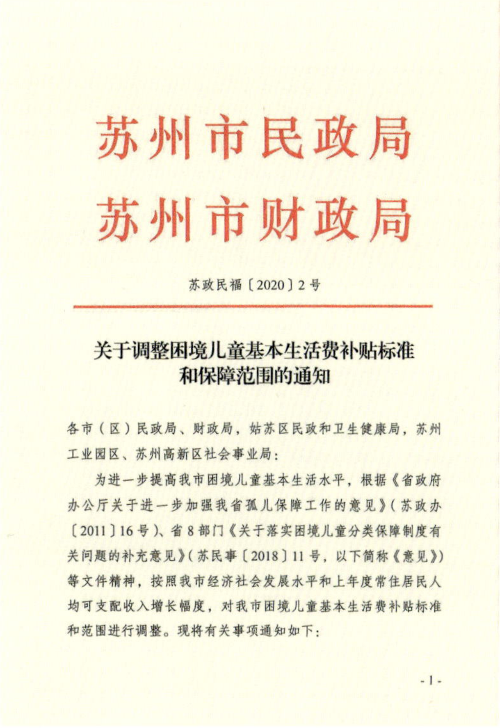

苏州市民政局
苏州市财政局

苏政民福〔2020〕2号

关于调整困境儿童基本生活费补贴标准和保障范围的通知

各市（区）民政局、财政局，姑苏区民政和卫生健康局，苏州工业园区、苏州高新区社会事业局：

为进一步提高我市困境儿童基本生活水平，根据《省政府办公厅关于进一步加强我省孤儿保障工作的意见》（苏政办〔2011〕16号）、省8部门《关于落实困境儿童分类保障制度有关问题的补充意见》（苏民事〔2018〕11号，以下简称《意见》）等文件精神，按照我市经济社会发展水平和上年度常住居民人均可支配收入增长幅度，对我市困境儿童基本生活费补贴标准和范围进行调整。现将有关事项通知如下：

- 1 -

2020年6月11日，苏州市民政局、财政局发布《关于调整困境儿童基本生活费补贴标准和保障范围的通知》。

2020年10月21日，全国首个常态化运营5G无人公交在苏州上路。

2021年7月1日，苏州市档案馆举行未成年人体验活动。

2021年7月10日，第十三届苏州国际精英创业周暨第二届苏州科学家日活动开幕。《苏州市人才制度改革十五条》《进一步鼓励支持留学人员来苏创新创业的若干措施》以及《姑苏教育人才计划》《姑苏卫生人才计划》发布。

生态文明建设

“绿水青山就是金山银山”，生态文明建设与经济发展互利共生。苏州污染防治攻坚取得标志性成果，生态环境质量持续改善；实施重点河湖及直流水岸同治攻坚，全市水体更加优质；全面完成长江流域禁捕退捕任务，推动沿江经济绿色转型；加强湿地保护与生态补偿，规划生态涵养发展实验区，促进太湖生态保护；持续开展美丽镇村建设，致力打造生态宜居城市。

苏州市人民政府文件

苏府〔2014〕76号

市政府关于印发苏州市2014～2016年水生态文明城市建设三年行动计划的通知

各市、区人民政府，苏州工业园区、苏州高新区、太仓港口管委会；市各委办局，各直属单位：

根据《苏州市水生态文明城市建设试点实施方案（2014～2016年）》，市政府制订了《苏州市2014～2016年水生态文明城市建设三年行动计划》，现印发给你们。请结合实际，认真组织实施。

苏州市人民政府

2014年5月14日

（此件公开发布）

—1—

苏州市2014～2016年水生态文明城市建设三年行动计划

为贯彻落实党的十八大精神，加快推进水生态文明建设，根据《苏州市水生态文明城市建设试点实施方案（2014～2016年）》，制定本行动计划。

一、行动目标

到2016年，水生态文明城市建设取得初步成效，水环境突出问题得到有效解决，河湖水质明显提升；水生态环境得到有效保护和修复，水生态系统恢复和改善的基础条件得以建立；水资源管理"三条红线"和"四项制度"全面建立和实行，水务综合管理能力进一步增强；涉水产业健康发展，水与经济关系进一步理顺；江湖水系连通多重功效得以发挥，水安全保障能力持续加强；水乡古城的特色水文化与丰富多彩的互动水教育交相辉映，公众对于水生态环境的满意度不断提升。

远期目标是形成适应经济社会高水平发展条件下水环境综合治理模式，具体包括：河湖水质得到根本性改善，全面满足水体功能和公众宜居宜游需求；"江-河-湖-塘"水生态系统整体得到修复，阳澄湖等重点河湖水生态环境状况明显改善，区域水生态系统健康状况基本恢复到上世纪80年代水平；最严格水资源管理制度得到有效落实，现代化水管理体系日趋完善；水域经济全面实现生态化发展；水系连通格局得到优化，防洪排涝、城乡供

—2—

2014年5月14日，《苏州市2014—2016年水生态文明城市建设三年行动计划》发布。

苏州市人民政府文件

苏府规字〔2015〕3号

市政府关于印发苏州市生态补偿条例实施细则的通知

各市、区人民政府，苏州工业园区、苏州高新区、太仓港口管委会；市各委办局，各直属单位：

《苏州市生态补偿条例实施细则》已经市政府第41次常务会议审议通过，现印发给你们，请认真贯彻执行。

苏州市人民政府

2015年8月12日

（此件公开发布）

—1—

苏州市生态补偿条例实施细则

第一条（制定依据） 根据《苏州市生态补偿条例》，制定本实施细则。

第二条（适用范围） 本细则主要适用于采用资金方式进行生态补偿的活动。

第三条（部门职责） 市、县级市（区）财政、农林、水源地主管、风景名胜区主管等部门相关职责：

财政部门：负责统筹协调本行政区域的生态补偿工作；提出生态补偿方案，会同相关部门审核、确定生态补偿资金分配方案；负责生态补偿资金审核结果和分配方案的公示；负责制定生态补偿资金管理办法；规范生态补偿资金会计核算和档案管理，监督生态补偿资金使用；做好生态补偿政策的宣传。

农林部门：负责水稻田、生态公益林、重要湿地生态补偿范围的认定；配合财政部门提出水稻田、生态公益林、重要湿地生态补偿方案；审核水稻田、生态公益林、重要湿地生态补偿申报材料；加强生态补偿区域内生态保护技术指导，监督水稻田、生态公益林、重要湿地生态保护落实情况；做好生态补偿政策的宣传。

水源地主管部门：负责水源地生态补偿范围认定；配合财政部门提出水源地生态补偿方案；审核水源地生态补偿申报材料；加强生态补偿区域内生态保护技术指导，监督水源地生态保护落

—2—

2015年8月12日，《苏州市生态补偿条例实施细则》发布。

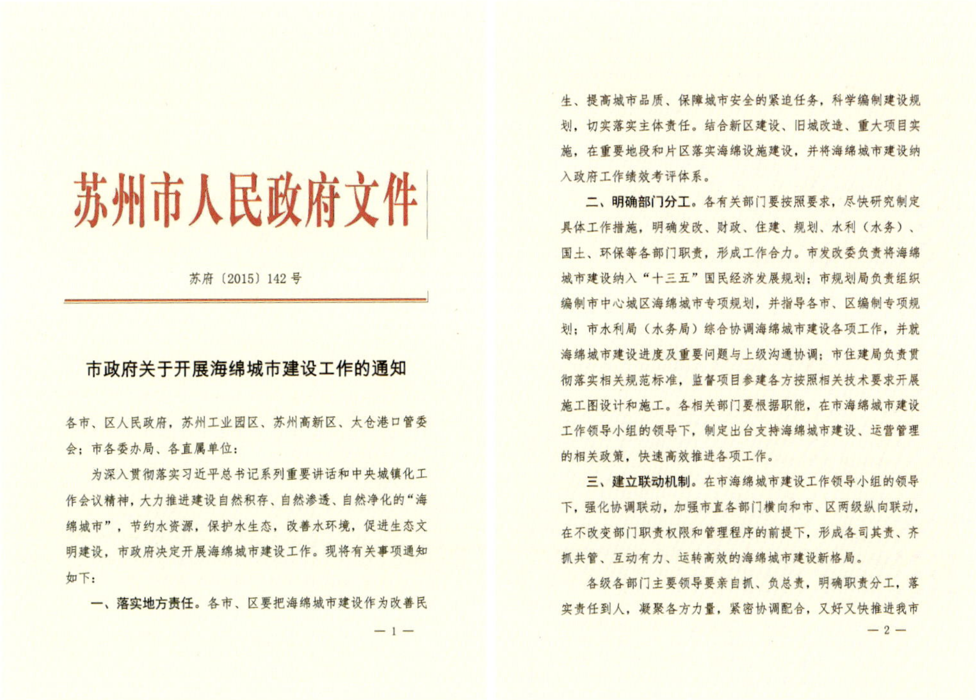

苏州市人民政府文件

苏府〔2015〕142号

市政府关于开展海绵城市建设工作的通知

各市、区人民政府，苏州工业园区、苏州高新区、太仓港口管委会；市各委办局、各直属单位：

为深入贯彻落实习近平总书记系列重要讲话和中央城镇化工作会议精神，大力推进建设自然积存、自然渗透、自然净化的“海绵城市”，节约水资源，保护水生态，改善水环境，促进生态文明建设，市政府决定开展海绵城市建设工作。现将有关事项通知如下：

一、落实地方责任。各市、区要把海绵城市建设作为改善民

— 1 —

生、提高城市品质、保障城市安全的紧迫任务，科学编制建设规划，切实落实主体责任。结合新区建设、旧城改造、重大项目实施，在重要地段和片区落实海绵设施建设，并将海绵城市建设纳入政府工作绩效考评体系。

二、明确部门分工。各有关部门要按照要求，尽快研究制定具体工作措施，明确发改、财政、住建、规划、水利（水务）、国土、环保等各部门职责，形成工作合力。市发改委负责将海绵城市建设纳入“十三五”国民经济发展规划；市规划局负责组织编制市中心城区海绵城市专项规划，并指导各市、区编制专项规划；市水利局（水务局）综合协调海绵城市建设各项工作，并就海绵城市建设进度及重要问题与上级沟通协调；市住建局负责贯彻落实相关规范标准，监督项目参建各方按照相关技术要求开展施工图设计和施工。各相关部门要根据职能，在市海绵城市建设工作领导小组的领导下，制定出台支持海绵城市建设、运营管理的相关政策，快速高效推进各项工作。

三、建立联动机制。在市海绵城市建设工作领导小组的领导下，强化协调联动，加强市直各部门横向和市、区两级纵向联动，在不改变部门职责权限和管理程序的前提下，形成各司其责、齐抓共管、互动有力、运转高效的海绵城市建设新格局。

各级各部门主要领导要亲自抓、负总责，明确职责分工，落实责任到人，凝聚各方力量，紧密协调配合，又好又快推进我市

— 2 —

2015年9月30日，《市政府关于开展海绵城市建设工作的通知》发布。

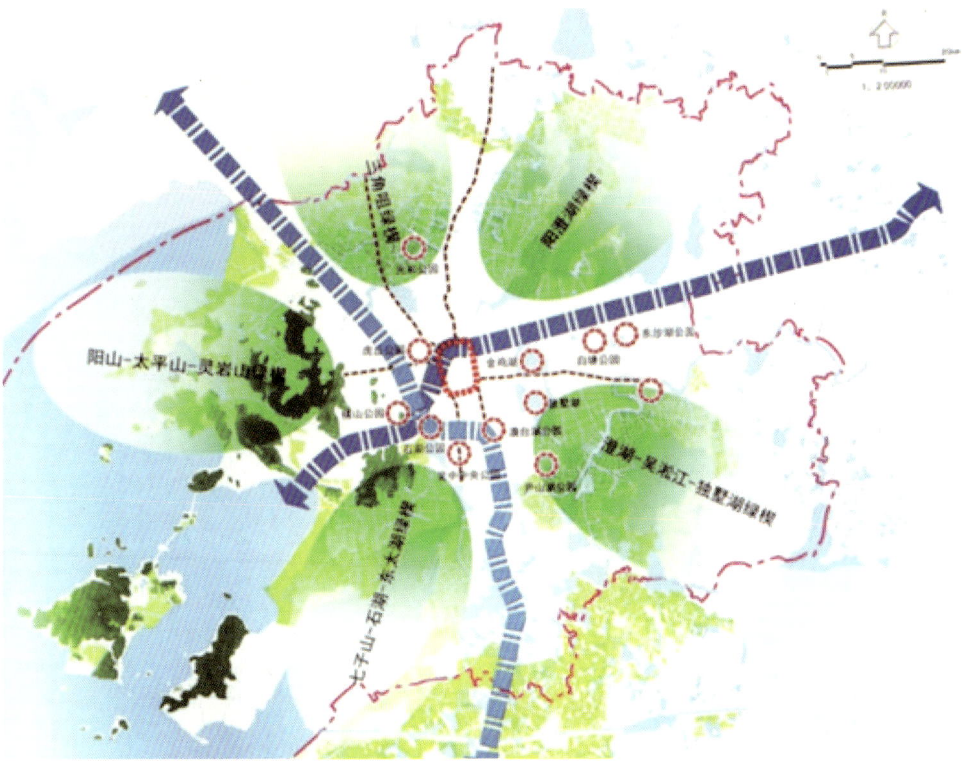

苏州市首个海绵城市试点区。

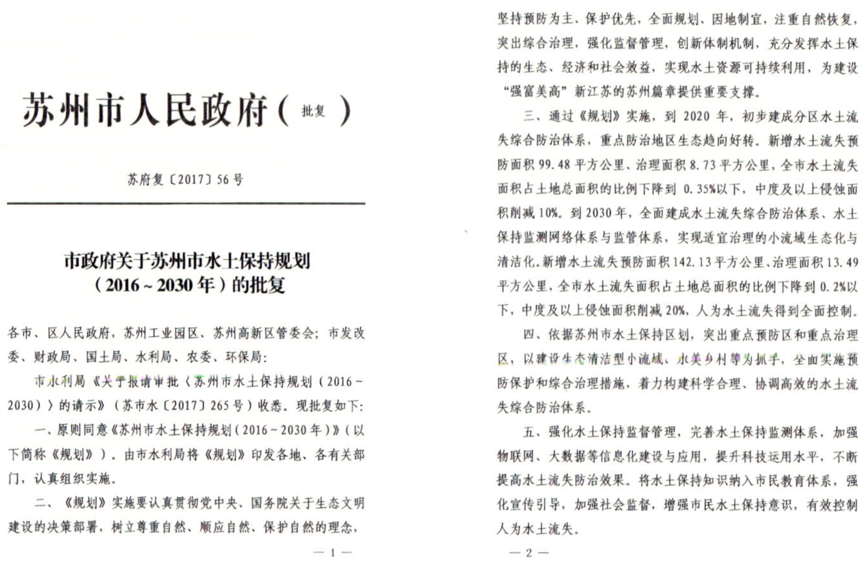

苏州市人民政府（批复）

苏府复〔2017〕56号

市政府关于苏州市水土保持规划（2016～2030年）的批复

各市、区人民政府，苏州工业园区、苏州高新区管委会；市发改委、财政局、国土局、水利局、农委、环保局：

市水利局《关于报请审批〈苏州市水土保持规划（2016～2030）〉的请示》（苏市水〔2017〕265号）收悉。现批复如下：

一、原则同意《苏州市水土保持规划（2016～2030年）》（以下简称《规划》）。由市水利局将《规划》印发各地、各有关部门，认真组织实施。

二、《规划》实施要认真贯彻党中央、国务院关于生态文明建设的决策部署，树立尊重自然、顺应自然、保护自然的理念，

— 1 —

坚持预防为主、保护优先，全面规划、因地制宜，注重自然恢复，突出综合治理，强化监督管理，创新体制机制，充分发挥水土保持的生态、经济和社会效益，实现水土资源可持续利用，为建设"强富美高"新江苏的苏州篇章提供重要支撑。

三、通过《规划》实施，到2020年，初步建成分区水土流失综合防治体系，重点防治地区生态趋向好转。新增水土流失预防面积99.48平方公里、治理面积8.73平方公里，全市水土流失面积占土地总面积的比例下降到0.35%以下，中度及以上侵蚀面积削减10%。到2030年，全面建成水土流失综合防治体系、水土保持监测网络体系与监管体系，实现适宜治理的小流域生态化与清洁化。新增水土流失预防面积142.13平方公里、治理面积13.49平方公里，全市水土流失面积占土地总面积的比例下降到0.2%以下，中度及以上侵蚀面积削减20%，人为水土流失得到全面控制。

四、依据苏州市水土保持区划，突出重点预防区和重点治理区，以建设生态清洁型小流域、水美乡村等为抓手，全面实施预防保护和综合治理措施，着力构建科学合理、协调高效的水土流失综合防治体系。

五、强化水土保持监督管理，完善水土保持监测体系，加强物联网、大数据等信息化建设与应用，提升科技运用水平，不断提高水土流失防治效果。将水土保持知识纳入市民教育体系，强化宣传引导，加强社会监督，增强市民水土保持意识，有效控制人为水土流失。

— 2 —

2017年9月5日，《市政府关于苏州市水土保持规划（2016—2030年）的批复》发布。

水土流失防治总体布局图。

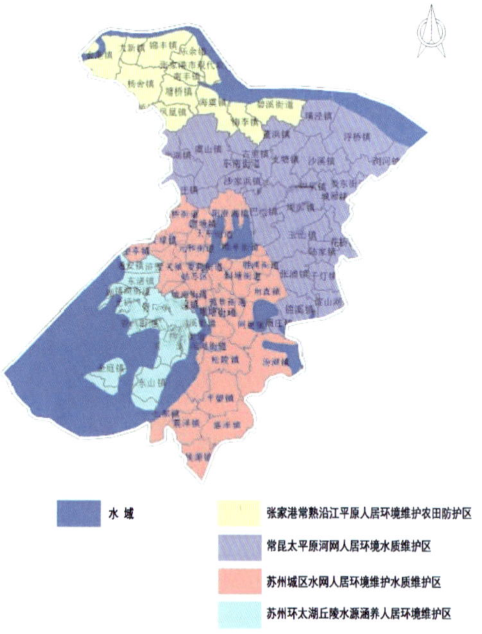

苏州市水土保持区划图。

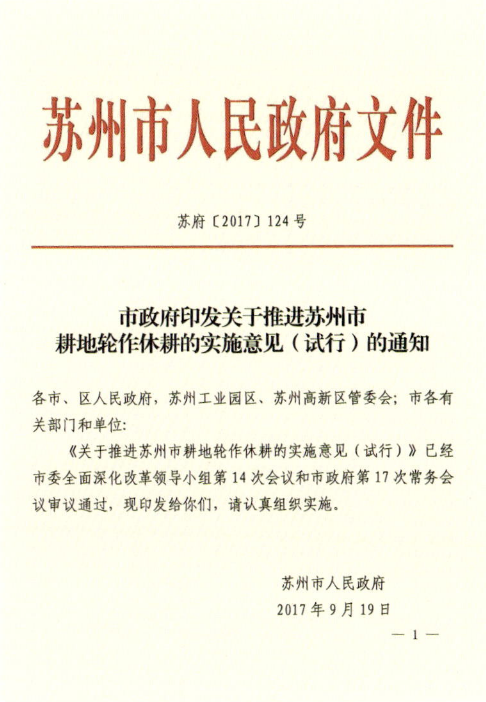

苏州市人民政府文件

苏府〔2017〕124号

市政府印发关于推进苏州市耕地轮作休耕的实施意见（试行）的通知

各市、区人民政府，苏州工业园区、苏州高新区管委会；市各有关部门和单位：

《关于推进苏州市耕地轮作休耕的实施意见（试行）》已经市委全面深化改革领导小组第14次会议和市政府第17次常务会议审议通过，现印发给你们，请认真组织实施。

苏州市人民政府

2017年9月19日

— 1 —

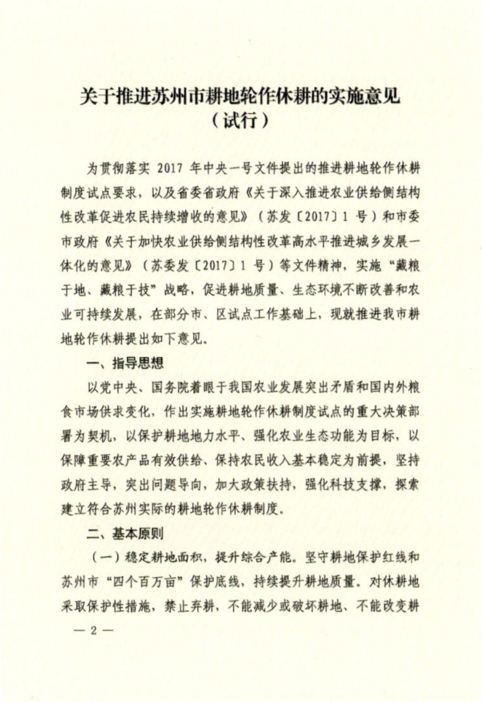

关于推进苏州市耕地轮作休耕的实施意见（试行）

为贯彻落实2017年中央一号文件提出的推进耕地轮作休耕制度试点要求，以及省委省政府《关于深入推进农业供给侧结构性改革促进农民持续增收的意见》（苏发〔2017〕1号）和市委市政府《关于加快农业供给侧结构性改革高水平推进城乡发展一体化的意见》（苏委发〔2017〕1号）等文件精神，实施"藏粮于地、藏粮于技"战略，促进耕地质量、生态环境不断改善和农业可持续发展，在部分市、区试点工作基础上，现就推进我市耕地轮作休耕提出如下意见。

一、指导思想

以党中央、国务院着眼于我国农业发展突出矛盾和国内外粮食市场供求变化，作出实施耕地轮作休耕制度试点的重大决策部署为契机，以保护耕地地力水平、强化农业生态功能为目标，以保障重要农产品有效供给、保持农民收入基本稳定为前提，坚持政府主导，突出问题导向，加大政策扶持，强化科技支撑，探索建立符合苏州实际的耕地轮作休耕制度。

二、基本原则

（一）稳定耕地面积，提升综合产能。坚守耕地保护红线和苏州市"四个百万亩"保护底线，持续提升耕地质量。对休耕地采取保护性措施，禁止弃耕，不能减少或破坏耕地、不能改变耕

— 2 —

2017年9月19日，《关于推进苏州市耕地轮作休耕的实施意见（试行）》发布。

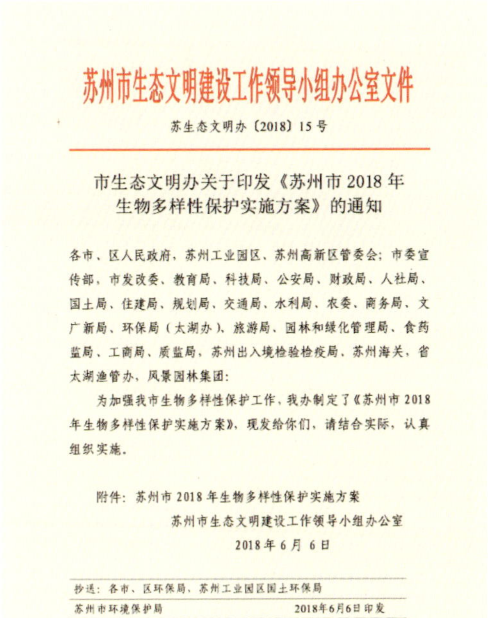

苏州市生态文明建设工作领导小组办公室文件

苏生态文明办〔2018〕15号

市生态文明办关于印发《苏州市2018年生物多样性保护实施方案》的通知

各市、区人民政府，苏州工业园区、苏州高新区管委会；市委宣传部、市发改委、教育局、科技局、公安局、财政局、人社局、国土局、住建局、规划局、交通局、水利局、农委、商务局、文广新局、环保局（太湖办）、旅游局、园林和绿化管理局、食药监局、工商局、质监局、苏州出入境检验检疫局、苏州海关，省太湖渔管办，风景园林集团：

为加强我市生物多样性保护工作，我办制定了《苏州市2018年生物多样性保护实施方案》，现发给你们，请结合实际，认真组织实施。

附件：苏州市2018年生物多样性保护实施方案

苏州市生态文明建设工作领导小组办公室

2018年6月6日

抄送：各市、区环保局，苏州工业园区国土环保局

苏州市环境保护局　　2018年6月6日印发

2018年6月6日，《市生态文明办关于印发〈苏州市2018年生物多样性保护实施方案〉的通知》发布。

《苏州市生物多样性普及手册》。

苏州市江南水乡古镇保护办法

第一条 为了加强对江南水乡古镇的保护和管理，促进江南水乡古镇的可持续发展，根据《中华人民共和国文物保护法》、国务院《历史文化名城名镇名村保护条例》《江苏省历史文化名城名镇保护条例》等法律、法规，结合本市实际，制定本办法。

第二条 本市行政区域内江南水乡古镇的保护和管理，适用本办法。

第三条 本办法所称江南水乡古镇，是指被列入《中国世界文化遗产预备名单》以及后续加入该名单的中国历史文化名镇，包括甪直、周庄、千灯、锦溪、沙溪、同里、黎里、震泽、凤凰等镇。

第四条 江南水乡古镇保护应当遵循世界文化遗产保护的理念和原则，保持和延续传统格局与历史风貌，维护古镇的真实性、完整性。

第五条 市、县级市（区）人民政府应当加强对江南水乡古镇的保护，将古镇保护纳入国民经济和社会发展规划。

市、县级市（区）、镇人民政府应当将古镇保护所需经费纳入同级财政预算。

第六条 市、县级市（区）文化（文物）主管部门负责江南水乡古镇文物等物质文化遗产和非物质文化遗产保护的监督管理。

— 2 —

2018年1月3日，《苏州市江南水乡古镇保护办法》发布。

昆山市周庄古镇。

吴江区同里古镇。

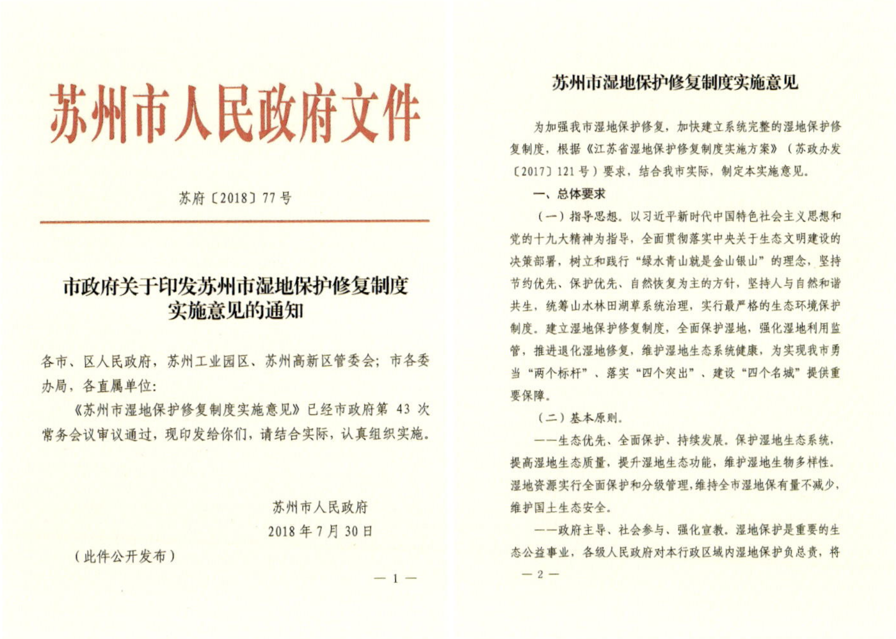

苏州市人民政府文件

苏府〔2018〕77号

市政府关于印发苏州市湿地保护修复制度实施意见的通知

各市、区人民政府，苏州工业园区、苏州高新区管委会；市各委办局，各直属单位：

《苏州市湿地保护修复制度实施意见》已经市政府第43次常务会议审议通过，现印发给你们，请结合实际，认真组织实施。

苏州市人民政府

2018年7月30日

（此件公开发布）

—1—

苏州市湿地保护修复制度实施意见

为加强我市湿地保护修复，加快建立系统完整的湿地保护修复制度，根据《江苏省湿地保护修复制度实施方案》（苏政办发〔2017〕121号）要求，结合我市实际，制定本实施意见。

一、总体要求

（一）指导思想。以习近平新时代中国特色社会主义思想和党的十九大精神为指导，全面贯彻落实中央关于生态文明建设的决策部署，树立和践行“绿水青山就是金山银山”的理念，坚持节约优先、保护优先、自然恢复为主的方针，坚持人与自然和谐共生，统筹山水林田湖草系统治理，实行最严格的生态环境保护制度。建立湿地保护修复制度，全面保护湿地，强化湿地利用监管，推进退化湿地修复，维护湿地生态系统健康，为实现我市勇当“两个标杆”、落实“四个突出”、建设“四个名城”提供重要保障。

（二）基本原则。

——生态优先、全面保护、持续发展。保护湿地生态系统，提高湿地生态质量，提升湿地生态功能，维护湿地生物多样性。湿地资源实行全面保护和分级管理，维持全市湿地保有量不减少，维护国土生态安全。

——政府主导、社会参与、强化宣教。湿地保护是重要的生态公益事业，各级人民政府对本行政区域内湿地保护负总责，将

—2—

2018年7月30日，《苏州市湿地保护修复制度实施意见》发布。

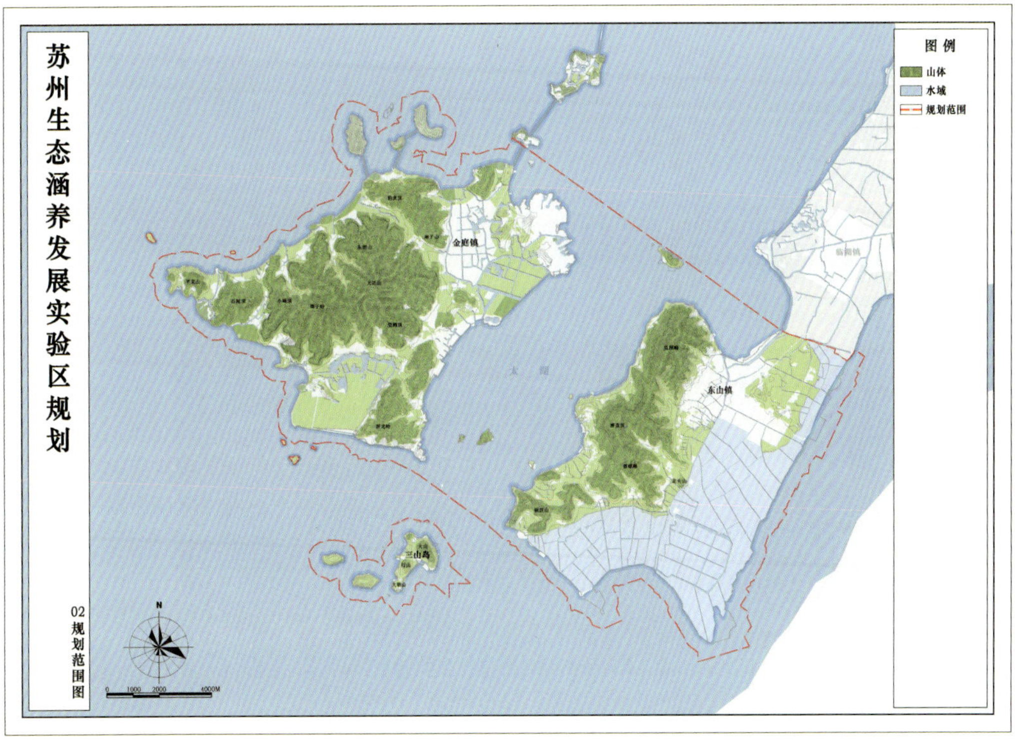

2019年12月15日，《苏州生态涵养发展实验区规划》发布。

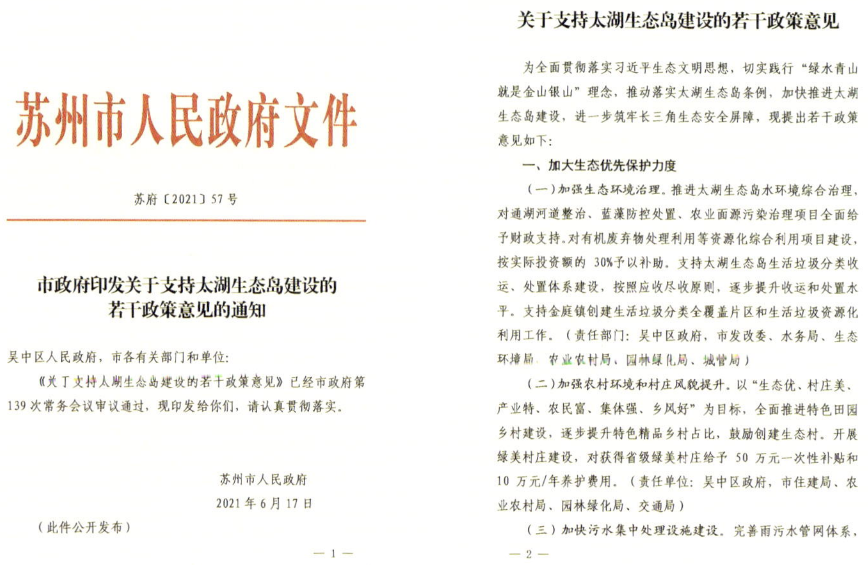

苏州市人民政府文件

苏府〔2021〕57号

市政府印发关于支持太湖生态岛建设的若干政策意见的通知

吴中区人民政府，市各有关部门和单位：

《关于支持太湖生态岛建设的若干政策意见》已经市政府第139次常务会议审议通过，现印发给你们，请认真贯彻落实。

苏州市人民政府

2021年6月17日

（此件公开发布）

— 1 —

关于支持太湖生态岛建设的若干政策意见

为全面贯彻落实习近平生态文明思想，切实践行“绿水青山就是金山银山”理念，推动落实太湖生态岛条例，加快推进太湖生态岛建设，进一步筑牢长三角生态安全屏障，现提出若干政策意见如下：

一、加大生态优先保护力度

（一）加强生态环境治理。推进太湖生态岛水环境综合治理，对通湖河道整治、蓝藻防控处置、农业面源污染治理项目全面给予财政支持。对有机废弃物处理利用等资源化综合利用项目建设，按实际投资额的30%予以补助。支持太湖生态岛生活垃圾分类收运、处置体系建设，按照应收尽收原则，逐步提升收运和处置水平。支持金庭镇创建生活垃圾分类全覆盖片区和生活垃圾资源化利用工作。（责任部门：吴中区政府，市发改委、水务局、生态环境局、农业农村局、园林绿化局、城管局）

（二）加强农村环境和村庄风貌提升。以“生态优、村庄美、产业特、农民富、集体强、乡风好”为目标，全面推进特色田园乡村建设，逐步提升特色精品乡村占比，鼓励创建生态村。开展绿美村庄建设，对获得省级绿美村庄给予50万元一次性补贴和10万元/年养护费用。（责任单位：吴中区政府，市住建局、农业农村局、园林绿化局、交通局）

（三）加快污水集中处理设施建设。完善雨污水管网体系，

— 2 —

2021年6月17日，《关于支持太湖生态岛建设的若干政策意见》发布，致力于将金庭镇西山岛打响“太湖生态岛”特色品牌。

太湖西山岛俯瞰图。

虎丘湿地公园。

太湖湿地公园。

全国文明村——吴中区旺山村。

中国美丽休闲乡村——吴江区北联村。

苏州工业园区东沙湖生态公园。

常熟蒋巷生态园。

吴江区油菜花节。

太仓金仓湖。

高新区海棠林。

吴中区太湖新城。

相城望亭。

张家港湾。

昆山城市生态森林公园。

后　记

今年是中国共产党成立100周年。习近平同志指出："档案工作存史资政育人，是一项利国利民、惠及千秋万代的崇高事业。"他要求档案工作者："要把蕴含党的初心使命的红色档案保管好、利用好，把新时代党领导人民推进实现中华民族伟大复兴的奋斗历史记录好、留存好，更好地服务党和国家工作大局、服务人民群众！"

为更好地开展"四史"宣传教育，发挥档案在"四史"宣传教育中独特的作用，我馆立足于档案文献，遴选出800余件档案，按内容、按时间有序编写。《印迹——馆藏苏州红色档案选编》（以下简称《印迹》）以文书档案和照片档案为主，以少量媒体报道为辅，共分4个篇章，下分32个分目，每个篇章和分目均有适量的文字介绍，便于读者了解每一时期的总体情况。全书以全彩印形式呈现，更为直观明朗，增强可读性。《印迹》既是回顾百年来苏州走过的路，又为新时代苏州的现代化建设提供历史借鉴，为青少年爱国主义教育提供素材，也是档案工作者切实履行为党管档、为国守史、为民服务神圣使命。

《印迹》一书所用资料多数来自苏州市档案馆，部分选用了苏州各市县区档案馆的馆藏，苏州革命博物馆、苏州市方志馆、苏州图书馆、苏州园林档案馆、苏州日报社等单位提供支持，苏州市委党史工办对书稿进行了审读。在此，对《印迹》出版给予帮助和付出辛勤劳动的有关单位和个人表示衷心的感谢！

囿于时间仓促，编者学识有限，《印迹》定然存在不足之处，敬请批评指正。

编者

2021年7月